战神折御卿

昊 霖 著

西安出版社

图书在版编目（CIP）数据

战神折御卿/ 昊霖著. --西安：西安出版社，2018.3

ISBN 978-7-5541-3004-9

Ⅰ. ①战… Ⅱ. ①昊… Ⅲ. ①长篇历史小说-中国-当代 Ⅳ. ①I247.5

中国版本图书馆CIP数据核字(2018)第057870号

战神折御卿
ZHANSHEN SHE YUQING

著　　者：昊　霖
出版发行：西安出版社
社　　址：西安市长安北路56号
电　　话：（029）85253740
邮政编码：710061
印　　刷：西安东方印刷厂
开　　本：787mm×1092mm　1/16
印　　张：24.5
字　　数：495千
版　　次：2018年3月第1版
　　　　　2018年6月第1次印刷
书　　号：ISBN 978-7-5541-3004-9
定　　价：52.00元

前　言

“神木杨家将，府谷折家军！”在今天的陕西省北部，民间依然流传着这样一句话。神木的杨家将，早已被世人所传颂！然而，历史上曾为国家镇守边关数百年，世代抗击外来侵略，保家卫国的折家军至今却鲜为人知。折家军自唐末五代至北宋时期是著名的将门家族，在长达数百年之间先后传袭了十代将领，堪称中国历史上第一将门世家。他们世代守边，忠勇爱国，不畏牺牲，见证了中华民族的爱国精神。

佘赛花，这位英名显赫的老太君（佘太君），她的大名早已跟随着杨家将的传奇故事家喻户晓了。折（佘）太君本是府州永安军节度使折德扆之女，她姓“折”，并非“佘”。折氏家族属党项、崇尚武学。她的祖父折从阮、父亲折德扆、弟弟折御勋、折御卿均为节度使，以及后来的折惟昌、折继闵、折克行、折可适等等，皆为北宋名将。古时的府谷地名叫府州，与契丹（辽）、夏、金交界，是通往中原的西北门户，地理位置十分显要，自是兵家必争之地。折氏家族世代镇守府州，忠心耿耿，坚定不移地守护着中原王朝这一隅之地。《五代史》称“折家军”是“控扼西北，中国赖之”。

长篇历史小说《战神折御卿》是以折赛花的弟弟、折氏家族第五代将领折御卿为原型，讲述了北宋初年，折御卿带领折家军跟随宋太宗皇帝赵光义北伐攻岚州（今山西岚县），破苛岚（今山西岢岚），擒获军使折令图，打宪州，杀宪州刺史霍翊，活捉孌州节度使马延忠，平灭了“五代十国”中的最后一个割据政权——北汉，使得华夏国土统一。他战功卓著、功不可没。在宋太宗平定北汉以后，宋辽之间的战事不断，折御卿在与辽军的交战中，可谓是常胜将军，声名显赫，立下了赫赫战功，令契丹人望而生畏，称其为“佘王”。在清剿西夏反叛的拓跋氏李继迁及打击外来侵略的战争中，舍身杀敌、浴血奋战，立下了汗马功劳，他卫国戍边，忠于职守地守卫着大宋国的边防线。

“家世受国恩，敌寇未灭，御卿之罪也，今临敌，安可弃士卒？死于军中，盖其分耳。为白太夫人，无念我，忠孝岂得两全。”（《续资治通鉴》长篇卷三十八）

契丹人来犯，折御卿带病出征御敌，母亲路夫人差人前往劝说其回家治病。折御卿报国心切，不肯离开战场丢下折家军的将士，便在军帐中含泪挥毫，给母亲留下了他的最后一封家书，可见他对国家的忠诚之心！真是可歌可泣，催人泪下！

折御卿是位骁勇善战的武将，十九岁就以闲厩副使的身份知府州，二十一岁任崇仪使，三十五岁升任观察使，三十七岁晋升为永安军节度使，三十八岁病死在与契丹人对抗的前沿阵地上。

折御卿的一生十分短暂，但他治军有方，能征善战，每遇战事必当身先士卒，几无败迹。他是折氏家族中最善战的一位常胜将军，并富有许多浪漫的传奇色彩。折御卿有妻室四人，儿子四个。二儿子折惟昌后来执掌府州知州，接过了折氏家族卫国戍边的旗帜，与西夏开国皇帝李元昊的爷爷拓跋氏李继迁进行着长期的战斗。

经过折德扆和折御卿两代将领的努力和他们的卓越战功，折氏家族已经成为了宋朝的显贵，在朝廷中起到了举足轻重的作用。同时，大宋朝为了表彰“折家军”的功绩，给予了一系列的特殊政策，允许折氏世袭知府州一职等。

《战神折御卿》是昊霖先生继《扛硬！折家军》之后，又一部以府州折氏将门家族人物为原型创作的长篇历史小说，是他的“折家军长篇系列小说”中的第二部。书中看点众多，爱恨情仇，感人肺腑，人物个性生动鲜活。尤其是折御卿在跟随宋太宗皇帝攻打太原城时，他与身处北汉的姐姐折赛花之间的情感纠结。他的姐姐折赛花一面是为了大宋攻城的弟弟折御卿，另一面又是为北汉顽强守城的夫君刘继业（即杨业），国事、家事她该如何取舍？另外，作者还真实地还原出古代战争中所使用的阵型、战法及马战格斗时的壮丽场景，可谓场面宏大，气势如虹！值得大家品读。

韩玲丽

序

在中国历史上曾经有一个极其显赫的姓氏——折姓。折姓最早可追溯到鲜卑，后来随着鲜卑及其他部族的党项化历史趋势，经历了多次迁徙、融合，在唐末时期成为党项五大姓氏之一。因为府谷（古称府州）地处黄河西岸，故称河西折氏。隋唐以来，麟府一带为党项族居住之地，折氏在此据守多年，因其通晓党项及各蕃汉部族情况，政治势力迅速上升。自五代后唐折从阮被任府州刺史后，便奠定了折氏在府州的地位。由于折氏将门忠勇善战，戍边卫国，坚定不移地打击外来侵略，捍卫着中原王朝。朝廷特将其据守之地府州，一处无名的塞北边地，设镇、设县、升州并置军。折氏第三代将领折从阮与其子第四代将领折德扆，第五代将领折御卿均为府州永安军节度使，史书称“父子俱领节度，时人荣之”，而折御卿病死沙场，为国尽忠，宋人对他尽忠职守、病卒沙场的精神予以高度肯定，在今天的岚州宜芳县特为折御卿树立祠庙，徽宗赐庙额“显忠”。

自宋一朝，折氏出了七代十三位知州，连出十代杰出将领，真可谓是中国历史上的将门之最。他们忠于大宋，多次下河东征北汉，出北境击契丹，越麟州讨西夏。由于折氏为保国土安全做出了巨大贡献，宋太祖赵匡胤特许折氏一族世袭府州。

《战神折御卿》是作者昊霖先生继《扛硬！折家军》后，以府州折氏人物为原型创作出的第二部长篇历史小说。该书讲述的是折氏第五代杰出将领折御卿，奉旨出征讨伐北汉，打岢岚、破宪州，跟随宋太宗赵光义智取太原城的故事。北汉灭亡，折家军功不可没。同时还讲述了折御卿与契丹大将韩德威及西夏开国皇帝李元昊的爷爷李继迁的长期斗争。可以说，府州折氏的历史就是一部忠勇爱国、守土保疆的历史典范。

身为府州折氏族人的后裔，有幸在第一时间看到了这部书。感到书中的史料真实可信，描写自然流畅，所述人物、故事翔实，情节跌宕起伏，丝丝紧扣，引人入胜。在这里引用高建群老师为《扛硬！折家军》作序时的一句话：“这本书当正史读，可。当野史读，亦可。”

《战神折御卿》的出版，为府谷将门第一城折氏文化的宣传，弘扬折家将爱国主义精神传承，促进府谷文化旅游事业的发展，推动府谷文化与经济的发展，增添了一块厚重的筹码。在这里谨献上我的祝福，希望该书能早日与广大读者见面。

折氏文化研究会会长　折武彦

目　录

引 子

公元936年，五代十国的后唐河东节度使的石敬瑭起兵造反，为向辽国（契丹）求援，其奏章曰：请称臣，以父事契丹，约事捷之后，割卢龙一道及雁门关以北诸州（即燕云十六州，今北京至山西大同地区）与契丹。为求自保，石敬瑭割让出长城防线以内的土地给契丹，并公然声称比自己小十一岁的辽帝为父。辽太宗耶律德光（辽朝第二位皇帝）得表大喜，以兵援之。随后石敬瑭在契丹大军的援助下灭后唐，称帝汴梁，改国号为“晋”，史称后晋。燕云十六州，就这样被儿皇帝拱手送给了契丹人，毁灭了中原抵御外敌入侵的战略屏障，同时也改变了中国数百年的命运。中原大地失去了与北方游牧民族之间的防御要地，顿时门户洞开，使得中原百姓不断受到契丹人的袭掠，苦不堪言！

公元951年，后汉枢密使郭威灭后汉建立后周，并杀死刘崇之子刘赟，在汴梁称帝，刘崇随即也在太原建立了北汉。为巩固政权，刘崇遂向辽乞援，与辽国约为父子之国，由刘崇称小自己二十来岁的辽世宗皇帝耶律阮（辽朝第三位皇帝）为叔父，自称侄皇帝，竟然又出了一位儿皇帝。辽国迅速扶植北汉刘崇割据河东，治太原府（今山西太原西南晋源镇），作为附庸以屏蔽燕云。为保中原地域的平安，收复燕云十六州便成了中原王朝的一块心病。要取燕云，必先灭亡北汉。后周显德元年（即公元954年），周世宗柴荣在高平巴公原上，大败北汉刘崇后趁势围攻太原数月未果。后周显德六年（即公元959年），柴荣再次率军攻辽，欲攻取幽州（今北京）时因病重而班师。

公元960年，赵匡胤代周称帝，建立北宋后，辽国继续支持北汉与宋抗衡。当时南方尚存有吴越、南唐、荆南、南汉、后蜀等独立割据政权。为实现统一，宋太祖赵匡胤在实施先南后北的进军方略过程中，曾寻机分兵攻取北汉，试图铲除辽国附庸，以便收复燕云，但每次进攻均遭辽援军阻挠而失败。乾德二年（即公元964年），宋攻北汉辽州（今山西左权），辽派遣耶律挞烈率军六万前往增援，宋辽之间首次展开了大规模作战。开宝元年（即公元968年）至开宝二年，宋再次攻打北汉，兵围太原，辽国继续出兵支援。直至开宝末年，宋军不仅未能消灭北汉，反而使宋辽之间冲突迭起，矛盾日深。宋太祖虽然结束了安史之乱以来，长达200年的诸侯割据和军阀混战局面，重新恢复了华夏主要地区的统一，但面对投靠了辽国、盘踞太原的北汉政权，终未能如愿收复。

宋太宗赵光义继位后，南方统一大局已定，在消灭了泉州和吴越的割据势力后，他决心平定北方，拿下五代十国中最后一个割据政权。要取北汉，必先败辽援军，继破太原，亡其政权，为收复燕云十六州创造条件，从而完成统一华夏的大业。太平兴国三年（即公元978年），鉴于以往进攻北汉均因辽军救援而失败的教训，宋太宗制定了肃清外围，先阻辽援，后取太原的方略。继而加紧整训军队，演练阵法，并命邻近北汉的晋、潞（今山西临汾、长治）、邢、镇、冀（今河北邢台、正定、冀县）等州，修造兵器及攻城器具，转运粮草，准备北伐。

太平兴国四年（即公元979年）正月，北宋数十万大军兵分四路会攻太原。太宗皇帝命宣徽南院使潘美为北路都招讨制置使，率崔彦进、李汉琼、曹翰、刘遇等进攻太原；命云州观察使郭进为太原北石岭关（今山西忻县南）都部署，阻击从北面增援的辽军；命田仁朗、刘绪负责侦察太原城四面壕寨并检查攻城的各种器材；命孟玄莆为兵马都钤辖，驻泊镇州，阻击从东面增援的辽军；命河北转运使侯陡、陕西北路转运使雷德骧分掌太原东、西路转运事，并命行在转运使刘保勋兼任北面转运。同年二月十五日，宋太宗亲率主力大军由东京（今河南开封）出发，三月进至镇州（今河北正定），以牵制幽州的辽军大规模西援或南下。同时分兵攻打盂县（今山西盂县东北）、沁州（今山西沁源）、汾州（今山西汾阳）、岢岚（今山西岢岚县）等外围州县，以牵制这些地区北汉军对太原的增援。此次战役的成败，完全取决于宋军是否能够阻拦得住辽国援救北汉的大军。

太平兴国四年三月，一场由宋太宗赵光义亲自领导的北伐战争，就这样声势浩大地拉开了帷幕！

第　一　章
宋太宗御驾亲征　折家军奉旨出兵

太平兴国四年(即公元979年)二月，地处塞外边关的府州城外，疾速奔来一队人马。带队的人年约四十七八岁，姓尹名宪，是宋太宗皇帝赵光义府邸里的供奉官。此人的突然出现，令府州的气氛一下子紧张了起来。

府州知州折御卿闻报，迅速召集州府重要官员赶往城门口去迎接。往日京城有重要人物前来，都会提前几日通报。此次，州府并未接到任何消息，他预感到要有重大事件发生。折御卿不过是个二十一岁的后生，父亲折德扆曾是府州永安军节度使。父亲去世后，大自己二十岁的哥哥折御勋，为府州永安军留后知府州，后出任泰宁军节度使。他便在十九岁那年，以闲厩副使的身份知府州知州了。

“先生！”站在城门外，折御卿扭头看眼身边的军师李子慧问道：“您看此次会跟太原有关吗？”

“应该不错！”李子慧说：“陛下早就动了平灭北汉的心思，据说夏州和胜州也已经动了起来，只有我们府州还未接到旨意。“

“终于要来了！”

折御卿望着城外的山道，忽然一股子劲风拉着长长的哨声从山谷间吹出，顿时掀起了树梢和城墙上的浮雪，旋转着带向空中；在那漫天狂乱的飞雪之中，突地传出一声大喊：

“圣旨到！”

浮雪渐落，山道上一行人马快速向城门口奔来。待马匹来到城门下定立，尹宪拿出圣旨高声喊道：“闲厩副使，府州知州折御卿听旨！”

“臣，折御卿听旨！”折御卿向前几步与众官员行礼听宣。

“门下：为我国土归一，朕决意亲征北汉太原，收复‘燕云’。府州闲厩副使折御卿，接旨后即刻筹措，于十五日内率领屯兵出征攻取岢岚、宪州以阻北汉援军，不得有误！为壮其声势，特委派监军尹宪随军出征。”

“臣，领旨谢恩！”折御卿起身接过圣旨说：“监军一路辛苦，请先到州府客栈内稍事休息，一会下官便在府中设宴给大人接风洗尘。”

“折大人客气了，我也是受官家之命前来府州与大人并肩作战，怕往后会少不了叨扰大人了。”

“都是自家人，大人不必客气！”折御卿客套说：“怕以后还需监军大人多多担待才是。”

“都是为官家办差之人，此次奉命出征，我定会与大人同生共死，为皇帝陛下效命。”

初次见面大家简单地寒暄了几句，折御卿便送尹宪等人住进州府客栈。安排好一切，他带着李子慧、索斌、路彦、马山林和折御仁等众将领，返回到折府边上的虎节堂。

府州官员走了，坐在客栈大厅里的尹宪心中开始犯疑。初见折御卿时着实令他吃惊，这位闲厩副使实在是太过年轻了点。

“折御卿有多大？”尹宪喝口茶问道。

“看样也不过二十出头。”随从回答道：“据说，他在十九岁时就当上了府州知州。”

“那是世袭，早在太祖皇帝在位时，因折氏戍边有功，就恩准府州折家世袭府州知州了。”尹宪担心地说：“折御卿不过是一个刚刚二十出头的娃娃，将如何带兵打仗？”

“属下不知！不过属下早有耳闻，据传府州折家军英勇善战，这折御卿怕也不会太弱。”

“但愿如此！”尹宪还是心有猜疑地说：“这事怕是连官家也未曾料想到，要不怎会只派本监军一人前来，怎么说也该委派一名有作战经验的将领跟随才是。”

“大人，要不您给官家上个折子，让属下马上送回去。”

“来不及了！”

尹宪觉得自己肩上的担子很重，至于折御卿能不能打，有没有统领大军作战的才干，也只能往后看着办了。既然人已经到了府州，那就得替官家好好盯着点儿，绝不能因为他而耽误了此次北伐的大业。现在他必须琢磨出一套弥补的方案，如果折御卿真的无能，也好临时补救。要说尹宪有这些想法并不为过，因为他根本就不了解府州折氏，还从未跟折家人有过交往。折家军勇猛善战他知道，但眼下这个折御卿也实在是太年轻了，难免会令人担心！

进入虎节堂议事大厅，折御卿心中不快，陛下怎会派来一个监军。这是何意，难道圣上对我府州折氏还不放心？

“三少爷，这监军怕是有些来头。”索斌说。

“怕是陛下对我府州不放心，所以才会派来这样一个鸟监军。”路彦说。

“休得胡言！”李子慧忙喝住他说：“陛下派监军前来，说明朝廷对此次征伐北汉的重视。据说，尹宪本就是陛下的潜邸亲信，我们万万不可怠慢。切记！往后大家还需谨言慎行，休得胡言乱语，以免生出祸端。”

李子慧算是折家的老人，自前参军高明晖去世以后，府州的大小事务多由他来掌管。他曾给折家三代人当过参军，从折从阮、折德扆到折御勋他都紧随不舍，忠心不二，几十年来，深得折氏家族中几代人的信任与尊重。现虽已年过半百，但他依然坚定不移地辅佐在折御卿身边。

“先生所言极是，既然陛下已经派来了监军，我们就必须服从，不要无端猜疑！”

折御卿说着看眼路彦道："尤其是路将军，往后可真该多管管自己的嘴了。"

"三少爷，末将把嘴闭住就是了。"路彦说。

"自打太祖皇帝整肃藩镇以来，朝廷早已向各地频繁派出了监军。这十几年下来，我府州还是头一次被派来监军。此次陛下对我们还算是客气的，并没派遣一个都招讨使来接管我折家军，只是委派了一个监军随军征战。这就足以证明，陛下对我们府州折氏还是信任的。"李子慧说。

"此次陛下御驾亲征，看来是下定决心要平灭北汉了。"折御卿说。

"不错！"李子慧附和了句说："听说麟州的杨光扆上表说，因其伯父刘继业在太原为官，自己不便出征。"

"真有此事？"折御卿稍感惊讶地说："他真敢置家事于国事之上！看来这杨光扆是不想在麟州呆下去了。"

"也许他觉得无法面对自己的伯父。"李子慧有些感慨地说："自从他的父亲杨重训去世后，杨家在麟州的地位也已经大不如前了。此次北伐，连皇帝陛下都御驾亲征了，他还敢找理由推辞，看来杨光扆还是太过年轻了点。"

"他这倒算是个甚理由？他的伯父在太原，那我的大姐折赛花不也在太原城吗！"折御卿笑笑说："算了，说这些干甚！"

在接到出征北汉的圣命后，折御卿心里十分高兴，这积压在心头多年的恶气终于有机会吐出来了。府州与北汉接壤，中间仅隔着条黄河，过了黄河就是北汉地界。自打刘崇在太原建立了北汉政权以来，府州百姓就没少受到侵扰，大仗小仗打了不计其数，终不得安宁。此次朝廷决意攻取北汉，对府州而言，一旦太原被攻破，就等于打开了府州通往中原的门户，使得一直被阻隔在中原地域之外的府州，便可直接融入进中原了。

经过十几日的紧张准备，折家军三万轻骑与屯兵集结完成。

这日一大早，在去校场点检军队之前，折御卿一身铠甲来到母亲路夫人的房间告别。进了房间，里面没人，他正欲转身出去，见芬儿进来忙问："芬儿姐，娘去了哪里？"

"正在小少爷屋里呢，娘叫你去那儿见她。"芬儿三十来岁，是路夫人的干女儿。

两人说着出门，来到隔壁厢房。进了屋，见路夫人正端坐榻前，怀抱刚满周岁的折惟昌，她看见折御卿进来，便对着怀中的孙儿说："惟昌呀！看看是谁来了？是你的爹爹呀，他就要带着咱们折家军出征去打仗了。看看，你看看他是多么的威武英俊。等你长大了，也要像你爹爹一样为国效力呀！"

"奶奶！"伴着喊声，门外跑进来一个三岁的男孩，他叫折惟正，是折御卿的大儿子，"奶奶，等我长大了，也要像爹爹一样的威武。"

"好孙儿，你要比你的爹爹更加的威武才行。"路夫人逗着怀里的折惟昌说："你说对不对呀！"

"娘，孩儿就要出发了，特来向您老请辞！"

“御卿！”路夫人把怀里的孩子递给芬儿说：“来，娘有话说。”

“娘！此次出征，您不必担心孩儿，只要保重好自己的身体，孩儿也就放心了。”

“家里有这么多人在，你不用担心娘，倒是要小心自己的安全，别总是拼了命似的往前冲。你尚年轻，遇事要多与先生商议，还有你二哥御仁、索斌、路彦和马山林你军中的这几位哥哥，他们都视你如亲兄弟，别太独断……”

“知道了娘！”折御卿笑着打断她的话说：“孩儿是统领一方的大员，别总小呀小的，让人听着还以为我甚事也干不了呢。”

“在娘眼里，你还不就是‘碎脑子’吗？”路夫人嗔怪地看眼他，两人笑了。折御卿问：“娘！孩儿这就要走了，您还有何吩咐？”

“听说皇帝陛下这次是铁了心要拿下太原，可你大姐尚在太原城内，如若此次真的攻取了太原，娘是怕你大姐、大姐夫和你那几个亲外甥……”

“娘，孩儿知道了。”折御卿忙安慰说：“如果孩儿到了太原，定会设法保全他们的性命。”

“自从你大姐去了太原城后，娘就没少为他们操过心，可娘也没有办法呀，这本就是她自己的选择。不过，北汉毕竟是契丹人的附庸，为了国家，为我中原百姓，北汉就必须得灭。”路夫人十分担心地看着他说：“儿啊！娘也是在担心你，怕你太过注重亲情，而误国呀！”

“请娘放心！孩儿知道轻重。”

“知道了就好！”路夫人还是放心不下，继续叮嘱说：“国事、家事，孰轻孰重，你一定要懂得取舍！可千万……”

“知道了，娘！”折御卿再次打断她的话说：“娘，您甚时候也变得如此啰嗦起来？”

“不许打断娘的话！”路夫人嗔怒地看眼他说：“记住了！皇帝陛下就在太原城外，你可千万不能在陛下和众大臣面前，将家事置于国事之上！”

“记住了，娘！”折御卿忙回话说：“孩儿知道如何取舍，请娘放心！”

“真是个还没长大的孩子！”路夫人疼爱地看眼他，笑了！这时，站在边上的芬儿插话说：“娘，倒不如让我随同三少爷一块出征。一来可以打点照顾他的生活，二来也可以提前去太原城里劝劝大姐和姐夫。”

“芬儿姐，娘可是离不开你，你还是在家里好好照顾娘吧。”折御卿忙劝阻说：“大姐和大姐夫怕是不会听人劝的。”

“芬儿还是陪娘呆在家里吧，你大姐从小就有自己的主张，去了怕也没甚用。”

“那就听娘的安排。”芬儿说。

“好了，御卿！家里的事你就不用操心了，惟正、惟昌有娘替你看管着。”路夫人说着站起身，伸手在他胸前的铠甲上捣了一拳说：“我儿扛硬！去吧，为娘一会儿便去校场为咱们折家军壮行！”

“扛硬！”折御卿应一声，行过军礼转身出门。

三月的塞外，天寒地冻，黄河依旧被冰封着。

天欲破晓，在那晨雾迷漫的河面上，传出了马蹄踩踏着坚硬冰面的声响，渐渐隐现出一支轻骑，横跨黄河直入北汉境地。这是折家军三万轻骑，在闲厩副使折御卿、监军尹宪的带领下直奔岢岚而去。

大军经过数日奔袭，不日便抵达岢岚。折御卿下令大军距离城外十里处扎营，即刻命令索斌带领斥候前往周边侦察，打探北汉岢岚军的动向。

折御卿也没时间休息，他想趁着天黑之前，先去查看城池周边的地形，随即带上李子慧、马山林及数十名军士直奔岢岚城而去。来到岢岚城外，众人站在远处的一座土坡上观望，发现岢岚城内异常安静。

“难道折令图不知我军的到来？”折御卿望着城池说：“他们似乎未做任何防范的准备。”

“怎会不知，怕他是想与我军硬碰了。”李子慧指着城墙说：“这城墙十分坚固，你看这城门，里面建有瓮城，怕是很难硬取。”

“硬攻怕是不成。”折御卿看着城墙，突然发现了什么指着说：“先生，你看。”

李子慧顺着他手指的方向看去，发现了城墙上面的弊端。原来这岢岚城，除了正面的城门特别高大之外，四周的城墙似乎矮了许多，而且还被众多的树木环绕。

“这些个树木用来纳凉还行，怕是不利于守城呀！”李子慧正说着突然听得一声炮响，城门大开，一彪轻骑冲出直奔他们而来。

“少将军、先生快走！由末将去拦住他们。”马山林大吼一声，迅速带领几十骑迎了上去。冲出来的岢岚军见有轻骑前来阻拦，并不向前，只是慢慢带住战马。马山林见岢岚军停了下来，也不往前，勒住战马定立观望。

“少将军，咱们回去吧？”李子慧说。折御卿并不答话，只是掉拨马头向回奔去。

岢岚军首领折令图，早在折家军到来之前便已得知，同时也接到了北汉皇帝刘继元的旨意，令其布置第一道防线，并会同宪州刺史霍翊，力阻由河东路过来的所有宋军，且随时准备增兵太原。

“我受皇帝陛下之托，奉命阻击敌军前行。”坐在议事大厅内，折令图看着在座的众将领说：“现折家军已兵临城下，不知诸位有何高见？”

“折家军来势凶猛，难以交锋，我军只宜坚守，待援兵到来之时，前后夹击，方能取胜。”参将说。

“折家军长途奔袭而来，我军可乘他们疲乏之时，在折御卿尚未站稳脚跟之际，突然出击定可获胜。还需要什么援军？”折令图十分自信。因为这些年，他与宋军多次交手，几乎完胜。宋军实在是不堪一击，折家军又能怎样，难道他就会比别的宋军强？在折令图眼中，折家军也没个甚，虽然两军还没有真正打过仗。但他始终认为，在强大的岢岚军面前，折家军没有打赢的可能。

“将军慎行！折家军虽为远道而来，但其军中善战将领众多，如若与其硬碰，吃亏的必定是我们。”参将见他极力主战，忙劝说道：“将军只需坚守城池不战，即便是折家军强行攻城，我军怎么也可撑住十天半个月。等待援军来时，折家军怕早已力疲，我军可趁机将其击溃。”

“说的倒也是。不过，我军有强大的城防，这岢岚城不是他折御卿想破就能破的。”折令图问道：“宪州军到了哪里？”

“回将军，刚接斥候来报说，霍翊的援军还未出发。”

“真是个胆小怕事的霍翊。”折令图愤愤地说“这都甚时候了，他还敢爬在窝里不动？”

“将军，宪州军多是步兵，等他们到达岢岚城怕还需要些时日。”参将劝说道：“将军还是耐心等等吧！”

“没了霍翊，难道本将军就怕了他折御卿不成？”折令图看眼众将领说：“待本将军擒了那折御卿小儿，折家军便自会退去。”

“将军！”参将正欲张嘴，被折令图打住说：“不必多言。传令下去，命令众将士严守城池，不得有误！”

参将见他出战心切，也就不再多言。折令图最见不得缩头缩脑的战法，他并不是不想防守，而是觉得怎么也该给找上门来的折御卿一点教训。一定要叫他知道，这岢岚并不是他想来就能来的地方。

折御卿、李子慧回到军营已近黄昏，几人简单吃口饭，便迅速召集众将领前来大帐议事。刚好索斌也侦探回来，大家把情况一一汇总后，李子慧说：“岢岚军是北汉驻守河东路最强悍的军队，这些年来与宋军没少交过手。折令图早知我军要来攻取城池，他却不做任何防守准备，看来是想与我军硬拼了。”

“怕他是有些自大了！”折御卿笑笑说：“据说，这折令图是岢岚军中的一员猛将，具有万夫不当之勇。我们还从未与他交过手，正好，明日叫本将军前去会会他，看他到底是怎么个万夫不当。”

“不过是一介武夫！”李子慧看眼他问道：“怎么，少将军也想与他争勇？”

“军师说得对，这种事怎可叫少将军前往。”路彦在边上插道：“还是叫末将打先锋，去擒了那折令图来。”

“算了吧，你去？那还不如叫马山林去呢。”索斌在边上打趣地说：“你路彦，路大将军……”

“好了！”尹宪见跑了正题，忙打断他的话说：“还是请军师说说明日的破城之计吧。”

大家闭住了嘴，李子慧说：“明日，先由少将军带一万轻骑去城下挑战，只要折令图敢出城迎战，只许败不许胜，要设法引他远离城池。”

“那折令图不出来呢？”路彦问。

“就让军士们在城下叫骂，直骂到他出来为止。”李子慧接着说：“叫路彦、马山林各带三千轻骑，今晚连夜埋伏于城门外的东西两侧，待折令图追赶少将军时，听到炮声，便迅速夺取城池。索斌带五千轻骑，就设伏在山谷中，待岢岚军过去后便断其退路，与少将军一起活捉折令图。折御仁与监军尹大人坐守中军，随时准备驰援。”安排布置完毕，李子慧扭过头去，看着折御卿、尹宪问道：“不知二位大人可有疑虑？”

“监军大人有何想法？”折御卿问。

“军师计策可行！”尹宪说。

“那好，马山林、路彦即刻出发，其余的人明日就照军师的安排出战。”折御卿叫众将领回去准备。待尹宪和众人全部退出大帐后，他让侍卫叫回了路彦、马山林和索斌。

“少将军还有何事吩咐？”路彦问。

“你们过来。”李子慧把几人带到地图前说：“岢岚城周边的树木众多，利于我军设伏，叫军士们带上登城攀爬的工具，准备连夜抢夺城池。马山林你把军士组成二十人一队，要让他们尽量从多处攀登。”

“得令！”马山林应了声。

“军师，末将干甚？”路彦问。

“你负责殿后增援。”李子慧吩咐说：“如果有岢岚军出城，便去城门下挑战佯攻城池，掩护马山林登城。”

“要是岢岚军不出来呢？”

“大军在天亮之前就会抵达岢岚城下，到时你就带着你的三千人马，从另一侧设法登城。”

“末将明白！”

“马上出发！”李子慧下令道。马山林、路彦转身走了。

“索将军，请过来！”折御卿站在地图前布置说：“你带一万轻骑马上出发，就在这个山谷边设伏，等岢岚军过去后迅速拦阻其退路。”

“末将明白！”索斌答应着出了营帐，折御仁紧跟着进来。他是折御卿叔父折德愿的儿子，三十来岁，在折家的男丁中排行为二。

“二哥！你过来。”折御卿忙叫他来到地图前说“你马上带五千轻骑连夜埋伏在这里，听到炮声迅速出击，直接攻击岢岚军。”

“得令！”折御仁走了，折御卿看眼李子慧问道：“先生，我们是否该给监军通个气？”

“不必！”

“可是，我们改变了行动的方案，这样怕会引起监军的误会。”

“我军只是把行动的时间提前到了破晓之前，整体计划并没有发生改变，还是不要去打扰监军大人了。”李子慧解释说：“眼下只是猜测，折令图未必敢来。再说了，我们也没必要事事都告诉他。”

“也是啊，万一他提出甚反对意见，叫我们如何是好。罢了罢了！”折御卿笑笑问道：“那么先生看我这样安排是否妥当？”

“三少爷实乃帅才也！”李子慧欣慰地说：“我曾追随你爷爷数年，他可算得上是位能征善战的帅才；后又跟着你的父亲、哥哥与契丹人争斗多年，你父亲的才智并不在你爷爷之下，在指挥作战方面还要略胜一筹。至于你嘛……”他不往下说了，折御卿看眼他笑道：“先生是不是要说，我还不及他们二老的一半。”

“真要与他们相比，你还太过年轻需要历练。但就三少爷的聪明才智，将来定会集他们二人所长，成为令你们折氏一族，为之荣耀的一方大员。”

折御卿笑了，笑得很是开心。他喜欢跟李子慧说话，因为他跟李子慧之间还存有着一份师生之情。父亲折德扆去世时，折御卿只有六岁。母亲路夫人便拜请李子慧来当先生，教他识字读书，研习兵法。大哥折御勋负责传授他武艺，还有二哥折御仁，军中将领索斌、路彦、马山林等。他是在众位大哥的关爱下长大成人，且集众家武艺于一身，从小练就了一身过硬本领。并熟知兵刃阵法，尤其是手中那条梨花大枪，使得是威风八面，令人赞叹！折御卿性情刚毅，却为人谦和，每遇战事必当身先士卒，决不退让！他身为一方大员，虽然年龄尚轻，但还是深受军中将士们的信任与爱戴！

尹宪回到帐中，正欲上地榻睡觉，便听到随从在帐外的喊声。

“进来！”听到喊声，随从进了营帐说：“大人，好像折家军有行动。”

“怎么会？”尹宪将信将疑地说：“不是说好了明日一早行动的吗？”

“折御卿刚刚调派出了几路人马，怕是另有行动安排。”

尹宪一听站起身，来到营帐门口向外看去，营地内并没有什么异动。

“索斌刚刚带走了大约一万人马，还有折御仁也带走了自己营地内的五千轻骑，已不知去向。”随从说：“如此大规模的行动，大人，您是否该去问一问？”

“问他做甚！本监军倒要看看，他们在玩什么花样！”尹宪怒气上冲，回转过身坐在地榻上说：“你去盯住折御卿，看他今夜到底想干什么？”

“是，属下这就去。”随从走了，尹宪也没了睡意，干脆抓过一马扎坐在营帐门口，隔着门缝向外观察。他不相信，折御卿敢抛开他这个监军而擅自行动。这是他跟随折家军出征的第一仗，怎么说折御卿也不会不给他这个监军留一点颜面，就算是有什么特别的行动，怕也该来知会一声才对。

夜深了，折令图来了！

他带来了岢岚军一万轻骑，想要趁折家军奔波劳累，还未站稳脚跟之时，夜袭军营。

岢岚先锋军三千轻骑，马蹄裹布，在折令图的率领下悄无声息地接近了折家军营地。

大军停留在不远处的山坡上驻足观望，折家军营地就在眼下一览无余。只见折家军三万大军的营帐，有序整齐地布满在整个山谷之中，星星点点的火光散落在营帐之间；营地四周，除有队队巡察警戒的军士外，营区内一片寂静。惟有中军大帐外燃烧着堆堆篝火，帐内烛光通明，透射出众将领在饮酒把欢的身影。

“折御卿啊折御卿，这都甚时候了，你小子还敢饮酒作乐。”折令图看着营地，喜出望外。不一会，斥候来报说：“折家军全体在睡觉，军中未见异常。”

“将军！不大对劲。”参将似乎察觉出端倪，忙提醒说：“折家军怎么会在如此重要的坡顶毫不设防。”

“那是他根本就没想到，本将军会连夜前来袭营。”折令图高举手臂正欲发出攻击号令，突然，传来一声炮响，声彻山川。折家军营地内火光四起，喊声震天，数万大军高举火把，瞬间照亮了整座山谷。

一斥候跑来说：“将军，我军身后出现折家军轻骑，已阻断我军退路。”

“我们后面的援军在哪？”

“已被折家军挡在了谷口。”

“将军，我军必须速速回撤，否则岢岚城危也！”参将的话音未落，就听远处传来喊声：“折令图，怕你现在是想走也走不了了！”

折令图一惊，忙打眼看去……

第　二　章

御卿智服折令图　柳枝巧戏李小怜

话说折令图听到喊声，抬头看去，就见折御卿带着数千轻骑围了过来。他心感愕然已知上当，在惊吓之余也顾不上答话。心说还是赶快跑吧，只有跟后面的援军兵合一处方可自保，若动作慢了怕就会把命丢在了这里。他想着便迅速打马回撤，折家军轻骑尾随跟进一路追杀。

岢岚军后面跟过来的数千轻骑，是被索斌的一万人马突袭挡在了谷口，两军混乱地厮杀在一起，岢岚军终抵挡不住折家军的强势攻击，开始溃败逃窜……

折令图带着轻骑在回撤途中，刚拐入山谷，又听得一声炮响，折御仁的五千轻骑冲杀出来，一阵惨烈的厮杀过后，岢岚军损伤过半。折令图拼力杀出重围，仅带有数百骑冲出，直向着岢岚城奔去。来到岢岚城下，他回头看看身后跟回来的数百人马，心中懊悔！这仗倒也真是败得窝囊，仗还未开打，自己竟先行损失了数千人马。人困马乏的折令图正要差人前去叫门，猛听得城内传出一声炮响，城楼上瞬间烛火通明，照亮了整座城门。马山林站在城楼上高声大喊：“岢岚城已被我折家军拿下，败将折令图，还不速速下马受降！”

伴着他的话音城门洞开，路彦带着一彪人马冲出，拦在了折令图面前。

见着折家军，折令图惊愕地差点从马背上掉了下来。他瞪大双眼，死死盯住路彦和马山林。怎么回事，就几个时辰的功夫，难道岢岚城也已被折家军夺了去？还真不敢相信自己的眼睛！他眼望城门，木讷地定在了原地。此刻，折令图大脑一片空白，已没了主张。

其实，这一切均已在折御卿的预料掌控之中，战事的发展依然是按照他的设想来完成的。折御卿早已预感到折令图会夜袭军营，不是说他真有料事如神的本领，而是判断推论得出的结果。倘若换做是他，当晚定会出兵，只是不会像折令图那样来的过于简单罢了。岢岚城易守难攻！当日，观察完岢岚城周边的地形后，折御卿已知这是一场硬仗。如若白天进行强攻，几无胜算的把握，搞不好会损失众多人马，还未必能打下城池。不到万不得已，断不可采取这种攻城方法。眼下最好是智取，如果能利用夜幕和岢岚城边的树林，兴许可出奇制胜。不管折令图出不出城，折御卿都会在天亮之前对岢岚城发起突袭。

当马山林、路彦连夜赶到城池周边的树林中潜伏就位后，折令图果然出来了。要说折令图压根就没把折家军放在眼里，他想借折家军长途跋涉的疲惫之机，先打他个措手不及。若偷营成功，捡个便宜，教训一下折御卿这小子。如若不成，再退回来固守城池不迟。可他万万没有料到，折御卿也在利用这个时机前来偷袭城池。潜伏在城墙周围的折家军，直等到折令图的人马走出了五里地后，路彦便带领三千将士直闯城下，悄没声息地从正面开始攀登攻打城池。守城的士兵突然发现城下冒出了数千折家军，惊恐地乱成了一片，城上指挥的将领快速调集人马进行反击。岢岚守军的注意力被吸引了过去，埋伏在城墙另一侧的马山林，趁着黑夜即刻带人登上了城顶，他舞动手中一口“陌刀”，将那些个守在城墙垛口边上的岢岚军士，如砍瓜切菜般地撂倒一片，掩护三千折家军将士陆续登上城墙，他们弩射刀砍迅速抢占了城楼。城墙上的岢岚守军见折家军势不可挡，便放弃了城墙退败下去。马山林快速带人杀下城墙去抢夺城门，很快城门被打开，路彦的三千轻骑快马闯入城中，岢岚守军早已溃败而逃。等折御卿带领大军赶到时，折令图的数百轻骑已无路可走，被死死地围困在了城门之下。

“败将折令图，现你已无处可逃，为何还不下马受降！”折御卿见他未动，又大喝一声道：“折令图，速速下马受降！”

“投降，你想要叫本将军投降？”折令图被这一声大喊给震醒，他看着折御卿说：“本将军深受我皇恩泽，岂能对我主不忠？今日虽已战败，但就算是死，本将军也绝不会受降于你。”

“折令图，本将军见你是条汉子，不想伤及性命。”折御卿劝说道：“刘继元本是一无道昏君，现已是强弩之末，何必为其效命。我主太宗英明仁智，倒不如弃暗投明随了我主，效忠大宋……”

“住口！不得诋毁我主。”折令图打断他的话说：“折御卿，早听说你武艺高强，本将军未曾有机会与你过招，假若你真能胜得了本将军手中这口大刀。那本将军倒是……”他有意拿话来挑衅折御卿，是想做最后的挣扎。死倒也不惧，只是觉得窝气，还没等他痛痛快快地厮杀一回，便这样死去实在是心有不甘！

折御卿并没答话，知道折令图此时的用意。

“也罢！”折令图见折御卿未动，便盯住他狂吼一声道：“折御卿！没曾想你竟也是如此胆怯之人，罢了罢了！本将军这就为我主尽忠了。”说着拔出佩刀，就要抹脖子。

“住手！”折御卿厉声喝住他说：“早听说你是员猛将，能打！好吧，本将军现在就成全了你。如若你真赢得了本将军手中这杆梨花大枪，那便放你一条生路可好？”

“少将军！”李子慧一听急了，忙说：“他是在激你，看不出来吗？”

怎能看不出来！折御卿并不理会，只是紧紧盯住眼前的折令图。他觉得折令图是员忠诚效主的猛将，死了可惜！倒不如收归已用，为大宋效力。

“少将军！”对面的路彦大声喊道：“还跟他啰嗦个甚哩，叫末将去挑了他吧。”他喊着欲打马上前，被折御卿高声喝住。

折御卿非要出去与折令图单挑，边上的李子慧没了办法。他猛然想起当年折德扆在府州城内，要与那契丹大将萧灵权单打独斗之事。当时那场景，竟与现在是何等的相似，都是面对着身处绝境的敌将，打与不打均已成为你的俘虏，又何必要去冒险一搏？

这父子俩怎就会如此相像，真是自信得令人悚惧！

这时，只听得马蹄声起，两匹战马奔腾了起来。折令图举刀策马直冲而来，折御卿挺枪催马迎面而对，两匹战马刹那间便冲撞在一起，只听“锵”的一声，火星飞溅，刀枪相向疾速划过。

“好枪法！”折令图大喝一声，掉转了马头。

“好刀法！”折御卿也拨转回马头，看着他喝声彩道：“将军的大刀，实乃威武也！”

“真是折煞我也！”折令图扔下手中大刀，翻身下马单膝跪拜说：“败将折令图，生死在于将军，愿听发落。”

呆了！这突如其来的变故，把所有观战的将领都给惊呆了。究竟发生了何事，怎就令这折令图转瞬间变得如此臣服？

折御卿见折令图跪拜在地，忙翻身下马说：“将军有胆而识时务，良禽择木而栖，贤臣择主而事。将军可是……”

“我折令图愿追随将军帐下，早晚听命！”折令图跪拜不起。折御卿大喜，上前扶起他说：“将军快快请起！”

究竟发生了何事，刚才两人交战只是快马一错而过，怎就会让折令图臣服？事情是这样的，当折御卿与折令图两匹战马迎面相对之时，折令图手中大刀直向着折御卿的胸膛砍去，他料定折御卿会举枪来迎。在枪杆还未触及大刀之前，折令图会霎时变换大刀劈砍出的方向，疾速反转手腕，使刀尖在空中划出一个弧线，刀刃冲上斜削折御卿的头颅；盘算得实在是太好，因这一刀法已在战场上多次应验，几无失手。就算是一招未果，他也会瞬间收手自保。

可他面对的是折家枪法，且折御卿又深得其传。折家枪法的彪悍之处，就在于不格不挡疾速简单。不格不挡，并不是不躲不闪，简单疾速也不意味着直冲直撞。武艺高强之人，在格斗中几乎都没有多余的招式，尤其是在马战搏杀之时，一旦出手，根本不可能做出第二个反应动作，在两匹战马交错之前，双方均已想好了毙敌招式。折令图算计得好，可他万万没有料到，折御卿手中那杆梨花大枪来得太过简单直白，他腋下挟持的大枪压根就没动。只在折令图大刀往下劈砍之时，还没等他反转手腕调整刀刃，大枪便突地破门而入了，一条直线直接刺向折令图的面门。

枪来得太过疾速，令折令图大惊失色，可他手中的大刀还在空中划着弧线，此时已没了回转的余地。眼看着闪电般扎来的枪尖，他心道一声：“我命休也！”瞬间脑海一片空白，失去了所有的防范可能。仅在呼吸之间，两马一错而过，折御卿手中的梨花大枪，并没有刺入折令图的面门，而是在枪尖将要到达的一刹那，收了手。他没想要折令图的命！

折御卿手下留情，让折令图汗颜，他此生从未遇到过如此强悍的敌手，也没有碰到过能掌握分寸，拿捏有度的将领。折令图输了，输得是心服口服！当然，这事也只有他们二人心知肚明。后来曾有人问起过折御卿，当晚到底发生了甚事，为甚仅一个回合就让折令图下马折服？折御卿只是笑而不答。问到折令图时，他也只是摇头憨笑。

战事来得十分顺利，一夜间便攻取了岢岚城。降将折令图在城中大宴折家军众将士，大家忘却了征战的疲劳，沉浸在胜利的喜悦之中。

此刻，监军尹宪的心中却闷憋了一肚子气，看来折御卿还真没把他这个皇帝亲派的监军当回事。如此重大的行动计划，竟不与他商议而擅自行动。今后的仗若再照此法打下去，那他这个监军还不真成了摆设？真是些不懂规矩的蕃将！这事若是放在宋廷中的任何一支正规军中，借他们个胆，怕也没谁敢如此行事。因为监军是皇帝的人，是代表皇权前来监督主帅和将领的人，在宋廷军队中拥有至高无上的权力。他的一纸奏折，便可决定主帅、大将军的命运前程，自然没人敢去招惹监军。

折御卿没有告诉尹宪，还是担心他会提出反对意见而贻误战机。加之他们压根就不晓得监军的厉害，权当是陛下派来的亲信，多敬着点便是了。仗横竖都得靠自己来打，万一监军提出什么不同的看法，你倒是听也不听？最好还是能不让他知道的就尽量少让他知道的好，省得无事添乱影响战事。再说了，当时折御卿并不确定折令图一定会来偷营。如果不来，只当一切均未发生，等出发前再去告知监军，到时便按照军师的布置行动就是了。另外李子慧也不让他说，因对眼下这个监军不甚了解，而且这仅是预备的第二方案，未必能够执行。其实，李子慧是想利用此次事件，来试探试探该监军的忍耐程度。即使有个甚事，他就一人担着。

折御卿虽说是府州知州，但也不过是个小小的闲厩副使。面对皇帝的潜邸亲信，他当然不敢怠慢，也万万开罪不起。未见监军前来吃饭，折御卿和李子慧提着食盒，抱了坛好酒便直奔尹宪的房间而去。随从见两人走来，忙转身进屋说："大人，折御卿和李子慧来了。"

"就说本监军没空。"端坐在几案前提笔疾书的尹宪，头也没抬地说了句。他想把发生的事先记录下来，如果需要便一同呈给官家。

还没等随从出门，折御卿与李子慧已经走了进来。尹宪见二人进来，忙放下手中毛笔，掩纸欲起。

"监军大人，怎么也不出来吃饭？"

李子慧忙走上前，没等尹宪起身便将食盒放了上去，与折御卿快速拿出里面的酒菜摆上几案。

"来来，在下和少将军特意前来，是想陪大人喝上一杯。"

"大人！"折御卿抱过酒坛，揭开酒封，倒碗酒递到尹宪面前说："今夜之事还望大人多多海涵。"尹宪只是接过酒碗，并不吭声。

"大人！今夜之事全都是在下的主意，怪不得少将军。"李子慧忙把事情往自己身上揽，"当时事情来得突然，在下见大人已经睡下了，就没敢差人前去打扰大人。"

"我真的睡了吗？"尹宪看看两人说："我不但没睡，还一直盯着你们几人，倒是想要看看你们如何行事。”

“啊，原来大人是早有戒备，竟把一切都看在了眼中。”折御卿说着将酒碗端起道：“来，大人！喝了这碗酒，便不会再有下次了。”

“喝！”尹宪一口将酒喝干，扔下酒碗说：“折御卿啊折御卿，你小小的年纪，竟也胆大包天。”

“大人，您这是？”折御卿不知他想要说什么，尹宪接着道：“你这小子，胆子也太大了点吧，你可真把本监军吓出了一身的冷汗。你是我军统帅，怎会冒失到要与那败将折令图单挑独斗。你真不要命了，倘若有个三长两短，谁来领兵，谁来替陛下攻取宪州？你要死了，我这个监军不也得跟着你遭殃？”

一听此话，三人哈哈大笑，心劲一松，便尽情畅饮起来。看来这尹宪倒是个通情达理之人。仗打赢了，皆大欢喜，假若战败，那会是什么局面，监军真还能如此大度吗？

“本监军可是有所耳闻，听说你的父亲折德扆大人也曾经干过这种事。”尹宪端起酒碗，感慨地说：“真是有其父必有其子呀！”

“看来下官是有些唐突了！来，喝酒！”折御卿端起酒碗，三人干了酒。

“少将军的胆气真是令人敬佩！”尹宪放下酒碗，看着他语重心长地说：“你是替官家镇守边关的一方大员，不是游走江湖的草寇。少将军，你的身家性命，可不仅仅是你自己的啊！”

“大人说得对！”李子慧给大家斟满酒说：“少将军今后不得再如此鲁莽。”

“知道了，下官不再这样便是了！”折御卿端起酒碗说“来，多谢监军大人的提醒！”

“喝！”尹宪一仰头把酒倒入口中。这一仗让他对折御卿有了信心，几碗酒下肚，心里的闷气也一泄而去。他没想到，掠地攻城在折御卿面前竟会变得如此简单，真是不可思议！看来这小子还真是有些本领，皇帝陛下英明！尹宪的担心已去除了一半，但愿不是碰巧赢了这一仗，接下来还有宪州城要打，希望折御卿不会令他失望！

喝了一肚子酒，折御卿心情放松回到屋内倒头便睡。睡梦之中隐约听到外面传来喊声，睁开惺忪睡眼，发现天色已经大亮，忙翻身坐了起来。此时，院内的喊叫之声越来越大，他静心听听，原来是位姑娘的声音。折御卿起身出了房门，就见院门外有位姑娘，正被侍卫亲兵拦挡在外面。

“叫折御卿出来！”姑娘看见折御卿，又大喊了声。

侍卫见着折御卿，忙跑上前道：“大人，这女子一大早便来门口叫喊，说是见不着大人她就不离开。”

折御卿让侍卫放姑娘进来，她走上前看着折御卿问道：“你就是折御卿？”

“大胆！”侍卫大喝一声：“见了我家大人还不行礼？”

姑娘站着没动，只是直直地盯着他。折御卿打量下这位姑娘，也不过十六七岁的年龄，脸庞清秀，柳眉高挑；只见她一身白色戎装，足蹬一双高帮牛皮短靴，浑身透露着豪爽英气。好一个俊俏女子，折御卿不由得心中赞叹了声。

“你就是折御卿？”姑娘看着他，有点不太相信自己的眼睛。她没想到，眼前站立的这位英俊后生，竟会是府州折家军的首领。原以为，能够统领折家军的头，怎么也该是个年近半百的铁骨老头。

“姑娘！”折御卿看着发呆的她，问道：“不知你找我有甚事？”

“噢！”姑娘回转过神来说：“听说你能打，武艺了得，本姑娘特来与你比试比试！”

“不知姑娘，为甚要来与我比试？”折御卿笑了，问道：“你是谁，叫甚名字？”

“你不用管本姑娘叫甚名谁，只管打过了……”姑娘话没说完，折令图从门外匆匆跑进来说：“小怜，听说你回来，怎么跑到了这里？”

“哥，你不用管我。”李小怜并不搭理他。

“哎，你这是要做甚？”折令图喊了句，上前一把拉起她的手就走，“快跟我回去！”

“我不走！”李小怜抛开他的手说：“哥，要回你自己回去，不要管我的事。”

折令图见她不肯走，忙向折御卿赔礼说：“请少将军不要见怪，她是末将的表妹叫李小怜，年龄尚小，任性不懂事，还望大人恕罪！”

原来这位姑娘是折令图的表妹，也是“青翠庵”道长收的俗家弟子。“青翠庵”距岢岚城不远。这些年来，她一直跟随道长在山中习武学艺，平日里很少下山。她家中没有什么人了，只有这个表哥折令图，父母早年过世，便与表哥相依为命。这日，她本打算回家看望表哥，一大早来到岢岚城下，竟然发现这里的守军已换成宋兵。一打听，才知岢岚城昨夜已被折家军攻占，表哥也成了人家的降将。还说折令图竟是被那折御卿一招降服，把个折御卿说得跟个神仙似的，她哪里肯信。她的表哥是何等的彪悍英武，具有万夫不当之勇，怎会如此不堪一击？她得去会会这折御卿，看看他到底是何方神圣。进了城，李小怜想先去见见表哥，没见着，看看家中一切安好，便干脆来找折御卿了。

折御卿看着执拗的李小怜，笑笑说：“既然是将军的表妹，我们就是一家人，何罪之有！”

“谢少将军不罪之恩！”折令图忙回话。

“折御卿，你倒是敢与本姑娘打也不打？”李小怜不去理会折令图，还是不依不饶地盯着他问。

“小怜，不得对少将军无理。”折令图大声喝道：“快走！你哪里是少将军的敌手！”

“好吧！”李小怜依然盯着折御卿说：“既然你愿做那缩头乌龟，本姑娘也不强求。”说完转身向门外走去。

“姑娘请留步！”折御卿见她要走，忙道：“既然姑娘要比，那我就陪你试试身手。”他妥协了，心中只觉有趣。这小怜姑娘还真有个性，不管与我比试是为了甚，权当陪她耍耍，也好借此舒舒筋骨放松下自己的心情。

这时，李子慧、索斌、路彦、马山林等众将领来到院中，众人看着他们不知发生了何事。

“小怜姑娘，你想与我怎样比试？”折御卿见她回来，问道：“是比拳脚还是兵刃？”

“去，把你的兵刃拿出来。”李小怜举着手里的佩刀说：“本姑娘就用手里这把刀来与你比试。”

“好吧，既然小怜姑娘这样说，那就试试你的刀法。”折御卿说完，身边的侍卫要去取剑，被他拦住说：“不必取剑，我不过是跟小怜姑娘比划比划而已。”说着，他往院内的四周看看，发现院墙边有一棵正冒着嫩芽的柳树，便走上前，伸手折下一段手指般粗细，三尺来长的柳枝。掰去下面的枝条，仅留有顶端的几枝嫩绿细条，返身回来站在李小怜面前。

李小怜见他不肯用兵器，而是折来根柳枝，心中大怒。这折御卿怕也太狂妄了点吧，竟敢拿根柳枝来欺本姑娘。

“折御卿，你不用兵刃而用柳枝，可别怪本姑娘欺负你。”李小怜不等他答话，拔出佩刀直扑而上。就不信了，你用这柳枝也能拦阻得住本姑娘手中的单刀，她要用刀来砍断他手中的柳枝。

第一刀是砍向折御卿的面门，看你挡也不挡，没挡！折御卿倒提柳枝根本没动，只是轻移脚步，身体仅向后挪了半步，单刀迎面划下。一招未果，李小怜扭动身躯，单刀顺势斜劈折御卿腰身。这一招，如果折御卿还是不拦，怕是万万跑不脱的。她心说，我倒是要看你拦也不拦，还是没拦！折御卿只是轻舒柳枝，闪身侧转，单刀贴着腰身划过。两招过后，折御卿并未还手，这倒叫那李小怜心火上攻，干脆就使出了自己的拿手绝招。劈、砍、刺、撩、扎，直奔着折御卿的周身上下而去，这刀使得风一样的快。

“好，好刀法！”折御卿见她使出了看家的本领，喝声彩，身形快速移动，手中的柳枝也紧随其舞。枝条终不与那单刀相磕，顶端的那几束嫩绿细条，好似飘荡的蝴蝶，在她的眼前飘来荡去。折御卿出手了，柳枝似一条钢鞭，直弹向李小怜身上有护具的地方。先是击打她手腕上的护板牛皮，李小怜收手防护，柳枝梢头飞舞着疾速上挑，从她左耳边向上划过，紧接着又是一个缠绕，柳枝又奔向了她的腰身。李小怜一惊，忙用手里的单刀切削，柳条的方向变了，直线向上，轻轻从她的右耳边擦头闪过。

“姑娘，承让了！”折御卿退后一步，将手中柳枝收入怀中。

李小怜双眼看着他，不知何意。这才刚接手没几招，怎地就不打了？边上站着的折令图，早已看得明白忙上前说：“小怜，你输了。少将军真乃好剑法！”

“本姑娘甚时输了？”李小怜不明其意，折令图悄声提醒说：“簪子！”

李小怜伸手摸了下左面头发再摸摸右面，两只簪子早已不翼而飞，不知何时已被折御卿用柳枝挑了去。

“折御卿你等着，待本姑娘过几日再来与你比试。”李小怜心里不服，看着折御卿秀目圆瞪，嘴一鼓，扭身跑出门去。

“哎，小怜姑娘！”折御卿想拦住她，折令图过来说：“请少将军多多鉴谅，小怜就这脾性，打小就不服输。”

“没甚！”折御卿笑笑，展开左手偷偷瞄了眼手中的一对簪子。这一切均被边上的李子慧看在眼中，他走上前说：“少将军，看来这女女算是跟你扛上劲了。”

“是呀，看她这性情，倒还真是与咱们家少将军有点儿像呢。”路彦也凑过来说：“好性子，好刀法。”

“哎，路将军，你也欺负起本将军来了。”折御卿笑着说，他并不介意他们说什么。

“不敢！”路彦憨憨一笑说：“少将军，您该不会……”

“真是头笨驴，有你这样问话的吗？”索斌打断他的话说：“那叫柳条传情，有想法有想法呀！”

“真是没了章法。”李子慧上前说：“你们这两个当哥的，怕是有点为大不尊了，怎能与三少爷开这种玩笑！”

“没甚，没甚！叫这几个老哥哥也过过眼瘾，省得憋出毛病来。”折御卿笑笑，转身回屋去了。

太平兴国四年三月，由太宗赵光义亲率的主力大军，到达了太原城下。十几万人马，在太原城外驻扎，并迅速拉开架势排兵布阵。

此刻，太原城上北汉建雄军节度使刘继业，正带着儿子刘延郎等众武将，站在箭楼上观望着城下十几万排兵布阵的宋军。

“宋军怎会摆出如此无用的阵形。”刘延郎看着城下忙着布阵的宋军说：“爹爹，倒不如叫孩儿去扰他一扰，也好杀杀宋军的威风。”

“延郎，你可识得此阵？”刘继业问。

“孩儿不识！不过，看这如此庞大的阵形，怕是只能防御而毫无进攻之势。”

“此阵叫‘平戎万全阵’，是一种用来对抗骑兵的防守阵形。”

“既然是防守，那该如何破我太原城？”

“宋军多为步兵，本不善骑，从柴荣到赵匡胤，跟我们打了几十年的仗，他们赢过几回？”刘继业进一步解释说：“宋军排此阵的目的，就是想先求自保，防范骑兵的冲击。”

“只怕这种阵形，也很难阻拦得住契丹铁骑的冲杀。”

几人正说着，就见宋军阵营里有一骑飞驰而来。飞骑来到城门下停住，冲着箭楼上面高喊：“上面的人听着。我大宋皇帝陛下，以慈悲心怀，不愿屠戮苍生。快快叫刘继元出城受降，以免城中无辜百姓受害。”说着将一封劝降书用箭射向箭楼，打马转身回去。

刘延郎从柱子上拔下箭羽，取下降书递到刘继业手中。

“爹爹，您看……”刘继业并不答话，接过降书转身向城楼下走去。

刘继业，本姓杨，名重贵，并州太原人氏。其父杨弘信早年盘踞麟州，自称刺史。

公元951年，刘崇在太原建立北汉后，杨弘信便将他及儿媳折赛花一并送往太原作为质子。刘崇遂收杨重贵为干孙，赐国姓刘，名继业，任太原都保卫使。后又被北汉后主刘继元任命为建雄军节度使。刘继业年约五十，其子刘延郎二十一岁，他们在太原已居住了二十八年，但从未回过麟州。

刘继业刚下箭楼不久，其妻折赛花一身戎装也上了箭楼，刘延郎看到母亲便迎了上去。

“娘，您怎么也到箭楼上来了？”

“听说宋军已到了城外，娘只是想上来看看。”折赛花来到垛口旁，向外观望着说：“这阵形也真够庞大的，如此排阵，怕是对攻城不利呀。”

“娘，您也识得此阵？”

“娘又不上战场，到哪里去见此阵？”折赛花说着四处看看，问道：“这敌军都到城门口了，你爹去了哪里？”

“刚接到宋军用箭射上来的劝降书，爹爹大概是要去见皇帝陛下了。”

“看来他又要生事了。”折赛花一听，忙转身向箭楼下跑去。

“娘，出甚事了？”刘延郎见她匆匆走了，紧跟着喊了声。

折赛花，年约四十七八岁，府州折德扆之女，十六岁就嫁给了刘继业，后随他一直住在太原，从没离开过。她对自己的夫君太过了解，此人性直刚烈，为人忠厚，如果认定了谁，有时会表现出令人无法理解的“愚忠”和“傻气”来，太认死理了。折赛花听说他是去见皇帝刘继元，便知事情不好，得尽快去拦住他，省得一会儿说出些让皇帝不爱听的话来。

刘延郎站在垛口前，静静地观望着城外宋军布阵，嘴里还不停地念叨着：“甚是个‘平戎万全阵’，此阵真的有用吗？”

第　三　章
监军临战宣阵图　继业苦口劝后主

话说折赛花去追赶刘继业，刘延郎却饶有兴趣地看着城下的宋军布阵。不管有用没用，城外的宋军确实是在摆布“平戎万全阵”，该阵形是由太宗皇帝亲自制作并授予大将军。

“平戎万全阵”是由前后左中右五军组成，约十七里见方的正方形大阵。目的是用方阵来拓展纵深，压缩敌军骑兵的机动空间。把主力步兵部署在阵形的中央，组成三个战车营，增强步兵的防御和攻击能力。把骑兵部署在前后左右担任警戒，掩护中央大阵，这是一种典型的保守防御阵型。

再来看看此阵的排布方法：中军大阵由三个方阵排列而成，是全阵的主力。每个方阵周长二十里。每五步为一“地分”，每“地分”用大车一乘，步兵二十二人防守。另有“无地分兵”，就是机动的预备队五千人居方阵中，每方阵共用步兵三万六千六百八十人。三个方阵共十一万零四十人；另加“望子”（观察、瞭望哨兵）二百四十人，步兵总计人数达十一万零二百八十人。

骑兵分前后两阵，各有骑兵两列；前阵骑兵六十二队，每队五十骑，共三千一百骑。后阵六十二队，每队三十骑，共一千八百六十骑。两列共四千九百六十骑。加上“斥候”（侦察兵）四十骑，共有骑兵五千名，再加前后两阵，总计：骑兵人数一万。还有东西稍阵（左、右两翼）各两列。前列一百二十五队，每队五十骑，共六千二百五十骑；后列一百二十五队，每队三十骑，共三千七百五十骑。每阵有骑兵一万，外加斥候六百五十骑，总计二万零六百五十骑。

“平戎万全阵”所用兵力总计十四万零九百零三人，其中，主力步兵十一万零二百八十人，前、后、左、右各阵骑兵三万六百五十人；还有车营防御大车，一千四百四十乘。该阵布防面积巨大，仅中军大阵的正面宽度，约有十七里之长，而每个方阵的正面与纵深各占五里，方阵与方阵之间的间隔约一里；前后两阵每队正面六十五步，约一十一里零七十步；左、右两阵，每队占地五十步，正面约十七里一百三十步。

太宗皇帝搞出此等巨阵，就是想“以步制骑”。中原王朝一直缺马，宋军也不例外。军中骑兵十分缺乏，只占全军总数的七分之一，骑兵中往往十之三四无马可骑。也就是说，十个骑兵就有三四人无马，多时可达十之八九。为了应对游牧民族的骑兵，大宋朝便在阵形上煞费苦心，纸上谈兵，企图利用阵法的威力，在野战中以步兵来抵抗游牧民族的铁骑。说来，太宗苦心搞出的这些个阵形战法，与契丹灵活多变的游击战术，实乃无法应对。若要想发挥出该阵形的威力，必须具备以下两个条件：第一，契丹人不许跑，只能静等着与前来进攻的大宋军阵发生硬碰硬的接触战；第二，契丹骑兵要想进攻，也只准往宋军的军阵里冲，不得绕行，更不能旁走侧击。所以有后人评说该阵为："龟缩阵法，胜不能进，败则不能逃。"还有更奇葩的，宋廷为给将士壮行，每每出征之前，都由太宗皇帝为军队统率制定出具体的作战方案，并亲自授予阵形图。同时委派监军，在战场上监督将领的执行情况，无论发生何事，前线将领都不得便宜行事。也就是说，无论战场上发生何种变化，指挥官都不能随意更改作战阵形，如需修改，也得先报知朝廷后再定。真是太过聪明！这样的规定，如何抗得住辽军铁骑风雨般的疾驰突击？正是因为这些朝中君臣，在家中想出了花样繁多的作战阵形，才导致数十年间，宋辽战争胜少败多的局面。

当然，围攻太原城的这个"平戎万全阵"，是经太宗皇帝精心改良过的阵形，为取城池，阵仗排布也没有夸张到十七里之长，仅为平时的一半，但人数却一点儿也不少。可是，单凭这种阵形，真的就能攻下太原城吗？

闲话少说，再说刘继业拿着劝降书下了城楼，翻身上马直奔北汉皇帝刘继元的大殿而去。

此时的北汉后主刘继元，正在宫中烦闷。数十日前接闻快报说，赵光义亲率十几万大兵压境，在惊吓之余，忙差派自己的儿子刘让赶赴辽国救援，并当作人质。

刘继元先世为沙陀部人，他本姓何，其母是刘崇之女。她先嫁给薛钊，生子继恩，后又改嫁何氏，生了继元。二人都是舅父刘承均（刘崇之子，北汉第二位皇帝）的养子。天会十二年（即公元968年）七月，宋太祖赵匡胤大军压境征伐北汉，刘承均因宋军压境，国势日窘忧愤而亡，他的哥哥刘继恩即位。同年九月，刘继恩被自己的大将侯霸荣所杀，接着侯霸荣又被宰相郭无为所杀，刘继元便在郭无为的扶持下当上了北汉第四位皇帝。

近日，朝中大臣主降的声音越来越多，武将的抵抗意志也开始变得越发薄弱。刘继元觉得势态严重，如不尽早防范，怕还未等辽国大军赶到，太原城便已失守。

"朕不能降！"刘继元冲着周边的众臣大喊道："赵光义这十几万大军有甚可怕！这些年来，朕的太原城还被他们打得少吗？这太原城何时被攻破过，朕不是还好端端地站在这里吗？"

众臣退向一旁，不再敢出声。刘继业匆匆进了大殿，刘继元看见他忙问："皇兄，你可曾去察看敌阵？"

"陛下，宋军来势凶悍，赵光义怕是……"

"住嘴！朕的太原城坚不可摧。"刘继元喝住他的话。真是太过敏感，他似乎都怕听到赵光义的名字。

"陛下！"

"皇兄不必介意！"刘继元也察觉到自己有些失态，忙缓和下语气说："朕近日心中烦忧，脾气怕是急躁了些。”

“老臣不敢，陛下！”刘继业把手里的降书递上去。

“这是甚，难道又是要来劝朕投降的吗？”刘继元一抛手，吼道：“不看！难道朕，真就等不到契丹大军的到来吗？”

“陛下，老臣斗胆说一句。”刘继业不去看他，只管自己说道：“我们不能再指望契丹人了，老臣以为，为陛下着想，为城中百姓……”

“住嘴！”刘继元又打断他的话说：“刘继业，你是不是又想来劝朕受降？”

“老臣是在为陛下着想。”刘继业毫不畏惧。

“刘继业，你到底是谁的臣子，你在为谁效力？朕记得，天会十三年赵匡胤打来，你就曾劝朕受降，朕不允，你竟敢跑去与那赵匡胤和谈达成协议。”

“陛下，现在已经不同于往年……”

“有何不同？”刘继元再次打断他的话。

“赵光义收复了泉州和吴越后，国力日盛。”刘继业硬着头皮说：“虽然我们暂时可以利用契丹人抵抗宋军，怕这已不能长久，契丹人不可靠！”

“住嘴住嘴！”刘继元咆哮起来道：“不许再言降，否则朕可就翻脸不认人了。退下！”

刘继业无语，只好转身退了出去，刚出得大殿就遇见赶过来的折赛花。

“夫人！你为甚也跑到这里？”刘继业忙迎上前说：“走走，赶快回去。”

“你是否又来向陛下进言？”折赛花责备道：“你怎会这等的没记性！”

“好了，夫人！不必再说，还是快回府去吧。”

“把话说完了我自会回去。”折赛花执拗地说：“你还记得天会十三年，赵匡胤攻打太原城，宰相郭无为因为劝降被陛下问斩之事吗？”

“记得，当年为夫不也劝过陛下吗？”

“当时陛下没处罚你，而是斩了郭无为，为甚？”

“是因为，为夫还能带兵打仗，可保卫太原城。”刘继业很是自信地说“为夫进劝陛下，是为他好，也是在为全城的百姓着想。”

“那陛下听进去了吗？”

“没有！”

“这就对了，夫君呀！你也该动动脑子了。正因为你跟延郎孩儿能征善战，陛下才能容忍你。就算你想要劝陛下放弃太原城，怕现在也不是时候呀。”

“夫人不必多说，为夫知道了。”刘继业长长叹口气说：“既然陛下决意要战，那为夫便与那宋军打他个鱼死网破。”

面对刘继业，折赛花无语，可她实在是为自己夫君的安危担心。刘继元本就不是个善主，信用奸小，喜听谗言，排斥贤能。刚登基不久就听信谗言斩杀军中大将，使得朝中军政事务一片混乱，这些年要不有契丹主子为他撑着，怕早已被灭亡了。

破了岢岚城，折家军稍事休整，准备好粮草物资后便直奔宪州城而去，折令图也带着五千岢岚军跟随。因大军已深入北汉境内，随时都有可能与宪州军发生遭遇战，行进中的折家军轻骑便排出了“牵线阵”形。

这是一种用于骑兵行军的战斗队形，行军时大军排成纵队，各队将领执帅旗一面。一般，一百人则打卒长旗一面；五百人打旅帅旗一面；二千五百人则打师帅旗一面；若超过一万二千五百人则打军帅旗一面。在行军中，前后各部必须一军跟着一军前行，路狭则单行，路宽则分为数行，各军鱼贯而进。一旦与敌军发生遭遇战，首尾蟠曲钩连，顷刻聚集，结成圆阵。若战事不利，以锣声为号后撤，还要保持“牵线阵”战斗队形。路宽时，可分为十行或二十行，但不得斜奔旁走，零乱瞎跑，必须鱼贯有序而退。折家军轻骑十分擅长使用这种进可攻，退可跑的战斗队形。

大军渐渐进入一山谷口，突然，路面上冲出位十五六岁的姑娘拦住大军。军士问她为甚挡路，姑娘转问道：“你们是不是府州的折家军？”军士答是，姑娘接着说：“我要见折御卿！”

“不许直呼我家大人的名字。”

“不叫名字，那该叫个甚？”

“叫大人或将军都行。”军士见她没动，问道：“你是甚人，为甚要见我们将军？”

“没你甚事！你若不叫，那我就自己去找。”姑娘说着便向大军后面跑去。军士也不再理她，大军继续前行。

姑娘沿着轻骑大队一面向后跑，一面不停地大声喊道：“折将军，折御卿将军！”

这队伍也太长了点，一眼都望不到头去，姑娘想这样喊终不是个办法。于是，她把拇指食指对扣放入口中，刺耳的口哨声即刻爆出。行进中的战马，听到哨声突然躁动起来。一校尉稳住马，跳下喝问道：“姑娘，你这是干甚呢？”

“去给本姑娘把折御卿，折大将军找来，要不我还继续吹。”姑娘说着又将手指放入口中，校尉忙喊，“别吹别吹！我这就去这就去。”校尉向后面跑去，姑娘笑了。

不一会，折御卿、李子慧策马过来，他看着姑娘问道：“姑娘找我有甚事？”

“你就是折御卿，折大将军？”姑娘打量着他，不太相信自己的眼睛说：“我原以为是个老头。来之前，我跟我家小姐打赌说，折御卿是个老头，她说不是，我说是。最后我说，如果他不是老头，我就给你把他请上山来。如果他是个老头，以后就不许你再提他了。”这姑娘还真是啰嗦。

折御卿乐了，问道：“那你看我是不是个老头？”

“不是，所以你必须跟我上山去见我家小姐。”

“你家小姐是谁？”折御卿问，姑娘答：“去了你就知道了。”

“姑娘，我没时间跟你玩，如果你不说，那我可就走了。”

“是我家小姐不让说，就算是说了你也不知道。”

“既然不认识，那又何必要见？”折御卿不想跟她纠缠，打马欲走，姑娘忙又拦在他的面前说：“你不能走，是我家小姐特意让我在这里等你，说有要事与你商议。若你这样走了，叫我回去怎么跟我家小姐交待？”

“要事？”折御卿犹豫了下，问道：“是甚要事？”

“本姑娘不知，但见了我家小姐，她自会告诉你的。”

“你不说，算了。”折御卿没了耐心便打马走了，姑娘也不再阻拦，只是站在原地冲着他的背影大喊：“折大将军，你要是不见我家小姐，你会后悔的！”

折御卿没有回头，李子慧打马追上他问：“三少爷！你该不会在这里也有认识的姑娘吧！”

“先生怎么也来取笑我。”

“那倒不是！”李子慧忙解释说：“看这女女似乎有些来头，我是在想，我们该不会是错过了什么事吧？”

李子慧的猜测没错，折家军确实是错失了一次轻取宪州城的绝佳时机。

在山路上拦挡折家军的姑娘，叫秋儿。离开折御卿后，她便匆匆赶回山庄，见着自家小姐，把事情发生的前前后后说了一遍。小姐听罢只是笑笑，并没说话。

小姐姓杨，名美慧，年约十七八岁，是山庄主杨弘义的女儿。说这是山庄，倒不如说是座山寨，因为进入这里的唯一入口，便是一座山门。山门设在山谷口，两面紧贴着陡峭的山峦，中央仅留有一进出的大门，门上修有防御的碉楼。这寨门最显眼之处，便数那山门上镶入的一块巨大石板，上书“杨家庄”三个飞扬跋扈的大字。字体不是请工匠前来刻琢，而是杨美慧用手中的钢刀直接抡划上去。

这字写的真是自大狂傲之极，识字不多的不认识，认得字的，怕也只能勉强猜得出第一个是“杨”字来。杨美慧倒觉得，这字也没什么好看不好看的，反正是自家庄院，爱认识不认识，想要知道上面写的啥，尽管张嘴问就是了。

就因为这字，倒还引出了一段趣事。那日，杨美慧刚把字写好，山门口过来一个樵夫，他盯住上面的石板便张开大嘴问：“小姐，您给那上面划的是啥呀？”

“是‘杨家庄’！”

“是字啊！小姐这字写得真好看。”

“你识得字吗？”

“我就是一樵夫，怎会识得字？”

“那你现在识得这几个字了吗？”

“识得了，是‘杨家庄’。”

“赏钱，给赏钱五十文！”杨美慧一高兴，即刻命人给了那樵夫五十文赏钱。

这事一下子便被传扬开来，搞得周边十里八乡的百姓，几乎都往这山门口跑过了一遍。杨美慧倒真不吝啬，只要你识得这三个字，赏钱照给。不过后来，由原先的五十文变成了一文钱，也就不再有人往这里跑了。

秋儿看着小姐有点儿发呆，觉得她似乎有些反常。换成往日，她定会冲下山去找那折御卿说个明白。可今日，却表现得异常安静。

“小姐，叫你给说对了，那折御卿还真是个长得俊俊的后生呢。”

“你不是说，他一定是个老头吗？”

“人家原以为他就是个老头嘛！”秋儿争辩说：“谁会想到，府州折家军的首领，竟然会是个俊俏后生呢！”

“都说是个后生了，为甚还要没完没了的重复？”

“人家只是觉得意外嘛！哎，小姐！你若真的嫁给了折御卿，那我们就离开这山庄搬去府州住。”

“嫁给了他，当然要去府州住了。”

“小姐，人家倒是担心，万一他不认账，那小姐该怎么办？”

“我们杨折两家早有婚约在先，他们折家就必须遵守约定！”

“要是万一，万一他不承认呢？”

“胡说，既然早就订立有婚约，哪有不承认的道理！”

“人家折御卿都不肯上山来见小姐你……”

“那是因为他还不知道有这么回事。他现在不来，过不了几日，定会前来求本小姐。”

“为甚，他为甚要来求小姐？”

“折家军要去攻打宪州，你说，他能对付得了那宪州城里的‘母大虫’吗？”

“就算对付不了，那折御卿又怎会知道小姐你有办法呢？”

“到时你再去找他呀！”

“那他还要是不来呢？”

“你只要告诉他说，我家小姐有破城之法，他自会跟在你的屁股后头，追着你跑到山庄里来的。”

“要是折御卿攻下了宪州城，他还会来吗？”

“你真啰嗦！”杨美慧被问火了，“那本小姐就亲自上门去找他！”

折家军很快到达宪州，大军距城外十里处扎营。折御卿等众将领进了军中大帐，便听尹宪高声喊道：“府州知州折御卿接旨！”

折御卿等人一愣，忙行军礼道：“折御卿恭迎圣旨！”

“折家军攻打宪州，皇帝陛下特敕出战阵形图一张，尔等依图列阵，恪尽职守，忠勇杀敌，攻取宪州。钦此！”

“吾皇万岁万万岁！”折御卿起身接过圣旨，将阵形图摆放在几案上，众将领也跟着围上前来观看。

此图是“常阵”阵形图，是把部队分成前锋、后卫等各个战斗单元，再由各部分别组成阵形，然后综合在一起进行战斗。众将领看完阵形图后都有点儿泛傻，不就是攻打宪州城吗，为甚还要搞出如此复杂的阵形来。

“少将军，你看……”路彦指着阵形图说：“这样还能打仗吗？”

“住嘴！”未等折御卿说话，李子慧便厉声喝住他说：“陛下御赐的阵图，是你这等粗莽汉子能看得懂的吗？”真不知天高地厚，在监军面前竟敢枉说皇帝陛下的阵图。

竟敢怀疑陛下亲授的阵形图，看来这小子怕是不想活了。尹宪把脸一沉，看着路彦正欲张嘴，李子慧却抢先说道：“监军大人！请监军大人息怒，您可千万不要跟这等粗鲁的家伙一般见识。”

“末将说的可都……”路彦不服正欲往下说，又被李子慧喝住道：“来呀！把路彦拖出去重杖三十。”伴着他的话音，帐外进来几名军士拉起路彦就往外走。折御卿本想求情，但看眼阴沉着脸的尹宪，便把到嘴边的话咽了回去。这路彦真该打，总是管不好自己的嘴，现在已不同于往常，军中来了皇帝陛下的监军，说话办事须处处小心多个心眼，搞不好会招来杀身之祸。眼下必须得叫路彦长点儿记性，省得往后在监军面前再生出事端来。不过这几十板子真的要打了下去，怕他也就无法骑马打仗了。折御卿扭头看眼边上的索斌，索斌会意忙转身跟了出去。

出了营帐，索斌跑到路彦身前悄声说：“你这家伙真是越来越像头蠢驴了，怎就越老越不知道事理了呢？那可是皇帝陛下亲授的阵形图，就算是……”说着伸手打了自己一巴掌，“掌嘴！我怎么也快变得跟你一样蠢了。”

“你以为你不是头蠢驴，大家都在大帐里议事，你跟出来做甚？快回去，省得一会儿监军再拿你说事。”

“本将军得替监军这老哥哥盯着点，可别让这帮小子对你手下留情。”

尹宪本想借此机会来杀杀折家军的威风。作为监军，初来府州，他已感军中某些将领的敌意。身为官家的潜邸亲信，他得为主子负责，为大宋的江山社稷着想。自太祖皇帝以来，朝廷往各地派出监军虽已是常事，可对府州还是第一次，自然会令军中将士心存猜疑。到府州之前，尹宪早有心理准备，虽有圣命手谕，但必须把握好分寸，未到万不得已，还是不要轻易使用的好。路彦被军杖责罚，他知道这是李子慧有意袒护自己的部将，也没必要那么认真。说来尹宪还算是个随和之人，虽为官家办事严谨认真，却懂得遇事变通。他不想在大战尚未开打之前，令军中将士人心不安。所以，在李子慧责罚了路彦后也就不再追究了。

“尹监军！”折御卿看着阵形图说：“这种布阵方法虽好，但我军多是骑兵，是否可以考虑稍作调整，以利于发挥我军骑兵的优势？”

“折将军！陛下这‘常阵’之图，可是经过朝中重臣商议所定，不可随意更改。如若将军觉得有必要改动，本监军可上报朝廷另行决议。”尹宪很坚决地说：“在未上报朝廷做出调整之前，请将军还是遵旨布阵吧。”

听到神一样的回答，折御卿十分惊愕，心道：还要上报朝廷！好，那要是等朝廷批准了，战场上又发生了变化该怎么办？现在是攻城打仗，还是要报来报去的玩呀？你这监军是做甚的，难道只是为了监督这张阵形图吗？折御卿实在是无语了，但也不敢多说什么，只好回头看着李子慧问道：“先生您看，我军将如何布阵？”

“少将军，我军就遵旨布阵。”李子慧察觉到了他的无奈，指着阵图说：“这‘常阵’，本是由先锋阵、策先锋阵、大阵、前阵、东西拐子马阵、无地分马阵、拒后阵、策殿后阵组成。各阵的人马和兵力分布，可根据我军现有的兵力人数来分派。少将军，我军把主力骑兵排布在先锋阵和策先锋阵前，先锋阵由马山林率领出击；少将军就统领策先锋阵掌控攻城的局势；保护我军左右侧翼的东西拐子马阵，由折御仁指挥；大阵、前阵便由监军尹大人掌管；调动部队随时准备驰援的无地分马拒后阵，交给索斌。我军的后防保卫，全部让路彦去掌控。”

这阵形说起来挺复杂，简单点说就是：把精兵放到“先锋阵”去打冲锋；“策先锋阵”紧排在后面，任务是支援“先锋阵”；“大阵”便是中军，由主力马步军组成并排列出一个纵队或是方阵；“前阵”是挡在中军“大阵”前面的阵；“东西拐子马阵”“无地分马阵”均由骑兵组成，任务是护阵增援保护大军的左右两翼；“拒后阵”和“策殿后阵”，是保卫全军的物资粮草安全，并防止敌军从背后袭击。

李子慧把阵形分布完毕，折御卿说：“先生和马山林去策先锋阵，还是由我统领先锋阵御前攻敌。”

“少将军！这先锋还是交由末将前去。”马山林说。

“哎，军师竟也如此不公，怎可叫末将闲呆在阵后观敌。”路彦不知何时进来说：“末将应跟着少将军去先锋阵攻城才是。”

“不必多说！”折御卿回头看眼尹宪问道：“不知监军对此安排可有疑义？”

“就听军师的吧！”

“好！”折御卿转身面对众将领命令道：“众将听令！依照军师的安排布置，不得有误！”

“得令！”众将领齐道。

“好了，都回去吧！”折御卿叫大家退去，监军尹宪没走，而是等所有人都出去后，来到他面前问道：“少将军，你真觉得该阵图有问题吗？”

“当然没有，陛下亲授的阵图怎会有问题？”折御卿回答得很干脆，不知监军问此话是何用意。但他心里明白，就算是有问题也不敢说。

“那我就放心了。”尹宪见他回答得十分肯定，但疑虑并未消除，他还想再试试折御卿，看着他问道：“我原想，你们也许会突然生出第二种方案来……”

“请监军明察。”折御卿忙解释说：“现有陛下敕来的阵形图，下官不敢有二心。”

“少将军，陛下的阵图何其英明，都是那些朝中老臣重臣，依据兵书、兵法，汇集了古人的优秀战例，总结筛选出来的精华所在。不用怀疑，只要将军照此阵图排兵布阵，定会轻取宪州城。”

“尹大人，是否可以留出几天时间，好让将士们学习如何操练阵形。因大家早已习惯了原先的简单作战方法，突然让他们改变，怕一时半会无法适应而贻误战机。”

“也好，就一天。”

折御卿定定地看着他，并不回话。

“那好吧，两天，只能是两天！”尹宪强调说：“攻取宪州的时间有限，我们可不能因此而耽误了陛下攻打太原的计划。”

折御卿木了，真是呆若木鸡。他看着尹宪，不知该说些甚。你倒是懂不懂呀，排兵布阵，那是为了上战场真刀实枪地去拼命，如此大个阵形，你本该一到府州就拿出来呀，好叫军士们在离开府州之前就开始操练。为甚非要等到了战场，要出战拼命了你才舍得拿出来，真当这是儿戏啊！搞不好会让更多的将士们，为此而付出生命的代价。

宪州刺史霍翊，闻知折家军在城外十里处安营，迅速召集城中将领前来商议。

“折家军刚破我岢岚军，擒走了折令图，其来势凶猛锐不可当。何况折御卿又是员虎将，若与其硬碰，我军很难有必胜的把握。”

“折家军并不可惧，他们远道而来，刚与我岢岚军交手，怕已是人困马乏，岂能连续征战。”前来增援的变州节度使马延忠说。

“将军万不可掉以轻心，他不过是想取我宪州，钳制我河东路增兵太原。如若本刺史凭城固守不出，看他折御卿又能奈我何？”

“大人不必多虑，宪州城池固若金汤，军士勇武，怕他做甚！”马延忠自信地说：“听说折御卿勇武过人，本将军倒是想与他会上一会。大人！明日，倒不如让我军先出城与他过过招，灭灭他的威风。如若不胜，再回来死守城池不晚。”

见马延忠求战心切，霍翊也不便多说什么。折家军现已大军压境，他不想在未开战之前，先减弱自家将士的争战决心。既然变州军想出去试试，也没什么不好。胜了！便可乘胜追击，一举击溃折家军。败了！就回来坚守城池。但话又说回来，他真心不想与折家军硬碰，虽说两军从未交过手，可眼下这种情况还是谨慎点为好。霍翊以为，只要守得住城池，耗他个数十日，等折家军粮草给养耗尽，也许他们自会知难而退了。

其实，宪州城早已布置好一切防守准备，什么滚石檑木、大石块、烫油锅、塞门刀等，所有能够阻止敌军攻城的家伙什均已到位。城墙上还布排有强弓、强弩手数千，只等着折家军前来攻城。

第　四　章

大宋常阵纸上兵　御卿力战母大虫

严阵以待的宪州军，紧张地等待了一整夜，直到第二日天亮，还没见到折家军的踪影。霍翊带着全副武装的众将领，早早就登上城楼观望。

看着城外空旷寂静的原野，霍翊心中有些忐忑。怎么回事，折家军现在不来攻城，难不成是想要夜袭？忽然，传来疾驰的马蹄声，远远就见一匹快马直向城门奔来，是他们的斥候回来了。不一会儿，斥候便入城上了城楼，很快来到霍翊面前。

“折家军到了哪里？”不等斥候说话，霍翊便抢先问道：“离宪州城还有多远？”

“回禀大人！折家军呆在营地里并未出动。”

“没动？”霍翊深感意外，忙问：“他们在干甚？”

“全军都在忙着操练阵形。”斥候答。

“甚甚甚？”霍翊简直不敢相信自己的耳朵，紧盯着斥候问道：“你是说，折家军正忙着操练阵形？”

“回大人，是在操练阵形！”斥候回答得很肯定。

“再去，去给本大人小心看仔细了再回来！”霍翊火了，他也不知因何来了火气。斥候忙答应一声，转身向城楼下跑去。

霍翊有点儿发木，开始泛傻，他实在不敢相信这会是真的。这都啥时候了，大军都已经开到了城下才想起来要练兵？折御卿在搞甚，现在练的什么兵，是演练攻城战法还是什么别的玩意？障眼法，对！一定是想用障眼法来麻痹我军，叫我军放松警惕，好偷取我宪州？霍翊想破脑袋也想不明白，便郁闷地走下城楼回府去了。

不出一个时辰，斥候回来进入府邸报说：“大人！折家军确实是在操练兵阵。”

“练的甚？可是在操练云梯、床弩、登城车、飞爪绳索等这些个攻城的方法？”

“不是，小的不懂阵法，但看上去只是一种普通的阵形。”

“真他妈胡说！”霍翊火了，不但不信，反而越发的急躁起来，大声喊道：“折御卿是这样打仗的吗？天底下有这样带兵打仗的将军吗？到了战场上才想起要磨刀了，这是来打仗的吗！不可能，不可能！”霍翊真的快要疯了，“这他妈算甚，难道折御卿真的会如此儿戏？”

“大人，大人！”这时，马延忠匆匆进来，手里拿着张阵形草图递上去说：“这是本将军差人绘制的折家军正在操练的阵形图。”

霍翊接过铺在几案上观看，马延忠说：“折家军确实是在练阵。本将军原本也不信，就算他是要操练阵法，怕也只能是些攻取城池的方法，所以便也亲自去察看了一番。

没料想，他们果然操练的就是这种阵形。”

“这是何阵？”霍翊盯着地图问。

“像是宋军的‘常阵’，本将军曾见过此阵形。”马延忠指着阵图说：“这阵形没什么特别之处，只是宋军平日作战所用的常阵而已，对攻取城池毫无用处。”

“既然对攻城无用，为何还要练此阵形？”

“本将军也感纳闷，就算临时练兵，也该是有利于攻取城池之阵才对呀！”

两人一时摸不着头脑，实在猜不透折御卿这葫芦里到底卖的什么药！他们哪里知晓，折家军这种临时抱佛脚的奇怪举动，竟是被自己的监军所逼。

这一日折家军没来，直到晚上折家军还是没来。霍翊派出的斥候轮番不停地侦探，再侦探，最终得到的结果都一样。折家军没动，还是在操练阵形。

这一夜，令霍翊整整郁闷了一个晚上。躺在榻上的霍翊反复辗转，想破了脑袋也没得出结论。第二日一大早，他睁眼便问折家军的消息，得到的回答还是操练。坐在榻边的霍翊愣了会神，猛然放声大笑起来，真是头蠢驴！折御卿也许真的是在操练兵马，真的是想利用这种阵形来攻城呢！

“老爷为甚发笑？”伴着话音，石杵夯地般的脚步声传来，其妻慕彦蓉进了门。乍一看此人，着实令人吃惊。虽为女流，竟生得膀大腰圆，虎背熊腰，好似一座小塔。她身材魁伟，却面似桃花，粉嫩映红。此妇不仅身材伟岸，还练就一身绝好武艺，据传有万夫难近之功。

“婆姨呀婆姨！”看见慕彦蓉进来，霍翊心中大喜，忙起身迎了上去说：“你可算是回来了，叫为夫这几日寝食难安。”

“老爷，你可是在为那折家军犯愁？”慕彦蓉虽然身量硕大，但说起话来却是细声细语，慢慢腾腾地。

“正是正是！你说这折御卿，他要是真来攻城那倒也罢，可现已兵临城下，却整日里操练兵马。你说，他这是在干甚？这一夜，搞的为夫真想去找他问个明白，‘折御卿，你小子不前来攻城，到底想要做甚？’”

慕彦蓉笑道：“妾身回去娘家这几日，本以为老爷还在为那个没有抓到的小娘子闹心呢。”

“婆姨呀，都甚时候了还有心思说笑。”霍翊回身坐进榻里说：“好了，现在你回来了，为夫也就不用操心了。”

“也好，那你就把这个刺史让妾身来做。”

“好我个姑奶奶傻婆姨哩！等退了这折家军，本刺史就上奏朝廷辞去官职，把这个刺史交由你来当可好？”

“好了好了！看把你急的，人家不与你说笑了。”慕彦蓉坐在他身边说：“妾回来的时候，已经看过了折家军正在操练的阵形。”

“快说来听听！”

“老爷不急！你听妾身慢慢说来可好？”

“好好，不急不急！你慢慢说。”

“我们不必管折家军是真操练还是在假操练，反正他的最终目的还是要来攻打我宪州城。这仗怕是迟早都得打呀，那我们倒不如先下手去扰他一扰。”

“万一折御卿是有意要引诱我军出击呢？”

“请老爷放心！妾这里倒有一计。”霍翊一听来了精神，慕彦蓉依然慢声细语地说：“叫变州的马延忠大人，带上他的六千轻骑正面袭扰折家军；如果他们无防备，便可直接冲杀；若中了折御卿的埋伏呢，就让他带人往回跑。老爷带一万人马随后增援，妾身也带着一万人马埋伏在城外的梢林中。如老爷遇到的是折家军轻骑主力，就不要迎战只管往回撤，引他们到宪州城下。若折家军真摆出那‘常阵’攻城，老爷便严守城池不出，拖住他们的主力轻骑，妾便绕道去偷袭他的后营，粮草辎重。如若得手，便以三声炮响告知老爷。到时，老爷尽管打开城门直接冲杀那折家军，我军定可获胜！”

霍翊听得兴奋，即刻起身去议事大厅，召集城中所有将领，很快就安排布置妥当，各将领便依照部署领命出发了。

宪州军斥候车轮般的抵近侦察，折御卿怎可能不知。他早已跟监军尹宪、军师李子慧商量出一套作战方案。利用练兵搞出一个迷惑阵，一面练兵，一面想方设法引诱霍翊派兵前来。此时，折家军严阵以待，单等着宪州军前来偷袭，到时大军将尾随压上直取宪州城。

当马延忠的六千变州军轻骑，来到距折家军营地不远的山坡时，突然发现，折家军已不再进行操练。马山林率领一万大军威严屹立，枕戈待旦。马延忠知道上当，还未等折家军发起冲击，忙调转马头向来路奔回。这时，听得几声炮响，路彦、折御仁的两路人马从两侧合围上来，他们并不拦阻马延忠的去路，而是两面夹击冲散他的轻骑马队。这一冲，直把变州骑兵冲散得四分五裂，首尾不能相顾。眼看着无法逃脱的变州骑兵，干脆跳下马背跪地投降了。

马延忠带着剩下的千把骑兵，刚跑过一座土原，猛听得一声炮响，吓得他紧勒马缰停在了原地。折御卿、李子慧带着五千轻骑横挡在他的面前。

“马延忠，你已无路可逃，还不速速下马受降！”折御卿用手中的梨花大枪指着他大喝一声道：“速速受降！”

“折御卿！”马延忠看清了他身后帅旗上大大的“折”字，说：“原来你就是折御卿！来得好！”他不等折御卿回话，便打马挥戟直冲而上；折御卿策动胯下战马，挺枪迎对。

两匹战马很快就冲撞在一起，眨眼间便已擦身而过。就在两马交错之时，折御卿手中的梨花大枪，奔向马延忠的前胸护镜；马延忠手里的长戟，挥向折御卿的脖颈；眼看着两匹战马将要碰撞在一起，大枪依然指向前胸护镜没动，马延忠被这玩命的枪法吓了一跳。他知道，如若自己不动，那大枪走直线，他的戟走弦线，大枪定会先于戟而至。就在两样兵器将要碰撞的瞬间，马延忠疾速挥戟拦截大枪；大枪变了，突地直向下压，枪尖硬生生的刺入马延忠的大腿，直被掀翻于马下。折家军轻骑迅速上前，将马延忠活捉而去。变州骑兵见主帅被擒，前后左右已没了逃路，便全体下马受降了。

变州的骑兵被击溃，折御卿命令大军快速向宪州城扑去。

走到半路的霍翊，接到斥候来报说，马延忠被擒，六千变州军被击溃，折家军三万大军直向宪州城而来。他迅速命令大军回撤，不敢与折家军正面对峙，而是全部退回城内固守不出。

折家军来到宪州城下，便排出了刚刚操练了一天的“常阵”准备攻城。站在城楼上的霍翊，看到折家军果然排出了此阵，心中暗喜。折御卿啊！这回怕你是占不到半点便宜了。

“常阵”并不是用来攻城拔寨的，只是两军对垒作战时的进攻防御阵形。若敌军守城不出，摆出这样一个复杂的阵形毫无用处，反而会使军队的机动性变差，一旦遇有突发事件，各阵之间的互补增援就会受到妨碍，尽显被动。

要说这攻打城池，本就没什么好的办法，只能用步兵强攻硬取，使用云梯、云梯战车、床弩、抛石器等攻城器具。折家军并没有带来大型攻城器械，除了几台床弩和抛石器外，多为轻便工具，但他们却带来数千支威力巨大的蹶张弩和臂张弩。蹶张弩，是一种用脚蹬手拉上弦的弩，威力要比用手直接拉开上弦的臂张弩大，这两种弩的射程均能达到一百五十米以上的距离。此弩是大宋独有的兵器，制作精良，且制造工艺复杂。契丹、西夏没有，北汉也没有，就算是得到了也无法仿制。大宋不仅有这种强弓硬弩，后来还创造出了独步天下的“神臂弓”。大宋的弓弩，当时可谓是天下第一！

折御卿把先锋阵的骑兵，全部替换成步兵，自己退后到策先锋阵指挥作战。降将折令图过来请战说：“大人，还是叫我们岢岚军去攻城吧？”

“不必！”折御卿一口回绝，他不敢冒险，怕节外生枝。

“请大人放心！我岢岚军绝不会辜负大人的期望。”折令图知道折御卿对他并不放心，可此时他必须有所表现，而且还立功心切，一定要在折家军面前展现岢岚军的忠心和实力。

“少将军，折将军忠心一片，就让他们去吧！”李子慧看出了折御卿的犹豫，过来说：“叫马山林、路彦带五千步兵一同攻取城池。”折御卿答应了，折令图下令岢岚军下马准备攻城。

折家军一千蹶张弩，一千臂张弩排列在距城墙一百米开外，站在宪州守军弓箭的射程之外。等安排好一切，攻城战开始了，先是用床弩射出弩箭，手腕粗的箭支一排排钉入土夯的城墙中，攻城的步兵可以利用这些箭支，足踩手攀登上城墙。抛石器也抛打出巨大的石块碰向墙体，目的是利用石块来砸垮城墙；紧接着步兵出发了，他们头顶盾牌，在云梯战车的防护下，扛着云梯、竹飞梯、绳索等直向城墙根靠近。后面的蹶张弩、臂张弩向城墙上的宪州兵射出手里的箭矢，掩护步兵接近城墙。城楼上的守军，紧着射出阵阵箭雨，遮天盖地地飞向折家军。刹那间，数万大军的喊杀之声响起，这喊声，瘆的人是毛骨悚然！

攻城战很惨烈，惨烈到令人无法目睹。攻城的想要登上城去，守城的就是不叫上来；攻城的用云梯、绳索想往上爬，守城的用石块、檑木往下砸；攻城的爬到半截，守城的就用烧开的烫油往下泼；一个要上，一个不让上；一波接着一波往上涌，一波紧着一波往下掉。不一会儿功夫，城墙下便撂倒了一地尸体……

折御卿眼看着一片片倒下去的士兵，心里着实不忍，可他能有什么办法。攻城本就是这样，拼的是人，拼的是意志，看谁能够咬牙坚持到最后。正当攻城之战打得不可开交之时，折御卿突然听到身后传来三声炮响，内心一紧，回头看去。见身后的中军发生骚动，斥候跑过来说："我军身后出现一万宪州骑兵，打劫了我军的粮草辎重，现已从背后杀了过来。"

折御卿这一惊非同小可，李子慧忙说："少将军，马上鸣金收兵，速去增援中军。"

"折御仁！"折御卿大声命令道："你带五千轻骑，速去接应岢岚军和马山林、路彦回撤。"

折御仁答应着走了，折御卿掉拨马头，带着策先锋阵的五千轻骑向回增援而去。正在指挥攻城的折令图、马山林、路彦听到鸣金撤兵，迅速指挥众军士回撤。正在此时，又听得宪州城内传出炮声，城门大开，霍翊带着万余宪州军鱼贯冲出，追杀回撤的岢岚军和折家军步兵。瞬间，战局发生了逆变，折家军腹背受敌，大有全军覆没的危险！

话说慕彦蓉，见折家军在宪州城下排出了"常阵"，迅速带着自己的一万轻骑，绕道去了折家军阵营的后面。带兵打仗，最怕被人抄了后路。这"常阵"的布局是把精锐主力都放在前面，虽然后面还有"拒后阵"和"策殿后阵"两阵，但阵中多是尹宪带来的屯兵，战斗力有限。折御卿放心不下，命索斌去统领"无地分马阵"，一面护卫中军大阵，一面注意防御可能从后面出现的敌军。

慕彦蓉到了疏于防备的折家军身后，毫不迟疑地率大军直接发起了攻击。这突如其来的冲击，令折家军殿后的两个阵形一下子便被冲杀的四处溃散，粮草辎重被抢夺了。慕彦蓉即刻下令放出三声响炮，并烧毁所有辎重物资。

这时，索斌带着人马疾速增援过来，慕彦蓉见着折家军援兵，手提狼牙长槊直迎索斌而去。这"狼牙槊"形似长矛，槊头锋尖上有利钩，柄端有一长圆形锤，锤上密排铁钉六至八行，柄下还有三棱铁钻，故称"狼牙槊"。此兵器两头可用，用法与大刀相似。索斌使用的是把"三尖两刃刀"，刀头分三叉，刀口分两刃，可以刺，劈，砍，砸。分叉的刀刃除可突刺之外，还可用来格挡其他武器的攻击。

"狼牙槊"迎对"三尖两刃刀"，很快两匹战马就碰撞到一起。慕彦蓉用狼牙槊直击索斌的头颅，索斌举三尖两刃刀接挡；"锵"的一声，狼牙槊击中了叉口，索斌浑身一震，身体紧着向后倒挫了下，两马交错驰过。

“好大的神力！”索斌被她巨大的臂力吓了一跳，这“母大虫”可真是了不得，果然名不虚传，不能与她强斗，需智巧取之。索斌想好对策掉转过马头，没想那慕彦蓉早已快马杀将过来，他忙挺刀打马迎上。来得太快了！还没等索斌的战马跑动起来，慕彦蓉的长槊已到，他迅速挥刀拦截；变了，那长槊由槊尖突然改换成槊柄，直击向他的头颅；来不及了！眼看着槊柄斜刺里击来，索斌下意识地转动身躯，槊柄便紧贴着他的肩胛骨划过，槊柄上的一排铁钉挂着层皮肉，直接带飞了他身上的铠甲。太凶险了！要不是两匹战马疾速错过，索斌怕是难逃一劫了。

折御卿到了，他眼见着索斌差点被挑翻落马，便催马直冲慕彦蓉而去。慕彦蓉掉转过马头，见冲杀过来的折御卿，心道一声：“来得好！”便打马直迎。瞬间，两员猛将就要碰撞在一起，两人都是毫不避让直来直去的主儿。折御卿手中的梨花大枪紧紧挟持在腋下，快马疾冲，眨眼间便与慕彦蓉接上了手。

慕彦蓉的狼牙槊直指折御卿的胸膛，折御卿的梨花大枪也直对她的前胸；两匹战马疾驰相对，距离越来越近，但两人手中的兵器依然不动，都没有改变自己将要攻击的目标。这怕也太过玩命了点儿！即便是两个不要命的主，此时此刻，还真打算同归于尽不成？当然不会，就在两匹战马闪电般交错的一刹那，两人的兵器没动，但却同时向自己的左侧带动了马缰，使得两匹战马即刻分离错开驰过。

这一回合，谁也没有出招，可这没出招倒比那出了招来得更加凶险。两人在生死面前表现出的淡定，都让对方感到惊叹！

“好一个‘母大虫’！”

这是开战以来，折御卿遇上的第一个强劲敌手。慕彦蓉不仅武艺高深，还头脑冷静。可惜呀！她若不是那宪州刺史的婆姨，折御卿还真想收她到帐下，好为府州效力。

刚才与折御卿一错而过，慕彦蓉也大为吃惊。难怪马延忠会被一枪挑落马下，仅他那毫不畏惧的一身胆气，就足以压倒任何对手。擒了他！得想办法擒住这小子，绝不能让他走了。慕彦蓉掉过马头，想好了擒拿折御卿的方案，倒提狼牙槊直扑而去。

折御卿到了，手中的梨花大枪依然是直出直进，毫不掩饰；慕彦蓉见直对自己胸膛扎来的枪尖，挥槊迎拦，只听得一声闷响，两样兵器碰撞在一起，折御卿只是手腕向内翻转，作出一个简单的“拦”截，梨花枪杆紧贴着槊杆滑动，拨开了狼牙槊，接着手腕反转枪尖疾速刺入……

太可怕了！慕彦蓉没想到，在疾驰的马背上他竟也能使出这样的枪法，眼看着枪尖奔着自己面门而来，她闪电般地侧倒身体藏于马鞍之旁，枪尖擦身划过。慕彦蓉翻身上马，反手掷出三柄短刀，直冲着他的后背心飞去……

一枪落空，折御卿也没想到她竟然会躲过这一枪，当他回转过身来想看个究竟时，突见三柄短刀飞来，迅速用大枪拨挡，结果拦住了二支，另一支穿进刺入他的护胛牛皮之中。

这时，折御仁、马山林带着一万大军到了，慕彦蓉见折家军缓过劲来，便带着自己的轻骑快速撤离战场，绕道回宪州城去了。折家军并没有追赶，快速灭火抢救物资，抢救伤员。李子慧来到折御仁身边问道：“霍翊现在何处？”

“他不敢与我军迎战，已退回宪州城去了。”折御仁说，李子慧再问：“监军怎样？”

“无妨！”折御仁答，李子慧转回头去，发现折御卿肩胛上插着柄短刀，惊叫一声，“少将军，快！让我看看你伤到了哪里？”

“不碍事，先生不用担心！”折御卿伸手拔出刀说：“力道不足啊！幸亏这‘母大虫’是在情急之时扔出的短刀，要不本将军这条胳膊就算废了。”

折家军这一仗损失惨重！死伤将士近千余人，索斌受伤，军中辎重物资被抢去了一半，粮草被烧所剩不多。面对宪州出现的这个“母大虫”，这仗接下来该如何去打？

折御卿下令大军后撤二十里扎营，并加强戒备严防宪州军前来偷袭。

索斌的肩膀被慕彦蓉的槊柄揭去了一层皮，虽说不至于要命，但一时半会儿也无法拿兵器上战场了。路彦、马山林来看他，见他臂膀被白布缚着，深感心痛。

“我说你平日里精明得跟甚似的，怎就不知躲得快点，愣让那‘母大虫’用槊挑了肩膀？”路彦说。

“我原以为就回不来了！”索斌没心情与他拌嘴，看眼马山林说“咱们这老哥几个啊，这几十年来，一直都陪在折御勋大少爷身边，跟随折老爷子争战南北。没想到老爷子走了，大少爷也走了！我这心呀，不知怎的，突然就想着要随他们去……”

“住嘴，快住嘴！”路彦忙打住他的话说：“说你蠢吧，你还不承认，看看你现在竟也说出些甚胡话来。”气氛一下变得伤感起来。

“真也是啊，怎就这点儿小伤也挺不住了。”马山林说：“如果咱们老哥几个都像你一样，那你叫谁来扶持三少爷？”

“记得，当年咱们老哥几个，跟着大少爷，啥时受过这等窝囊气，就算是吃了败仗，心里也不会觉得憋屈。”索斌说着来了气，“看看今天这仗打的，这哪里是在……”

“闭嘴，你赶快把嘴闭上。”路彦忙打断他的话说：“你伤得还不够重呀，倒还想再挨顿板子不成？”

“索斌说得没错，”马山林也憋了一肚子的气说，“这事也不能怪咱们家三少爷，还不都是被那……”他指指天说：“给闹得！”

“几位哥哥都在这呀！”三人正说着，帐外进来折御卿和李子慧，索斌见他们二人正要起身，被折御卿上前一把按住说：“躺着吧，别那么多礼！”

“三少爷，末将也就伤着点皮，不碍事不碍事！”

“见你被那‘母大虫’的槊给戳着，当时真把我吓出了一身冷汗。”折御卿看看边上的几人说：“你们这几个老哥哥呀，以后不许逞强，更不能有事。我可真的离不开你们呀！”

他说着眼睛里竟泛出些湿润来。索斌、路彦、马山林听他这样讲，心中难免激动。这些人原本是他哥哥折御勋的旧部，是生死兄弟！只可惜折御勋英年早逝，两年前便离开了。他们几人虽已年过四旬，却都是久经沙场的老将。索斌、路彦是与折御勋一起玩大的发小，路彦的姑母路夫人，也就是折御勋和折御卿的母亲，他们本就是姑表亲家。

后周显德元年（即公元954年），三人随同折德扆、折御勋在高平大战中建有奇功，表现英勇，均被当时的后周皇帝柴荣加官进爵，给予厚赏。尤其是马山林手中的那口"陌刀"，曾独挡契丹数百铁骑，威慑契丹。自折御勋病逝后，三人便跟随在折御卿身边。虽说与折御卿年龄相差了二十来岁，但他们喜欢折御卿，因折御卿从小是他们看着长大，并都将自己的平身武艺所学传授过他，他们就像兄长照顾自己的亲弟弟一样的去呵护他，爱护他！

"三少爷不必担心！"马山林见折御卿有些伤感，忙安慰说："我们这老哥几个，身子骨硬着呢，还能陪少将军争战个十年、二十年的。"

"就是嘛，三少爷！索斌这点伤，过几日就没事了。"路彦也跟着打趣说："他只是被那'母大虫'亲了下，下次我去替他找回来。"

"甚意思？"索斌强笑笑说："你去找回来，可别让'母大虫'啃了你那驴头就好。"

"你们这几个'憨后生'，竟也敢在老夫面前卖老。"李子慧看着几人说："等到了老夫这把子年龄时再卖老不迟。"

"军师好小的肚量！您可算是上一辈人，还要跟晚生后辈……"路彦说着，被李子慧打断道："还记着那三十军杖嘛，老夫可是知道，你路彦的屁股上是一板子都没挨着，是那索斌叫军士狠打铺在凳子上的棉被，你是不是还要老夫……"

"军师慧眼，连这都知道？"路彦看眼折御卿忙喊："三少爷快救救哥哥吧！"

众人笑起来，折御卿转身出了营帐，他见索斌并无大碍也就放心了。在这之前他已与李子慧去察看过了受伤的岢岚军和折家军将士，并检查了剩余的粮草物资。回到中军大帐内，压抑了一路的怒火终于爆发了。他不吼也不大叫，只是拔出手中的佩剑，一剑将帐中的条几拦腰斩成两段。

李子慧也不去劝说，只是站在原地看着。他太了解折御卿的脾性，他年龄虽小，却性子十分刚烈。自十九岁接掌府州以来，人已逐渐变得稳健成熟起来，遇事也不再像以前那样的大呼小叫，开始知道控制自己的情绪。李子慧就是想看他如何对待此次战败，他发现折御卿虽不说话，但破坏力也越发的强大，帐中的凳子、几案不知被砍坏过多少。

沉闷良久，折御卿转过身来问："先生，此次战败是谁的错？"

李子慧看着他并不回答，折御卿接着说："真会是那阵形的错吗？我原以为，这一切都是因那阵图所致。现在想想，阵形是死的人是活的，为甚就没想到宪州军会从后面偷袭呢？我们完全可以加强'拒后阵'的兵力，防止意外。看来这一切都是因为我的失误而造成的。”

“真了不起！我原以为三少爷会把这一切都怪罪到阵形的头上，看来老夫是多虑了，少将军实乃帅才也！”

“先生笑我！”折御卿苦笑笑说“有时心里憋着气，一时想不通。可忍了忍，回头再想，事情便又不是先前所想的那样了。”

“三少爷，此次失败，倒是我这个军师没有尽到责任。”李子慧自责道：“是我没尽早提醒三少爷，才使得……”

“先生无错，我是军中主帅，一切后果自然得由我来承担。”

“不必再追究对错，只要找到了原因，我军就不再会犯此等错误。”李子慧提醒说：“三少爷，我们该去见见监军大人了。”

“不用去了，本监军早已不请自到了。”随着话音，尹宪走进帐来。

“大人请坐！”折御卿见着尹宪，忙招呼他进来。

“我已在帐外听候多时，少将军实在是个明事理之人。”尹宪并不坐，只是看眼被砍坏的几案说：“今日看到我军如此惨败，我这个当监军的心里也实在是不好受呀！刚听少将军一席话，本监军心中的一切疑虑都已被打消了。我为官家来当监军，就是要打胜仗，要保江山社稷。官家能有少将军这样的忠勇良将，实乃是我大宋之幸啊！本监军不懂打仗，也不知道该用何种方式攻取宪州。从今往后，本监军只知道替官家盯住少将军，看着少将军为陛下掠地攻城，勇打胜仗就是了。”

“多谢监军的信任！下官一定为陛下效力。”折御卿没想到，尹宪会对他如此放手，信任的程度超出了他的想象。

其实尹宪没什么别的目的。此仗惨败，死伤了千余将士，令他震惊也感心痛！他开始反省自己，是不是自己太过认真古板。官家派他前来的目的是什么，不就是要让他来监视督促军队打胜仗吗？如若仗仗皆败，那还要他这个监军干什么？“常阵”，这个“常阵”真会有问题吗？当时，要让折御卿按照自己的方式去作战，还会出现这样的情况吗？

尹宪觉得，为官家负责的最好办法，就是叫能征善战的折御卿放开了手脚去干，只要能打胜仗，一切办法均可行！

第　五　章

美慧送粮解危难　辽军抢占狐突山

折家军在宪州城外战败的消息，很快传到了杨家庄。杨美慧听说折御卿战败，心里倒是美滋滋的。她就想叫折御卿吃点苦头，到时她才好出手相助。

“小姐，听说折家军损伤惨重，辎重粮草都被那‘母大虫’给烧了，还说折家军战死了好几千人呢！”

“会有这么多？”杨美慧感到惊讶地问：“那折御卿伤着没有？”

“伤了，但不知伤得重不重！”

“他真的受伤了，是被那‘母大虫’打的吗？”杨美慧急了。

“人家哪里知道嘛，看把你急的。他要真的受伤了，那还倒是件好事。”

“胡说甚哩！他死了那本小姐可怎么办，本小姐可不想还没嫁人就先守活寡！”

“小姐怎也说出些不吉利的话来，反正他又没死，伤得重一点那还不更好。”

“胡说，万一少条胳膊缺条腿怎么办？”

“那也还是个大活人呀，反正小姐早已认定了他们折家，如果折御卿伤得重点，小姐便可以把他接到咱山庄里来养伤啊！只要他进了咱这杨家庄，还不就成小姐你的人了，到时怕是想跑也跑不掉了。”

这话倒也还中听，可这折家军刚刚打了败仗，军中没有粮草辎重，将士们怕还饿着肚子呢！杨美慧吩咐秋儿说：“秋儿，快去召集咱们的人马，把山庄里能吃的能用的都拿出来。”

“小姐，你这是要干甚？”秋儿忙劝阻说：“咱们家老爷没回来，你不能这样做。”

“本小姐就是因为他没回来才这样干的，等我爹回来了，会让咱们把这些东西拿去送给折家军吗？”

“那也说不定老爷还有别的想法呢？”秋儿担心地说：“折家军有几万人马，你总不能把咱们山庄掏空了吧？你把东西都给了他们，咱们今后吃甚，用甚呀？”

“真是笨死了！你不是想跟着本小姐去府州吗？那咱们还要这山庄干甚？把东西都给了折御卿，也好跟着他去府州。”

“小姐，你真的想离开这里？”说要离开，秋儿反倒有些不舍了。

“那是当然！本小姐长这么大，还从没离开过这地方，整天看着这山闷都快给闷死了，难道你还想叫本小姐在这里呆上一辈子？”

慕彦蓉带兵回到宪州，霍翊亲自前往城门口迎接。他一面差人快马往太原上奏捷报，一面在城中大摆酒宴，为凯旋的婆姨和将士们庆贺胜利。此役，虽说折了变州节度使马延忠和五六位将领，但毕竟还是重创了折家军，并打伤了折御卿。这巨大的功劳，无论如何都该向自己的主子刘继元表表功。

庆功宴上，霍翊看着虎背熊腰的婆姨，实在是佩服之极。这些年来，身边要不是有这位能征善战的婆姨帮他扛着，他这个刺史怕早就没地呆了。此战虽胜，但折家军并未被击溃，还驻扎在城外二十里处，随时都有可能再次攻城。

“夫人今日旗开得胜，抢夺辎重、烧毁粮草并重创折家军，实在是扬我军威，振奋人心啊！虽说伤了那折御卿，但可惜没能擒住他，也是令人遗憾！”霍翊端起酒碗说：“来，夫人！为夫代宪州城的所有将士、百姓敬你一杯，祝夫人明日再显身手，将那折御卿毙于马下。”

“夫人威武！”众将领端酒齐呼，把酒干了。

慕彦蓉放下洒碗说：“今日与那折御卿打过了一回才知道，他年纪不大武艺还真是不一般呢，要说呢，还真的不在我之下呀。”

“以夫人的身手，难道还胜不过那折御卿？”

“人家不是那个意思嘛，折家军虽然败了但还没有伤到元气呀。他们军中良将那么多，此次前来的目的，不就是要攻取我们宪州城嘛！大人呀！你万万不可掉以轻心，实在是大意不得啊！”

“大人！折家军刚被我军击败，又失了粮草辎重，士气低落。”一将领请战说：“倒不如叫末将带兵再去扰他一扰，也好将折家军赶出我宪州。”

“不好，折家军虽败，但一定会严防我军偷袭。”霍翊否定了他的想法说：“我军只需严防死守城池，折御卿定拿我宪州城毫无办法。”

“大人，怕这也不是长久之策。如果折御卿不走，没完没了地前来侵扰我宪州，那我们将终日不得安宁。”

“各位将军！听我说一句可好？”慕彦蓉嗲气地喊了声，众将领不再说话，扭过头去看着她，慕彦蓉说：“折家军是呆不住的，他们现有的粮草怕也只能用个一天半日的，只要我们守得住城池，不出数日折御卿便会退兵。”

“夫人说得对！折家军没了粮草就一天也呆不下去。”

“好啊，那我们就跟他们耗下去，看他折御卿能撑多久！”

这庆功宴搞的，酒还没喝多少，竟演变成了军事讨论会。众将领在争议着御敌之策，慕彦蓉的心思忽地就跑到了折御卿身上，她脑子里不停闪现出折御卿用手中的梨花大枪，拦截狼牙槊时的招式。一直在为这个差点儿要了她命的杀招闹心，她一定得想明白，在高速疾驰的战马上，折御卿怎么可能作出这样的绝命动作。真是个武痴！这些个动作本就不是想出来的，是在实战格斗中，应招拆招厮打出来的结果。想着想着，她脸上竟也泛起了红晕，“这个小后生呀，为甚还生得是那么的英俊可人？！”

“必须马上解决粮草辎重，否则我军无法继续破城。”折御卿站在大帐中央，看着李子慧和众将领说：“现在不是想着该如何拿下宪州城，而是要让将士们吃饱肚子。先生您说，我军现有的粮草已不足二日，营帐的数量也不到一半。现在还是三月，夜晚天气寒凉，将士们将如何过夜？”

“少将军，我已派折令图去岢岚征集粮草，不日便可回来。”李子慧说：“夜晚我们只能让将士们抱团取暖，多点篝火，只要我军能挨过这几日……”

这时一军士进来说：“禀报军师，帐外有一姑娘求见。”

“何事？”李子慧问。

“她说是为粮草而来。”

“快请！”李子慧说着便向帐外走去，出了营帐就见秋儿正站在帐外等着，李子慧认出了她就是前几日拦路的那个丫头。

“姑娘，你……”

“我是奉我家小姐之命，特意前来见你们折御卿折大将军的！”

“不知你家小姐是谁？”

“这事不能跟你说，等见到他我自然会说。”秋儿就是不正面回答他的话。

“也好，少将军就在帐内。”李子慧见她不肯说，只好将她向帐内让去。进了大帐，秋儿看见折御卿忙上前行礼说：“秋儿见过折大将军！”

“秋儿姑娘，你有何事找我？”

“我是奉我家小姐之命，特来给你们折家军送粮草来的。”

“你家小姐是谁？”

“现在还不能说，等你见到她后就知道了。”

“那粮草又在何处？”

“粮草就在山庄，我家小姐都已经给你们准备好了，不过得你折大将军亲自带兵去取才行。”

折御卿听得有点儿糊涂，回头看眼李子慧，他会意忙上前问道：“姑娘是说，你家小姐已为我们准备了粮草，那为何又不亲自送来呢？”

“因为我家小姐说了，你们要想破宪州城，就必须去我们杨家庄，所以粮草搬过来搬过去的麻烦，倒不如你们带兵过来一次解决的好。”

“破宪州城就必须走你们杨家庄？”折御卿紧着问道：“杨家庄又在何处？”

“去了你就知道了！”秋儿还是不说，看眼他心里很是得意，心说：“当时叫你来你不来，这回知道厉害了吧？”

这话说得有些闹心，怎么问过来问过去的就像是在猜谜，正在折御卿犯难之时，帐外一军士进来说：“帐外有一长者前来求见。”

“请他进来！”折御卿话音一落，帐外走进一位白发长髯的老者，他看见折御卿忙上前行礼道：“杨家庄庄主杨弘义，见过少将军，见过各位大人！”

折御卿客气道："老伯不必多礼！"

李子慧盯着他说："如果在下没有猜错的话，前辈便是火山王杨弘信大哥之弟，杨弘义杨老前辈。"

"正是老夫！"杨弘义爽朗地笑笑问道："阁下是……"

"晚生李子慧，原是府州折德扆大人的麾下，现追随我家三少爷。"

"原来是李军师，久仰大名！"

折御卿一听是杨弘义，忙走上行礼说："侄儿折御卿，给您老人家行礼了！"

"少将军英武年少，老夫今日得见，真是为我那德扆兄感到高兴啊！"

"叔伯过奖了！来，叔伯请坐！"折御卿将他向座位让去，杨弘义不动，只是看看周边的众多将军，李子慧会意忙让众将领退下。这时，帐外又进来一军士说："报军师，帐外有位姑娘送来了几十车粮草。"

真是喜从天降，折御卿、李子慧忙向帐外迎去。杨美慧走过来说："我给你们折家军送粮草来了。"

看着迎出营帐的折御卿和李子慧，她早已认出了谁是折御卿，却还有意问道："你们哪个是折御卿折大将军？"

"慧儿，不得无礼！"杨弘义见着她忙喝一声。

"爹，您怎么也会在这里？"杨美慧看见他深感意外，秋儿跑到她身边悄声说："小姐，你怎么也来了？"

还没等她答话，就听杨弘义喝道："慧儿，见着你御卿哥，为甚还不行礼？"

杨美慧愣了下，看眼折御卿极不情愿地行礼道："美慧见过御卿哥！"

"美慧妹妹，不必多礼！"折御卿客气了句。

"原来那个神秘小姐，竟然是咱们的美慧小姐啊！"李子慧笑着说："真是一家人不识得一家人啊！"

"小女不识礼数，还望各位大人多多见谅！"杨弘义歉意地看看两人。

"爹！"杨美慧娇嗔地喊了声。

"好了好了！这里不是说话的地方。"李子慧忙请几人进帐，进了大帐，杨弘义说："前几日，老夫得知少将军带领折家军攻破了岢岚，没想却兵围宪州城受阻。"

"是啊，没想到宪州城内竟然会有一位勇武彪悍的女将！"折御卿说。

"甚个女将！明明就是一'母大虫'。"杨美慧不屑地说："本小姐早就想……"

"慧儿，怎么跟你御卿哥说话的？"杨弘义打断她的话。

"爹！人家本来就是想告诉他的嘛！"杨美慧委屈地说："那天，他们从咱们杨家庄山下过，我叫秋儿去找他，就是想告诉他们破城的办法。谁让他们不来的，竟还叫那'母大虫'给伤着。"

"对不住了美慧妹妹，哥哥在这里给你赔礼了。"折御卿笑着向她行礼。

"谁要你赔礼了！"杨美慧盯着他问："你不是被那'母大虫'给伤着了吗？"

“不碍事，一点小伤。”

“真没出息，竟然会被那‘母大虫’给咬了一口！”

“慧儿！”杨弘义忙打住她的话说：“不许再这样说话。”

“好了，人家现在不说话总可以了吧？”杨美慧把嘴闭住不再吭声，折御卿看眼她，心中暗笑，“怎么碰到的姑娘都这般有个性！”

“宪州城不大，但十分险要，且易守难攻。”杨弘义看着两人，转入正题说：“宪州刺史霍翊胆小谨慎，可他的夫人慕彦蓉却是适度宏远，用兵有术，而且还武艺高强。若他们固守城池不出，少将军就算是攻他个数月半载，怕也很难破城。”

“请叔伯赐教！”折御卿说：“若破得此城，侄儿定当奏报皇帝陛下……”

“老夫不求富贵功名。”杨弘义打断他的话说：“少将军有所不知，我那杨家庄后面便有一条小径，此路虽是崎岖，但可直达宪州城后。”

“喔！”折御卿一听大喜，忙问：“此路可有人把守？”

“有，通往宪州的路口有一关隘，守关将领是慕彦蓉的兄弟慕彦智。此人虽勇，但乃是一介武夫。这些年来，老夫深居此寨，倒与他素来交好。此人对小女倾心多年，我们可借此拿下此关，宪州城可破。”

“真是天助我也！”折御卿长长地舒口气。

“兵贵神速！请少将军即刻决断。”杨弘义说。

“弘义大哥的方法可行。”李子慧说：“不知需要派多少兵马，何时行动？”

“必须马上行动！霍翊刚刚小胜一仗，正在得意自大，怕他是做梦也想不到，折家军会连夜攻取他身后的关隘。”杨弘义说：“老夫即刻便与小女进山，去见那慕彦智。将军可派五千轻骑，趁着夜色接近，待老夫放出号炮，便可冲夺关隘。”

几人很快商议好夺取关隘的具体方案，折御卿命令马山林、折御仁带五千轻骑，随杨弘义、杨美慧直奔杨家庄而去。

话分两头，再说辽国皇帝耶律贤（辽朝第五位皇帝），接到北汉刘继元求援的消息后，即刻命南府宰相耶律沙为都统，冀王耶律敌烈为监军，让南院大王耶律斜轸率兵随后驰援。又命千牛卫大将军韩悖，大同军节度使耶律善补以本路兵马南下增援。太原城对耶律贤来说是不可不救，因北汉所处的地理位置十分重要，是辽国抗击中原朝廷的最前沿，同时也是协防“燕云十六州”的一道屏障。

太平兴国四年三月十六日，当辽东路数万大军日夜兼程赶到石岭关时，被面前的山涧堵住了去路。此山涧并不宽阔，有条小河从峡谷中央穿过，河面看似平缓且暗藏湍流；河的两岸是山峦，过了小河仅有一条不宽的通道，可直上对面的黄土高坡。

辽监军耶律敌烈看着眼前的河流心中着急，大军若不能及时过涧怕会失去了先机，他见都统耶律沙犹豫不决，问道：“都统大人，我军何时过涧？”

“不急，在南院大王的援军到来之前，我军不可贸然过涧。”

“大人，我军必须抢在宋军到达之前渡过河去，晚了怕会贻误战机。”

“前方敌情不明，还是再等等。”耶律沙依旧放心不下，手指山涧说:“你看看这山涧，那里仅有一条可供我军通过的道路，万一我军在渡河的过程中，遇到宋军的突然袭击怎么办？”

“大人！宋军此时也许还在路上，若再犹豫下去，让宋军抢占了先机封锁住沿岸要地，恐怕我军就无法过涧了。”

“监军大人！不必如此急躁，在未探明敌情之前，还是小心行事为妥！”耶律沙依旧不肯向前，坚持说：“先派人过去查看后再说！”

耶律敌烈急了，“既然大人这样说，那我先带人过去，也好在对岸等候着大人的到来。”说完也不等耶律沙回话，便转身走了。

辽军开始渡河，数百先锋轻骑顺利趟过河涧登上了对岸。紧接着耶律敌烈亲率前锋军过河，当他的数千轻骑刚刚登上河岸之时，忽听一声炮响，对面的黄土坡上突然冒出数万宋军，直向他们冲杀而来。

耶律沙的判断没错，此时宋军的几万大军，早已在云州观察使郭进的带领下提前埋伏在山坡后，并布置好阵形等待着辽军的到来。眼见着冲杀出来的宋军，耶律敌烈震惊之余已知上当，他回头看看还在渡河的数万大军，忙指挥已经上岸的辽军迎战，掩护后面的大军过河。

宋军并没给辽军任何喘息的机会，利用人多的优势直扑而上，箭射刀砍一阵猛烈的冲杀，直逼得辽军向河内退去。郭进看准了耶律敌烈挥刀直迎，两人仅交手一个回合，那耶律敌烈便被他一刀斩于马下。顷刻之间，辽军数万人马被挤压在山涧中央，首尾不能相顾。不一会的功夫，辽军便被砍翻撂倒了近万余众，数员大将也在乱战中毙命，辽军瞬间溃败。那惨烈的场面实在是无法形容，数万件杀器漫天狂舞，人的惨叫，马的嘶鸣，铁器的碰撞与那兵刃一下下砍扎入肉身时，传出的撕心裂肺的瘆人哀嚎，使得整个山涧地动山摇，河水漂红，死尸断阻河流……

等南院大王耶律斜轸带着数万大军到达山涧时，辽军惨败已无法挽回，他迅速命令军士齐放弓箭，数万羽箭矢腾空飞起，遮天蔽日般地冲着宋军而去。正在追杀的宋军被这空中突降的一阵箭雨放倒一片，不敢继续往前。辽军稳住阵脚，死守河岸，宋军被压制住了。辽都统耶律沙趁机带着余众退了回来，两军隔河对峙。这仗未开打却先败下阵来，耶律斜轸憋了一肚子闷气，如果继续这样下去，搞不好会使增援太原的计划落空。

此时，北院枢密使、彰武军节度使韩德威赶到。他见辽军已溃败回来，便向耶律斜轸出主意说：“大王！让末将绕道去往狐突山，在那里排兵布阵与宋军一战。”

耶律斜轸眼看着面前的山涧，知道这条路已无法通行，便同意了韩德威的建议，命令他迅速率领一万先锋军赶往狐突山，自己带大军随后跟进。

韩德威是汉人，蓟州玉田人氏。爷爷韩知古，六岁时被掠辽为奴，后官至中书令。

他的父亲韩匡嗣精通医术，得到了辽太祖耶律阿保机（辽开国皇帝）的赞赏，后来成为辽国的南京留守；哥哥韩德让时任东京供奉官，深受辽景宗耶律贤的皇后萧绰的赏识。韩德威骑术精湛，武艺盖世，且谋略过人，是辽国中不可多得的大将。

韩德威带着一万先锋军，很快赶到了狐突山下。

这狐突山距太原很近，就在太原城西北面，战略位置十分重要，要想攻取太原城，就必须先守住此地。宋太宗命令西路兵马都任德智，带兵赶往狐突山布防御敌，抵防可能从西北面过来增援的辽军。当辽军到达时，发现宋军已布置好了“本朝八阵”阵形。

韩德威观察完宋军所布阵形后，命令先锋军分出数十队，以每队五百至六七百骑不等，根据宋军布阵的情况，先用两个五队铁骑，分左右两路梯次冲击宋军的两个侧翼，顺利则全军齐进，不顺利则数队轮番攻击。没想到，宋军竟没能抵挡住辽军铁骑的车轮般攻击，几轮下来，宋军阵脚大乱，阵形被破，军士开始溃败而逃。任德智见势不好，带着剩余的宋军败逃而去。辽军也不追赶，迅速在狐突山口摆出一个严守阵形，等待着耶律斜轸几万援军的到来。面对宋军几万人马，韩德威自不会去硬碰，他只要能坚守住狐突山，就等于钳制住了宋军，让他们根本就不敢放开手脚去攻打太原城。

势态急转直下，太宗皇帝刚接到郭进在石岭关大败辽军的消息没多久，便又接报说，辽军韩德威在狐突山下击败了任德智。没料到辽军这么快便抢夺了狐突山，此地若被辽军把持，就等于控制了太原城西面的门户，给宋军攻取城池制造了天大的麻烦。

太宗急命潘美派兵支援，务必击溃辽军守住要地。潘美遂命令崔彦进、李汉琼带兵三万增援任德智，夺取狐突山。

宋军拦截辽援军的计划在狐突山受阻，战事十分危急。这面，折御卿攻取宪州的行动才刚刚开始。杨弘义、杨美慧按照与折御卿商议好的夺关方案，很快回到杨家庄。马山林、折御仁带的五千轻骑为防宪州斥候的注意，没敢直奔山庄，而是停留在五里外等待天黑后进入。

杨弘义、杨美慧进了庄园，匆匆吃口饭也不敢停留，迅速收拾好兵刃行头，带着几十名强悍的家丁，直奔山后的关隘而去。到了关隘口已时近黄昏，关隘守军认得杨弘义父女，便打开大门放众人进去。

守关将领慕彦智见着杨美慧一脸的喜色，把什么事都抛在了脑后，忙差人备酒上菜，宰鸡杀羊地忙活起来。

慕彦智请几人进入大厅，当杨美慧走过他身边时，突然伸手去摸她的脸蛋，杨美慧早有警觉迅速闪身躲过，不去理他。她的这一举动，倒引起了慕彦智的警觉，虽说这家伙是个粗人，但也有细发的时候。他跟杨美慧一年也见不上两回，但每次相见他都会伸手去摸她的脸蛋，结果总是被还以两个重重的耳光。慕彦智实在是享受这种被打的滋味，今日没挨上这两巴掌，心中倒是不爽。

杨美慧也实在是没法，她是真心见不得慕彦智。这家伙十分粗鲁，粗鲁得有时令人无法忍受。当然，今日有所不同，她是要来杀慕彦智的，因心中有事，无意间改变了往常的举动，竟对他百般忍让起来。她的反常，引起身边秋儿的注意。

“小姐！”秋儿悄声提醒说：“扇他！”

“呀，本小姐怎么会把这种事给忘了！”杨美慧猛然省悟，尖叫一声，把个慕彦智吓了一跳，他忙过来正要张嘴，脸上就重重地挨上了两记耳光。这两巴掌，杨美慧是左右开弓抡上去的。众人都呆了！少顷片刻，慕彦智竟然爽爽地大笑起来。

“好，痛快，真是痛快！”慕彦智看着杨美慧说“本将军还以为你喜欢上了别的男人，真是越打越喜欢！”

“好啊，那本小姐就让你痛快个够！”杨美慧说着又抡起手臂，慕彦智忙向后退着说：“哎哎哎，美慧小姐，够了够了！今天就只能是这两巴掌。”

杨弘义看眼两人，只是笑笑也不去搭理他们，便径直坐在凳子上。

“杨老伯突然来我这关隘，不知有何要事？”慕彦智过来坐在自己的主位上，问道：“听说折家军今日攻打宪州城，被我那姐姐杀的是大败而逃。”

“老夫也已听说了此事。不过老夫此次前来，是有要事与将军商议。”

“有话就直说，杨老伯不必拐那么多弯子。”

“折家军正面攻打宪州城不下，现竟想着绕道来我杨家庄，从后面偷袭……”

没等杨弘义把话说完，慕彦智便笑了起来说：“这折御卿倒与我那姐姐想到了一块，她也想利用你杨家庄从背后来偷袭折家军。这不，宪州军的几千人马，明日一早便会到达关隘，到时我们一起去消灭折御卿。”

“好好，这倒是让老夫放心了。”这消息来得很是要命，杨弘义心中震惊却不动声色，他根本就没有想到，慕彦蓉也会利用杨家庄来偷袭折家军。事情来得太过突然，他们必须马上动手。

“呀！”杨美慧尖叫一声道：“怎么会把仗也打到我们杨家庄去的嘛，这叫人家可怎么办呀！”她看眼慕彦智问：“你们打仗，叫本小姐去哪儿住吗？”

“这事好办，美慧小姐就住在这里便是了。”

“这怎么可以，有你这个大色狼在边上蹲着，你叫人家怎么能睡得着觉嘛！”杨美慧说着就往门外走，被杨弘义喊住说：“慧儿，你不能回去。”

杨美慧站住，回头看眼慕彦智说：“爹，可是这里有这个大色狼在，你叫人家……”

“不许胡说！”杨弘义劝道：“有慕彦将军在，你怕个甚？回到杨家庄那还不更是危险，明日一旦打起来，你就连个躲的地方都没有了！”

“还是老伯说得对，呆在我这关隘里要安全得多。”慕彦智忙迎合着说：“美慧小姐，我差人给你找间上好的房屋可好？”

“那……”杨美慧看看杨弘义，再看看慕彦智犹豫起来。

“慧儿听话，还是听慕彦将军的安排吧。”杨弘义说。

“那好吧！”杨美慧看着慕彦智说：“那得你亲自领本小姐去看房间。”

“好好！本将军亲自去。”慕彦智脸上露出了笑容说：“等一会吃了饭，我便送美慧小姐去房间。”

“不行，就现在去。”杨美慧不依，慕彦智看着她笑道：“好，就现在。”说着人已往门外走去，门外站着的三四个随从也跟了上去。

杨美慧回头看眼杨弘义，他会意，忙招呼家丁说：“小壮子！”

“庄主有何吩咐？”一彪悍的后生过来。

“你们几个，把小姐的随身用品一块送过去。”小壮子明白，应了声便带着五六名家丁跟去。

慕彦智带着众人来到一座小院门口，他示意随从等众人留在门外，自己领着杨美慧和秋儿进了院内，随手将大门关上。

“为甚要关门？”杨美慧急问。其实这门一关，倒还真是帮了她的忙。过来的这一路上，她正想着如何摆脱慕彦智的随从，没想到他竟主动提供了这个机会。

“美慧小姐不必担心，都是些下人，怎么能随便进入美慧小姐的房间。”慕彦智说着前面带路，进了大厅，便往二楼走去。

“哎，这没你的事了，我自己会上楼。”杨美慧有意将他往外赶，越是要赶他走，他就偏不走。

“还是上去看看，上去看看。”慕彦智并不理她，只管自己往楼梯上走。秋儿见状，忙跑上前拦在他的面前说：“哎，慕彦将军，我家小姐说了，就到这儿，你还是回去吧！”

慕彦智哪里肯听她的，伸手将秋儿拨开，回头笑迎杨美慧说：“美慧小姐请！”

杨美慧也不再理会，径直往楼上走去，慕彦智紧随其后，秋儿便跟在了他的身后。三人上了楼梯拐个弯，杨美慧从怀中悄悄拔出匕首，猛然转身刀尖直向他的胸膛扎去。

慕彦智愣了，没想到她竟会来要他的命。可这匕首并没有刺入他的胸膛，而是被内衣中暗藏着的一块护心牛皮给挡住。这家伙看似一个粗人，可在保护自身性命上还真没少下功夫。

匕首没能扎进去，杨美慧惊呆了！正在她愣神之时，慕彦智伸手便去擒拿她的胳膊……

第　六　章
折家军大破宪州　慕彦蓉情殉夫君

前面说道，杨美慧一刀没能刺入慕彦智的胸膛，正在她发愣之即，慕彦智快速出手去擒拿她的臂膀。当他手臂刚刚抬起的一刹那，又一把匕首疾速地从他腋下刺入。这可真是个要命的部位，也是人体中最为薄弱的地方。慕彦智的腋下没有暗藏保护牛皮，这刀也就自然挡不住了。

只听“滋”的一声，匕首直没手柄深深扎入他的身体，还没等秋儿拔出匕首，杨美慧快速挥刀又从他的脖颈处划过。慕彦智瞪着暴突的牛眼，僵直的身躯倒向楼梯下方的秋儿。秋儿的身体被挤在了楼梯扶手上动弹不得，她拼命顶住慕彦智庞大的身躯，杨美慧见状抬脚踹了上去，两人便一同翻滚下楼梯。

“秋儿快，快把他拖到边上去。”杨美慧喊着冲向门口，伸手将门栓扣住，回转过身来看眼秋儿。

“小姐，快来帮帮我呀！”秋儿被压在慕彦智的身下，怎么也搬不动。杨美慧上前，两人合力将尸体搬开，硬拖拽到楼梯后隐藏起来。

“小姐，你看这么多血，还有身上，身上也全都是的。”秋儿惊慌地看着她说：“这可，这可怎么办呀！”

“慌甚哩！快把嘴闭上别乱叫。”杨美慧左右看看也不知该如何处理。屋子里的血迹得尽快处理掉，还有她们身上的衣服，这可怎么是好。她看眼秋儿喊：“秋儿，你过来。”

秋儿来到她身边，杨美慧伸手去脱她身上的外衣，秋儿忙问：“小姐，你这是要干甚？”

“快把这有血的外衣先脱了，你到大门口去看看，把咱们的人都叫进来。”

“那要是，要是他们的人也要跟进来呢？”

“没关系！他们人少，只要进了这院门，你把大门一关，咱们就把他们全都砍了。”

“好，那小姐，小姐我去了啊！”

“秋儿不用怕，我就在这里等着。”杨美慧忙安慰了句，眼看着秋儿拉开房门，慢慢向院门走去。她迅速上前关门，转身把屋内能看到的布帘都撕扯下来，掩盖在地板、楼梯上留有血迹的地方。做完这一切后，她松口气四下里打望，想找到件兵器。

秋儿来到大门口，轻轻拉开条门缝探出头去喊：“小壮子！”

“来了！”小壮子过来问道：“秋儿妹妹，有何吩咐？”

“小姐叫你们把她的随身物品送进去。”秋儿说着向他使个眼色，小声道：“放进来，砍了！”

“知道了！”小壮子应了声，转身招呼众人说：“伙计们，快把小姐的随身物品都送进去。”

突然，一校尉带着两名军士快速向这里跑来，直向院内冲去。

“你不能进去！”秋儿忙拦在他面前，校尉说：“有紧急公文！”

“那就交由我送给将军吧。”

“不行，这公文我必须亲手交给将军。”校尉不依，直接撞入院内奔向大厅，小壮子等众人也跟进院内。

秋儿急上前拦在大厅门口说：“你不能进去，我家小姐，正跟，正跟你家……”她不知该如何解释，便直接威胁道：“反正你要敢硬闯进去，坏了你家将军的好事，到时可别怪本姑娘没提醒你。”

校尉有些犹豫了，小壮子上前说：“将军还是在外面等等的好，慕彦将军的脾气你是知道了，这万一要是……”

他嘴里说着，手中的匕首已经插入校尉的胸口。众人一惊，还没等他们拔出兵刃，早已被准备好的家丁砍翻在地。很快收拾好院子，众家丁便守候在大院门内。小壮子从校尉身上搜出信函，与秋儿一块进了大厅。

“小姐，你没事吧？”小壮子见着杨美慧问了句，把信函递上去说：“这是从那校尉身上搜出来的公文。”

杨美慧接过打开，颠三倒四地看了眼，不知上面写的是甚。

“小姐，上面写的是甚？”秋儿问。

“你自己看。”美慧把公文递给她。

“小姐，你知道人家不识字的嘛，干甚还要给人家看？”秋儿抱怨了句。

“还是给我吧。”小壮子抻手接过来，看了眼说“不好，得赶快去通知庄主，看来这‘母大虫’是要提前行动了。”

“这上面都说了些甚？”杨美慧问，小壮子说：“‘母大虫’让慕彦智马上赶往杨家庄，说他们的斥候已经发现杨家庄附近有折家军轻骑在行动。”

“啊，难道他们知道了折家军要来咱们杨家庄？”秋儿问。

“小壮子，你速去知会我爹，叫大家都提高警惕，随时准备动手夺取关隘。”

“那小姐您呢？”

“我还不能离开这里，如果时间长了慕彦智还不出现的话，就会引起他们的警觉。”

小壮子走了，天也黑了下来。秋儿点着火把，楼上楼下地将屋内所有的火烛都点亮起来。杨美慧坐在几案前心绪不安，她不知一会儿该如何动手，也不知折家军是否已经开始进山。如果折家军不能及时出现，仅凭他们这几十人，怕是对付不了这些关隘守军。

这时院内传来喊声，说是酒宴已经备好，要叫慕彦将军和美慧小姐前去吃饭。秋儿跑出去打发走了来人，回转到屋内说："小姐，这样怕不是个办法，一会他们还会再来。"

"没有办法又怎么办？我又不能一个人去，那还不叫他们更加怀疑了不是。"两人正说着小壮子进来说："小姐，庄主让我们先夺取关门，他在大厅里想办法拖延时间。"

"有了！"杨美慧突然有了主意说："秋儿，你跟小壮子一块去大厅，向大家宣布说，慕彦智要与我家小姐今夜订婚，叫大家先尽情地喝起来，说我们准备好了就过来。小壮子你去找慕彦智的副将杨文勇，说慕彦将军有要事见他。你便跟着他一块回来，在这院里擒住他，然后押往关隘口。"

两人走了，杨美慧来到院内向守候在院子里的五六名家丁吩咐，安排一会儿擒拿杨文勇的方案。现在需要的是时间，每往后拖延一会，他们的胜算就会增加一分。回到屋内，杨美慧依旧坐在几案前发呆，她不知道用这种拖延的办法，还能坚持多久！

折御卿呀折御卿！本小姐现在所做的一切可都是因为你呀，若不是你要为那大宋卖命去攻打北汉，本小姐才不会冒这个风险呢！杨美慧脑子里突然闪现出了折御卿的模样，这家伙长得倒还不错，配本小姐也还算过得去。不过，像他这般年龄怕是早已有了婆姨，我要嫁过去了，算是第几房？二房，三房还是四房？不可能，他小小年纪怎么可能有二房和三房，要是他真敢娶这么多小妾，本小姐便一个个都给他打走了……

正在她胡思乱想之时，突然外面传出了几声炮响，炮声震天，响彻了整座山谷。杨美慧被吓了一跳，不知发生了何事，忙起身向门外跑去。

"出了甚事？"杨美慧迅速来到院中问家丁，还没等他们回话，小壮子、秋儿带着杨文勇进来，他见着杨美慧忙拱手行礼道："恭喜呀美慧小姐！"

"杨将军，同喜同喜！"杨美慧应了句问道："为甚鸣炮？"

"将士们听说美慧小姐要与我家将军今夜订婚，便放响山炮以示祝贺。"杨文勇说着看看她身后问："妹妹当真要嫁给我家将军？"

"杨大哥，这玩笑可是开不得！"

"慕彦将军何在？"

"噢，将军正在屋内候着。"杨美慧伸手让他进入大厅。杨文勇刚跨入大门，便被身后的小壮子用刀抵住了脖子说："别动！"

杨文勇先是一惊，转而看眼架在脖子上的刀问道："慕彦将军现在何处？"

杨美慧并不回答，走上前卸下他手中的兵器说："杨大哥，我不想伤害你。咱们原本是一家人，因你这些年一直都在给慕彦智当副将，所以我信不过你。"

"慕彦将军在哪？"杨文勇淡定地又问了句。

"死了！"

"让我看看。"杨美慧示意小壮子，他推着杨文勇到慕彦智的尸身前，让他看了眼，杨文勇说："罢了！既然慕彦智已死，我也成了你们的俘虏，生死便听从妹妹的发落。"

"杨大哥，我并不想为难你。"杨美慧让小壮子放开他说："大哥若能打开山门，将这关隘献出，妹妹定保你在折家军面前立一大功，求取富贵功名可好？"

“一切听妹妹的就是了。”杨文勇痛快地答应了。

杨文勇本就是麟州人氏，是杨美慧家里的远房亲戚，他们平日里虽少有来往，但彼此之间也算了解。在这危急时刻，杨美慧叫他来，就是想在他身上赌一赌，没想到事情竟会来得如此顺利。

小壮子跟着杨文勇召集来他的亲信部将，先封堵了所有可能出去的路口，很快便将关隘内的守军缴了械。有想抵抗的军士听说慕彦智已死，也就不再反抗。

关隘被拿了下来，杨美慧迅速命人去打开山门。刚巧，折家军斥候前哨也已赶到，他们听到关隘口传来的炮声，便加快了行进的速度。不一会，马山林、折御仁到了，众将领便赶往大厅去见杨弘义。

进了大厅众人行过礼后，杨弘义把局势作了简单的分析说：“宪州慕彦蓉想要利用杨家庄来偷袭折家军，明日一早将有五千军士从这里通过。看来我们已经没有时间休息了。”

“杨老伯，您就待在这关隘里休息，一切都交由我来安排。”马山林是这些人中军衔最高的将领，便当仁不让地接管过指挥权。

“好好，你是将军，老夫就听从你的安排。”杨弘义笑笑说：“都还没顾上吃饭吧，看看这些现成的饭菜，众位将军可否边吃边议？”早已饿急了的众将领听他这么说，也不再客气，忙伸手抓起碗筷狼吞虎咽起来。

“传令下去，叫将士们抓紧时间吃饭，稍事休息，然后连夜前往宪州准备攻城。”马山林往嘴里塞着饭，看着大家问道：“不知各位有何建议？”

“马将军，怕你这种安排太过简单了点。”不等众将领说话，杨弘义便在边上插了句说：“老夫本不想插话，但有些话也不能不说。”

“老伯请讲！”马山林倒还是挺谦虚，知道自己不善谋略，也不敢在杨弘义面前逞强，加之临行时军师一再叮嘱，让他遇事多与杨弘义商议。

“老夫说得对，将军便听，说得不对将军便不予理会。”

“老伯不必谦让，末将听着就是了。”

“要取宪州城，主要是如何打开城门，只有让城门大开，我军方能顺利攻入城池。这话听起来好似废话，但这确实是攻取城池最为重要的一步。”杨弘义看看众人，见大家都没反应，便接着说：“现在我军有了打开宪州城门的办法，”说着扭头看眼杨文勇问道：“不知杨将军是否愿意前往？”

“就听杨老伯的，我愿意前往！”杨文勇立刻表态，他已明白了杨弘义的意图。

“好！那就叫杨将军与折将军带上三百折家军精锐佯败，前往宪州骗取守军开启城门。”杨弘义看眼马山林说：“将军可带折家军轻骑，连夜埋伏于城外，待两位将军打开城门便趁机抢占城门，同时派兵攻取宪州城正门，与城外的折家军里外夹击，宪州城可破也。切记，占领城门后，定以三声炮响为号。”

“好计谋！”马山林赞了声道：“还是叫我与杨将军一同前往，让折将军带大军随后跟进就是了。”

“将军怎么也与末将争功！”折御仁笑笑说：“还是叫末将前去打这个先锋，将军好坐镇指挥才是。”

“好了，不必再争，至于谁去打这个先锋，回头你们自己商议便是。”杨弘义打断二人说：“必须马上差人前往折家军营地，告知少将军和军师我们今夜的行动安排。”

“我去！”他话一说完，杨美慧便抢道：“少将军和军师都认得本小姐，各位将军一会都要去打仗，还是我去比较方便。”

杨弘义笑笑没有吭声，知道她的心思。他太了解自己的这个宝贝女儿了，不就是想着去见那个折御卿吗，也没必要这样着急呀！要说现在这种情况，怕也只有她是最好的人选了。

众将领没有疑义，杨美慧饭也顾不上吃了，抓起几个馒头带着秋儿、小壮子和几十名家丁匆匆向杨家庄奔去。折家军众将士吃完饭，稍事休息后也不敢停留，五千大军便在马山林的带领下出发了。

折御仁与杨文勇带着折家军三百精锐，换上宪州军军服已提前离开了关隘，快马奔向宪州城。他们来到距城五里处停了下来，与前去侦探的斥候见了面，在了解了宪州城外的情况后，便停止前行等待后面的大军到来。

经过近两个时辰的奔波，杨美慧几人来到折家军营地，见着折御卿与军师李子慧，把关隘口里发生的事说了一遍。李子慧听罢，马上差人去请监军尹宪，并召集众将领前来议事。

大家一下子忙碌了起来，也没人去搭理杨美慧几人。她看着进进出出的众人，再看看埋头盯着地图的折御卿，便气不打一处来。好你个折御卿，本小姐跑了一夜的山路，给你们送来了这么重要的消息，现在竟然没人搭理我们了。她正欲上前去找折御卿，监军尹宪匆匆进来，进了大帐见帐中站着杨美慧、秋儿和小壮子，问道：“他们是谁，怎么会出现在中军大帐？”

“是我的朋友。”折御卿忙解释说：“就是这位美慧小姐送来了关隘口的情报。”他话一说完，猛然想起，刚才怎么会把他们几人给扔在了这里，忙上前歉意道：“对不住了美慧小姐！刚才，刚才……”

“没甚！少将军你去忙吧，本小姐就站在这里听着便是了。”杨美慧见他表示了歉意，心中的怒气也消去了一半。

“叫他们出去，这里是中军大帐怎么可以有外人在此。”尹宪说。

“你说了个甚？”杨美慧一听来了劲，“甚是外人？要不是本小姐给你们送来消息，你们……”

“美慧小姐！”折御卿忙打断她的话说：“美慧小姐也辛苦了，跑了一夜的山路，还是先去歇息歇息，我一会便去看你可好？”

杨美慧听他这样说，看眼尹宪也就不再坚持，便跟着军士出了营帐。她并不知晓这位监军的来头，认为折家军中只有折御卿才是老大，你个老头凭什么在这里指手画脚。要不是看在准姑爷的面上，本小姐今晚倒还真跟你没完了。

众将领到齐了，李子慧很快安排布置完作战任务，各将领迅速回去准备。在出发之前，折御卿穿好铠甲，抱起头盔去了杨美慧的营帐。他是想跟杨美慧打个招呼，道声谢，便随大军出征。没想到，杨美慧不干，硬是要随他一起出战，还要他去找来折家军将领的铠甲。折御卿实在是拗不过她，只好差人去拿来铠甲头盔，带着她一同出发。

睡梦中的霍翊被外面的喊叫声给惊醒，他回头看眼身边的慕彦蓉，见她沉睡不醒，鼾声如雷，便自己翻身下榻披衣去了门口。

“大人，大人！”门外传来副将的急促喊声，霍翊拉开屋门问道：“何事如此惊慌？”

“折家军连夜攻城了。”

“甚？”霍翊吓了一跳，问：“折御卿连夜来攻打我宪州城？”

“是的，大人！”

“快快，你先去城墙上盯着，本大人随后就到。”霍翊打发走副将，回身到榻边推推慕彦蓉的身体喊：“婆姨，婆姨！”

慕彦蓉没动，依旧鼾声满屋。霍翊急了，抬手一巴掌打在她的背上，慕彦蓉猛地坐起身喊：“甚，出了甚事？”

“折御卿打来了！”霍翊忙穿衣喊道：“快快随我去城楼查看。”

慕彦蓉腾地跳下榻来，伸足踩进靴内，穿外衣套铠甲，利落地冲向兵器架，顺手摘取兵刃装备，抓起狼牙槊便冲了出去。她的动作飞快，倒把个霍翊丢在了屋内。

“嗨！你倒是等等我呀！”霍翊拿起兵器，托着铠甲匆匆追去。

两人很快来到城门，登上城楼站在垛口处向下看去。只见城外一片火把，远远地望去，还有数不清的火炬继续向着城池移动，真是一眼望不到头呀。守城将领跑过来说：“折家军不知来了多少人，看样是把所有的人马都带过来了。”

“既然来了，为何还不攻城？”霍翊心存疑虑地说：“折御卿该不会又在搞甚个鬼花招吧。”

“末将不知，大概是人马还没有到齐吧。”

“老爷不必紧张嘛！”慕彦蓉说：“我们只管守住城池就是了，看他折御卿能玩出个甚花样来。”

她的话音刚落，城外便传来山呼海啸般的喊声：“霍翊投降！霍翊投降！”

数万将士的呐喊之声，地动山摇，响彻夜空。喊声一浪接着一浪，一声高过一声，瘆的霍翊浑身直起鸡皮疙瘩。

“这他妈的是在做甚？”霍翊双手捂耳大吼：“折御卿，你小子还不快快前来攻城送死……”

“老爷莫慌嘛！”慕彦蓉嗲声嗲气地安慰道：“折御卿这样大喊大叫的，就是不想叫你安宁的嘛！好了，这里有妾身把守着，你就安心回府去歇着吧。”

“这怎么可以！？为夫怎能丢下你一个人回去睡觉。”

“老爷可真坏！这都甚时候了，妾身怎么能陪你回去睡觉的嘛！”慕彦蓉的嗲气，倒是叫霍翊放松了许多。

折家军在宪州城外排兵布阵，只是大声呐喊并不攻城。折御卿是在等，在等待城中传来的三声炮响。大军在出发前，折御卿与李子慧已经设计好攻取宪州城的方案。命路彦带领五千先锋军，听到炮响后开始攻城；折御卿亲率一万轻骑坐镇策先锋军，随时准备支援路彦；尹宪带五千人马殿后，每人手持两把火炬在大军后面流动，给宪州守军制造假象。

杨美慧就在折御卿身旁，身后跟着秋儿和小壮子。不管折御卿去哪，她都紧追不舍，搞得折御卿左右为难，心说：“仗马上将要开打，你一个姑娘家家的，倒是跟着我跑来跑去的干甚呀！”

“美慧小姐！你到老夫这里来。”边上的李子慧把这一切都看在眼中，怕她会分散折御卿的注意力，忙过来说：“你陪老夫站在这里，也好帮着观敌瞭阵。”

“不，我就要跟着少将军！”杨美慧不干，李子慧说：“少将军是全军统帅，你可不能让他分心啊！”

杨美慧一听也不再说什么，只好打马来到李子慧身边，但她的眼睛却始终没有离开折御卿。

正在此时城中传出三声炮响，折御卿精神一振，即刻下令路彦开始攻城。折家军五千先锋军向城墙冲去。

站在城楼上的霍翊、慕彦蓉也听到了炮声，但这声响是从他们身后的城中传出。众人不知发生了何事，只见正面的折家军已经开始攻城，忙指挥守军放箭。

“大人，不好了！”一斥候跑上城楼，喊道：“折家军，折家军从我们后面攻占了城门，现已向这里冲来。”

“完了！”霍翊一听，差点没坐在地上。

“那慕彦智呢？”慕彦蓉忙问：“慕彦智在哪里？”

“小的不知，只知道是杨文勇带着折家军骗开了城门。”

慕彦蓉看眼不知所措的霍翊说：“走，老爷，打开城门，随妾身一起杀将出去。”

“这，这样行吗？”

“在这里等死，倒不如一块杀将出去寻条活路的好。”慕彦蓉十分果断，一把将他提起说：“有妾在你身边，还怕个甚嘛！”说着便向城楼下奔去。

话说这边，折御仁与杨文勇带着折家军三百精锐来到城下，守城军士见是杨文勇也没多问，便打开了城门。折御仁率先闯入，很快就占领了城门，马山林带着五千轻骑陆续进城。这宪州城实在是太小，五千轻骑已挤满了整条街道。马山林命五百骑留下死守城门，自己带着众轻骑直奔着正门杀去。

宪州城守军腹背受敌，已失去了抵抗意志，纷纷弃械投降。突然，城中又传来一声炮响，城门大开，一队人马在“母大虫”慕彦蓉、霍翊的带领下冲杀出来，把正在攻取城门的折家军将士，冲散得四分五裂，一片片翻倒在地。

“少将军，快下令放箭！”李子慧忙提醒道：“用箭矢来封堵他们。”

“不行，这样我军的将士也会受到伤害。”折御卿十分冷静，这一刻用箭矢来封堵敌军本是最好的办法。但此时此刻，折家军正在攻城的将士也在其中。折御卿不想伤了自家的兄弟，可他的这种选择，会给后面的厮杀带来很大的风险，伤亡的人数也许会更多。但他宁愿让折家军的将士们拼死在敌人的刀下，也绝不能伤亡在自己人手中。

慕彦蓉冲杀出城门，碰见拦道的折家军将士，手中狼牙槊刺、挑、撩、拨，瞬间被放翻一片，勇不可挡。

“好个‘母大虫’！”折御卿欲打马上前，杨美慧已催马奔出，直迎慕彦蓉而上……

“坏了！”折御卿心中一紧，怕这杨美慧不是那慕彦蓉的敌手，紧着跟了上去。

慕彦蓉无心恋战，只与杨美慧照了一面，便掉拨马头向着城墙侧面的梢林奔走。折御卿定眼看看还好端端骑坐在马背上的杨美慧，暗中吃惊。此前，他与慕彦蓉交过手，知道这其中的凶险，能躲避过狼牙槊一击的将领实不多见，难道这女女竟也有如此高超的武艺？

其实不是杨美慧武艺高强，而是有对付慕彦蓉的办法。她手中使的是口偃月刀，当两匹战马快要接近之时，杨美慧并没有用偃月刀直对狼牙槊，而是还刀于左手，迅速抬起右臂发射出三支手弩，这三支弩箭来得是疾速夺命。如此近的距离，按说慕彦蓉是万万躲闪不及的，可老到的慕彦蓉见她还刀于左手，抬起了右臂便知不妙，疾伏身于马鞍之上，同时侧拉马缰躲过了要命的箭矢。她倒是躲了过去，可后面紧跟上来的霍翊却不走运，被那三支弩箭迎面刺入胸口，翻身落马。

“老爷！”慕彦蓉惊叫一声，也不去逃命，而是掉转了马头直冲着杨美慧而去……

折御卿快马拦在她的面前，两匹战马很快迎对在一起。狼牙槊对着梨花枪，梨花枪迎着狼牙槊，两人都是硬碰硬的悍将，都有一招毙敌的手段。这一次的对撞谁能占到便宜，折御卿？当然是折御卿！他看着迎面击来的狼牙槊，改变了以往直冲硬打的使枪习惯，用枪杆紧贴在狼牙槊的柄杆上。两杆相克，仅在呼吸间慕彦蓉的狼牙槊粘住了梨花大枪，借力滑向折御卿的手腕。她的这一招，是想利用槊顶的铁钉劈碎折御卿的手腕。变了，眨眼间，梨花大枪已疾速搬回挑拨开狼牙槊，紧接着枪柄上挑直击慕彦蓉的腰身。这一搬一挑的动作来得是自然流畅，一气呵成。慕彦蓉见已无法应对，松手放开狼牙槊闪电般侧身翻滚于马下。当她身体刚一着地，杨美慧已疾速上前挥动手中偃月刀，直向她的头颅砍下……

“住手！”折御卿高声大喊。

杨美慧收刀勒马在原地转个圈，反身回到折御卿身边，喊道：“为甚不杀了这‘母大虫’？”

“没见她现已无还手之力了吗？”折御卿真心不想杀了她，杨美慧却显得十分不满地问道：“那你留着她又有何用？”

“退下！”折御卿有点儿火，杨美慧瘪下嘴不再吭声。

“折御卿，好枪法！”慕彦蓉站起身看着他说：“我慕彦蓉败在了你的枪下，不冤！”

“慕彦将军！”

折御卿正欲张嘴说话，被慕彦蓉抬手打断。她回头看眼奄奄一息，躺在地上痛苦抽搐的霍翊，走上前蹲在他的身旁，伸手轻轻抚摸着他的脸说：“老爷！妾身不能为你报仇，但也已无憾了！”说着猛地一掌将他身上的箭支拍入胸膛，转而拔出腰间的佩刀快速划颈而过，一头扑倒在霍翊的怀中。

“慕彦将军！”折御卿没想到，这“母大虫”竟是此等的刚烈。

第　七　章

中流矢弘义托孤　狐突山萧后助威

折家军拿下宪州城，杨弘义却身受重伤。他跟随马山林冲进城内，不幸被突飞而来的流箭射中，箭支是从背后射来，要不凭他的身手还是可以躲闪开的。

听说杨弘义身受重伤，折御卿、李子慧和杨美慧等人迅速赶了过去。进了屋内见他正爬在榻上，背上的箭支已被郎中取出。

“爹爹！快叫我看看伤得重不重？”杨美慧尖叫着冲了过去，来到杨弘义面前看着他的脸说：“爹，您可不能有事呀！”

“爹不会有事！”杨弘义笑笑说：“慧儿你先出去，让爹跟军师和少将军说几句话可好？”

杨美慧不舍得看眼他退了出去，折御卿忙上前安慰道：“叔伯不会有事，过几天就会好起来的。”

“少将军不用安慰老夫，老夫知道这伤是怎么回事。”

“老哥哥呀！”李子慧忙上前说：“您可别是要给我们留遗言吧，若是这个那我们可是不听！”

“子慧兄弟，老夫也不想这样！原想着跟少将军一块去太原，见见我那侄儿刘继业的，现在看来是命数已定了！”

“叔伯不必悲观，我们还有的是时间。”折御卿忙宽慰他。

“少将军不用宽慰老夫，老夫年事已高，也没甚放不下的，只是我那慧儿将如何安置？”

“叔伯放心，不管出现何事，侄儿一定会善待美慧妹妹的。”

“好，有贤侄这句话老夫就放心了。”杨弘义看着折御卿说：“不知贤侄可否去外面看看我那慧儿？”

“好的，侄儿这就去。”折御卿知道他是有话要跟李子慧讲，便转身出了屋门。进到院中就见杨美慧烦躁地乱转，上前安慰道：“美慧妹妹，不用太过担心，叔伯他……”

“你不用来安慰我，本小姐……”杨美慧喊了声，转而回头看眼折御卿，忙改口道：“御卿哥！人家不是要跟你发火的……”

“知道，妹妹现在心里不好受，喊一喊也许会好一些。”

“御卿哥，要是，要是我爹他真的有个三长两短的话，那我可怎么办呀？”

“美慧妹妹不要这样，叔伯没事，会没事的！”折御卿不知该如何安慰她，杨美慧走到他身边，慢慢依偎进他的怀中大哭起来。这下，还真搞得折御卿不知该怎么办好了。

屋内，爬在榻上的杨弘义紧着咳了几声，一口血喷了出来。李子慧忙抓过布巾递给他，杨弘义用布巾捂住嘴，喘口气说：“不知子慧老弟知不知道，府州折家，麟州杨家和丰州王家，三家曾订立有盟约？”

“子慧有所耳闻，可那都是很早以前的事了。”

“事情虽早，但盟约并没有解除！立约时老夫虽不在场，但这是我那哥哥，跟折御卿的爷爷和父亲一块立的誓约。盟约曾约定，杨家有女要嫁折家郎，折家有女必嫁杨家郎。后来我的大侄子刘继业，便娶了折御卿的大姐折赛花。”

“这事我知道！”李子慧猛然明白了他的用意，问道：“老哥哥是想……”

“还是子慧兄弟知道老夫的心呀！”杨弘义勉强地笑笑说：“老夫就是放心不下小女慧儿，慧儿的今生，老夫是想拜托给子慧兄弟了。不知……”说着他就要下榻行礼，李子慧忙扶住他说：“老哥哥不必这样，子慧尽力就是了。”

“老夫知道，这事有点儿难为子慧兄弟了，可眼下老夫也是没有办法呀！本打算开春后，就带着美慧去府州，拜见我那嫂嫂路夫人向她表明这一切。后来又听说折家军要来攻取宪州，便想着在这里能与少将军见面更好……”

“老哥哥，不必再说了，子慧完全明白。”李子慧安慰他说：“您就好好养伤，等回到府州见着少将军的母亲路夫人，还是由您自己去说吧！”

“等不到那一刻了！”杨弘义感慨地说：“老夫一生漂泊在外，身无长物，现在唯一的牵挂也就是小女慧儿了。”

“子慧早听说弘信大哥有个弟弟，但一直未能谋面。那日相见，还真跟弘信大哥长得十分相像。可不知大哥为甚不去麟州，竟会流落在此？”

“那都是二十年前的事了，只因为一个承诺，从此老夫就再也没有离开过杨家庄。”杨弘义舒缓下自己的情绪，慢慢说道：“我们家有弟兄两人，大哥杨弘信早早离家去外面闯荡，从此再也没有回来。我留在家中守候照顾父母，后来听说大哥在麟州当了刺史，我便去了麟州，可没过几年，接听家中传书说父亲在家中病重，我只好又返回老家，去照顾二老。后来父亲去世了，母亲不愿意离开老家，她说死都要跟父亲待在一起。无奈，我只能陪伴着母亲又过了几年，直到将她与父亲安葬在一起后，才想着再去麟州。记得那年刚好是后周广顺元年，郭威在汴梁称帝，我带着婆姨一家四口，刚进入到岚州附近，便碰上了前来‘打草谷’的契丹人。可怜我那一双儿女和婆姨，都惨死在了契丹人的刀下，只有我幸免于难。从此，便立誓要杀契丹人，要为我那死去的妻儿报仇。”

“那您为甚又没去麟州，当时弘信大哥不是还在麟州吗？”

“是老夫不想去。”杨弘义看眼疑虑的李子慧说：“那是因为后来听说，北汉的刘崇投靠了契丹人，麟州又归顺了刘崇。老夫是怕去了那里，就再也没有机会杀契丹人了。”

“原来是这样。”李子慧感慨地问道：“后来呢？”

“那些年，老夫带着追随过来的几十名弟兄，就在这附近专门打杀敢过来‘打草谷’的契丹人。有一次与契丹人相遇，没想到他们早有准备，我们几十名弟兄中了埋伏，结果老夫身受重伤，赶巧被过来的李家山庄庄主李大人所救。”

“他又是何人？”

“这李大人，原是后汉主刘知远在位时的宪州刺史，他也是因为刘崇投靠了契丹人而辞官告老还乡的。那年老夫也刚好四十出头，李大人对我甚好，就像待自己的亲儿子一样的待我。李大人的婆姨死得早，家中无儿，只有两个女儿，大女儿已经出嫁，仅留有小女在身边。老夫在山庄住的那些日子里，与那李家小姐相处得十分融洽。李大人年事已高，便将小女许配与我，要我发誓永不离开她。老夫答应了。第二年李大人走了，婆姨也有了身孕。”杨弘义叹口气说：“没想到婆姨因生美慧落下了病疾，没过多久也离开了我们。从此，老夫便与慧儿相依惟命。现在慧儿也已长大，到了该嫁人的年龄，老夫不想她一人待在这山庄中受苦，所以才想出了那个，那个……”

“老哥哥，老哥哥！”李子慧见他闭上了双眼不再说话，急忙喊了两声。杨弘义没动，已经安详地离去。李子慧感慨万端地说：“老哥哥呀老哥哥！兄弟我知道您的苦心，您就放心地去吧！”

杨弘义死了，折御卿、李子慧陪着杨美慧一块回到杨家庄，将他与杨美慧的母亲合葬在一起。安排好一切，杨美慧提出要跟随折御卿一块离开，折御卿不准，叫她好生待在杨家庄，等他们从太原返回后再一块去府州。杨美慧当然不肯，也不跟他纠缠，便擅自遣散了庄中所有人。除了留给折家军的粮草物资外，将物品均分派给大家，随后一把火烧毁山庄。

杨美慧自断退路，就是要逼迫折御卿。折御卿真没想到她会这么干，无奈之下也只能答应，让她带着秋儿、小壮子跟随折家军一起出征。

辽数万大军在韩德威的指挥下，利用狐突山的险要地形，在山谷口摆出了一个“青狼白虎平雁阵”。目的是为了封锁此谷口，叫宋军无法通过。该阵形叫的名字复杂，其实也就是由几个单独阵形，串连组成的综合骑兵阵。两军对垒，布兵排阵最忌讳繁复，其目的只有一个，避己之短，最大限度地发挥自身优势，从而获取战争的最终胜利。阵形的安排与组合，一般是依据地形地貌、自身军队的实际情况来定。阵形不需要太复杂，只求灵活实用，首尾能够相互照应，要做到进可攻、退可守。

说来辽军本不善阵法，此次韩德威是把自己的平生所学，都用在了该阵形上。平雁阵是一个大阵，阵形的两翼就像两支伸出去的翅膀，待敌军进入后便回收包围，一路断其退路，一路阻拦援军；青狼阵居中，等敌军进入后，以狼群战术轮番攻击，其战法首先是不与敌军硬碰，而是分群分队多方位的联合攻击，以快速多变的灵活战术，消耗打乱拖垮敌军；待打乱消耗了敌军的主要攻击力量后，紧接着白虎阵中的铁骑杀出，配合青狼阵一举歼灭敌军。韩德威布下的这个阵形，正是针对宋军骑兵少，步兵多，机动性差这一特点来安排的。

宋军大将崔彦进、李汉琼来到狐突山下，先去查看了辽军的阵形排布，便与军中将领商议破阵之法。可这种阵形宋军从未见过，军中将领也无人识得此阵形。

“辽军布防的这个阵形，既然诸位将领都没见过，那我军也只能闯阵察探了。”崔彦进看着众将领说：“不进去闯闯，我们怎能知道韩德威在这阵中搞了些什么？若不能了解敌情，我军将如何破阵？”

“将军，还是让末将前去闯阵！”西路兵马都任德智急于将功补过，主动请缨出战。

“好，任德智听令！”

“末将在！”

“命你带三千轻骑前去探阵，本将军就在你的身后接应。”崔彦进命令道：“进阵后见机行事，不得硬拼。”

“得令！”任德智答应声，转身出了营帐。崔彦进、李汉琼等众将领分头准备。不出半个时辰，大军整装完毕即刻出发前往狐突山而去，很快来到狐突山下，崔彦进看着辽军阵形，命令任德智出发。

宋军的三千轻骑，在任德智的带领下直奔辽军阵中冲去，辽军正面防守的骑兵迅速向两边撤出。门户洞开，任德智没有受到任何拦截，便冲进了辽阵。当宋军三千轻骑过去后，突然，从辽军阵形两翼杀出万余轻骑封堵了他们的退路。

“不好！”崔彦进惊叫一声，马上明白辽军是有意放任德智进阵，然后将他包裹在阵中围歼。他迅速命令大军全部压上，冲击辽军，想为任德智撕开一条退出的通道。

任德智冲进阵中，没有遇到任何阻击，他正感疑惑忽然听到几声炮响，万余辽军铁骑分数路，从多个方向冲杀而来。这强悍的阵式，把宋军三千轻骑给惊呆了，他们开始慌乱有些不知所措。

“撤！”任德智知道中了埋伏，急忙发出撤退的命令。晚了！他还不知退路早已被辽军阻断。

崔彦进在正面指挥宋军强攻硬打，无奈怎么也无法冲破辽军的防线。任德智深陷阵中与辽军的铁骑绞杀在一起，三千宋军怎会是辽军万余铁骑的对手。不一会的功夫，宋军便被砍杀去了一半，剩余的无力抵抗均下马投降了。任德智带着几十名亲兵还在顽强拼杀，韩德威横刀拦阻在他的面前大喊：“败将任德智，还不速速下马受降！”

任德智看眼他并不答话，只是打马挥刀向韩德威冲去。两人碰在了一起，韩德威抡起大刀，硬生生地将他斩于马下。宋军大败而退，白白损失了三千轻骑和大将任德智。辽军并不追赶，只是退回阵中继续严防死守。

消息很快传到了正在围攻太原城的太宗皇帝处，众臣束手无策，因军中重臣没有人识得该阵，也无破阵之法。

“陛下！要破此阵怕只有府州折氏了。折氏本属党项，善于骑射，勇武彪悍毫不输给契丹人。”大将军李继隆进言说：“折家军镇守府州与辽军作战数十年，赢多输少。请陛下下旨，速调折御卿前往狐突山御敌破阵。”

李继隆是北宋开国名将李处耘之子，他的妹妹经宋太祖赵匡胤撮合嫁给赵光义为妻（即是后来的明德皇后）。此人善骑射，多智谋，晓音律，好读《春秋左氏传》。他虽为皇帝的大舅哥，位高权重，但从不自傲欺人，确能以礼待儒士，谦虚谨慎。他的父亲李处耘，曾经是折御卿的爷爷折从阮的部将。那还是在后汉初期，当时折从阮掌领府州，把李处耘召至门下委任他管理军务。折从阮后来历任邓、滑、陕、邠四州节度，李处耘都一直跟随。有一年，有人到朝廷诬告李处耘有罪，后周太祖皇帝郭威听信，把他贬为宜禄镇将。折从阮上表为他雪冤，诏令让他重新隶属折从阮军中。折从阮病逝前，向周世宗柴荣推荐李处耘，说此人有才，不能不用。柴荣惜才就让他去了赵匡胤的军中。从此李处耘便一直追随在赵匡胤身边，后因功升任羽林大将军、宣徽北院使等职。

“折御卿现在何处？”赵光义大声问道。

“回陛下！折御卿正奉旨攻取宪州，不知现在战事如何？”

“捷报！”潘美冲入大帐说道：“陛下，捷报，捷报呀陛下！”

“说！”

“回禀陛下！闲厩副使折御卿、监军尹宪带领折家军已攻克宪州。”

“好个折御卿、尹宪，真没有辜负朕望。”赵光义心中大喜，即刻命令道：“传旨下去，叫折御卿、尹宪速速赶往狐突山御敌破阵。”

“遵旨！”潘美应了声正欲转身，被李继隆喊住说：“陛下，折御卿只是个闲厩副使，如何指挥得动那些个朝中将领？”

“爱卿这话倒是提醒了朕。”赵光义马上颁旨道：“任命折御卿为‘狐突山招讨使’，尹宪为都监军，所有狐突山区域内的宋军，均归其统领。”

“臣遵旨！”潘美领旨下去。

不知这是个何样的职务，太宗皇帝也是临时想出的名称。直接叫招讨使太过含糊，而且折御卿的官职太小，眼下战事又来得紧迫，只要这折御卿能攻下狐突山，挡住辽军增援太原，管他叫什么呢！

圣旨到了宪州。接到圣命后折御卿、尹宪不敢停留，迅速带着折家军直奔狐突山而去。不日，大军来到狐突山下，宋军大将崔彦进、李汉琼见着折御卿便心中犯忌，陛下怎么能叫这样一个毛头小子前来统领大军。在这些朝中大将军面前，折御卿官职最低，也最为年轻。虽然他有皇帝亲命的临时官衔“狐突山招讨使”，但折御卿心中明白，一旦狐突山被攻克，他这个招讨使也就算完成了使命，所以他还是谁也开罪不起。

进了中军大帐，折御卿听完狐突山辽军的情况后，便带着李子慧、马山林、路彦等将领前去观察敌阵。杨美慧在后面紧追不舍，搞得折御卿不知该拿她怎么办好。众人站在山坡上，远远望着辽军大阵，折御卿心中狐疑。此阵看似平平，根本看不出有什么奇特之处，难道这阵中会另有玄机？李子慧迅速绘制出一张阵形图，众人便返回中军大帐。

崔彦进、李汉琼和尹宪也随后跟了进来。杨美慧本想一块跟进去，但看看这阵式怪吓人的，又怕给折御卿添乱，所以就留在了帐外。

“先生对此阵有何看法？”折御卿看着阵形图问道：“若是依照先生绘制的这张图来看，韩德威摆的不过是一个简单的‘雁形阵’。”

“不然，这阵看似像‘雁形阵’，但其中有几点完全不同。”李子慧指着几处分叉点说：“过了这个山谷，里面我们看不到，不知韩德威在后面还隐藏着什么。所以，在破此阵之前，还需要进里面去看看方可知晓！”

“军师怕是在说笑了。”站在边上的崔彦进说：“怎么进去，韩德威会让你去窥探他的阵形吗？”

“崔将军，崔将军！”李汉琼忙插道：“折家军兴许自有他们的破阵之法，你我还是少插嘴的好。”

两人冷热搭配地来了句，搞得折御卿心中不爽。他看眼两人张了张嘴，把想要说的话咽了回去，尹宪见状忙说：“各位将军，我们现在是商讨破阵之法，不管诸位将军有何种想法和建议，尽管说出来。但本监军还是想要提醒各位，我们是受皇命在此御敌破阵，希望大家能齐心协力，不要辱没了皇恩！”

一听此话，几人不再说话，李子慧接着说：“韩德威前面摆的就是一个‘雁形阵’，他有意留出一个口子好让我军往里钻。”

“那么军师有何破阵之法？”尹宪问。

“没有。”李子慧说：“马上差人去找附近的百姓，看有没有熟知里面地形的人。”

“不管使用何种方法，必须先探明里面的情况方能应对。”折御卿说“明日我去冲阵，先搞一次试探性进攻，看看辽军这阵到底有何不同。”

“少将军不可！你是全军主帅，怎能去冒这个险？”马山林忙站出来说：“军师，还是让末将去打这个先锋吧？”

“哎哎，军师，还是让我路彦去吧。”路彦也站出来说：“这窥探敌阵首先要跑得快，你叫马山林去，他只知道拼杀硬打，搞不好叫敌人给困在里面那就麻烦大了。”

“你这算是个甚话，我何时……”

“好了好了，二位将军都先把嘴闭上吧！”折御卿打断两人说“还是听军师的安排。”

边上的崔彦进、李汉琼对视一笑。他们还真瞧不起这些个藩兵牙将，商议作战方案也可此等随便，那要是执行起军令来，还不真敢当成了儿戏。

尹宪倒是一句话没说，他已经习惯了折家军的这种商议方法。要不是跟随他们打了几仗，怕也是容忍不得这乱插话的行为。

“少将军，各位将军！”李子慧看着众将领说：“明日让马山林、路彦各带五千折家军轻骑前往探阵，少将军带一万折家军轻骑跟进，保护他们的退路安全。折御仁带一万轻骑殿后掩护，随时准备增援少将军。”

“军师，本将军干什么？”崔彦进问道：“难不成军师是想要我们站在后面，瞭敌观阵吗？”

“此话差已！崔将军和李将军另有更重要的事情可做。”李子慧忙解释说：“折家军进入狐突山后，退回来的通道就成了他们的生死线，监军尹大人和两位将军只要能保住这条通道，那便是大功一件。”

“军师既然这样说，那本将军遵命就是了。”崔彦进、李汉琼虽有不满，但也只能执行命令。

李子慧不是不想用这些宋军，而是对他们的战斗力实在不了解，怕贻误战机害了折家军弟兄们的性命。他的这种想法，倒是跟折御卿想到了一块。宋军多为步兵，机动性太差，一旦打起来守个道口，阵地还行。但要面对辽军铁骑地冲杀，怕也只能是被动挨打了。

布置完一切，待所有将领退出中军大帐后，尹宪却返身回来看着折御卿、李子慧问道：“军师的安排是否有些欠妥。”

“大人是说，对二位将军的安排吗？”

“没错！两位将军也是能征善战的虎将，军师此等安排怕是有看不起他们之疑。”

“明日只是探阵，并不是攻阵。”李子慧解释说：“大人不必多虑，等我们探明阵形后，自会合理安排。”

“军师这样说，本监军就放心了！”尹宪心中犯着嘀咕，原先担心折御卿指挥不动这两位将军，现在看来倒是他们自己早有盘算。身为监军他也不想管的太多，只要能为官家打胜仗就行。此次随征与折御卿朝夕相处，经过两次战役，已基本了解了他的个性人品。此人年龄虽轻，但对官家和朝廷忠心不二，他为人善良简单，且武艺高强，并谙悉兵书阵法，实是位难得的良将之才。尹宪对折御卿已不再过度防范，尤其不再干预他的作战部署。

这时，杨美慧领着位樵夫进来，说他熟悉狐突山内的地形。李子慧拿出地图，让他指出几个关键地点。那樵夫熟练地指着地图上的位置，并说出了谷口内的情况。

李子慧紧盯着他，突然大吼一声：“来呀，给我拿下！”

伴着喊声冲进几位军士迅速将那樵夫拿下。众人被他的这一举动给吓了一跳，不知发生了何事。

“是谁派你来的？”李子慧指着樵夫问道：“是韩德威？”

“小人不知你在说什么，小人只是这山里的一个樵夫，军爷何必这样待我？”樵夫辩解说：“小人本是好心，早知这样，小人也就不敢到这里来了。”

“你是樵夫，怎会看得懂这地图？若是樵夫，又怎会知道这么多的军事位置？”李子慧大声喝道：“快快如实招来，省得受皮肉之苦。”

樵夫突然放声大笑，牙一咬便吞毒自尽了。这一幕来得太过突然，令众人深感意外。

“他是，他真的是奸细？”杨美慧看眼李子慧，再看看躺在地上的樵夫说：“这，这怎么可能？”

李子慧摆摆手，军士将樵夫的尸体拖出营帐，他看着几人说“看来韩德威是早有提防，他知道我军必会找人了解狐突山内的情况，便派斥候出来想引诱我军上当。”

这樵夫确实是韩德威派出的斥候，在宋军冲阵惨败之后，他得知府州折家军来到了狐突山下，折家军可算是他的老对手了。府州就在辽国北院大王的防御范围之内，身为北院枢密使的他，对府州折氏还是了解的，虽然没跟折御卿交过手，但与他的哥哥折御勋可没少打过仗。折家军在宋廷的军队中可谓是另类，府州地处塞外远离中原朝廷，又是由党项折氏一族统领镇守的边关重地，长年与契丹抗衡对峙。几十年下来，契丹人还从未在折家军面前占过太多便宜。府州折氏民风刚烈，能骑善射，彪悍威猛程度与契丹人比肩不分高下，加之府州又盛产好马，折家军除去守城护寨的军队外，均由骑兵组成。

折家军来了！韩德威不敢小觑，便匆匆赶往南院大王耶律斜轸的大帐。

“韩将军，何事如此匆忙？”耶律斜轸问：“是不是宋军又打进来了？”

“是府州折家军来了！”

“喔！”耶律斜轸微微一震，问道：“折家军能破我阵？”

“那倒不是！”韩德威解释说：“大王，折家军不同于其它宋军，他们善于马战，可与我军直接对抗。所以我们必须将阵形重新调整一下，以应对接下来的闯阵。”

“好，那就速速去办。”韩德威应了声正欲转身，忽听帐外传来太监的喊声：“皇帝陛下，皇后娘娘驾到！”两人一惊，忙出帐迎接。

“微臣恭迎皇帝陛下、皇后娘娘！”

“都起来吧！”耶律贤随口说了句，带着皇后萧绰进了中军大帐。坐入胡床，他看着众臣说：“诸位爱卿守护狐突山辛苦了！”

“愿为陛下效命！”众臣齐呼。

“好了好了！”耶律贤摆摆手说“众位爱卿，朕累了！若有什么事就向皇后禀报吧。”

辽景宗耶律贤，年不过三十一岁，因长年患病身体十分虚弱，朝中事务都交由皇后萧绰来执掌。此时的萧后，年约二十六岁，正值大好年华。萧绰，小字燕燕，原姓拔里氏，拔里氏后被契丹太祖皇帝耶律阿保机赐姓萧氏。她的父亲萧思温，因帮耶律贤当上皇帝有功，被封为北院枢密使、北府宰相、尚书令、魏王，并征召他的女儿萧绰入宫，不出半年萧绰便被正式册封为皇后。保宁二年（即公元970年），萧思温被人刺杀。父亲死后，年仅十七岁的萧绰迅速成熟起来，她开始发挥自己的才干，协助体弱多病的耶律贤治理国家，逐渐掌控了辽国的军国大权。

“北院枢密使韩德威！”萧绰说。

“微臣在！”韩德威迅速出列。

“你在狐突山抵御宋军有功，特赐你‘推诚忠亮功臣’称号！”

“谢陛下、皇后娘娘封赏！”韩德威忙叩谢。

“诸位将军，守住狐突山就等于守住了太原城。”萧绰看着下立的众将领说：“太原刘继元小儿，虽很无能，但也还是我大辽的附属，太原城不能丢！”

“皇后英明！”众臣道。

“眼下我几路大军虽已受阻，没能突破宋军的防线，可我们还有狐突山在，只要我军能坚守在这里，赵光义想要攻取北汉的阴谋定将落空。”

“皇后圣明！”众臣又一次齐呼。

“韩德威！”

“微臣在！”

“听说你摆了个‘青狼白虎平雁阵’？”萧绰看着他问道：“说说，你这阵有何特别之处。”

“回皇后！该阵是微臣利用几个阵形组合而成，其目的是发挥我军铁骑的优势，只要宋军胆敢进来便无处可逃。”

“好，此次守得住，守不住这狐突山，就全靠诸位将军了。”萧绰谦让了句说：“等明日开战之时，本后与陛下将亲自去为你们观阵助威！”

“誓死守住狐突山，为皇帝陛下、皇后娘娘效力！”众将齐呼。

第八章

御卿初遇韩娇娇　折家军被困山谷

夜已深，宋军营地一片篝火通明。

折御卿坐在中军大帐内紧盯着地图，反复推演着破阵方案，李子慧进来问道："三少爷，怎么还不睡？"

"先生你看！"折御卿指着地图说："从这地形图上看，韩德威在谷口外最为宽阔的地方，放置了重兵。如果我军人数不足，他便放我军进入谷口，迅速用重兵阻断退路，使进入谷内的我军孤立无援，腹背受敌。若是我军大兵压进，他们便退守谷口与我军形成对峙。要是真成了这样的话，那我们攻破此阵将会变得十分困难。"

"怕不仅是这些，辽军大约有七八万之众，他们设在谷口的兵力不足二万。此山谷有三个进出口，一个在东北面，一个在东南面，另一个就是我军现在所处的西北方向，这里也是我军进入太原的最佳通道。辽军只要控制住东南、西北两个谷口，一面能钳制攻打太原城的宋军，一面还可威胁宋军的后翼。"

"也就是说，我军必须占领狐突山，方能确保陛下攻取太原的成功。"

"不错！三少爷，你看这里。"李子慧指着地图说："从我军现在所处的位置，绕过面前的这座山峰，便可直达太原城外陛下带领的大军背后，所以此谷口不得不布重兵防守。这里是东南面谷口，一出山谷便是一马平川，毫无遮拦。此谷口距太原城也不过二十余里，辽军的快马轻骑不出半个时辰就可抵达太原城下，这里又成了需要重兵布防的一个要害所在，看来我们是没有选择了！"

"击溃辽军，打败韩德威！"折御卿坚定地说。

此刻，折御卿并不知道，辽帝和萧后已经到达了狐突山。韩德威也已根据折家军的特点调整好阵形，一切准备就绪单等着折御卿的到来。

第二日一早，折家军依照先前的安排部署，由马山林、路彦突前的一万轻骑开始向狐突山进发；折御卿带一万轻骑随后，折御仁的一万轻骑跟进；监军尹宪跟着崔彦进、李汉琼的三万大军殿后，负责保护折家军的退路。要说折家军的这种战术安排，是将所有人马都调用起来，战事一旦开打，如果有利可图便大军压进夺取谷口，将辽军逼退进山谷内；如果无利，便迅速退回再另寻他法。当然这种部署也只有折御卿、李子慧和折家军中的几位将领知道，其他人并不知晓。

当守候在谷口的数千辽军轻骑，发现马山林、路彦的折家军后，并没打算抵抗，而是掉转马头驰入山谷。

"嘿！这是干甚哩？"路彦扭头看眼马山林说："这契丹人怕是想引诱我军进谷

吧？”

“我们本来就是要进谷的嘛，怕他做甚！”马山林挑衅地说：“路将军，咱们老哥俩是不是也该进去逛逛了？”

“好，进去逛逛！”两人说着便带领轻骑直向山谷中奔去。

后面跟进的折御卿接到斥候来报说，马山林、路彦没有遇到辽军的抵抗，他们直接进了山谷。

“先生，好像有点不对！”折御卿回头看眼身边的李子慧说：“韩德威怕是给我军挖了个坑，只等着我们去跳。”

“不管韩德威摆的是何种阵形，我军必须勇往直前！”

“对，就算是龙潭虎穴，也要给他挑个窟窿出来！”

“少将军，你去支援马山林、路彦二人，我就留在这里与御仁守住谷口。”李子慧叮咛说：“切记，不要太过深入。”

“先生保重！”折御卿说完，打马带人也向着山谷中奔去。

韩德威确实是给折御卿埋了个陷阱，他有意让出谷口就是要叫折家军进入。这山谷中的地形十分特别，顺着谷口进入山谷后大约五里处，便被一座缓缓而上的山原阻住了去路。原下是七八丈高的石崖，崖下有一条不宽的小河，河水环抱山原，山路依顺着小河左右分开环绕着山体向两侧流去，原来这里竟是一个“Y”字形通道。当折御卿站在分岔的路口时，方明白了韩德威放弃谷口的原因。他进来时才发现，这一路上山势陡峭，梢林茂密，峭壁人上不去，上去了也无法站立，滚石檑木、弓弩箭矢统统用不了。那么辽军的阵形究竟布置在何处？

“少将军，我军该向何方行进？”副将问。

“马山林和路彦怕也是分道而行了。”看着左右分开的两条路，折御卿命令副将向左，自己带着五千轻骑向右而去。大队没走多远，就听得远远传来喊杀之声，一斥候奔来报告：“将军，路将军的五千轻骑，被辽军包围在了前面的山谷中。”

折御卿即刻命令大军加速向前，拐过一处山弯，眼前突然出现了一片开阔之地。就见折家军轻骑正在与辽军厮杀，从飘扬的军旗上他辨识出这正是路彦的五千轻骑。折御卿正欲打马向前，猛听得传来数声炮响，两侧的川道中杀出数千辽军挡住了他们的退路。折御卿迅速命令轻骑，将行军时的“牵线阵”改为进攻阵形“车悬阵”，攻击正面的辽军。

“车悬”是一种骑兵阵形，每队之间排成多列，宽度以互不相挤，又能相互照应为准，是用来冲阵的车轮战法。折家军轻骑使用的均为长刀，是将“眉尖刀”改良加长了手柄的一种弯刀，该刀只是在刀头的前半部有一个不大的弧度，这个弯度有利于骑兵冲杀时切划而过，不至于卡顿。

眼下折御卿已顾不得身后了，因为后面还有跟进来的折御仁和李子慧，现在最要紧的是增援路彦尽快与他兵合一处。辽军见折家军来了援军，一大将掉转马头直迎折御卿而去。折御卿挺枪催马直上，两员战将瞬时碰在了一起，两匹战马一错而过，就见那辽军大将身体腾空飞起毙落。折御卿快马没停，又遇一辽将冲来，手中长枪直出，枪尖抵入辽将前胸护镜，一击坠落马下……

“宋军中竟有如此悍将！”坐在原上的一缓坡处，正在观战的萧绰被折御卿的勇武给震惊了，她指着下面的折御卿问道：“他是何人？”

“回皇后！此人正是府州折家军首领折御卿。”韩德威忙回答。

“真是难得的人才。”萧绰十分感慨地说：“赵光义怎会有此等良将！”

“皇后放心！微臣这就去砍下他的头来。”韩德威说着便转身走去。

“回来！”萧绰命令道：“不准伤了他的性命，本后要活的。”萧后珍爱人才，尤其是能征善战的良将。不论你是谁？只要能为我所用，她都会不惜一切代价去争取。

“微臣遵旨！”韩德威答应着向后退了两步，参将过来指指山峰上的号旗，悄声说:“将军，我军已经控制了谷口。”

韩德威抬头看着远处山峰上打出的旗语，随即下令收兵。辽军听到鸣金收兵号令，放弃了厮杀，站立在山顶上的号旗手，挥动着指挥旗帜，引领辽军迅速撤进了两边的梢林之中。

在这千军万马的古战场上，传递指挥信号的方法基本就是两样，一是声音，用金鼓、号炮、号角等可以发出巨大声响的器物。鸣金为收兵，击鼓是前进！二是旗帜，旗帜又分为辨识军旗和号旗；一为辨别敌我双方；二是用来指挥作战。号旗手一般站立在高处，要站在让战场上所有将领都能够看得到的显要地方，用各种不同颜色的旗帜来传达指挥者的命令，如遇山峰或死角挡住看不到，就用接力的传递方式来向战场传达指令。

辽军撤了，折御卿来到路彦身边问道：“马山林现在何处？”

“末将是与他分道而行，不知他现在怎样。”路彦说着便要去找，被折御卿拦住说:“韩德威突然撤兵，事有蹊跷，我军伤亡情况怎样？”

“还不清楚，我们刚交手不多一会儿，少将军便到了。”

“这样吧，我们现在绕过这座山坡，看看有没有可以回转过去的道路。”

“得令！”路彦答应声，大军便向山谷纵深挺进。此时，折御卿并不知道他们已经没了退路。就在他的身后，也就是进入山谷的谷口，已被辽军数万铁骑死死地封堵了道路。

当折御卿带着一万轻骑进入谷口之后，李子慧命令折御仁守住通道。没过多久，猛听得炮声四起，山谷外两侧突然冲杀出数万辽军，迅速插入到折家军与后面的宋军中间，截断了两军的连接。这一阵式来得太过突然，让折家军有点不知所措，李子慧忙下令大军进入狐突山，死守谷口！同时派出斥候去与里面的折御卿联络，要他迅速撤回。此刻，李子慧没有想到，谷口内的另一端也早已被辽军所控制，折家军的三万轻骑已经被夹在了数万辽军的中央，腹背受敌。

局势急转直下，监军尹宪见折家军被困谷中，急催促崔彦进、李汉琼进攻打开通道。宋军开始对辽军发起进攻。无奈，一波波冲上去，一波波被打了回来。辽军并不进攻，只是死守谷口，他们兵分两路背靠着背，二万铁骑正面迎对宋军，一万铁骑封堵谷口内的折家军，两军僵持对立展开了拉锯战式的斗争。

李子慧看着封堵谷口的辽军，明白了韩德威的用意，他就是要将折家军引入狐突山内围歼。可这数万辽军怎么能从外面过来，难道这里面还另有出口？他的判断错了，这山谷还真没有别的出口，三万辽军是韩德威连夜派出埋伏在外面的，目的就是要封堵折家军的退路，只要能堵死谷口挡住外面的援军就成。

不一会，派去的折家军斥候返了回来，告诉李子慧说前面有数千辽军堵住了道路，他们无法通过。

“坏了！”这真是个不幸的消息，李子慧快速搜索着可行的方案。一是，杀入山谷与折御卿兵合一处，如若这样的话，折家军是不是就跳进了韩德威早已设置好的陷阱，失去了退路的折家军也许将会遭遇到灭顶之灾！二是等，等待尹宪从正面破敌打开通道，可他又真心不敢指望尹宪能带着宋军冲杀进来。现在怕也只能等了，再等等还是再等等看！不到万不得已，还是不要轻举妄动的好！

“折御卿呀折御卿！不知你现在是否知道这里所发生的一切！”李子慧感慨万端，心中呼喊着他的名字。

折御卿被困山谷，眼下跟李子慧一样着急的还有一个人，那就是杨美慧。大军出发时，没让她跟随折家军一同前行，她死缠着折御卿一步不离，最后折御卿火了严厉地警告她，如果还想继续留在军中，就必须服从命令，否则将赶她离开军营。杨美慧从没见他发过这样大的火，不敢继续纠缠，只好跟着监军尹宪随宋军一块来到谷口。

站在尹宪身边，杨美慧见宋军三番五次的冲击均无效果，情急之下便带着小壮子和秋儿要往前冲，被尹宪大声喊了回来。她很是无奈，也只能耐着性子等待。

话分两头说，山谷中的折御卿、路彦要去找马山林，大军来到一山峁处，忽听一声炮声，迎面杀出一队人马，拦阻在了他们面前。那辽将并不答话，打马直向两人冲来。

“来得好！”路彦大吼一声，举着青龙戟直面迎对，很快两人便碰在了一起。

辽将使用的是把长矛，矛杆细软溜长，越到矛尖处就越发的尖细。这辽将并不与路彦相撞，手中的长矛飘荡忽悠，在两样兵器将要碰撞在一起的刹那，辽将带马拉开距离，长矛软绵绵的绕过了青龙戟，矛尖疾速上挑直奔路彦的面门而去。真是吓了一跳，路彦本以为辽将会用长矛拦截刺向胸膛的青龙戟，没想到这软溜溜的长矛，竟会飘悠着挑向自己的面门，他快速侧转闪了过去，两匹战马疾驰滑过。

“好身手！”路彦喝一声彩，勒住战马转过身来。

此时，辽将也已掉转过马头对着他，两人催马再战。这次路彦改变了方法，将青龙戟挟持于腋下直指辽将的前胸护镜，他要用不变来应对万变，看你是防也不防。辽将并不理会刺向自己胸膛的青龙戟，长矛依旧是飘飘然，忽忽悠悠地迎了上来。当两匹战马将要接近之时，长矛还是软绵绵的绕过青龙戟，突地挑向他的面门，还是老方法不变，这次只是战马没有拉开距离。

路彦见长矛挑向自己的面门，身体疾速后仰让过矛尖，青龙戟攻击的方向依然没变，照旧刺向辽将的胸膛。又是没想到，那挑过去的矛尖怎就瞬间改变了方向，矛尖直奔他的咽喉而去。仅在呼吸之间路彦变了，紧着侧转了身体，矛尖贴着肩膀划过，直接挑飞了他身上的肩胛护具。太凶险了！路彦觉得憋气，与这位辽将交手怎就会突然有劲没处使了呢？

“好武艺！”折御卿在边上看得真切，他见路彦无法应对便打马上前说：“姑娘，请报上名来。”

“姑娘？”路彦被搞懵了，实不敢相信刚才与他交手的是位姑娘，他瞪大双眼使劲盯着她看。

“你又是谁？”姑娘并不回答折御卿的话，只是直直地盯着他问道：“你就是折御卿？”

“不用问本将军是谁，你只管放马过来就是了。”折御卿也不想回答她的话。姑娘听他这样说，也不多话催马提矛直接冲了上来。

“来得好！”折御卿打马迎战，两人很快便冲撞在一起，战马闪电般划过。仅在交错的一瞬间，辽将的头盔便被那梨花大枪挑飞，头盔冲飞上天，姑娘长长的秀发散落下来，在风中飘逸……

“折御卿？”姑娘掉转马头，用手捋下黑发盯着他问道：“看来你就是折御卿了！”

“正是！”折御卿也盯着她，突然放声笑了起来说：“原来你就是那韩德威的妹妹，韩娇娇？”

“不错，韩娇娇正是本将军！”

“姑娘原本是汉人，为甚要给那契丹人效命？”

“你不也是个党项人吗？那你又为何要给汉人卖命呢？”韩娇娇回呛了他一句。

折御卿被问得愣了下，转而笑着说：“姑娘，我看你长得清秀可人，如若惨死在战场之上，岂不可惜！倒不如归了我大宋，随我去府州可好？”

“你这个下作的东西，也敢打本姑娘的主意。”韩娇娇柳眉高挑，秀目圆瞪道：“折御卿，虽说你对本姑娘手下留情，但本姑娘并不领情。刚才那枪如若换作是我，怕你早已去见了阎罗王！”

刚才折御卿确实是手下留了情，在看路彦与她交手之时，就已经猜出她是位姑娘。猛将用枪，错了，是矛！其实矛也是枪，两样兵器同为一族，只是枪头有所区别，矛有直尖和带弯曲的蛇形尖；枪尖，一般棱形较多，两边开刃。除了刺、扎、撩等用法外，两样兵器均可劈砍使用。韩娇娇手中的长矛，是为她量身定做的，矛杆做得很细，矛尖直而似针，杆身柔软又富有弹性。这把长矛，是把轻细柔混为一体。她与人交手从不硬碰，只取一个巧字。

说说这矛杆，长约一丈有余（约合三四米），求硬而不得柔，要坚而不可软。“积竹木柲”便是这种枪杆矛杆的制作方法，中间是一根质地坚硬的木棍，外围包裹一层或两层长条竹皮，竹皮的外面紧紧缠绕优质藤条，然后用结实的丝线细密地束缚藤条。最后涂漆，要用生漆一层又一层地涂抹均匀，叫这些材料紧密结合在一起，且光滑美观。“柲”是古语中“柄”的意思，“积竹木柲”是一种复合结构，以木为骨干，取其坚硬不易弯曲；竹片在外，用其柔软不易折断；藤条缠绕，让其富有韧性；丝线束缚，令其结实耐磨；涂以生漆，使其光滑防腐起到保护作用。

路彦见折御卿与那韩娇娇开始打诨，心下着急忙上前说“三少爷，这会儿咱是在打仗，咱们还身陷辽军阵中，你若看上了韩娇娇，就想法把她擒到咱府州……”

“将军不急，我自有擒她之法。”折御卿自信地看眼他，回头冲着韩娇娇大喊：“韩娇娇，本将军见你生得漂亮可爱，不想伤了你的性命，还是跟了我……”

“住嘴！折御卿，你给本将军听好了。”韩娇娇用长矛指着他说：“你现已身陷我‘青狼阵’中，要想活命就乖乖下马受降，也许本姑娘能留你一条狗命！”她只是骑坐在马背上喊，并不敢往前。刚才侥幸逃过一劫，若是力拼恐不是折御卿的对手，现在只要能拖住他就行。待一会援军到来，怕他是想跑也跑不脱了。

“好吧，你不愿听本将军的劝，那就打马过来。你信不信，本将军在两个回合之内，便打你下马。”

“真是好大的口气！不怕死就跟本将军来。”韩娇娇改变了主意不再理他，掉转马头向山谷中奔去。

“少将军，不可往前，她这分明是要引你上钩。”路彦担心地说：“我军现已被困‘青狼阵’中，得想办法突出去才是。”

“进来的路怕早已被辽军堵截，我军无法后退，现在也只能往前，往前才会有出路。”

折御卿知道此时已无法回头，如果往回退，那马山林将成孤军作战搞不好会全军覆没，他不能扔下马山林不管。大队开始顺着道路往前进行，其实这里也只有一条道可走，并没有别的选择。折御卿命令斥候营几十骑赶去前面打探情况，自己跟路彦带着大队随后跟进，没走出多远便听到山原后传来阵阵喊杀之声，知道是马山林遇上的辽军，迅速带队奔驰而去。

马山林与路彦分开后，带着五千轻骑绕着山峦前行。这条路，一面是河流浅滩，一面是层层断崖；河的对岸是高原，高原下面是山崖，其实这就是一条沿河的川道，水少时河床面宽，水多时也许就没了道路。好在是冬天，河床干涸，道路还算宽阔。折家军没走多远，遇到一个豁口，豁口上面是一片开阔之地。马山林快马冲上豁口，突听得一声炮响，迎面冲出数千辽军横挡拦住去路，仅给他们面前留出数十米的空地。马山林即刻明白了辽军的意图，他们是想挤压折家军空间，目的是将大部分轻骑压缩在河道内上不来，好为他们接下来的冲杀减轻压力。马山林自不会听从辽军的摆布，他手持陌刀率先奔杀向辽阵，身后的折家军轻骑迅速组成“车悬阵”跟随，两军很快碰撞在一块，喊杀声与兵刃的撞击声交织在一起，马蹄的奔腾和那撕心裂肺的惨叫声叠起，震荡了整个山川……

第一波的冲击过后，折家军便撕开了辽军的防线，训练有素的折家军轻骑，在冲杀过程中始终保持着数路纵队毫无零乱，即使有人被砍翻落马，后面跟上来的也绝不会改变方向。就是因有这种铁的军律，才保证了折家军轻骑强悍的战斗力。刚才的对冲，因双方都是骑兵阵形变换的速度极快，马山林果断的冲击让辽军没沾到任何便宜，虽然他们在人数上占优，但还是在兵器的长度上吃了亏。

契丹人喜用弯刀，而且还是弯度很大的那种，为有利于切划，却失去了长度。武曰：“一寸长一寸强”，虽说这不是铁律，但在古战场上，长兵器还是不二之选。折家军冲过去了，马山林掉转回马头，发现辽军停在了原地并无追赶之意，便毫不犹豫地带着轻骑向前奔去，他要去寻找路彦。马山林这一走倒给辽军制造了一个天大的良机，因他并不知道后面还有折御卿派来增援的五千轻骑，辽军不去追赶是看到了山顶上的号旗，号令他们伏击后面跟过来的轻骑。

不一会，折御卿、路彦与马山林便兵合一处，折御卿在了解了情况后，决定退出山谷。于是，大队迅速沿着马山林过来的道路向山谷口奔去。

再说这山谷口，辽军三万大军把这里守得似铁桶一般。辽军的指挥将领叫萧拔里，二十五六岁，是皇后萧绰的本家，也是皇帝耶律贤的女婿。可想，这位驸马爷在大辽国中的地位有多么显赫。萧拔里虽然年青，但他能打，精通骑射，是员善战彪悍的猛将。宋军在崔彦进、李汉琼的指挥下轮番冲击，根本无法冲破辽阵。尹宪急得在阵前大喊乱骂起来，他实在是为折御卿担心，眼看着折家军被困谷中一个多时辰，他们却毫无进展。

被封堵在谷口内的李子慧、折御仁已对外面的宋军失去了信心。决定杀入山谷去寻找折御卿，与他们兵合一处后再作决断。折御仁率先向里面奔去，进入山谷碰上了守候在那里的辽军。辽将见折家军冲了进来，迅速挥铲迎上，折御仁手持梨花大枪楞生生地直面而上。两将冲撞在一起，瞬间枪铲相向，只听“扑”的一声，辽将被挑翻落马。

原来这辽将用铁铲直拍折御仁的头颅，想着他定会应招回防，哪知折御仁压根就没理会，手中的梨花大枪只是往前突地一送，便将辽军洞穿前胸。折家枪法就是这样的硬，就是这样的玩命。折氏用枪就一个字，“快”！要说折御仁才是真正得到了折家枪法真传的第一人，他是跟着爷爷折从阮所学，折从阮又是折家枪法的创始人。在五代时期，折从阮曾凭借手中一杆梨花大枪，威震八方，功名显赫，后来就当上的府州永安军节度使。折御仁用枪，比他的大哥折御勋还要来得彪悍夺命！折氏一族代代用枪，最为凶悍的当数折御卿的父亲折德扆，在后周显德元年（即公元954年）的高平大战中，他手持一杆梨花大枪，硬杀入北汉的千军万马之中，救出了后周皇帝柴荣。折御卿跟他的几位哥哥不同，梨花枪使得却温柔了许多，他的武艺融合了折家军将领中的各种兵器，博采众长，形成了自己的独特枪法。

话说辽将被折御仁一枪挑翻落马后，他马不停蹄直杀入辽军阵中。辽军见他冲来并不胆怯快速合围而上，企图阻截后面跟上来的折家军轻骑。很快，两军交织在一起厮杀起来。

谷口外的一万辽军，见折家军向谷内闯去，快速跟进追杀。李子慧、折御仁腹背受敌，一万轻骑被挤压在了不长的通道之中，如果他们不能尽快冲杀出去，将会面临全军覆没的危险。

谷内折御卿、路彦、马山林的轻骑没有受到辽军的阻拦，本已埋伏在路边等待的辽军早已撤离不知去向。折御卿的副将带着的五千轻骑也赶了过来，同大队会合。看着兵合一处的折家军轻骑，折御卿心感不安，他不知道韩德威为什么会轻易地放他们出来，会不会是想让他们进入返回的川道后，即刻封锁豁口，将折家军数万大军围困挤压在河滩之中。

折御卿没有猜错，韩德威正是这样安排的。仗一开打，坐镇中军指挥的韩德威没有想到，率先闯入狐突山中的竟然会是折御卿，因皇后萧绰见他勇猛彪悍不忍伤了他。这倒让韩德威有些犹豫起来，恰在此时他看到了山峰上的号旗，得知谷口已被辽军所控制，便即刻改换了战法。他原想利用群狼战术将折家军分片击溃，围歼在狐突山中。可后来发现，折家军进来的兵马众多，且战斗力强悍，就算萧后没有指令，怕他一时半会儿也无法击溃。所以就想着将折家军引入河边川道，死守豁口，叫折家军轻骑无法发挥作用。然后会同山谷外的三万辽军两头夹击，就算是消灭不了折家军，只要不让他们冲出谷口，困也要把他们困死在狐突山内。

战事突然变得被动起来，此时的折御卿不得不作出选择。他看着豁口有些犹豫起来，不知道是不是该命令大军下去。

“少将军想甚哩？”路彦看眼犹豫不决的折御卿说：“我军也只能从这里退回去了，你和马山林前面先走，让末将留在这上面挡着。”

“少将军，还是叫末将在这里守着吧。”马山林说：“现在也没甚好犹豫的，冲过去，人挡杀人，猴挡杀猴！”

“甚是猴挡杀猴？”路彦调侃了句说：“哎哎，那叫……”

“住嘴吧两位将军，这都甚时候了。”折御卿无奈地看眼两人，下令道：“路彦你去打先锋，马山林断后。咱们就闯他一闯，本将军倒要看看，这些契丹人如何拦阻我折家军。扛硬！”

“扛硬！”路彦接了声，众轻骑跟着大喊：“扛硬，扛硬！”

“出发！”

折家军轻骑冲下豁口，直向着山谷口奔去。

折御仁单枪快马冲杀入辽军阵中，身后的数千轻骑紧随，以纵队分列排出数十条直线，硬硬地撕破了辽军阵形。折家军使用的阵形种类很少，一般行军用“牵线阵”，进攻用“车悬阵”或“锋矢”阵，这几种阵形接近，变化简单容易掌握。只要轻骑能保持队形不乱，整体战力显得十分强悍。

正在折御仁与辽军交织之时，路彦的轻骑到了，辽军不敢恋战迅速撤退。折御仁掉拨马头回去增援李子慧，辽军见折家军掉头回来，也不迎战，只是快速回撤死守谷口不动。折家军三万轻骑被封锁在了山谷之中。

李子慧进到谷中与折御卿碰面，两人交换了情况，折御卿说：“辽军已经封锁了里面的豁口，出去的谷口也被辽军堵住，我军现已进退两难，不知先生有何谋算？”

“等！”李子慧也是无奈，分析说：“少将军，我军现在虽然很被动，但韩德威一时也拿我军没甚办法。如果死拼硬打，怕他们也占不到太多便宜。”他说着突然大声喊道：“路彦！”

“末将在！”路彦应声跑过来，李子慧命令道：“你带二千轻骑，马上探查你绕过去的那条道路，看看韩德威在那里布置有多少人马。”

路彦答应声走了，李子慧说：“来，三少爷，先坐下来歇歇！”

折御卿就地坐在他身边，知道军师是想让他静一静，平静下来。可眼下这种情形怎能让人不着急！折御卿脑子有些乱，他深深吸口气，慢慢回想当时进入山谷时的情景。狐突山内的纵深不够，两军都无法展开大规模作战，韩德威会把主力放置在何处？折家军三万轻骑已被挤压进了一条不长的Y字形通道内，如果辽军封堵两头死守不战，怎么办？山谷外的宋军能指望上吗？现在折家军的处境十分危险，假若他的决策失误，怕就会全军覆没了！

折家军被困狐突山中，已是进退两难。可仗打到此时，战事才算刚刚开始。

第 九 章
太宗太原受惊吓　刘家父子逞英豪

韩德威按兵不动，就是想跟折御卿耗下去。

折家军几万人马被困谷中，没有粮草物资增援，不出数日便会人心浮动不攻自破。要说这次跟折御卿交手，让韩德威感到惊讶的还是折家军的战斗力，他原想在谷中排布“青狼阵”，是专门对付闯进来的宋军，用狼群攻击法发挥辽军铁骑的优势。但面对折家军轻骑，这种战术似乎不太管用，因为他们也是骑兵，整体作战能力很强，灵活机动的优势已相互抵消。可令他更为恼火的还是折家军所使用的长刀，这长长的眉尖刀竟让他们占尽了便宜。

“韩德威听宣！”太监来到韩德威军帐，大声宣道：“皇帝陛下、皇后娘娘宣韩德威即刻觐见！”

韩德威应一声，立刻随太监去了皇帝的大帐。帐内耶律斜轸及众位大臣都在，他忙向皇帝、皇后行礼，萧绰问：“韩将军，折御卿的情况怎样？”

“回皇后！折御卿已被我军困在山谷中，不出数日便可击溃。”

“好，如果你能擒住折御卿，为我大辽国所用，那便是大功一件。”

“微臣一定尽力！”

“各位将军！本后与皇帝陛下今日就要离开这里。增援太原，守卫狐突山的事就交给众位爱卿了。”

“臣定为皇帝陛下、皇后娘娘效命！”众臣齐呼。

“都退下吧！”众臣行礼退出，韩德威被耶律斜轸带去了中军大帐。

“韩将军，既然折家军已经被你困入山谷，为何还不动手？”进了中军大帐耶律斜轸问道：“如若拖得太久，怕会生出事端。”

“大王！折家军虽被困在山谷，但并没有失去战斗力。”韩德威解释说：“折家军现如困兽犹斗，正想找我军拼命，假若马上发起进攻，我军怕会付出惨重的代价，而且也没有必胜的把握。”

“将军太过小心了点吧！”耶律斜轸有点不屑地说了句，“我契丹人打仗，何时这样的婆婆妈妈过。”

“大王！”韩德威正欲解释，耶律斜轸摆摆手打断他的话说：“既然皇后让你来统领，本大王也只是说说罢了。”

离开耶律斜轸，韩德威憋了一肚子的气，他真是见不得这些个皇亲国戚傲慢的嘴脸，但也很是无奈。耶律家族的人他招惹不起，像他这样的汉人，在大辽国内已经算是很有地位了。要说契丹人对有本事的汉人还是挺看重的，在辽太宗耶律德光（辽国第二位皇帝）时，就开始大量任用汉人为官，学习中原文化，并将后晋时期的一整套汉族官制带到了辽国，加上太祖耶律阿保机时期确立的官制，使辽国的官制在部分汉化的过程中形成了具有自己特色的民族官制。

进了自己的军帐，韩娇娇突然窜出来说："二哥，你去了哪里？"

"小妹，你不在自己的帐中呆着，跑到这里来干什么？"韩德威坐进几案后问道："说吧，有什么事？"

"二哥，你准备何时下令攻打折家军？"

"这是军事机密，不得乱问。"

"好，不问。"韩娇娇凑上前说："如果抓住了折御卿，你得把他交给我。"

"看上他了？"韩德威看眼她说："那可是皇后要的人。"

"我不管，你只要先把他交给我，再由我去转交给皇后可好？"

"那要看他折御卿，是否真有这个造化还活着。"

"不行，你不能让他死，这可是皇后的旨意！"

"要是他自己不想活了呢？"

"二哥！"韩娇娇撒起娇来说："你就成全成全妹妹嘛！"

"小妹，你倒是看上他什么了，那家伙怕是早就有了婆姨，你还真打算给他做个小妾？"

"我才不给他当小妾呢，把他掳到咱大辽去叫他永远都回不来，到时身边不就只有我一个人了吗？"

"知道了，回去吧！"

"哎，二哥，我可提醒你啊，折御卿的枪法实在是了得，今日与他相遇，我竟连他一招都接挡不住。你可千万要小心啊！"

"真没出息，才见过一面，就先替他吹上了。"

"人家说的可都是实话。二哥！你不知道，这家伙不仅武艺高强，人还算长得……"

"行了，如果让二哥遇见他，把他给你擒来就是了！"

她看着韩德威，娇嗔地笑了起来。韩娇娇虽为汉人，但她的言谈举止完全与契丹人一样，没有一丁点儿中原女子的特质。看上了折御卿也不隐瞒，只要自己喜欢，她才不去管别人怎么想呢！今日与折御卿交手，回头想想也还真算是有缘，这家伙竟然没有对她痛下杀手。要是那一枪真的不是挑飞了头盔……韩娇娇侥幸死里逃生，竟然心里还是美滋滋的！

折家军被困山谷，外面的监军尹宪和那些宋军在干什么？冲阵！一波波的冲，一波波的败。也不知这是何样的车轮战法，急得尹宪在一旁不停地骂娘。要说崔彦进、李汉琼已经尽了力，他们带来的宋军多是步兵，面对辽军的三万铁骑，必先自保，首先得扛得住辽军骑兵的冲击，才有可能去攻击辽阵。宋军排出了几组方阵，冲阵的骑兵先行，身后突前的步兵方阵同时跟进，先用手中的箭矢压制辽军，然后再蜂拥般的硬闯，没想到几次冲锋均在半途被打了回来。辽军防守的战法十分简单有效，每次都未等宋军冲到跟前，正面的铁骑便直迎而上，同时两个侧翼快速出击压制宋军两翼无法增援。这种拉锯战式的打法，几轮下来搞得宋军损失惨重，终不得要领。

此时，身在山谷中的折御卿已经想好了突围方法。他们不能等，多拖延一刻，就会对折家军的士气多消耗一分，必须马上行动冲破谷口。因为路彦已探察了另一条道路，此路被辽军重兵把守。他明白，韩德威是想把折家军耗死在这山谷之中，既然已无路可走，那就只能硬闯。折御卿命令路彦断后，自己带着马山林、折御仁向谷口冲去。

辽军见折家军轻骑冲来，迅速迎上，数千铁骑拥上塞满了整条道路，他们是用人身肉盾来堵塞路面，任你谁也无法从这里挤过。过不去！还真是无法逾越，折家军被挡住了。这一招实在令折御卿感到意外，他只能命令轻骑回撤，另想他法。

“先生，如果辽军用这种办法来塞堵谷口，我军根本就无法通过。”见着李子慧，折御卿说：“看来这条道是走不通了，我们干脆去闯那豁口，也许还有生机。”

“少将军不急，让我再想想。”

“好好，先生还是快想想办法吧！”这回折御卿还真是急了，说“没有粮草，没有增援，如不能尽快冲出去，我军怕是一天都挨不下去了。”

李子慧不说话，脑子里快速搜索着可能的方案。其实他也没甚办法，大军被压在这谷中，三个出口一个已经行不通了，豁口处又不利于轻骑通过，唯一剩下的就是折御卿、路彦曾走过的那条道了，可这条道敢走吗？

“先生，现在也没甚好想的了，就两条道，选哪条？”

“来，三少爷！先坐下。”李子慧让折御卿过来坐下说：“你先静坐一会儿，我再告诉你该怎么办！”

折御卿看眼他，扭身坐下。李子慧没再说话，他见折御卿心绪烦躁，是想让他冷静冷静，越是在这个关键时刻，越是需要冷静。折御卿安静了，干脆躺倒在地，深深吸口气，慢慢闭上了双眼。不想了，现在甚也不想了！

狐突山的战事一直牵着太宗皇帝的心，坐在太原城外的中军御帐内，他要求潘美一个时辰一报，搞得军中斥候跟走马灯似的不停地来回奔波。现已围攻太原城数十日，宋军还是不敢放开手脚去攻城，因为他一直担心狐突山内的辽军，万一阻挡不住，怕此次攻打太原的计划又将会落空。虽然宋军在狐突山东南谷口设有重兵把守，但他还是放心不下。早先接监军尹宪密报，得知折家军被困谷中，心下一急，忙召潘美商议是否再派兵前往增援。可眼下大军都已压在了太原城下，能派谁去呢？

“陛下！”李继隆请命说：“微臣愿带一万人马去解狐突山之围。”

“一万？”赵光义看着他说：“辽军有近十万人马在狐突山内，爱卿只带一万人马会不会太少了点？”

“陛下！折家军本有三万轻骑，再加上崔彦进、李汉琼的三万人马，微臣定能将契丹人击溃，以解折家军被困之围。”

“好！”赵光义也不去多想，立即下令道：“爱卿即刻出发，朕就等着你的好消息！”

“遵旨！”李继隆应了声，转身出帐。

李继隆走了，可太宗依然是心烦意乱，坐卧不宁。一面是狐突山里的辽军，一面是攻打太原不见成效。这数十日下来，北汉守军拒不出战，只是严防死守。面对固若金汤的城池，宋军也没有什么有效的办法，除了紧着攻打给守军施加压力外，再就是命令军士从多处开挖通往城内的地道，同时又派出人马去汾河上游，准备掘堤放水冲灌太原城。

太宗皇帝真是有些急了，不顾身边将领的劝阻，非要前往城下督战。他在侍卫亲军的护卫下，来到距城河不远的地方，亲自指挥大军攻城。

突然，城楼上飞来一阵箭雨，紧接着一声炮响，太原城门大开，两员大将带领着数百骑兵风一样的冲杀出来，直朝太宗皇帝飞奔而去……

原来是刘继业、刘延郎父子二人。当时，他们正在城楼上指挥作战，竟然发现城池边上的宋军中，有身穿御林军装束的宋军，便判断是赵光义亲临战场了。

“爹爹！那人好像是赵光义。”刘延郎也认出了他说：“射人先射马，擒贼先擒王，我们不如杀将出去，擒了他！”

“好，延郎！为父去引开他身边的御林军，你直接去擒拿赵光义。”说着转身向城楼下跑去。

太宗眼见着冲杀出来的北汉军直奔向自己，有些惊慌。

“陛下莫怕！”潘美护在他的身前喊道：“陛下快走！臣在这里挡着。”

太宗在御林军的护卫下迅速向后撤去，没想到刘继业快马直奔着他们的中央杀来，刘延郎疾速绕向他们身后，试图拦截他的退路。一宋将打马直迎刘继业，两人碰在一处，眨眼间便被刘继业一刀斩于马下，他快马未停直向着太宗皇帝而去。宋军迅速围上拦截，慌乱中身后又杀来了刘延郎，宋军将领快速上前阻拦，刘延郎手中的一杆大枪，直接挑翻了迎挡上前的宋将，紧接着又挑翻了第二人，第三人，在宋军阵中竟如入无人之境。

太宗眼瞧着刘延郎势不可挡，只是站在原地发呆，当那条黑乎乎的大枪朝着他的面门刺来之时，潘美挺身而上挡在了他的身前。要说这潘美也算是一员虎将，当年跟随太祖皇帝赵匡胤征战南北，曾立下过汗马功劳。他手中的一杆丈八长矛使得是神出鬼没，威猛异常。可眼下面对的是年轻气盛的刘延郎，却有些力不从心了。此回合的照面，两杆兵刃硬碰硬地磕在了一起，这一碰竟震得潘美身体向后倒挫，差点儿摔下马去。好在此刻后面的宋将及时赶到，将刘继业、刘延郎父子挡住，潘美才得以脱身护着太宗快速离开。

“延郎，撤！”刘继业见已经无法追赶，大喊一声与刘延郎掉头撤回城去。

回到中军御帐，太宗皇帝还惊魂未定，刚才这一吓非同小可，他怎么也没想到竟然会出此等事情。这两员猛将好生了得！他早就知道刘继业，那还是几年前跟着太祖赵匡胤攻打太原时就已经见识过了，可那个年轻的将领是谁？他的武艺竟然会比刘继业还要来得彪悍威猛！

“陛下，他叫刘延郎，是刘继业的大儿子。”潘美说。

“良将啊，真是员良将！”赵光义感慨地说“记得，当年跟随太祖皇帝来攻打太原时，都是因为这个刘继业和契丹人才未能成功。今日又见到他的儿子刘延郎，居然生得比他还要勇猛，你们说，在朕的军中有谁可以击败他？”

“陛下，老臣愿意前往。”一老将军出列请战说：“老臣愿为陛下去拿下那刘延郎！”

“老将军，你就不必出战了，还是叫那些年青将领去吧！”赵光义觉得他年岁有点大，搞不好会白白断送了性命。

“陛下，臣虽已老，但还是拿得动兵刃，还是可以为陛下争战沙场。”老将军并不领情，坚持要出战。

“好，你若能胜了他，朕便重重有赏！”赵光义很无奈地说：“朕要亲自去给老将军助阵。”

“谢陛下，老臣一定不负圣恩！”老将军忙行礼。

狐突山内，折家军已被困谷中整整一个晚上，这一夜竟然是那么的漫长难熬。没有口粮，没有营帐，三万人马被挤压在一个“Y”字形的通道内，在这严寒的冬夜里只能靠点燃篝火抱团取暖。辽军没有任何动静，只是用重兵严守道路，利用树木将“Y”字形左上角的豁口处封死，并令弓箭手设防，此处马匹已无法通过，同时辽军又有意留出右上角的另一条通道，想诱使折家军从此处突围。

韩德威的意图十分明显，就是要告诉折御卿，你想要叫自己的三万将士活命，要不投降，要不就从这里突围，别无选择！韩德威在此通道外排布有重兵，用一万铁骑守住道口，三万铁骑埋伏在谷内深处，如果折家军胆敢突围，便放他们出来，然后阻断退路逼迫其进入谷内，围而歼之。若是折家军待在通道内不出，就将他们困死在里面。韩德威盘算的很好，断定折御卿不会在里面等死，因为里面没有粮草，战马挺不住，人也熬不住，不出两日，折家军就得靠宰杀战马来充饥填饱肚子。一旦到了这一步，那折家军便不再是折家军了。折御卿呀折御卿，我倒要看看你还能坚持多久！

谷口外，宋军全力攻打了半天，竟然没有丝毫进展，他们实在是无法撼动辽军的铁骑。尹宪急了，急得是团团乱转，他一面大骂崔彦进、李汉琼无能，一面差人快马去太原城下求援。当得知李继隆的一万大军就要到来时，心里才算平静了许多。

谷中的折家军被逼上了绝境，折御卿已不再指望外面的宋军，他命令路彦、马山林带人去山上砍伐树木、寻找石块，在道路上设置路障，防止契丹马队夜间突袭。然后和李子慧谋划出了几种突围方案。两人分析了狐突山内辽军的兵力部署，首先判定谷口外截断他们退路正与宋军对峙的数万辽军，同样是腹背受敌孤立无援，怕他们也坚持不了多久。可眼下折家军面临的危险更大，将士们已经一天一夜没有进食，马匹也没有草料补给，若再继续拖延下去，定会影响全军士气，所以必须马上行动。方案一，趁着黑夜直向山谷内的契丹中军发起进攻，三万轻骑全部压上与辽军对决。此法不为逃跑，而是去跟辽军正面决战。这一方案的缺点是，折家军对山谷内的地形道路不熟，加之天黑搞不好会迷失方向，恐被辽军分割而各个击溃。方案二，在天将亮之前，留下一万人马殿后接应，两万轻骑直冲谷内的辽军，如若冲夸了辽军的防线，便迅速返回头来合围夹击，歼灭这一路的辽军，抢夺敌军战马，迅速原路退回防守。此法的好处是，如若成功，可用敌军的马匹充当军粮，稳定军心鼓舞士气。第一种方案的风险太大，决定放弃。折御卿命令路彦带三千轻骑去豁口处设防，观察这个方向的辽军动向，确保后路不失。同时命令折御仁、李子慧带七千人马殿后准备接应，自己亲率马山林及两万轻骑准备向谷内的辽军发起攻击。

等一切准备就绪，天边也泛起了淡淡的白光，在这黎明前的黑暗之中，狐突山内突然传出隆隆的马蹄之声，折家军三千先锋军排出了“车悬”阵形，分为三路纵队齐头并进的向山谷内发起了冲击。一阵箭雨飞来，折家军将士冒着箭矢奋勇向前，有人从战马上掉了下去，活着依然奋进……

折家军轻骑在飞奔的马背上用弓弩射向辽军，辽军闪开了道路向两边分散，利用弓箭继续射杀冲过来的轻骑。紧接着马山林带领的第二梯队过来了，这是由五千轻骑组成的弓弩手，他们用弩箭来压制两翼的辽军，给后面跟过来的折御卿开道。辽军并没有全力截击，而是快速向两边撤离，待折家军两万轻骑冲过去后，迅速集结阻断了他们的退路……

天空渐渐放亮，中军大帐内的韩德威突然接报说，折家军已经冲了出来，他快速奔出大帐，下令三万大军严阵以待。看来折御卿真的是等不起了，韩德威心中大喜。折御卿呀折御卿，今天怕你已是插翅难逃了！可还没等他的高兴劲过去，又接斥候急报，说折家军竟然反身杀了回去。

“坏了，我那一万铁骑危也！”

韩德威惊叫一声，顿感事情不妙，他迅速翻身上马带着大军向谷口奔去。还是来晚了，当韩德威赶到通道口时，见到的是一地死尸和一群群垂头丧气的军士。他的一万人马，竟被折家军硬生生地砍杀掉了三五千人，而且丢失的战马不计其数。韩德威突然发现，还有三千多名被冻得瑟瑟发抖的军士，一个个赤身裸体身上仅存有一块遮羞布。他们失去了战马和兵器，变成了赤手空拳的步兵，居然连身上的军服都被折家军给扒了去。韩德威怒了，实在是难压心头的怒火！仗怎会打成了这样？他的部署本无大的疏漏，折家军也已经被死死地困在了谷中！一切不还在他的掌控之中嘛！可这一仗又着实令他窝气，得吐出这口恶气，气若不出就胸中憋屈难忍。韩德威不想再等了，他要与折御卿决一死战！

辽军开始向折家军发起进攻，当来到通道口时，发现战马已无法行进。在这并不宽敞的道路上，早已被树木、乱石给封堵了。韩德威命令军士下马前去清理路障，谁知刚接进到树木、乱石的军士，便被埋伏在里面的折家军用强弩给射杀了。此路不通啊！韩德威的怒火无处可泄，直接下令将道路彻底封死，既然你不想出来，那就干脆别出来了。

再说折御卿，当他们冲出去后发现身后的辽军上了当，即刻下令折家军后队改前队，掉转马头直向后面跟过来的辽军扑了上去。

辽军没有想到，折家军居然会反身杀将回来，他们没能抗住折家军二万轻骑的猛烈冲击，很快便被击溃分散开来。其中四千多人硬被挤进了通道内，在里面等待的折御仁带领七千轻骑包抄上来，辽军腹背受敌已无处可逃。除了拼死反抗的人被砍杀掉了以外，其余的三千多人均下马投降。面对着这么多的战俘，折御卿有些为难了，他实在不忍心杀人，可留下他们又该如何？

“三少爷！既然不忍，那就放了他们吧！”李子慧看出了他的心思，出谋道：“扒去他们身上的衣服，留下兵器和马匹，其余的事就交由韩德威自己去处理吧。”

折御卿听从了他的建议，这样也好。失去了马匹兵刃和衣服的三千多名士兵，怕也会成为韩德威的负担。

此战收获颇丰，首先解决了将士们的吃饭难题，但也只是解了一时之困，同时也给后面的行动带来了困难。通道被封堵了，辽军进不来，他们也很难出去，如果继续这样僵持下去，折家军还能坚持多久？人吃饭的事情暂时得到了解决，可那几万匹战马又该咋办？折御卿与李子慧吃着烤马肉，开始谋划起下一步的行动方案。眼下还真是有些难了，里面的两条通道已经被辽军堵死，现仅剩下那条他们初入狐突山时的谷口了。外面有数万辽军在把守，也不知宋军在干什么，折御卿决定亲自去察看一下谷口的情况。

来到谷口，两军依然隔着百十米的距离对峙着，面前均设置有防止马匹冲击的简易路障。折御卿翻身下马和李子慧坐在了道边的土墩上。

“看来崔彦进和李汉琼还是没有找到攻破辽军的办法。”折御卿说：“先生你看，我们是不是该另寻他法了？”

“三少爷的意思是……”

“有办法了！”折御卿叫来身边的侍卫，让他带上几十名斥候去山谷内寻找可以翻越的山脊。侍卫应声走了，他看着李子慧说：“先生，我们该去接管外面宋军的指挥权，只要能从这山梁上翻过去，就有办法击败外面的辽军。”

“此法也许可行！”李子慧想了想说：“那就派御仁去吧！”

“御仁怕指挥不动那些个大将军，也只有我这个‘狐突山招讨使’才行。先生就在这里等着我吧！”折御卿昂首仰望着天空，感慨地说：“只要我军能再坚持一天，就一天……”

他话没说完，猛然听得山谷外传来数声炮响。不一会儿，就见拥堵在道路上的辽军松动了，数千铁骑开始往回撤。

“先生，我军有救了！”折御卿跳起身疾速跨上马背。

“再等等！”李子慧忙提醒说：“现在还不是出击的时候。”

折御卿明白他的意思，辽军还未完全松开，马上进攻还是无法冲过去。他快速下令，让军士把道路上的路障全部挪开。此时，辽军阵中忽然混乱了起来，一彪人马从中央冲杀而入，机会来了，折御卿迅速带领大军向外扑去。迎面碰见带头冲杀进来的将领，惊得他张大了嘴。

“娘！怎么会是您呀？”折御卿实实不敢相信自己的眼睛，喊道：“娘，娘！真的是您吗？”

“儿啊！是为娘亲自来接你了！”路夫人看着他说：“我儿没事就好！”

“娘啊……”折御卿激动地说不出话来，路夫人嗔怪地说：“真没出息！好了，去带上折家军的将士们随娘出去！”说着掉转马头向谷口外走去。

辽军退了，数万铁骑并不迎战而是快速撤离，向着山峦的另一侧奔去，折家军轻骑终于冲出了谷口。

“三少爷，你没事吧？”芬儿过来说：“你可把我们给吓坏了！”

“芬儿姐！我没甚事。”折御卿问道：“你和娘怎么会出现在这里？”

“好了，等出去了再说。”芬儿说。

路夫人的出现实令人意外，也正是因为她的到来才扭转了整个战局。

话说那日，折御卿带着折家军离开府州后，路夫人便一直放心不下。她不是操心折御卿，而是想着身在太原城内的女儿折赛花。路夫人就这一个女儿，十六岁时嫁给了刘继业，后跟随他去了太原，至今已有三十多年了，她们再未见过面，路夫人是想女儿了。此次太宗亲征太原，她预感到了太原城的危险，怕女儿、女婿还有那从未见过面的外孙刘延郎出事，便决定去太原城看看。她把想法跟干女儿芬儿一说，两人即刻决定出发。路夫人、芬儿带上五百折家军轻骑，想先找到折御卿，然后跟随他一同前行。没料想，当来到狐突山下时，听说折家军已被辽军困在了山谷内，她便迅速赶往宋营。监军尹宪闻报忙去迎接，他们曾在府州见过，对路夫人也是早有耳闻。

军中突然来了女将，崔彦进、李汉琼听说她是原府州永安军节度使折德扆的夫人，又是折御卿的母亲，见监军对她十分热情，也就不便多说什么。可他们根本就不信，一个女流真能有破阵之法。他们当然不知道，路夫人对契丹人的了解程度，远胜过眼跟前的这些宋军将领。路夫人带着芬儿随尹宪来到阵前，查看完辽军的阵形后，心中已有了破敌之法。路夫人本就是一员武将，在她年轻时没少跟契丹人打过仗。后周显德元年（即公元954年）八月，为救朝廷“抚恤特使”的命，曾在麟州与府州的交界处，枪挑契丹大将巴哈图，名震契丹。还有她的干女儿芬儿也是员猛将，一直都伴随在她的左右。

在后营养伤的索斌听说路夫人来了，带着杨美慧、秋儿、小壮子也赶了过来，见众将领正与路夫人谈事，不便过去只好站在边上等候。

“夫人，可有破阵之法？”尹宪急问。

“此阵并不难破，只是……”路夫人把话说了一半，尹宪急切地看着她，马上明白了路夫人的难处，忙说：“夫人！有何难处你只管说出来，本监军一定尽力。”

“好，那就请各位将军按照我的安排行事，此阵可破！”路夫人说完，尹宪答应声迅速把各路将领召集过来，路夫人说：“我军在人数上占优，虽说步兵多骑兵少，但也能与辽军一战。”

“说正事，这些我们都知道。”李汉琼插了句，路夫人并不理他，接着道：“现有的方阵不变，命令军士准备好弓箭强弩，弩弓手的箭支必须平射契丹人的战马；切记，一定要求军士把弓箭射到不能再射时为止。骑兵跟在第一方队后面，随时准备迎击契丹骑兵。由我带领折家军五百轻骑居中，负责闯阵；命令左右两翼方阵用弓弩箭矢强压敌军，必须全军压上，无论发生什么事也绝对不准后退半步。”

“这算什么？如果辽军骑兵全线出击，我军将如何防守？”崔彦进说。

“进攻就是防守！”路夫人坚定地说：“我军具有人数上的优势，只有进攻才能压倒契丹人的铁骑。崔将军，我可以告诉你，契丹人根本就不敢全面出击，因为在他们身后还有我三万折家军将士。”

“可是，要照此种打法，我军将会付出巨大的代价！”李汉琼说：“就算是这样也未必能够冲垮辽军。”

“李将军！那身陷山谷中的三万折家军将士的命，就不是生命吗？”路夫人厉声问道：“各位将军都是跟随皇帝陛下征战南北，出生入死的大将军，难道你们打仗就不死人吗？连我这一介女流都不惧死，何况你们这些久经沙场的将军呢？”

众将领被问住了，不再说话，尹宪说：“我以皇帝陛下都监军的身份要求各位将军，必须按照路夫人的安排部署去做，如有不服，等打完了这仗再说。”他说着环视下众位宋军将领道：“否则，就别怪本监军在陛下面前参你。”

在监军尹宪的强压下，宋军将领心中虽有不服，但也不敢不从，因为他们压根就招惹不起陛下的监军，只能分头去准备了。

第 十 章
路夫人智破辽阵　师太画里点迷津

宋军将领在监军的强压下分头去准备，路夫人扭头看着尹宪说：“多谢监军大人的信任！”

“夫人客气了！我不懂战法，只要能击溃辽军救出折家军将士，我定在官家面前给夫人请功行赏。”

“大人客气了！功劳赏赐还是给各位将军吧，只要能救出折家军将士便可！”路夫人正说着，杨美慧过来小心地看着她问道：“夫人！我，我可不可以跟着您一块去冲阵呀？”

“你是谁？”路夫人回头打量着她，见这杨美慧一身赤色铠甲，透露出几分英气。

“我……”杨美慧不知该如何回答，早先她是站在阵前观阵，见宋军拿辽军无法，心下着急闹心又帮不上忙。眼不见心不烦，干脆跑到后营去找索斌，倒不如听他讲讲折御卿的事。后来听说折御卿的亲娘来了，她又是高兴又是害怕，真不知道该如何介绍自己。

“夫人！她叫杨美慧。”索斌过来介绍说：“是原麟州刺史杨弘信的弟弟杨弘义的女儿。”

“喔，是弘义兄弟的女儿！”路夫人感到惊喜，问道：“你爹现在可好？”

“他，他……”杨美慧眼睛有些湿润起来。

“已在攻打宪州城时去世了。”索斌说。

“夫人！”尹宪打断他们的话说：“有些事回头再说，您看现在……”

“知道了！”路夫人应了句，看着杨美慧说：“美慧姑娘，不必太过伤心，要挺住！”

“谢谢伯母！”杨美慧擦把眼睛问：“我可以跟您一块去救御卿哥哥吗？”

“你可使得了兵器？”路夫人看着她问道。

“使得！我还能骑马上阵杀敌。”杨美慧坚定地说：“只要能救出御卿哥，伯母让我干甚都行。”

“好，你们随我来。”路夫人说着带几人走出营帐，众人上马来到阵前，路夫人仔细地观察着狐突山，用手指着边上的一座山峰问道：“你们看到那上面的东西了吗？”

“您说的可是那契丹人的号旗手。”杨美慧看见了远远的山峰上，有几个小小的人影。

“给你几十名军士，去把他们拿下，有活的就挥旗让辽军撤退，抓不着活的就举起各色旗帜乱舞。”路夫人叮嘱说：“我们半个时辰后开始发起进攻，你必须抓紧时间。”

“得令！”杨美慧兴奋地带着小壮子几人走了。索斌向路夫人请战，要求带领折家军五百轻骑去打先锋，路夫人见他有伤在身没准，但在索斌的一再恳请下，最后还是让他跟在自己的身边。

一切准备就绪，路夫人一身戎装，跨马提枪，站立在折家军五百轻骑的最前面，她的身边是手持长枪身披铠甲的芬儿和索斌。大军严阵以待，静静等待着冲锋的号角。

“放炮！”路夫人下达了进攻的命令，三声巨大的炮声响起，宋军数路方阵开始向辽军压进。

辽将萧拔里见宋军全线推进，迅速命令一万铁骑分头攻击宋军两翼，正面用五千铁骑迎对，五千铁骑随后紧跟形成第二攻击梯队。

宋军射出箭雨，一轮接着一轮，数万羽箭矢遮天蔽日般地飞向辽军阵中。这一波波的箭雨来得太过汹涌，辽军铁骑被压制住了，他们快速回撤停留在箭矢射不到的地方。可这些宋军还在黑着头射箭，真让路夫人哭笑不得。

这时，边上的芬儿喊了声，“娘，您快看！”

路夫人顺着她手指的方向看去，就见一则山峰上的辽军号旗飘扬，面前的辽军铁骑动了起来。

“这美慧姑娘还真行！看样契丹人是要撤了。”路夫人脸上露出了笑容说“走，芬儿！咱们不能叫他们这样跑了！”说着打马挥枪，向正在撤出的辽军中路杀去。

芬儿、索斌和折家军五百轻骑随后紧跟，他们并不拦阻正在撤走辽军，只是从他们闪开的道路中央向山谷内闯去，跑得慢的不走运的均被他们顺路给放翻……

这仗打的，辽军怎么就撤了呢？崔彦进、李汉琼等宋军将领实在看不明白，辽军为什么偏偏在这个时候撤出，同样的军队，为什么在路夫人的指挥下就变了样呢？辽军真是被那路夫人的打法给吓跑了？众将领只感到丢人！

路夫人带着折家军刚刚冲入山谷，李继隆的一万援军也赶到了，他们没去截击辽军，而是将人马布防在山谷外。

折家军出了山谷与新来的五百轻骑相见，欢聚一堂。李子慧、路彦、马山林见过路夫人后，李子慧迅速命令马山林，带五千折家军轻骑去镇守山谷里面的“Y”形道路，同时下令大军在山谷口安营扎寨。待一切安排就绪，数万大军开始在狐突山下造饭休整。

折御卿、路夫人和芬儿进了中军大帐，折御卿说：“娘，您这一来，孩儿心里可算是有底了。”

“不许这样讲话。”路夫人嗔怪地看眼他说“你可是三军统帅，是全军将士的主心骨，别跟个孩子似的。”

“这里又没外人，孩儿只是在您跟前说说嘛！”折御卿看眼芬儿说“是吧，芬儿姐？”芬儿笑而不答。

“娘，您是用何种办法击退的契丹人？”

“要说方法嘛，实在是太过简单了点，”路夫人见李子慧带着杨美慧等人进来，忙改口说：“还是让我们的功臣自己说吧。”

“她，美慧？”折御卿实不敢相信，盯着杨美慧看。

“盯着我干甚？事情又不是人家做的嘛！”杨美慧一脸的不高兴。

“发生了甚事？”路夫人问。

“等我和秋儿、小壮子上了山，那里竟连一个人影都没有，号旗也不知道都跑去了哪里。后来往山下一看，才知契丹人已经撤了。”杨美慧抱怨道：“本来人家是可以立一大功的，不知是谁手这么快？”

“好了美慧姑娘，不必往心里去。”路夫人安慰她说“说不定刚巧契丹人正要撤退呢。”

“御卿哥,下次你一定要给我个立功的机会呀。”杨美慧说“要不人家甚军功都没有，怎么跟着你们去打仗嘛！”

“你去打个甚仗，那都是男人们的事。”折御卿回了句。

“哎，你以为只有你们男人才会打仗呀！”杨美慧看眼他说：“要不是伯母她们，你们这些个大男人还不知……”

“好了好了！”路夫人打断她的话，正要张嘴，就见折御仁进来，他看见路夫人忙打声招呼说：“大娘！芬儿姐！”

“二哥来得正好，我正准备差人去找你。”折御卿见着折御仁说：“刚好，今日……”

“青翠庵的清慧师太来了。”折御仁打断他的话说：“人已经到了帐外。”

“清慧师太？”折御卿不知她是谁，路夫人忙说“快快有请，清慧师太是娘的朋友。”

说着几人向帐外迎去，出了营帐见一手持拂尘，超凡脱俗的道长站在那儿，她的身后跟着李小怜。

“清慧师太，多年未见，没想到会在这里见到您！”路夫人迎上前，清慧师太忙行礼说“路夫人也在此，看来贫道真是与夫人有缘啊！”

“见过清慧师太！”折御卿上前行礼说：“师太里面请！”

“折将军请！”清慧师太客气了句，众人向大帐内走去。折御卿回头看眼李小怜，本想打声招呼却又忍了忍甚话也没说，他正欲跟进去，就听李小怜大声喊道：“折御卿，你给我站住！”

众人愣了下，回头看着她，清慧师太喝了声，“小怜，不得无礼！”

“师父，我跟他的事情还没完呢。”李小怜并不听话，挥拳直向折御卿打去，折御卿快速闪身让过，两人在帐外紧着拆了三五招，折御卿跳向一边说：“小怜姑娘，有甚事咱们回头再说可好？”

“不好！”李小怜一伸手，“拿来？”

“甚？你要我拿甚给你？”折御卿一头雾水，他还真想不起来。

“哎，你个死女子！”杨美慧看不下去，上前说“你还讲不讲理，为甚要打我御卿哥？”

“御卿哥？”李小怜冷笑笑说：“你那御卿哥哥，拿走了本姑娘的簪子，你说他该打不该打？”

一听此话，边上的路夫人笑了，心中即刻明白。我的御卿小儿啊！你怎就这般招惹姑娘。她看眼有些尴尬的折御卿，上前说道：“小怜姑娘，有话我们进去说可好？”

李小怜不再任性，随着众人进了大帐。大家落座后，清慧师太表明了来意，众人方才知道，山峰上的辽军号旗手，竟是被她们二人拿下并发出了撤退的号令。

“真是太感谢师太和小怜姑娘了！”折御卿起身向两人行礼道：“我代折家军全体将士，向二位行礼了！”

“折将军不必客气。”清慧师太说：“贫道只是打此路过，碰巧而已。”

众人在帐中客套着，李小怜一个人去了帐外，杨美慧见她出去，便紧着跟在身后。她见李小怜与折御卿关系有些异样，心中竟然泛起了酸，酸水直往脑袋上冲，她一定得去问个明白。

追出营帐便冲着李小怜身后喊了一嗓子，李小怜站住回头看眼她，问道：“你是在叫我吗？”

“你是谁，你是怎么跟我家御卿哥哥认识的，你的簪子又为甚会在他那里？”

杨美慧一连串问了三个为甚，问得李小怜无语。一见面就已看出杨美慧喜欢折御卿，你爱喜欢你就喜欢去呗，跟本姑娘有个甚干系？李小怜不搭理她，倒把个杨美慧给搞急了。

“哎，我在问你话呢？”

“你是谁我不想知道，我也不管你跟折御卿是甚关系。”李小怜瞪眼她警告说：“但你最好别来烦我！”

“好，本小姐倒要看看你有多厉害。”杨美慧说着回头往大帐内看看，转而说：“你敢跟本小姐来吗？”

“你是想要跟我比试武艺吗？”

“是！”

“为甚要跟你比？”

“谁输了谁就再也不许见折御卿。”

“那你输了呢？”

“你走！”

“你赢了呢？”

“你走！”

“知道了！你是要当着大家的面比，还是去个没人的地方比？”

“跟我来！”杨美慧不等她回答，自己竟先向远处走去，李小怜看着她走去的背影，心说：“真是笨死了！反正输赢都是你走，干甚还要比试嘛！”她笑笑转身进了大帐。

秋儿跟在杨美慧身后问：“小姐，你这是要干甚呀？”两人并未注意到李小怜根本就没跟过来。

“把那家伙身边的女人都打跑。”杨美慧快步走着，秋儿说：“这样行吗？那要是折御卿的婆姨呢？你也要把她打跑吗？”

“瞎说！从现在开始，只要是未过门的，知道一个打跑一个，统统都打跑！”

“小姐，我看你是疯了，这事要是叫姑爷知道了，那可怎么办？”

“你少管！”杨美慧头也没回地大步向前走着……

营帐内，清慧师太要来纸笔铺在几案上，挥毫疾速绘出一幅山水画，放下笔说：“狐突山并不是无路可走，贫道这就告辞了，请夫人和众位将军自重！”说完带着李小怜出了营帐。

折御卿想留住她，被路夫人拉住示意他不必挽留。送走二人回来，折御卿问道：“娘，为甚不留住她们？”

“不是不留，是你根本就留不住！”路夫人笑笑说：“娘当年嫁给你爹前就已经认识了她，这个清慧师太，当年还在这狐突山上……呀！”她突然想起什么，忙转身到几案前，推开正趴在几案上的李子慧，仔细盯着清慧师太留下的画看。

“娘，出了甚事？”折御卿来到她身边，李子慧忙示意他不要说话，几人静静地看着路夫人。

清慧师太留下的是幅山水画，画风简洁粗放，几笔就勾勒出山峰的大貌，只是在山腰处隐约画有一块墓碑，不知是何意？路夫人看着画笑笑说：“这个清慧呀，还是那个怪脾性。”

“娘，您看出了甚？”折御卿问。

“她是在给娘指点迷津！”路夫人召集大家坐下说：“关于这狐突山，先生也许知道一二。”

“在夫人面前，子慧不敢多言！”李子慧谦虚道：“还请夫人赐教！”

“先生真是过谦了！”路夫人客气了句说：“春秋时期，晋献公的宠妃骊姬，欲使其子篡权夺取君位，设计害死了世子申生，继而又欲加害公子重耳。重耳在其外祖父晋大夫狐突的帮助下，与二位舅父狐毛、狐偃等人星夜出逃，在外流亡了十九年，受尽了艰辛。后来在众臣和秦国的相助下，重耳继承君位，他就是春秋五霸之一的晋文公。”

“娘，这晋文公与狐突山有甚干系？”折御卿问。

“前面说到了他的外祖父狐突，因他拒绝晋怀公，也就是重耳的侄子，让他召回狐毛、狐偃的要求而被杀。狐突在临死前痛斥晋怀公说：‘忠臣事君，有死无二，子无二父臣无二君’，他的慷慨陈词，被后人尊为‘教忠不二’的楷模。为了感念狐突的恩德与忠义，晋文公厚葬狐突父子三人于此山，后改名为‘狐突山’。”

说完了狐突山的事，路夫人把话转入正题道：“清慧师太的这幅画所指，正是埋葬狐突儿人的墓地。她是在告诉我们，就在这墓塚的山背后，还隐藏有一座道观。”

“啊！”众人恍然大悟，折御卿说：“难怪她说，狐突山并不是无路可走。”

“那她为甚不直接告诉我们，还让人家猜来猜去的，万一没人知道她的用意，那还不是等于没说。”杨美慧在边上插道。

“清慧师太就是这种人，我与她相识了几十年，还从没听她把话说透彻了。”路夫人解释说：“她倒是把话说了，听不听得懂那就是你自己的事了。”

“幸亏有伯母在，要是换成我，怕就是打死我，我也想不明白。”

“好了，御卿！为娘累了，你跟先生赶紧商议破敌的办法吧。”路夫人站起身，折御卿、李子慧等人送她出帐。杨美慧跑上前说：“伯母，还是叫我陪着您吧！”

杨美慧拥着路夫人和芬儿几人走了，折御卿与李子慧等众将领，开始商议下一步的行动方案。此次闯阵，对狐突山内辽军的情况还是没有摸清，虽说现已占领了入口，但还是不知辽军的具体布防情况。

“马上派人去山后寻找道观，必须严密封锁消息。”李子慧说“三少爷，你也该歇歇了，这事我们回头再议。”

“还歇个甚呀，事情紧急，还是让我亲自去吧！”折御卿刚一张嘴，李子慧便反对道：“哪有主帅去当斥候的，派御仁去就行了！”

“先生不必担心，这事关重大，如果我不亲自去看看的话心里放不下。”折御卿坚持说“再说也可以顺路观察地形，兴许还能找到另一个突破口。”

“主帅擅离军营，你让我怎么跟监军交待？”李子慧坚决反对说：“你不能去。”

“三少爷是不能去，你是全军统帅，这点活就交由我路彦去办吧！”路彦插道：“军师你说是吧？”

“三弟，还是听军师吧。”折御仁也劝说道：“你放心，我一定给你带回好的消息。”

“二哥，不必再争，如果不放心，你们就随我一起去。”折御卿并不听劝，依然坚持说：“先生留守，有甚事你自己处理就是了。”说完直接出了大帐，李子慧忙在后面喊：“先吃点东西再去不迟！”

“知道了！”折御卿头也没回地撂了句，“带点干粮路上吃就行了。”

李子慧无奈，示意折御仁、路彦跟去。

再说刘继业、刘延郎回到城楼上，见一身戎装的折赛花也已站在了城墙上，刘延郎忙上前喊道：“娘，您怎么也来了？”

“见你们父子俩去偷袭赵光义，娘好在这里为你们观敌瞭阵。”

“算那赵光义命大，要不是爹爹拦着，孩儿真想痛痛快快地杀上一回！”

“娘站在这城楼上都看到了，我儿真是勇武！”

“你怎么又跑到城楼上来了？”刘继业说：“还是回府去吧，这里有为夫和延郎守着，你就回去吧。”

“你知道谁在狐突山吗？”折赛花问。

“不是辽军正在那里吗？为甚想起问这个？”

“是折家军，是几万折家军轻骑在那里。”折赛花说。

“那又怎样，他们真能冲破辽军韩德威的防线吗？”刘继业不以为然地说：“现在是两国交兵……”

“我知道！”折赛花打断他的话说：“听说是我的弟弟折御卿！”

“这可怎么是好？”刘延郎插话道：“如果真的是小舅来到太原城下，您说我们打还是不打？”

“打，当然要打。”刘继业厉声道：“记住，现在是两国交兵，各为其主。战场上没有亲情，也没有大舅二舅的，有的只是敌人！”

这时，就听城墙下传来喊声：“城上的人听着，叫你们刘延郎速速出来，与本将军一战。”

“这宋将倒要向我挑战。”刘延郎说：“爹爹，让孩儿去挑了他。”

“去吧，爹和你娘就站在这城楼上为你观战助威！”刘继业叮嘱说：“切记，不可恋战！”

“得令！”刘延郎转身向城楼下跑去。折赛花看着他的背影并没说话，她知道这是战场，也只能在心中默默为儿子鼓劲。

一声炮响，城门洞开，刘延郎策马提枪奔出城池，与宋将对面而立。宋将手持一对“瓜瓣”铁锤，锤头有拳头般大小，长不过四尺，看那分量每只足有十来斤重，能使用此种兵器的多为力大勇武之人。一般武将所使用的兵器重量不会超过十来斤重，太重抡不动没有速度，没有速度的兵器，在实战格斗中就意味着死亡。兵器首先要拿得动，在不影响速度的前提下尽可能加大分量。重兵器杀伤力大，但对速度的影响会更大。步兵用刀，也不过二三斤重，骑兵的刀会更加轻便一些。如果你手持一把三四斤重的刀，在空中随意地挥动几下，便知兵器的重量到底该是多少了。所以说在古战场上，没曾见哪位将军使用的铁锤似斗大一般，重达几十斤，用这样的兵器打仗，怕只能是去送死。

“来将何人？”刘延郎胯坐在马背上，用手中的大枪指着宋将喊道：“速速报上名来！”

“原来你就是刘延郎，看你小小年龄竟也敢如此逞强。”宋将举锤指着他说：“还是速速下马受降，省得赔了性命。”

刘延郎听他这样说也不再答话，催马提枪直扑而上，两匹战马奔腾了起来迎面直对。宋将两只铁锤高举，刘延郎大枪平对，两将瞬间碰在一起。“瓜瓣”铁锤实在是太短了，大枪又实在是太长，铁锤对大枪当然是大枪先到，在两匹战马快要接近之时，刘延郎有意侧拉马缰，让两人分开到铁锤够不着的距离。

这一招真是够狠！刹那间，宋将只能被动招架防守，毫无还手之力。大枪紧贴着宋将的铠甲划过，要不是铁锤回搬拦挡得及时，枪尖怕就会破胸而入了。

一击过后，刘延郎掉转马头，高喊：“我说老将军，你用这样短的兵器，是不是不想活了？”他倒是有心调侃起这员宋军老将。

“刘延郎，休得信口雌黄！”

“老将军，你不是我的对手，看你年龄似我父母一般，我不想杀你，还是快快回家养老去吧。”刘延郎竟忽然发起了善心。

“你个黄口小儿，来来来，再与老夫战上一回。”宋将打马冲了上来，刘延郎举枪迎对，这次他没有与宋将拉开距离，而是挺枪直入。

宋将一把铁锤拦枪，一把铁锤直捅他的面门。刘延郎的大枪变换了方向，手腕内旋枪尖下压横着一扫，便将那击过来的铁锤拨开。在两马错过的一瞬间，大枪回搬，用枪柄猛然挑击在宋将骑胯在马背上的大腿，一下将他掀翻马下。

刘延郎勒马转回身来，看着翻倒在地的宋军老将说“回去吧，下次我是不会手软的。”说完打马向回走去。

“陛下，老臣无能！”宋将跪在地上高声大喊：“老臣追随太祖皇帝争战疆场多年，现如今竟然成了无能无用之人，老臣还有何面目见人。”喊着手起锤落，击碎了自己的天灵盖。

“哎，我不杀你，你也没必要自己杀了自己呀！”

刘延郎回头看眼躺在地上的宋将，心中很是无语。这时，就听宋军阵中传来喊声：“刘延郎休走！”

他回转身来，见一员宋将挥动大刀正向着他飞奔而来。刘延郎也不多想，举枪策马迎上。很快两员战将迎对在一起，两马闪电般交错，宋将坠落马下。太快了！这一切均发生在眨眼之间，宋将的大刀真没有刘延郎的大枪快，这一快就要了他的命。

宋将倒在离老将不远的地方，艰难地向他爬去，嘴里喃喃喊着：“爹爹，孩儿无能，孩儿……”爬不动了，他停在了半途。

这事不能往下看，刘延郎心里不是滋味，怎么就死了一家人！此时，城楼上传来鸣金声，他打马疾速向城内奔去。

刘延郎上了城楼，见着刘继业、折赛花后，竟被当头喝斥了一顿。

“你个混账东西！你这是在打仗吗？身为将军，怎会如此的心慈手软？”刘继业喊道：“这是战场，你给老子记住了，你若不杀他，他就会来要你的命！”

“爹爹，孩儿只是……”刘延郎觉得委屈，正欲辩解，被折赛花打断说：“儿啊，你爹说得对！善心要用在该用的地方，你爹这是为你好，娘也不想失去你这个儿呀！”

“孩儿知道了！”刘延郎听话地应了声。

“圣旨到！”突然传来了太监的喊声：“刘继业、刘延郎听旨！”

众人行礼接旨，太监宣道：“皇帝口谕，喜闻皇兄、贤侄大败宋军，延郎侄儿斩杀宋军大将有功。朕特在宫中给皇兄、贤侄设宴庆功，钦此！”

“谢陛下！万岁万岁万万岁！”众人答谢起身。

刘延郎枪挑宋军大将，令整日担惊受怕的后主刘继元，终于看到了一线希望。狐突山有辽军镇守，钳制赵光义不敢全力进攻；太原又有刘继业父子护城，宋军破城无望。远道而来的赵光义还能坚持多久，跟他耗，看谁能耗过谁？等没了粮草物资，叫你赵光义呆在这儿怕也是呆不住的。刘延郎的勇武表现，让刘继元看到了保住北汉江山的可能。

宋军折了两员将领，太宗皇帝心中不是滋味，一面下旨厚葬这父子二人，一面谋划着如何攻破太原城。宋军要单打独斗，胜不过太原城中的刘继业、刘延郎父子；若要全力围攻太原城又碍于狐突山中的辽军。此时此刻，他想起了正在狐突山下的折家军。

此刻，折御卿带着折御仁、路彦及几十名轻骑，正在赶往狐突山外寻找隐秘道观的路上，他们按照清慧师太画中所指的方位，向山里奔去。众人来到一岔路口时，不知该去往何方。

“嘿嘿嘿，三少爷，你快看那是谁？”

路彦喊了起来，众人向着他手指的方向看去……

第十一章
小怜引路寻道观　御卿虎穴探敌情

折御卿等人来到岔路口，不知该向往何处，突然听路彦喊了起来。众人顺着他手指的方向看去。路边竟然坐着位姑娘，原来是李小怜。

“小怜姑娘！”折御卿翻身下马，上前问道：“你怎么会在这里？”

“等你！”李小怜坐着没动，说“师太怕你们找不到地方，所以叫本姑娘在这里等你。”

“师太怎知我会来？”

“我怎么知道，师太只是告诉我说，折御卿到了这里便不知该去往何处。谁知真叫师太给说中了。”李小怜站起身，看眼他说：“也不知你算是个甚将军，竟连这种斥候跑腿的活都要自己干。”

“师太现在何处？”折御卿不想回答她的话。

“走了，她说道中人管不了人间事。”

“那你为甚留在这里？”

“折御卿，你当我是出家的尼姑！”李小怜火了，转身坐下说：“那好，本姑娘现在也不管人间事了，还是你们自己去找吧。”

“误会误会！小怜姑娘，我不是这个意思。”

“那你又是何意？”

“哎呀，小怜姑娘，咱们能不能好好说话？”折御卿没了脾气。

“甚叫好好说话？明明是你在招惹本姑娘，这会儿倒先怪起我来了。”

两人的对话，听得折御仁和路彦在边上直笑。

“三弟，咱们时间紧迫，你跟小怜姑娘的话，是不是可留在路上边走边说？”折御仁说。

“二少爷说得对！”路彦也在边上插道：“要不，就叫小怜姑娘告诉我们进山的道路，你们俩就在这儿慢慢拉话。”

“路哥，你可又是为大不尊了，怎么能跟小怜姑娘开这种玩笑。”折御仁说。

“对不起小怜姑娘，哥哥我可不是这个意思。”路彦忙解释说：“我本来是要告诉三少爷……”

“行了，你们能不能都把嘴闭上！”折御卿打断他的话，回头看眼李小怜问道：“小怜姑娘，我们可以走了吗？”

“不能！”李小怜坐在石头上未动。

“哎哎，你这又是为甚？”折御卿不知她是何意，李小怜向梢林里一指说：“你急个甚呀，先叫你的人进里面去看看再说。”

路彦带着几人进了梢林，突然传来喊声：“少将军，快过来！”

折御卿迅速过去，梢林中有两个被捂住嘴捆住手脚的辽兵。原来是两名辽军斥候，是韩德威叫他们出来寻找从狐突山口撤走的那三万辽军。没想刚走到这里，就被清慧师太和李小怜碰见拿下，师太让她在这里等着折御卿，自己便先行离开。两名辽军斥候见来了宋军，知道躲不过去，还没等他们问话就已咬舌自尽了。折御卿无奈只好命令扒下两人衣服，让两名军士换上。

“那道观怕是已经被契丹人占了！”折御仁说，折御卿没吭声来到李小怜身边，喊了声：“小怜姑娘！”

“真是笨死了，怎就会让他们死了！”李小怜看眼他，站起身。

“来，小怜姑娘，你就跟我乘一匹马吧！”折御卿向她伸出手去。

“想得美！本姑娘才不会跟你坐一块呢。”李小怜说着便向山中走去。

她行走山路的功夫可真是老到，步履轻快得让折御卿众人打马小跑才能够跟上。不一会儿来到山峰脚下，李小怜回过身来说：“都下马吧，把马就放在山下，我们徒步上去。”

众人下马，折御卿抬头看看高屹的山峦，问道：“小怜姑娘，这里无路可走，我们如何上山？”

“少废话！留几人看守马匹，带好兵刃跟着本姑娘就是了。”

折御卿被呛了下，也不再说话，众人收拾好兵器跟随李小怜向灌木丛中走去。

“前面倒是有条小道，可我们现在不能走。”李小怜边走边说：“原来道观中有人在那里看守，如果发现有男人上来，会用盖板封挡洞口，现在怕是有契丹人在那里守着了。”

“那怎么办？”

“上面还有一个洞口，只有穿过洞口才能上山。”

“知道了，还是小怜姑娘想得周全。”折御卿紧着夸了句。

“是嘛，要没有小怜姑娘引路，让我们哥几个在这山里转悠几天，怕也找不到上山的路。”路彦说。

“也是啊，师太早知我们无法……”折御仁正说着被李小怜打断道：“小声点，万一惊起了山里的野鸡、呱啦鸡那可就暴露了我们的行踪。”

众人不再说话，只是默默地跟在她的身后向山上攀爬。不一会儿，众人上了山腰上的一处平台，李小怜说：“已经绕过了那个洞口，从这里过去就是路口了，现在你们可以直接去道观了。”

“甚？”折御卿听她这话有点不对，忙问：“小怜姑娘，你不跟我们一块去吗？”

“出家人不打诳语，你不说我是道姑嘛！那我也就不管人间事了。”

“哎哎哎，小怜姑娘！”折御卿有点儿急了，“你怎么还记着这事，是我不对是我不对，好了吧？”

李小怜笑了，一伸手说：“拿来！”

“甚，你在说甚哩？”折御卿猛然想了起来说：“簪子，是簪子！可我现在没带在身上……”

“真笨！”李小怜看着他着急的样儿，心里得到了满足说：“人家是要你手上的那支弩弓，想哪去了！”

折御卿反应过来正欲将弩递过去，路彦说“来，小怜姑娘用我这把。”说着将弩递上“我这里还有张强弓，少将军那把叫他留着自用吧。”

李小怜没去接路彦递过来的弩，而是一把抓过折御卿手中的弩和箭袋，转身向前走去。折御卿笑笑，接过路彦的弩弓跟了上去。突然，听到山上有人用石块扔向灌木丛林的声音，几只呱啦鸡应声尖叫着飞向空中，众人一惊定在了原地。

空中飞起的呱啦鸡，被箭矢射落下来一只，掉落在离他们不远的梢林中，接着听到几人用契丹语喊叫，“射中了，射中了！”

“契丹人？”众人一惊，迅速闪进灌木丛中。

两名辽军士兵高兴地说着话，寻找射落的呱啦鸡。不一会，两人提着呱啦鸡反身回去，嘴里还不停地说着什么。

“真是契丹人？”李小怜回头看眼折御卿问道：“他们都说了些甚？”

“他们说，今天有鸡肉吃了。”折御仁小声翻译道：“说他们住进这道观里，还没见到过肉呢。”

“你会契丹语？”李小怜惊奇地看着他。

“看着我干甚？”折御仁忙说：“不光是我会，三少爷他们都会。”

“啊啊！”李小怜张了张嘴。

“看来韩德威早就知道有这道观的存在，我们必须抢夺道观。”折御卿命令道：“路彦，你摸过去看看。”

“得令！”路彦正要走，被李小怜拦住说：“还是我去，我是女的，就算被契丹人发现了也好应对。”

“看能不能引一两个过来，抓个活的。”折御卿说。李小怜点点头，悄悄向山路口走去。

到了路口，李小怜探头向山路上看去，陡峭的石阶向上延伸，石阶不长，大约向上几十米便拐入山石的后面去了。那两名辽军士兵手里提着呱啦鸡正向上走着，李小怜迅速跳上石阶，装作跌倒的样子叫了声：“啊呀！”

辽军士兵听到身后的声响，忙回过身来，见一个姑娘倒在地上先是愣了下，转而扔下手里的鸡向她扑来。李小怜起身，一拐一拐地向灌木丛中跑去……两名辽军士兵中了埋伏，被折御仁、路彦给活擒了。辽兵见着宋军，惊吓之余强硬的甚话也不说，折御卿用汉语契丹语问了半天，就是得不到一句回答。他火了，示意下路彦、折御仁，自己带着李小怜去了另一边，他是怕一会儿对辽兵的举动李小怜受不了。两人对辽兵动了酷刑，直到一个被杀后，另一个才交待了辽军在道观里的情况。

原来，辽军进入狐突山后，偶然抓到一个从山上下来的道姑，威逼之下，道姑说出了山中隐藏的道观。要说这道观隐藏在山中并没多少人知道，也不奇怪，只因多年的战乱，那些没地方去的道姑发现了这个地方，便在此处修行安身。道观通往狐突山内的道路是一个十分隐密秘的山洞，出了山洞便是蜿蜒的山峦。此处本无路，后来道姑走得多了，就被踩踏出一条小径。山下是一块由两座小山峰环抱的平地，平地有两个出口直接通往山谷的中央。

韩德威亲自视察了山上的道观，发现通往山上的这条崎岖小道大军根本就无法通行，于是便将山下的这块平地，用来放置大军的粮草辎重和马匹。同时命令看守粮草的将领，派兵进驻道观封锁道路，预防意外。辽军进入道观时，观里的道姑见上来了辽军，害怕受到契丹人的凌辱，跑得快的从后山逃了，没来得及跑的一个个跳下了山崖……真是作孽！辽军在道观里驻扎的人并不多，白天大多有三五十人左右，天黑后上来的人会多一些，因为天凉很多人都会跑到道观里来找房子住。

了解了道观内的情况后，下一步就是该如何夺取道观。折御卿、折御仁和路彦仨人商议着行动的具体方案。第一方案，是等天黑后将上来的辽军围堵全歼；第二方案，是先抢占道观，等晚上辽军上来后封锁洞口全歼。这种办法的风险大，若辽军不是一块上来，只是陆陆续续不断，万一走脱一个事情就严重了。两种方案无论采用哪一种，都必须先封锁洞口，阻断山上与山下辽军的联系。要想突袭成功，在抢夺道观时也绝对不能惊动山下的辽军，如果真的放走一个，偷袭狐突山的计划怕就会全盘失败。

折御卿命令一斥候下山，告知李子慧这里的具体行动方案，并让他迅速调派一千折家军精兵过来，在山下待命。斥候走后，接下来要做的事，就是去摸清道观内的地形。李小怜只是进过道观，但并没有从山洞里面走过，对洞外的情况也不了解。

李小怜听说道观里的道姑，几乎都被契丹人给逼死，盛怒之下就要冲上山去与辽军拼命，被折御卿给拦住。

“小怜姑娘，不要冲动，现在还不是动手的时候。”折御卿安慰说：“等天黑后，我陪你一块去杀了那些契丹人。”

李小怜只是看眼他并没说话，折御卿坐在她身边问道：“你怎么会对这里的道观这么熟？”

“几年前跟师太来过这里，这里的道长是师太的师弟。”李小怜猛然想起什么说“对了，这上面还有一条索道，是当初防备意外用来逃生的。”

“在哪里？”折御卿感到惊喜。

“就在山路的对面，不知道现在还能不能用了。”

“走，我们过去看看。”折御卿来了精神，忙站起身轻声喊道：“路彦、御仁你们两个过来。”

路彦、折御仁过来，折御卿吩咐说：“去把那两个契丹人的衣服脱下来换上，我们过对面去看看。”两人答应着走了，他回头看眼李小怜问：“有没有能绕过洞口的道路？”

李小怜摇摇头说：“人家只来过一次，又没呆多久就离开了，怎么会知道那么多嘛！”

“那这上面的路该怎么走？”

“我们必须从这个石阶上去，绕过上面的一块大山石，就可以过去了。”

路彦、折御仁换好服装带着几十名军士过来，折御卿吩咐留下十人守在这里，其余的人端着弓弩跟随李小怜悄悄向路边走去。刚到石阶边就听上面传来契丹人的说话声，众人忙向梢林中隐去。

“他们好像是在找刚才那两个契丹人。”折御卿说。

“听说话的声音，好像也不过两三个人。”折御仁说：“要不，我们就拿下他们。”

“等等！”几人正悄声说着，上面的辽军士兵竟然走了下来，一边走还在一边大叫。

“只有三个人。”路彦问：“怎么办？”

“你收拾最上面那个，前面的两个交给我和二哥。”折御卿说。

辽军士兵下来了，但只下来了两个，另一个站在上面观望。折御卿示意折御仁，他明白，忙用契丹语喊了声，“在这里呢，来了，就来了！”

折御仁站起身走上石阶，辽军士兵并没介意，因为他穿着身辽军服装。

“嘿！”

站在上面的辽军士兵突然大喊一声，隐藏在石阶边上的折御卿等人一震，还没等几人动手，李小怜已抢先站起身，用手里的弓弩直接射穿了上面辽兵的胸膛，辽兵一脑袋截下，身体沿着石阶向下翻滚。正往下走着的两名辽兵，被这突来的袭击给惊吓得愣在了原地，没想到竟被跌落下来的尸身砸翻下石阶……

折御卿、路彦、折御仁疾速出击，用手里的弓弩射向翻滚往崖边的辽兵，三支箭矢喷出，辽兵的身体还在空中便被箭支洞透，伴随着凄惨的尖叫声飞落下山崖……

路彦飞身上前，将石阶上的辽兵尸体扔进灌木丛，众人快速向石阶上面跑，刚绕过大石块，就听上面又传来喊声。

“下面出什么事了？”

“没事，是被石头砸了脚！”折御仁用契丹语回了句，上面紧着喊了句，“没事就好，搞几只野鸡上来。”

折御仁应了声，上面便安静了下来。其实，刚才站在上面的那个辽兵根本就没有发现他们，只是看到了灌木丛中的几只野鸡想告诉同伴，竟惹得李小怜提前出了手。还好，要不是他们几人补救及时，万一掉下去的哪个辽兵没被摔死，也许就会铸成大错！

众人跟随李小怜来到一处山崖下。此崖不高，也不过一丈有余，但崖壁似斧劈刀砍般的陡直。

“原来有条绳索，就在上面。”李小怜指着崖顶说：“现在不见了。”

“怎么会连一棵树杆都没有，绳索抓钩怎么用？”折御卿望着光秃秃的崖顶说：“干脆我们来搭个人梯怎么样？”

“何必那么麻烦。”李小怜说着，从一军士身上拿过绳索抓钩，抡圆了直接抛上崖顶，她伸手拽拽挺结实，回头看眼折御卿说：“可以了！”

折御卿尴尬地笑笑，命令军士上去，一军士背着绳索向上攀爬。

“你怎么知道上面可以挂住？”折御卿看着她问，李小怜笑笑说：“上面本就是灌木树桩，管它能挂在哪里，一次不行就多试几次呗。”

“我怎么就没想到呢。”折御卿紧着夸了句，“看来还是小怜姑娘聪明！”

“少将军，你还真有讨好姑娘的本事，怪不得有姑娘愿意为你卖命呢。”李小怜白眼他说：“少跟本姑娘套近乎！”

“小怜姑娘，我可没招惹你啊，你倒是……”

“三少爷，你们倒是上也不上？”路彦爬在崖顶说“要不，你们俩就留在下面拉话。”

此时，折御卿才发现众人都已经上去了，崖下仅剩下他们两人。

“路将军，我甚时得罪你了？”李小怜抬头看着他说：“别为老不尊，下次说话若再带上本姑娘……”

“知道了！”路彦忙回话说：“三少爷，你还是快上来跟我拉话吧。”

折御卿无语，两人分头攀爬上了崖顶，来到一块山石后，折御仁过来说：“少将军，这里根本就无路可走。”

爬在山石上，折御卿向前看去。眼前是一陡峭的山峰，对面的山梁上有几间房屋顺崖而建，中间仅有一条拾级而上的小路，他们所处的位置正是这几间房屋的背面。折御卿扭头看眼李小怜，此时的李小怜正在泛傻，她也想不明白，道观中用来逃生的通道居然会是这样。

“小怜姑娘，小怜姑娘！”折御卿轻轻叫了几声，李小怜回过神来看着他，折御卿问道：“你再想想，有没有忘了什么？”

“人家也没有走过这条道嘛，谁知道会是这样啊！”

真要命！折御卿迅速下令四处搜寻，看看有没有别的道路或是出口。

李子慧接到斥候传来的密报，迅速去了路夫人的营帐。他没敢惊动监军尹宪，因为折御卿的行踪他到现在还不知晓。

营帐内，路夫人正跟杨美慧聊得开心，杨美慧全力讨好着她。一会揉腿捶背，一会儿端茶倒水，嘴里还不停的伯母伯母地叫着，搞得路夫人心中喜欢。边上的芬儿直笑，心说：“这也太直白了点吧！就算是想要嫁给我们家御卿，怕也没有必要这样啊！”

“慧儿呀，伯母还真没想到，杨家竟然还有你这样一个女女。”路夫人有些感慨地说：“记得，当年跟你爹见面时，他还在麟州与你伯父在一起。这一晃就是几十年啊，你伯父走了，没想你爹他……”

“伯母！”杨美慧有点伤感，路夫人摸着她的手说：“可怜的孩子，以后就跟着伯母去府州吧！”

“真的！”杨美慧惊喜地看着她问道：“伯母说的可是真的？”

“那还有假，你就跟在伯母身边，做我的女儿如何？”

“只是当女儿呀！”杨美慧有些失望，路夫人问：“不愿意？”

“不，噢，不是！”杨美慧忙回答，芬儿在边上插道：“娘，人家美慧姑娘，可是看上咱们家的御卿了。”

“尽瞎说！御卿那孩子有甚好的，再说了，他已经有了婆姨，怎么能再娶我们慧儿。”

“伯母！人家，人家……”杨美慧不知该说什么，这时，李子慧匆匆进来，路夫人忙问：“先生有何要事？”

“夫人！”李子慧看看周边的几人，路夫人明白叫大家都退了出去。李子慧说：“三少爷差人送来了消息，说他们已经找到了道观。”

“先生准备怎么办？”

“韩德威已派兵占领了道观，三少爷说他们准备今晚行动抢夺道观，以三声炮响为号，叫我军开始进攻狐突山。”

“不能等，现在就该给狐突山内的辽军施压，在他们攻占道观之前，先把辽军的注意力吸引过来。”

“夫人所言极是，正跟属下想到了一块。”李子慧说：“我军先进行佯攻，等听到炮号声再发起全力攻击。”

“好，先生该去见监军了，告诉他发生的一切。”路夫人吩咐说。

“是，我这就去办。”李子慧转身出了营帐。本来这些军政事务，李子慧没必要问路夫人。可自从他跟随折德扆进入府州后的几十年来，一直敬佩路夫人的为人和才学。她不但能文善武，有时在军事方面的才能竟还要略高一筹。不是李子慧有意谦虚，而这确实都是事实。

闲话少说，李子慧见到监军尹宪，把前面发生的一切都告诉了他。尹宪听罢心犯狐疑，怎么什么事都不提前说一声，要行动了才来告知。你当本监军是谁呀！我把你们当自己人，你们竟然防着我。

“请大人鉴谅！”李子慧解释说：“当时事情来得急，少将军也想着去去就回，没想到现在竟变成了这样。”

“好吧！你说现在叫谁来领军？索斌伤着，折御卿又带走了折御仁和路彦，你说说，现在谁最合适。”

“当然是大人您呀，您是官家亲自派来的都监军，由您坐镇中军，全军将士怕谁也不敢有什么疑义。”

“这统帅本监军当不了！要打仗了，军中竟然没了统帅。”尹宪不接他的话，“这个折御卿，竟敢擅自去当斥候，看来他这‘招讨使’是不想干了。”

“大人息怒！”李子慧忙劝道：“少将军也是为了早日攻破狐突山才出此下策。大人，您看是不是先把这些事放下，等拿下了狐突山后再治少将军的罪不迟。”

“那由谁来领兵？”

“就让李继隆大将军指挥可好？”

“也罢！”

尹宪妥协了，采纳了李子慧的提议。生气归生气，可事情还是要干，毕竟击退狐突山内的辽军才是最重要的。他让李子慧调派折家军轻骑去支援折御卿，自己亲自去召集宋军将领汇集，安排布置详攻狐突山。

再说狐突山内的韩德威。折家军突围冲出了谷口，使他围困折御卿的计划落了空。不知是谁下的命令，胆敢让谷外的三万辽军撤了。后来得知，号旗手是被两个突然闯来的道姑给逼的。这些个没血性的东西，怎么就不知道以死报国呢？韩德威下令将几个跑回来的号旗手拉出去砍了。可辽军这一撤，着实令他感到了被动，折家军占领了谷口不说，还搞得三万铁骑一时半会回不来，狐突山内的人马现也不足五万，其中一万铁骑还镇守在东南山口。假若此时宋军前来攻打，他将如何应对。南院大王耶律斜轸为这事曾怪罪于他，说放走了折御卿都是因他的优柔寡断，布防指挥失误所致。韩德威实在是有口难言，只能重新部署兵力，将主力全部放置在西北面严防宋军的进攻。

说来，韩德威先前摆出个“青狼白虎平雁阵”，是为应对缺少骑兵的宋军，现在来了折家军，该阵形已无任何优势可言，也只能作罢重新调整战术。狐突山守住守不住，直接关系到此次大辽国支援北汉政权的成败，皇帝、萧后临走时对他委以重任，这让韩德威感到了巨大的压力。眼下也只有死守狐突山，确保这道防线不被折家军突破，依然能有效地钳制赵光义攻取太原。

萧拔里的三万铁骑并没走远，当他看见折家军冲出谷口时已知上当，狐突山是回不去了，因为这里本就是他们进出的唯一道路。萧拔里命令大军后撤十里扎营，他不敢马上去攻击宋军，一是宋军人多，二是有折家军轻骑在，辽军的机动优势已不存在。目前只能密切关注狐突山口宋军的动向，随时准备偷袭。

李子慧早已对撤走的三万辽军进行了严密监视，这么多辽军在身旁游动怎敢不盯防。他没敢动用谷口外面的宋军，怕会引起辽军萧拔里的注意，只是命令马山林带二万折家军轻骑，在山谷内制造进攻声势，让李继隆、崔彦进、李汉琼的数万宋军在谷口待命，等待最后的冲刺。同时留下一万折家军轻骑殿后，防止身后的辽军偷袭。

爬在山石后面的折御卿，看着眼前无路可走的山崖，心中难免有些着急。

“三弟，你看！”折御仁指着山崖说：“我们是不是走错了方向，逃生的道路本应该方便好走才对，可这下面竟然是万丈深渊。”

"明白了！"折御卿猛然省悟说："我们是走错了方向，狐突山该是在我们的侧面。"他指着身侧的小山峰说："这里，才应该是进入的通道。"

众人迅速退回到上来时的崖顶，结果在崖壁边上的灌木丛中，发现一个隐秘通道。这条通道紧贴着山石，只能一个人背靠山体一步步挪，过了通道便进入一片灌木丛林。

"就是这，没错！"折御卿蹲在丛林中，查看着眼前的道观。这一看还真叫他傻眼，这哪里还有路可走，展现在他眼前的仅有一条从房屋内穿过的小路，过了房屋不远出现有一个岔路口，一头通往山洞，另一头通向刚才他们看到的那几间沿崖修建的房屋。

李小怜过来说："穿过这几间屋子不远，就是那个洞口了。"

"还有其它的路吗？"

"不知道！"李小怜摇摇头，路彦说："这下麻烦了，如果只有这一条道，我们也只能一路打杀过去了。"

"不行！让我好好想想。"折御卿说着便直接躺倒在地上，李小怜说"哎哎，想就想嘛，干嘛躺在地上？"

"不躺下怎么想？"折御卿回了句，李小怜说："真没见过你这样的，想事情就非得躺着呀！"

"不要说话！"折御仁过来说："三少爷打小就落下这毛病，想事情必须得躺着。"

李小怜笑了，心道："世上还真有这种怪癖的人，躺着想事，难道站着就不能想了？"

躺着脑袋清楚，折御卿闭上双眼，脑子里一遍遍预演着将要发生的攻击方案。方案中最为要命的是如何控制洞口，还不能让一个契丹人从洞口的方向逃走。这种想法似乎太过大胆，要从辽军中间穿过，又要不被发现，他也真敢想。

折御卿猛然坐起身，李小怜问："想好了？"

"没有！"折御卿说。

"那就再躺下接着想。"李小怜嘲笑道："可别真的睡着了啊！"

"有了！"折御卿盯着房屋说："看到辽兵的分布了吗？他们大部分人都集中在上面的那一排屋子周围，留在这条小路上的辽兵也是分散在屋子两头，前面不过三五人，后面能看到的也不过三五人，只是不知屋内还有多少。"

"要不我们再等等。"折御仁提议说："也许天黑后行动会更方便。"

"不行，天黑后辽军上来的人会更多，到那时怕很难控制洞口，趁着他们现在人还不多，先拿下道观再说。"

"有办法了！"李小怜一直盯住折御卿，突然尖叫了声。众人扭头看着她，不知发生了何事。

第十二章

折家军奇兵突进　辽军兵败狐突山

折御卿几人正商议着如何夺取道观，突然听到身边的李小怜尖叫一声，忙回头看着她。李小怜问："你们不是会说契丹话吗？"

折御卿点点头，她接着说："看看你们这些人的长相，哪一个不都跟契丹人似的。你看看他，再看看你。"李小怜手指着折御仁和几个身穿辽兵服的军士说："倒不如再去搞几件辽兵的服装，直接走过去不就行了。"

"好主意！"折御卿笑了，紧着夸了句说："还是小怜姑娘聪明！"

"真是笨死了，连自己长得是个甚鬼模样都不知道。"李小怜也笑了。

"路将军！"折御卿轻声把路彦叫过来说："把你这身衣服脱下来给我，你就跟在后面掩护。"

"三少爷，你这是甚意思？"路彦过来说："搞偷袭这种事，我可是最在行了。"

"叫你脱你就快脱吧！"折御卿正要解释，李小怜说："一眼就认得出你是个汉人，你跑前面去干甚？"

"噢，搞了半天我倒与他们长得不一样啊！"路彦调侃说："我的契丹话，可比他们都说得好……"

"路哥，你甚时也变得这样啰嗦起来。"折御仁说。

"好了，都把嘴闭住！"折御卿穿好衣服，命令道："路将军，你带着还没有辽服的弟兄们，先去上来时的那个石阶处待命！"

路彦答应声带着众人走了，李小怜问道："那我呢？"

"你就跟在我身后。"折御卿说完，回头看眼折御仁和两个身穿辽服的军士说："咱们从这里下去，看见那块大石头了吗？"他指着山路上一拐角处的巨石说："躲藏在那块山石后面，首先要确保我们身后不会有契丹人。"

"明白！"折御仁应了声，几人借着灌木丛林的掩护，开始慢慢向巨石后摸去。

没想到，这灌木丛林中落着一层厚厚的树叶，树叶上面还覆盖着层未化的积雪，脚踩上去竟会发出"嚓嚓"的声响。大家只能轻踩慢挪地走，这不长的一段山路却显得十分漫长。他们好不容易挨近了巨石，折御卿刚跳下去，就听身后一块石头翻滚着掉落下山。石头一路下滑惊起了梢林中的山鸡，山鸡尖叫着腾空窜起降落向另一片梢林。

站在屋前的几名辽兵听到声响，警惕地向这边看来。折御卿突然从巨石后面出来，手里拿着石块往山上扔着，同时向上面的辽兵招手喊道："山鸡，快过来，我们打到了山鸡！"

上面的几名辽兵见是自己人，便放松了警惕，其中一人喊道："快拿上来。"

折御卿摆摆手示意他们下来，然后指指身后，自己转身躲藏在了巨石后面。辽兵见他转身下去，不知发生了何事，三人便直向这里跑来。

刚才是一军士不小心踩上了石块，还没下去的折御仁、李小怜和两名军士，迅速爬在地上，下面也只有折御卿一人。这下麻烦了，一对三，折御卿一个人能应对得了吗？看着跑向折御卿的三名辽兵，折御仁举起弓弩调整好角度，随时准备用弩箭支援。

一个对三个，确实不容易，折御卿首先想到的是将他们三人引到巨石后面，离开上面辽兵的视线。至于怎么干掉这三人，倒还没来得及想。说实话，现在倒真不怕敢与他拼命的人，怕只怕那还没开打便掉头往回跑的。折御卿并没躲藏在巨石后，而是沿着石阶向下跑，他想找到一藏身处，把三名辽兵让过去，然后封堵他们退回去的路。他的想法很好，但三名辽兵绕过山石后并不下来，折御卿只好从拐角的藏身处出来，用契丹语喊着向他们招手示意，"这里，这里！"

辽兵看着他犹豫了下，两人向下走来，上面竟然还留了一个不肯下来。

坏了，要是上面那家伙真不下来该怎么办？折御卿迅速思索着攻击方案，先用弓弩射杀上面那个，下来的这俩稍候再说。他想着慢慢转过身去，突然举弩射向上面的辽兵，弩箭疾速穿身而过辽兵翻滚下来。事情来得太快，面前的两个辽兵傻了，愣在了原地，还没等折御卿上前，翻滚下来的尸体坠落砸向两名辽兵，一人闪身躲过，另一人被带了下来直碰向折御卿。等他让过滚落下来的两人，那名躲闪过去的辽兵已经掉头往回跑向巨石。眼看着追不上了，突然辽兵被一弩箭射中，一头栽倒在巨石后面，这弩箭是折御仁射的。

看见上面的辽兵被放翻，折御卿扭头便向山下跑，他得去找掉下去的那名辽兵，无论死活都得找到。

这时，路彦上来了，押着那名摔得半死的辽兵。折御卿见着他们，终于松了口气。刚才绷着劲上下跑了个来回，现在气一松，便一屁股跌坐在石阶上喘着粗气。

"少将军，我已经替你审问过了。"路彦来到他身边说："这家伙说，前面的房子，屋里屋外加起来也不过十来人，其余三十来人都呆在另一侧屋里，那洞口的外面有人把守，里面没有。"

"知道了，你去看看二哥他们。"折御卿还在倒着气说。没等路彦起身，折御仁已经跑了下来，看着折御卿问道："三弟，你没事吧？"

折御卿摆摆手，折御仁说："大家都在山石后面等着，下一步该怎么办？"

"走，上去看看再说。"折御卿站起身向上走去。不一会，众人来到巨石后，折御卿回头问道："路哥，你刚才说里面有多少人？"

"十来个。"路彦回答。折御卿顺着山路向屋子看去，只看见外面有两名辽兵在游走，山路延伸进屋子后拐了个弯就看不见了。

"二哥！"折御卿把折御仁叫过来说："你带三人先过去，我就跟在你们身后，无论发生甚事，都要尽快抢占洞口。”

“知道了！”折御仁带着三名身穿辽装的军士走了，折御卿回头命令路彦说“路将军，等我进入屋内后，你带着大家随后跟过来。”

“得令！”路彦应了声。

“哎哎哎，我跟着谁呀？”李小怜问。

“你就跟着路将军！”折御卿说完起身，带着两名身穿辽兵服的军士，慢慢跟在了折御仁的后面向屋子走去。

站在屋外的两名辽兵，并没在意折御仁几人过来，只顾自己聊着天。当折御仁四人来到他们身边，突然一辽兵喊了声：“哎，你们！”

他看到了几张陌生的脸，正要问话弩箭已经射出，这么近的距离当然是死定了。放倒辽兵，折御仁快速冲进去。这条路进入屋内没多远就拐了个弯，折御仁站在拐弯处向里面看了眼。此处，距离屋外大约还有十来米远，里面站有二三人，外面还站有二三人。

折御卿过来说：“准备好弩箭，闯过去！”

“等一等！”折御仁忙提醒说：“洞口的方向我们还看不到，一旦打起来，就会惊动另一面屋里的辽兵，是不是等路将军过来后再行动？”

“好！”折御卿听取了他的建议，直等到路彦带着众人过来后，折御卿起身向着辽兵走去。

里面的辽兵见走来几人也没介意，因为他们背对着光看不清楚，只当是自家兄弟。当他们快要接近辽兵身边时，几人有意靠着墙边走与他们拉开距离，猛然身后飞来十几支弩箭，里面的二三名辽兵翻倒，还没等外面的辽兵反应过来，折御卿几人已迅速射出了箭支，辽兵倒地。折御仁疾速冲出，奔向山洞口，折御卿带着几人快速冲出将辽兵尸体扔向一旁，若无其事地聊着天。

刚才他们的行动神速，并没有惊动上面屋里的辽兵。折御仁冲进山洞，慢慢向里面走去。洞内无兵，他们顺利来到洞口，见一辽军校尉，带着二三名士兵把守在洞口。折御仁的方法同前一样，毫不犹豫地带人走上前，用弩箭直接射翻。没想到竟然出了意外，站在最外面的辽兵中箭后，惨叫着掉下山崖，身体碰落下几块山石，山石的滚落夹杂着凄惨的叫声回荡在整个山谷之中。

不一会儿，山下传来了喊声：“喂，上面出了什么事？”

“有人不小心掉了下去。”折御仁忙用契丹话回喊了声。

下面的辽军没了反应，可这尖叫声却惊动了里面屋子里的辽兵，一个伙长跑出来问道：“什么声音？”

“不知道！”折御卿答了声，伙长大喊一声，“快去看！”

折御卿转身向洞内跑去，刚好他正想进去看个明白，进了洞口碰见出来的折御仁，问明了情况后，两人转身出来进了对面屋里的小路，路彦带着几十人正躲藏在那里。

“少将军，何时动手？”路彦见着折御卿忙说：“军师派来了一千弓弩手，已经到了。”

“好，叫他们进来。”折御卿回头吩咐折御仁说：“你带人去控制洞口，我们去灭了这些辽兵。”

折御卿带着身穿辽兵服的几人，向着上面的屋子走去，屋内有辽兵出来看见他们喊了声：“站住！你们是谁，我怎么没见过你？”话音未落已被弩箭穿身而过。

“出了什么事？”屋里出来一校尉，看见满院子的折家军，惊吓得马上举起双手。辽军投降了，若敢抵抗怕这几十名辽兵都得完蛋！

折御卿命人押来了辽军校尉，他很配合，把山下辽军的布防一股脑地说了个清楚。摸清了山下的情况，接下来就是何时发起进攻。折御卿觉得事情紧迫，若要等到天黑再动手，怕额外生变。现在的主要目标是烧毁辽军的辎重物资，就算一时攻不破狐突山，没了粮草的辽军怕也没法继续呆下去了。几人商议后，决定马上动手抢夺山下辽军的辎重物资，由折御仁押着辽军校尉，带上几十名化装成辽军的弓弩手居前，路彦带三百弓弩手居后，留一百人看守道观，其余的人都跟着折御卿。

要说李子慧想得很周到，当了解了道观的情况后，遂派出的一千折家军弓弩手，全配以蹶张弩和臂张弩。他本打算多派一些人过去，后来觉得用不上。首先是山路崎岖大部队行动不便，人多了派不上用场，加之折家军全部由骑兵改成了步兵，机动性差不说，担心他们还不能很快适应这种步战的打法。万一遇到不测，在这狭窄的山路上人多了根本就跑不掉。李子慧考虑的不光是能打，还要能跑。来的这一千折家军确实是太多了，上山时只能一个人跟着一个人走，一千人走了半个时辰还没有上完。再说了，山上的道观也容不下这么多人，上去的军士已经挤满了所有能站的地方。

行动开始前，折御卿、折御仁、路彦爬在梢林中观察着山下的情况。山下是一块平地，由两座小山峰环抱，并有两个出口直接通往山谷的中央。辽军的辎重粮草几乎全部堆放在了这里，顺着山边还搭建有一排临时拴马桩，百十匹战马就拴在里面，数百名辽兵主要分散把守在两个出口处。

“二哥！尽量不要惊动他们，先控制马匹，然后能封锁住一个出口就行。”折御卿吩咐说：“等辽军一乱，便是动手的信号。切记，一旦开始行动，命令军士全部脱去辽军服装。”

“知道了！”折御仁应了声，押着辽军校尉带着几十名军士慢慢向山下走去。

“路将军！到了弓箭的射程内，命令军士用火箭直接点燃辽军的粮草辎重。”折御卿叮嘱说：“动作要快！”

“得令！”路彦答应着带人向山下摸去。

折御仁到了山下，由于有辽军校尉的掩护，数十号人顺利到达了拴马桩处。路彦的大队也下来了，可没走多远便被山下的辽军发现，他们大喊着向山边集结。折御仁见情势不好，命令军士脱去辽服跨上战马，向辽军发起进攻。折御仁的马队一路从山脚下杀过，给下山的折家军留出一片空地。路彦命令三百军士射出手中的火箭，点燃了辎重粮草。不一会儿，山谷中滚滚浓烟冲上天空，折家军将士陆续冲下山去，与守卫的辽军展开了厮杀，辽军抵挡不住这突如其来的偷袭，开始向山口外撤去……

折御卿迅速命令军士发出号炮，三声巨大炮声，顷刻间震响了整座山谷。

折家军占领了平地，折御卿下令在一个谷口处设置绊马路障，试图拦阻辽军马队的进攻，同时命令折御仁、路彦集中所有人马，在另一谷口处布防弓弩阵。

弩阵，是利用弓弩的特点所排出的阵形，折家军使用的是威力巨大的蹶张弩和臂张弩。此阵形一般分成三排，第一排瞄准射击，第二排上箭进弩，第三排上弦等待。作战时，全军跪坐，当敌军接近至一百步时，先由一弓弩手起立射击，测试距离，如果箭矢可入敌阵，则弓弩手俱发；当敌军接近至七十步时，再命一名弓弩手起立平射，若可入敌阵，弓弩手则齐发平射敌军马匹。在第一排射击后，通过两排之间的空隙退回到最后一排，上弦等待；第二排进入瞄准射击状态，如此反复循环，使箭支持续不断的密集连射。这是一种利用弓弩有远距离杀伤的特性，层层拦截防御，削弱敌军骑兵快速机动的有效阵形。

正在谷口指挥作战的韩德威，突然听到身后传来三声炮响，不知发生了何事。一斥候快马奔来说，折家军抢占了山上的道观，已从后面杀了下来，并烧毁了粮草物资。完了！韩德威马上意识到事情的严重，没了粮草辎重的辽军还怎么作战？就算是有再强悍的战斗力，怕这狐突山也是守不住了。他果断下达命令，让辽军相互掩护着有序后退，同时叫斥候通知南院大王耶律斜轸，会同东南谷口的一万辽军过来增援，保护大军撤离狐突山。他自己带着二千铁骑，直奔放置粮草的平地而去。

山谷口指挥佯攻的李子慧、尹宪和李继隆，也听到谷内传出的三声炮响，知道折御卿已经得手，便下令大军发起全面进攻。

韩德威的两千铁骑很快就接近了平地，他想知道是谁抄了他的后路，烧了他的粮草辎重。这仗打的也太过窝囊，压在心头的这口恶气实在难平。自从进入狐突山以来，一切均在他的掌控之中，折家军虽很强悍，但想要击败他怕也没那么容易。原本两军的胜败就在伯仲之间，怎就会突然出现了意外呢！韩德威不死心，就算是要离开狐突山，他也不想放过那个断他后路之人。

两千铁骑疾速奔向放置粮草的平地口，当大队快要接近谷口之时，突然遭遇到折家军强弩的猛烈攻击，一阵阵箭雨射翻了一片片辽军。这突如其来的袭击，令辽军有些惊慌失措，韩德威迅速下令大队停止前进，他真没想到在这后山之中，折家军竟会过来如此众多的人马。韩德威知道要对付这种弓弩阵，只能用重甲骑兵来闯，因为重甲骑兵的装备，是给每匹战马和人都穿戴有铁甲护具。如果要用人来硬闯，那也只能靠牺牲众多士兵的生命，用肉体和速度一层层推进，直到冲破阵形为止。倘若这是条必经的逃命通道，那也还罢！可眼下，虽说心头恶气难平，但也不能因为自己的情绪而让众多的士兵去白白送命。

辽军不再冲阵，大队停在了原地。韩德威看着山谷中冲天的滚滚浓烟，牙一咬，掉拨了马头……

“韩德威休走！”折御卿见他要跑，大声喊着快马冲去。

“少将军不可！”折御仁见他已打马奔出，紧紧跟上。折家军也不过百十来骑，都是刚从辽军中抢来的战马，就这点人马也敢去迎对辽军数千铁骑，实在是太疯狂了。

本已掉转了马头的韩德威，听到喊声又折返回头来，他看见折御卿单枪匹马冲杀而来，便催马挥刀迎上。

路彦见折御卿奔向了辽军，他四处寻找战马，可根本就没有马匹。情急之下，便带着数百弓弩手快速向前奔跑，想利用弩箭来支援折御卿。

折御卿，韩德威的两匹战马迎面对冲，折御卿手中一杆梨花大枪挟持在腋下，直指韩德威的前胸护镜；韩德威手中一口大刀直立，刀尖直冲折御卿的胸膛；两匹快马一闪而过，只听“锵”的一声，枪尖碰上了刀刃火星飞溅，两人均勒住战马掉转回头。这第一回合的较量谁也没能占到便宜，两人都是死打硬磕的悍将，刀枪互不躲闪硬碰硬的直接撞在一起。

“好身手！”韩德威心中暗暗吃惊，他原想与折御卿会上一会，若能赢，捡个便宜，赢不了再走不迟，可他压根就没想到折御卿的武艺竟如此神勇了得。第一回合的交手，要不是他大刀迎对得快，那枪尖怕已破身而入了。韩德威即刻明白，要想在几个回合之内拿下折御卿，几乎不可能。此时的韩德威，早已没了与折御卿缠斗的心思，他得走，得带着自己的人马尽快离开狐突山。

“想走？”折御卿却不肯放过他，因韩德威本是辽国中最为有名的武将之一，这一交手方知此人着实名不虚传。越是武艺强悍之人，折御卿就越不想放过。得缠住他！只要能缠住韩德威，也许折家军轻骑很快就会赶过来，折御卿纵马企图拦截韩德威的去路。突然，边上杀出一员辽将横在他的面前，身后的折御仁赶上前与辽将迎对，两将一照面，那辽将便被挑翻落马。

韩德威没走，眼见着自己的牙将被挑翻马下，便舞动手中大刀直扑折御仁而去，折御仁马不停蹄挥枪迎上……

折御卿疾速增援，辽军中又冲出两员大将两面夹击直奔他而来。马战中的一对二，就算是武艺高强之人，怕也很难有胜算的把握，更何况是在两军对垒的战场上。凡能冲锋陷阵的将军，没有软蛋，比拼的是谁更硬，谁比谁更不怕死！马战的特点是速度，一切均在奔跑中完成。两军将士交锋，照面也仅有一次出手的机会，两马疾驰而过，生死瞬间已定。如若一击未中，掉回头来再进行第二次冲击。如果战马停留在原地不动，便失去了马匹作战的效能，灵活性怕是连步兵都不如了。为何说马战中一对二风险很大，那是因为胯坐在马背上的将领，不是左手握持兵刃就是右手，若是右手握枪，就必须让对手从自己的右侧滑过，要是碰上左手持械者，必然改换成左手持械或想法从他的右侧通过，但这种情况几乎不可能发生。试想一下，右手持枪左手带缰，身体的左面几乎毫无防范，如遇上一个左手持枪之人，战马又是从你的左侧通过。你那右手的长枪将如何越过马头，来保护自己的身躯？所以说，马战中遇到两面夹击之势，有一面肯定无法防守，就算是有双枪在手，怕也无法同时应对来自不同方向，不同速度，不同兵刃的同时攻击。

折御卿可没那么憨，绝不可能让两员辽将对他形成夹击之势，他快马相迎只是冲着其中一人而去，当然选择的是自己左面的辽将。正在这时，身后疾速冲杀出一员折家小将，两员辽将见状迅速分开迎对。折御卿与一辽将直接碰撞在一起，那辽将便被一枪戳于马下。待他掉转马头看去，折家小将也与另一员辽将接上了手，只见那辽将手中一杆细长溜尖的长矛，晃悠悠的挑起了折家小将的头盔，头盔高高飞起，一头长长的黑发飘落下来……

“小怜！”折御卿大吃一惊，原来冲上前去的是李小怜，迎对她的是韩娇娇。看来这李小怜并非是那韩娇娇的敌手，刚才要不是她脑袋疾速扭转躲闪，这一枪定会夺了她的命去！

“小怜姑娘！”折御卿快马来到她身旁问道：“伤着没有？”

“没事！”李小怜心有余悸地说：“少将军当心，这妖女好生厉害！”

“哎，你个死女子，说谁是妖女？”韩娇娇在不远处高声大喊道：“折御卿，刚才本将军对你家婆姨手下留了情，现在咱们可是互不相欠了！”

“你个妖女，谁是我家郎君？”李小怜怒吼一声，回头看眼折御卿问道：“她在说甚哩，甚是不相欠了？”

没等折御卿答话，只听韩娇娇接着喊道：“好好，既然他还不是你家郎君，那就赶快嫁给他得了。”韩娇娇有意逗了句，再冲着折御卿大喊道：“折御卿，你敢跟本姑娘来吗？”说完便掉转马头，向着另一侧的梢林奔去。

“想跑！”李小怜忙说：“少将军，这妖女想跑！”

韩娇娇是想跑，她根本就无心恋战，刚才是见折御卿阻住了韩德威的去路，不得不出手相援。这时，另一侧的折御仁与韩德威厮杀了几个回合，韩德威觉得一时半会儿也无法取胜，此刻他也无心再战。当看见韩娇娇已经摆脱了折御卿，便迅速带着众轻骑向山谷外奔去。

折御仁见韩德威跑了，也不去追赶，他掉转过马头，突然发现快马奔去的韩娇娇，便疾速打马拦了上去。韩娇娇见去路被阻，身后又紧跟过来了折御卿，马上意识到自己很难应对两人的前后夹击。跑！她迅速侧带马缰向着另一侧的小路奔去。

“二哥莫追！”折御卿见折御仁策马疾追，忙将他喊住，自己快马不停紧追韩娇娇而去。折御仁听到喊声犹豫了下，就在他这一顿之时，韩娇娇已经冲了过去，折御卿也紧跟着从他面前驰过。

“三弟呀，你这是要做甚？”折御仁看看奔去的两人，还是打马跟了上去。

韩娇娇前面跑得快，折御卿后面追得紧，不一会儿两人便奔上了山间小路。坏了，这条路越跑越窄，渐渐变成了一条羊肠小道，马匹已无法继续奔跑。

“别跑了！”折御卿在后面大喊道：“娇娇姑娘，你已经无路可逃，还是乖乖下马受降吧！”

韩娇娇的马实在是无法再走了，只好停下扭回头来说：“折御卿，你别想叫本姑娘投降。”

“不投降，你还有选择吗？”折御卿也停了下来。

“有，大不了，本姑娘与你拼个你死我活。”

“什么你死我活的，本将军可不想与你拼命。”

“那就放我走！”

“不行！”折御卿很坚决。

“好！”韩娇娇跳下马背，随手摘下马鞍上的佩剑说：“折御卿，本姑娘今天就与你拼了。”

“也罢，既然你不肯投降，那本将军就亲手擒了你！”折御卿说着也翻身下马，随手摘下佩剑对着韩娇娇道：“信不信，本将军只需三个回合便能将你拿下，如若不能，就放你走可好！”

“折御卿，你这大话怕是吹过了头。”韩娇娇笑了笑说：“不要以为你大枪使得好，就一定能在剑上赢了本姑娘。”

折御卿不再多说，拔出剑支，身体直立盯着她。韩娇娇见他拉开了架势，也拔出剑来扎了个半弓半马步。折御卿取的是立姿，而她用的则是半蹲式。只见折御卿左腿在前支撑身体重心前倾，右腿在后脚尖虚点地面，右手平托剑柄手心向上，剑尖齐眉与鼻尖、脚尖形成上中下三点一条直线。这是他使用短兵器时的开门招式，也是跟他的父亲折德扆所学。

韩娇娇将身体侧对折御卿，剑尖、鼻尖、脚尖也自然形成三点一线。这三点一线是技击格斗中的基本法则，目的就是让自己的身体与对手保持最小迎对面，有利于防守和进攻。格斗中只要不让对手突破这条防线，就能保全自身从而寻找到击败对手的机会。韩娇娇手中的剑与折御卿的剑并无太大区别，只是显得短了许多。折御卿的剑是加长了手柄的双手剑，当然也可单手使用。从拉开的架势看，韩娇娇半蹲是守式，而折御卿取站姿是攻式。架势越低底盘越稳，但机动性就越差。要说这两种招式各有所长，立姿是要主动进攻，蹲式则为防守反击。格斗中折御卿喜欢站立的姿态，是因为这种姿势灵活机动，进退自由，当想好了进攻的招式就能主动发起攻击，若不得手便可快速分离退出，再寻找第二次进攻的方法。一般第一回合多为试探性进攻，当摸清了对手的武艺水平之后，在第二、第三回合便可直取对手。

这第一回合的进攻，韩娇娇尽显被动，她没想到折御卿手中的剑使得飞快，一出手就直取她的头、胸、腿，上中下三盘。还没等她进行反击，折御卿就早已退了出去。不能这样打，若照此种方法打下去，怕她还真是挺不过三个回合。

“折御卿！”韩娇娇收剑站直身子问道：“你刚才说的话可算数？”

“算数！”

“好，现在已经一个回合了，下面还有两个回合，你可要当心点了！”

“不用三个回合，下一招就能将你拿下。”折御卿自信地说着挥剑就要前冲，韩娇娇忙喊：“慢着！”

折御卿停了下来，韩娇娇说：“第一回合是你先进攻，我来防守，现在该由我来进攻了，你来防守了。”

哪有这样玩的，现在是打仗，是敌我双方的生死战场。折御卿笑了，知道她是在有意拖延。

“好了，咱们不比了，你把剑放下。”

“为什么，为什么要我放下手里的剑？”

“反正你也打不过我，还是投降吧！”折御卿将剑收入剑销说：“我并不想看着你死，乖乖投降跟我去府州！”

“好你个折御卿，你把本姑娘看成什么人了？”韩娇娇喊着挥剑向他扑去，折御卿忙用剑鞘迅速格挡躲闪，同时大喊道：“快住手，再不住手我可就要出手了！”

“出手，好，快出手呀！”韩娇娇收起剑，直把脖子伸到他面前喊：“来，来呀，你现在就把本姑娘的头砍了去！”

折御卿哪里见过这种架势，他看着韩娇娇实在有些不知所措，真要是擒了她，那又该咋办？她是敌国将领，若誓死不投降，最终还是一死，折御卿开始犹豫了。

“折御卿，大丈夫说话一言九鼎！”韩娇娇看出了他内心的犹豫，刚才略微用了点儿小伎俩他竟然就能上当，还真是个大男孩，傻，傻得可爱！

“现在三个回合已过，你得让我走！”韩娇娇站在折御卿面前，直直地盯着他。

“甚，你说甚哩？”折御卿惊异地问道：“我甚时与你打过三个回合？”

“刚接过我三招就忘了？好吧，你个大男人说话不算数，我也拿你没办法。”韩娇娇用手捋捋秀发，看着他的双眸说：“别想劝本姑娘投降，要不杀了我，要不就放我走。”

折御卿猛然省悟，闹了半天，她竟然给自己玩了这么一招。现在不是说话算不算数的事，而是他是不是真敢放了韩娇娇？正在此时，突听得身后传来了急促的马蹄声……

第十三章
夫人深情忆往事　狐突山外巧用兵

正当折御卿盯着韩娇娇犹豫之时，突然听到身后传来了急促的马蹄声，知道是折御仁到了，怎么办？

“韩将军，你走吧！”

一听此话，韩娇娇不敢相信自己的耳朵，挑动秀眉望着他。折御卿见她没动，接着喊了句：“快走！”

韩娇娇猛然明白，原来这家伙还真是要放她走啊！她快速转身到战马前，伸手拽起缰绳回眸看眼折御卿，便消失在了羊肠小道上。

“三弟！”折御仁来到他身旁说：“她可是辽军将领，你是不是玩得有些过头了？”

“二哥，我是不想看着她死！”

“说甚哩？既然看上了，那就更不该放她走啊！”

“她若誓死不投降呢？就算是抓过来了，那还不是得死。”折御卿自嘲地笑笑说：“走了好，还是走了的好！”

折御仁不再说什么。他太了解自己的这个兄弟了，只要是漂亮姑娘，即便是在生死拼杀的战场上，他也绝不会痛下杀手。多亏契丹人不知，要不多派些漂亮的女将军过来，那这仗还怎么打呀！

辽军撤出了狐突山，天色也渐渐黑了下来。折御卿命令大军原地休整待命，检查辎重物资，人员伤亡情况，同时将折家军轻骑全部集结进狐突山内。监军尹宪让崔彦进、李汉琼留一万宋军，把守狐突山西北面的谷口，并差派亲信快马直奔太原城下给太宗皇帝传送捷报。他本想让折家军连夜赶赴太原城与大军会合，但见他们打了一整天的仗，人困马乏，到现在还连一顿像样的饭都没吃上，也就不再忍心催促了。

安排好军中事务，折御卿觉得该去见见自己的母亲。李小怜却紧跟在他的身后，因为她还不知道自己该去哪儿，仗打完了大家都各忙各的也没人管她，现在也只能跟着折御卿了。

进了路夫人的营帐，芬儿、杨美慧等人都在里面。见着李小怜，杨美慧略感惊讶，她没想到李小怜竟会一直跟着折御卿。

“娘，孩儿回来了。”见着路夫人，折御卿忙上前行礼。李小怜也行礼道：“见过夫人！”

“不必多礼！”路夫人看着他说：“现在是在军中，你又是全军统帅，不要事事都想着娘。”

“孩儿知道了！”折御卿说着坐在她身边。

“御卿哥！”杨美慧看眼李小怜，有意到折御卿面前说“你怎么也干起斥候的活来了，害得伯母为你担心！”

“这算个甚话，我是全军统帅，这么重要的事当然得由我亲自去呀！”折御卿说着看眼李小怜道：“这次能攻破狐突山，全是小怜姑娘的功劳，如果没有她带路，我们根本就无法找到道观。”

“人家又没干甚，只是带带路而已。”李小怜忙说：“仗全是你们打的，跟我有个甚干系！”

“小怜姑娘有功，而且还功劳大得很呢！”路夫人招招手说：“来，小怜姑娘，坐伯母这。”

“多谢伯母！”李小怜上前坐在路夫人身边问道：“伯母，听说您跟我师父，清慧师太是几十年的好友？”

“这倒不假！现在算算还真有好几十年了。”

“伯母，您是怎么跟我师父认识的？”

“说来话长了！”路夫人笑笑说：“算了，都是些陈年往事，说这些干甚！”

“说说嘛伯母！”李小怜看眼边上站着的杨美慧，有意拉起路夫人的手说：“伯母，您就说说嘛！”

李小怜的这一举动，惹得边上的杨美慧心里直泛酸，她在心里不停地骂着：“好你个死女子，看我一会儿怎么收拾你。”

“娘，我得回去了。”折御卿站起身说：“你们先慢慢拉着话，我一会儿差人给你们把饭送过来。”

“快去吧，娘这里没甚事！”路夫人摆摆手，折御卿退了出去。李小怜见折御卿要走，自己便有些坐不住了。她实在是不想跟杨美慧呆在一起，这女子对折御卿太过痴情，有时简直是在泛傻，她才不想夹在他们中间无故受累呢。

“小怜姑娘，小怜姑娘！”路夫人看眼发呆的李小怜连叫了几声。

“噢，伯母！”李小怜省过神来，不好意思地看眼她。

“少将军在军中事务繁多，你就留在这里陪着伯母可好？”

“那就听伯母的。”李小怜明白她的用意，此刻她又能去哪呢，虽说边上有个令她讨厌的杨美慧，但她还真不能一直跟在折御卿的身后。路夫人为人谦和，让人感到亲切，她倒是蛮喜欢跟她在一起的。

杨美慧的酸劲上来了，她又不好当着路夫人的面对李小怜发威，只能强忍着。

“来，美慧，你也过来坐下。”路夫人示意她坐在自己的另一面说：“事要随缘，而不可强求。就说小怜的师父清慧师太吧，当年可算是长得俊秀漂亮，武艺超群了。记得我们俩初次见面时也不过十六七岁，也就是你们现在这般年龄。”

“伯母这么早就认得师父了？”李小怜插了句，杨美慧在边上紧着喊：“少插嘴，听伯母说。”

李小怜被呛了下，扭头看眼她忍了忍。杨美慧心里美滋滋的不再理她，伸手挽起路夫人的胳膊说：“伯母，您接着讲。”

路夫人不说话了，只是看着两人笑笑，边上的芬儿插道：“你们这两个死女子，娘好心给你们讲故事听，就不能先把嘴巴闭上一会。”

“伯母，我保证不再插话了，您就接着讲吧！”杨美慧讨好地说。李小怜忍不住了，站起身说：“伯母，我想出去透透气。”说完便向帐外走去。

“小怜姑娘！”路夫人忙将她喊住说：“你真不想知道你师父的事了？”

李小怜犹豫了下，又转回身来坐在她身边，路夫人接着说：“清慧师太的父亲跟我的父亲，还有御卿的爷爷是旧交。记得有一年，她跟随父亲去府州路过我们家时，便住了下来。那也是我们俩第一次见面，师太长我一岁，我们俩是一见如故，都喜欢上了对方，天天形影不离。一块读书习武，一块吃饭聊天，那是我们俩在一起度过的最快乐时光。后来师太走了，说是她父亲要去府州给她提亲，提的就是御卿的父亲折德扆，可没想到，她这一走竟再也没有回来。”

“啊！出了甚事？”李小怜还是没忍住问道：“那后来呢，后来到底出了甚事？”

路夫人正欲张嘴，帐外进来几个军士给他们送来了饭菜，芬儿忙招呼大家说：“娘，还是先吃饭吧，吃完了饭再接着说不迟。”

李小怜真想知道后面发生的事，但听芬儿这样说她也不好意思强求，只能顺从地坐在条案前。看着眼前的饭菜，她竟一点儿食欲也没有，最终还是站起身走出帐外。路夫人一直注意着李小怜，见她出了营帐也不拦着，知道姑娘有了心思，怕这一切都是被我那御卿孩儿给闹的。

站在帐外，李小怜抬头仰望着满天星空。在道观时，她经常一个人坐在屋顶看星星，苍穹繁星点点，明亮闪烁，离她似乎很近却又万分的遥远。有一天，她突然在天空中发现了一条鱼，一条孤独游走的鱼，它为甚没有伴呢？李小怜从此就把这条鱼与自己的命运牵挂在了一起，她认为自己就是那条鱼，那条一辈子都将孤寂独处的鱼。

“嗨！你为甚不吃饭？”李小怜被喊声惊醒，她扭头看去，见杨美慧不知何时已经站在了她的身后。

“你是在叫我吗？”李小怜转回头去不理她，依旧望着天空说：“我叫李小怜，不叫嗨！”

“本小姐才不管你叫甚哩！”杨美慧挑衅地说：“看看你师父的人品，再看看你，你都已经是出家的人了，还来跟我抢折御卿，你这算个甚？”

“谁出家了？”

“你呀，你不是清慧师太的徒弟吗，你不是一直都住在道观里吗？那你不是出家了，是甚？”

“住在道观里就算是出家了？那你就没有去过道观，没有进过尼姑庵，如果你也去过了，是不是也算是出家了呢？”

“好，我不想跟你废话，现在只问你一句，离不离开折御卿？”

“如果是他不想离开呢？”

“胡说，我家御卿哥哥何时追过你？”

“这么亲热，本姑娘对你家御卿哥哥没兴趣。”李小伶又背转过身去说：“你可别没事找事的来烦我，还是赶快想办法嫁给他吧。”

“你离开了，我自然就会嫁给他。”

“好，我现在就离开！”李小伶说着抬脚就走，杨美慧紧着在后面喊：“哎，你去哪里？”

“本姑娘已经离开了，你还不赶快回去嫁给你御卿哥哥！”李小伶嘴上说着，心里却笑了起来，真是笨死了！本姑娘才不想跟你呆在一起呢。

“小姐，她在说甚哩？”秋儿看着李小伶的背影说：“她怕是又给小姐耍花招了，你说是要她离开折御卿，可她偏偏认为是离开小姐你呀！”

“胡说，本小姐说的就是让她离开折御卿。”

“那你为甚不把话说清楚？还记得吗，上次你要跟她比武，说打赢打输都叫她走，可当时小姐说的是输赢都是‘你’走。”

“本小姐说错了吗？我总不能说，打赢了我走，打输了还是我走吧？”

“小姐是没说错，可她认为输赢都是小姐你走，所以她才没有跟你比的。”

“这个死女子，竟然又跟本小姐玩起花招来了！”杨美慧省悟。

折御卿回到中军大帐与李子慧、路彦、马山林、折御仁等人刚吃过饭，就接斥候来报说，萧拔里带着三万辽军击溃了谷口外的守军，现已封锁了谷口。

“马山林！”折御卿大喊一声，马山林应声过来，他命令道：“速带一万轻骑去谷口支援。”马山林走了，折御卿转身来到地图前说：“先生，我们可否考虑放辽军进谷？”

“少将军，这样恐怕不行，万一辽军死守谷口不动，再派兵绕道去了太原，那就会给陛下的大军带来极大危险。”李子慧过来指着地图说：“倒不如这样，派一万轻骑从狐突山东南口出去，绕道去辽军身后。”

“先生是否想过，如果我军夜赶山路，怕得走整整一夜。”

这时，尹宪带着李继隆、崔彦进和李汉琼匆匆进来，尹宪忙问：“少将军，听说辽军占领了谷口？”

“是的，我正要差人去请几位将军。”折御卿说：“请监军放心，三万辽军对我军构不成威胁。”

“你们可有破敌之法？”尹宪问。

“我已派马山林去了谷口，现在众位将军都到了，我们可以商议一下如何破敌。”

折御卿说着回头看眼李子慧道：“先生，先说说你的想法吧。”

“尹大人！辽军已封锁了西北面的谷口，我军怕是无法从这里出去了。”李子慧说：“要想击溃辽军，只能从他们身后发起进攻。”

“军师这话说的倒是轻巧，我军如何出去，又如何绕道去辽军身后？”崔彦进说：“现在该做的是尽快将这里发生的事告知陛下，让陛下调兵严防辽军从身后偷袭才对。”

“崔将军的话没错，只要能保证不对太原城下的我军构成威胁，这三万辽军并不可怕。”折御卿说：“如果我军坚守不动，就这样跟他们耗下去，不出两日辽军自然会撤走，因为他们根本就耗不起。”

“请监军马上给陛下上道折子，让我军先严守狐突山，待处理完三万辽军后再去与大军会合可好？”李子慧说。

“这倒也好！”未等尹宪说话，崔彦进紧接道：“辽军也不过三万，有折家军在这里留守就足以应对了，其余的人马还是应该迅速回到陛下的身边。”

一听此话，折御卿、李子慧马上明白了他的用意，还没等他们说话，尹宪插道：“少将军，你是陛下亲命的‘狐突山招讨使’，现在虽然狐突山已被我军占领，但战事尚未结束，一切还得由你来定夺。”

“李将军，不知您有何看法？”折御卿扭头看着李继隆问道。

“你是‘狐突山招讨使’，本将军只是奉命前来增援，一切都听从少将军的安排。”李继隆客气了句。

“谢大人和各位将军的信任。”折御卿说：“就按崔将军所言，不过你得留下一万人马负责以后把守狐突山，这对付契丹人的事就交由我折家军来干吧。”

“好，那就有劳折将军了！”崔彦进、李汉琼向几人抱拳行礼说“本将军这就告辞！”说完两人转身出了大帐。

“哎哎，少将军，你就这样放他们走了？”路彦过来说：“外面还有三万辽军铁骑，他们这一走那可就……”

“住嘴！”李子慧打断他的话说：“一切听从少将军的安排。”

“少将军，你看是否需要本将军留下来协助你对付辽军？”李继隆说。

“那是甚好，有李将军前来助阵，是我折家军的荣幸。”

“少将军过谦了！”李继隆笑笑说“都是在为国效力，本将军定会与折家军共进退。”

“多谢将军！”

“好了好了，你们俩就别再客套了。”尹宪打断他们的话，担心地问道：“外面的三万辽军真的对我军没有威胁？”

“请大人放心！”李子慧说：“辽军根本就呆不住，没有粮草补给，随身带的那点儿干粮，怕也支撑不了两天。”

“先生所言极是！”折御卿说：“辽军现在不是想与我军决战，而是对狐突山内的情况还不了解，当萧拔里知道韩德威早已撤走时，怕他会想着怎样才能尽快离开。”

尹宪的担心并不多余，外面的三万辽军与大军失去联系后，一时无法了解狐突山内的情况。辽军大将萧拔里，虽说是驸马但也不敢擅离战场，他只好紧盯着山谷口查看宋军的动向。当得知宋军已全部进入了狐突山后，便派出斥候打探情况，发现谷口外只有一万宋军时，他果断作出决定迅速大军压上，想要抢夺谷口。

宋军真是不堪一击，在辽军铁骑的第一轮冲击下，宋军便放弃谷口全部退进了狐突山内。萧拔里想趁着黑夜闯入谷中，被身边的军师拦住。

“将军不可！”军师忙提醒说：“现在是黑夜，斥候无法全盘观察到宋军的情况，不如等到天亮后再做决断。”

“这样恐怕会失了战机。”

“将军还须慎重！狐突山内的战事怕已结束，从守在谷口的宋军看，折家军已经占领了狐突山。”军师指着地图说：“如果韩德威的大军已全部撤出，那么我军就没有必要再进狐突山了，我军必须迅速撤离绕道回我大辽。”

“现在还不是走的时候，只要我军守住谷口折家军就出不来，这样我们就有了偷袭太原城下宋军的机会。”

“将军，我军现已是孤军奋战了，目前能保全自身才是最重要的。”军师劝解说：“此战的成败并不在将军，将军已经尽力了。现在应即刻下令，命我军连夜撤离狐突山。”

“不急！”萧拔里根本就不吃劝，他是觉得窝囊，虽说击败了谷口的宋军，但他还是觉得不过瘾。说来这仗是他有生以来打的最为窝心的一次，因为他根本就还没有开打便被骗离了战场。后来又得知竟然是被那折御卿的娘，一个老太婆给骗出去的，心头怒火难消实在是令他抓狂。如果在这最后时刻，他还不能吐出心中的这口恶气，简直就无颜面对大辽国了。他是驸马，是大辽国里的显贵，他更不想让军中将领背地里说三道四，这个脸面对他来讲太重要了，说什么也得挽回一局。

萧拔里太过自信，一心想要找回自己的颜面，可后来做出的决定，竟差点儿让他命丧狐突山！

接到尹宪送来的捷报，得知折御卿已攻破狐突山。太宗心中大喜，即刻召集众将领商议攻取太原之事。北伐时，他亲自制定的肃清外围，先阻辽援，后取太原的方略现在得以实施。狐突山大捷阻断了最后一批辽国援军，彻底击碎了北汉刘继元利用辽军来保卫太原城的梦想。没了后顾之忧，等于吹响了夺取太原的号角。

“狐突山已破，契丹人走了。”赵光义看着下面站立的众将领说：“刘继元已是瓮中之鳖，朕想知道，我们何时可以捉到这只王八？”

“回陛下！”都招讨制置使潘美出列说：“辽援军已经全部撤出，我军现在可以集中兵力，全力攻打太原城。臣以为不出数十日，太原城可破也！”

“太原城现有刘继业父子把守，我们满朝武将有谁可以抵得过他们？”

“陛下，微臣明日愿打头阵，与那刘继业父子一战。”一青年将领请战说。

“陛下，臣等愿意出战。”又有几名武将出列说。

“好，明日朕去给你们坐镇助威，不管是谁赢了那刘延郎，朕都重重有赏！”

“谢陛下，微臣愿为陛下肝脑涂地，死而后已。”

“朕不要你们去死，是要你们打胜仗，都给朕活着回来。”

“谢陛下！微臣一定尽力。”众武将齐喊。

“都起来吧！”赵光义看看众武将说：“刘延郎有多厉害，朕知道！打不过就回来，朕是不会怪罪你们的。”

“微臣不敢！微臣定为陛下拼死效力！”众武将忙又行礼。

“朕要你们好好活着，只有活着才能为我大宋效力！”赵光义站起身走下来说：“朕当年不也是跟随太祖皇帝南征北战，出生入死的嘛！朕知道战场上有多么凶险。明日继续给刘继元发送劝降书，不管他降也不降，但一定得告诉他，他的契丹主子跑了，已经不管他了，太原现已成为一座孤城，负隅顽抗只能是死路一条。”

“陛下圣明！”众臣齐呼。

“都回去好好睡上一觉，养足了精神头，明日好上阵杀敌！”

“谢陛下！”众臣谢恩。这时一太监跑进来说：“陛下，狐突山尹宪急报。”

赵光义接过递上的奏折，打开看了眼说：“有三万辽军突袭了狐突山口，将折家军封堵在山谷内。尹宪告诉朕说，折家军并无危险，辽军也呆不了几天，要朕严防辽军的偷袭。”

“陛下，我军该在这个方向加强防范。”潘美说。

“朕不是要防范，而是要歼灭他。”赵光义看着下面的众臣说：“区区三万轻骑也敢来与朕抗衡，告诉折御卿、尹宪，对了还有李继隆。叫他们一定要打退辽军，叫那些契丹人再也不敢犯我疆土！”

“陛下圣明！”众臣齐呼。

布置完作战方案，折御卿来到路夫人营帐，当得知李小怜饭也没吃人就不知去了哪里，便派人四处寻找，有军士说，看见她一个人上山去了道观。

“她怎么会一个人去道观呢！”折御卿担心地说：“现在道观里已经没人，小怜姑娘要是一个人住在那里，该有多孤单呀！”

“御卿，你不必担心小怜姑娘。”路夫人见他有些着急，宽慰说：“她从小就跟着清慧师太，知道怎样打理自己的生活。”

“伯母说得对。”杨美慧插道：“她本就是道中之人，早已经习惯了清苦生活，御卿哥就不必为她操心了。”

“这倒也是，不过在这道观……”折御卿突然想起什么说：“娘，我得马上回去。”不等路夫人接话，人已经出了营帐。

“哎，御卿哥！”见折御卿走了，杨美慧在后面紧着喊。

“别叫了，他一定是想起了什么重要的事。”

“伯母，那我去看看能不能帮上忙。”杨美慧说着就要往帐外走，被路夫人喊住说：“不要去添乱了，还是回来好好陪伯母坐着。”杨美慧极不情愿地退了回来。

折御卿回到中军大帐，见李子慧还坐在几案前看地图，忙上前说：“先生，我有一个想法，你看是否可行？”他不等李子慧说话，便接着道：“还记得山外进道观的那条路吗？”

“我也正在想这事。”李子慧笑笑说：“萧拔里肯定想不到，我军会从他的身后出现。”

“那一千匹战马是不是还在山下？”

“我早已派人去取，可萧拔里提前占了谷口，恐怕一时半会儿回不来了。”

“回不来正好，刚好可以利用一下。”折御卿兴奋起来说：“萧拔里今夜若敢不离开谷口，怕他明日就不好走了。”

“三少爷！我已接斥候回报，山下的一千匹战马安然无恙。另外，在你去看小怜姑娘时，我已替你安排好了五千弓弩手，现正在路彦的带领下，前往道观的路上。”

“原来先生是早有安排啊！”折御卿笑了，“还是先生留守，我走了。”说着匆匆向帐外走去。

“哎，三少爷！”折御卿根本就没停，人已经离开了大帐。李子慧笑笑说：“急成了这样，连跟监军打个招呼的时间都没有。”

李小怜走了，没跟任何人打招呼就一个人上山进了道观，她实在是见不得杨美慧，看见这死女子受不了。她也不想再见折御卿，觉得自己本就是一条孤独的鱼，没必要强求什么。狐突山的战事已经结束，她只想回到自己的生活中去。那日，清慧师太留她在狐突山下等折御卿时说，她本不是道中之人，现在师缘已尽，便不再收留她了。李小怜不知道自己该去往何处，她想先在道观里住些时日，再去岢岚城找她的表哥折令图。可她刚上山不久，路彦就带着折家军进了道观。

“小怜姑娘，你怎么会一个人在这里？”见着李小怜，路彦感到惊奇，他不知道李小怜为甚会一个人来这里。

“路大哥，你们这是要干甚？”李小怜并不想回答他的话。

“你来这里三少爷知道吗？”路彦也不搭理她的话，只是直直地看着她问：“你该不会是偷着跑来的吧？”

“路大哥，这算是个甚话！本姑娘要去哪儿，还需要请示你家三少爷吗？”

“哥哥不是这个意思。”路彦忙解释说：“我是担心三少爷知道你走了，会着急的。”

“你这话又是甚意思？”李小怜嗔怒道：“他急不急关我甚事！别把本姑娘跟他扯在一起，人家心里已经够烦的了。”

“三少爷也许马上就会上来，见不见随你。”

路彦走了，李小怜却傻站在了原地。折御卿真要是上来找她，见还是不见？她心中直打鼓，折御卿呀，你为甚要缠住我不放，你身边不是还有杨美慧那个死女子嘛，干甚非要再来招惹本姑娘呀！李小怜心里很乱，转身跑进道观上了屋顶，独自坐在屋脊上仰望天空。她想看看那条鱼，那条在星空中孤独游走的鱼。呀！鱼去了哪里，怎么空中没了那条鱼？

“小怜姑娘！”听到喊声，李小怜浑身颤动了下，但她并没有回头．折御卿过来坐在她的身边问道：“你在看甚？”

“你怎么知道我在这里？”李小怜冷冷地说：“你不去带兵打仗，为甚又跑来烦本姑娘！”她嘴里真没说心里话。当听到折御卿声音的那一刻，心中早已充满了惊喜，可她实在不知道该如何应对，她怕自己的底线被瞬间击穿。

“听说小怜姑娘连饭也没顾上吃，就上了这道观。”折御卿摸出一块干肉递过去说：“我是特意给姑娘送饭来的。”

李小怜的眼睛湿润了，没想到这样平淡的一句话，竟能让她的内心充满了感动。

“小怜姑娘，你真不该一个人来这道观，看看这道观有多冷清。一个人住在这里，会叫人放心不下的。”折御卿关心地说：“就算是想走，也该让我把你送去岢岚城你表哥的家里，那里有亲人，也安全得多呀！”

实在是受不了了，李小怜强忍着不让泪水掉下来。长这么大，还是头一次遇到这样关心自己的人。正在此时，下面传来路彦的喊声：“三少爷该走了！”

“小怜姑娘，跟我一块走吧！”折御卿站起身说：“我不想你一个人留在这道观里。”

“你走吧，本姑娘的死活关你甚事！”李小怜倔犟地一扭头。

“小怜姑娘！”下面的路彦接着喊道：“听哥哥一句劝，你还是下来跟我们走吧，要不三少爷心里会不好受的。”

“路哥，你又说胡话了，我们这就下来。”折御卿也不管李小怜什么反应，只是拽起她的胳膊便往屋顶下走。李小怜顺从地跟着，一股暖流涌进心头，此刻她觉得自己很幸福。

萧拔里的动作慢了，没想到的事情终于发生了。听不进军师的劝言，却又没胆去偷袭太原城下的宋军，他心里明白，孤军深入搞不好是会要命的！逞逞强，摆摆架势，耍耍威风也就行了。萧拔里原想已经把折家军堵进了山谷，宋军怕一时半会也过不来，先让大军在这谷口休息个把时辰，便可启程返回大辽了。

真是太要命了！在哪里睡觉不行，可他偏偏要在折家军的鼻子底下睡。

第十四章
五千弓弩撼辽军　赛花劝夫替儿忧

还在睡梦中的萧拔里，猛然被几声巨大的炮声给震醒，他翻身跳下胡床，军师冲了进来说：“将军，折家军来了。”

“折家军？”萧拔里忙问：“折家军冲出了谷口？”

“没有，是在我军身后。”

“不可能，难道他们是从天上掉下来的吗？”

“是折家军！”军师肯定地说：“他们已经封堵了我军退路。”

“来了多少？”

“天黑看不清楚，从举着的火把看，大约有数千人。”军师忙建议说“我军得速速突围，晚了怕就来不及了。”

突然，狐突山内又传出三声炮响，炮声过后，一斥候跑进来说：“禀报将军，狐突山内的折家军开始向我军发起进攻。”

萧拔里有点儿懵，军师在边上提醒道：“将军，您还在犹豫什么？再晚，我军将会受到折家军的两面夹击。”

“撤！”萧拔里缓过神来，直向帐外冲去。

辽军撤了，马山林、李继隆带着数万轻骑冲出谷口尾随追杀。

折御卿来了，带着一千轻骑横在萧拔里必经的道路上，路彦的四千弓弩手就埋伏在他身后不远处的道路旁。为造声势迷惑辽军，折家军轻骑全部手持双火炬，有意把路线拉得很长。折御卿并不是要全歼辽军，仅凭他现有的这几千人马，根本就阻挡不住辽军三万铁骑的冲击，他命令众军士集中射击辽军将领，看是不是能侥幸射翻萧拔里。

隆隆的马蹄声传来，数万铁骑的奔跑声震动了整座山谷。辽军过来了，他们是蜂拥而来，折御卿见到这种阵式迅速下令轻骑后撤。辽军是来拼命的，铁骑采用的是层层推进的冲击方式，一波接着一波，一浪接着一浪，无论前方发生何事，都不能停止前进，就算是要踩踏着自己人的尸身也得往前，绝不后退。要想挡住这样的进攻，没有路障，没有几万人马的军阵，想都别想！

辽军冲了过来，进入弓弩手的埋伏区。路彦一声令下，数千羽箭矢飞出，辽军翻倒一片，落马的掉下马去，奔跑的还在继续奔跑；一阵箭雨，一片凄惨的叫声；紧绷的弓弦弹响，传送出瘆人的哀嚎。真是太恐怖了！在这漆黑的山路上，辽军似那逃命的猎物，折家军就是捕杀的猎手。战场上强弱平衡一旦被打破，也就是杀戮的开始。

这是一场失衡的战斗，辽军虽然强大，但此刻是在逃命。折家军弓弩手封锁出长长的一条生命禁区，跪坐在道路边从容发射着手中的箭支；辽军数万铁骑必须通过这条无法反抗的死亡地带，疯狂的辽军从折家军弓弩手的面前疾速闯过。一批接着一批，一队跟着一队，不知被射翻了多少军士和马匹，活着的依然前赴后继拼命向前……

站在道边观战的折御卿，伸手捂住身边李小怜的双眼，他实在不忍再看下去，这已经不是战争，而是血腥的屠杀。

天空渐渐放亮，战争结束了。数里长的山道上堆满了契丹人的尸体和战马，道边的小溪被横七竖八的死尸阻断，流淌着红色的血水。伤员轻轻地呻吟着，马匹却静静地站立在主人的身边。

李小怜紧紧依偎在折御卿怀中不敢目视战场，路彦跑过来说："三少爷，你没事吧？"

"路将军，速速查找，看有没有萧拔里的尸体。"路彦应了声走了，折御卿拍拍李小怜说："好了，一切都结束了。"

没有找到萧拔里，看样他是侥幸逃过了此劫。这一仗，折御卿用五千弓弩手，射杀了辽军一万余人，真可谓是一场了不起的大捷。

辽军撤出狐突山的消息传入太原城，一颗炸雷直接在刘继元的脑袋顶劈开，犹如晴天霹雳！太原完了，刘氏家业完了，沙陀部人的天下完了！北汉二十九年的基业也将要葬送在他的手中。刘继元在大殿中狂躁地大骂契丹人，下面站立的文武百官不敢说话，只等着他发泄完后，刘继业才站出来说："陛下不必担心，我太原城固若金汤，宋军远道而来，战线拉得太长，他们的粮草辎重物资，自然无法满足军队的需要。只要我们能坚守半年，到时赵光义就是不想撤兵怕也不行了。"

"那要是赵光义不停地往这里运送物资粮草，不停地增派兵源，就算我们能守上个一年半载，又能怎样？你们是想让朕每天都在惊恐中度日吗？你们是想让朕每天夜里都在惊悚中度过吗？"刘继元又烦躁起来，指着重臣大喊道："朕要的是退兵，是要那赵光义速速退出我太原。"

"陛下，我们只有守住太原城，才有可能逼退赵光义。"刘继业说。

"话是这样说，可是皇兄啊！契丹人已经丢下朕跑了，他们根本就不管朕的死活，现在也只有皇兄才能救朕了。"刘继元一把抓住刘继业的手说："皇兄，皇兄！只要能退了宋军，这太原城就交给你了，你我共坐江山，朕从此不再管这些烦心的事了。朕受不了了，朕已经受不了了！好，就这样，这里的一切都交给皇兄你了。朕离开，朕现在就离开！"刘继元有些慌乱，神叨叨地离开了大殿。

"陛下，陛下！"刘继业紧着在后面喊，刘继元已消失在大殿内。众臣见皇帝走了，一个个悄然离去。大殿中只剩下刘继业、刘延郎和几位武将。

"爹爹！"刘延郎过来说："陛下这是怎么了？"

刘继业没有吭声，宣徽使范超上前一步问道："将军，既然陛下把一切都交给了你，接下来该怎么办？”

“回去守城！”刘继业撂下句话，一转身出了大殿。他真想不明白皇帝要干什么，大战将临，竟然把一切都推到了他的身上，这是何意?

回到刘府，刘继业把大殿内发生的一切告诉了折赛花。听罢，折赛花笑笑说“夫君呀，看来陛下是对你不放心了！”

“这算个甚话！”

“宋军压境，陛下现在连皇位都不想要了，难道你当真要……”

“住嘴！”刘继业厉声打断她的话说：“这都甚时候了，还有心思胡说八道。”

“契丹人跑了，陛下把这烂摊子交给了你，你说是为甚？”

“是陛下对我的信任，是要我来守住太原城！”

“人家连皇帝都不想当了，你又在为谁效力？”

“我说婆姨啊！你怎么又开始说胡话了。陛下这是要叫老臣为朝廷效力，拼死保卫他刘家的祖业。”

“明白就好，陛下是怕你存有二心，这是在有意试探你呀！”折赛花叮嘱道：“夫君切记，往后说话一定要小心了，在这非常时刻，搞不好会招来杀身之祸。”

“那你叫为夫怎么办？”

“从现在开始，我就跟在你的身边，一来给你当个帮手，二来我们一家人也好在一起，一块来应对这个局面。”

刘继业看眼她没说话，扭头向外走去。折赛花紧着在后面喊：“你这是要去哪儿？”

“城墙！”刘继业撂下句话便出了大门，折赛花笑着跟了出去。

刘继元是给刘继业玩了手段，辽军撤走没了援军，眼下能为他守住太原城的也只有刘继业父子，放着好好的皇帝不当，他怎肯受降去寄人篱下。现在最为放心不下的还是刘继业父子，如果此时他们反了，那就真的会要了他的命。大殿中的那一幕是演给他看的，刘继元装疯卖傻地走了，就是想要看看刘继业在他走后会怎么办？如果他敢站在大殿中央发号施令，指挥文武百官，那不是反了是什么！刘继元的心计太重，而刘继业又太过憨直。

天亮后，吃饱喝足的宋军发起了今日的第一波攻城，也不知这是数十天来的第几十次攻击了。数万大军在攻城器具的掩护下扑向城墙，守城的北汉将士站在高高的城墙垛口上，用箭支、滚石、檑木、热油锅等守城工具拼命往下碰。

守城用的檑木种类繁多，有檑木、檑砖、檑泥、车脚檑、檑义夜等等；这些檑木上面布满了锐利的钢刺铁钉，放在城墙上顺势往下砸，即使砸不死，也会被上面的铁钉扎死，无论穿多厚的铠甲都得完。另外，车脚檑和檑义夜可以重复使用。两头用粗壮的麻绳牵引，由数名精壮军士操作，只需顺着城墙推下去，无论碰上谁都将会是致命的一击。扔下去的檑木，再由众军士拉上城墙继续使用。

攻城器具主要有针对城墙的抛石器、床弩、车弩；运送兵源登城的器具有类似于战车的轒辒车、尖头木驴。这两种运兵车都是三角形的尖顶，车顶用厚牛皮包裹，车脊用坚实的木头，车下有轮可推行，车内能藏七八名军士；云梯有行女墙、搭天车、竹梯等等。攻城战十分惨烈，不出半个时辰，第一波次的猛烈攻击过后，城墙下便躺倒了一片宋军尸体。这种攻守战法实在是惨绝人寰，拼的是人，是用人体肉身来作为拼杀的工具，同时拼的也是双方主帅的意志。几万人马，也许就在数天之内便会拼个精光。

太原城真是易守难攻，牢不可破！宋军后撤了。守在城墙上的刘继业命令守城将士，迅速整备器具，补充箭支，滚石、檑木等物，等待宋军发动第二波次的攻城。

这时，城下一宋军轻骑奔了过来，在离城门不远处停下，举弓射出一封信函直钉在箭楼的柱子上。刘延郎取下，递到刘继业面前说：“爹爹，宋军又送降书来了。”

刘继业接过顺手扔进烧油锅的火堆中，边上的折赛花问：“你不打算给陛下看吗？”

“看甚哩？这又不是第一份劝降书。”

“夫君，你这样做是不是太过鲁莽。”折赛花忙提醒说“城墙上有陛下的监军何公公，一会若问起来怎么办？”

“就告诉他……”刘继业话没说完，何公公已跑了过来问道：“听说宋军有信函？”

“没错，但被我烧了！”刘继业说。

“你，你竟敢擅自烧了陛下的信函？”何公公盯着他问道：“刘将军，你这是何意？”

“还不都是劝陛下受降的事。”刘继业解释说：“这种信函看多了，会影响全军的士气，还是不看的好。”

“刘将军，这信函看不看得由陛下来做主，你怎能……”何公公话没说完，就听城墙下传来宋军将领的喊声：“上面的人听着，速叫你们刘延郎或刘继业出来应战！”

“爹爹，这些宋军怎么又来向孩儿挑战？”刘延郎说。

“那是因为我儿扛硬，要挑战当然要找最强的呀！”折赛花说：“宋军是想用这种单打独斗的方法，来消减我军的抵抗意志。”

“好，那就叫孩儿去挑了他。”刘延郎说着欲转身，刘继业道：“回来，你就留在这里，还是让老子去吧。”

“爹爹，宋军是在向孩儿挑战，孩儿若不出战，那还不被他们小瞧了！”刘延郎说。

“你也敢跟老子争抢，他们不是也在向为父叫阵吗？”刘继业看眼他说：“你怕被人小瞧了，那老子的颜面就不是颜面了！”

“爹爹，孩儿只是……”

“好了，你们父子俩争个甚！”折赛花看眼两人说：“还是我去吧，我这就去擒了那宋将。”她说着便走。

“娘，还是让孩儿去吧！”刘延郎快速跑下城墙，折赛花在他背后喊道：“延郎，娘和你爹就在城楼上给你助威！”

“你这是做甚？”刘继业不满地看眼她说：“为夫是统帅，这仗该为夫去打。”

“好了，就让延郎去吧。”折赛花嗔怪地看眼他说“这么大人了，还跟孩子争个甚哩！”

“那是去拼命！”

“知道，你就叫延郎去显显身手吧！”一听这话，刘继业不再吭声，转身站在垛口前向城下观望。

一声炮响，城门大开，刘延郎快马冲了出去，来到宋将面前带住战马问道：“来将何人？报上名来。”

“你就是刘延郎？”宋将策马看着他说：“回去吧，还是叫你爹刘继业出来，省得一会儿丢了小命！”

“你还真敢口出狂言！”刘延郎笑笑，用手中的大枪指着他说“本将军不与无名将打，还是速速报上名来，省得做个无名的鬼。”

“好，等打过了再告诉你。”宋将也不再跟他啰嗦，催马挺矛真向刘延郎冲来。

“来得好！”刘延郎心道一声，挥动手中大枪迎了上去。两将飞速对撞在一起，长矛大枪相磕“呼”的一声，战马疾错而过。再看那宋将，身体猛然后挫竟被刘延郎手中的大枪挑飞起来，似那断线的风筝坠毙马下。这一招来得奇快，快得令人窒息。

坐在远处观阵的太宗皇帝，也被刘延郎的这一枪给震惊了，他真不敢相信自己的眼睛。宋军中出战的这位将领，也是名身经百战的悍将，怎就抵不住他的一枪！不能这样继续打下去，若照此种打法，朕的将领还不都被那刘延郎给挑了去。太宗即刻下令收兵。

宋军不再出战，刘延郎返回城去。

太宗皇帝回到中军御帐，看着下面站立的众将领说“刘延郎武艺了得，要想法擒住他，不能再让他继续为北汉契丹效力。”

“陛下，想擒住刘延郎父子并不难。”潘美出列说：“我们可用离间之计，让他主动离开刘继元。”

“来来，爱卿！继续往下说。”赵光义来了兴趣。

“不知陛下可曾记得，天会十三年，太祖皇帝攻打北汉之时，刘继业曾与太祖和谈达成协议。”

“朕记得有这事，当时刘继元让他出兵去对抗王师，可没曾想他却跑来讲和了。”

“陛下，从这件事可以看出，刘继业怕是早就有了反叛的心思。”潘美进一步说：“我们现在开始四处放风，说刘继业私下在与他的侄子串通，有反叛之心。”

“这话可信吗？”

“可信，陛下！刘继业的侄子杨光扆，正是现在的麟州知州。”

“喔！”赵光义环视下重臣，问道：“杨光扆可在？”

“回陛下，此次杨光扆并未随征。”潘美解释说：“杨光扆曾上表说，因他的伯父刘继业在太原，自己不便前往。”

“这算什么话！”赵光义把脸一沉说：“难道麟州，就不是朕的疆土？”

“大概杨光扆是想避嫌吧。”

“接着说。”

“陛下！我们再给刘继业发出密函，说刘继元已起了疑心，很有可能对他下手。如果他愿意归顺我朝，只需打开城门出来就行。”

“爱卿呀，这样会不会真的伤了他们的性命？”赵光义有些担心，怕刘继业父子有事，他是真心想收归他们。

“请陛下放心！现在是非常时期，刘继业真的要反，怕刘继元也拿他没有办法。”

“好！此计若得以实现，朕即可得到刘继业父子，又可破了这太原城，好！”赵光义脸上泛着红光说：“准奏！”

“陛下，陛下！”太监跑进来说：“狐突山大捷，狐突山大捷呀！陛下！”

“狐突山大捷？”赵光义喊道：“快说！”

“陛下，‘狐突山招讨使’折御卿，用五千弓弩手，击败了辽军三万铁骑，并射杀辽军一万余人。”

“多少？”赵光义实在不敢相信自己的耳朵。

“是一万！陛下，是一万余骑呀！”

赵光义哈哈大笑起来说：“刘继元啊刘继元，现在怕是谁也救不了你了。传旨下去，叫折御卿速来见朕！”

“遵旨！”

再说刘延郎回到城楼上，见着刘继业、折赛花一脸的兴奋。

“娘，您看孩儿的枪法如何？”

“我儿真是英武了得，娘怕是已经赶不上了。”

“这算个甚，敢跟老子的大刀比试比试。”刘继业虽说沉着脸，但心里却美滋滋的。

“孩儿怎敢跟爹爹比。”刘延郎忙拍起他的马屁说：“谁人不知，爹爹手中金背大刀的威风……”

“行了，父子俩竟相互吹捧了起来。”折赛花打断他的话说：“延郎呀！下次出战你可得多留个心思，最好不要再伤了那些宋将的性命。”

“这算个甚话！两将相遇，你不要他的命，他就会要了你的命。”刘继业不满地看眼折赛花说：“别听你娘的，这是战场，要想活着回来就必须杀了对手。”

“儿啊！”折赛花不理刘继业，看着刘延郎说：“你要知道，你的下一个对手也许就是你的亲舅舅。”

“那可怎么是好，爹！如果真是小舅来了，孩儿便不再出战。”

“胡说！你是将军，现在又是两国交兵，战场上没有大舅小舅的。”刘继业厉声喝斥了句。

“那孩儿也下不了手。”

“延郎，你爹老糊涂了。”折赛花回头看眼刘继业说：“什么没有亲情，那好，以后这战场就交给你了。”说完转身向城墙下走去。

“娘！”刘延郎看着折赛花的背影，再看看刘继业，有点不知所措。这时就听城墙下传来喊声：“城墙上的人听着，这是给刘继业送去的挑战书。”伴着话音，一支利箭飞射上了城楼，刘延郎上前伸手取下，递到刘继业手中。

刘继业正要打开，就听身后传来监军何公公的声音：“刘将军，宋军送来了什么？”

刘继业回头看眼他，直接把书函递过去说：“想看，你就拿去看吧。”

何公公接过打开看了眼，忙将书函合上匆匆向城楼下跑去。

“爹，他这是怎么了？”刘延郎见何公公跑下城楼，问道：“那上面写的是甚？”

“老子怎么知道！”刘继业喊了句，他也心感纳闷，这何公公到底看到了甚，竟会如此紧张？

是密函，是宋军给他传上来的密函。在这紧张敏感的战时，这封离间书函，兴许就会要了他们父子俩的命！

折家军在狐突山待命休整，折御卿安排好军中的一切，便想领李小怜去见路夫人。狐突山战役已经结束，监军尹宪可能会督促折家军马上去太原与皇帝的大军会合。临行前，他想把李小怜托付给路夫人，还有杨美慧，这几个人他都不能随军带着。

“少将军，咱们还是就此别过吧！”走到半路，李小怜站住说：“少将军的好，小怜铭记在心。如果今生有缘，我们还会相见！”

“这是个甚话！你现在又没个去处，还是听我的安排吧！”

“不用了，我这就起身去岢岚。”李小怜的态度很坚决，折御卿说：“这样也好，不过临走前，是不是该去给我的母亲打个招呼？”他还是想用这种方式留住李小怜。

“不用那样麻烦。”李小怜笑了，看出了他的心思说：“反正迟早都得走，伯母那儿还是你自己去说吧。”

“真是个没教养的女子！就算是要走，也得让我给你准备点东西再走吧。”

“你就别再费心思了！”

“三少爷！小怜姑娘。”芬儿过来说：“刚好，娘叫我来请你们俩过去。”

“芬儿姐，我就不去了。”李小怜忙推辞，折御卿不停地给她使眼色，芬儿笑笑说：“不知我娘何时开罪了小怜姑娘，怎么要走了也不去打声招呼。”

“没有没有！”李小怜忙摇头否定，芬儿接着说：“再说了，清慧师太的故事我娘也只说了一半，难道小怜姑娘真不想知道后面发生的事吗？”

李小怜被劝服了，折御卿直给芬儿竖大拇指，芬儿笑笑，心道：“真没出息，竟连个碎女女都搞不定！”

三人向路夫人的营帐走去。进了营帐，见杨美慧正给路夫人揉着肩膀，看见李小怜她不由手上顿了下，心说：“这死女子怎么又回来了。”

“娘！”折御卿来到路夫人跟前说：“这一仗打得好生过瘾，您知道杀了多少辽军？”

“知道了，娘早就知道了。”路夫人指指边上的凳子说：“来，先坐下！”

折御卿坐在凳上说：“仗打完了，我们怕也呆不了多长时间，这去太原的事……”

“娘知道！”路夫人打断他的话说：“你是皇帝陛下亲封的招讨使，你就得亲自去太原给陛下复命，娘就不跟着你一块去了。”

“娘，孩儿不是这个意思。”折御卿想解释又被路夫人给打断，她扭头看看站着的几人说：“芬儿，你带着她们几个先去外面呆一会儿，我有话对御卿说。”

“知道了！”芬儿应了声，带几人走出营帐。

“儿啊！”路夫人看着他问道：“你是在给娘搞甚哩？左一个杨美慧，右一个李小怜，你倒是个甚意思呀？”

“娘，孩儿甚意思都没有。”折御卿忙解释说：“这不都是巧遇嘛，杨美慧、李小怜都帮过孩儿，而且都立有大功。没有杨美慧，破不了宪州城；没有李小怜就拿不下狐突山，您说孩儿该怎么办？”

“这倒也是，这俩女女还真是立了大功的啊！”路夫人也感到难办，说：“美慧的父亲杨弘义，为帮折家军不幸战死在宪州，她现在孤身一人没个去处。小怜离开了清慧师太，现在也成了孤单一个。这美慧还好说，可以跟着娘回府州，那小怜姑娘该怎么办？”

“一块带到府州去算了。”

“这怎么行，就算是要带她走，也得听听小怜姑娘的意思呀！”路夫人说着回头看眼他，嗔怪道：“你这个孩子呀，就会给娘添乱，行军打仗都能招惹上女孩子。”

“娘，孩儿可没招惹过任何人。”折御卿忙为自己辩解。要说，他还真没有主动招惹过任何人，这一切都是因战争把他们牵扯在了一起。

“御卿，去把她们都有叫进来吧！”

折御卿起身出了营帐，见外面只剩下杨美慧和芬儿，忙问：“小怜姑娘去了哪儿？”

“走了！”杨美慧说。

“走了？怎么会呢，她为甚连声招呼都不打就走了？”

“是走了！”芬儿说：“她说要赶路回岢岚，我怎么拦都拦不住。”

“走就走吧！”折御卿叹口气。

“三少爷，要不我这就去把她追回来！”芬儿说。

“算了！”折御卿说。

“就是嘛！”杨美慧跟着道：“她一个出家人，迟早都得回道观去的嘛！”

听这话有些怪，折御卿也不往心里去，只是觉得李小怜不该就这样离开。

路夫人没打算跟折御卿一块去太原，是有自己的盘算，但却又放不下女儿折赛花。太原城下有皇帝和朝中重臣，她也不想给自己的儿子添乱。折御卿不过是个小小的闲厩副使，在这些朝野大臣面前，简直小得就不能再小了。她更不能让皇帝认为，折御卿奉旨出征还带着自己的老娘。太原可以不去，但也不想离开，跟女儿分别三十多年，现在是离她最近的一次了。路夫人不知道是否能见到折赛花，她太过担心，实在害怕这姐弟俩真在战场上相遇，还有那外孙刘延郎，女婿刘继业。她不敢往下去想，更不敢在折御卿面前流露太多。真是命运弄人，一个女儿，一个儿子，眼见着就要在战场上厮杀了！身为他们的母亲这种煎熬可想而知！

折御卿走了，接到圣旨后就没敢停留，他留下了索斌和路夫人带来的五百轻骑。一来索斌需要继续养伤，二来也可以照顾路夫人。

第十五章
御卿敬献千里驹　赛花智除何公公

折御卿带领折家军轻骑，很快便赶到了太原城下。

太宗皇帝闻报，亲自迎出御帐，折御卿忙上前行礼："'狐突山招讨使'折御卿，叩见皇帝陛下！"

"快快起来！"赵光义上前扶起他，打量着说："真没想到，朕的招讨使竟会如此年青英武！"

"谢陛下！"折御卿忙又行礼，赵光义摆摆手，上前一把拉住他的手说："免礼免礼！爱卿，你随朕来。"

"陛下，微臣还给陛下带来一件礼物！"

"还有礼物，那就快呈上来吧！"

折御卿一招手，路彦牵着匹骏马过来。赵光义看着马匹，眼睛开始发直，赞道："好俊美的一匹马呀！"说着便向前走去，侍卫忙上前阻拦说："陛下当心！还是让臣先……"

"走开！"赵光义一把推开侍卫，来到马前，细细打量着说"好马，真是匹塞外良驹！"

"陛下！此马名曰'碧云騢'！是因该马，口旁有碧纹如云霞而得名。"

"'碧云騢'！好，好名字！"

"陛下，此马虽个头不高，但可日行千里。"折御卿介绍说："上下山岭，如履平地；上则屈前足，下则屈后足；上下坐如安舆，不知登阵高下之劳。"

"此马竟会如此神奇？"赵光义伸手摸着马鬃，有些爱不释手了，问道："爱卿，你说此马会……"

"陛下不妨一试！"

"试试！"赵光义看着折御卿说："好，那朕就试试！"

"陛下不可！"潘美上前拦住他说："这马怕会认生，还是先让臣……"

"潘爱卿，朕也是能上阵带兵的将军，怎就连马也骑不得了！"赵光义显然有些不高兴。

"臣不是这个意思，臣是怕……"潘美忙解释，赵光义打断他的话，扫兴地说："好了，朕不骑就是了。"说完向大帐走去。潘美扭头看眼折御卿，忙跟了进去。

进了御帐，赵光义坐入龙榻，看着下面站立的众臣喊："闲厩副使折御卿！"

"微臣在！"折御卿出列行礼。

"打岢岚，破宪州，攻取狐突山击溃辽数万大军。朕没想到，你小小年龄竟有如此战绩，实在是令朕刮目相看呀！”

“谢陛下夸赞，微臣愿为陛下效犬马之劳！”折御卿忙谢恩。

站在城楼上的刘继业父子突然听到喊声：“圣旨到！刘继业、刘延郎听旨！”两人忙行礼接旨。一太监带着马步军都指挥使郭万超等人上来，宣道：“圣上口谕，宣刘继业、刘延郎速来见朕，钦此！”

两人接旨谢恩后，郭万超过来说：“刘将军，这里就交由末将来守着。”

“有劳将军了！”刘继业应了声，便跟随太监一块去了皇宫。

进入大殿，刘继元热情地迎了上来说：“皇兄、贤侄近日守城辛苦了！”他的热情，倒令两人一时摸不着头脑。

“陛下！”刘继业说：“不知陛下宣臣前来……”

“皇兄不必猜疑，朕只是有一些事想与皇兄商议商议。”

“请陛下明示！”

“朕是在想，辽军全部撤了，这太原现已是一座孤城。没了援军，仅凭我们还能坚守多久？”

“陛下放心！只要臣在，就决不让赵光义踏进太原城半步。”

“话是这样说，朕知道皇兄对朕的一片忠心。”刘继元退回到龙案后说：“契丹人丢下朕跑了，这些个王八羔子，每年都从朕这里拿去大量的钱财，到了关键时刻竟会扔下朕不管了。”

“陛下，契丹人不可信！”刘继业说：“现在也只能靠我们自己了。”

“不错，是得靠我们自己。可是皇兄呀，契丹人拿走了朕那么多钱财，到了这个时候，我们又怎能便宜了他们呀。”

“请陛下明示！”刘继业不知道他是何意。

“你看，我们能不能再派特使出去，趁现在还来得及，把契丹人请回来。只要他们肯再次出兵，朕的这江山还是可以保住的。”

“陛下呀，契丹人怎肯再次出兵？”刘继业明白了他的意图说：“如果契丹人真想保护陛下，早就可以大兵压境与赵光义全面开战了。可他们没有，只是派出十几万人马做做样子，一遇到宋军的全力阻击便全部退了回去。陛下，您说契丹人可信吗？”

“那朕该怎么办，现在赵光义把朕的太原城围得跟铁桶似的，难道你是要朕打开城门受降吗？”

一听此话，刘继业不知该如何应答，但他清楚，在这种非常时刻劝降之类的话是绝不敢再言。

“皇兄呀，现在朕惟一能信任的人也只有皇兄你了。”刘继元见他不说话，拿起案上的一封信函，示意下身边的何公公说：“给皇兄看看，这是宋军给朕送来的密函。”

刘继业接过何公公递来的信函，打开看了眼正欲说话，刘继元摆摆手说：“皇兄不必多虑，朕知道这是赵光义搞的离间之计，不就是想叫我们兄弟之间相互猜忌，他好从中谋吞朕的江山。”

“陛下圣明！”

“不过朕想知道，皇兄是否也接到过类似的信函？”刘继元话锋一转说：“朕知道，就算皇兄接到过同样的信函，也是不会出卖朕的。”

“陛下，老臣接到的只是一封又一封降书，并没有给臣的信函。”

“没有就好，没有就好！”

“大胆刘继业，你明明收到过宋军的密函。”何公公说：“刚才不是还收到了一封吗？”他说着转身面向刘继元道：“陛下，几天前奴才还亲眼所见，刘继业在城墙上烧毁了一封密函。”

“你胡话，那明明是份劝降书！”刘延郎忍不住喊了句。

“是劝降书？那又为甚要偷偷地烧掉呢？”何公公问。

“陛下，老臣是烧过降书。”刘继业辩解说：“可那并不是何公公所说的密函。”

“既然不是密函，就该大方地拿给陛下看，那又何必烧了呢？”

刘继业语塞，还真是说不清了，正当他不知该如何回答之时，殿外传来折赛花的声音：“陛下，恕民女擅闯大殿。”

“皇嫂无罪！”刘继元见进来了折赛花，突然觉得事情有点儿不对，忙问：“皇嫂，有甚话请讲。”

“何公公！”折赛花并不回答刘继元的话，只是扭头看着何公公问道：“你说看见宋军给我家夫君送来了密函，可有证据？”

“有，当时就在我的手中。”

“那好，现在就请何公公拿出来交给陛下吧！”

“折赛花，你好大的胆子。”何公公急了，转身看着刘继元说：“陛下，陛下！当时奴才确实是拿到了那份密函，正要送给陛下时，没想到，在城墙下碰见了折赛花，竟然被她给抢夺了去。”

“陛下，您信他的话吗？”折赛花看着刘继元问道：“陛下，何公公是您身边的近臣，宠臣，天下有谁人敢去抢何公公？现在，他竟然当着陛下的面诬陷民女抢了他，您信吗？”

几句话问得刘继元不知该如何回答。折赛花确实是抢了密函，当时跟刘继业拌了句嘴，便从城墙上下来，但没走多远又返了回来。她还是不放心，觉得自己也太过小气，没必要跟自己的夫君这样。来到城墙下，刚巧碰见慌张跑下来的何公公，见他手里拿着封信函，便问道：“何公公，你这么急是要干甚？”

“没，没甚！”何公公看见她，想快速绕过去，被折赛花拦住说：“何公公，你手里拿的可是宋军的信函。”

“噢，噢！”何公公敷衍了句。折赛花觉得不对，伸手过去说：“可否让我瞧瞧？”

何公公忙将手背到身后想硬闯，被折赛花一把擒住夺了过去。

“折赛花，你，你竟敢竟敢……”折赛花并不理他，只是打开密函看了眼，这一看不打紧，竟被惊出了一身冷汗。她将信收入怀中，盯着何公公说：“何公公，这不过是宋军的离间之计，没有这封密函，记住是从来都没有过。”

“啊啊！”何公公看着她不敢说话，折赛花直接威胁道：“一旦有人听说过此事，怕第一个死的就是你了。”

何公公被吓跑了，她也不知这种威胁是否管用，但吓吓他还是有必要的。密函的事折赛花并没有告诉刘继业，是不想给他增加负担，只要何公公不说，这事也就算过去了。

“何公公，既然你说皇嫂抢去了那份密函，可有旁证？”

刘继元没想到事情会搞成这样，原想利用此事来敲打一下刘继业父子，好让他们为自己忠心效命。可这何公公也太过愚蠢。当刘继元接到赵光义送来的密函时，看过了内容心中只是一笑，知道这是赵光义搞的离间之计。

密函所述如下：“刘继业恐要谋反，他与侄子杨光扆勾结，准备打开城门放宋军入城。”这封密函也太过直白了点吧！如此重要的事，竟然是用箭矢直接射上了城墙。可后来何公公又告诉他，看到了宋军给刘继业的密函后，令他心感不安，不论刘继业是否真的要反，他都必须严加防范。宁可信其有，不可信其无！错杀一百也绝不放过一个。于是，刘继元在大殿后面埋伏了弓箭刀斧手，一旦感觉势头不对，便先绞杀了刘继业父子。

“陛下，当时城墙下并没有人，只有奴才和折赛花。”何公公忙辩解说：“陛下，奴才还记得密函的内容是这样写的‘汝主对你已起疑心，不如趁早打开城门归还我朝！’”

“真是一派胡言！”折赛花力斥道：“陛下！在这国难当头，国家生死存亡之际，他竟敢挑拨离间，诬陷重臣，视陛下的江山而不顾，该当何罪？”

“陛下，奴才可是一片忠心呀，陛下！”何公公觉得事情不对，忙喊道：“陛下，奴才所说都是实话，是刘继业在勾结宋军……”

“住嘴！”折赛花喝住他说：“你已死到临头，还敢强词夺理！陛下，若此人不除，难保我太原平安！”

“陛下呀陛下，奴才对您可是忠心不二的呀，陛下！”何公公见势头不妙，忙跪倒在刘继元面前说：“奴才冤枉啊！刘继业父子确有谋反之心，奴才是在为陛下的安危着想，还望陛下明鉴！”

“何公公，你竟敢空口说白话，诬陷朝中重臣，挑拨朕与皇兄之间的关系，该当何罪？”刘继元大吼一声道：“来呀，把他给朕拖出去！”

“陛下，您不能，不能这样……”何公公知道此时再说什么都没用了，就算是皇帝今天不杀他，折赛花也绝不会放过他的，干脆挣脱抓住他的侍卫，一脑袋撞在柱子上身亡了。还算是有血性，他是为自己的愚蠢付出了生命。

一场生死较量结束后，折赛花几人回到刘府。站在大厅中央，她看着刘继业父子问道："你们觉得，陛下还信任你们吗？"

"信任！"刘继业说："宋军用了离间计，陛下不过是想澄清事实罢了！"

"说的好！澄清事实，难道陛下是要用弓箭刀斧手来澄清事实的吗？"

"娘，您在说甚呢？"刘延郎问："何来的弓箭刀斧手？"

"就在大殿的后面，你们俩居然一点儿都没有察觉！"折赛花叹口气说："汉室气数已尽，我们需要多长个心眼了！"

"娘，照您这样说，我们现在不是更加危险了吗？"刘延郎问："如果是这样，那我们该怎么办？"

"没有那么严重，陛下是不会对我们动手的。"刘继业看眼折赛花说："身为人臣，在这种关键时刻，首先要想着如何保卫陛下，保卫太原城。"

"刀都架在脖子上了，还浑然不知，你可真是个'忠臣'呀！"

"是，君要臣死，臣不得不死！"刘继业辩道："我刘继业这一生，也只为一个'忠'字。"

折赛花被刘继业的"忠心"给搞傻了！他忠君为主，老实憨直，有时会变成没有立场的傻忠，这些都可以忍。可现在时局已变，已经不是那个天下大乱的混沌年代。眼看着赵光义将要一统天下，失去了契丹人保护的刘继元，已是强弩之末，北汉的灭亡必成事实！折赛花早已看清了当下时局的变化，她不想自己的家人被一块陪葬进北汉的坟墓。

刘继业、刘延郎又被召回上城墙继续守城，皇帝刘继元还要再派特使去辽国求援，几座城门均被宋军严密封锁，他们只能硬闯了。

这一日再无战事。太宗下令全军休整待命，攻打了这些时日，也该叫将士们好好休息休息了。借给折家军摆庆功宴的机会，加餐喝酒吃肉，让全体将士都养足了精神头，好来日再战！同时太宗也需要调整下攻城方略，好尽快拿下太原城。

皇帝的御帐内坐满了重臣和功臣，太宗皇帝对狐突山内发生的事很感兴趣。

"折爱卿，当时你们被困狐突山内，受到辽军的前后夹击，后来又是怎么突破辽军的防守，冲出狐突山的？"

"回陛下，当时微臣已被困谷中，对外面的事情并不知晓，是监军尹大人在外面指挥作战。"

"回禀陛下！"不等赵光义问话，尹宪忙接道："击败辽军退守谷口的并不是微臣，而是闲厩副使折将军的母亲路夫人所为。"

"喔，爱卿的母亲也有此等手段？"赵光义越发来了兴致，问道："快给朕说说，当时都发生了什么。"

“回陛下，在折家军进入山谷后，突然从山谷外冲杀出提前埋伏好的三万辽军铁骑，迅速封堵了谷口。当时，崔彦进、李汉琼二位将军指挥我军与辽军展开了拼搏，无奈辽军全是骑兵机动性强，我军多次冲击无果，而且损失惨重。正在我军不知该如何冲破辽军军阵之时，路夫人到了。”

“那路夫人用的是何种方法？”

“她一面组织弓弩方阵，轻骑马队准备硬闯辽阵；一面派人去山上将辽军的号旗手擒住，向辽军发出了撤退的信号。”

“就这么简单？”赵光义感到意外。

“是的，陛下！当路夫人发起第一轮进攻时，辽军看到了撤退信号，便主动放弃了谷口。”

“好一个智勇双全的路夫人！”赵光义笑了起来说：“朕的大宋真是遍地英才，何愁北汉不灭，何愁国不昌盛！”

“陛下圣明！”众臣齐呼。

“折爱卿，你的母亲路夫人现在何处？”

“回陛下，她并未跟随微臣前来太原。”

“可惜，朕倒是想见见这位立有奇功的路夫人。”

这时，一太监匆匆进来说：“陛下，北汉军突然打开三个城门，掩护斥候想要冲破我军防守去辽国求援，结果西面被刘延郎带兵冲破，放走了前往辽国求援的斥候。”

“又是刘延郎！”赵光义有些光火地说：“难道朕的几十万大军中，就找不出一个能对付刘延郎的人吗？”

“陛下，臣举荐一人，定能战胜刘延郎。”尹宪说。

坏了！折御卿心里一紧，八成是要推举他了。坐在边上的路彦心中骂道：“你个鸟监军这出的是个甚主意，还真想要我家少将军与他的亲外甥干上一场啊！”

尹宪并不知道折御卿与刘延郎之间的关系，若要知道了，他不但不会推荐，反而还会避嫌。

“说说，是谁能战胜那刘延郎？”赵光义一听来了兴趣。

“就是陛下的闲厩副使折御卿。”

“朕怎么把这事给忘了！”赵光义看着折御卿笑笑问：“折爱卿，朕听说你的折家枪法了得，与敌将照面往往一枪就能毙敌于马下。”

“此话不假。”未等折御卿答话，尹宪插道：“这一切都是微臣亲眼所见，岢岚军使折令图，被他一枪折服马下。宪州大将马延忠，也是被一枪挑翻落马，宪州刺史的老婆‘母大虫’，还是……”

“尹大人，快别说了！”折御卿忙打住他的话说：“在众位大将军面前，末将这点儿事实在是摆不上台面，让大家见笑了。”

“折爱卿，你若真能战胜那刘延郎，朕便重重有赏。”

“微臣愿为陛下效力！”话都说成了这样，折御卿敢不答应吗！

“好，朕明日去给爱卿助阵！”赵光义说：“不过爱卿，朕看这刘家父子乃为虎将，不忍伤之。可否设法劝降，为我朝效力？”

“微臣一定尽力！”

离开皇帝的大御帐，折御卿、路彦回到折家军营地，见着军师李子慧、折御仁、马山林后，把见着皇帝的事说了一遍。

“这事可不太好办了。”李子慧也担心起来说：“三少爷，明日出战，你一定得把握好分寸……”

“甚个分寸？军师又在说笑了！”路彦急躁地打断他的话说：“你要三少爷把握分寸，万一延郎那混小子没有分寸该怎么办？”说着看眼折御卿抱怨道：“三少爷，当时你就不该答应陛下。”

“路哥又在说胡话了，陛下的话敢不答应吗？”折御卿说：“既然到了太原城下，这种事情就无法避免。”

“那怎么办，你还真想跟延郎干上一场？”路彦出主意说：“不如这样，现在就去跟陛下表明，刘延郎是你的亲外甥，你不便出战。”

“我不便出战，那让谁去，是你还是我二哥御仁？折家军中的将领，有谁跟他们没有关系？”

“那就让我去吧！”马山林说“你们都是延郎的亲戚长辈,也只有我才好跟他交手。”

“不行，我怎么能眼看着你们去厮杀。”折御卿马上否决。

“要不，我们也学麟州的杨光扆，说我们……”路彦又接上了前面的话茬。

“胡说！这都甚时候了还在说胡话。”李子慧喝住他说：“你们倒是争个甚哩？”

“大家放心吧，到时我会把握好分寸的。”折御卿说着突然想起什么，看着李子慧问道：“不知当年我那爹爹又是如何面对自己的女婿，难道他真会在皇帝陛下面前与刘继业对阵吗？”

“老夫不知！”李子慧说：“当年老夫还在邠宁陪着你的爷爷。”

“对呀，当年老爷子是来到了太原城下，守城的还是这个刘继业，那时还没有延郎这小子！”路彦说：“记得那还是后周显德元年的事了。高平之战后，我们跟随周世宗皇帝一块来到太原城下。当时老爷子带着我们，还有大少爷折御勋少将军，马山林、索斌也都在……”

“说正事！”折御卿听他回忆起了当年，忙打断他的话问道：“后来我爹跟大姐夫对阵了没有？”

“没有！”路彦说：“打了几个月，刘继业就是不跟老爷子照面。”

“他是有意在回避自己的岳丈。”马山林说：“只要是折家军的人，他都避而不战。”

“那是面对自己的丈人，他怕日后没法给大小姐交待。现在，我们怕就没那么幸运了，平辈之间也许他会放下亲情。”李子慧打断几人的话说：“好了，现在说甚都来不及了，既然三少爷已经答应了陛下，那他就必须出战。在国家与个人的大事面前，一定不能让陛下觉得，我们府州折家会把自己的亲情看得比国事还重。这样，不仅帮不了刘延郎一家，反而会给府州折氏带来不可预知的后果。你们都给我记住了，我们已到了皇帝陛下的身边，在那些重臣大将军眼里，折家军不过是一些牙兵牙将。从现在开始都把嘴巴闭紧了，更不许去友军那里窜门子聊天。”

“明白！”众人应了声，李子慧接着说：“少将军，明日出战，如果延郎硬来，你大可诈败退回，我们再另寻他法。”

目前这也是没办法的办法，折御卿清楚，一切都得等到明日跟刘延郎照面后方知。好在皇帝陛下并没有叫他杀了刘延郎，临阵劝降，这条路真的可行吗？

“三少爷不必担心，有大小姐折赛花在，事情也许会有转机。”李子慧安慰说：“大小姐离家三十多年，怎能忍心看着自己的亲弟弟与自己的亲儿子厮杀。必须先从气势上压倒刘延郎，设法引折赛花出来。然后，你跟二少爷御仁一块出战，力争劝服大小姐。”

“要是大姐夫刘继业出战该怎么办？”折御卿问。

“那就叫马山林迎对。听说刘继业古板忠君，甚话都不要跟他讲。”李子慧回头看着马山林说：“只能击败而不准伤了他。”

“军师！”马山林为难地看着他说：“这叫末将如何是好？”

“打不过就回来！”李子慧瞪眼他说：“有本事就把刘继业给本军师擒过来。”

“知道了！”马山林无奈地应了声。

几人商议着各种可能的方案，要说这事还真是难办，如果刘继业父子拒不投降，拼死保卫北汉后主刘继元，那该怎么办？折御卿真能为大宋的国家利益去大义灭亲吗？

折御卿、李子慧几人商议着明日的对策，坐在刘府内的折赛花却比他们更加担心。因为她已经得知折御卿到达了太原城下，赵光义定会派折家军出战。虽说她与自己的这位亲弟弟还从未谋过面，但毕竟是一家人，她怎能忍心看着自家人去拼命！

“夫君呀夫君，你真是糊涂！”折赛花内心的苦，终不能跟刘继业去说。怕他会因忠心于后主刘继元，铁了心的舍弃亲情。可她更不敢跟刘延郎讲，害怕影响了孩子的心情，而在战场上出事。难呀！她该如何去阻止这场亲人间的杀戮？

折赛花设想着各种可能，辗转反侧，彻夜不眠……

天亮了，赵光义抖擞起精神亲自坐镇中军，下旨折御卿前去太原城下挑战。折御卿带着李子慧、折御仁、马山林、路彦策马来到城下。

站在城楼上的刘继业、刘延郎和折赛花，看见宋军前来挑战的将领，打出大大的“折”字战旗，便知道是折御卿来了。

“娘，真的是小舅来了。”刘延郎说：“这可怎么是好？”

“不光是你的小舅，怕还有你的二舅折御仁，表叔父路彦也到了。”折赛花冷静地说。

“既然都来了，我们也只好应对。”刘继业说：“他们本可以回避，完全可以不来。可现在全来了，就说明他们根本就没把你这个大姐放在眼里。”

“你这算是个甚话，两国交兵各为其主，大宋的皇帝要他们来，他们敢不来吗？”折赛花辩解道：“你要他去抗拒皇命，那你为何不回避，却要死守在这城楼上呢？”

刘继业被问住了，不想再跟她抬杠，这时就听城墙下传来喊声：“上面的人听着，我家折御卿少将军要与你家刘继业大将军说话。”

“有甚好说的，快速速退兵！”还没等刘继业答话，不远处的监军便喊了一嗓子。

“那就叫刘延郎出来与我家少将军一战！”

“娘，怎么又是向孩儿挑战？”刘延郎说：“孩儿不去！”

“好吧！那就让为父去。”刘继业看眼刘延郎转身欲走，折赛花想拦还没等她张口，便被身边的副将拦住说：“将军且慢，还是让末将去会会他吧。”

刘继业没有说话，副将匆匆向城楼下跑去。

一声炮声，城门大开，副将带着一彪人马冲了出去。来到阵前，折御卿见他并没打出将领旗号，问道：“来将何人？速速报上名来。”

“不用问本将军是谁，你只管放马过来。”副将并不回答他的话。

“本将军不杀无名之辈，速速报上名来！”折御卿又强调了一句，他必须确认来将的身份，因为他压根就不认识刘继业父子，甚至连他的大姐折赛花长的是个甚样子都不知道。

“哪来那么多废话！”副将颤动下手中的长戟大喊：“还不放马过来！”

折御卿犹豫了，边上的李子慧忙说：“少将军，看他手中的兵器，不是刘继业父子。”

折御卿立马明白，刘延郎用枪，刘继业用刀，而他的手中却是一把长戟。那还等个甚，灭了他！

两匹战马奔腾了起来，折御卿手持梨花大枪催马向前，副将挺戟迎上。很快两将碰在了一起，大枪对长戟，大枪直击副将的胸膛，长戟外搬硬磕枪杆试图改变折御卿枪击的方向，转而手腕疾速下压刺向他的腰身；当枪杆就要接触到长戟的刹那，折御卿手腕翻转，大枪在空中划出一个小小的弧线绕过了长戟，枪尖瞬间上挑，直入副将咽喉，眨眼间副将便被挑翻落马。

折御卿收枪带住马缰，回转过身来望向城楼。

第十六章

亲姐弟战场相遇　折赛花大义献计

话说折御卿在太原城下，一枪挑翻了北汉大将。坐在不远处观战的太宗皇帝，被这一枪给震惊了，大喊一声："好枪法！"真是出人意料，他实在没想到折御卿会如此用枪。

"陛下，折御卿枪法诡异，不可思议！"边上的潘美也跟着赞了句。

"好，朕有如此悍将，何愁拿不下那刘延郎。"赵光义兴奋了起来。

北汉军抢回副将尸体退回城去，紧闭城门。站在城楼上观战的刘继业父子和折赛花，也被折御卿的枪法给震惊。

"娘，小舅的枪法真是了得。"刘延郎说："怕跟孩儿不相上下。"

"休得长他人威风！"刘继业喝斥道："不就是折家枪法嘛，难道你就不会使？"

"爹，孩儿不是这个意思，孩儿是说……"

"住嘴！"刘继业打住他的话说："现在就让你见识见识为父这金背大刀。"他说着就要往城楼下走，被折赛花厉声喊住："回来！既然你一意要出战，他是我的亲弟弟，那就由我来亲自解决吧！"

"娘，你不能去！"刘延郎忙阻拦说："你们都别去了，还是让孩儿去吧。"

"皇帝陛下驾到！"这时传来太监的喊声，几人不再争执，忙向过来的刘继元行礼："臣等恭迎陛下！"

"皇兄，听说宋军又来挑战，朕是想过来看看。"

"陛下，宋军中来了府州折家军。"刘继业说："臣正在想破敌之法。"

"府州折家军？"刘继元重复了句说："朕明白了，那可是皇兄的丈母亲家，皇兄是否感到为难了？"

"这……"刘继业不知如何回答。

"遇到自己的亲家是有点儿难办。"刘继元有意说："没关系，皇兄不必出战，可以让别的将军去试试。"

"试过了，陛下！"刘继业说："他们恐怕不是折御卿的敌手。"

"这可怎么是好，一面是皇兄的亲家，一面是想要朕命的赵光义。"刘继元站在垛口旁看着城外说："朕现在是打已无将可打了，皇兄不如这样吧，你去打开城门，放赵光义进来算了！反正这太原城是守不住了。"

"陛下！老臣有罪，老臣这就去拿下折御卿。"刘继业忙行礼。

大家都听懂了刘继元的话，他就是想逼刘继业父子出战，为他效命。到了现在这个时刻，不出战是肯定不行了。折赛花心中着急，不能让刘继业去，她知道自己的这个夫君憨厚过头，万一跟折御卿实打实的拼杀起来……正在这时，就听城墙下又传来喊声："刘延郎为何还不出来，难道你害怕了吗？"

"陛下！他们在向微臣挑战，还是让微臣去吧！"刘延郎说。

"好，延郎贤侄，朕就知道，在这种关键时刻你们是不会放弃朕的。"刘继元上前拍拍他的肩头说："去吧，朕在这里给你助威！"

刘延郎看眼折赛花，扭头向城墙下跑去。

"延郎！"折赛花喊了声，"让娘陪你一块去！"

"娘，您就放心，孩儿知道怎么办！"刘延郎消失在城墙上，折赛花转身来到垛口旁向下观望。

一声炮响，城门开处刘延郎带人冲出。

"少将军，来的正是刘延郎。"李子慧看清了他的旗号。

"你们谁是折御卿？"刘延郎来到阵前，看着面前的几人问了句。

"好外甥！"折御卿喊一声，"我就是你的小舅折御卿！"

"没想到，你的年龄竟跟我一般。"

"好外甥！"折御仁喊道："你可要记住了，我是你的二舅折御仁！"

"还有我，延郎侄儿！"路彦抢着说："我可是你的表叔伯路彦啊！"

"你们是来认亲还是打仗？"刘延郎看着几人说："若是打仗就放马过来，若是认亲现在你们就可以回去了。"

"好，延郎外甥。"折御卿策马出来说："小舅现在就来领教一下你的折家枪法。"

两将催动胯下战马，迎对奔跑，不一会儿便冲撞在了一起，两马疾驰而过。

"好枪法！"折御卿有意赞了句，掉转回马头。

"再来！"刘延郎也掉拨战马，大喊一声冲了过来，两人又一次照面快速划过。要说，他们二人用枪的方法极其相似，枪法的基本路子一样，只是个人使用时的特点有所不同罢了。两人每次的对冲都来的十分猛烈，看得人有些心惊肉跳！

"陛下！"站在赵光义身边的潘美看出了门道说："那刘延郎与折御卿的枪法十分接近。"

"是呀！朕也觉得两人都是一样的路数。"赵光义回头看眼他问道："难道刘延郎也会使用折家枪法？"

城楼上的折赛花眼看儿子与自己的亲兄弟在拼杀，心中不忍！可此时此刻，她也只能先忍着。

城墙下，舅舅与外甥，来来往往地战了几十个回合，均不见胜负。其实，两人是在比拼武艺，看谁的枪法更好一些。

“折御卿！你若胜得了我手中这杆大枪，我便认你这个舅舅！”刘延郎看着折御卿喊道：“你可要当心了，下一招我可不会手下留情！”

“好我的外甥哩！你认不认我都是你的亲舅舅。”折御卿调侃了句说：“你那枪法不过是跟你娘所学，你娘又是跟你老外公学的。你舅舅这折家枪法，可是得到了你外公的真传。”

“好，那我就不用折家枪法，看你如何接招！”

“你舅舅我可是十八般兵器样样精通，你换不换招式对舅舅都是一样。”

两人说着又打马战在一处，又过了几个回合依然分不出胜负。这时，突听身后传来喊声：“延郎退下！”

听到喊声，刘延郎回头见是折赛花，忙打马过去说：“娘，不能这样！你不能跟小舅打。”

“我儿无须担心！”折赛花说着策马上前，来到折御卿面前打量着他问道：“你是折御卿？”

“大姐，是我，我就是御卿啊！”折御卿看见折赛花，显然有几分激动。眼前站着的这位英姿飒爽的女将，就是他从未谋过面的亲姐姐折赛花。他们是亲亲的姐弟，是一母同胞。

“大姐，我是御仁啊！”折御仁也打马上前。

“大姐，我是路彦！”路彦跟着喊。

折赛花闭住双眼仰头向天，她在强烈压控着自己的情绪。刚才站在城楼上观战，她的心几近崩溃已无法承受，便不顾一切地冲了出来。该如何处理眼下这种局面，折赛花并不清楚，但她知道战事若再这样发展下去，很可能会造成亲人之间的杀戮。她又实在担心对阵双方的主子，主子施加的压力，怕真会迫使他们动了杀机。万一一个不小心伤着了哪个，也许就会酿成大错而终身负罪！她不得不出来，现在怕也只有她才能化解这场危机。

“陛下！有点不对。”潘美看着战场上的几人，盯着折赛花身后举起的“折”字大旗说“这个人是谁，不会是折御卿的亲戚吧！”

赵光义也注意到了战场上的变化，可他没有潘美想得那么多，只是直直地盯着战场上的众人。

城楼上的刘继元，刘继业也在紧紧地盯着他们。折赛花的突然出战令刘继元心中不安，当见刘继业也要跟着出城时，忙被他拦住说：“皇兄，你就不必出去了，外面有贤侄和皇嫂应战，你就陪朕在这里观战吧！”

一听此话，刘继业只好转身回来。刘继元必须拦住他，不能让他们一家人都出去了，万一有个甚事，总得有个人在这里顶着吧。说来他还是对刘继业一家不放心，在这种非常时期一定得给自己多长个心眼。既要用你，但也一定不能相信你。刘继元就是用这方式来巩固自己的政权，他从未相信过任何人，在政权没有受到威胁时，会残杀那些曾引起他怀疑过的忠臣良将。刚登基不久，便听信谗言杀了吐浑军统帅，这吐浑军可是北汉军队的主力，杀了统帅，军心瓦解，失去了一支强有力的军队。他不管这些，因有契丹老子当后盾，有事就去找契丹人。十一年下来，能杀的能斩的都快被他给干光了，竟然还残忍地杀死了他的几个舅舅和一直对他有养育之恩的舅母。刘继业当然不能杀，是因他们父子俩武艺了得，外加上折赛花，如果再杀了他们，还有谁来为他卖命保家卫国，保全他的帝位。

“御仁、御卿，你们俩谁先来。”折赛花举着手中的大枪问道。

“大姐！”折御卿看着她喊了声。

“马上动起来，动起来再说。”折赛花回头冲着刘延郎大喊：“延郎，你去对付你的二舅。”

折御卿几人幡然省悟，在这关键时刻还是大姐老到，他们几人若继续站着不动，定会引起双方主子的怀疑，现在不论有甚话也只能边战边说了。顷刻间，四匹战马奔腾了起来，四条大枪交织在一处。

折御仁与刘延郎拼比起了枪法，一边拼还一边挑逗着说：“好外甥！你二舅这枪法才是折家的正宗。我可是跟咱们折家枪法的创始人，你的老外公所学。”

“我看也没甚区别。”

“有区别，你小舅使的可不完全是折家枪法。”两人战着说着，打得越发上劲。

这边，折御卿与折赛花也在边战边说。

“叫你们皇帝写份劝降手书，然后再来找延郎挑战。”

“知道了！”折御卿应了声。

“话说完了，来，好兄弟！让大姐也试试你那折家枪法。”

这姐弟俩也开始了比拼。顿时，城墙下战马疯狂的奔跑交错起来，几人来来回回的拼比了数十个回合。没想到大家竟会打得如此开心，干脆交换对手接着拼斗……正在几人玩得高兴之时，突然宋军中传来鸣金收兵的信号，四人迅速分开各自返回。

回到中军，折御卿独自进御帐向太宗皇帝复命，等他回来与等着他的折御仁、李子慧、路彦、马山林等人刚进营地，便听到了皇帝的口谕：

“皇帝陛下口谕，折御卿及折家军所有将领，即刻起不得擅自离开军营，钦此！”

宣读口谕的人叫王侁，是原后周枢密使王朴之子，王朴曾给周世宗柴荣献“平边策”而名噪一时。王侁的官职是东上阁门副使，执掌礼仪的使职官，是大内诸使司之一。掌供奉朝会，赞引亲王、宰相、百官、蕃客朝见、呈递奏章、传宣诏命等职。

“王大人，出了甚事？”听完太宗皇帝的口谕，折御卿问道：“陛下为甚要控制我们？”

“折将军，本大人也是奉旨行事，有什么话回头你去跟陛下讲吧。”王侁说完转身走了。折御卿等众人被不明不白地扣在了营中。

“先生，你看……”折御卿看着李子慧问。

“不用猜了！”李子慧肯定地说：“八成是跟折赛花有关！”

“难道陛下已经知道了我们之间的关系？”

“是的！出征前就该告知陛下，看来都是我这个军师的错。”李子慧有些自责起来。

“先生无错！回头我去跟陛下说明就是了。”

“三少爷想的简单了，此事怕是有人从中作梗。”

“我们跟朝中的大臣将军并没有往来，会开罪了谁呢？”

“也许是我们的某些举动引起了别人的不满。”

“先生又在说笑了。”路彦在边上插道：“自开战以来，我们折家军忠心耿耿，拼死效命的从岢岚一直打到了太原城下。要说有人在捣鬼，怕只能是那个鸟监军……”

“住嘴！”李子慧喝住他说：“闭上你的鸟嘴，以后若再敢胡说八道，小心本军师撕了你那张臭嘴！”

路彦不再吭声退向一边，折御卿问：“事情会很严重吗？”

“那就看陛下怎么想了，往重里说，是私通敌将，企图密谋卖国！”

“甚甚甚！”折御卿感到惊讶，“这就成了密谋卖国了？先生怕是想多了，我们商议的是如何帮助陛下拿下太原城，怎就会变成私通卖国了？”

“也许真是想多了，三少爷！”李子慧关心地看着他说：“不过我还是想提醒提醒你，万一陛下问起来一定要小心应对！官家倒没甚，怕难缠的是小鬼！”

“先生无须担心，等陛下知道了破城之计后，怕是要重重奖赏咱们折家军了。”折御卿十分自信，李子慧听罢苦笑笑便不再多说。事情真会如此简单，怕是陛下并不这样想！可眼下还能有什么更好办法？李子慧已经预感到将会有一场风暴降临，但又束手无策，折家军真的能逃过此劫？

意想不到的事情发生了，折赛花与折御卿的亲情关系，最终还是传入了太宗皇帝的耳朵。这事原本也没什么，可后来听着听着就觉得有些严重了。说这事的人正是王侁，当他听说刘延郎是折御卿的亲外甥，折赛花是他的亲姐姐时，马上跑到阵前告诉了太宗。皇帝听后并不以为然，可看着他们在战场上拼杀时的表现，开始有些不安了。在这之前，只觉得几人武艺高超还在暗中为他们喝彩，之后便觉得是在演戏打着玩了。王侁说这话也没什么意思，就是想告诉皇帝知道，折御卿跟刘延郎本是一家人。接着再往深里一想，就有些不对劲了，舅舅和亲外甥怎么可能拼死相战，除非是六亲不认，敢于大义灭亲。折御卿是不是这种人，他也不知道。

回到中军御帐后，太宗没想着马上召见折御卿，他得自己先想想，出征前折御卿为什么不告诉他，自己与刘延郎的关系，他完全可以回避不去出战。可他在怕什么，折御卿会反？太宗皇帝不信！因为他没有造反的理由，也没有造反的本钱。那还能让他再去劝降刘继业父子吗？现在倒是有些担心起来，看来有些事还是不要知道的好，一旦知道了就由不得要犯心病，心病一犯事情也就不好办了！太宗放弃了独打单斗的劝降方略，下令大军全面压上开始攻城。

此刻，太原城里的后主刘继元也在犯着心病，跟太宗皇帝得的是一种病。他早就知道刘继业的家事，一直都没往心里去。因为折家军早在后周显德年间，就曾跟随后周、北宋两位皇帝前来攻打过太原城。当时，刘继业面对自己的岳丈折德扆，依然坚定不移地保卫着太原。现在跟那时又有何不同，只是中原的主子变了，可刘继业还是原来的那个刘继业吗？

折赛花、刘延郎回到城中不久，宋军便发起了大规模的攻城。守城与攻城又一次展开了持久的拉锯战。攻城的宋军办法不多，依靠着人海肉身死缠烂打。守城的北汉军却是老到得很，他们经历过无数次守城的狱火重生，有着众多的应对手段和有效的方法。宋军这波攻城又是持续的不间断，但终不见成效。

攻城无果，太宗皇帝突然又想起了折御卿，马上命人去宣。

不一会儿，折御卿来到中军御帐，见着太宗皇帝忙行礼叩拜：“微臣折御卿，拜见皇帝陛下，吾皇万岁万岁万万岁！”

“折御卿！”

“微臣在！”

“朕问你，你与那刘延郎是何关系？”

“回陛下，刘延郎是微臣的外甥。”

“那折赛花又是何人？”

“回陛下，是微臣的姐姐！”

“大胆折御卿，你可知罪？”赵光义一拍龙案大喊一声道：“刘延郎是你的亲外甥，折赛花是你的亲姐姐，而那刘继业便是你的亲姐夫了？”

“是的，陛下！”折御卿感到有点不对，忙解释说：“陛下，微臣原想见过他们之后再向陛下禀报此事，可是……”

“折御卿！”赵光义厉声打断他的话说：“现在朕的几十万大军正在那里浴血奋战，他们用生命和鲜血攻打太原城。而你，竟敢背弃朕意在战场上与他们私通，你可知罪？”

“陛下！”折御卿一听，忙跪拜在地说：“陛下，微臣确实没有！”

“来呀！把折御卿拿下！”赵光义大吼一声，几名侍卫亲兵应声进来，迅速将折御卿押住。

“冤枉呀陛下，微臣确实没有私通敌国。”折御卿力争道：“微臣只是，只是与他们……”当着众人面他不能再往下说了，因为此事关系到破城的机密，万一有人走漏了消息，破城无望不说，折赛花一家人的性命也将受到威胁。

“好，那你就说说。”

“陛下，当着众人的面微臣不能说。”

“有什么不能说的？”王侁站出来说：“这里都是朝廷的重臣大将军，你有什么不可告人的目的？”

“王大人，你这话是甚意思？”折御卿感到诧异，没想到平日里与这些朝中大臣无冤无仇的，竟然会有人想要加害于他。

“折御卿，你就不要再诡辩了。”王侁转身看着赵光义说：“陛下，折御卿战场御敌都是一枪毙敌于马下。但是，他跟自己的亲外甥刘延郎，竟然打了几十个回合不见胜负。”说着又转回身来看着折御卿问道：“你是不是有意在放纵敌人？”

“你……”折御卿被问懵了，愣了下马上辩解说：“你这是个甚意思？战场上武艺有高下之分，那刘延郎的武艺并不在末将之下……”

“好好好！就算刘延郎的武艺很高。”王侁打断他的话问道：“那你和你的二哥折御仁，与那折赛花、刘延郎四人在战场上拼杀，是不是你们几个人的武艺，也是一样的不分高下？你没有被挑下马去，那折御仁还有折赛花呢？一看就是一家人在一起操练比武，怕是有意要演给陛下看的吧！”

“王侁，你竟敢血口喷人？”折御卿怒吼道：“你竟敢妄断事实，在陛下和众臣面前，无中生有的加害于我……”

“差也，差也！”王侁又一次打断他的话说：“折将军，你我素无往来，无冤无仇，我为何要加害于你？我只是为陛下的江山社稷，为大宋的安危担忧！”

“陛下，微臣对陛下忠心耿耿，一片丹心可见！”折御卿不再与王侁争辩，“陛下，微臣冤枉啊，陛下！”

“陛下！”尹宪有点看不下去了，站出列说：“陛下，折御卿怕是……”

“爱卿，不必多言！”

“陛下！”李继隆忙劝说道：“这里面一定另有隐情，还望陛下能给折御卿一个解释的机会。”

“好了，不必再言！”赵光义打断他的话，摆摆手示意带折御卿下去。

完了！折御卿没想到他们会如此待他，这哪里是在问话，分明是想要了他的命。现在竟然连皇帝陛下也不再信任他，真是冤枉死了！

折御卿被侍卫亲兵押出了御帐，一太监匆匆跑了进来说：“陛下！折御卿的母亲路夫人前来求见。”

“她来干什么？”赵光义把头一扭说：“不见！”

“陛下，路夫人说，她在狐突山内擒获了刘继元派往辽国的密使。”

“那也不见！”赵光义不想见，是怕她来为折御卿求情。他心里很烦，不想再为这件事闹心，折御卿的事可以暂时放放回头再议。

“陛下！”尹宪忙劝道：“路夫人也许有要事禀报。”

“陛下！”李继隆正欲张嘴，被赵光义抬手打断，勉强地应了句说：“那就宣吧！”

“宣，路夫人觐见！”太监冲御帐外大喊一声。

路夫人匆匆进来，直接跪拜：“民女路氏叩拜皇帝陛下，吾皇万岁万岁万万岁！”

“起来说话！”

“谢陛下！”路夫人起身说：“民女斗胆前来面见陛下，只因我儿折御卿受到了怀疑，民女冒死前来陈诉。”

“路夫人，你想在陛下面前说什么？”王侁问。

“陛下！”路夫人并不看他，只是对着赵光义说：“折赛花是民女的女儿，折御卿的亲姐姐。刘继业是女婿，那刘延郎便是民女的亲外孙。民女的丈夫折德扆，原是太祖皇帝陛下亲任的永安军节度使；大儿折御勋曾为泰宁军节度使，小儿折御卿现是陛下的闲厩副使掌领府州。几十年来，折氏一族镇守边关，东抵契丹，西御蛮夷，折氏几代人都在为陛下，为朝廷忠诚效力，可谓是对陛下忠心耿耿，从未有过二心。恳请陛下明鉴！”

“这些朕都知道。”

“陛下！刘继业、刘延郎虽是民女的女婿外孙，但若对我大宋有害，威胁到陛下的江山社稷，妨碍了陛下一统华夏的大业。民女便断膊起誓，不徇私情，大义灭亲，亲手去铲除这几个孽障。陛下！民女愿以身家性命为我儿御卿担保，他绝不可能背叛陛下，背弃我大宋；他也绝不会干出此等背离列祖列宗，不忠不义之事。陛下！民女与府州折氏一族，愿舍命报国，报答陛下对我们折家的恩典与信任！”

“陛下！”听完路夫人的话，尹宪又忍不住出列说：“路夫人的肺腑之言，令人感动！折御卿也曾为陛下……”

“不必再说！”赵光义打断他的话，挥挥手示意路夫人出去。

路夫人看着太宗皇帝本想再说点什么，但见他扭转过头去不再理她，只好将到嘴边的话又咽了回去。

“民女谢过陛下！”路夫人再次向赵光义行礼谢恩，便退出了御帐。

帐外等候的索斌、芬儿见路夫人出来，忙迎上前，还没等他们说话，便被守候的侍卫亲兵给押送到了折家军营地。营地也已被御林军给封锁，任何人不经许可不得擅自离开营地一步。

羁押了折御卿，折御仁也被从营地中带走。好在没人知道路彦与他们之间的关系，才幸免此难。

“夫人！”见着路夫人，李子慧忙迎上前问：“三少爷怎么样？”

“陛下甚话都听不进去。”路夫人坐在凳子上说：“我总觉得事情不对，但也想不好是甚地方出了差错！”

“一切都是属下的错！”李子慧自责说：“是我没能及时提醒三少爷，忽略了大小姐的事。”

“先生不必自责，这里面怕是另有缘由。”

“夫人您看，我们要不要……”

“甚都不要做！”路夫人忙打断他的话说：“静观其变！”

“姑妈，这样怕是不行吧？”路彦说：“陛下都已经对二少爷、三少爷下手了，我们怎能就这样等着！”

“住嘴！”路夫人喝住他说：“以后不许这样说话。你们大家都听好了，从现在开始任何人不得再说此事。”

众人闭了嘴，但还是心里不服，可眼下又能有个甚办法呢？在这种关键时刻需要的是冷静！

路夫人心里清楚，现在不是做出决定的时候，无论如何都不能有劫持折御卿的想法。她在为府州想，为折氏想，如果真敢去抢回折御卿，那府州折氏一族便被送上了一条不归路。

这个结，怕也只能从皇帝那里去解。

第十七章
小怜孤胆救御卿　美慧夜闯太原城

折御卿被羁押的消息很快走漏了出去。第一个得到此消息的人，竟然是杨美慧。那日，在狐突山内抓获了北汉派往辽国的密使后，路夫人决定亲自押送去折家军营地。她十分担心战事的发展，迫切地想要知道折赛花的近况。原来没有充分的理由前往太原，现在有了。于是，她留下杨美慧等人原地待命，自己带着芬儿、索斌及二百轻骑出发了。

路夫人走了，杨美慧怎能甘心等在这里，她便带着秋儿、小壮子尾随跟进。当快要接近折家军营地时，突然发现营地已被御林军封锁，就叫小壮子前去打探消息。最后得到的结果是，折御卿、折御仁投敌卖国被抓了起来。

“真是胡说，折御卿卖国？！”杨美慧实在不敢相信自己的耳朵，大喊道：“要是折御卿卖国，那这天底下怕就没有谁不是卖国贼了！”

“小姐，你在这里喊有个甚用？”秋儿说：“人都已经被抓了起来，还是快想想办法吧！”

“本小姐能有个甚办法，伯母不是去见过皇帝老子了吗？”杨美慧烦躁地说：“她都没甚办法，本小姐又能干甚？”

“那好，那你就眼看着折御卿被他们处死吧！”

“胡说，皇帝怎么会杀了折御卿呢？他可是朝廷的大功臣。”

“大功臣？！甚个大功臣，是投敌卖国的大功臣吗？”秋儿急道：“我说小姐啊，皇帝都说他是投敌卖国了，那还不是死罪是个甚？”

“折御卿不能死，他若是死了，那本小姐该怎么办！”

“小姐，光在这里喊是没用的。”小壮子插道：“我们该想个办法救他出来。”

“怎么救，那里全是皇帝的御林军，怕还没等咱们到跟前，就已经被乱箭射成了蜂窝！”

“小姐，他可是你未来的姑爷！”

“知道！”

“那你不打算要这个姑爷了？”

“连命都没了，还要姑爷干甚！”杨美慧安静了，看着两人说：“所以说，我们必须马上想出一个既能救折御卿，又不死人的办法才对。”

“小姐，我们是不是可以考虑利用一下北汉军，他们有……”小壮子话没说完，便被秋儿打住说：“你疯了吗？这样干，那不真成投敌卖国了。”

“不是我们要投敌卖国，是那个狗皇帝。”杨美慧说：“小壮子说得对，我们想办法进太原城，去找我的伯父哥哥刘继业，叫他来帮我们救出折御卿。”

“小姐，这样干可真是叛国呀！”秋儿忙劝阻道：“就算是救出了折御卿，怕我们这一辈了都回不来了。”

“还回来做甚！难道还要为一个想杀你的皇帝卖命吗？”

“小姐，人家不是这个意思，要是真这样干了，折御卿怕也不能回府州了。”秋儿解释说：“人家是说，看能不能找一个两全其美的办法。既能救出姑爷，又不要去投敌卖国！”

“怕是没有，除非是皇帝愿意放了咱们家姑爷。”小壮子说：“现在无论是谁去救折御卿，他都将背上投敌卖国的罪名！府州折氏，也许会因此而被株连九族。”

“不会吧，那我们只能看着我的御卿哥哥去死了？”杨美慧蹦了起来喊“这个狗皇帝，他若真敢杀了我的御卿哥哥，我就去跟他拼命！”

“好了，小姐！不要再说那些没用的了。”

“那你们说本小姐该怎么办，怎么办怎么办呀？”杨美慧急得哭了起来。

天黑了下来，宋军也不再攻城，一天的战事结束了。刘继业开始视察守城将士的情况。刘延郎陪在折赛花身边，突然城下射上来一支箭，就钉在他们身边的柱子上。折赛花上前取下看了眼，忙收入怀中。

“娘，宋军是不是又送降书上来了？”

“延郎，你跟娘现在就回府去。”

“还是您和爹爹回去吧，让孩儿在这里守着。”

“叫你爹呆在这，你跟娘回去。”折赛花转身向城墙下走去，刘延郎看眼她，再看看不远处的刘继业，还是跟了下去。

回到刘府，折赛花从怀中拿出信函递给他说：“看看这个。”

刘延郎接过打开，上书：折御卿、折御仁被抓，说是与你们私通叛国，现被关押在御林军营地最边上的一座营帐内。

“私通叛国，舅舅被他们抓了？”刘延郎把信函递还给她问道：“赵光义会把他们怎么样？”

“娘也不知道，可这封信函来得有些蹊跷。”折赛花把信函在蜡烛上点着说：“是谁送的，为甚偏偏要送给我？”

“怕是他们已经知道了我们之间的关系。娘！我们得去救他们出来。”

“不急！这事得叫娘好好想想。”折赛花把与折御卿、折御仁当时见面的情景，前前后后想了个遍，也没想出个端倪。

“娘，今天在城下，你跟小舅都说了些甚？”

“延郎，娘叫你回来是有话要对你说。”折赛花看着他说：“你可知道，这太原城是守不住的。娘原想与你小舅密谋，劝降陛下……”

“啊！”刘延郎惊叫一声，折赛花说：“看你这点出息！”

“娘，孩儿不是，孩儿只是……”

“好了，现在认真听娘把话讲完。”折赛花严肃地说：“北汉完了，赵光义终将会打下太原城！为了咱们一家人的安全，我们就必须投奔大宋！”

“孩儿一切都听娘的，可是娘，若我爹他不答应呢？”

“没有选择，他必须答应！你爹是忠臣，如果陛下都答应了，他还能不答应吗？”

“孩儿明白了！”刘延郎正欲往下说，折赛花抬手打住他的话，猛然转身窜了出去。窗下正有一下人，朵贴窗户在窃听，折赛花疾速上前擒住他。刘延郎也随后跟了出来。

“是谁叫你来的？”折赛花问。

“没，没谁！”下人惊慌地说。

“是刘继元？”折赛花追问了句，下人不答。刘延郎一把掐住他的脖子问道：“说，是谁叫你来的？”

“是，是，小的不能说！”下人惊恐地看着他。

“延郎！”折赛花示意下他，刘延郎手一用劲便掐断了下人的脖子。两人迅速回到屋内。刘延郎问：“娘，为甚不问问是谁叫他来的？”

“不用问了，一定是刘继元。”折赛花说：“看来刘继元已经对我们不放心了。延郎，以后说话要小心了。”

“知道了！娘，我们现在怎么办？”

“咱们马上回到城墙上去，跟你爹在一起，一步也不要离开。”两人说着出了门。

御林军营帐内，折御卿、折御仁被分别绑在两根柱子上。

“二哥，对不起啊，都是因为我连累了你！”

“这算甚话！你我是亲兄弟，要怪就怪那皇帝老儿，真是忠义不分，老眼昏花。”

“二哥，你原来见过大姐吗？”

“她见过我，但我不知道见没见过她。”

“这又是个甚话？”

“大姐出嫁得早，如果要说我见过她的话，那也是我还被人抱在怀里，甚事也不知道的时候。”

“都这样了，还有心思说笑。”折御卿苦笑笑说：“今日跟延郎那小子一交手，发现这小子的武艺超群，竟然不在你我之下。如果这次他能逃过此劫，这小子将来定会是个威风八面的大将军。”

“你才多大呀，竟一口一个小子的叫。”折御仁说：“大姐的枪法也很了得，完全就是咱们爷爷的翻版。记得，当年爷爷教我折家枪法时，只告诉我一个‘快’字！他说这叫‘不格不挡，奇巧制胜。’真是受益匪浅啊！”

“所以，他就把咱们折家的人，全都变成了以快制胜的悍将。”

“咱们折家枪的快，可是有别于他人的。”

“二哥！咱俩倒不如现在来比试比试枪法？”折御卿来了劲头说：“咱们就用嘴巴出招，看谁的枪法更出奇。”

“三弟呀，这都甚时候了，竟还有心思谈论枪法。”折御仁笑了。

“那干甚，与其等死，倒不如咱兄弟俩在此大战一番。”

“好，三弟，二哥就跟你比上一比！听好了，二哥开始出招了。”

这哥俩，都是快要死的人了！竟然还会敞开胸怀，在这里比拼起折家枪法。

“二哥，甚声音？”折御卿竖起了耳朵听着，外面隐约传来马匹的奔跑和呐喊声。

“大概又是北汉军前来袭营了。”折御仁说。

“看来咱们这位大姐夫还是挺会用兵的。第一次来袭是天刚黑下来不久，借我军吃饭之机，一阵箭雨射完扭身就跑。”

“这个时机点用得好。”折御仁也夸道：“我军刚收兵回营，正在清点损失伤亡情况，在想吃口热饭之时，他来了！看来我军怕是要损失些人马了。”

“这第二次来袭，怕是要用火箭点燃我军帐篷了。”折御卿苦笑笑说：“但愿我军能有所防备！”

“这个时机点选的也不错！”

两人分析的没错，北汉军又来偷营了。第一次偷袭结束后，攻打了一整天城池的宋军，已人困马疲便早早进入了梦乡。刘继业带着北汉骑兵悄悄打开城门，兵分几路从三个方向突然袭扰宋军营地。北汉骑兵并不深入，只是在几个营地边上冲杀，用点燃的火箭射向宋军的营帐。一阵阵箭雨过后，竟燃起了一片片火海。宋军疲于阻击灭火，刘继业便带兵迅速撤离全部返回城去。北汉军的偷袭似一阵风，来得快去得也快！

“三弟，你说大姐夫会不会再来？”

“怕是在天亮之前还会有第三波偷袭！”折御卿判断说：“既然不想让我军睡觉，那就得不间断的侵扰。”

“第三次怕是难了，我军会派出斥候严密监视城门，一旦发现情况会马上进行反包围，围歼敢出来的北汉骑兵。”

“那要看是谁在用兵了。”折御卿思索着说：“换作是我，在第二次出兵时，后面就提前埋伏好几千骑兵在城外，然后不停地放出进攻的炮号声，惊扰我军。等到天将亮时，再次放响炮号，埋伏在城外的几千骑兵便突然冲杀过去……”他说着说着自己也笑了，“我们现在不知是在为谁打仗！”

“大姐夫未必会这样用兵。”折御仁也分析说：“这本是一种最为常见的用兵之道，不过你那提前埋伏于城外的骑兵，也许真成了一支出其不意的奇兵！”

两人正说着，突然听到身后传来了刀划帐篷的声响，紧跟着传来轻轻的叫声，“少将军！”

“小怜？”折御卿身子一紧，马上判断出来人是李小怜。

“少将军是我，我是李小怜。”李小怜“噌”地窜了进来，走到折御卿面前说：“我来救你们出去。”

“别，小怜姑娘别动！”折御卿忙阻止她，李小怜说“跟我走，外面已经备好了马匹。”

“三弟，走不得！”折御仁忙拦阻说“我们不能走，这一走怕就要成为千古罪人了。”

“什么罪不罪人的！皇帝都要杀你们了，还是活命要紧。”

“二哥说得对，不能这样走。”折御卿问道：“小怜姑娘，你是怎么进来的？”

“这都甚时候了，还问那么多。”李小怜看眼他说：“来得可不是我一个人，外面等着接应的可是你们的亲姐姐和亲外甥。走不走，你们自己拿主意吧？”

“三弟，这样怕就更走不得了。”折御仁急道：“如果我们真的跟着大姐去了太原城，那可真成了投敌卖国呀，三弟！”

“对不住了两位将军，本姑娘没有给你们松绑，是早已算定你们不会同意！”李小怜说着一抬手，帐外窜进几个蒙面汉子上前，将折御卿、折御仁两人用袋子套住头，捆住扛出了营帐。趁着北汉军偷袭宋营的混乱之机，众人迅速消失在夜色中。

李小怜怎么会到这里，不是已经回岢岚城去找她的表哥折令图了吗？那日，离开折御卿后，她并没有去岢岚，而是返身上了狐突山内的道观。在道观里住了数日，突感心中不安，便下山骑上马漫无目的游走，竟在不知不觉间接近了太原城。看着一眼望不到头去的宋军营地，她心感惊奇！怎么会来到这里？是天意，是一种下意识的举动，还是内心的渴望引领着她来到了太原城下。

看着远远的宋军营地，李小怜犹豫了，她不知道自己是不是该去找折御卿。能去吗，会不会显得过分唐突，哪有一个大姑娘家主动送上门去的？将来还不得让他小瞧了自己。正在李小怜犹豫之时，杨美慧、秋儿、小壮子骑马奔了过来。

“怎么又是她？”看见李小怜，杨美慧带住马匹嘴里骂了句，“这个死女子！怎么就缠住我家御卿哥哥不放了。”

李小怜也发现了过来的杨美慧几人，心感一震：“又是这死女女！怎么走到哪儿都能碰见她。”

“李小怜，你来这里做甚哩？”杨美慧来到她跟前，问道：“怕是又想去找我家的御卿哥哥了吧？”

“你家的御卿哥哥？”李小怜听她这样说，心里笑笑问道：“谁是你家的御卿哥哥，难道你说的是折御卿少将军吗？”

“别跟本小姐装糊涂，我可告诉你，折御卿是我未来的姑爷，你别想打他的主意！”

“折御卿知道吗？”李小怜挑衅地说：“他可是有婆姨的人了，你是想去给他填个二房做小妾吗？”

“李小怜！”杨美慧怒吼一声道：“本小姐警告你，我跟他早已订有婚约，而你算个甚？”

李小怜笑了起来，说："本姑娘才不想给他做小呢！"说完打马走了。

"你回来！"杨美慧紧着在后面喊，李小怜并没回头。

"小姐，得留住她，也许她还能给我们帮上忙呢！"秋儿忙在边上提醒，小壮子催马赶了上去说："小怜姑娘，小怜姑娘！"

"别来烦本姑娘！"李小怜冷冷地回了句。

"折御卿被皇帝抓了起来。"小壮子喊了声，李小怜一震勒住马缰问："甚，你刚才说甚？"

"皇帝说折御卿投敌卖国，现已被关押在了军营中。"杨美慧过来说："我们正在商议营救他的办法。"

"快说说，到底发生了甚事！"李小怜急切地问道："你们说折御卿投敌卖国？"

"不是我们说的，是皇帝老儿说的。"杨美慧说。

"别胡说了！"李小怜看看几人说："你们在开甚玩笑，折御卿卖国，那天底下还有谁不卖国？"

"没开玩笑！"杨美慧严肃地说："我们要救他出来，你去不去？"

李小怜看着几人一脸的严肃样儿，信了！当听小壮子讲述完事情的经过后，几人商量起来。

"你们几个想办法进太原城找折赛花，我去救折御卿出来。"李小怜安排说"完事后，咱们就在这里会合。"

"我们凭甚听你的安排。"杨美慧说。

"那好，我去太原城，你们去救折御卿。"李小怜又把话反着说了一遍。

"还是我们去太原城吧，刘继业是我的哥哥，我去了好说话。"杨美慧同意了她的安排，问道："你一个人行吗？要不，叫小壮子陪你一块去？"

"不用，一个人倒是行动方便。"

李小怜走了，杨美慧开始琢磨进城的方案。不知他们几人，怎样才能闯入被宋军严密封堵的太原城！直等到天黑后，三人来到最接近城墙的地方，看着水泄不通的城池，似乎无路可走。但他们又不敢太接近宋军，只能远远地看着。

"小姐，要想进城，怕只能穿过宋军的防线才能到达城下。"小壮子说。

"这样不行，怕还没等到跟前，我们就已经被乱箭射死了。"秋儿说。

"等他们吃完饭开始睡觉的时候，咱们再从宋军中间闯过去。"

"不行，那样还是死路。"秋儿担心地说："万一我们闯到了城墙下，他们不给开门怎么办？"

"那你就留在这里！"

"小姐，人家不是这个意思，人家是说……"

突然，他们看见一彪北汉骑兵从城中冲杀出来，正在吃饭的宋军一片混乱。

"走，我们跟着北汉军一块进城。"杨美慧跳了起来，翻身上马。就这样，他们三人跟着退回去的北汉骑兵跑进了太原城。刚进入城门，便有人发现了他们。

“你们是何人？”众军士将三人团团围住。

“我是刘继业，刘大将军的妹妹。”杨美慧大声喊道：“速去告知刘将军，我有要事相报！”

军士忙去叫来刘继业。他看着杨美慧问道：“你是谁，为甚找我？”

“大哥，我是杨弘义的女儿杨美慧！”

“啊！”刘继业一惊，紧盯着她问：“你真是我叔父的女儿杨美慧？”

“是我呀大哥！”

“延郎！”刘继业喊了声，刘延郎过来，他吩咐道：“这里不是说话的地方，带他们去见你娘。”刘延郎答应声，便带着三人去了刘府。见着折赛花，几人确认了身份，杨美慧急切地说出了来此的目的，和解救折御卿的方案。

“你能确定，那个叫李小怜的姑娘真能救得出御卿？”折赛花问道，杨美慧摇摇头说：“当时着急也没想那么多。”

“如果她救不出御卿，宋军就会严加防守，或者转移关押他们的地方，到时怕我们也很难再闯御林军营地了。”

“这可怎么办？我不能没有我御卿哥哥呀大嫂！”杨美慧此时显得十分脆弱，“大嫂，您快想想办法，一定得救出我的御卿哥哥呀！”

“妹妹不急！”折赛花劝慰了句说：“这事还得让你大哥出面才行，咱们走！”

几人离开刘府迅速到了城墙上。见着刘继业，折赛花把发生的事情告诉了他。

“侵扰侵扰还可以，但我军根本就无法攻入宋军营地。”刘继业说：“他们的皇帝也未必真要杀他，我军不能为此冒险。”

“大哥，我求你了！”杨美慧一下跪倒在了他的面前说：“妹妹虽没与大哥见过面，但大哥的威名早就铭刻在了妹妹的心中。现在妹妹冒死前来相求，只因那折御卿是我未来的夫君，你的妹夫。同时，他也是大嫂的亲弟弟，你的小舅子呀大哥！妹妹不能失去他，也不能没有他。”

“大少爷！您就帮帮我家小姐吧，我们也给您跪下了！”秋儿和小壮子也跪在他的面前。

“大哥，妹妹在这里给你叩头了！”杨美慧见刘继业没动，说着就要叩首，刘继业忙上前扶起她说：“妹妹不必这样，大哥尽力就是了！”

“夫君，你再带人出去侵扰宋军，用火箭射烧他们的营帐。同时派二千骑兵埋伏于城外，不要随你们进城。”折赛花迅速出着主意说：“我和延郎带二百骑兵去营救御卿，等我们返回时以炮号告知，你就命令伏兵出击继续侵扰宋军，夫君随后来接我们入城可好？”听罢折赛花的安排，刘继业点头首肯。折赛花回头看着杨美慧问道：“妹妹，你是跟着大嫂一块去，还是留在这太原城里？”

“去！就算是去死，我也要跟御卿哥死在一起！”

折赛花笑了。真要命，现在这女女可真不得了！

再说李小怜，天黑后她混进了宋军营地，在一营帐外偷了件军服，然后悄悄在军营中转了起来。

折家军营地内，索斌、路彦正在帐中商议着如何去营救折御卿，两人争论不休。

“现在根本就不是甚反不反的事。”路彦说：“你还记得不，显德元年，周世宗皇帝柴荣，要杀咱们家大少爷折御勋。当时，不是也打算去劫法场的嘛，当年咱们哥几个连皇帝的法场都敢劫，现在怎就怂了？”

“不一样了！那时候年少做事从来不想后果！”

“这算个甚话？现在我们就能眼看着三少爷被拉出去砍了？”

“怎么会呢，也许陛下只是想吓吓他们。”

“现在是打仗，执行军法是随时都有可能发生的。那好，你就在这里呆着吧。”路彦说着便要向帐外走，被索斌喊了回来。

“行了行了，你去，你现在去了又能干个甚？”索斌看着他叮嘱说：“你可想好了啊，这可是造反，一旦出去可就没有回头路了。”

“你还真像个婆娘！”

“有了！”索斌猛然想起什么说：“叫上马山林，咱们一块去，我倒是有个主意。”

“咱哥俩死就算了，做甚还要叫他陪咱们一块去死？”

“闭上你的驴嘴，听我把话说完。”正在这时，马山林领着李小怜闯了进来，索斌、路彦看到两人惊叫一声：“小怜姑娘！”

“我已经找到了关押少将军的营帐。”李小怜直截了当地说：“跟我去救出少将军！”

“马山林，这事你就不要掺和了，还是赶快回你营帐去。”路彦说着便把他往外推，马山林说：“哎哎，你这是甚意思？”

“是不想让你陪着我们一块去死！”

“我马山林怕死？为救咱们家三少爷，就算死也值了。”

“好了好了！你们两头蠢驴，还争个甚哩！”索斌打断两人说：“首先救出了三少爷，我们该去往何处？再一个……”

“那当然是回府州了！”路彦插道。

“不能回去！”马山林说。

“蠢驴！先听我把话说完了再插嘴行不？”索斌看眼两人，觉得跟他俩多说没用，便看着李小怜问道：“小怜姑娘，说说你的想法。”

李小怜把她跟杨美慧见面及商议好的事情说了一遍，索斌便在帐内思索了起来。

“这太原城能去吗？”

“不能！”马山林否定说：“这样就真成投敌叛国了。”

“先保住性命再说，什么投敌不投敌的。”路彦说。

“我们必须想出一个两全之策，既不叛国还得保全自己。”索斌说。

“天下哪有这样便宜的事？”路彦烦躁地说：“索斌，我看你就别再啰嗦了，还是赶快行动吧！”

“如果我们真敢去太原城，那么府州折氏怕就会跟着完蛋。”索斌不再理他，突然有了主意说：“有办法了。”

“快说！有甚办法？”路彦问。

“刚才小怜姑娘说，大姐折赛花会出城来营救三少爷，我们就跟着一块去。”索斌看着三人说：“咱们尽量多带些人。等进了太原城再想办法游说大姐，然后就在城内四处放火，趁乱夺取城楼，打开城门迎接大军进来。”

“这倒是个好办法！”马山林赞同说。

“虽说这样会有危险，但若成功，我们不但没有叛国，反而还为大宋立下了奇功。”

“那要是美慧姑娘没有进入太原城呢？”路彦问：“到时我们该去往何处？”

“还是太原城，不管大姐来与不来，我们都必须进入太原城。这是我们惟一的出路，只有进去了，夺取了城池，才足以证明我们折家军是忠君爱国的！才能保全府州折氏。”

“哈哈！”路彦看着他乐了，“真没想到，你这头笨驴竟会有此等谋略”

“快闭上你那张驴嘴！”索斌不与他计较，只是叮嘱说：“从现在开始，你们一切都得听从我的指挥。”几人应了声，迅速准备好家伙什，由马山林去挑选出几十名精壮亲兵，众人便开始了营救行动。

巧得很，当他们开始营救折御卿、折御仁的时候，正好是刘继业向宋军发起第二次袭击之时。几人扛着两人上了马匹，直奔约定地点而去。不给折御卿、折御仁松绑是索斌的主意，他知道两人决不会答应离开，只能用强绑的方式才能令二人就犯。很快众人就来到了约定地点，折赛花、刘延郎早已在那里等着了。

“大姐！我是路彦。”路彦忙上前介绍说：“这位是索斌，这是马山林。”

折赛花看眼驮着的两人问：“是他们？”

“是，怕他们不来，只好用这种办法了。”索斌忙解释。

“怎么能这样！”杨美慧见把折御卿装进了口袋里，忙上前去解绑，被折赛花喊住说“妹妹不要解，就听索将军的，等到了太原后再放他俩出来。”

“这样他们不是会很难受吗！”杨美慧还是想给他俩松绑，折赛花不再理她，只是看着李小怜问：“你就是李小怜？”

“正是！”李小怜忙抱拳行礼。

“好样的！”折赛花说完，催马带着众人向着太原城奔去……

第十八章
路氏一夜白了头　赛花智勇逼后主

话说趁着城外宋军的混乱，折赛花带着众人在黑暗中奔向了太原城。一切都是按照提前设计好的方案进行，路上也没有发生任何变故。折赛花等众人驮着折御卿、折御仁，在刘继业的接应下顺利进入城门。

宋军太宗皇帝的御帐内，潘美匆匆跑进来说："陛下！折御卿、折御仁被人给劫走了。"

太宗没动，静静地坐在蒲团上打坐。不一会儿，又有一将领进来说："陛下，折御卿、折御仁是被那折赛花和刘延郎劫持进了太原城，我军追赶并没能拦住他们。"

太宗依然没动，继续打坐。

"陛下！"

潘美见太宗皇帝闭目养神，不敢再说，只好示意边上的众臣退出去。

折御卿跑了！听到此消息，盘腿坐在营帐中的路夫人深深叹了口气。

"我的儿呀，你已经成了千古罪人！懦夫！你想要活命，可府州折氏一族上千号人的性命，都将要为你去殉葬，祖先创下的基业，折家的一世英名也全都毁在了你的手中！"

天要亮了，东方泛起淡淡的霞光，渐渐映红了一片天地。

端坐在御帐中的太宗皇帝，已是一夜未眠。不能睡！他还在等待，等待那令他振奋的消息。

"陛下，受降了受降了，陛下！"藩美大喊着跑了进来，太宗皇帝睁开双眼看着他。

"陛下！刘继元受降了！已派特使出城送降表来了！"

太宗"噌"地一下站起身，兴奋地说："好一个折御卿，真没有辜负朕望！"说着快步来到地图前，紧盯着道："做到了，朕真的做到了！这个顽疾小国，契丹人的附庸，今日终于回到了朕的大宋。"说完，他激动地冲出御帐，仰望远方，高声大呼："列祖列宗，你们都看到了吧？是朕！仅仅用了不到四年的时间，就完成了郭威、柴荣到太祖皇帝几十年都未能完成的事业。'幽云'！还有被那石敬瑭割让给契丹人的'燕云十六州'，朕！定要收回我华夏失去的每一寸土地。"

"陛下圣明！"众臣齐呼。

折家军营地内，路夫人依旧在打坐。芬儿跑进来喊道："娘，娘！刘继元投降了，听说是咱们家三少爷立的功！"

路夫人端坐着没动，心道："儿啊，你可太狠了，为娘差点儿就被你给吓死了！"她脸上已经挂满了泪珠。从地狱到天堂，这一悲一喜，似炼狱般的煎熬，竟令她一夜间白了头。路夫人身心交瘁，感慨万端，世上怎么会有如此大悲大喜之事！

"娘，娘！"芬儿盯着她的头发大喊，"您的头发，头发……"

路夫人什么也听不清了，身体慢慢地倒了下去，她实在是坚持不住了。晕了，路夫人真的晕了过去！

"娘，娘！"芬儿抱着她的身子哭喊起来……

话说当晚，折赛花、刘延郎在刘继业的接应下进了太原城，就直接去了刘府，折御卿、折御仁被从袋子里放了出来。

"御卿哥，你没事吧？"杨美慧关心地上前问了句，折御卿并没理她，只是来到折赛花面前说："大姐，我们的行动要快，不能给刘继元喘气的机会。"

"不急！"折赛花笑笑说："等你姐夫回来再动手不迟！"

"哎哎，你们这是在干甚哩！"折御仁盯着两人问道："大姐，你跟三弟是不是早就已经商量好了？"

折赛花笑而不答，折御仁回头看着折御卿说："三弟，你把二哥我当成个甚了，你是怕我真的会投敌卖国不成？"

"二哥二哥，对不住，对不住了！"折御卿忙解释说："当时是怕你不肯来太原，只能用这下下策，下下之策了。"

"你若告诉我实情，二哥怎么会不来？"

"是这样是这样，当时我跟大姐商量的是一回事，可是回去后事情却变成了另一回事。"折御卿忙解释着。

"甚甚甚，你们在说甚哩？"路彦插道："搞了半天，三少爷和大姐早就有了预谋，那我们哥几个不是白忙活了。"

"没有没有，你们几个还是听大姐说吧。"折御卿忙把事情推到折赛花身上。

"事情是这样，今天在战场上我跟三弟约好，叫他回去后找你们的皇帝要份手写的劝降书，明日再来城下与延郎挑战。"折赛花看看几人说："可我不知道为甚，你们俩会被赵光义以投敌卖国罪给抓了起来。"

"那是我跟皇帝陛下商议的苦肉计。"折御卿看着索斌、路彦和马山林笑笑说："要不是有你们几个老哥哥出来帮忙，怕这计策就实现不了了。"

"嗨嗨！我怎么越听越糊涂了，甚是个苦肉计？"路彦问。

"好了好了，听我把话说完。"折御卿向大家解释说："记得不，咱们与大姐分手回到营地，我就一个人去面见了陛下。当我给陛下说完了大姐的方案后，皇帝陛下马上定了这出苦肉计，说我跟二哥投敌卖国。其实这话是说给太原城里的人听的，是为我们以后进入太原城铺路。陛下想要叫大姐把我跟二哥救进太原城。然后会同大姐夫、延郎一块强逼刘继元受降。”

“我的个妈妈呀，三少爷呀！你跟陛下演的这出戏，真把大家给吓死了。”索斌埋怨道：“你早该说一声呀，别再让我们老哥几个担惊受怕了好不好！”

“这个计谋也太过冒险，万一我们不来呢？”折赛花问：“你们又该如何行事？”

“只要有人能把我们俩送到太原城下，大姐夫就一定会开门迎接。”折御卿看眼索斌、路彦、马山林说：“我们俩要死了，这几个老哥哥怎会甘心！可令我没想到的是，小怜姑娘和美慧姑娘也会参与进来。”

“照你这么说，救你时，是御林军有意放我们走的？”李小怜问。折御卿点点头，李小怜一巴掌打过去说：“你个该死的折御卿，本姑娘还以为这次会把命给搭上了呢，你们竟然是在耍本姑娘！”

“哎哎，你怎么又打我家御卿哥哥？”杨美慧上前看眼李小怜，再扭头盯住折御卿，猛然抬手打过去说：“该打，来小怜妹妹，咱们姐妹俩今天得好好揍揍这家伙。”折御卿站着没动，任凭两个姑娘在自己胸前乱捶。杨美慧已经不再吃醋，见李小怜能舍命相救，已心存感激，跟这样一位爱的连命都不要的姑娘，还扛的个甚劲！

“闹够了吧？”折赛花笑着打断她俩，看着折御卿说：“该干正事了。”

“大姐，一切听从您的安排。”

“好，那大姐就不客气了。”折赛花下令道：“延郎，你带上咱们的自家亲兵，等我们进入皇宫后，立即封锁宫门。禁军将领是咱们的人，告诉他只准进不准出，违抗者杀！”

“明白！”刘延郎应了声。折赛花看着折御卿几人说：“你大姐夫不知道咱们是要去逼宫，到时听我的指挥行事！”

“是！”众人答应声，折赛花说：“都带好家伙什，随大姐和姐夫一块去面见刘继元。”众人出了刘府，刚巧刘继业骑马奔了回来。

“夫君来得正好，我们正要去找你。”折赛花忙迎上前。折御卿、折御仁等众人上前行礼：“见过大姐夫！”

刘继业翻身下马，来到折御卿几人面前问：“你们哪个是折御卿？”

“是我！”折御卿上前一步说：“大姐夫，我就是折御卿。”

“好小子！你那枪法好生了得，姐夫回头定要与你比个高下！”刘继业喜欢武人，尤其是见着武艺高强之人由不得就想亲近亲近。可他此时说出这话，竟叫边上的人感到惊奇。

“姐夫的威名早已远扬，弟弟那点……”

“都甚时候了，还有心思相互吹捧！”折赛花打断两人说：“二弟、三弟还有这几位折家军的弟兄们，是因宋皇帝要杀他们所以才投奔陛下而来。”

“好样的！到了我太原，本将军就一定不会亏待你们！”刘继业看着几人，正要张嘴，又被折赛花打断说：“夫君，三弟有要事相报，必须马上去面见陛下。”

“天色已晚，还是等天亮后再去吧！”刘继业一口回绝。

“不行，此事耽误不得！”折赛花解释道：“事关太原城的存亡，必须马上去，晚了怕就来不及了。”

“甚事如此重要？”刘继业犹豫了，折赛花说：“夫君，这事也关系到我们自己的生死，你还犹豫个甚？”

“好！”刘继业听她这么说，也就没去多想，因为他太相信自己的婆姨了。

这里动静搞得如此之大，刘继元怎会听不到一点儿风声。他早已预感到事态的严重，迅速召集来亲信大臣，并派出数百弓箭刀斧手隐藏在院内和大殿后，以防不测，一旦发现不对，无论是谁统统砍了再说。在这战事吃紧之时，刘继元压根就无法入眠，整日烦躁不安，在大殿里转来转去，脾气就越发的暴虐，身边的丫环太监稍不如意便被无端砍了。真的顶不住了！北汉二十来年的好运怕是要走到了尽头。

这时一太监跑进来说：“陛下，刘继业前来求见！”

“甚事？为甚要深夜前来！”刘继元狂躁地摆摆手说：“不见，叫他明早再来！”

“陛下，刘继业可是……”太监的话没说完，刘继业一人闯了进来。

“陛下，老臣冒死前来，是有要事相报。”刘继业行礼说：“请陛下恕罪！”

“皇兄无罪！”刘继元忙上前问：“皇兄深夜前来，有何要事？”

“老臣的内弟折御卿，今夜已经投诚进了太原城，现正在外面等候陛下的召见。”

“这……”刘继元犹豫了，实在吃不准他们的来意，忙推辞道：“既然是皇兄的内弟，那就由皇兄自己安排就是了。朕累了，你下去吧！”

“陛下！”刘继业还想争取，只见刘继元摆摆手转身向里面走去。

“陛下请留步！”听到喊声，刘继元回头见折赛花带着折御卿、折御仁等人闯了进来，心下一惊！太监忙上前拦阻，被她一把拨向一边说：“陛下！折御卿带来了宋皇帝的手书，想请陛下过目！”折赛花直截了当地说出了来意，既然箭矢已发，已经没了回头之路。

“皇嫂！你这是……”刘继元突感事情不妙，想跑！他看看大殿左右一抬手，百十名弓箭刀斧手冲出，就在这一刹那间，折御仁果断出手了，闪电般地窜出一把擒住了刘继元。路彦、索斌、马山林也迅速围在他的身边。

“反了反了！”刘继元惊呼着，边上的弓箭刀斧手，看着已被控制住的刘继元，不知该如何是好了。

“住手，都快住手！”刘继业没想到事情会是这样，震惊之余忙出面阻拦。

“夫君放心，他们不会伤害陛下！”折赛花拦在他的面前说：“御卿有话对陛下说。”

折御卿看着刘继元，再看看身边的百十名弓箭刀斧手。刘继元明白，大喊一声："退下！"弓箭手收弓退向一边，折御仁同时也放开了刘继元。

"我大宋皇帝陛下，派我送来一份劝降书，请过目！"折御卿拿出劝降书递了过去，刘继元接过打开看着。

"这，这……"刘继业倒是有点儿傻了，他真不明白到底发生了甚事，不是来投诚的嘛，怎就突然变成了劝降？看这架势又哪里是来劝降，这分明是在逼降！

"我大宋皇帝陛下说了，只要你肯打开城门受降，定保你后半生的荣华富贵，锦衣玉食。"折御卿威严地看着他说："是受降，还是让我们押着你去见大宋皇帝？你可要想清楚了，一个是俘虏，一个是降臣，俘虏也许会被砍头或是终身坐牢！"

"陛下，这一切都是老臣的错呀，陛下！"刘继业突然跪倒在刘继元面前说："陛下，是老臣，老臣不该……"

"闭嘴！"折赛花厉声喝住他说："夫君啊！你怎么会如此的'蠢忠'，现在天下大局已定，北汉气数已尽。难道你还真要做那愚蠢的'忠臣'吗！夫君啊夫君，听我一句话。良将择主而事，贤臣择主而佐，你是栋梁之才，你和延郎将来必定会有更多的用武之地。"刘继业哭泣着跪地不起。

"罢了罢了！"刘继元终于作出了决定，深深地叹口气说："那就送降表给赵光义吧！"

"陛下！"刘继业大喊一声："陛下，是老臣是老臣……"

"皇兄，朕再最后叫你一次皇兄！"刘继元过来，拍拍他的背说："降了吧，还是降了的好！我累了，我已经不再想当这个皇帝了。起来吧刘将军，准备准备天亮后打开城门，随我一起，一起……"说不下去了，刘继元疲惫地瘫坐在地上。

太平兴国四年（即公元979年）五月初五，在宋太宗赵光义大军的强势攻击下，经过数月苦战，北汉终于投降了！这个五代十国中的最后一个割据政权，在经历了二十八年的风风雨雨后，最终结束了自己的历史使命。

受降仪式是在太原城北的连城台上举行。太宗皇帝率领诸位将领坐在台上，刘继元带领北汉全体官属，身着素衣纱帽在台下俯伏请罪。太宗皇帝当即封刘继元为特进、检校太师、右卫上将军、彭城郡公，并赐给京师甲第一区，每年都优加赏赐。受降后的刘继元锦衣玉食，乐不思蜀，于淳化二年寿终正寝。

太宗皇帝同时授刘继业为右领军卫大将军，后复姓杨氏，单名一个"业"字，即为杨业。刘延郎自然成了杨延郎，即杨六郎是也！

受降仪式后，折御卿匆匆跑向路夫人营帐，兴奋地冲入帐内大声喊道："娘，孩儿回来了！"

路夫人睁开眼睛看着他，折御卿来到跟前，她突然一巴掌打过去说："你个混帐东西，娘的命就差一点儿跟着你去了。"

“娘，您的头发，您的头发……”折御卿看着她，猛然跪倒在她的面前说：“娘，都是孩儿，是孩儿……”

路夫人抱着他的头说：“这可是要诛灭九族的啊孩子，我的儿呀！你和陛下演的这出戏，若再不结束，怕你就再也见不到你的亲娘了！”

“娘，都是孩儿，是孩儿对不住您，是……”

“我儿没错！娘知道，这是天大的秘密不能说，你是不能说呀！”路夫人一把扶起他，双手搬住他的肩头说：“扛硬，我儿扛硬！也只有我儿才能完成如此伟大的使命！”

折御卿哭了，他没有想到此次的行动，竟会让自己的亲娘为他担惊受怕到这种程度，竟然会操心到一夜间白了头。罪过呀，折御卿深感自责！

“御卿，你的姐姐、姐夫和延郎怎么样了？”路夫人突然问道。

“请娘放心！陛下已经敕封了大姐夫。”折御卿忙将受降仪式上的事说了一遍，路夫人喃喃道：“没事了就好，没事了就好！”

“娘！”折御卿看着她的样子，急问：“您哪儿不舒服吗？”

“没事，娘只是想你的大姐和延郎了。”

“娘，以后您就不用再为大姐他们担心了，现在大家都在一个朝廷，而且大姐夫也已是陛下的大将军了。”折御卿安慰说：“大姐夫是降将，暂时行动不便，等一切都过去后，大姐、延郎一定会来看您的。”

站在边上的芬儿、杨美慧和李小怜看着他们母子二人亲切的交流，不知暗暗陪着流了多少眼泪。李小怜不忍看下去，便转身出了营帐，杨美慧见她走了，也随后紧跟着追了出去。

“哎，李小怜！”听到喊声，李小怜站住转回身来看眼她说：“我现在没心思跟你打架！”

“要是本小姐有呢？”杨美慧挑逗着说。

“你可真是烦人！”李小怜转过身去说：“有这闲功夫，还是回去多陪陪你家的御卿哥哥吧！”

“为甚只要我一个人去陪，那你干甚？”

李小怜内心一震，这是甚话！？紧接着又听杨美慧说：“小怜妹妹！是姐姐，是姐姐不好，我不该……”

“别，甚都不要说了！”李小怜打断她的话说：“姐姐没错！是小怜，是小怜无知，小怜这就告别姐姐，我这就走，这就走！请姐姐放心，放心！我李小怜，李小怜从此以后再也，再也……”她语无伦次地说着，疯了似地向前狂奔而去。

“不可以，妹妹，你不可以这样！”杨美慧喊着追上前……

“哎，这两死女女又在做甚哩！”芬儿出来看见两人在狂奔，迅速翻身上马追赶上去。

这俩姑娘跑得还真快，眨眼间便窜入了边上的一片梢林中。芬儿奔进梢林，四处查找也没发现两人的踪影，便掉转马头往回返。忽然，在一片青绿的芳草丛中，看见了一红一白的两个身影。她带马细看，只见赤红着装的杨美慧与一身素白的李小伶，正在亲切交谈，两人竟然是手拉着手亲密无间了。芬儿笑了，真是两个“死女女”，怎会打着打着就好了呢！

“圣旨到！”

突然，帐外传来太监的喊声，路夫人等人忙起身跪拜接旨，太监进来宣道：“门下：折御卿打岢岚，取宪州，击败狐突山辽国援军，苦肉计逼迫刘继元出城受降。为彰其功，升任折御卿为崇仪使知府州知州！钦此！”

“谢主隆恩！”折御卿忙叩首谢恩。

“路夫人听封！”太监接着喊道，路夫人一愣忙又行礼：“民女路氏听旨！”

“门下：府州路氏，原我朝永安军节度使折德扆之妻；其长子折御勋曾为泰宁军节度使，次子折御卿即本朝崇仪使知府州。路氏贤德聪慧，相夫教子，深明大义，实乃妇德之典范。为表其功德，特敕封路氏为从二品‘诰命夫人’！钦此！”

“谢陛下隆恩！”路夫人叩拜：“吾皇万岁万岁万万岁！”

太监走了，路夫人拿着圣旨的双手在微微颤抖，这是多大的荣誉！这份荣誉来自她的夫君，来自两个为国争光的儿子。也是大宋皇帝陛下对折家的信任，对折氏一族忠心为国的肯定。路夫人被感动了，心中默默念叨着：“夫君呀！你有两个好儿子，他们为我们府州折氏争得了无限的荣耀！”

分别了三十多年后，折赛花第一次见到了自己的母亲，母女相见抱头痛哭，哭的是一塌糊涂，且地动山摇！

“娘，您这头发。”折赛花抚摸着她的头发说：“怎么会白成了这样？”

“那还不都是想你想的。”路夫人笑笑说：“那年你跟随杨业来太原，娘可没少跟你爹发脾气。那时你还小，孤身一人又远离家乡，而且还是要去敌国北汉当人质，身边竟连一个亲人都没有。当时娘那个心疼呀！唉！这一晃竟已过去了三十多年。记得你爹在世时曾经跟娘说，等平定了北汉后就一同前来太原城看你。现在娘终于见到了你，可你爹他……”

“娘，是女儿不孝。女儿早该回府州去看望你跟爹爹的。”折赛花说着便跪倒在地，“女儿不孝，是女儿对不起娘和爹爹！”

“快起来，快起来！”路夫人要扶她起来，折赛花不肯，继续跪着说：“娘，女儿在这里给您老人家赔罪了！”说着便叩了几个响头，路夫人看着她已经泪流满面了。

“延郎，你过来。”折赛花看眼边上杨延郎说：“快过来给你外婆磕个头。”

“外婆在上，孙儿延郎给您老叩头了！”杨延郎听话的叩拜。

“够了够了，乖孙儿快起来！”路夫人拉起他们母子，坐在自己的身边说：“能够见到你们母子平安，娘这心啊也就放下了。”

杨延郎见母女俩话说，觉得不自在便一个人悄悄退出了营帐。

“娘，您可要多多保重身体，女儿有机会就常回府州去看望你老人家。”

“不用了不用了！你有这份孝心就足够了。”路夫人拉起她的手，亲切地说：“看看你，这年龄也不算小了，都已经是拖家带口的人了，娘又不在你的身边，你也须要保重好自己的身体呀！府州家里有你的弟弟御卿在，还有你的几个外甥，一切都好，你就不必为娘操心了！”

“娘！”折赛花一头依偎进路夫人的怀中说：“女儿也想您呀！”

“想娘？”路夫人笑了，看着她认真地问：“当年你跟重贵在那‘七星庙’里，私定终身时，怎么就没有想到娘啊？”

“娘！”折赛花娇嗔地喊了声。

“好了好了！娘今天能够见到你和延郎，就已经心满意足了！”

这母女俩，竟是彻夜未眠地拉了一个晚上的话！这三十几年的思念之情，岂能是一个晚上就能说完的！

杨延郎独自坐在帐外闷闷不乐，一个降将能有甚高兴的事！在这折家军营地里，不管见着谁他都小人一辈，觉得很不自在。小舅折御卿要他去府州，他不肯，他只想跟自己的父母在一起。

征伐北汉的战争结束后，在大军离开之前，太宗皇帝颁旨改太原为“平晋县”，并要焚毁晋阳城。

太宗为何要摧毁这座历史古城？据传，晋阳自古为帝王的龙兴之地，也是割据政权反抗中央政权的所在地。晋阳是“龙脉”，因其地形险要，城高池深，易守难攻，加之百姓习于戎马，人性劲悍，难以掌控。太宗惧怕此地再出割据政权危害中原，同时又愤恨晋阳城军民的长期顽强抵抗。说这里为“盛则后服，衰则先叛”，遂以晋阳与开封星宿不合为由，下诏毁城。据说，当时仅迁出了城中的士绅富户于开封、洛阳等地，便开始火烧其城，城中老幼被烧死或踩踏致死者不计其数，其状惨不忍睹。随后又征伐数万民众，去削平晋阳北部的系舟山山头，名曰“拔龙角”。并下令决开汾水、晋水冲灌城池废墟，禁止任何人在晋阳城废墟中居住，彻底将其摧毁。

这座始建于春秋周敬王二十三年（即公元前497年）的千年古城，在历经了秦汉、三国、南北朝、隋唐、五代十国后，最终于太平兴国四年（即公元979年）毁在了宋太宗赵光义之手。

收复北汉后，太宗不听众大臣的劝阻，亲率身心俱疲的宋军，执意继续北征攻取“幽州”（今北京）。结果兵败高梁河，被辽将耶律休哥两箭射中大腿，乘坐驴车狼狈逃窜，竟差点儿丢了性命。高梁河一战，辽军大获全胜，宋军损失一万多人。据载：被辽军俘获的马匹兵仗、符印、粮馈、货币不计其数。

此战役，折御卿带领的折家军并未跟随参战，而是奉命返回了府州。

北汉灭亡，身边的宿敌被清除，平日里不断发生的侵扰战事少了许多，除了严防北面的契丹和西面的夏州拓跋氏外，府州一下子安静了许多。为开通道路，朝廷出资在府州与岢岚之间的黄河上架设了一座浮桥，从此便打开了府州与中原之间贸易往来的大门。

府州盛产良马，是中原朝廷的主要战马供给地。这里人口蕃汉杂居，群羌小族众多，有浪族、浪王族、落泥族、细母族、路才族等八大族。多则数千人，少则几百人，大多以放牧羊马为生。基本上是靠用马匹来换取所需的绢、茶叶等生活物资，其余不足，往往靠抢掠打劫周边的百姓。为保百姓平安，在折御卿的父亲折德扆执掌府州时，就与这些群羌小族达成约定，每年由州府出资给予他们一定的补贴。这也是没有办法的办法，如不安抚，他们就会不停地生出事端，侵扰得百姓无法生活。用军队去剿灭，怕是灭不完的，搞不好还会把他们逼向契丹或夏州的拓跋氏，反而会给府州造成更大的麻烦。要说这笔开支并不算小，朝廷不知道，知道了也不会管，折氏只能从州府拿钱来摆平他们。

近日，周边的群羌小族极不安生，时常侵扰百姓，搅得人心不安。浪族首领便带头召集各部族首领，要求州府给他们加钱，说原来给的钱太少已经活不下去了。得此消息，折御卿便与李子慧等人商议决定，请各部族首领来府州吃饭，想先礼后兵，恩威并重，如果到时还有谁敢给脸不要脸的话，再出手收拾也来得及。

没过几天，派往各地的斥候都返了回来，只有两个小族首领说，浪族来他们就来。浪族首领更是嚣张，他让斥候传回话来说："既然是请他前去赴宴，那就叫折御卿亲自来请，这样才算有诚意。"

"这浪族首领也太不知好歹，竟敢此等嚣张！"路彦火了，说道："三少爷，还跟他谈个屁呀，这小子自不量力，请他吃的个甚饭，倒不如让末将带人去剿了他便是。"

"路将军怎会如此烦躁。"折御卿笑笑说"这些个家伙是打不完的，今天灭一个浪族，明天又会出来个浪王族。还是依先生之计，先礼后兵吧。"

"少将军不可依着他，一个小小的浪族也敢如此无理。"索斌说："此头一开，怕是会影响到别的小族，若照此下去，我们今后就难办了。"

"索将军多虑了！"折御卿自信地说："他叫我去请，那我就去请。我倒要看看他有多大的牛气。"

"三少爷说得对！"李子慧赞同道："咱们真该到他的老巢去看看，这个浪族凭甚敢与我府州抗衡。"

折御卿没有想到，这小小的浪族，还真是铁了心了要跟他们叫板斗上一斗。

第十九章
师太解开心中结　诗瓢巧中少将军

浪族当然不敢与府州直接抗衡，仅凭区区三千来号族人，怎扛得住折家军轻骑。但此次有些不同，浪族的居住地就在府州与辽国交界处的山洼之中，这里沟壑交横，地势险要。浪族首领浪波牙三十来岁，体魄强壮，健壮似牛。他曾提出要与府州折氏联姻，想迎娶折御仁十六岁的女儿折艳春，遭到拒绝，从此便耿怀于心。在接到折御卿宴请之前，他已经接待了辽国北院枢密使韩德威的秘密特使，辽国许以金钱物资，要他充当契丹人在府州的秘密前哨。

真是挡不住的诱惑！浪波牙答应了韩德威。有契丹人撑腰，他便想着给新主子一个惊喜，决定干一票大事，眼睛竟然瞄向了折御卿。

浪波牙知道折御卿的厉害，可他不服。觉得这小子只是命好，降生在了那个府州折家。如若他能有几万人马，定会比折御卿玩得更好。浪波牙有野心，想壮大自己的实力，他不想只当一个仅有几千族人的首领，而是想统领周边的各部族，来当一个大大的首领，更想称霸一方。现在有了契丹这座靠山，他似乎看到了希望。契丹人怕折御卿，但他不怕！契丹人想要折御卿，那好，我就把他抓来送给你。浪波牙太过自大，觉得只要折御卿敢踏进他的浪族山寨，定当活擒！

折家军离开太原时，李小怜还是不辞而别了，折御卿曾经派人找过她，但最终没有结果。杨美慧倒是不离不弃，因为她的目的很单纯，只要能进折府嫁给折御卿，什么妾不妾的她才不在乎呢！所以整日围绕在路夫人身边，自不必提。

李小怜悄悄走了，一个人回到了道观，整日闷闷不乐，独坐屋顶仰望苍穹中那条孤独的鱼。她不吃不喝，心中万分纠结，纠结的最终让自己病倒了。等她从昏睡中醒来，竟然发现清慧师太就坐在榻边。

“师父，怎么会是您在这里？”李小怜想要坐起身子，被清慧师太按住说：“世间万物终因摆脱不去一个‘情’字！”

“师父，小怜不是……”李小怜欲辩解，清慧师太打断她的话说：“去府州吧，你本就不该留在这道观之中。”

“可我……”李小怜不知该如何回答。

“扪心自问，是尘，是缘，还是割舍不去？起来！”清慧师太站起身向屋外走去。李小怜支起身子，慢慢跟了出去，见她已经坐在了屋顶上。

“上来吧！”听师太叫，李小怜便上去坐在她的身边，清慧师太说：“我知道你整夜都在这里看着那条鱼。”

“师父怎会知道？”李小怜十分好奇地问：“小怜从未与人说起过。”

“那是条甚鱼？”清慧师太并不回答她的话。

“是条孤独的鱼，没有伴也没有朋友！”

“你再往鱼身的下面看。”清慧师太引导着问：“看到了甚？”

“呀！师父，那里，那里还有一条鱼！”李小怜惊讶地说：“是两条，是两条首尾相连的鱼。”

“那是双鱼宫木德星君，原本就是一对，首尾相接阴阳相合！”

“师父！我怎么，怎么就……”

“叫师太，你我师缘已尽，我已不再是你的师父。”

“师父，可小怜……”

“找他去，不要一错再错，以免成为终身憾事！”

“师父，您这是要赶小怜走吗？”

“孩子呀，我是在为你着想啊！”清慧师太看眼她有些不忍地说：“真是罪过呀罪过！有些话本不该讲，但你现已不再是我的徒弟，说说也无妨。”李小怜静静地听着，清慧师太说：“记得那年，随我父亲离开了路夫人的家前往府州。没想到路途遇上了契丹人，父亲和我身受重伤，带去的家人和随从也全被契丹人所杀害。后来我们被青翠庵住持所救，因为父亲伤势过重，没过多久便过世了。我从小就没有母亲，家中也没有一个男丁。父亲去世后，我便留在山上为父亲守灵。真可谓是家破人亡啊！当时我已万念俱灰，恨不能跟随父亲一块去了。青翠庵的师太人很善良，对我耐心劝导，也不嫌弃我，就这样我在山上为父亲静静地守了一年孝。”清慧师太顿了顿不再往下说。

“后来呢，后来您去没去府州折家？”李小怜急切地问。

“去了！记得那一天刚到府州城外，就听说折德扆大婚。等我赶到折府门前，送新娘子的花轿也到了门口。当那新娘子下花轿时，刚巧吹来一阵风掀起了盖头，我惊讶地看到了一张熟悉的脸。”

“是谁，是路夫人吗？”李小怜插道。

“正是她，正是我那个好妹妹路夫人！”清慧师太苦笑笑说：“罪过，罪过！我怎会跟你讲这些事。”

“那，那还有后来呢？”

“没有甚后来！”清慧师太站起身说：“问问自己的心吧，割舍不下，那又为甚要割？”说完她走了。李小怜却愣愣地坐在原地，抬头仰望着那条叫她感到孤独的鱼。真的不是一条，是两条，明明是两条令人看得到希望的鱼！顷刻间，李小怜浑身上下充满了活力。第二天一大早，她告别清慧师太便下山去了。

“清泉寺”位于府州东北部，是这里最具规模的寺庙。有大山门、钟鼓楼、念佛堂、五观堂、大雄宝殿、地藏王殿、观音殿等梁架斗拱样式的独特建筑。

梁玉儿，是个十六七岁的俊美姑娘，此来清泉寺是替母亲还愿。拜过佛堂，行过法礼，为母亲还完愿后，她也想为自己许个愿。丫环岚儿拿过纸墨，她把宣纸撕成手掌般大小，用娟秀的蝇头小楷写下了心愿。待纸墨干后，又叫岚儿拿过一个不大的葫芦，将纸折成小条，拔出塞嘴将纸条装入葫芦肚中盖好，便转身出了大殿。

门外站着几名家丁随从见她们出来，忙跟了上去。梁玉儿谁也不搭理，只顾自己匆匆出了山门，岚儿从后面紧着追上问道："小姐，你这是急着干甚哩？"梁玉儿不理她，只是站在小路上四处张望。

"小姐，你这是在找甚？"

"不要多问。"

"小姐，你刚才许了个甚愿？"

"不能说，说出来就不灵验了。"

"既然许了愿，那就该把葫芦放在寺庙里呀，为甚还要带出来？"

"本小姐许的愿，不能放在寺庙里。必须得放入河流或者小溪里才成。"梁玉儿说着自语起来，"奇怪呀，刚才上山时明明看到一条小溪，怎么现在找不到了呢。"

"小姐也真是的，你的脚下不是条小溪吗？"岚儿指着她脚下被蒿草掩盖住的一条小溪说："这小溪的水也太少了，葫芦放进去怕也漂不走的。"

"那有甚关系，我们可以顺着小溪往下走，也许就会找到宽一点的地方。"

"小姐，你看看这曲里拐弯的山石，要是葫芦被卡在石头缝里面了呢，那还不是永远都不会漂到下面去了吗？"

"不会的，葫芦怎么会被卡住呢。"梁玉儿自信地说："等着上游下来的水大了，就算是卡在石头缝里，也还是会被大水冲到下游去的。"

"那要是被卡在一个死窝窝里了呢？你看看这山野，有谁会到这里来呢？那要是一辈子都没有……"

"你怎么也会如此贫嘴！你该不是想说，本小姐这个葫芦白放了？"

"人家可不是这个意思嘛！人家是说，既然小姐已经许了愿，还想叫有缘的人看到，那倒不如把葫芦就挂在路边的小树上，那里不是经常有人来往嘛……"

"又瞎说了，本小姐许愿是为个甚？万一过来的是一个老头、一个樵夫，或者是一个农夫呢？"

"哪会那么巧呀！也说不定还是一个骑着黑骏马的俊后生呢。"

"最好还是个节度使，或者是个小王爷那不更好！"

梁玉儿笑了，走到一陡坡前，将手中的葫芦顺着小溪的水面放了下去。那葫芦便直向下滑落，依顺着山间的小溪拐个弯，不见了！

"小姐，我们现在去哪儿？"随从过来问。

"这清泉寺离府州城有多远？"

“大约二三十里吧。小姐，现在时辰尚早，如果我们路上不耽搁，也许天黑前便能赶到府州城了。”

“那好，我们就赶往府州。”

梁玉儿放下的葫芦并没有顺着小溪漂去，而是被水流冲得弹飞起来，在山间来回蹦跳着翻转，飞落直下。

此时的山下，折御卿、李子慧、索斌、路彦还有小壮子带着百十名轻骑，正行进在山间小路上。小壮子身体强壮，且武艺高强，在跟随杨美慧来到府州后，就被折御卿收留在了身边。

折御卿突然感觉头顶上有什么东西飞落而来，忙勒住马缰抬头看去。只见空中有一物直冲脑袋砸下，他疾闪身让过，快速伸手抓了过来。原来是一个葫芦，折御卿笑了。

“三少爷，没事吧？”李子慧过来问。

“不知何人扔下个葫芦。”折御卿说着把手里的葫芦递过去，李子慧接过看看说：“是诗瓢。”

“诗瓢？！”折御卿不解地问道：“甚叫诗瓢，不就是一个葫芦吗？”

“是葫芦不假，可这不是一般的葫芦。”李子慧笑笑不再往下说了。

“先生又欺我没学识了。”折御卿笑着说：“先生若不教，只怕学生这辈子都不会有长进了。”

“那你就听好了！据说，唐朝诗人写好了诗后，想叫大家前来欣赏，可又不知道该如何招集众人，所以就想出了把自己写的诗词歌赋传扬出去的方法。‘诗墙’，是把诗写在闹市区的墙上；‘诗板’，把诗写在木板上后再挂到墙上；‘诗屏’就是把诗写在屏风上，放家里看。至于这‘诗瓢’嘛，相传是一些居于深山古刹等与外界接触少的人，诗写好了没人赏读，便想出用葫芦装诗，投到小溪或河流中随水漂流，这样就有可能被有缘人捞起打开赏读了。”

“明白了，这个葫芦里可能有清泉寺和尚的诗作。”

“那也不一定。”李子慧继续解释说：“诗瓢，也是那些喜文作诗的墨客，最喜欢用的一种方法。一来可以传得更远，二来有种漂泊浪漫之意。如果是个姑娘的话，也许她会把自己的心愿放在里面，祈福能碰上个如意郎君。”

“那先生您就收着吧，兴许人家姑娘正是看中了先生。”

“这可是三少爷拿到的，老夫要它做甚？”

“我已经有婆姨了，还是您留着用吧。”折御卿说着示意他打开看看，李子慧拔去塞子，从里面抽出张纸条来。原来上面写着首诗：

为母还愿到清泉，愿拜菩萨佑功高；
儿时初心留府州，来去女因皆随缘。

“妙哉！此诗甚妙。”李子慧欣赏地说：“该女子有才！”

“有何妙处？学生怎倒觉得似一首打油诗呢！”

“诗的好坏暂且不论，写诗的人只为表述心中情怀，有感而发罢了！”

“那先生又怎知，写诗的一定是位女子？”

“这娟秀的蝇头小楷，怕是男人写不出来的。”李子慧将纸条递给他说：“这是首藏头诗。三少爷，您看看这第一句，为母还愿到清泉，第一个字‘为’；第二句，愿拜菩萨佑功高，‘愿’……”

“知道了！”折御卿打断他的话说：“为愿而来。”

“没错，可她是要求什么愿呢？”李子慧问，折御卿摇摇头，他接着说“你看这第四句，‘来去女因皆随缘’。她有意把姻字分拆开来写成‘女和因’，是为求姻缘。”

折御卿突然放声大笑起来，他觉得实在是太可笑了，扔下一个葫芦便能求得姻缘。若是被出家人捡去了，岂不坏了心情！李子慧看着他不明就里，忙问：“三少爷！”

“喔，没甚！”折御卿收住笑，将纸条递过去说：“先生正好可以收着，如若有缘，还不定哪天可以见到这位姑娘呢。”

“我老了，三少爷身强力壮，还是可以多讨几房婆姨的！”

“先生真会说笑，我要那么多婆姨干甚，还是先生自己留着吧。”

“来来来，三少爷，这也就是一说笑的玩物，何必当真。”李子慧说着将纸条塞进葫芦，硬给他挂在马鞍上。

突然，远处的山后隐约传来厮杀声，众人一震，迅速打马向前查看。很快上了坡顶，定眼看去。就见不远处的山坡上，有几十条汉子正在围攻打劫一群路人。

“好像是浪族的人，怎么还在打劫路客！”李子慧认出了这群人，忙说：“少将军！得阻止他们。”

“等等！”折御卿一直紧盯着前面坡上站着的一位姑娘说“你看那坡上站着的女子。”

李子慧看去，只见坡顶有位一身戎装的翠衣女子，手持弹弓连连击发。那射出的弹丸疾速精准，瞬间便射翻了一堆欲冲上前的汉子。再看那威风八面的绿衣女子，依然亭亭玉立在黄土原上，好似那黄土坡上生出的一株绿芽，清爽夺目。

折御卿盯着眼前这位飒爽英姿的女子，神情发呆。姑娘手中的弹弓，可不是那种木头叉叉的东西。此时的弹弓，形同弓箭，是用来发射弹丸而非箭支，弹弓与弓箭的区别在于弓弦，一根直线的是弓箭；弓弦中央裹有一块可以夹持弹丸牛皮的是弹弓，二者使用方式一样。

“少将军，少将军！”李子慧在边上看着他，轻轻叫了几声。折御卿猛然省过神来，看着四散逃命的浪族人说“去把那些家伙都抓起来。”索斌、路彦迅速带人出击，四处追赶。原来这绿衣女子正是梁玉儿，他们出了清泉寺一路直向着府州城奔来，没想到竟遇到浪族人前来打劫。好在来的这些个喽啰兵武艺低下，才让她这弹弓发挥了巨大的威力。

“小姐，你看！”岚儿指着围追浪族人的折家军说：“好像是府州的折家军。”

“这些个家伙，怎能见死不救。”梁玉儿气不打一处来，“他们竟然会站在那里看着贼人打劫。”这时，折御卿打马来到梁玉儿面前说：“姑娘，好身手！”

“你是带队的头？”梁玉儿看眼他问道：“为甚见死不救？”

“我……”折御卿一下被噎住了。

“姑娘误会了！”李子慧忙上前解释说：“我家……”

“不用解释！”梁玉儿直接打断他的话说：“既然贼人都已经跑了，剩下的这些人，你们便可以抓回去请赏了。”说完也不等折御卿几人答话，转身走了。

“真是好性急的女子！”看着她的背影，折御卿笑着说：“我何时见死不救，只是你手中那弹弓厉害得很呀！又没甚的危险，本将军倒是想看看都不行呀！”

折御卿他们一大早离开府州，是要前往浪族老巢，赶巧就碰见了梁玉儿。这梁玉儿倒是给他留下了深刻的影响。

“好了，三少爷！姑娘已经走远了。”李子慧说：“还是抓紧时间办正事吧！”

折御卿命令将那几名抓住的浪族人，先押回府州待审。不出一个时辰，众人便来到浪族山寨，看着高大厚实的寨门，李子慧说：“看来浪波牙的防御能力还是很强。”

“少将军，你看这架势。”索斌担心地说：“还是把浪波牙叫出来，咱们就跟他在外面谈。”

“不敢进去？那还不让那些个群羌小族看扁了咱们。”折御卿十分自信地说：“借他浪波牙几个胆，怕他也不敢与我府州作对！”

“索将军所言也不无道理。”李子慧说：“索斌，你带小壮子几十人就留在寨外吧，我和路彦陪少将军进去便可。”

折御卿、李子慧和路彦带着十几人来到山门下，寨门大开，浪波牙笑着迎了出来，“崇仪使大人，各位大人里面请！”

“浪首领，看你这寨门修得是牢不可破呀！”折御卿看着山门说，浪波牙忙回话道：“契丹人就在身边，我们不也得活命吗！”

“好，有这种防范意识好！”折御卿赞了句便和李子慧、路彦往里走去，浪波牙看看没有跟进来的索斌问道：“这几位将军不进来吗？”

“他们在门外候着就行。”李子慧说。

“也好，一会差人把酒肉送出来。”浪波牙说着回头看眼折御卿道：“崇仪使大人真会说笑，我这小小的山寨怎敢跟大人的府州城比。”

几人说着话进了一座很大的山洞。这是浪族议事的大殿，大殿最里面的高处放着一张铺有兽皮的坐榻，坐榻的背后似乎还有一二个洞口。昏暗的山洞四周插满了烟气缭绕的松油火把，整个山洞被点亮的通明。众人就位，浪波牙问道：“不知大人此次前来所为甚事？”

“浪首领可真是健忘啊！”不等折御卿说话，边上的李子慧说：“你不是说，要我家大人亲自来请你的吗？”

“喔喔，我也只是随便说说，没想到崇仪使大人还真就来了。也罢，既然人都来了，那我就把话说清楚了。”浪波牙并不掩饰自己的想法，直接道：“我说宴席就不必请了，省下这些钱分派给弟兄们岂不是更好？”

“浪波牙，你真是这样想的？”折御卿定定地看着他问道：“你觉得本将军会答应你吗？”

“请不请是你的事，去不去是我的事。”浪波牙挑衅地说：“难道说，你折御卿要请客，我浪波牙就非得去不成？”

“大胆浪波牙，你竟敢在崇仪使大人面前如此放肆！”路彦坐不住了，大喝一声道：“小心本将军抄了你这山寨。”

“好好，抄了我的山寨！”浪波牙大笑起来说：“我倒真想见识见识，你们是如何抄我这山寨的。”

话音一落，山洞外冲进一群手持弓箭的壮汉，举弓搭箭将他们团团围困在中央。事情突然变得严重起来，折御卿几人没有想到，浪波牙还真是要反了。

“浪波牙，你竟敢对抗朝廷！”折御卿根本就没去看周边手持弓箭的壮汉，只是淡定地看着他问道：“你凭个甚，是你能打，还是你有支无坚不摧的军队？”

“要说打仗，我不如你府州折家，但要说独打单斗，怕你折御卿未必就可以胜得了我手中的开山斧。”

“来来来，浪波牙！”路彦站起身喝道：“你若能接住本将军手中的青龙戟，再与我家少将军过招不迟。”

“路将军，你曾经的威名很大。”浪波牙蔑视地看眼他说：“现在看看你这般年龄，还是不要逞强的好。”

“少将军，这家伙八成是反了。”李子慧悄声说：“得想办法擒住他！”

“浪波牙，你想与本将军过招？”折御卿挑衅地说：“怕你并非是本将军的敌手。”眼下已没有别的选择，折御卿想激怒浪波牙来与他单打独斗，只有这样才有机会进身擒住他，才有脱身的可能。

“折御卿，你已经是我的阶下囚了，我为甚还要跟你打？”浪波牙并不上套，他只需抓住折御卿交给契丹人就行，何必要跟他争斗。

“浪波牙，你就没资格跟本将军打，咱们把话说到明处。”折御卿盯着他说：“现在收手还来得及，本将军可以权当甚事都没有发生过。你若敢执迷不悟，怕将会给你的族人带来灭顶之灾。”

“折御卿，你不用吓唬我，我浪波牙活了这么大，不就是在你们府州折氏的威迫下长大的吗？”浪波牙抓起开山斧，怒吼一声跳了起来喊：“来来来，今天我浪波牙定叫你死得难看。”

“来得好！”折御卿心道一声，拔出长剑迎了上去。

浪波牙还真是彪悍，手中大斧抡得飞快。这斧的使用特点多以劈、砍、撩、扫为主，因为一般斧头的重量都较大，如果抡圆了砸下来，没把子力气的人是不敢硬接的，若胆敢硬碰怕就要粉身碎骨了。可斧也有最为致命的弱点，具体表现在一个“快”字上。砸下的斧头越往下速度就越快，力道也越足。要是一招未果，想接着使出第二招，那可就成了要命的瞬间。折御卿的剑当然不会与浪波牙的开山斧去碰，他在周旋等待时机。两人拼杀的距离一般都保持在对方兵刃接触不到的地方，进攻，一定要达到兵器可及对手的身体之处；退守，则一定要掌握好对方兵器不可达的距离，但又不能过远，远了就无法发起有效的反击。所以在高手搏杀中，没有谁敢不要命的前冲硬打。

折御卿与浪波牙始终保持着这种安全距离，浪波牙进攻折御卿退守，手中的长剑就是不跟开山斧碰撞。几招下来，浪波牙有些急了，他从没碰到过这种根本不接招的对手，这一急可就出现了致命的破绽，折御卿正是想利用这一点来击败他。浪波牙挥斧前冲，待他斧头砸下力道已去之时，折御卿迅速出剑，这一剑不是刺向他的胸膛，而是反转疾速下点，剑尖直入浪波牙的脚背。这招太狠了！只听到脚跖骨被剑尖击碎的骨裂声，浪波牙一声惨叫，扔下开山斧便瘫坐地上。折御卿快速上前，用剑尖挑在他的脖颈上。

“少将军！”李子慧大喊，他怕折御卿失手杀了浪波牙。当然不能杀，折御卿清楚要想走出这浪族山寨，他就不能死。擒住了浪波牙，边上的浪族壮汉都傻了眼，一时不知所措。

“放下手里的箭。”李子慧高声大喊，“不然就杀了你们的首领。”

“好啊，少将军真是威风！”突然外面传来了叫好声，众人一惊忙回头看去。原来是韩娇娇，她带着数十名契丹武士围了进来。

“好你个浪波牙，竟敢勾结契丹人。”折御卿看眼韩娇娇，用剑挑起浪波牙的脑袋说：“你该当何罪！”

“少将军，我们又见面了！”韩娇娇从浪波牙的坐榻后走了下来说：“浪波牙是投靠了我们大辽，如果少将军愿意尽管杀了他便是，本将军是不会怪罪你的。”

折御卿收起剑，看着她问道：“娇娇姑娘，你怎么也会在这里？难不成……”

“叫将军！”韩娇娇笑着打断他的话说：“本将军来这里可都是因为你呀！原来还担心你不敢来呢！现在好了，这么轻松你就成了本姑娘的俘虏，真是得来全不费功夫啊！”

韩娇娇的出现打乱了折御卿的算盘，他原想胁迫浪波牙来走出困境，现在怕是行不通了，契丹人才不会在乎他的死活。现在怎么办，折御卿一时没了主意。

韩娇娇怎么会突然出现在浪族山寨？原来是浪波牙把折御卿要来的消息火速告知了韩德威。得此消息，韩德威真是大喜过望，即刻点选出三百精勇武士前往浪族山寨，企图抓获折御卿。韩娇娇听说要去擒拿折御卿，主动请缨带队。她的这点儿心思韩德威当然心知肚明，他知道自己的妹妹想要干什么，但又怕节外生枝，所以不允。韩娇娇便要起了性子，搞得韩德威实在有点头大。

“我说娇娇，你这算是要干什么？”

“明知故问，折御卿本就是我的人，当然就得由我去把他擒过来呀！”韩娇娇撒娇地说：“二哥，只有我亲手擒了他，他才会服气的嘛！要不叫我们以后怎么相处嘛！”

“谁擒他回来还不都一样，此次事关重大也是机会难得。”韩德威依然不答应说：“这折御卿可是皇后要的人，不可有失。你还是老实在家里呆着，以后别再去想那折御卿了。”

“不行，折御卿是我的！”韩娇娇坚持说：“皇后看中的是他的才能，如果折御卿身边有了我，那他才会死心塌地为我大辽效力。”

“我说妹妹呀，你在这里面搅和个啥吗？目前也只是个猜测，折御卿是否真的会去还不知道。”韩德威有些不耐烦了，摆摆手说：“快回去吧，以后不许再提此事！”

“好，如果你不答应，那我现在就去府州……”

“住嘴，你快把嘴巴闭上！”韩德威忙打住她的话，但又实在拗不过自己的妹妹，便眼睛盯着她问道：“你真能保证擒住他？”

“能！若擒不来折御卿，你就砍了妹妹这颗头去送给皇后！”

“行了行了，越说越不成个样子！”韩德威很是无奈地看着她说“看来我这个枢密使，以后还是交给你来当好了。”

“我才不要呢，人家只想要折御卿！”

见韩娇娇如此倾心于折御卿，韩德威最终妥协了。可他还是放心不下，便千叮咛万嘱咐地告诫了一大堆。此刻的韩娇娇哪里还听得进去，她的心早已经飞进了浪族山寨。

第二十章
娇娇智擒折御卿　路彦受伤中箭矢

话说折御卿被困洞中，韩娇娇看着他已是喜上眉梢，实在难掩心中的喜悦。

边上的李子慧听到两人的对话，来到折御卿身边问：“你们认识？”

“噢噢！”折御卿突然想了起来，他与韩娇娇在狐突山相遇的事，也只有折御仁和路彦知道，他一时不知该如何回答了。

“少将军，你就给他们说明白了吧。”韩娇娇大喊着说：“本姑娘跟折御卿算是老相识了，我们俩在狐突山可是一见钟情！”

“好吧，既然你这样说，那就嫁给本将军得了。”折御卿挑逗着说：“看你长得如花似玉般的漂亮，本将军实在不忍心看着你死在战场上。”他重复了句两人在狐突山内的话。

“好啊,本姑娘倒是愿意嫁给你,但你得跟我回大辽。”韩娇娇笑着说:“等到了大辽，我就恳请太后把你赐给本姑娘！”

“哎哎，这可不行，这也太不合祖宗礼法，你想叫我去你们韩家倒插门，使不得，使不得！”

“你不用倒插门，只是换个地方在大辽国娶本姑娘就行。”

“那也不行，本将军怎可……”

“折御卿！你现已是本将军的俘虏，没资格讨价还价。”韩娇娇打断他的话说:“念你与本将军有缘，今天就给你一次被我打服的机会。”

“被你打服？”

“没错，是本将军要亲手打服你，擒了你！”

“娇娇姑娘……”

“住嘴，在本将军还没有嫁给你之前，不准这样叫。”

“好吧，韩将军！咱俩还是别打了，胜负一眼就看得出来。你还是跟我去府州，嫁给我得了！”

“是啊娇娇姑娘，我路彦可以作证，少将军说的话都是真的！”路彦说：“少将军对你可是一片苦心啊！都快成小两口子了还打个甚呀，听哥哥一句话，还是……”

“路将军，这里可没你什么事，还是先把嘴巴闭上，省得本将军说出难听的话来。”韩娇娇打断他的话，盯住折御卿说：“少将军，你真的很能打！就这样抓住你，你一定不服气。本将军倒是有个主意，咱们现在就来独打单斗，输了，带上你的人同我一起去大辽。”折御卿一听正要张嘴，马上又被韩娇娇打住说：“你根本就没有机会赢，不用问赢了的事。”

“那还啰嗦个甚哩！要打就打，何必多说。”折御卿看着她，不知她想要干甚。

“不不不，是本将军想亲手擒住你，这样你就成了本将军的手下败将。”

“你怕是办不到吧！”折御卿心里发笑，这怎么可能呢。

“没关系，反正我一个女儿家，打不过你也算是正常。可你就不一样了，输不起！”韩娇娇自信地看着他说：“但本将军还是想奉劝你，男子汉大丈夫，要能屈能伸。以后咱们就成了夫妻，输给你婆姨不算丢人。”

“韩将军，怕你是自信得过了头吧？”

“好，那咱们就一言为定！”韩娇娇狡黠地笑笑说：“少将军！你是不是很想知道，若是你赢了怎么办？既然你能赢，那一切都随你了。”这话跟没说一样。

“还是换个办法吧，这种方法对你不利。”折御卿真不知她玩的是个甚花样，因为他压根就不信韩娇娇会这样做。两人看似在打情骂俏，边上的李子慧清楚，事情已十分严重了，现在一点也不好玩。在契丹人出现的那一刻，他们几人已经成了俘虏。眼下摆脱困境的惟一希望，也全都寄托在了折御卿身上。

“三少爷，答应她！”李子慧悄声说：“擒了她！”

“折御卿，你根本就没机会擒住本将军。”韩娇娇知道他们心里的盘算，便干脆给挑明了。

真是开玩笑！折御卿紧盯住韩娇娇，还真猜不透她想要干甚。要跟折御卿单打独斗，韩娇娇怕是大脑被烧晕了？现在折御卿几人已经是她的俘虏，却还要与他争斗，不是疯了是什么？可是接下来的比拼，还是让折御卿、路彦有点儿吃不消。

韩娇娇说的单打独斗，就是一对一。她先制定了打斗规则，命令二十名武士出场，大家只能用拳脚比拼，一个对一个不得使用兵刃。这下好了，折御卿、路彦每人要应对十人。韩娇娇就是要用这种方式，来消耗两人的体能，直到打不动为止。第一波两人打的还不算太费劲，可没等他们喘口气，第二波的二十名武士又冲了上来，只能接着打。契丹人一个一个地上，打倒一个再来一个，轮番不停……这还了得，韩娇娇带来了三百武士，没出几轮折御卿、路彦便再也挥不动拳脚了。

“折御卿，现在你还打吗？”韩娇娇看着精疲力竭的折御卿问：“要不要再来一轮？”

“我说娇娇姑娘，你这算是一对一吗？”折御卿坐在地上喘着气问。

“是啊，不就是一个对一个吗？难道他们是一块上来跟你打的？”韩娇娇笑着问：“咱们接着再来？”

“娇娇姑娘，你这也太狠了点吧！”路彦说：“打不动了，哥哥我认输，你快把三少爷娶回家去吧！”

“折御卿，你是不是还想让本将军亲手来擒你？”韩娇娇不去理路彦，只是看着折御卿问：“是认输，还是继续打？”

“继续，继续打！”折御卿摇晃着站起身说：“本将军就不信！”

“来呀！”韩娇娇大喝一声，指着路彦、李子慧和十几名军士说：“把这些人都给本将军捆了！”

众武士上前，将路彦、李子慧等众人捆绑起来。折御卿疾喊：“娇娇，你这是要干甚？”

“干甚？本将军不想再跟你玩下去了！”韩娇娇把脸一沉问道：“折御卿，你倒是服也不服？”

“不服！”折御卿怒吼一声，韩娇娇一摆手十名武士冲了上去。这下折御卿只剩下招架之功了，被打的是左一个跟斗右一个筋斗，倒了爬起来，爬起来又倒下……这哪里是打斗，简直就是在虐杀，韩娇娇有些看不下去了，可她实在低估了折御卿。

此时的折御卿，是在利用挨打来聚集体能！这样也能恢复体力？能，当然能！武艺高超之人，身体都具有承受击打的能力，越能承受重击的人，就越有进攻的杀伤力。武学曰：要想击倒对手，必先学会挨打！挨打是习武人必学的第一课。折御卿的身体抗打击能力十分惊人，他不还手是不想消耗自己的体能，对手只要抬腿挥拳，他都会顺势而倒，摇摇晃晃地站起身。看似被打得很惨，可这一来二往的翻跌，竟然让他的身体渐渐恢复起来。

“起来！”看着再一次被打倒在地的折御卿，韩娇娇过来说：“折御卿，现在该本将军出手了！”

“算了，本将军打不动了！”

“那你就是认输了？”

“本将军怎么会输！”折御卿艰难地站起身说：“来，本将军还能……”没等说完，韩娇娇疾速飞起一腿将折御卿踹飞出去，韩娇娇瞪着眼喊：“起来！”

折御卿起身，慢慢向她走去。韩娇娇未等他到跟面，猛然抬腿冲着他的胸膛踢去……机会来了，折御卿疾扭身，右手托住她飞踢而来的脚后跟，顺势一拉便将整个人带入自己怀中，紧着左手锁喉，脚下轻拌她的支撑腿，直接将韩娇娇压扣在自己身下。实在是来得太快，众人都被这一举动给惊愣了。

“我赢了，你得放我们走！”折御卿看着身下的韩娇娇说。

“休想！”韩娇娇盯住他的双眼并不惧怕，而是惊奇地问道：“你是怎么做到的？刚才明明打不动了，怎么就突然来了……”

“住嘴！”折御卿没心思跟她闹着玩，大喊一声说：“叫你的人把先生和路将军他们放了！”

“不行！”韩娇娇不答应，折御卿问：“你真的不想活了？”

“死在你的手里，本姑娘无所谓！”韩娇娇依然盯着他的眼睛说：“你刚才那一招，完全可以废掉本姑娘的这条腿，看来少将军还是舍不得……”

“住嘴，快住嘴！你这算是干甚！”折御卿被自己的软弱举动给激怒了，真能为一个姑娘而舍去大家的性命？只听他怒吼一声，一把将韩娇娇的身体拎了起来大声喝道：“放了他们，否则我就要了你们将军的命！”

契丹人没动，所有人都定在了原地看着他俩。折御卿不能杀韩娇娇，韩娇娇也知道他根本就不敢动杀机，否则大家都得死在这山洞里。

“折御卿，你赢不了！”韩娇娇回头看着他说：“你是我大辽皇后要的人，他们会因为你而杀了所有人。”

“也包括你吗？”

“契丹人为达目的，从不在乎汉人的死活！”

懵了，准确地说是傻了！难道契丹人真会舍去韩娇娇的生命？折御卿不信，但又不敢不信！

“少将军，不用管我们，你带着娇娇姑娘……”路彦大声喊着，话没说完一支利箭便穿进了他的小腿肚。这支箭是韩娇娇带来的副将所射，他转头盯着折御卿，再次搭弓引箭瞄准路彦。

“住手！”折御卿大喊一声，他服了！这些契丹人还真是甚事都能干得出来，不能眼看着路彦为他而死。副将并不答话，见他放了韩娇娇便慢慢收起了举着的弓箭。

“少将军，还是乖乖跟我去大辽吧！”韩娇娇说着反手锁扣住他的手腕，折御卿不再反抗。他已经明白，就算是要杀韩娇娇，契丹人怕也不会放手，这是一场根本就赢不了的战争。

此时山寨外面的索斌在干甚？里面发生的事他当然不知，留在外面是他的主意，怕万一有事别叫人家给一锅烩了。当浪族人把山寨大门关上的那一刻，他立感事情不妙，马上大喊大叫地让把大门打开，守门的浪族人根本就不理他。坏了！索斌觉得不能在这里傻站着等，得做点什么。于是命令留下三五人等待折御卿，自己便带着小壮子和其余的斥候快速向山口外奔去。斥候出身的索斌警惕性很高，从不敢放松自己，遇事总是先往坏处想。路彦常跟他开玩笑说：“悠着点儿，再这样下去，总有一天会把你自己紧张的累死！”可索斌认为，小心本无大错，遇事多想想总比傻呼呼的被人弄死强。

索斌离开是想找一条能绕进浪族山寨的小道，或者能攀爬进去的山梁。事也凑巧，多亏他们退出来得及时，再晚一点儿怕就会葬身在这山寨门口了。当他们刚刚绕进一条小道，就听见大路上传来疾速奔跑的马蹄声，众人迅速隐藏进梢林中，一支由五六百人组成的马队快速向山寨驰去。

“是契丹人！”小壮子惊叫一声说：“将军，咱们的人有危险！”

“来不及了！”索斌叹口气说：“怕是凶多吉少了！”

“浪波牙竟敢勾结契丹人，少将军他们有难！”小壮子着急地问道：“将军，现在怎么办？”

“你带几个人马上回府州，”索斌命令道，“其余的人跟我来。”

“还是叫别人去吧，我就跟在将军身边。”小壮子不愿走，索斌说：“也好，那就叫别人去。”

等两名斥候走后，索斌、小壮子带着众人开始在山谷中四处寻找起来。好在他们对黄土高原的山势地形较熟，不一会就找到了一处可以攀爬上去的山脊，众人下马，带好绳索开始向山顶爬去……

辽军过来的这五六百名轻骑，是韩德威特意派来接应韩娇娇的，他怕路途有事放心不下。守在山寨门外的几名折家军斥候，见突然来了契丹人在惊悚之下并没有反抗，而是当了俘虏被押进山寨。反抗只能是死，况且少将军他们还在里面，几名斥候做出了明智的选择。

带队的辽军将领叫巴哈坦，见着韩娇娇后马上传达了韩德威的命令，叫他们即刻押解折御卿等人离开，迅速前往大辽。事情来得太过突然，脚骨被折御卿用剑击碎的浪波牙，让人抬着过来说："众位将军一路辛苦，酒菜都已经备好，还是吃了饭再走吧！"

一听有酒肉吃，巴哈坦便有些走不动了。他们一大早离开大辽，疾行军了几个时辰，到现在还没吃上一口热饭。

正当他犹豫之时，韩娇娇说"巴哈将军，还是吃了饭再走不迟，马匹也需要补充草料，你总不能叫将士们都饿着肚子吧？"

"好，那就听韩将军的。"巴哈坦正盼着这句话，刚好韩娇娇就给他递了上来。辽军全体卸下马鞍喂食马料，等着吃饭。韩娇娇抓了几块肉，拿着壶酒便去了关押折御卿的山洞。

"少将军，你现在是不是很失望？"韩娇娇来到折御卿身边，把酒肉摆放在他的面前说："在狐突山你是多么的威风，害得我二哥回去就被皇后骂了个狗血喷头，还差点儿被削去'推诚忠亮功臣'的封号。"

"先生和路彦怎么样？"

"放心！他们要死了，你还不得恨我一辈子，那以后咱们还怎么做夫妻！"韩娇娇拿起酒壶，揭去封塞喝了口递给他说："只要你听我的话，他们都不会有事。"

折御卿没动，因为他的手脚被绑着。韩娇娇撕块肉塞进他的嘴里，再把酒壶递上给他灌了口酒说："忍着点，在到大辽之前，本姑娘是不会给你松绑的。"

"你就不怕你哥会杀了我？"

"放心吧，萧皇后有旨，她只要活着的折御卿，现在怕是谁也不敢对你起杀心！"

"明白了，那我就自己杀了自己！"

"好啊，本姑娘倒是想看看，你是如何杀死你自己的！"韩娇娇笑了，笑得很甜！实在是无法掩饰自己的心情。她开心，她满足！折御卿是她的，今天终于被她抓到了手。

"哎，折御卿！战场上你几次都没有对本姑娘动杀机，是不是你第一眼就喜欢上了本姑娘。所以作为对你的回报，本姑娘就决定嫁给你了。"

"别臭美了，本将军不杀你，是嫌你死得难看。"折御卿有意挑逗着说"若再有机会，怕你就没有那么走运了。"

"随你怎么说，反正你已是我的手下败将。"韩娇娇并不生气，只是笑着说："还是乖乖听话，不要想那些没用的，该好好想想到了大辽后的生活。"她说着凑近折御卿耳边道："你当大将军，我做你的副将，整天就跟在你的身边，这样好不好？"

"好个甚，见到萧皇后，我叫她给我重新赐个姑娘。"

"胡说！你要敢这样，我现在就杀了你！"

"好呀，快动手吧！死在你手里，不是比当个卖国贼更好。"

"不跟你瞎说了。"韩娇娇将一块肉塞进他的嘴里说："快吃点东西，咱们回大辽的路还长着呢！"

没招了，折御卿有些沮丧，没想到自己竟会栽倒在这小小的浪族山寨。他本想利用韩娇娇来达成脱困的目的，可现在看来一切都是枉然。

韩娇娇出了山洞便被巴哈坦拦住。巴哈坦，二十来岁，是韩德威的副将。他仰慕韩娇娇多年，是他心中的女神。为了这个女神，他推掉了所有前来提亲的姑娘，他的父母也曾多次差媒婆上门韩家，均被以娇娇年龄尚小给回绝了。但他并不甘心，发誓这辈子非韩娇娇不娶。可韩娇娇并不这样想，首先巴哈坦长得实在令人不忍心看，头大如斗，身材短粗。虽说武艺强悍，但在她眼中，简直就是没有进化完成的古猿，若敢多看上一眼，晚上定会被噩梦吓醒！其实，巴哈坦长得也没有她说的那样寒碜，但确实有碍观瞻。韩娇娇曾发过誓，就算这辈子不嫁人，也绝不会嫁给他。后因两人都在韩德威麾下效力，一来二往地慢慢见多了，她也就逐渐习惯了他的存在。当然，这仅仅是在没有见到折御卿之前。狐突山，是狐突山改变了她，改变了她对人生的想法。都怪折御卿！本来战场上相遇是要生死搏命，可他偏偏柔情似水，手中犀利的夺命大枪，刺杀出的竟是道道秋波。至少，韩娇娇是这样认为的。

"折御卿在哪？"巴哈坦看着她问，韩娇娇头也没抬地说："里面！"

巴哈坦便向山洞走去，韩娇娇忙拦住他喊道："你不能进去！"

"走开！"巴哈坦横了起来，一把将韩娇娇推开。

"巴哈坦，你竟敢这样对我。"韩娇娇也要起横，继续挡在他的身前。她是怕巴哈坦对折御卿不利。

"好好，看来今天不宰了折御卿，你是不会死心的。"巴哈坦盯着韩娇娇居然起了杀心！

韩娇娇实在拦不住他，只能跟随一起进了山洞。洞内折御卿被反剪着双手，嘴里还叼着酒壶仰头将酒喝干，他见两人进来，一甩头将酒壶扔在一旁。

"折御卿，你还认得本将军吗？"

折御卿盯着他看了眼，压根就不认得，只觉他长相特别便有意调侃说："你长得特点突出，本将军倒是想忘也忘不掉。"

"死到临头了，还有心拿本将军……"话没说完，竟一巴掌扇过去，重重地打在折御卿的脸上，"老子可没心思跟你弄着玩！"

“巴哈坦，你给我出去！”韩娇娇大吼一声，这一掌来得太过突然，竟似打在了她的脸上。

“心痛了？”巴哈坦看眼她，猛然又是一掌打在折御卿的脸上，怒吼道：“他杀死了我们多少弟兄！狐突山外的那一仗，我们有一万多名弟兄，都被他用弩箭活活射死，一万呀！那可是一万多条人命呀！”

韩娇娇懵了，竟有点儿不知所措。巴哈坦接着喊：“就这样一个人，难道你还想要为他求情吗？本将军不杀他，是因有皇后的旨意。但是，今天不杀他，并不是说我明天就不能杀他。”

“巴哈坦，你给我滚出去！”韩娇娇火了，已经无法忍受。她心里清楚这巴哈坦是冲她来的，拿折御卿出气是要给她脸色看。

巴哈坦正是这样想的，从狐突山回到大辽后，他就有所耳闻，说韩娇娇看上了折御卿。听此传闻，开始并没往心里去，觉得根本就是在胡说。可是，在来浪族山寨之前，他竟在韩德威的帐外无意间听到了两人的对话。好似晴天霹雳，这是在要他的命呀！韩娇娇不能喜欢折御卿，不能！如果没有她，巴哈坦也就没了活下去的勇气，韩娇娇是他的女神！是他的女神，就绝不可以喜爱别的男人！后来他得知，韩德威要派人去浪族山寨接应他们时，便主动请缨前往。在来的路上，巴哈坦早已经盘算好了动手的方案，他指派自己的亲信找机会把折御卿扔到山下去，无论采用何种手段，都不能带着活的折御卿回大辽。即使是违抗了皇后娘娘的旨意，他也在所不惜！看来这小子为了韩娇娇，连命都不打算要了。一旦他不要命，那折御卿几人的命怕就更加难保了。

再说索斌、小壮子几十人折腾了近一个时辰，终于登上了山顶，看着脚下陡峭的崖壁，他们傻了。眼下是一座河床，湍急的河水从崖下流过，河的对面是一片开阔地，上面搭满了帐篷和简易木屋。看来这里就是浪族人生活的地方，可他们怎样才能渡过河去？

“将军，我们已无路可走了。”小壮子说：“要不要重新再找？”

“找，一定要找！”索斌咬着牙说：“就算救不出少将军，咱们也得去灭了那浪波牙。”

众人站在山顶观望，发现河水顺着山崖流去不远，便离开崖壁拐向了另一侧山谷。

“有办法了，咱们从前面下山，然后再想办法过河。”索斌说着便带众人沿着山顶向前走去。

辽军在山寨内吃肉喝酒，开始了短暂的休整。韩娇娇对巴哈坦不放心，便带着几名亲信守候在关押折御卿的山洞口。

洞内的折御卿也在想法挣脱绳索，他不能等死，必须想办法脱离困境。一面解脱绳索，一面打量着山洞。这山洞不大，顶却很高，上面竟然还有一个大洞。这时，就听外面传来喊声，他仔细听听，是韩娇娇和巴哈坦在争吵。

“巴哈坦，你不要在本将军面前胡来。”韩娇娇大声说：“我跟你从来就没有关系，现在没有，将来也不会有。”

“本将军知道，你是看上了那小子。”巴哈坦显然有点儿喝多了，冲着韩娇娇喊：“娇娇，除了我，绝不准你嫁给任何男人。”

“巴哈坦，你竟敢对本将军如此无理！”韩娇娇火了，大喊道：“我警告你，若再敢放肆……”

“好好，本将军惹不起你！”巴哈坦手举酒壶指着山洞说：“可本将军惹得起他。”

“站住！”韩娇娇挡在他身前说：“你喝多了，最好不要逼本姑娘动手！”

“为了这个男人，你还真要跟本将军动手吗？”巴哈坦摇晃着大脑袋说：“信不信，本将军这就去把他的头拧下来。”

“懦夫！真是个懦夫！”韩娇娇站在他面前没动，嘲讽地看着他说：“面对一个被捆绑住手脚，手无寸铁的人？你还真是威风！”

“来呀！”巴哈坦被激怒了，大吼：“去把折御卿放出来！”

“不能！”韩娇娇迅速挡在洞前，巴哈坦上前一把将她推向一边，众随从进了山洞，她急声大喊：“巴哈坦，你要干什么？”

干什么？巴哈坦是要跟折御卿决斗，他就想当着韩娇娇面的放倒折御卿，他要叫韩娇娇看看谁才是最强者！折御卿被押了出来，巴哈坦命人给他松了绑。

“折御卿，她说你是英雄！”巴哈坦指着韩娇娇说：“现在就当着这个女人的面，来证明给她看。”

“你喝多了！”折御卿定定地看着他问：“是否也给本将军来一壶酒？”

巴哈坦愣了下，突然放声大笑起来说：“好，拿酒来！”

随从拿过酒壶，折御卿揭去酒封直往嘴里倒了一壶，扔下酒壶高呼一声，“痛快！”这酒来得真是及时，干涸难忍的他，被这一灌给激醒了。

“巴哈坦，你可想清楚了。”折御卿挑衅地说：“你未必是本将军的对手！”

“好好好，今天你我就见个真章。”巴哈坦蔑视地看眼他说：“记住了，今天就是你折御卿的祭日！”他说着拔出弯刀就要向折御卿冲。

“慢着！”韩娇娇见折御卿要空手对弯刀，急喊道：“巴哈坦，你算什么英雄？竟用这种卑鄙手段来杀害皇后娘娘所要的人。”她这一急，竟忘了自己是站在谁的立场上说话，可她实在不能看着折御卿有事。

“给他刀！”巴哈坦命令道。

“将军，不能这样！”随从大喊。

“给他！本将军要叫他死个明白。”巴哈坦真是狂妄得过了头，随从看着他将手中的弯刀扔了过去。

折御卿没去捡地上的刀，这把弯刀实在是不趁手。他迅速扫视下四周，发现一根四尺来长大拇指粗细的木棍，便上前拿在手中。

“折御卿，可别说本将军欺负你！”巴哈坦见他舍刀却拿了根木棍，扭头看眼韩娇娇说：“是他要找死，就别怪本将军无情！”

韩娇娇见折御卿拿起了木棍，心一下子凉了半截。折御卿呀折御卿，你这是要干什么，难道你真的不想活了吗？巴哈坦可是韩德威麾下数一数二的悍将，他不但武艺超群，而且心狠手辣，历次的争战他少遇敌手还从未失过手。

折御卿为甚要舍刀用棍？真是疯了吗！当然不是，是他有自己的盘算，弯刀犀利且短，他从未使用过。木棍长直似剑会得心应手，但棍头顿而无尖，遇刀则断会被越削越短。实战拼杀中，趁手随心的兵刃才是最好的兵器。不要说十八般兵器样样精通，那不过是武人用来保命备用的一种能力，既然何样兵器都行，那又何必仅用一种兵器上阵杀敌？折御卿手中的棍不能与弯刀碰，而巴哈坦手中的刀，当然是想要削断他手中的棍。

弯刀对木棍，巴哈坦胆气顿升。可韩娇娇的心，却已经跌进了冰底！

第二十一章
巴哈坦轻狂丧命　四姐弟大闹集市

前面说道，折御卿舍刀取棍，要与那巴哈坦的弯刀对决。令站在边上的韩娇娇把心提到了嗓子眼，她想冲上去阻止这场争斗，但又不能！因为此时，巴哈坦已经扑了上去，他手中的弯刀狂乱地砍向折御卿。棍有何惧！就算是被那无头的棍戳上几下又有何妨。折御卿手中的木棍就是不与弯刀碰，任巴哈坦左劈右砍，上撩横扫，他只是缠绕躲闪绝不近身。几招过后，巴哈坦竟然把注意力放在了削切折御卿手中的木棍上，他也太不把这支无头棍放在眼里了。削削削，等削得你手无寸铁之时，看你还拿啥跟本将军过招？巴哈坦的大意给了他机会，折御卿只守不进，就是要叫他得势松懈。几招过后，反击开始了！只见折御卿手中的木棍直奔巴哈坦的面门而去，他疾扭身回手弯刀向上斜削，“噌”的一声，木棍的顶端竟被削去了一截。霎时，木棍露出了狰狞夺命的尖头。折御卿没有停，不等他弯刀回收，手腕借势下压，眨眼间木棍便破肚而入，楞楞刺穿了巴哈坦的肚皮。

突来的逆转，令围观的众人惊叫起来。折御卿没有拔出木棍，而是疾速上前抓起巴哈坦的弯刀，架在了他的脖子上。木棍不能拔，折御卿清楚一旦拔出，会血喷如注他的小命就没了。巴哈坦还不能死，现在死了就会失去一个挟持契丹人的筹码。这武比的，实在是叫契丹人傻眼。韩娇娇看着获胜的折御卿，不知是喜还是忧。她不能看着折御卿死，但也不能看着巴哈坦死，真是两难呀！

“娇娇姑娘，巴哈坦再不救治，不出一个时辰就会没命的。”折御卿盯着她说：“放我们走，你总不会看着他死在这里吧？”

“不能！”没等韩娇娇答话，巴哈坦大喊一声伸手就要去拔木棍，折御卿疾出手将他的手臂扭转锁扣起来。

“愚蠢巴哈坦，你竟敢坏了皇后娘娘的大事。”韩娇娇大声骂道：“就算你活着，你也无法向皇后交待，倒不如死了的好！”

“将军万万不可！”副将过来说：“折御卿可以再抓，但巴哈将军不能死。”

“将军！”巴哈坦的亲信随从过来，跪在韩娇娇面前说：“请救巴哈将军！”

折御卿能放吗？韩娇娇舍不得！也许这是她命中唯一一次能擒住折御卿的机会。巴哈坦能死吗？不知道！是放了折御卿救活巴哈坦，还是死了巴哈坦抓住折御卿？站在萧皇后的立场，自然是死个巴哈坦换回个折御卿，与韩娇娇的想法一致。但站在巴哈坦部将的立场上，当然是要活的巴哈坦。正在韩娇娇犹豫之时，就听巴哈坦喊：“弟兄们，不用管我，杀了折御卿！”

“谁敢！”韩娇娇大吼一声道：“大胆巴哈坦，你竟敢违抗皇后娘娘旨意，下令杀死折御卿，该当何罪？”

“杀！”巴哈坦不顾死活的接着一声大喊，几个亡命亲信竟然真的挥刀扑了上来。韩娇娇迅速带人冲上前拦挡在折御卿身前，三二下便将几人砍翻。

看着契丹人内讧，折御卿暗自叫好，机会来了不能再等，他果断地伸手拔出巴哈坦肚子上的木棍，木棍一出巴哈坦血喷身亡。

“巴哈将军死了，弟兄们，杀了折御卿！”折御卿用契丹语高声呐喊，他就是要扰乱契丹人，知道韩娇娇会为保护他而出面阻拦，自己好趁乱开溜。折御卿的目的达成了。在一片混乱的自我绞杀过后，韩娇娇发现折御卿不见了，即刻下令去关押路彦、李子慧的山洞找，两人也不见了踪影。疯了，真是被气疯了！巴哈坦，该死的巴哈坦！韩娇娇看着死去的巴哈坦，恨不得上去踹他几脚。但她没有这样做，只是下令追踪折御卿几人的踪迹，带着受伤的路彦，他们一定跑不远。

韩娇娇的判断没有错。当时，折御卿趁乱扒下名契丹人的衣服，提着弯刀直奔浪波牙的大山洞而去，他不知道路彦、李子慧被关押在何处，只能去找浪波牙。进了山洞，看见浪波牙正躺在榻上，折御卿直冲上前用刀架在他的脖子上。洞里的浪族人没想到，浪波牙更是没想到。他们原以为进来的是辽军斥候没敢阻拦，等刀已放在了脖子上时才发现是折御卿。

“浪波牙，路将军他们关在何处？”

浪波牙惊讶之余看眼他没动，真是有胆！刀都被架在了脖子上还会如此淡定。他认为，此时的折御卿还需要利用他来离开这里，断不敢杀了他。浪波牙想错了，弯刀突然划过直接切下了他的脑袋，竟连吭一声的机会都没留给他。折御卿早已失去了耐心，对这种投敌卖国的家伙绝不能手软。他用弯刀指着下面惊魂未定的众浪族人说：“浪波牙已死，若不想叫本将军剿灭了你们的山寨，就快快说出路将军的所在！”

“将军息怒！”一中年人忙跪倒在地说：“少将军，您还记得小人吗？”

“钱族领！”折御卿认出了他，原来是浪族的副首领。

“少将军，这一切都是浪波牙个人所为，我们的族人决不敢与将军作对！”

“好，本将军信你！”此时此刻折御卿也只能依靠他了，钱族领带着他迅速找到了路彦、李子慧及被关押的军士。并没费什么周折便救出了众人，大家快速进了浪族人的居住地，刚巧碰见过来的索斌、小壮子等人。就这样，折御卿等众人在浪族副首领的掩护下，逃离了山寨。

巴哈坦死了，折御卿跑了，忙活了一天的韩娇娇终无所获。由喜到悲，着实令人沮丧！一个人的爱，会化作无穷的仇恨，要用毁灭一切来证明自己的爱；一个人的情，又会化成无尽的爱，要用摧毁自身来证明那份情！韩娇娇没被击垮，她不放弃，只要还活着就决不放弃！

折御卿侥幸逃过了一劫，好在路彦的伤势并不很重，只是被箭矢射穿了小腿上的肌肉。在给他简单的处理完伤口后，众人便往府州城而去。

再说梁玉儿那日到了府州，直接去折府拜见路夫人，带来的随从护卫均被安排进了州府客栈，路夫人留下她跟丫环岚儿住在折府内。梁玉儿是落泥部族族长的女儿，从小跟随她的姨娘生长在京城汴梁，因近来母亲身体不好，她是特意回来照顾自己的母亲。落泥部族就在距离府州唐谷镇不远的黄河沿岸，是周边众多党项部族中的一个大族。而且跟府州折家多有来往，所以梁玉儿路过府州时就必须去折府。一是出于礼节，二来府州也是她回部族的歇脚之地。因乞巧节到了，路夫人要她过完节后再回去，反正多呆一两天也没什么关系，梁玉儿就答应。

一大早，她带着岚儿走上街头，府州城里早已是车马盈市，罗绮满街了；男孩女孩都穿上了新衣，穿街嬉戏；姑娘们忙着挑选小盒，捉寻蜘蛛。她们把捉来的蜘蛛放进小盒里，待到乞巧次日再打开盒子，如果蜘蛛结出的丝网圆正，则表示“得巧”，意味着获得了纺织的巧智。女儿家都希望自己心灵手巧，日后能相夫教子，男耕女织。织女是巧星，自然就是她们的偶像。还有一种叫姑娘们爱不释手的“磨喝乐”。“磨喝乐”是梵文“摩睺罗”的讹音，制作工艺精良，身材、手足、面目、毛发生动可人，而且还配有漂亮的服饰，说白了就是一个穿着漂亮衣服的泥娃娃。有书载：“其衣如襞囱，按之蠕动”，怕是泥人里面还有机械装置。乞巧节并不宜婚嫁，因为没人想跟牛郎织女一样，隔着一道天河，过着一年只能见一面的日子。所以，乞巧节就成了名副其实的“女儿节”。乞巧是个盛大的节日，折府也忙碌起来，路夫人早已叫家人在庭院中装扮出一座彩旗飘飘，色彩绚丽的“乞巧楼”，阁楼上铺陈着“磨喝乐”、花瓜、酒炙、笔砚、针线、儿童裁诗、女郎呈巧，焚香列拜。乞巧之夜要在楼下大摆宴席，以赏节序。妇女要望月穿针，姑娘们还要斗巧拼诗，赢者可得精美的“磨喝乐”一个。

梁玉儿、岚儿围在卖“磨喝乐”的摊子前转过来转过去，她们太喜欢这些泥娃娃了，恨不能全都买回家去。这玩具在京城里本是常见，可没想到在这塞外边关也还能见到此物。此地见此物，心中便更加喜欢，竟想着一下子都买了，好回去送给部落里的女娃娃。

“掌柜的，你这里有多少‘磨喝乐’？”梁玉儿问。

“不多，就十来二十个。”掌柜的介绍说：“这些可都是从京城汴梁过来的。”

“你全给我打包装起来吧。”

“不行呀姑娘，你们两个人，我只能卖给你两个。”

“为甚？”岚儿问。

“你们都买走了，别的女女来了就没有了。”掌柜的说：“今天是七夕节，叫别的女女也有个玩上的。”

“你卖这么贵，有谁买得起呀？”岚儿一脸的不高兴说：“卖给谁都是卖，我家小姐一次买走了，你倒还省心了。”

“那倒不是，这些个娃娃早就被人给订下了。”掌柜的正欲解释，传来一个姑娘的喊声：“小姨，你也在这呀！”

梁玉儿回头见是折御仁的女儿折春艳，此女女生得是清秀美艳，年方二八。她们在折府里见过，还没等两人说话，身后追来了两个后生。一个是索斌的儿子叫索龙云；另一个是马山林的儿子叫马怀绪，两人都是身高体壮与折春艳是同年生人。要说，他们还有一个伙伴，就是路彦的儿子路思达，他没能来是因为正要出门时，碰见受伤的爹回来，不敢乱跑只好呆在家里陪着。

“春艳，干甚哩，快买了走啊！”索龙云粗粗地喊了声。

“你急个甚哩！”折艳春看眼他说：“没见小姨还在这里吗！”

“小姨！甚个小姨？”两人不认得梁玉儿，只是看着她问：“你甚时又多出个小姨来？”

“不得无礼！”折春艳喝住两人，对梁玉儿说：“他们是我索伯父和马伯父的儿子。”说着扭头看眼两人道：“还不见过小姨！”

“见过小姨！”两人忙给梁玉儿行礼。梁玉儿乐了又不敢笑，虽说几人年龄相当，可她毕竟是长辈。

“噢噢！你们玩吧，我去别的地方转转。”梁玉儿说罢带着岚儿就走，折春艳抓过两个“磨喝乐”跑到她面前说：“小姨，这个给你。”

“这怎么行，是该小姨买给你才好。”梁玉儿觉得有点意外，折春艳一把塞进她怀里说：“虽说你是小姨，不也是个姑娘家。”说完转身跑了回去。梁玉儿看着她的背影，自己笑了，“这算个甚事，我怎就比她大了一辈呢！”

“小姐，想甚哩！”岚儿看着发愣的她说：“咱们还是去别的地方转转吧。”两人向前没走多远，就听岚儿惊叫一声，“小姐，你看，那不是，不是……”梁玉儿顺着她手指的方向看去，见人群中走来了折御卿和李子慧。

“小姐，他不就是我们在清泉寺见到的那个人吗！”话一说完，她又看见了折御卿手里拿着的葫芦说：“你看，你看他手里拿的那个葫芦，该不会是小姐放在小溪里的那个葫芦吧？”

“瞎说！这种葫芦到处都是，说不定还是人家自己的东西呢！”梁玉儿也认出了折御卿，但并不想见他，因为她压根就不知道此人正是折御卿。

原来折御卿回到府州，已经是乞巧的早晨，他让索斌送路彦回府疗伤，自己跟李子慧便在城里转悠了起来。他想在街道上看看，然后步行回折府。他们逃离浪族山寨后，半路与折御仁、马山林带来的折家军轻骑碰了面，他本想带队去韩娇娇返回契丹的路途设伏，消灭这些辽军。可后来又改变了主意，还是那儿女情长在作祟，因为他打心底就不想韩娇娇有事。李子慧早已看透了他的心思，便命令大军撤回府州准备过“乞巧节”。这样也有好处，一来可以给浪族减轻压力，如果真的消灭了这支辽军，浪族定会遭到契丹人的报复；二来也不至于让折御卿太过为难。不管怎么说，最终还是韩娇娇保住了折御卿，得知恩图报不是！

“哎，你！”岚儿突然横在折御卿面前，指着他手里的葫芦问：“这个葫芦是哪来的？”

“你是谁？”折御卿被吓了一跳，打眼看着她问：“你说甚哩？”

“这个葫芦，是不是在清泉寺附近捡的？”

“这是你的吗？”

“让我看看就知道了。”

“为甚？”折御卿不给，李子慧说：“三少爷，还是给她看看吧，兴许葫芦的主人就要现身了。”

一听此话，折御卿便将葫芦递了过去。岚儿接过葫芦，抽出里面的纸条看了眼说：“是我家小姐的！”

“你家小姐是谁？”折御卿刚张嘴，岚儿就白他一眼说：“少打听，你可以走了！”

“嗨，真是霸道！”折御卿笑了，说：“你家小姐的葫芦，差点就打中了本将军的头，你倒还……”

“你是将军？”岚儿打断他的话，惊喜地盯着他问：“你是多大个将军，有没有婆姨？”

“岚儿！”梁玉儿过来说：“快走吧，别在这里丢人了。”

看见过来的梁玉儿，折御卿眼前一亮紧着问：“你就是……想起来了，你就是那个用弹弓打浪族人的姑娘。”

“还说呢，当时你为甚见死不救？”没等梁玉儿说话，岚儿像只斗鸡冲着他喊：“你算个甚将军？快给我们家小姐道歉，要不等见着折御卿，我就告你一状，说你……”

“走吧！”梁玉儿一把拉着岚儿离开。折御卿还真是被逗乐了，看着她俩的背影说：“先生，您看看，现在这丫头倒比小姐还厉害。”

“三少爷真是艳福不浅呀！”李子慧笑笑说：“看样这位小姐倒是要温柔得多啊！”

“先生说甚哩！”折御卿明知故问，他知道李子慧的所指。不就是在说李小怜和杨美慧嘛，这都是哪跟哪呀！我又没说要娶她们做婆姨，更何况李小怜现在还不知人在哪里。

离开折御卿后，梁玉儿嗔怒地看着岚儿说：“你也真没个样子，怎么可以问人家有没有婆姨这样的话，丢不丢人？”

“人家还不是在为小姐着想吗！你看他人还长得不错，要真是个将军又没有婆姨的话，小姐不是……”

“好了好了，你这样舔着脸去问一个陌生人，若再传到折御卿耳朵里，还真当本小姐要急着嫁人哩！”

“那又有个甚，反正他又不是折御卿！”

折春艳从卖“磨喝乐”的掌柜那里拿走了所有泥娃娃，原来这些都是她提前订好的货。每年乞巧她都会买很多这样的娃娃，送给穷人家的女孩。

“春艳，别拿着了，还是叫他给送府上去得了。”索龙云催促说。

“急甚哩！先把这些娃娃送出去再说。”折春艳一回头，见几个小姑娘正眼巴巴地望着她。

“哟，怎么都跟在屁股后头了。”她看着几人笑笑说：“好吧，姐姐现在就给你们每人一个。”说着将“磨喝乐”一一递到她们手里，拿到泥娃娃的小姑娘欢心地蹦着跑了。

“小姐啊，照您这种送法，怕是全城的‘磨喝乐’也不够你送的。”掌柜的在边上说。

“算了，有一个算一个，高兴就行。”折春艳说着一转身，竟然发现边上还站着一个小姑娘，正期盼地望着她。这可怎么是好，她回头看眼掌柜的问：“掌柜的还有吗？”掌柜的摇摇头，折春艳蹲下身去说：“姐姐这里没有了，要不……”正说着，突然一只手递过来一个“磨喝乐”。

“小姐，就把这个送给她吧！”

折春艳抬头一看，惊讶地站起身说：“李掌柜，怎么会是你？”

李掌柜是一位英俊后生，他看着折春艳说：“刚巧来府州，没想到竟会碰见小姐你。”

折春艳拿过“磨喝乐”，递到小姑娘手里说：“回家去吧。”小姑娘抱着泥娃娃跑了，她从怀里摸出钱递过去说：“我不能随便拿你的东西，这钱给你。”

“不不！”李掌柜忙推辞道：“今天是女儿节，就算是我送小姐的礼物。”

“哎呀，你们真是啰嗦。”索龙云急道：“快走吧！”

“李掌柜！”折春艳为难地说：“我们还有点事，你看……”

“噢，原想请小姐和几位兄弟一块喝酒，既然小姐有事，那就改天请大家一起到塞外楼可好？”李掌柜说。折春艳并没给他明确的答复，几人便告辞向街上跑去。他们急着要干甚！其实也没什么大事。只是今日大街上要扭秧歌，跑旱船，索龙云在街边一家酒楼的靠窗边要了个包厢，他们是要在那里喝酒看秧歌。当几人路过街中间的一座戏台时，传来的阵阵叫好声将他们吸引了过去。

台上，两个壮汉在“角力”。“角力”是一种徒手拼摔的争斗方式，但不得使用拳脚击打对方，除此之外，不管用何样技巧只要能摔倒对方为胜。这本就是些游走四方，靠卖艺赚钱的武把式，府州城里平日也时有出现。有比武卖艺、比武招亲、玩硬功的，卖跌打损伤药的五花八门，啥样人物都有，可就是没有见过卖“角力”的。因为这种摔跤方式，在塞外太过平常，连三岁的娃娃都能上手摔它几下，实不为奇。

“龙云，还有人敢在咱府州挑战‘角力’？”马怀绪说：“怕是有点不知天高地厚了。”

“想上去试试？”索龙云也来了兴趣，问：“是你去，还是我去？”

“走吧，这有甚意思。”折春艳忙打住二人说：“还是去喝酒吧！”

突然听得一声大喊，一个粗壮的后生窜上了台，几人定眼一看吓了一跳。原来是路彦的儿子路思达。

“这家伙真是无聊。”折春艳冲着上面喊：“思达，你快下来，咱们去喝酒。”

“酒等一会再喝不迟。”路思达不理他们几人，看着台上的汉子问：“你打算怎么个比法？”

“摔倒为胜！”

“好，你们谁先来。”路思达拉开了架势。

“我们先前说过，赢了给你一百文，输了要给我们十文钱。”

“小爷我不要钱，只想跟你比一下。”

“如果是这样，还是请这位爷下去吧！”汉子不跟他比，路思达火了，大声道：“上来了就不能下去！”

“那就请爷拿十文钱放在这里。”

“小爷我就输不了，赢了也不问你要钱。”路思达横了起来，汉子看眼他退在了一边。索龙云见状也跳了上去，从怀里摸出钱来扔在地上说：“给你。”汉子没动，只是直直地看着他们。

“你倒是比也不比，你若不比，小爷我今天就砸了你这场子。”

“思达你要干甚？”折春艳和马怀绪也跳上了台子，她上去拉起路思达就走，“走吧，别在这瞎闹了。”

“不行，他竟敢瞧不起我。”路思达抛开她的手说：“今天他不比也得比！”

这时就听“嘣”的一声，马怀绪一脚踏断了台上的长条凳，他也跟着要起横来问：“比也不比？”汉子依然没动，路思达正要发威，突听外面传来喊声：“崇仪使大人到！”几人一愣，吓得忙退向一边。折御卿、李子慧走了过来。折御卿看看台上的折春艳、索龙云几人，怒吼一声：“下来！”

四人乖乖地跳下了台子，来到他身边。李子慧跳上台，摸出一块银子对着汉子说：“不用害怕！这些钱赔你们损坏的东西，你们继续。”

“大人，这钱小的不能要！”汉子不敢接，李子慧把钱塞进他的手里转身下去。台上的几人忙跪倒在地说：“谢崇仪使大人！”

折御卿走了，带着几人回到折府，一进院子就叫折春艳、索龙云、马怀绪和路思达跪在地上。

“你们几个‘碎怂’，竟敢在大街上欺负起人来了。”折御卿看着几人说：“今天我得替你们的爹，好好管教管教你们。”

“三叔，我就是想跟他们比武，可是……”路思达诡辩着被折御卿打断说：“比武？！人家不比，你们几个就敢砸人家的场子，还有没有王法！今天就给我好好在这里跪着反省。真是闲得皮痒了，明日都去军营里报到！”

“三叔，那我呢，你是不是也叫去军营？”折春艳问。

“没你甚事，你起来回家去。”

“三叔，我也想去军营。”

“女孩子家跑军营里干甚！老实在家里陪着奶奶。”

“不，我二姑、三姑都是女将军，我为甚就不行？”

“你能跟她们比吗？你那两个姑姑在‘高平大战’中一战成名，是当时皇帝陛下敕封的‘巾帼双英’！”折御卿指着几人说：“再看看你们几个，整天就知道瞎胡闹，一点规矩都没有，还想当甚将军？！我看你们连个小兵都当不好。”

“哟，这是出了甚事？”路夫人出来，见几个孩子跪在地上问道：“御卿，为甚要罚他们？”

“这几个‘碎脑子’，刚才在集市上逞强斗狠，砸了人家的场子。今天不治治这几个小东西，将来还不闹翻天了。”

“这倒是该罚。”路夫人嘴上说着，心里却笑了起来，你也还是个没长大的孩子，现在教训起晚生后辈来倒是一套一套的。

“娘，您还好吧？”

“好好，娘见你安全回来就放心了！”路夫人不再理他，只是看着几个跪着的孩子说：“你们这几个‘猴脑子’，怎么敢跟人去斗狠。你们的父亲都是咱府州的大将军，以后可不敢有仗势欺人的想法，记住了？”

“是，奶奶，我们以后不敢了！”

“好，知道了就好，都起来吧！”四人看眼折御卿，见他没吭声，便起身随路夫人进了大厅。

“真是些乖孙儿！”路夫人慈爱地看着几个孩子说：“奶奶告诉你们件事，记得你三叔小的时候，也干过跟你们一样的荒唐事。”

“娘，您怎么能跟他们说这些。”折御卿一听想拦，路夫人摆摆手说：“好了，罚也罚了，这里没你甚事了。”折御卿无奈地看眼她，转身出去。

“奶奶，快给我们说说。”见折御卿出去，折春艳忙问：“三叔都干过些甚坏事？”

“那可就多了！记得有一年冬天，他在酒馆里与人斗狠，砸了店里的几十坛子酒不说，还出手伤了人。”

“那我爷爷没罚他？”

“罚，怎么能不罚！先打了二十军仗不说，还罚他在外面跪了一个晚上。”

“呀，这么严重！”折春艳担心地问道：“大冬天的，一晚上下来还不把人给冻坏了？”

“你当他真会那么老实地跪着？”路夫人笑了，“那天半夜，我怕他真的会出事，就悄悄去看他，结果你们猜怎么着？”

“跑了？”折春艳说。

“哪里，他披着棉被，在院子里生了堆火，竟然跪在地上和你的大伯在烤羊腿，喝起了烧酒。”几人笑了，路夫人接着说：“从那以后，他再也没有惹过事，变得越来越有出息了。你们知道吧！你三叔十九岁时，就被朝廷任命当上了闲厩副使执掌了府州。”她看着几个孩子，严肃地说：“奶奶告诉你们这些，不是要袒护你们做错的事，而是叫你们今后不要再犯这样的错误。按说你们的年龄也不小了，今后要像你们的爹爹一样，好好习武，为国家效力，保护咱们府州百姓的安全，当一名英勇善战的大将军。”

离开路夫人，折御卿要回自己的院子，还没走到院门口身后传来了杨美慧的声音：“御卿哥哥！你可回来了？”

“美慧妹妹！”

“你可真叫人担心死了，伤着甚地方没有？”杨美慧在他周身上下打量着说：“听说你被困在了浪族山寨，伯母就是不让我跟着去，整得人家一个晚上都没睡着觉。”

“没甚事，这不好好的吗！”折御卿有点儿疲倦，看着她歉意地说：“我现在想去看看儿子。”

听他这样说，杨美慧没敢强留，只能看着他进了院子。秋儿过来说：“小姐，人家是要去见自己的儿子，你也不能总缠着他呀。”

“他的儿子，将来不就是我的儿子，看看有甚不行？”

“别再嘴硬了，缠得紧了人家会烦的。”秋儿劝说道：“还是去路夫人那儿吧！你又不是不知道，姑爷是个大孝子，只要能讨好他娘就行了。”

两人来到大厅外，见厅内路夫人跟梁玉儿正聊得高兴，她叫秋儿留在了门外与岚儿呆在了一起，正欲进大厅就听到路夫人的喊声：“来，美慧！”

“伯母！要过乞巧了，我是来看看有没有甚事可以帮上忙的。”

“不用不用，都是自家人，你能过来陪着伯母就好。”路夫人招手叫她坐在自己的身边说：“玉儿姑娘你们已经见过了。噢，对了，你们两个谁大？”

“昨日岚儿问过秋儿了，是美慧姐姐长我一些。”梁玉儿轻轻地回答。

“你们这几个姑娘呀，长得一个比一个俊，伯母看着就喜欢。”路夫人说着拉起梁玉儿的手说：“玉儿，先别急着回家，就在府州多陪陪伯母。我这就差人给你父母送封信过去。”

“不用了伯母，我在这里会给您老人家添乱的。”梁玉儿忙说。

“哎，回去也没事，就呆在府州。”路夫人慈爱地看着她说：“听说你诗词歌赋，书画女红样样都行。你知道，咱们这折府呀，啥都好，就是没人喜好读书。伯母想让你多住些时日，咱们俩也好说道说道诗词，再画些画可好？”

梁玉儿笑而不答，边上的杨美慧急眼了，没想到路夫人会留她。这可怎么是好，现在连自己的事都还没有确定，怎就又多出一个梁玉儿。

第二十二章
乞巧节折府欢庆　梁玉儿路遇山贼

天黑了，折府里的“乞巧楼”被一炬炬火烛点亮得通明。楼前的院落里排放着几十张条儿，上面摆满了酒肉菜品，折御卿要召集州府大小官吏，一同共庆乞巧节。

折御卿来请路夫人，梁玉儿看见进来的折御卿，心里一紧。坏了！怎么会是他，难不成他就是折御卿！？这下怎么是好，真是丢死人了！她忙将头转向一边。

“娘，客人们都到齐了，我们该去‘乞巧楼’了。”

“御卿来得正好，娘给你介绍一下。”路夫人指着梁玉儿说：“这是落泥部族梁族长，你梁叔伯的女儿梁玉儿。玉儿，这是你御卿哥。”

“玉儿见过御卿哥！”梁玉儿低头把脸扭向一旁，硬着头皮给他行礼。

“玉儿妹妹不必多礼！”折御卿见她不抬头，便低头去看，梁玉儿忙扭过身去，他继续追着看。路夫人和杨美慧，惊奇地看着两人的怪异举动。

“御卿，干甚哩？”路夫人喝住他说：“真没个样子，为甚要追着人家姑娘看？”

“娘，不是，不是……”折御卿忙解释说：“玉儿妹妹，她……”

“御卿哥！”梁玉儿干脆转过身，直对着他说：“真没想到，我们又见面了。”

“真的就是你呀！”折御卿十分惊喜地说：“看来，咱们还真是有缘啊！”

“你们认识？”路夫人看看两人，感到惊奇地说：“玉儿可是头一回来咱府州，你们……”

“伯母！”梁玉儿不等折御卿答话，便抢着说：“我跟御卿哥，是在清泉寺边上碰见的。”

“清泉寺？”路夫人有些诧异。杨美慧急问：“御卿哥哥，你们碰个面就会认识的吗？”

“是这样，当时我们去浪族山寨，刚巧从清泉寺山下经过。”折御卿解释说：“没想到她被浪族人打劫。”

“怎么会出这种事？”路夫人担心地问道：“没出甚事吧？”

“伯母！”折御卿正要回答，梁玉儿抢先插道：“当时人家正被几十名浪族人包围，可御卿哥就站在不远处看，他还见死不救呢！”

“甚，他没有出手相救？”路夫人真不敢相信，当她扭头看见有些尴尬的折御卿时，便一巴掌打过去说：“身为一方大员，有人在你的地盘上被打劫，你居然会见死不救？你算是个甚朝廷命官，你……”

“娘，娘！不是那样。”折御卿忙辩解说“玉儿妹妹手里拿着张弹弓，使得是精准威风，打得浪族人根本就近不了身。孩儿只是，只是……”

“甚也不要解释！”路夫人严肃地看着他说“没救就是没救，快给你玉儿妹妹道歉！”

“伯母！”梁玉儿见不太对劲，紧着替折御卿说话：“其实，其实当时也没有那么危险，我只是……”

“玉儿，你不必为他辩解，没出手相助，就是他的错！”路夫人看眼折御卿说：“还不给你玉儿妹妹道歉？”

“玉儿妹妹，是哥哥不对，哥哥在这里给你赔不是了。”折御卿抱拳弓身，凑近她的身边悄声说：“你可真够狠的！”

“御卿哥不必这样，还是妹妹多有不是。”梁玉儿说完，也小声冲着他道：“谁让你不早告诉我，你就是折御卿呢？”

见两人悄声耳语，边上的杨美慧看得是醋劲大发，但她又不敢说话。

“玉儿，以后他若再敢欺负你，就告诉伯母。”路夫人说。这话倒是把个杨美慧给听急了，忙问：“伯母，那御卿哥哥要是欺负我呢？”

“那也不行！”路夫人看着两个姑娘，突然笑了起来。她明白杨美慧的心思，敷衍了句说：“好了，咱们也该去乞巧楼了，可别让大家等得太久！”

几人随她出了大厅，向庭院走去。刚进院门，就听李子慧喊道：“‘诰命夫人’，崇仪使大人到！”，众人忙从座位上起身行礼。

“坐坐，大家不必拘礼，都坐下吧！”路夫人招呼大家入座，她来到上位坐下说：“今晚是乞巧夜，咱们自家人聚在一起，图的是个高兴，大家就不必拘礼，尽情地吃，放开了喝！”

“谢诰命夫人，谢崇仪使大人！”众人齐呼。

这时，芬儿和折御卿的婆姨苏氏抱着折惟昌，领着折惟正来到路夫人身边。见着孙儿，路夫人忙伸手接过折惟昌抱在怀中。路彦也来了，他不顾腿上有伤硬叫儿子给抬来。

“姑妈，侄儿不能给您老行礼……”

“知道了！你身上有伤还要来贪酒。”路夫人嗔怪地看眼他，转而对边上的路思达说：“把你爹爹管住了，不准他喝太多的酒。”

“姑奶奶，孙儿可不敢管！”路思达说：“我爹他怕您。”

“你个死小子！”路彦一巴掌扇过去说：“现在也敢跟老子较劲了。”

“好，那就把你爹放在姑奶奶身边。”路夫人笑着说。

“不可不可，姑妈！您就饶了侄儿吧！”路彦忙喝令儿子将他抬走。他不敢待在路夫人身边，必须跟索斌、马山林几个老哥哥在一起才敢放开了喝酒。

折御卿说了几句官话后，酒宴开始了。锣鼓家什响了起来，二人台也跟着唱起来……

“三少爷！”坐在折御卿旁边的李子慧，看眼路夫人身边的梁玉儿问：“她真是落泥部族，梁家的女儿？”

“是的！真没想到，梁博泥竟会有这样小一个女儿。”折御卿说，李子慧笑笑道：“三少爷艳福不浅啊！”

“先生又在笑我了。”折御卿正要往下讲，就听路夫人冲大家说：“今天是乞巧节，谁先来作首诗，作得好有赏！”叽叽喳喳的院落一下便鸦雀无声了，路夫人接着说：“一提作诗，你们怎么都傻了？”

“姑奶奶！”突然人群里传出一嗓子，原来是路思达，他站起身说：“以后把作诗改成比试武艺行吗？”

“思达！快坐下。”折春艳忙拉拉他说：“你是想找揍呀！”

“那可不行，光习武不念书可不行！”路夫人说：“诗得作，武艺也得练好！”

“臭小子！”路彦大喝一声，“这哪有你说话的份儿。”

“好好，看来作诗是难为大家了，自己作不了没关系，那就朗读别人的也行。”路夫人看着众人，有点儿泄气。正在这时，梁玉儿站起身说：“伯母，我可以试一试吗？”

“好，就让我们的贵客，落泥部族的梁玉儿，给我们先来一首。”路夫人高兴地说。梁玉儿走向中央，慢慢念道：

烟霄微月澹长空，银汉秋期万古同。
几许欢情与离恨，年年并在此宵中。

梁玉儿刚念完，路思达便喊了一嗓子问道：“小姨，这诗是什么意思呀，我们听不懂。”

“噢，这是唐代大诗人白居易所作的《七夕》。”梁玉儿笑了，忙解释说：“这首诗的意思是说，每年七夕，苦苦等待了一年的牛郎织女终于可以相聚了。他们有说不尽的绵绵情话，道不完的思念爱慕之意。可遗憾的是良宵苦短，在短暂的欢聚后，留给他们更多的则是无尽的相思和难耐的凄寂。相会的欢乐，离别的痛苦，这一切都发生在七月七日的夜晚。”

“这算个甚事呀！”马怀绪问：“为甚讨了个婆姨，一年才能见上一次面？”

“那是，那是因为王母娘娘不准呀。”梁玉儿被问得不知该如何回答了，路夫人马上为她圆场说：“记得唐代诗人李商隐在他的《辛未七夕》中，有这样一句，‘恐是仙家好别离，故教迢递作佳期。’大概是天上的仙家喜欢多离别吧，好好的一对恩爱夫妻，为甚让他们一年只见一次面，这怕是人间的凡夫俗子无法理解的。好了！今夜是女儿家的乞巧盛会，你们这几个傻小子不准多嘴！现在有谁能出来应上一首？”大家又不说话了，折御卿见无人吭声，见梁玉儿正要走回坐位，便起身上前拦住她，并示意她站在自己身边说：“既然大家都不敢应对，那就由我先上来献个丑。”他顿了顿开始朗诵。

“为母还愿到清泉……”折御卿第一句刚一出口，惊的梁玉儿差点儿跳了起来，忙悄声说：“停！你若再敢往下念，本小姐就把你小时候光屁股的糗事，用诗说出来。”

“连这些你都知道？”

“你娘早把你小时候的那些糗事，都告诉了本小姐。”梁玉儿盯着他说：“要不现在就给你说上一段？”

“那可不行，我是一方大员，这些糗事说不得。”

“你们俩在干甚呢？”路夫人问，折御卿忙回答：“娘，孩儿把下面的诗句给忘了。”众人轰地一下笑了，路彦大喊：“三少爷，重新来过，念人家姑娘家的诗不算数。”

“真没出息！我说你甚时也学会作诗了。”路夫人替他打圆场说：“自己作不了，能朗读别人的诗也算数。”

“刚才朗读的就是一位姑娘写的诗……”折御卿正说着，梁玉儿伸手在他背后猛地掐了把，折御卿咧咧嘴忙改口说：“怎么突然给忘了，现在也记不得是哪位姑娘写的了。”

“快下来吧，看来作诗还真是难为大家了。”路夫人说：“乞巧节，本就是女儿家的节日，现在咱们就开始比赛‘望月穿针’，获胜的就奖‘磨喝乐’一个。”

话一说完，姑娘，媳妇们都欢腾了起来，大家围坐进院落中央准备比赛。梁玉儿见折御卿回坐在李子慧身边，自己便走出院子，她对那些女儿家的手工并没多大兴趣。见着折御卿，还真是让她感到意外，落泥部族与府州折家虽说有些关系，但那也已是几十年前的事了。折御卿倒是令她有些惊喜，第一个没想到，这家伙英俊年轻；第二个没想到，身为一方大员的他，竟也顽皮的像个孩子。梁玉儿觉得自己是在被神灵引导，清泉寺里许愿是一时兴起，可这葫芦却偏偏砸在了折御卿的头上。

“小姐，你觉得折御卿好吗？”岚儿问。

“甚？”梁玉儿愣了下说：“甚好不好的，你没看见折御卿已经是有婆姨的人了吗！”

“那又有个甚！”岚儿看眼她，笑着说：“那可是缘分，还好葫芦砸中的不是个老头，要不小姐这愿可就……”

“闭嘴！”梁玉儿忙打住她说：“不要再说他了。”

“好好，如果小姐也没甚想法，那咱们明日就回山寨行吗？”岚儿不满地说：“反正这家伙早已有了婆姨，看他招惹姑娘的本事，往后还不定会娶多少个小妾呢！”两人正说着，身后传来杨美慧的声音：“梁玉儿！”

“美慧姐姐！”梁玉儿转身客气道：“姐姐怎么也出来了。”

“你和我御卿哥哥，刚才在说甚哩？”杨美慧直截了当地问。

“哟，这是怎么了！”梁玉儿见她一脸的酸味，有意接了句：“姐姐真的没有看到吗？”

“看到了甚，看到你们两个在说悄悄话！”杨美慧毫不掩饰地问道：“你与我家御卿哥哥是甚关系？”

“姐姐，玉儿不知你所问何意！”梁玉儿真是一头雾水，但她觉得杨美慧有点儿过分。

“御卿哥哥是我的，我们早就定有婚约。”杨美慧蛮横地说：“所以，不许你喜欢他！”

“美慧姐姐是说，折御卿要娶姐姐，那我御卿哥知道吗？”梁玉儿笑了，知道她的酸劲上来，可这醋也吃的太露骨了点吧。所以她有意加了句“我御卿哥”，就是想气气她。

“当然！我是他未来的婆姨。”

“是小妾吧？据我所知，御卿哥早就有了婆姨。”梁玉儿也硬朗了起来。

“好，那咱俩就比试一下。”杨美慧挑衅地说。

“为甚要跟你比？”梁玉儿冷笑笑说：“本小姐还不想给他作小。”

“那你为甚还要缠着他？”

“姐姐说这话就有点不讲理了。你要给他作小，还不许别的女人跟他说话，姐姐是不是太过霸道了点儿？”

“是，我就是不许别的女人对我家御卿哥哥动心思。”杨美慧开始不讲理了，“咱们先比出个高低再说。”她又玩起了对付李小怜的那一套把戏。

“比过了又能怎样？”梁玉儿不屑地说：“这种事情，是可以用比武来解决的吗？”

“我不管，你只能按照我的方法办。”

“为甚？”

“你就照我说的话去说！听好了：我输了我离开，我赢了我也离开。”杨美慧想叫梁玉儿重复她的话。

“知道了！”梁玉儿当然明白她的意思，依然逗着她说：“不论输赢，姐姐都要离开折御卿。那姐姐还要与我比个甚？直接走不就行了。”

“我赢了你走，我输了还是你走。”

“明白，姐姐的意思是说，我赢了你走，我输了还是你走。横竖都是姐姐你走，那还为甚要比？”

“输赢都有是你！”杨美慧急了，指着她喊：“梁玉儿走！”

“好！那我现在就走。”梁玉儿扭身就走，心里笑道：“世上竟会有如此嘴笨的女女。”梁玉儿带着岚儿走了，边上的秋儿实在是无语，她来到杨美慧身边说：“我说小姐呀，以后你能不能不这样讲话？”

“那要本小姐怎么说？”

“你就说，离开折御卿，不然本小姐就揍你。”

“这样行吗？那要是叫御卿哥知道了，可怎么办！”

“想赶人家走，还怕姑爷知道。我说小姐啊，你就认了吧，现在的男人那个不是三妻四妾的，多一个少一个又有甚关系嘛！”

“有关系，本小姐就是不想他身边有太多的女人。”

“小姐，你就别闹了，这要叫未来的姑爷知道了可怎么办呀！”秋儿担心地说：“咱们姑爷太招惹女孩子了，这样是打不完的，你还是认了吧！”

杨美慧也觉得自己有些鲁莽，可从她的心底里就不想与别的女人来分有折御卿啊！

这事还真令人有些头痛，路夫人也在为折御卿的事犯难。奉命出征太原，惹回来一个杨美慧，外加一个李小怜。去趟浪族山寨，竟也能招惹来一个梁玉儿。看看这几个女女，感觉她们都对折御卿铁了心似的不舍。现在怕该是出面张罗张罗的时候了。路夫人觉得，让折御卿多娶几房也没甚不好，折家需要香火延续，更需要多添人丁。夫君折德扆年不过五旬就走了，大儿折御勋硬是没挺过四十岁，现在只剩下小儿御卿，虽已有惟正、惟昌两个孙儿，但对于府州折氏而言，实在是太少了。三个女女到底娶谁合适呢？杨美慧实诚性子太急；李小怜聪慧机灵，但有些捉摸不定；还是梁玉儿最为讨人喜欢，她知书达理有涵养，性情温柔更能相夫教子。

“娘！您又在为三少爷的事犯难了。”芬儿见她发呆，送上杯茶说：“芬儿倒觉得，这事也没甚好想的。”

“怕也没那么简单。”路夫人接过茶呷了口说：“美慧姑娘的心思，一眼就能看透。但要拿她跟玉儿姑娘比，可就……”

“娘呀！”芬儿笑着说：“您怎么就只往一个人身上去想，为甚不把她们都娶回来，好给您做儿媳呢！”

“呀，这样也可以？”路夫人笑笑说：“这不太便宜御卿那小子了。”

“娘，要为咱们折家着想呀！现在也只有三少爷能做到了。把这几个女女都娶家来，如果再能多添男丁，咱们折家不就后继有人了。”芬儿的话说到了路夫人的心里，她便开始琢磨起此事的可能性。第二天一大早，先叫来了杨美慧，征询了她的同意后，便喊来了折御卿。路夫人并不是要征求他的同意，而是直接作了主，只是告诉折御卿，等选好吉日后就给他们两人完婚。

“娘，为甚会这样着急？”折御卿感到突然。

“你不愿意？”路夫人盯着他说：“美慧姑娘为了你，现已是孤身一人，你若不娶她，叫她去往何处？”

“娘，孩儿不是这个意思，孩儿是说……”折御卿正欲解释，被路夫人打断说：“既然没别的意思，那就赶快办了吧！”

“孩儿听娘的就是了！”折御卿不再辩解，令他没想到的是，他娘非要他马上娶杨美慧，娶就娶呗！可他心里却一直惦记着李小怜。这女女跑到哪里去了？怎就没半点儿音信呢？

李小怜去了哪里？那日她离开道观下山，本打算去府州找折御卿，后来突然改变了主意，竟直奔岢岚城而去。她想先在表哥折令图的家里住些时日，把自己零乱的思绪理理清楚再说。刚走出狐突山不久，竟然碰见无事闲逛的刘延郎，不对！现在该叫他杨延郎才是。两人碰面甚觉惊喜，同是天涯沦落人，又是同样的毫无目的。自杨业一家投诚大宋后，便被扔在了晋阳无人问津，杨延郎青年气盛，实在待不住，就想着出来走走。听说李小怜要去岢岚，即刻要求与她同行。

“不行！”李小怜一口回绝了，杨延郎问：“为甚？”

“你不能丢下自己的老爹老娘，一个人到处乱跑。”

“说甚哩！”

“看看你都多大了，怕是跟你小舅折御卿也差不了多少吧！”

“嘿，你才多大点儿，竟也敢教训起我来了。”杨延郎不满地看着她说：“论年龄，怕是你要叫我声哥哥才对。”

“不对，论辈分我可是你小舅的……”李小怜顿住了，忙改口说“反正我是你的长辈。”

“行，既然你说自己是长辈，那我就不跟你玩了。”杨延郎觉得无趣，若她真是小舅的……算了，想这些做甚！“再见了，小舅妈！”他撂下句话，翻身上马走了。

“哎，杨延郎！”李小怜冲着他背后大喊，杨延郎并没回头催马而去。

“小舅妈？”李小怜笑了，我甚时说过要嫁给折御卿了。没一会儿，她突然又发现杨延郎纵马奔了回来。

“快上马，有契丹人！”杨延郎喊着来到她身边，一伸手将李小怜拎上马背。她紧着问：“出了甚事？”

“契丹人！”杨延郎话音未落，就听得不远处的山洼中传来马蹄的奔跑声，渐渐出现了十几名契丹轻骑直向他们冲来。这些是前来“打草谷”的契丹兵，前哨早已发现了李小怜，就一心想要虏她回去。

看着冲来的契丹人，杨延郎早已心里痒痒，前些时日把他憋得够呛，现在终于有了撒气的机会怎肯放过！他背后驮着李小怜，手持长枪策马迎了上去。要说这十几名契丹人实在是不走运，遇上谁不好，却偏偏要碰上正憋得发慌的杨延郎。夺命的长枪从契丹人的马队中穿过，一下便捅翻落马了三五人去，他掉拨马头，接着返身杀回。契丹人见他如此凶悍早已不敢迎战，便分头从两侧逃窜，杨延郎哪里肯放过他们，一个接着一个追杀，直到剩下的最后两人也被他用弓箭射翻为止。骑坐在他身后的李小怜有点儿傻了，杨延郎彪悍得令人悚惧！战场上的折御卿本就够吓人的了，但要跟他的亲外甥比，可算是温柔了许多。

“你没事吧？”杨延郎回头看眼李小怜，她没有答话。两人下马，李小怜一屁股坐在地上。

“没有吓到你吧？”杨延郎关心地问：“真是有些危险啊，刚才要是你一个人走了，后果就不堪设想了。”

“谢谢你延郎！”李小怜并没敢抬头看他，只是低着头说：“你若没回来，我还真没法应对了。”

“现在没事了。”杨延郎舒展下筋骨，还觉得不过瘾地说：“真是些草包，怎就如此不经打！”

“我可不想再碰见他们。”李小怜站起身，杨延郎问：“还打算去岢岚吗？”李小怜没吭声，他接着说：“那就随我去晋阳！”

“你甚意思？”李小怜扭头盯着他。

“哎哎，你可别想歪了。”杨延郎忙解释说：“我知道你喜欢我小舅，我的意思是说，你跟我去晋阳让我娘给你们作主，她是府州折家的老大，一定可以帮你把我小舅拿下。”李小怜笑了，她真的需要别人来帮助吗！杨延郎的好心她领了，可看着英俊耿直的杨延郎，李小怜的心竟突然进入了两难！太荒唐了，瞬间她便打消了这种念头，还是赶快去岢岚吧。李小怜辞别了杨延郎，骑上契丹人留下的战马，直奔岢岚城而去。

听说折御卿要娶杨美慧，梁玉儿不以为然，对她而言，什么大呀小啦的并不重要。因为在她的家中，那个不是三房四房的娶。她爹早已年过半百，她娘也是她爹讨的第四房婆姨，要不怎么会生有她这么小的女儿。最让她不能接受的是杨美慧，如果真嫁给折御卿，整天要面对这样一个母夜叉，她受不了！所以，不等折御卿办喜事，便向路夫人请辞要回落泥部族。

“还是再多住些日子吧，等你御卿哥的喜事办完了再走不迟。”路夫人想挽留，梁玉儿坚决要走。她也就不再强留，知道梁玉儿是在为折御卿的婚事闹心，得给姑娘一点时间。其实，路夫人早已备好了丰厚的彩礼，准备叫芬儿去落泥部族提亲。这事当然不能跟梁玉儿说，她是想直接通过双方的长辈来敲定这门亲事。

梁玉儿走了，她没有去跟折御卿告别，而是带着家丁随从很快离开了府州。折御卿大婚本来跟她也没什么关系，她只是觉得有些怪，自己也说不清个缘由，总感觉有种莫名的闹心。还是走了的好，省得给心里添堵。一行人出了府州城，走了没几个时辰，便进入一条川道。川道并不宽阔，有条小河从中间淌过，沿河两岸的黄土原上，长满了茂密的灌木梢林。这条河，看似平缓却暗藏湍流。

可还没走多远，突然遇见了前来打劫的山贼。山贼看见梁玉儿等十来人，迅速扑了上来。梁玉儿伸手抓过弹弓，疾速发射，弹丸准确地击中了跑在最前面的几个山贼腿上。前面的翻倒在地，后面的又紧着跟了上来。一张弹弓，一颗弹丸，梁玉儿的手再快，也挡不住蜂拥而来的山贼。加之，身上带着的弹丸很快就已打光，怎么办？眼下也只能拼了。不一会儿，山贼冲到了他们跟前，众人接上了手。山贼人马众多，梁玉儿带来的十几名家丁随从，根本就不是他们的敌手，很快便被逼到了河岸边。

“都住手！”梁玉儿大声喊道：“放我们走，这些东西都给你们。”

“大哥！”山贼中一个锦衣姑娘，对着自己的老大悄声说：“留下东西就行了，还是放他们走吧。”

“东西当然得留下。”老大并不理她，只是看着梁玉儿和岚儿，瞬间生出了劫财又劫色的念头，他指着两位姑娘说：“大爷我今天不想杀人，把这俩姑娘留下，其余的人本大爷倒是可以……”

“住口！”岚儿喝斥一声道：“我可警告你们，我家小姐是府州崇仪使折御卿未来的婆姨，如果你们谁敢再动，小心折家军来剿灭了你们的老巢。”情急之下，她抬出了折御卿，想着能借用他的名头来吓吓这帮山贼。

“折御卿？”老大猛然愣了下，转而笑笑问道：“你当真是那折御卿未来的婆姨？”

“那还有假？”岚儿说：“本姑娘可警告你，现在收手还来得及，可别等以后，让我们家姑爷知道……”

“好好好！”老大打断她的话，连着叫了三声好，他看着梁玉儿说：“既然你是那折御卿的婆姨，那就更加走不得了！”

“大哥！”锦衣姑娘正欲说话，被他打断道：“小妹不必多言。这是多好的机会呀，真是打着灯笼也无处可找。你好好想想，如果有她在我们手中，那折御卿还不得跑过来求我？”

“你是谁？”梁玉儿盯着他问道：“你认得折御卿？”

“认得认得！”

“那还不速速让开！”梁玉儿厉声喝道：“既然你认得折御卿，竟也敢前来打劫他的婆姨，难道你们是不想活了吗？”

“想活，当然想活！”老大看着她笑笑说：“不过，我跟你家姑爷，还有笔没有了结的账。”

“你到底是谁？还不报上名来！”梁玉儿想用折御卿的威名来震慑他。

“威风，真是威风！”老大看着她说：“我们‘漠北五魁’的名号，怕你也是听过的吧！”

漠北五魁，梁玉儿心中一紧！这些山贼，竟然会是臭名昭著的漠北五魁。完了，这下怕是凶多吉少了！

第二十三章
诰命作主娶美慧　尹宪到访说贡使

面对着漠北五魁，梁玉儿已预感到了不测。仅凭她现有的这十来号人，怎可能是他们的对手。原来这几人正是漠北五魁中的老大、老四和老五。老大叫五魁，手中一根浑铁棒，凶悍之极；老二叫六子手，是个梁上君子，号称天下第一神偷；老三叫火霹雳，性情火爆，一口铁环大刀犀利夺命；老四叫铁拐子，是因他手中的两条铁拐子兵器得名；老五小妹叫长绣，是位二十来岁的俊美女子。叫她长绣，不只是人长得漂亮，而是她衣服上的一双长袖实为一种暗器。衣袖长约四尺，袖身是由铜丝缭绕而成，袖口装有一铜制手环，上有利刺数支，平日可把衣袖和铜环回缩扣于手腕之上，乍一看好似一个大大的铜制手镯。在与敌搏杀之时，手环可突然抛出有奇袭毙命之能。若一击不中，长袖舒展，瞬间变成两支飘动的流星锤。这流星锤，本就是软兵器的一种，属暗器类，一般用于偷袭和防身。

出道前的侠客义士，都曾梦想成为一方豪杰，要去打抱不平，接济穷人，铲除天底下的邪恶之事。可要行侠仗义自己也不能饿着肚子，饭钱从何而来？经商做买卖挣钱不行，怕也没那本事。偷不如骗，骗不如抢。打劫！也只有打劫来得最为快捷省事。该去抢谁！？自然是富人和有钱的人，劫持了他们的钱财，可先保证自己的肚儿圆，又有多余的钱财去救济穷人。漠北五魁凭借着一身武艺，开始了行侠仗义之举，他们先打劫了几个富裕人家，也还接济过一些贫困百姓，可后来便一发不可收，逐渐抢劫起过往的商贩、劫掠商旅马帮，这下可算是闯了祸。大宋王朝岂能容得下此等匪类来祸害百姓，无论你是如何行侠仗义，一旦打劫，那就与强盗无二，就是土匪，是土匪强盗就必须铲除！起初，漠北五魁还真没把官府当回事，自以为凭借他们几人的身手武艺，在这漠北一带已是天下无敌，无人能及了。直到有一天，他们打劫了官府送往唐谷镇的粮草物资，祸算是闯大了！他们不知，这支押运粮草的队伍正是府州折家军运送给养的部队。折御卿接到通报后，盛怒之下，命令斥候四处寻找打探漠北五魁的下落。早先，府州对漠北五魁已有些许耳闻，但并没把这几个草寇当回事。因为他们平时只是出没在漠北与契丹交界的边境处，对府州没有多少威胁。此次不同，漠北五魁竟敢直接进入府州境内劫持军队给养，若再任其肆意妄为，将会祸害周边百姓，自不能让他们存活，必须剿灭！在找到了漠北五魁的下落后，折御卿亲自带领三百轻骑前往清剿。

这仗本没甚可打的，再强悍的土匪一旦遇上了正规军队，怕也只有逃命的份儿。可漠北五魁偏不信邪，非要与折家军叫叫板斗上一斗，后果可想而知！老大五魁舞动浑铁棒独挑折御卿，被一枪挑落马下伤了臂膀；老三火霹雳疾挥铁环大刀冲上前去救援，老大倒是被救了下来，自己却被梨花大枪当胸刺穿毙于马下。这些个混杂于世间的所谓侠客义士，还从未遇见过像折御卿这样的战场枭雄！几人被震呆了，看见他手中飘动飞舞的梨花大枪早已被吓个半死，还是快逃命吧，只要能保住自身的小命比甚都重要！剩下的四人，居然毫不犹豫地扔下众喽啰和老三火霹雳的尸身，脱兔般地窜入梢林不见了踪迹。漠北五魁受到了重创，知道了天底下还有他们压根就招惹不起的折家军，虽说对折御卿恨得牙根痒痒的，但也绝不再敢造次。

见着梁玉儿，五魁心中大喜。今日，竟然在此川道中遇见了折御卿未来的婆姨，当然不能放她走。折御卿他招惹不起，可他的婆姨五魁还是敢动一动的。

“大哥，不能这样。”长绣见他起了色心，忙劝阻道：“还是拿了东西走吧，没必要再去招惹折御卿。搞不好，我们真就没地方可去了。”

“小妹呀，三弟不能白死，难道你就不想着给你三哥报仇吗？”

长绣被呛了回去，边上的老四铁拐子说：“大哥说的对，三哥不能白死，咱们就该拿折御卿的婆姨来偿还。把她抓回去，先给大哥当婆姨，等大哥玩腻了，再交给弟兄们玩，然后再把她送还给折御卿，看他折御卿还有何面目见人。”

“大哥，你真想这样干？”长绣本想劝阻，但看着五魁色迷迷的双眼，把后面的话咽了回去。五魁确实是这样想的，他双眼直勾勾地盯着如花似玉般的梁玉儿，心中淫荡，还真不能便宜了她。五魁顿时色从胆边生，我打不过你折御卿，但我却能玩你的女人。

“小姐，我去拦住他们，你和岚儿从河里游过去。”随从过来悄声说。

“不行，这样你们会没命的。”梁玉儿反对道：“要走就一块走，我先用弹弓打他，然后咱们就一块跳进河里去。”

“小姐，你还有弹丸……”岚儿急问。

“闭嘴！”梁玉儿打断她的话，伸手拔下手指上的戒指，悄悄扣在弹弓上。

“嘿，折御卿的婆姨，你倒是想好了没有？”五魁看着他们大喊一声问道：“想好了就过来，要不大爷我可就过去了。”

“好，那本小姐就先送你件礼物。”梁玉儿说着快速举起弹弓，“嗖”地一声戒指飞出，疾速奔向五魁……

五魁见她突然举起弹弓对着自己，下意识地用手捂住自己的面门。没想到，这枚戒指直直的击打在他的腿上。五魁腿一软，大叫一声跪倒在地。五魁被击倒了，梁玉儿等人迅速转身跳进了身后的河流，铁拐子、长绣带着众人冲向河边。

跳下河去的众人，回头发现梁玉儿还一人愣在岸边，正看着河水犹豫不决，跳还是不跳！原来梁玉儿并不识水性，若真的跳下去了，会不会被水淹死？

“小姐，快跳呀！”河水里面的岚儿喊着说：“不要怕小姐，有岚儿在这里接着你，快跳呀！”

此时，漠北五魁带着众人同时扑向河边。梁玉儿见状什么也顾不得了，径直纵身跃入河中。没想到，漠北五魁带着众喽啰紧跟着冲来，众人似下饺子般的全体跳进河里，他们并没有去追赶梁玉儿等人，而是抛开了胳膊拼着命游向河的对岸。

“怎么回事？”岚儿在水中托着梁玉儿，不让她沉下水去。她转头看向河岸。突然，发现一彪人马冲了过来，原来是折家军轻骑。岚儿大喊：“小姐我们有救了，是折家军来救我们了！”

来的正是折家军！原来，正当漠北五魁要去擒拿梁玉儿时，竟然发现身后冒出了一支轻骑。当众人看清了府州折家军的旗帜后，想都没想便直接奔向了河边，只有尽快渡过河去，他们才有保命的可能。五魁在铁拐子和长绣的搀扶下，也一同跳进了河流。折御卿来到河边，看着拼命渡河的山贼，有些犹豫了，他不知是否该下令用弩弓去射杀这些贼人。

“少将军，不能就这样放他们跑了！”索斌过来说：“得杀他几个，好叫这些山贼知道知道厉害。”

“小壮子！”折御卿对身边的小壮子下令道：“那就射杀他几人。”

“得令！”小壮子正欲举起弓弩，折御卿隐约听到了喊声。

“折，折将军！”河里传来岚儿的呼喊声，折御卿循声看去，就见岚儿拼命托着梁玉儿，在湍流中挣扎着被河水带向下游。

“玉儿！”折御卿一惊，忙翻身下马沿着河岸追去。

索斌迅速带着众军士随后紧跟，当他们追赶到河边的一拐弯处时，战马已经无法前行，众人快速翻身下马奔向河边，竟然不见了折御卿和梁玉儿几人。

“快快快，快分头去找！”索斌急了，看着湍急的河水想要往下跳，被边上的小壮子一把拉住说：“将军，不能从这里下去。”

“小壮子，你带人赶快渡河，从对岸寻找。”索斌迅速下令，小壮子应了声带人走了。索斌便指挥折家军轻骑，沿着河岸向下游搜寻。

再说折御卿追赶到岸边，发现梁玉儿和岚儿被一暗流卷入，一下子便没顶不见踪影。他迅速脱去身上的铠甲跳入河中，拼命向梁玉儿的方向游去。他在河水中反复寻找，终于抓住了梁玉儿的衣襟，把她的头托起离开水面，奋力拖上了对岸。接着他又反身向河中看去，岚儿已不知了去向。折御卿再回头看眼躺在岸边一动不动的梁玉儿，忙跑到她的面前，单膝跪地将她的身体抱起，翻转趴伏在自己的大腿上，慢慢挤压，让她吐出肚子里的河水。

水吐了出来，梁玉儿猛地咳了几声，渐渐地开始呼吸了。折御卿松了口气，把她的身体平着放倒在地，轻轻叫了声：“玉儿，玉儿姑娘！”

梁玉儿苏醒了，她慢慢睁开双眼，看着折御卿有气无力地说：“岚儿，快去救岚儿。”折御卿没动，只是静静地看着她。

“岚儿，岚儿！”梁玉儿喃喃地喊着。

“岚儿不会有事，折家军已经去下游找她了。”折御卿安慰了句。

梁玉儿望着他不再说话。刚才她是溺了几口水，又被猛然卷入水中一下子便失去了知觉，好在求助的及时。可岚儿，岚儿会怎么样呢？

“得赶快把衣服上的水挤干。”折御卿看着梁玉儿，发现她的身体在微微颤抖，忙把她揽入怀中说：“这样不行，得把衣服弄干，否则你会生病的。”

“不要紧的，御卿哥。”梁玉儿轻声说：“现在能去哪里找干衣服？”

“你等着，我去去就来。”折御卿说着起身向梢林奔去。不一会儿，抱着一堆干树枝跑了回来。他抓过一把蒿草，拿起一块河滩上的鹅卵石放在上面，然后从腰中摸出火镰猛击鹅卵石，火星四溅蒿草被点燃了。梁玉儿看着他熟练地生起了篝火，慢慢地站起身。

“玉儿妹妹，我在这里给你搭个帘子，你把衣服脱下来烤干。”折御卿说着拿起几根树枝插在地上，紧着又脱去自己身上的外衣围了上去说：“好了，我替你在这里守着，你赶快烤衣服吧！”

梁玉儿看眼赤裸着上身背转过身去的折御卿，退去外衣，慢慢地在火堆上烤了起来。她被折御卿的行为所感动，这是一个什么样的男人，怎么竟会如此的令人……

“刚才是不是有些危险？”折御卿打断了她的思绪，有些抱怨地说：“玉儿妹妹走时，为甚不跟我打声招呼。”

“对不住了御卿哥，当时我只是……”

“妹妹不必自责！”折御卿打断她的话说：“我并不是要责怪妹妹，只是最近山里出现了山贼，要走也该叫我派人送你们一程才是。说来还真是巧了，今日一大早就接报说，唐谷镇方向有山贼出没，我是怕妹妹路上遇到麻烦，便带着人追赶过来。”

“多谢御卿哥的救命之恩！”

“妹妹不必言谢！打击土匪山贼保百姓平安，本就是我分内的事。可没想到竟也让妹妹受到了惊吓，实在是哥哥的不是呀！”

这时，小壮子带着众人跑了过来，折御卿忙将众人拦住，小壮子来到他跟前问道：“大人，您没事吧？”

“索将军在哪？”

“还在河的对岸搜寻，请大人放心！那些山贼都已经跑得没了人影，玉儿姑娘带来的人也都平安。”

“御卿哥，我已经换好。”梁玉儿说着摘下折御卿的衣服烤了起来。

“小壮子！”折御卿命令道：“你马上带人沿河向下游搜寻，看能不能找到岚儿姑娘的下落。”话刚说完，就见远处一个人影向这里走来，原来是岚儿。当时，她们两人被一股暗流卷入水中，她猛然将梁玉儿向上推了把，自己便被湍流带走。等她挣脱上了岸，开始四处寻找梁玉儿的下落。结果没有找到，想着会不会是被折家军给救了，便沿着河流向上游找来。

见着岚儿，梁玉儿终于松了口气，两人抱头痛哭起来。真可谓是一场生离死别，竟让两位姑娘一时把持不住自己。等两人哭够了，梁玉儿的随从也赶了过来。折御卿穿好外衣，过来问道："玉儿妹妹，你现在身体虚弱，还是先跟我回府州调养些时日再回家吧。"

"不了！"梁玉儿强打起精神，推辞说："御卿哥不必为我担心，我还是要回家去看望我娘。"

"小姐！"岚儿悄声说："你好像在发烧，咱们还是……"

梁玉儿忙打住她的话，看着折御卿说："多谢御卿哥，谢谢御卿哥的搭救之恩，妹妹在里给你行礼了。"她说着就要跪拜，被折御卿一把拦住说："妹妹不要这样，这本就是哥哥该做的。"

"大恩不言谢！御卿哥的恩，妹妹已牢记心中，在这里先与御卿哥别过了。"

"也好，那就叫小壮子送你们一程吧。"折御卿想留，但又不便强留，只能让小壮子带一百轻骑前往护送。

其实，梁玉儿也不是不想留下来，只是觉得现在不是时候。折御卿马上就要大婚，她更不能在此时去给折御卿添乱。日子还长，他们终有再见面的那一天。

折御卿回到府州，并没有把梁玉儿路途遇险的事告诉路夫人，他是不想让自己的娘跟着担心。本来这也算不上个甚事，但面对梁玉儿他还是有种说不出的感觉。是什么呢，他也不清楚？折御卿当然知道自己想要甚，俊男美女在一起，你说他们能要个甚？不过他还是觉得自己想多了，当真要再娶个三房四房的回来！？折御卿自嘲地笑笑，马上就要与杨美慧完婚，现在还去想这些事做甚！他断然掐掉了满脑袋的美妙思绪，想着还是应该过好眼下的光景！

折御卿和杨美慧的婚事办的十分节俭，婚宴仅邀请了折氏宗亲和州府里的主要官员参加。路夫人并不想太过张扬，是怕后面还会有三房四房的要娶，假若动静太大，太过铺张，搞不好会搅扰的府州百姓对折氏生厌，因为这毕竟是自家的私事。折御卿身为一方大员，从二品诰命夫人的儿子，在处理自己的家事时，就更加需要多为当地的百姓着想。杨美慧的心愿已达成，心里那个美呀就不必多说。婚姻让折御卿有了难得的闲暇，州府里的事务都交由李子慧来掌管，没什么重要的事情，大家都尽量不去打扰他。折御卿心情放松，整日陪着婆姨和路夫人喝茶聊天，教授两个儿子练习武艺。

这日一大早，折御卿在府内后花园的操练场上，教折惟正演练折家枪法，芬儿带着折惟昌，也站在边上跟着比划。

折御卿手持一杆大枪与折惟正对面而立，他所使用的枪头用棉布包裹成一个包，是怕伤着折惟正。折家枪本就没有多少动作，基本由十三种枪法组成，一切动作均在这十三枪的基础上演变而来，而且步战与马战还略有不同。枪法的练习，不能以单个动作为主，必须由两人在实战对抗中学习。折御卿手中的大枪在折惟正的周身上下缠绕，可他并不示弱，强硬地招架反击，虽说身体不断被大枪的布头击中，但还尚可猛然做出反击。看着儿子的枪法进步很快，折御卿心感高兴。他记得上次与折惟正练习时，十枪他也仅能拦得住二三枪，且无力还手。现在倒有些不同了，不但能有效地拦截住四五枪，还能在拦截中做出有力的反击。

“好小子，有进步！”折御卿放下手里的大枪说：“看来你平时并没偷懒。”

“孩儿不敢偷懒，孩儿要像爹爹一样的威猛，像爹爹那样上阵去杀敌！”折惟正来了劲头，放下手中的大枪说：“爹爹，您不想试一下孩儿的折家拳法！”

“好，爹爹就陪你比划比划。”说着两人便拉开了架势，还没等接上手，李子慧匆匆走了过来。

“三少爷！尹宪大人来了。”

“尹大人？”折御卿感到意外，忙问：“到了甚地方？”

“说是已经进了城，正向折府而来。”

“芬儿姐，你去知会一声娘，我这就去大门外迎接。”

“知道了！”芬儿答应着看眼他说：“三少爷，你该换身衣服再去。”

“来不及了！”折御卿说着与李子慧匆忙出了后花园，直向大门走去。

两人来到大门口。没多一会儿，就见一队几十人的轻骑奔来，折御卿迎上前抱拳行礼说：“尹大人，真是稀客呀！”

“少将军！好久不见了。”尹宪翻身下马，还礼道：“真是想你呀，少将军！太原城一别，咱们可是有些时日没见了。”

“见过尹大人！”李子慧上前行礼。

“军师身体可好？”尹宪还礼说：“咱们老哥俩，今天可得好好喝上一杯。”

“好，不醉不归！”

“来，少将军，我给你介绍一下。”尹宪指着身后站着的一位五十来岁的长者说：“这位是党项落泥部族长梁博泥。”

“见过少将军，见过军师大人！”梁博泥忙行礼。

“见过梁族长！”折御卿抱拳还礼说：“各位大人，里面请！”

折御卿将大家向院内让去。众人进了折府，路夫人早已站在大厅门外等候着。

“见过诰命夫人！”尹宪、梁博泥忙行礼。

“都是自家人，不必多礼！”路夫人谦让了句，将几人让进大厅，众人落座丫环送上三炮台茶。

“十几年前，我府州曾与你落泥部族多有来往。”路夫人说：“记得那还是梁族长的兄长在世时的事了。”

“是呀，我也曾跟随兄长来过一次府州，见过折德扆大人和嫂夫人您。”

“喔，看我这记性！”路夫人笑笑说：“玉儿姑娘来时，我还打问过你兄长的事，真没想到，他竟然早已仙去了。”

“多谢嫂夫人牵挂，玉儿回来说您待她亲如女儿，还让她带回了许多礼物，实在令我承受不起。”梁博泥客气道：“此次前来，一为道谢；二是特意备了些薄礼前来孝敬嫂嫂！”

他说着便站起身，向着路夫人和折御卿行礼说：“感谢夫人，感谢崇仪使大人对我家玉儿的救命之恩！”

折御卿忙上前扶住他说：“梁族长不必多礼，这本是我该做的！”

“喔，还有这事？”路夫人回头看眼折御卿问道：“玉儿姑娘怎么啦？”

“请娘放心，玉儿姑娘没事！”折御卿解释说：“孩儿没有告诉娘，是怕您老担心。”

“听玉儿回来说，当时他们被那漠北五魁追杀，已经走投无路，幸亏折大人及时赶到才得以脱险。我代小女，再次谢过崇仪使大人的救命之恩！”梁博泥说着又要继续行礼，被折御卿拦住道：“梁族长不必客气！”

“没事了就好,梁族长请坐！”路夫人看着他客气道:“有人胆敢在府州地域打劫，这也是他崇仪使的分内之事，梁族长不必言谢！”

众人寒暄了几句后，路夫人就起身告辞了，她知道尹宪来是有要事商议，自己不便坐在这里。

“尹大人，早先听说您去了银州，后来又去执掌了夏州，此次前来府州不知所为何事？”折御卿问。

“这次来府州是有两件事要办。”尹宪严肃地问道：“打劫朝廷贡使的事情，你们可曾听说？”

“已有耳闻！”折御卿问：“不过，这事与我府州有甚关系？”

“前些年，我受官家之命去夏州收编定难五州，夏、绥、宥、静四州还算是听话。可银州的李继迁，竟然在我特使的眼皮子底下溜走了，结果反叛了朝廷。”

“大人是说，打劫朝廷贡使是李继迁所为？”

“不错，是他勾结拓跋氏李仁发的蕃部干的。”

“李仁发不是已经死了吗？”李子慧问。

“是死了，可蕃族现已是群龙无首，族群内部发生了内讧。”尹宪解释说“李仁发死后，因无子嗣，大家都想要争当部族首领，内部便争吵不休。”

“李氏部族一直都很守法，这次为甚敢打劫朝廷贡使？”李子慧说：“原来李仁发的堂兄李仁原在世时，一向与我府州交好。后来李仁发接管了部族，便与我府州很少有往来了。”

“据说，现在他们族内已分为两派，一派要投靠李继迁，另一派却不愿反宋。”尹宪说：“在尚未确定新首领之前，李氏部族的内部事务暂由副首领滑岸掌管。”

“那就是说，滑岸要投靠李继迁？”折御卿说。

“从打劫贡使的事件看，滑岸怕是要跟随李继迁造反了。”

“滑岸真有这么大的胆？”折御卿说：“他们不过是数千人的一个部族，就在我府州边上，难道就不怕朝廷发兵剿了他？”

“滑岸怕是没有这个胆，也许是被李继迁所迫不得已而为之！”李子慧说。

“不管他是出于何种目的，打劫朝廷贡使就是造反。”折御卿说：“无论如何都不能看着他们在我们身边做大，一定要设法阻止。否则，将会给我府州和朝廷带来无穷后患。”

“祸首是李继迁。”尹宪说：“自从他起兵造反后，我和七州都巡抚史曹光实大人曾数度发兵清剿，但还是没能抓住李继迁。据说他就躲藏在沙漠腹地之中，常常出来打劫侵扰，如遇到宋军就跑回沙漠不见了踪迹。这些年来，清剿的成效不大，反而却让他越做越大了。现在，李继迁又把手伸到了府州边上，我们自不能坐视不管。”

“去找，一定得挖出李继迁的老巢！”折御卿坚定地说：“请尹大人放心！为了朝廷，也为我府州，必须得铲除这些祸患！”

话说到了李继迁，此人可算是大有来头。他是正统的党项拓跋氏家族后裔，是夏州定难军节度使李继捧的族弟，此时年不过二十。父亲李光俨曾是银州防御使。李光俨去世时，他年龄尚小，没能继承父业。可李继迁从小胆量过人，据传在他十一二岁时，一次外出狩猎，突然梢林中窜出一只吊睛白额大虫，吓得众随从四处逃命，唯有他一人淡定搭弓举箭，一箭射入老虎的眼睛，可见此人是何等的勇猛。他的叔父李光睿（原定难军节度使）爱其人才，授其为管内都知蕃落使。

公元 982 年，夏州局势突然发生了变化，族兄李继捧迫于拓跋氏族内的压力，主动入朝去了东京汴梁，将拓跋氏祖先苦心经营了 200 年之久的夏、绥、银、宥、静（今陕西靖边、绥德、横山、内蒙古治延恩县、陕西米脂县）五州之地，作为贡礼献给了太宗皇帝赵光义。同时，朝廷将与李家有关的豪酋三百七十余人，悉数迁往京城“养”了起来。接着又把那些掌握实权的夏州李家当权者，纷纷调离定难五州，身在银州的李继迁自然也在此次迁徙的名单之中。因李继捧的行为引起他强烈不满，身为拓跋家族一脉的后人，李继迁要力保夏州不失，他认为自己的族兄李继捧背叛了列祖列宗，出卖了拓跋氏。为拯救祖宗基业，李继迁便与其弟李继冲、亲信张浦等人召集党项各部反了。虽说李继迁人马不多，但他在党项各部族中人气很旺，追随者众多，一时间，搞得宋夏边境侵扰不断战事频发。对于李继迁的叛乱，太宗皇帝并未给予足够的重视，只是采取了简单的以夷治夷。他的这一举措，最终给大宋王朝种下了无法挽回的祸端。因为，这个李继迁，就是后来西夏王朝的开国皇帝，李元昊的祖父。要说李继迁的造反之路开始得并不顺利，正当他筹划如何造反之时，太宗皇帝已派尹宪带领重兵屯境，宋廷使者也已经进驻银州，并向他传达了朝廷旨令。面对着大军压境和宋廷的使者，李继迁面临的已不再是反与不反，走与不走的事了，而是如何才能尽快脱身离开银州。

“大哥！干脆杀了宋使，直接反了算了！”性子火爆的李继冲说。

“休得胡言！现在起事你是不想活了！”李继迁打住他的话，回头看着张浦问道：“不知先生有何良策？”

“大少爷所言极是，目前人心惶惶，各蕃部都在观望，尹宪又以重兵屯境。”张浦进言说：“现在不可贸然自立，一旦起事，宋军就会马上杀过来，我们将如何抵御？”张浦是汉人，有才能有谋略深得李继迁的信任，不论大事小事，均由他来出谋划策。

“先生可有办法？”李继迁问。

“为今之计，最好的出路是避走漠北。只有这样，我们才能安逸立足，联络豪右。等有了实力再与宋廷一决高下不迟。”

“避走漠北？”李继迁问：“那我们该向往何处？”

“地斤泽！只有那里才是我们可以安身立命之处。”

张浦说到了点子上。地斤泽是沙漠中的一片绿洲，就在毛乌素沙漠的腹地，四周全是红色的沙泽草地，但却是一处“善水草，便畜牧”的生活福地。地斤泽所处的地理位置正是著名的河套区域，是漠北通往关中的重要通道。每到夏季，都会有众多的商旅、驼队途经此地，正好可以靠打劫粮草财物，来提供生存的物资。另外，这里的战略地位十分优越，从地斤泽往东北不远，便可直接进入到大辽的地界，如遇战事，能打则打，不能打可跑。加之，地斤泽还生活着众多党项各蕃部的游牧民族，他们虽然以游牧为生，但在经济上仍然依靠着中原王朝，骨子里却流淌着拓跋氏的血。这些吃牛羊肉长大的党项青壮，个个生的是矫健剽悍，能骑擅射，刚好又是李继迁，初期壮大自身队伍的兵源所在，只要他登高振臂一呼，党项各部族定会跟随他去反宋玩命。

李继迁采纳了张浦的建议，决定避走漠北。他告诉宋廷使者说自己的乳母死了，需要出城安葬。宋廷使者接报后没有拒绝的理由，只能答应。经过几天的悼念活动，李继迁便带着百十人的送葬队伍向城外走去。他披麻戴孝，带领着一班身穿白色孝服的众人，在纸人纸马和各种器乐的引领下，拥着一口黑漆漆的棺材顺利走出了银州城。出了城，众人迅速将棺材打开，里面装的不是尸体而是兵器，出殡的人都是他百里挑一的忠军良将。就这样，李继迁以大出丧的方式，在宋使的眼皮底下逃出了银州，策马扬鞭直奔地斤泽而去。到了地斤泽，李继迁在参军张浦的精心策划下，开启了对抗宋廷造反的历程。首先是召集人马壮大队伍，尽快组建一支能与宋军抗衡的军队。同时再与当地党项各大蕃部首领联姻，笼络人心，来达到结盟抗宋的目的。很快李继迁就召集到了万余人马，他们开始侵扰大宋边境，到处打劫掠夺，搅扰的四方百姓不得安宁。但是在与大宋军队的争斗中，李继迁可谓是屡战屡败，屡败屡战。他凭借着自身坚忍不拔的意志，顽强地存活在宋辽夏边境一带。虽说李继迁已成了大宋的一块顽疾，但终究还是无法被剔除。

第二十四章
折梁联姻有依靠　山寨惊遇李小怜

话说尹宪说完了李继迁的事，便恳请折御卿出兵协助清剿滑岸，他爽快地答应了。接着尹宪把话题一转，说到了梁博泥。

“李继迁凭借自己是拓跋氏正统血脉的后裔，四处召集收拢周边的党项各部，如有不从者就带兵去打，搞得那些不愿意跟他一起反叛朝廷的部族，人心惶惶。这不，他现在又把手伸到了落泥部族。”

“李继迁多次派人前来部落，要求我们随他一同反宋。”梁博泥说：“我们当然不会跟着他去造反，可又无力反抗。”

“不知梁族长现做何打算？”折御卿问。

“我们已走投无路，所以前来请求大人给予帮助。”

“需要我府州做甚？”折御卿扭头看着尹宪说：“请大人明示！”

“多年来，我与梁族长关系甚好，他此次前来找我商议，是想把部族全部迁徙到我大宋境内。但是要迁往何处，确实有些为难。定难五州自不能去，所以我就在想，落泥部族距唐谷镇不远，唐谷镇又归你府州所辖，若少将军肯行个方便，能在唐谷镇附近找块地方将他们安置下来……”

“大人也太客气了。”一直坐在边上没有说话的李子慧插道：“这点事大人只管吩咐一声就是了，我家少将军怎会不从。”

“先生所言极是！”折御卿接道：“大人的事，也就是我府州的事，能为大人效劳，是折某的荣幸。”

“痛快！我就喜欢少将军这种爽快之人。”尹宪爽朗地笑笑说：“梁族长，你的事情解决了，有崇仪使大人为你作主，你就大可放心了！”

“多谢崇仪使大人！”梁博泥忙行礼说：“你真是我们落泥部族的大恩人，我落泥部将永远追随崇仪使，为朝廷效力！”

“都是自家人，梁族长就不必多礼了！”折御卿忙客气了句说：“这事还须梁梁族长和先生商议一下，看迁往甚地方更为合适。”

“少将军不必操心，这事就交由我来办吧。”李子慧说：“等我跟梁族长商议好具体的方案后，再另行安排。”

“那就有劳先生了！”

梁博泥没有想到，事情竟然会办得如此顺利。他看着年轻的折御卿，心里突然冒出一个想法，如果能跟府州联姻，有了折氏这座靠山，那以后落泥部族的安全就有了保证。现在时机正好，若能请尹宪出面来做这个大媒，兴许此事能成。

自从嫁进折府后，杨美慧日日无事可做，府里的大大小小事务，她也插不上手，下人们也不敢让她去做。加之婆婆路夫人对她十分关爱，叫她保护好自己的身体，只盼着能早日生出个大胖小子来。可婚后没几日，折御卿便待不住了，又开始为府州的事务忙碌起来，一遇事总是自己先往头里跑，时常不着家，夜里回来往往是累得倒头便睡。每次杨美慧见着他，又是心痛又很无奈。另外折御卿的正房婆姨苏氏待她也很好，这位大姐平日里话虽不多，且心底善良，对她也是百般的谦让。这种平和安详的日子，对于杨美慧来说已经是知足了。

“秋儿！”杨美慧见无人答应，便拿起榻案上的点心咬了口，突然觉得反胃，忙用手捂着嘴跑到盂盆前呕吐，干呕了几下什么也没吐出来。这时，秋儿捧着一把海红果子进来说：“小姐，快看这些果子。”

“跑到哪里去了？”杨美慧擦抹下嘴，秋儿看着她问：“小姐，你怎么啦？”

“没事，只是突然想吐。”杨美慧说着，看见她手里的海红果问：“哪来的果子？”

“还没熟呢，是在咱们后院树上摘的。”

杨美慧拿过一个，放在嘴里咬了口说：“好吃！”

“小姐，不酸吗？真的不酸吗？”秋儿看她吃得起劲，嘴里泛着酸汁，牙早已经被酸倒了。

“好吃，真好吃！”杨美慧接着又拿起几个啃着说：“秋儿，再去多摘一些来，这个我喜欢！”

“都酸成了这样，还说好吃。”秋儿瘪着嘴说：“后面院子里有的是，想吃多少有多少。”突然，她尖叫一声道：“呀，小姐，你是不是有了？”

“甚，甚有了？”

“你，你……”秋儿指着她的肚子说：“这里，这里……”

“呀？”杨美慧猛然醒过神来说：“我说这些天为甚总在干呕，怕是真的有了。”

“小姐，你有孩子了。”秋儿兴奋地跳了起来喊：“你真的怀上了折家的孩子。太好了，太好了！我这就去告诉夫人。”

“回来，先不要声张。”杨美慧忙将她止住说：“在没有最后确定之前，不能告诉任何人。”

“这是喜事呀小姐，得让全府州的人都知道才对呀！”

“现在不行，万一要不是呢！那还不叫人家笑话死我了。”杨美慧突然冷静下来说：“再等等，要真的是怀上了折御卿的孩子，还怕他们不知道。”

“那好吧，就听小姐你的。”秋儿突然又想起了什么说：“小姐，好像是梁玉儿的爹来了。”

“甚？梁玉儿的爹？”杨美慧感到惊讶。

“人就在大厅里坐着，还有尹大人！他们还带来了好多礼物呢。”

“不好！”杨美慧尖叫一声说：“该不会是前来提亲的吧！”

“有可能，他请尹大人一块来，怕是要叫他来做这个大媒了。”

“这个折御卿，怎么还会对梁玉儿念念不忘。”

“小姐，这也怪不得姑爷，是那个死女子追着咱家姑爷不放的。”

“不行，我得去看看。”杨美慧说着便向门外跑，秋儿在后面紧着喊：“小姐，你不能去，这样夫人会不高兴的。”

杨美慧可不管这些，她刚进大院，就迎面撞见了路夫人。

“美慧，你要去哪里？”

“娘，听说来了客人，我想去……”

“他们有要事商议，走！跟娘去厨房。”路夫人说着向厨房走去，杨美慧看眼大厅，不情愿地跟在她的身后问道：“娘，听说除了尹大人，还有一位客人。”

“是落泥部族的族长，噢，对了！就是那个梁玉儿的爹。”路夫人有意这样说，她知道杨美慧心眼儿小，就是想激激她。路夫人早有心要为儿子多纳几房妾，如果现在不把她吃醋的心劲给打掉，怕将来这些个媳妇们不好相处。

“听说还带来了很多礼物，他是想……”

“他没说。”路夫人打断她的话说：“但娘觉得，大概是要为……”路夫人又故意把话说了一半。

“到底是为甚嘛，娘！”见路夫人不往下说，杨美慧急问：“该不会是为那死女子来提……”话一出口，她立感不对，忙把后面的话打住。

“你是说提亲吧？”路夫人把后面的话给她续上，问道：“玉儿她爹还甚都没说，你是怎么知道的？”

“娘！人家人家不是，不是……”杨美慧不知该如何回答。

“好了，你的心思娘知道。美慧！以后要多关心关心御卿的身体，别总想那些没用的事。”路夫人语重心长地说：“咱们这么大个家，每天都有做不完的事，以后你也该学着操持操持家务了，该学着如何料理好这个家。”

“知道了，娘！”杨美慧嘴上答应着，可心里却不这样想。

“美慧，你有没有注意到御卿近日的身体不太好，去请郎中来，先给他把把脉。”

“是，娘！”杨美慧答应着走了，路夫人看着她的背影暗自笑笑。这个杨美慧呀，甚都好，就是心眼儿小了点。还没过门就跟李小怜闹，可没过多久两人竟然又好了。现在又想着跟梁玉儿闹了，这都是些甚事呀，八字还没见一撇就赶着要来吃醋，还不知人家玉儿姑娘是怎么想的呢！

其实，路夫人并不为此事操心，她了解自己的儿子，像婚姻这样的大事，她可以作主，也不需要征询折御卿的意见。她一直都在担心折氏的未来，现在身边只有折御卿这一根独苗了，虽说还有惟正、惟昌两个孙儿，但还是太少，折家需要人丁兴旺，折家绝不能没有血脉传承。

折御卿跟尹宪几人把事情说完，酒菜也已摆上了几案。路夫人带着芬儿进来，众人谦让落座。

“欢迎两位大人来府州，招待不周，还请多多包涵！”路夫人端起酒杯说：“来，干了这杯！”

“多谢诰命夫人！”几人干了酒，尹宪放下酒杯说：“夫人真是女中豪杰，记得在狐突山下，折家军三万轻骑被困山谷，夫人当机立断，智破契丹人的军阵。当时就让我佩服得五体投地！”

“过奖了，尹大人！那不过是赶巧而已！”路夫人谦虚了句，话锋一转说：“尹大人一直在陛下身边办差，不知是否可打问件事？”

“夫人请讲！”

“不知我那女婿杨业近来可好？”

“请夫人放心，杨将军已被陛下差往郑州，出任郑州防御使了。”

“陛下圣明！”路夫人有些激动地说：“陛下不计前嫌，给了他一个报答陛下的机会，我们折杨两家定会永记陛下的恩泽，为国效力！”

自从太原城下与折赛花一别后，路夫人始终惦记着自己的女儿、女婿和外孙。她不知道太宗皇帝会怎么处置他们，身为北汉降将的杨业将何去何从，竟成了她的一块心病。听尹宪一说，她终于松了这口气了。

杨业跟随北汉后主刘继元投降后，太宗皇帝并没让他入朝，只是给杨业授了一个“右领军卫大将军”的虚衔，将他滞留在晋阳听用。当时，太宗一心想着攻取被契丹人占领的燕云十六州，无暇管这些北汉降将。没想到大军在幽州城西的高粱河受阻，被契丹大将耶律休哥、南院大王耶律斜轸两翼包抄，宋军惨败。太宗本人身中流矢，大腿上挨了两支毒箭（成了后来的致命伤），乘坐驴车狼狈狂逃，仅以身免。待他惊惶郁闷地回到汴梁城后，却又无端引发了一桩命案。

一日，太祖赵匡胤的次子武功郡王赵德昭入宫，因见朝廷迟迟不给攻取太原的将士们领功赏赐，引得军中将士多有怨言。他便主动前来请命，没想到竟被心情烦躁的赵光义臭骂一顿说：“等你当了皇帝，再行封赏不迟！”

听太宗如此说，赵德昭惶恐之极，忙辞殿退回到自己的王府，见着侍卫问：“谁有刀？”

侍卫不敢吭声，他情绪激动地窜入房间，抓起几案上放着的水果刀抹了脖子，这位年仅二十三的皇子，在惶恐中自刎身亡了。

闲话不说。大厅内当酒宴快要结束之时，梁博泥悄声告诉了尹宪，他想与府州折家联姻的想法。尹宪一听大喜，便将此事当着折御卿、李子慧的面跟路夫人提了出来。

“好啊，正合我意！”路夫人心中高兴，看着梁博泥说：“上次玉儿姑娘来的时候，我一见就喜欢上了她，本打算叫芬儿前往提亲。没想到，今日倒由尹大人前来做媒。喜事，真是大喜事呀！”

“多谢诰命夫人台爱，这是小女的福分，也是我落泥部族的大喜事。”梁博泥喜出望外，稍显激动地说：“玉儿自幼娇纵，以后还望嫂夫人多多海涵！”

“梁族长客气了！玉儿姑娘知书达理，琴棋书画样样能行，若真能嫁给我这粗莽的御卿孩儿，怕是要委屈她了呀！”

“少将军是何等的英武，只怕是我那玉儿配不上他呀！”

“大家就不必客套了，他们本就是郎才女貌，天生的一对。”尹宪哈哈笑着说：“不走了！喝酒，今天这酒得喝个痛快！”

“梁亲家！今天玉儿姑娘不在场，等我们正式提亲后再大摆宴席。”路夫人看着梁博泥说：“现在我们只在折府里简单的庆贺一下可好？”

“一切听从嫂夫人的安排！”梁博泥心中早已乐开了花，哪有不从之理。

“好，今天是我府州和落泥部族的大喜事，喝酒！今日咱们就摆它个流水席，喝个痛快！”

路夫人即刻叫芬儿撤下酒菜，吩咐厨房重新杀鸡宰羊大摆宴席，并差人知会府州重要官员前来折府赴宴。

事情来得太快，折御卿竟然有点儿发蒙！李子慧过来说：“恭喜了，三少爷！”

“这是不是有点儿太快了！”折御卿有些抱怨地说：“我娘也真是的，为甚不问问我的想法。”

“问你做甚！就听夫人的安排吧！”李子慧说：“除非那个梁玉儿入不得你的法眼，若是这样的话，那老夫倒是可以……”

“先生又拿我取笑了！”

定亲的消息很快传遍了府州，路彦、索斌、马山林等军中将领纷纷涌入折府，杨美慧却呆坐在屋内泛傻。

“小姐，你就不要这样了，还是认了吧！”秋儿在边上劝道：“这事我们谁也没有办法呀，是夫人要给姑爷讨小，连姑爷都不敢说甚，我们又能拿夫人怎么办？”

“谁说！他心里还不定美成个甚样呢！”杨美慧叹口气说：“刚刚才了娶本小姐不久，竟又要迎娶梁玉儿了，看来这夫人，真是要把天下的姑娘都召来给她做儿媳妇了。”

“小姐呀，你怎么可以这样说自己婆婆呢！她不过是在为自己的儿子着想。”

“想个甚？！”杨美慧有些火道：“那她为甚就不替别人想想呢，给儿子讨这么多婆姨，她都不怕自己的儿子消受不了！”

“不要再胡说了小姐，这些事你根本就管不了，你也该好好想想了！万一夫人还要再给他娶个四房五房六房的，怎么办？你就想整天这样的烦闷闹心下去吗？听秋儿一句劝，千万千万不要把姑爷给逼得紧了不再来见你，怕往后吃亏的可就是小姐你啦！”

“不见就不见，反正我已经是折家的二奶奶了，谁还稀罕他呢！”

“就知道嘴硬！既然反抗不了，那就安心地接受了吧！”秋儿上前拉起她说：“走，咱们赶快去前面帮帮忙，不要让你的婆婆觉得你是个小心眼的人。”

杨美慧不再言语，心里清楚这事她根本无力阻止，不认又能怎么办呢？

喜酒喝得尽兴，直到午夜方才结束。

第二日一大早，送走尹宪、梁博泥后，折御卿、李子慧等众将领便集结进虎节堂，开始商议捉拿李继迁的方案。首先，他们得去李氏部族擒拿打劫朝廷贡使的滑岸。等方案敲定后，折御卿、李子慧带着路彦、马山林和路思达、马怀绪及数千轻骑，向着李氏部族所在砭碛沟奔去。

待大军接近山寨时，折御卿命令马山林、马怀绪率领大军在山寨外一里处待命，自己带着李子慧、路彦、路思达及二百轻骑奔向寨门。当他们快要到达山门口时，突然寨门大开，从里面彪出一队人马。领头是位一身素白戎装的飘逸女子，她快马来到折御卿面前，勒住马缰大喊一声：

“少将军，好久未见！”白衣女子向他抱拳行礼。

“你……”

当折御卿看见从山寨中奔驰出来的白衣女子时，惊得张大了嘴。原来是李小怜！后面跟着的李子慧、路彦也惊讶得瞪大了双眼。

“你可是小怜姑娘？”折御卿实在不敢相信自己的眼睛。

“是我呀，少将军！我是李小怜呀！”李小怜兴奋地来到他身边说：“人家还以为你不会来呢。”

“怎么回事？”折御卿看着她有点儿发懵，问道：“你怎么会在这里？”

“人家现在已经是李氏部族的首领了。”

“首领？”折御卿更加懵了，只是直直地盯着她继续问道：“你是李氏山寨的首领？”

“说来话长，走，少将军！咱们还是进去说吧。”李小怜说着掉转马头向寨门走去。

“少将军不可！她怎么知道你会来？”边上的李子慧忙上前提醒说：“先办正事，等问完了再进去不迟。”

“少将军，快点呀！”李小怜见折御卿没跟过来，回头喊了声。

“小怜姑娘！我有几句话要问你。”折御卿停在原地未动。

“甚事这么重要，等进去了再问不行吗？”李小怜折回头来。

“小怜姑娘，你既然是这里的首领，有些话我就必须当面问个清楚。”折御卿并不回答她的话，只是严肃地盯着她问道：“朝廷的贡使可是被你们所劫？”

“不是！”李小怜一口否定道：“是李继迁。”

“你怎么知道？”

“是滑岸勾结李继迁所为。”

“李继迁现在何处？”

“走了！”

“那滑岸呢？”

“也走了！”

“都走了？”折御卿依然盯住她问：“身为部族首领，打劫朝廷贡使这么大的事，难道你就不知道这是在造反吗？”

“又不是人家干的嘛，人家才回来当了几天的首领，李继迁、滑岸打劫完贡使后就直接走了。”李小怜委屈地说：“难不成你还要我来承担这责任，把我抓去请赏不成？”

“小怜姑娘想多了。”李子慧见她一脸的不高兴，忙插道：“我家少将军并不是这个意思。”

“既然不是这个意思，那就请各位大人到山寨里面去说话！”李小怜说完掉头又向山门走去。

“少将军，我们不能贸然进入山寨。”李子慧见折御卿要跟过去，忙拦住他说：“找不到李继迁、滑岸，该部族终究脱不了干系。身为部族首领，李小怜怕也不能置身事外。”

“军师怕是多虑了。”路彦过来说：“小怜姑娘又不是外人，咱们跑了一天的路，里面一定有酒肉吃……”

“住嘴！”李子慧打断的他的话，喝斥道：“记住，以后不许多嘴！”

路彦看眼他不再吭声，折御卿问道：“不知先生有何顾虑？”

“这倒不是，只是我军奔波了百十里地，需要休整。还是先不要进去打扰小怜姑娘的好。”李子慧也吃不准到底哪儿不对，他只感觉到一种莫名的不安。

“少将军！”李小怜又折返了回来，看着折御卿问：“为甚不进来？”

“是这样，”未等折御卿答话，李子慧便抢先说道，“尹大人带领的万余宋军随后就要到了，少将军得去与他汇合。”

“是这样呀！”李小怜愣了下说：“也好，我马上叫人去准备饭菜，咱们就在外面吃可好？”

“就照小怜姑娘说的办。”李子慧马上应了声道：“那就有劳姑娘了。”

“先生，您这是干甚呢？”折御卿见李小怜走了，看着李子慧问：“我们这样是不是有些过分？”

李子慧笑而不答，折御卿接着问：“难道先生是在怀疑小怜姑娘？”

“等把事情搞清楚了再进去不迟。”

“军师，尹大人何时也派兵过来了？”路彦问。

“又多嘴！”李子慧瞪眼他说：“本军师只是这么一说，要不你叫少将军如何脱身。”

路思达来到路彦身边问道：“爹爹，您还有水吗？”

路彦摸出水囊摇摇说：“没了！再忍忍，一会进了山寨就有了。”

“快渴死我了！”路思达说。

边上的折御卿看眼他，拿出水囊摇了摇，也没有水。他把水囊放回去，心想这事闹得，怎么就成了这般模样。折御卿心中空落落的，他带来了数千折家军轻骑，长途奔波了百十里地，本想着会跟李继迁、滑岸有一场殊死较量。可最为令他震惊的是李小怜，她怎就成了该蕃族的首领，难道她有甚不为人知的身世背景，真是谜一样的令人不解！折御卿与李小怜已许久未见，他曾多次派人打听，也叫人去岢岚城找过她的表哥折令图，但均未得到下落。此次相见，他的心似五味杂陈，真不知是喜还是忧！

话说李小怜那日离开狐突山与杨延郎分手后，还是不知自己该去往何处，是去府州还是回岢岚城，着实令她犹豫不决。折御卿呀折御卿！你怎会如此的令人纠结闹心呢！她一时拿不定主意，干脆催马去了汴梁。在京城里闲逛了些时日，也感无聊，便想着还是先回岢岚她的表哥折令图家住些日子再说。

这一日，李小怜快马来到了宪州与岢岚交界处的一座小镇，她决定在镇子上歇一宿，让马匹也喘口气，来日再赶路不迟。

这座小镇，仅有一家规模不大的客栈，一楼是大堂餐馆，二层是住房。李小怜进入客栈要了间客房，放好行囊，简单的梳洗后便下楼进入大堂，刚要了些简单的饭菜还没等她开吃，就听得门外传来喊声："李小怜，小怜姑娘！"

李小怜一惊，循声看去，见门外的街道上站着位二十来岁的锦衣姑娘。原来正是漠北五魁中的五妹长绣，她正冲着街道上的行人大声喊着。李小怜并不认得她。

"是谁在这里喊我？"李小怜心里想着，忙站起身向门口走去，她看着长绣的背影正欲张嘴答话。突然，见她冲着行人中的一个姑娘大声喊道："小怜姑娘，李小怜！"

李小怜愣了，心说："她不是在找我吗？难道有人跟我叫一样的名字？"她心里想着眼睛却紧盯着外面，只见街道上正走着的那位姑娘，只是回转过头来看了眼长绣，并没有停下脚步。

"哎，你不是李小怜吗？"长绣见她不理，向前追了几步，那姑娘依然没有回头。

李小怜觉得蹊跷，这锦衣姑娘是谁？她根本就不认识我，为甚会在大街上乱喊我的名字？这时，走来了五魁和铁拐子，李小怜迅速转身退回到几案前坐下，眼睛却紧盯着外面的几人。

"长绣小妹呀！"铁拐子问："你这样乱喊有用吗？"

"当然有用！如果真的是李小怜，她一定会下意识的答应。"长绣自信地说："这种办法很灵的，如果有人突然在你后面喊一声铁拐子，你会怎么样？"

"好吧，那你就接着喊吧。"铁拐子笑笑不再吭声，长绣便在街道上继续寻找，突然她冲着饭馆里大喊一声："李小怜，小怜姑娘！"

李小怜吓了一跳，以为她真的会冲自己走来，紧着低下头去吃饭。长绣进了客栈大堂，直接去了另一张几案前坐着的两位姑娘身边。那俩姑娘并没回头，只是继续吃饭。她见两人没反应，便干脆找了张几案坐下，铁拐子和五魁跟着进来，笑着坐在她的身边。

"笑甚哩！"长绣不满地看眼两人说："好了，本姑娘已经尽力了，现在该你们想办法了。”

“哎哎，小妹！”铁拐子推推她说：“那边，那边还有位姑娘，你不去试试？”

长绣顺着他的眼光看去，见李小怜正专心吃饭，犹豫了下还是站起身向她走来。还真的过来了，李小怜心里泛起了嘀咕，认还是不认？不认吧，这些人确实是在找她，万一有甚急事被耽误了呢？认吧，可又吃不准他们的来路。

“哎呀，找了半天，原来你就坐在这里呀！”长绣来到李小怜身边，惊喜地喊道：“小怜姑娘，你不认识我了？”

“你是谁？”李小怜抬头看眼她问：“谁又是小怜？”

“难道你不是李小怜吗？”

“本姑娘不姓李。”李小怜随口就说出了这句话，她知道现在不能认，在没搞清楚他们的来路之前，还是不要贸然承认的好。

“你跟她长得太像了，你真的不是李小怜？”长绣紧盯着她，李小怜静静地看着她并没有回答。稍许，长绣自我圆场地笑笑说：“也许是我认错了人。”说罢转身回到自己的同伴前。

“长绣小妹呀，四哥看你这招还是不灵呀。”

“甚不灵，难道要用你的铁拐子不成。”长绣看眼他说：“是我们没有遇见真的李小怜，如果是她，一定会接话的。”

“大哥！”铁拐子回头看眼边上的五魁道：“跑了一天的路，是不是可以吃点东西了？”

“好，叫掌柜的把好酒好菜送上来。”五魁说：“咱们不走了，今晚就住这家客栈，等六子手从岢岚回来后再说。”

六子手、铁拐子、长绣，听到这几个人的名字，李小怜心感震惊，好熟悉的名字呀，难道他们就是赫赫有名的“漠北五魁”？李小怜并不认识他们，也只是听说，几年前漠北五魁曾遭遇官府清剿受到重创，老三火霹雳被杀。从此便隐姓埋名不再现身，今日突然出现在这里，怕是要出事了。

漠北五魁叫店小二给他们找间包房，几人坐了进去。巧得很，这包房就在李小怜的几案后面，她拉动身前的几案直接靠在包房的隔板上，支起耳朵细细听着。她实在想知道，这几个家伙为甚要找她。

等酒肉摆上了几案，打发走小二，漠北五魁边吃边喝的商议起来。

“大哥，我总觉得这事有点不对。”长绣说：“前几日，我去道观找清慧师太，说她外出云游没有回来。后来问了道观里的姑子，说李小怜是跟着师太一块走的，从此就再也没有回来过。难道说，李小怜已经离开了道观。”

“她若真的离开道观，就该去岢岚她的表哥家。”五魁说：“等六子手从岢岚城回来后就知道了。”

“要是李小怜根本就没打算去岢岚，而是去了汴梁或者别的甚地方，那叫我们如何去找？”长绣说：“大哥，你何时变得如此心软，我们倒不如返回去抓住雷俄，逼他说出李小怜的下落。”

“这事我也想过，如果那老东西打死也不说呢，怕就会误了滑首领的大事。”五魁说：“还是再等等看，若实在不行，我们再动手不迟。”

听到雷俄这个名字，李小怜心里又是一紧。原来雷俄是她的舅父，他们一年也见不上几次面。她只知道舅父常年在外做生意，路过岢岚还时常来看她，难道舅父跟漠北五魁也有甚过结？

“大哥怕是想多了！滑首领叫我们出来的目的，就是要阻止雷俄找到李小怜，整个山寨中也只有他知道李小怜的下落。”长绣接着说：“我们这样漫无目的地乱找，倒不如先控制住雷俄，就算以后李小怜知道风声去了山寨，怕她也无法证明自己就是李小怜。”

“大哥，小妹说得有理。”铁拐子说：“干掉了雷俄，李小怜就不能证明自己，所以这世上也就没有李小怜了。”

“也好！咱们先吃饱喝足了，等六子手回来后就动手。”五魁说。

听到这李小怜坐不住了，他们要对雷俄下手了！那个滑首领是谁？他跟我又有甚关系？不能等，必须马上去岢岚找她的表哥折令图。李小怜从怀中摸出铜钱扔在几案上，迅速向楼上跑去。当收拾好行囊，匆匆返回到楼梯口时。突然，发现从大门外走进来几个人，竟吓了一跳。

第二十五章

延郎威猛震草寇　继迁诡计困御卿

原来，走进大堂的几人，正是李小怜的舅父雷俄及几个随从。李小怜想喊，但又不敢喊，怕惊动了包房里的漠北五魁。这可怎么是好，她想着便疾速向楼下冲去，企图拦住他们。可还没等李小怜跑到门口，意想不到的事情发生了。

“小怜！”雷俄见跑下楼来的李小怜，惊呼一声：“小怜，你怎么会在这里？”

“舅父！快走，赶快离开这里。”李小怜来到雷俄面前说：“漠北五魁，漠北五魁正在里面等着你呢！”

“漠北五魁？”雷俄看着她问道：“出了甚事？”

“快走吧，舅父！”李小怜伸手拉着他向外走着说：“这里不是说话的地方，得赶快离开。”

“站住！”身后传来了五魁的喊声，“既然都已经来了，就请进来吧！”

“你是何人？”雷俄看着五魁问道。

“你不认识我，可我认识你。”五魁说：“雷俄，我们家大首领有些事，托我与你商量一下，还是进来说话吧。”

“舅父，您不要信他的话。”李小怜说：“漠北五魁是为一个叫甚滑首领的人办事，他们是要抓你。”

“滑岸？”雷俄盯着五魁问道：“你们是在为滑岸办事？”

“没错！雷俄你已经走不了了，还是进来说话的好。”五魁劝道：“我也不想为难你，现在李小怜就在这里，留下她，你们都可以走了。”

“李小怜是我的亲外甥，我怎能于她不顾？！”雷俄说。

“好，既然你不肯走，那就别怪我手狠。”五魁正说着，发现雷俄身后出现了漠北五魁里的老二六子手，已经带人阻住他们的退路。

“慢着！”李小怜忙喊道：“你们要的人是我，叫他们走。”

“小怜！他们是想要你的命。”雷俄疾道：“你快走，我来挡着。”

“雷俄，我劝你们还是老老实实地跟我们走。”五魁威胁道：“省得一会动起手来，吃亏的还是你们。”

“五魁，不知滑岸给了你们多少好处，我可以加倍给你们。”雷俄还想争取一下。

“拿人钱财，自然得替人消灾。”五魁笑了，说：“雷俄，既然我已经答应了滑首领，那就得把这笔买卖先做完了不是？”

“大哥，还跟他啰嗦甚哩！”边上的长袖捺不住了，说着便向李小怜扑去，众人在院子里打作一团。

李小怜、雷俄几人根本就不是漠北五魁的对手，没出几个回合，已处于下风。五魁一掌击倒雷俄，迅速转身抡起手中的浑铁棒直接击向李小怜头颅。此时，李小怜已被夹持在几人中间，无处可逃。当她眼睁睁地看着浑铁棒砸将下来之时，突然一杆大枪斜刺里伸了进来，拦截住了浑铁棒。浑铁棒重重地击中枪杆，五魁被震得向后退了半步。一个后生疾速挡在了李小怜的身前。

“小怜姑娘，你没事吧？”

“你……”李小怜看着闪身上前的英俊后生，惊喜地张嘴喊道：“延郎，怎么，怎么会是你呀！”

“小怜姑娘，现在不是说话的时候。”杨延郎说着挥枪直冲漠北五魁杀去。

漠北五魁被杨延郎的枪法给惊呆了，他们没有想到竟会半路杀出个程咬金来。这后生枪法犀利了得，就算他们四人合力怕也很难应对。李小怜随着杨延郎的身后跟进，直找长绣接上了手。

杨延郎一人敌三神勇无比，五魁搅动着手中的浑铁捧直迎大枪，铁拐子舞动一对铁拐子从旁侧击，他的这件兵器实在是太短了点。所谓拐子，就是在一根三尺长的直棍的三分之一处，再横着连接上一根一尺左右的短棍。使用时手握短棍，靠长棍来击打和防守。这本是行走天下的武人为了携带方便，所使用的一种防身兵刃，几无作战价值。可老二六子手，手里握着的那柄长剑算是有些来头。此剑名曰“湛泸”，名满天下，黑色的剑身足有四五尺之长，剑脊上透射出阴冷的寒光，具有削铁如泥之能。“湛泸”是春秋时期欧冶子所铸的名剑之一。“湛泸”是一把剑，是一把具有超凡锻造工艺的好剑。据传那把专为越王打造的“湛泸”剑，后来落到了唐朝名将薛仁贵之手。六子手现在手里拿着的这把剑，自不敢说就是那把越王之剑，但就其铸造工艺而言堪比“湛泸”。这把剑，是六子手从京城里一家王爷的宅子里顺手偷来的，他只是觉得好，便自己留用了。当杨延郎的大枪反转直挑向他的腰身时，六子手疾挥剑斜削拦挡，剑刃切在了大枪的杆上，结果剑刃直入枪杆被卡在了枪身上。功力不够呀！唉，这削铁如泥的好剑，用在此等无用之人的手里，着实是被糟蹋了。

杨延郎见长剑卡在了枪身上，大吼一声，疾速扭动手腕往回一带，竟然将六子手，手中的长剑一并拉了过来，他伸手夺过长剑，仰身抬腿将六子手踢飞出去。杨延郎扔下大枪，舞动长剑在五魁和铁拐子中间翻飞。英雄配名剑，似蛟龙得水，五魁手中的浑铁棒，瞬间被“湛泸”切削成了数段。

“好剑，真是把好剑！”杨延郎心中大喜，更加来了精神。

五魁、铁拐子见他们几人根本就不是杨延郎的对手，便施展出逃生大法。另一面，李小怜与长绣斗的正酣，两人武艺接近，几十个回合过后，谁也无法占据上风。正当长绣想使用袖口的暗器之时，忽见五魁几人向她奔来，后面紧跟着杨延郎，她迅速摆脱李小怜回转过身去，冲着追过来的杨延郎猛然抛打出长袖，一只带刺的铜环闪电般地飞出，直击他的胸膛。此时，五魁也将手中的半截铁棒扔了过来，铁棒在空中翻滚着疾速砸向杨延郎的头颅。奔跑中的杨延郎，眼看着铁棒翻转袭来，迎面还有一只铜环追身，真是夺命的瞬间，若动作稍有迟疑，怕就要直闯阎罗殿了……

站在不远处的李小怜，被漠北五魁偷袭杨延郎的手段给震呆了。此时她本可以挥刀砍翻长绣，因为这一刻她正在长绣的身后，可以利用她迎对杨延郎之机偷击她的后背。但令李小怜万万没有想到的是，就在她挥刀前冲之时，长绣手中的另一只铜环突地向后抛出，直击她的腰身。看来长绣的武艺还真是了得，在这前后夹击的夺命时刻，竟能从容应对。李小怜猝不及防，竟被铜环击中了腰身。好在铜环打得太过仓促，力道有限，才使她逃过了此劫。

再看那杨延郎，他奔跑的身体并没有停，就在两样兵刃将要击打上身之时，身体疾速后仰双膝弯曲跪倒在地，借着奔跑的速度整个人贴于地面滑向了长绣，手中长剑向上直取她的腰身。这招式来得太过霸道，长绣迅速扭转身躯，带动一对长袖流星般的拦截长剑，剑被挡住了，可一只长袖被剑锋切做两段，铜环重重地砸在地上。待杨延郎站起身时，漠北五魁早已奔逃而去，他回头看眼李小怜问道："小怜姑娘，伤着没有？"

"不要紧，延郎你怎么样？"李小怜说着手捂肚子蹲在了地上，杨延郎见状忙走上前问："小怜姑娘！"

"没事没事，刚才被那妖女的铜环碰了一下，一会就没事了。"

"小怜！"雷俄被人搀扶着过来说："来，让舅父扶你进客栈里歇歇。"

"舅父你没事吧？"李小怜看着他问道："让我看看伤到了哪里！"

"不要紧，舅父还受得起他这一掌。"几人说着进了客栈，跟小二要间包房坐下，雷俄看着杨延郎行礼道："多谢这位英雄相救，老身在这里给你行礼了。"

"老伯不必客气！"杨延郎忙上前扶住雷俄说："您是小怜姑娘的舅父，那咱们就是一家人，不必多礼！"

"公子对我们有救命之恩，怎能不谢！"雷俄继续客气道："敢问公子……"

"舅父，都是自己人，您就不必多礼了。"此时李小怜已经缓过劲来，她看着雷俄介绍说："他叫杨延郎，他的父亲杨业是郑州防御使。他的母亲是府州崇仪使折御卿的姐姐，我们俩在太原时就已经认识了。"

"喔，原来小将军出生将门，难怪武艺了得。"雷俄欣赏地看着他说："漠北五魁是何等人物，竟在公子面前不堪一击。"

"老伯过奖了！"

"好了好了，你们就别客套了。"李小怜看着杨延郎问道："哎，延郎！你怎么会来到这里？"

"前几日，有人打劫了朝廷贡使，我是奉命一路追查过来的。"

"真是不想活了，竟敢打劫朝廷贡使。"李小怜有些不解地看着他问道："哎延郎，追查疑犯怎么只是你一个人呢？”

“噢，我叫他们先去了岢岚，自己想在这里转转，没曾想就遇见了你们。”

“真是巧呀，每次遇到麻烦都会有你出面相助。”李小怜深深吸口气说：“要不是你来得及时，我们怕就要……”

“小怜姑娘！”杨延郎打断她的话问道：“你们怎么会跟这些草寇发生冲突？”

“我也不知道为甚！”李小怜回头看眼雷俄，雷俄忙说：“此事说来话长，咱们还是先要些酒肉饭菜，边吃边说可好？”

“也好！”杨延郎嘴里应着，大喊着叫来小二。待酒肉上来，雷俄先敬了杨延郎三杯酒后说：“这些事还得从小怜的身世说起。”

“甚？这跟我有甚关系？”李小怜感到惊愕。

“是的，这一切都是因你而起。”雷俄仰头喝杯酒，慢慢道出了李小怜的身世。

“你的父亲叫李仁原，原是绥州党项潘部一族的首领。”

雷俄放下酒杯，看着李小怜慢慢说道：“十几年前，绥州发生了动乱，拓跋氏的一些部族开始生事、打劫、反叛朝廷，后被朝廷给镇压了。绥州之乱后，你父亲不满当时拓跋氏的行为，便带着数千族人离开了绥州，前往府州和契丹交界处的一个叫砭碛沟的山洼中居住。他的这一举动激怒了夏州的拓跋氏，因为你们李家跟夏州拓跋氏同属一族，他们说你父亲背叛了族人。没出几年，在夏州拓跋氏的挑拨离间下，部族内部发生了权力纷争，你的叔父，也就是你父亲的堂弟李仁发，勾结夏州竟然要对他下手。一天夜里，李仁发突然反了，带兵包围了你们的家。当时你的母亲正身怀有孕，已近临盆，情急之下，你父亲带领全家逃了出来。一路被李仁发追杀，当时已经没有去路，只好向府州奔去。因为你父亲一直与府州折氏的关系甚好，便派人前往求援，可你的母亲走不动了。他们来到一座山村，将你母亲安放在一农户家中，当安排好一切正要准备离开时，李仁发的追兵已将院落围了起来。农妇将你母亲藏进了家中后院的米缸中，才逃过了一劫。可是你的父亲和所有带出来的人全部被杀，竟然没有留下一个活口。”

李小怜震惊了，她没想到自己还有这样一段身世。

“后来呢？”杨延郎急于知道下文，紧着问了句。

“那晚，我听说姐姐家里出了事，就匆匆赶来寻找，刚巧碰见你的母亲一人逃了出来，我就将她送往岢岚城你的表哥折令图家中。没出几日你母亲就生下了你，她看着刚出生的你，伤心流泪，就给你取了小怜这个名字。”

“舅父！这些事您为甚不早告诉我呢？”

“是你母亲临终前再三叮嘱我，说你不过是一个女娃娃，知道的太多会影响你今后的生活。假若有一天，你有为自己父母报仇雪恨的能力时，再把这一切都告诉你。如若不能，这事就终身不要让你知道。”

“那您又为甚要现在告诉我？”

“李仁发死了！机会来了，你该去继承你父亲的大业了。”

“李仁发死了，我又能干甚呢？”

“因为李仁发身后没有子嗣，也就是没有继承人。一直跟随在他身边的副首领滑岸想要当首领，可族人不服，族里需要找一个大家都能够信服的人来当这个家。我告诉族人说李仁原的女儿还活着，众族人一听定要推举你来当这个大首领。现在也只有你李小怜，才是李氏家族里惟一有正统血脉的人了。”

“明白了，那么叫漠北五魁前来追杀我的一定就是滑岸了！”李小怜想起漠北五魁在饭馆里说的话。

“应该没错，只有找不到你，滑岸才能坐上首领的位置。”雷俄喝口酒说：“看来滑岸不仅是想杀你，甚至连我也不会放过。”

“好阴险的狗贼！”杨延郎愤愤不平地说：“我陪你们回山寨去，先杀了那个狗贼再说。”

“你有官差在身，怎么可以跟我们去呀！”李小怜说。

“小将军不必担心，只要进了山寨，滑岸绝不敢当着众族人的面对我们下手。”

其实雷俄并没有把事情的经过全盘说出，还隐瞒了一些关键事情，因为有杨延郎坐在身边，他觉得有些事还是不要让外人知道的好。

听完自己的身世，李小怜激愤的心情渐渐平静了下来。事情来得太过突然，她的大脑似被清洗了一遍，瞬间变得一片空白。这算个甚事？十几年来，她一直都是一个漂泊在外的流浪孤儿，没有父母，也没有家。舅父的一番话，竟然改变她的一切！李小怜茫然若失，没了头绪，原本简单的人生，一下子变得复杂起来。

吃完饭后，李小怜几人便跟着杨延郎去了岢岚城。这一路上，她的心里乱七八糟的，但却始终忘不了折御卿，真的要去当那个甚首领？还是先去府州找折御卿，告知他这一切后再作决定呢！很快这些想法就被打消了。舅父说：“族人十分渴望她能早点回去，希望她能带领众族人有个安定平稳的生活！”

李小怜没有选择，因为这已经不是她个人的事了，而是关系到整个李氏部族的生死存亡。所以，她必须先回山寨去面见众族人。

再说折御卿、李子慧等众人在山门等着李小怜，没过多久，她又出了山寨，看着折御卿说：“少将军，酒菜已经备好，你们是在这里吃呢，还是跟我进去？”

“那就进去吧！”折御卿突然爽快地答应了。

“少将军，各位将军里面请！”李小怜让几人先行，自己随后跟着。可令她没有想到的是，当折御卿几人进入山寨后，后面紧跟着的折家军二百军士迅速接管了山寨大门。

“少将军，你这是甚意思？”李小怜看着折御卿问道：“难道你是在怀疑我？”

“误会了小怜姑娘！”李子慧忙解释说：“刚接斥候来报说，李继迁的几千人马就在附近游动，我们只是想加强一下防范，没有别的意思。”李子慧只是找了个托词，他不想再犯上次清剿浪族山寨时的错误，必须先给自己留出一条后路。

“好吧，那你就加强防范吧！”李小怜一脸的不高兴。折御卿带着李子慧、路彦，路思达和几名侍卫跟随她进了山寨。

山寨里的大厅似乎有点儿远，众人拐过一个小山包后才看到了大门。进入大厅，中央一排几案上早已摆放好了饭菜酒肉。

站在门口，折御卿打量下这座大厅，他发现这里原本就是一个山洞，面积很大，中间低两面高，洞顶上方还敞开着一个大窟窿，阳光直射十分亮堂。

宾主落座，路思达看着面前的酒碗，早已干渴难忍。他左右瞧瞧，伸手抓起酒碗转过身去一仰头倒进嘴里，心道一声“痛快！”接着又偷偷灌了第二碗。

李小怜坐进正面高处的首领上坐，看着众人说：“今天，少将军和折家军的诸位将军来到李氏山寨，我身为首领先敬大家一杯。”说着举起酒碗大喊一声：“干！”

众人举起酒碗正欲喝，突然，路思达摇摇晃晃地站起身说：“这酒，酒……”他话没说完，便一头栽倒在地。众人一惊，路彦忙跑到他身边，看着躺在地上的路思达说：“少将军，酒里有蒙汗药！”

折御卿放下酒碗看着李小怜问道：“小怜姑娘，你这是何意？”

李小怜闭上双眼，心想怎么会叫这个呆子破坏了她的全盘计划。现在怎么办？事到如今怕也只能摊牌了。

正在这时，大门外突然闯进来数十名手持弓箭的兵士，带头的后生冲着折御卿大声喊道：“折御卿，没想到咱们又见面了！”

“李继迁？”折御卿看着走过来的后生，猛然想了起来问道：“你就是李继迁？”

“这么快就不认识了？记得几年前，我们曾在府州相见。”李继迁说。

事态突变，事情来得太过突然，着实令折御卿几人感到吃惊。李小怜是怎么啦？她为甚会突然反目要对折御卿下手，难道她真的要反叛朝廷？

“小怜姑娘！”折御卿扭头看着李小怜问道：“难道你不知道他是谁吗？他可是朝廷缉拿的要犯，银州的李继迁。”

“知道！”李小怜冷冷地说：“本姑娘只知道，他是我的叔伯哥哥李继迁。”

“小怜姑娘，你这是怎么了？”折御卿错愕地说：“难道你跟他……”

“住口！”李小怜喝住他道：“折御卿，你府州与我李家的账，今日怕是要算上一算了。”

“这是甚话？”折御卿懵了，他不知李小怜所指何事，忙问：“我们折家何时与你李家结有仇怨？”

“好，那我现在就给你说说。十几年前，我们李氏部族发生了内讧，我的叔父李仁发想要谋害我的父亲。当时，我父亲派人去你府州求援。对了，那时你还小，并不知道此事。”

“是有这么回事。”李子慧忙插道：“记得，当时是大少爷折御勋掌管府州。有一天晚上突然来了一个人，说是李仁原被他的兄弟追杀，前来求救。大少爷便派路将军前往。后来听路将军回来说，等他们赶到时，李仁原一家及所带的人，均被李仁发派去的人所杀，没有留下一个活口。”

“当时，我娘就躲藏在院中的米缸里，她把一切都看得清清楚楚。”李小怜激动地一指路彦说：“就是他，路彦！是你带人杀死了我的父亲和家人。”

“甚甚甚！”路彦一听急了，说道：“小怜姑娘，当时我确实是去了那里，可等我们赶到后，看见的是一地尸体，院中并没有其他人，你娘怎会说是我所为？”

“因为我娘最后看到的就是你，是你们折家的人。”

“既然看到了我，她为甚不出来？”路彦说。

“出来？出来了好叫你们斩尽杀绝吗？”李小怜情绪激愤起来，大喊：“折御卿，我李小怜与你折家有不共戴天之仇。”

“小怜姑娘，这里面一定有甚误会。”李子慧问：“这些话都是谁告诉你的？”

“是我的舅父雷俄，是我娘亲口对他所述，难道这还有假吗？”

“若你娘当时就躲藏在后院的米缸中，她怎会看到整个杀人的过程？”折御卿说：“所以说，你娘看到的并非事实。再说了，我们折家与你李家……”

“你不用狡辩，是我娘亲眼目睹自不会有假。”李小怜打断他的话说：“折御卿，今天你必须交出凶手，否则你们谁也不要想离开这里。”

“小怜姑娘……”折御卿刚一张嘴，又被她喝断道：“不许你这样叫我，折御卿，你给本姑娘听好了，从今往后，你们府州折家与我李家就是仇人。”

“等等等等！这事要想搞清楚并不难，只要把当时你父亲派去府州的人找来问一下，不就清楚了吗！”

“死了，他早已经被你们折家灭了口！”

“真是一派胡言，你拿甚来证明杀害你父亲一家的人，就是我们折家所为？”折御卿也有点儿火了，看着她说：“你怕是被人利用了！李小怜，请不要听信谗言，无端与我府州为敌。”

李小怜从怀里摸出一封信来，扔到折御卿面前说：“这是我娘临终前交给我舅父的信，你自己看吧！”

折御卿拾起信打开，信上所述：那夜，我在米缸中呆了不知多久，等外面没有了响动声，便悄悄揭开缸盖正要起身出来时，忽然又听到外面传来厮杀的人声，又藏身回去，顺着盖缝观看。只见进了来一群手持兵刃的军士在院内四处搜查。带队的人是路彦，他是府州折家军里的将领，我认得他。没想到是他们，他们竟然会勾结李仁发，杀害你的父亲……

“从这封信上看，当时是在追杀你父亲的人离开后，路将军他们才赶到现场，而且你娘并未看到路将军他们杀人，怎就会说成是我们府州干的呢？再说了……”

“住嘴，我娘说是他就是他。”李小怜蛮横地说：“那一切都是我娘亲眼所见，难道路彦没有带兵去过那里，没有带兵冲进院子吗？”

“你娘当时只是看到路将军他们进来，并未看见他们杀人。”折御卿力辩道：“何况路将军是去救你父亲，他们怎能不进院子，不去查看？”

“李小怜，当时可是我为你父亲收的尸。”路彦插道：“是我将他好生的安葬了，你怎可以这样……”

“住嘴住嘴住嘴！”李小怜快要崩溃了，有些把持不住自己。她的大脑太乱了，乱的快要失去了理智，便冲着折御卿大喊：“折御卿，这一切都是我娘亲眼所见，她说是你们就是你们！”

“李小怜，不要这样，你还是先把你舅父叫来，咱们问一问可好？”折御卿见她太过激愤，想尽力劝解，但被边上的李继迁打断道：“折御卿，不要再狡辩了。现在已是铁证如山，杀害我叔父一家人的事实，无论如何你们折家都脱不了干系，认了吧！”

“闭嘴！这里有你甚事？”折御卿回头怒吼一声。

“说得好！折御卿，今日怕你已是有口难辩了。”李继迁回头看眼李小怜说：“小怜妹妹，还跟他啰嗦个甚呢，还不速速将他们拿下。”

“慢着！李小怜，杀害你父亲的真凶，我们可以随后追查。如果真是我们府州折家所为，我折御卿定会给你一个交待。”折御卿盯住她严厉地说：“现在你要想清楚了，李继迁反叛朝廷，打劫朝廷贡使，本是我大宋缉拿的要犯。如果，今日你敢与他同谋，就变成了我大宋的敌人。好好想想吧，就算你不为自己，也该为自己的几千族人着想。你想让他们今后去往何处，是要跟着李继迁躲进沙漠，居无定所而四处逃命吗？”

“好，那就叫我的舅父出来与你对质！”李小怜说着回头看眼边上的族人说：“去把我舅父请来！”

“回首领，雷俄并不在山寨，昨天一早就离开了。”

李小怜无语了，她真不知道事情竟会变得如此严重！造反！在来山寨之前，她还曾是一个孤苦伶仃的女子，要造的个甚反？可她的堂兄李继迁，真的会逼迫她带着族人去造反吗？她把事情想简单了，李继迁当然是要逼她造反对抗大宋，否则怎肯出面帮她！

那日离开小镇，李小怜、雷俄跟着杨延郎一块进了岢岚城。漠北五魁一路尾随，始终未能找到下手的时机。五魁只好留下老二六子手继续跟踪监视，自己带着铁拐子和长绣返回山寨。

滑岸得知漠北五魁失手，李小怜将要回来！心下着急，他不能让李小怜走进这山寨大门，必须力阻。

“五魁，你马上带人封锁进入山寨的所有道路，见着李小怜、雷俄便即刻下手，绝不能放他们进来。”滑岸吩咐说：“这次不能再失手了，否则麻烦就大了。”

没出几日，李小怜真就跟着雷俄回到了山寨。当他们快到山门口时，被漠北五魁拦住了去路。

“你们最好让开，我现在可以不跟你们计较。”李小怜见着漠北五魁并不害怕，只是冷冷地说：“你们若还敢继续跟着滑岸作恶，怕也只有死路一条了。”

此时，一直尾随在李小怜身后的六子手出现了，他跑到五魁跟前悄声说了几句什么，五魁忙迎着笑脸说：“不敢，大小姐里面请！”

嘿，这事闹的，漠北五魁怎就突地服了软？事情来得太过蹊跷，以致于边上的长绣、铁拐子都没回过神来。

原来，当李小怜、雷俄进了岢岚城后，雷俄迅速差人偷偷地联络了李继迁，其实他们早就有所往来。李小怜的父亲李仁原，是李继迁父亲的族弟，他们本就是一家人。雷俄一直想当族里的副首领，但他知道有滑岸在，他就没有机会。扶持李小怜，只有让她当上首领，一切皆有可能。雷俄清楚凭他的本事，李小怜根本当不上这个首领，只能依靠外力。实在是太巧了，就在他想着如何去联系李继迁之时，他竟主动找上了门。那一日，李继迁带着张浦、李继冲来了，说：“李氏山寨是他们李氏部族的一部分，现在他的叔父李仁发死了，部族就必须有人来统领。”

族中长者听说李继迁要接管部族，一片哗然，并强烈反对，说无论如何都得从自己的族人中，推举出一个能让他们信服的人来当首领。李继迁火了想要强压，滑岸也跟着跳出来说：“大少爷本就是李氏家族的后裔，现在由他来为自己的族人作主，有谁敢不服？”

僵住了！可众族人并不买李继迁的账，因为他们不想造反！张浦见势头不好，怕继续强硬下去会对李继迁不利，于是出面说：“我家大少爷并不是非要来管你们族内的事，但他也是在为你们着想。不如这样，山寨总得有人来管，先叫滑岸临时当这个首领，等找到了合适的人选后再另行安排可好？”

机会来了，雷俄站出来说：“李仁原的女儿李小怜还活着。”

众人一听，深感意外，雷俄道出当年事情发生的经过后，族中长者一致认为，由李小怜来统领族人最为合适。

李继迁自是心中不快，他本想趁机收编这个部族，来壮大自己的队伍，现在又冒出个甚李小怜来。他还记得，李仁发活着的时候，张浦曾经多次派人前来劝说过他，要他一起反宋，恢复拓跋家族的祖业，但被李仁发婉言谢绝了。说自己部族人少，加之多是些老弱病残，如果把青壮都抽出去打仗，他们的父母将无法活下去等等。这明摆着是在推诿，明摆着就是不想跟他李继迁混。当时李继迁就想带兵前来弹压，后因官兵追剿的紧，这事也就暂时放下了。

张浦是个有远见的人，已察觉到李继迁心中的不满，便出面劝解说：“大少爷不必担心！李小怜本就是你的堂妹，把部族交到外人手里，倒不如交给自己人放心。”李继迁被说服了，张浦接着对众人说：“在没有找到李小怜之前，还是暂由滑岸来当这个家。如果李小怜真的还活着，那就让她来接管部族。”事情暂时平息了，众族人期盼着李小怜的早日出现。

在离开岢岚城前，雷俄已经为李小怜铺排好了一切，他把找到李小怜将要返回山寨的消息提前告知了李继迁，并恳求他出面前来压制滑岸，以确保他们能顺利进入山寨。雷俄实在是精明的过了头，姐夫一家被害的事，他知道是李仁发指使滑岸所为，就这样竟然还敢再回山寨。其实雷俄是想冒死一搏，李仁原一家被害，他这个亲戚自然逃脱不了被追杀的命运，可他又实实不想过四处漂泊，亡命天涯的日子。当他见着李仁发时，便哭述着说："他姐夫一家不知是被何强人所害，他很害怕，怕有人会来加害于他，他恳求李仁发保护他，为他作主，"等等。这声泪俱下的表演还真打动了李仁发，瞬间便没了要杀他的念头，雷俄就这样装着孙子在山寨中混了下去。

李继迁可不好哄，因他身后有一个张浦。雷俄提出的请求都可以答应满足，条件只有一个，嫁祸栽赃！让他把杀害李仁原一家的事，全部安放在府州折家的身上。张浦的目的很简单，就是要给李小怜一个仇视的目标，好让她以后能归顺李继迁。雷俄不敢不答应，编造了封李小怜她娘的亲笔信，顺便把事情的经过简单的编排了一下。这种安排原本已是天衣无缝了，可是张浦、李继迁包括雷俄在内，都不知道李小怜曾跟折御卿有过交往，而且还交往很深。

要说滑岸确实不走运，当漠北五魁发现李小怜身后还有一个李继迁时，便早早收手归顺了李继迁。可滑岸偏不解其中之事，他一心要当部族首领，好出人头地，跟着李继迁轰轰烈烈地大干一场。打劫朝廷贡使这事，就是他主动找到李继迁，想先送上份见面礼，一表反叛朝廷的忠心。可事情最终还是没有按照他的想法去发展，当面对着李小怜和滑岸之时，李继迁心中的天平顷刻间倒向了李小怜，力挺她坐上了部族首领的位置。但令李继迁、张浦万万没有想到是，他们的这一决定竟给接下来发生的事造成了麻烦。

第二十六章
先生不幸中箭矢　小怜梦断李家寨

话说李小怜面对着折御卿和李继迁，内心开始犹豫了，她真不知该去信谁？

“李小怜，你是受了李继迁的骗，他就是想要逼迫你跟他一块去造反。”折御卿扭头指着李继迁说：“你跟这种人在一起，跟一个朝廷要犯在一起，你觉得你的族人日子会好过吗？”

“折御卿，你已死到临头竟还如此张狂！”李继迁冲着他喊。

“李继迁，现在谁死谁活还不一定。”折御卿挑衅地说：“听说你十二岁时就敢射虎，怕那些都是被人给吹出来的吧。”

“你想挑衅我？”一听此话，李继迁有些怒了。

“没错，本将军就是不信邪！”折御卿紧跟了句。挑衅李继迁，是因为他们现在所处的位置太过糟糕，李继迁、李小怜的人全部站在高处，如果有人下令放箭，他们将无处躲藏。除了能利用面前的数张几案来拦挡外，怕真的就是九死一生了！这里面的家具摆放也是李继迁特意安排的，他就是要叫折御卿先待在一个最为不利的地方，好为他们的行动提供方便。

“折御卿，你不用拿话来激我，你现在已经是阶下囚了，本将军为甚还要与你单打独斗。”李继迁指指手持弓箭的众军士说：“你好好看看，只要我一声令下，你们将会被万箭穿心。还是不要逞强了，听本将军一句劝，放下兵器投降吧！”

“三少爷，不用管我。”李子慧悄声说：“你只管利用这些几案冲杀出去就行。”

“先生放心！我自有办法。”折御卿说着冲李继迁喊：“想用弓箭来吓唬本将军，你还真够有胆的！记得那年在府州，你不是还叫嚣着要与本将军比试拳脚技击吗？当时本将军见你年纪尚小，可是手下留了情。”

“没错，本将军当时也在场。”路彦在边上插道：“李继迁，那可是你叫嚷着要与我家少将军比试的，当时我家少将军并不想与你比，可你竟满场子蹦着嚷，看你叫的那个欢实劲呀，结果怎么样？我家少将军只是简单的三拳二脚，你就一屁股跌坐在了花池边的石头尖尖上了，整得几天都拉不出屎来。”他说着哈哈大笑起来，问道：“李大人！您现在出恭还算顺利吧？”

“是啊，当时你被戳坏了屁股，害得我娘埋怨了我好几天。”折御卿接着说：“她说要是真把你这碎怂的勾子给整坏了，我们可是赔不起呀！”

这种糗事，李继迁早已埋藏在心中不愿再提。但经这二人一说，竟燃起了他的一腔怒火。那是多年前的事了，记得是一个夏天，他随叔父路过府州便去折府看望路夫人。大人们在说事，他觉得无聊，就一个人跑到折府的后花园里乱转。看到花园中有一块平坦的习武场地，边上还摆放有兵器架子，上面插满了各种长短兵刃。李继迁一时兴起，伸手摘下兵器在场子中挥舞了起来。正巧，折御卿听说府里来有银州的客人，带着路彦等人从后院赶了回来，见场地中央正在习武的李继迁，几人站住观看。折御卿问过边上的丫环，得知是银州来的管内都知蕃落使李继迁，便随口赞了声："好刀法！"

这一声喝彩不打紧，竟引来李继迁死磨硬泡的要与他比斗。只因府州折家的名气太大，据传个个勇武异常，而且还听说折家枪法厉害了得！他实在是想见见这些传说中的人物，最好再能跟他们过上几招。现在折御卿就站在眼前，李继迁自然不肯放过。

折御卿被逼无奈，只好与李继迁拉开架势比试拳脚技击之术。开始折御卿并未主动进攻，仅利用身形步法，左右挪动来防守。他见李继迁年纪小又有尚武之心，不想打击他，更不想让他在府州失了颜面。没想到，他的一时忍让，竟促使李继迁全力使出了搏命的狠招。他的拳法来得疾速有力，且变化无常。一看便知，是经过了多位名师的指点，在塞外特有的拳脚技法中，夹杂着中原长拳的腿法，关中炮锤的手法等技击之术。这样的技击之法，折御卿实在是太过熟悉，因为"折氏拳"法本就是从这些拳种中衍生而来。早在他的爷爷的爷爷时，折家就已经开始吸收各家拳法之长了，直到他的爷爷折从阮，最终完成了自家独创的"折氏拳"法。

"折氏拳"是集各拳所长，将那些好使的，实用的动作，采集后揉合进自己的拳法当中，使其交融为一体，形成了独特的技击风格。说来这种拳法也不过二十三个主体动作，由七拳三手法，九腿四摔法组成，全是些进攻的招式。折从阮认为，进攻就是防守，唯有进攻才是取胜之道，所以在他后来创建的技击动作中，几乎找不到单纯的防守招式。这二十三个独立的技法，只能由口口相授，言传身教的方式传于后人。因为技击之术，无法用文字来表述，尤其是在那千变万化的搏斗瞬间，用文字根本就说不清楚。拳脚功法本无套路，只是一个个独立的攻防动作，要想掌握好这些招式，必先从挨打开始。打挨得多了，对招式的感受记忆便更加深刻。一来，可练就自身的抗击打能力；二来，也可感触到拳脚击出时的角度与力道。话说回来，拳法再好，还要看使用人的功力和素质。

李继迁的动作来得越发的急促了，恨不能一腿将折御卿放翻。只见他高抬右脚，一个"片马腿"横着劈向折御卿的面门。折御卿没动，看着飞扫而来的腿仅身体向后疾速微仰，这条腿夹带着一阵劲风飞快地贴面划过。未等李继迁的单腿落地，折御卿早已纵身上前，伸手顺势在他的大腿上轻轻一推，李继迁便失去了重心，一屁股跌坐在水池边上的石头尖上。

话说回来，折御卿此时挑衅李继迁，就是想借机擒了他。

想简单了！折御卿实在是低估了李继迁的能耐，在折家军到来之前，他早已做好了安排。折御卿进的是前门，而李继冲却控制了后门。此山谷并不大，两头窄中央宽大，谷内还有条小河，可供人畜饮用，只要把两面山谷口一扎，即成为一个安全理想的生活之地。李仁原将族人带到这里安营扎寨，就是看中这些优越的地理条件。

李继迁把带来的数千人马交给李继冲，让他守在后面的山门外，自己带着张浦及数百兵士进入寨内。自打劫持了朝廷贡使后，张浦建议把李氏山寨作为临时的歇脚之处，因为官府很快就会追查到他们的行踪，到时府州定会派兵前来追剿，这样就能将该部族一并卷入到事件当中，先断其退路，逼迫他们一同反宋。

当他们发现李小怜跟折御卿关系微妙，似乎有种说不出的感觉时，李继迁就有些吃不准了。但看看已被围困在中央的折御卿、李子慧、路彦等十来人，李继迁还是觉得这是天赋良机，如若能拿下折御卿就可直逼府州，迫使朝廷让步。看来他还是有些政治头脑的，因为一个死去的折御卿不但无用，反而会增加朝廷对他们的打击力度，同时也激怒了府州折家军对他们的全力追剿，那样定会给他们在漠北的生存带来极大的麻烦，所以最好能抓活的！

“首领！不能反，我们决不能跟着李继迁去反叛朝廷。”一长者出来说：“跟府州的恩怨可以回头再说，可一旦反叛，我们将……”

没等他把话说完，滑岸竟一刀将他劈翻在地。这一刀，把李小怜给惊呆了，她万万没有想到，滑岸竟敢当着她的面向自己的族人下手。这一刀也直接打乱了李继迁擒拿折御卿的计划，他原想跟折御卿单挑，将他引开，好叫后面的弓箭手直接射杀李子慧、路彦等人。

可这一切来得太过突然，还未等李小怜反应，只听折御卿大喊一声：“保护好先生！”人已纵身扑向李继迁，路彦紧跟着冲向了滑岸，众侍卫迅速护在李子慧身边。

折御卿与李继迁接上了手，手中一柄长剑直指李继迁的胸膛，李继迁快速挥刀迎战，两人战作一团。

路彦逼近滑岸，单刀奔着腰身斜挑向上直接切削他的臂膀；滑岸疾速举刀拦截，两刀硬硬地磕撞在一起，“锵”的一声火星飞溅，二人均被震得向后退了半步。滑岸迅速调整好身体姿态，正欲挺刀前冲，突然一支利刃从后背穿入，透胸而过，他瞪着双眼定定地僵在了原地，路彦惊喜地看着冲上来的李小怜。这一刀是李小怜出的，她无法容忍滑岸杀害自己的族人。

滑岸死了，李小怜迅速来到长者身旁，人已经断了气，她回头看眼身旁的众族人，再看看打成一片的大厅，陷入了两难之中。众族人手持兵刃正等待着她的号令。该去帮谁，李继迁还是折御卿？李小怜实在是犹豫不决！

李继迁被折御卿夺命的剑法逼得节节后退，疲于招架。张浦见状忙命令众军士齐上，企图合围折御卿。路彦反身过来，两人合力迎击冲上来的数十名军士。

张浦见李小怜没动，便大声喊道：“李小怜！为何还不动手？”

李小怜下不了决心，在这关系到整个部族命运的时刻，一旦选错方向站错了队，将会带来灭顶之灾。假若此时谁也不帮，那又等于得罪了所有人。

正在这时，折御卿、路彦已从众军士的包围中厮杀而出，直向李继迁、张浦扑去。

“放箭，快放箭！”李继迁向门外撤，边跑边喊。

折御卿、路彦迅速将倒在地上的军士尸体抓起，拦挡在自己身前，一片箭矢飞速插入尸身。大厅中央保护李子慧的几名侍卫，快速掀翻面前的几案阻挡在李子慧面前，慢了！他们的动作还是慢了一点，一支利箭窜入射中了李子慧的胸膛。

眼看着折御卿、路彦被箭矢压住，李子慧又中箭倒地，李小怜急了，挥刀大喝一声：“抓住李继迁！”随着喊声，众族人举起弓箭开始向李继迁射箭。

李继迁见势头不对，忙护着张浦奔出大门。折御卿回身来到李子慧身边，看着他大喊：“先生！先生！”

李子慧看着他，只是张了张嘴什么话也没说出来便咽了气，折御卿痛苦地抱住他的身体哽咽着，“不能，先生，您不能，不能……”

“三少爷！”路彦拍拍他的肩膀，怒吼一声道：“杀了李继迁，给先生报仇！”

折御卿慢慢放下李子慧，站起身猛然向大门外冲去……

大厅内发生的一切，守候在山寨大门口的折家军并不知道，因为这里离大厅还有一段距离。等折御卿冲出大厅，李继迁已向山寨后面的山门跑去，李小怜带着众族人随后紧追不舍。折御卿叫路彦去召集折家军轻骑，自己带着几名侍卫尾随追赶。

李继迁、张浦跑得很快，但他们对山寨内的地形并不熟悉，没跑出多远，就被抄近路追来的李小怜和众族人拦住了去路。

“李继迁，你不能走！”李小怜挡在的他面前。

“小怜妹妹！现在不是说话的时候，你还是跟我一块离开这里吧！”

“不行！你杀了李子慧，叫我如何向折御卿交待？”

“还交待个甚呀妹妹！快走吧！”李继迁着急地看着她说：“折御卿是不会放过你的。”

“只要有你在，我才不管他是不是会放过我呢！”李小怜坚持说。

“李小怜，你可想清楚了。”张浦劝解说：“你刚才的举动已经是造反了，折御卿定不会听你的解释，马上跟我们走，再晚怕就来不及了。”

“还啰嗦个甚哩！”李继迁火了，喊道：“李小怜，你是走也不走？”

“不走！”

“那就让开！”

李小怜没动，李继迁不再说话挥刀直向她冲去，李小怜举刀相迎，两人接上了手。李氏部族的人数众多，很快就把李继迁等人逼上了山崖。

上了山崖，李继迁看看不远处的山路上，李继冲正带着人冲杀过来，他把张浦护在身后，单等李小怜来到跟前。

“小怜妹妹，我们是一家人，不能自相残杀。”

“好，那你就放下手里的刀，随我去见折御卿！”

“你真是想叫哥哥我死呀！”李继迁说着，突然发现后面追上来的折御卿，便毫不犹豫扑向李小怜，两人接手仅三二下，李小怜就被他擒入怀中。

“放了李小怜！”折御卿奔上来大喊：“李继迁，放了她！”

“好！”李继迁冷笑笑，猛然抬手一抛，将李小怜的身体直向山崖边扔出，折御卿一惊疾速前冲想要接住她。李小怜的身体在空中翻转个圈直向山崖下落去，他迅速伸手去抓，但只抓住她身上的衣角，只听“嘶”的一声，衣服被撕开，李小怜的身体贴着崖壁掉了下去……

“小怜，小怜姑娘！”折御卿爬在崖壁上大声疾呼，呼喊声顿时传遍了整座山川，回荡在深深的山谷之间……

李子慧死了，李继迁跑了，李小怜不知死活！

折御卿身心交瘁，已无心再战，他命令马山林带着马怀绪继续追剿，查寻李继迁的下落，自己和路彦护送李子慧的遗体返回府州。

这位追随了折家一身的先生就这样走了。从折从阮、折德扆、折御勋再到折御卿，李子慧陪伴了折家三代四人，忠心耿耿效力于折家，效命朝廷。他的离世，真让折御卿痛到了骨子里！先生从小就陪伴在他的左右，教他识字念书、排兵布阵；并辅佐他治州理政，陪着他上阵杀敌，冲锋陷阵，始终不离不弃直到生命的终点。为了表达对先生的感激之情，路夫人破例将李子慧的牌位安放进了折氏祠堂。

厚葬完李子慧，折御卿变得少言寡语了，总是一个人站在虎节堂内的地图前发呆。路夫人知道他内心受到了冲击，先生对他的重要性是无人可以替代的，但也不能总这样下去。近些日子，她发现折御卿总在咳嗽，又担心起他的身体，便请来郎中给他诊治，号过脉开了处方。郎中说：“他身体很虚弱，又极度疲劳，需要好好调养，再不可过度劳累。”

折御卿自然不会听郎中的话，路夫人就让杨美慧整日盯住他，寸步不离，负责督促他按时吃药。

李子慧的去世，也给落泥部族带来了时间上的困扰，原本商议好的迁徙之事，只能暂时放下。可梁博泥心中着急，而且是心急如焚。因为李继迁、张浦逼得紧，要求他尽快作出决定，否则就视落泥部族为拓跋氏的敌人。

从府州回来后，梁博泥严密封锁迁徙的消息，只跟部族里的几个重要人物商议筹措。因怕走漏消息，竟连折御卿与梁玉儿订婚的大喜事，也不敢声张。原先跟李子慧说好，先去唐谷镇查看地理位置，选择好安置族人的地方后，再由府州派出折家军轻骑前来保护部族安全迁徙。没想到还没等他们去唐谷镇，就出了这事，怕这一切也只能往后放一放了。要让数千族人搬家，并不容易，若要提前告知他们，恐怕没几个月的时间根本搬不走。因为要拿要带的东西实在太多，什么也舍不得丢下。若在战时，只顾着逃命了，谁还会管什么坛坛罐罐！梁博泥已经做好了最坏打算。

梁玉儿知道父亲在府州给她定了亲，心里却很平静。儿女婚事本就该由父母作主，况且还给她找了个一方大员，又是自己的心中所想，能不满意吗？那日与折御卿分手，实在是不得以。当时，她受到了惊吓，又溺了几口水，身子便虚弱得发起烧来。本来去府州是最好的选择，可她不想去，是不想看着折御卿娶别的女人。说来还是心里的情感在作祟！

“小姐，你在清泉寺里许的愿灵验了。”岚儿高兴地说：“你跟少将军本来就是天生的一对嘛！”接着她又叹口气道：“只是时间来得晚了点儿，早要是这样的话，小姐就是他的正房婆姨了。”

“尽瞎说！”梁玉儿笑着说：“你想让我七八岁时就嫁给他呀！”

“可岚儿觉得小姐还是有些吃亏。你想啊，咱们姑爷前面已经娶过两房，尤其是那个杨美慧，要是嫁过去了，怕她会有意找茬成心跟你过不去。”

“找茬就找茬呗，这倒也没甚了不起的！”梁玉儿并不在乎这事，依然笑笑说：“只要有夫人在，她杨美慧也翻不起个浪来。”

“那要是以后，将来……”

“好了好了，你操的心也真多！”梁玉儿打断她的话，站起身说：“走吧，咱们该去看看那几只羊鹿子了。”

出了山寨，两人策马向山原奔去；来到河边的梢林旁，翻身下马，岚儿从马背上取下一袋准备好的海红果。梁玉儿冲着梢林吹响口哨，等了半晌没见任何反应。

“这几只羊鹿子跑哪里去了！”梁玉儿嘴里说着又继续吹口哨，哨声尖利得划破天空，但梢林依旧沉静。

“小姐，它们该不会是跑到别的甚地方去了吧？”

“怎么会呢？我们跟这几只羊鹿子相处了那么长时间，你甚时见它们不按时来的？”

“对了！上次咱们见到它们时，那只母鹿子不是怀有小鹿了吗！也许要生了就来不了了。”

“是吗？我怎么觉得心里空落落的。”梁玉儿看着梢林，有几分感慨地说：“等以后咱们去了府州，恐怕就没有机会再到这里来了。”

突然，梢林中传来奔跑的声音，灌木丛中几只羊鹿子在飞速逃窜，后面紧跟着传来急促的马蹄声。

“小姐，有人想要杀它们！”岚儿惊叫一声，还没等梁玉儿反应过来，几匹快马已疾驰而来，其中一人手持弓箭发射。梢林中一只羊鹿子中箭，一头栽倒，身体在灌木丛中打了几个滚，便翻落在路边。几人带住马缰，来到羊鹿子身边。

“大少爷，真是好箭法！”

原来是李继迁和张浦，他们带着漠北五魁和百十名军士，是要前往落泥部族。

那日逃离李氏山寨后，李继迁并没马上返回地斤泽，而是带着众人在大漠边上与尾随追赶过来的马山林兜起了圈子。他们凭借对周边地形的熟悉，不出几日便摆脱了马山林。在确定没有危险后，李继迁与张浦商议决定，先去落泥部族找梁博泥。他们需要加快联姻结盟的步伐，必须尽快组建一支能与府州折家军抗衡的队伍。

自反宋起事以来，李继迁基本上都是在定难五州的大宋边境一带活动，对知州尹宪和七州都巡抚史曹光实率领的宋军十分了解，他们多为步兵，且作战能力有限，给李继迁游走宋辽边境一带，提供了生存的空间。要说李继迁现有的人马，不过是由党项各蕃族结盟招募而来，还没有与大宋军队硬碰硬对抗的能力，但他也绝不惧怕。因为打劫朝廷贡使，无意间招惹上了府州折家军，而且还打死了参军李子慧，这梁子算是结大了，他知道折御卿绝不会轻易放过他们。说实话，李继迁、张浦真心不想跟折家军对抗，现阶段惹上这样一支战斗力强悍，令契丹人都感畏惧的折家军，实在不是时候。

离开大漠，李继迁让大队钻入山林中休整了数日，在确定没什么风险后，便和张浦带着数百人先行前往落泥部族，让李继冲率领大队人马殿后，沿途侦察严防可能出现的折家军。当他们经过此地时，赶巧就碰见了这几只羊鹿子，李继迁一时兴起便打马追杀。

“小姐，这就是那只母羊鹿子。”岚儿跑到羊鹿子身边看着说：“它肚子里还怀着小羊鹿子呢！”

“你是何人？”梁玉儿怒气冲冲地指着李继迁喝问道：“为甚要杀死我们的羊鹿子？”

“你的羊鹿子？！”李继迁有点懵，这野羊鹿子还有主人？他看着眼前两个俊美的姑娘笑了，问道：“它是你的？”

“是，是我们喂养的羊鹿子！”梁玉儿瞪着眼说：“你好狠心呀，没见它肚子里还有小羊鹿子吗？”

“啊啊！”李继迁一时语塞，但他并不恼怒。

“姑娘请息怒！”张浦出面圆场说：“我家大少爷以为是山里的野羊鹿子，并不知道是你们所养。既然事情已出，我们赔给你就是了。”

“哎，你说得倒是轻巧，赔？你拿甚来赔？”岚儿说：“你能叫它活过来吗？”

“这不过是只羊鹿子，迟早都会被人宰了吃肉的。”张浦说：“我说姑娘！我们赔你些银两，此事就算是过去了。”

“不行！我们不能……”岚儿不依，梁玉儿忙喊住她说：“算了岚儿！叫他们走吧！”

“小姐，你！”岚儿不甘心，还想争辩，但见梁玉儿已转身走向一边，便把后面的话咽了回去。

“敢问两位姑娘，可是落泥部族的人？”张浦问。

“少打问，快走你的路！”岚儿狠狠地回了句。

“哎，你个猴女女！”李继迁被逗乐了，“你要再敢厉害，小心我把你抓去当丫环。”

“你敢，可别让我叫我们家姑爷来收拾你。”

“你家姑爷？”李继迁来了兴趣，问道：“你家姑爷是谁？”

“你给本姑娘听好了，我家姑爷就是……”岚儿正要说出折御卿的名字，被梁玉儿喊住：“岚儿，不许乱说！”

岚儿顿住了，回头看眼梁玉儿，再扭头看着李继迁说：“快走吧！本姑娘不想再看见你。”

李继迁不再跟她计较，带着张浦哈哈笑着走了。岚儿来到梁玉儿身边说：“小姐，你就这样放他们走了？”

“真是个‘憨女女’，没见他们那么多人还带着兵吗！”

“呀，小姐！”凤儿惊叫一声说：“我好像看见漠北五魁也跟他们在一起。”

“不好！”梁玉儿也突然惊叫一声：“这些人怕是要去咱们山寨吧！”

李继迁的突然到访，令梁博泥有些紧张。众人进了山寨，还没等坐稳，张浦就直接问道：“梁族长，此次前来我们并没有别的意思，只是想听你一句话。”

“先生的意思是？”梁博泥知道张浦所问何事，却有意装糊涂。

“梁族长真是好记性，前些日子刚答应我家大少爷的事，这么快就忘了。”张浦提醒说“你倒是想好了没有，落泥部族是跟着我家大少爷，还是想与我们作对？”

“当然是要跟着大少爷了！”梁博泥说：“我们落泥部自不能背弃党项拓跋氏的列祖列宗，只需大少爷一句话，落泥部定会全力以赴，赴汤蹈火。”

“好，痛快！”李继迁说：“如若举事成功，我李继迁决不会亏待你落泥部族。”

“多谢大少爷！”

“梁族长，别说我不信你，咱们还是把话说到前头。”张浦依然用怀疑的目光盯着他问“你拿甚来证明，证明你对拓跋氏的忠心？”

“先生这是何意？”梁博泥有些火了，问道：“难道我落泥部族的几千族人，提着脑袋舍身跟随大少爷去造反还不够吗？”

“不够！”

“那你还要怎样，是要叫老夫用死来证明给你看吗？”梁博泥火了，大喊一声：“来呀，取我的刀来！”

“哎哎，你这是干甚哩？”李继迁忙劝阻说：“先生不过是开个玩笑，何必当真！”

“先生怕是信不过我落泥部族！”

“要说这事也很简单。”张浦说：“听说梁族长还有个女儿没有出嫁，若能联姻将她嫁给我家大少爷的话，就足以表示你落泥部族的诚心！”

“此话差矣！我落泥部本属党项，我们原本就是一家人。联不联姻，怎么就会成了敌人？”梁博泥力辩道：“加之小女早已许配给了他人，岂能悔约？”

“有何不可！你告诉我许配给了谁家，我去找他把这门婚事退了。”

“不可！我们怎能失信于人，先生何必如此强求？”

“这不是强求，是因我家大少爷器重你，只有联姻，我们才能放心地去共谋大业。”

“我那女儿早已许配给了人家，怎么联姻？”梁博泥说：“不联姻就共不得大业吗？先生是不是觉得我落泥部族软弱，有意前来欺压？”

僵住了！话说到这种程度，也没什么好说的了。如若继续说下去，怕也只有翻脸动刀子了。

“请各位大人息怒！”落泥部族的副族长梁雷，忙出面圆场说：“两位大人一路辛苦，还是先歇息歇息，酒菜马上就备好。这悔婚嫁女之事，也容我家族长想一想，待会儿再议可好？”

“我不嫁！”梁玉儿突然冲了进来说：“爹爹，我才不要嫁给他呢！要嫁我也只能嫁给……”

“住口！”梁博泥吓了一跳，生怕她说出折御卿来，忙喊：“玉儿，不得无理！”

“好吧，爹爹！”梁玉儿执拗地说：“我告诉您，除非……”

“住嘴！你把嘴巴闭上。”梁博泥急了，冲着岚儿喊：“快把小姐拉出去！”

“慢着！”张浦忙拦住说：“玉儿小姐，你刚才说除非，除非什么？”

“除非我死了！”梁玉儿瞪眼他转身跑了。

“玉儿，玉儿！”梁博泥冲着她身后喊了两声，回过头来无奈地看着李继迁说：“小女不懂规矩，还望大少爷包涵！”

“无妨无妨！”李继迁乐了，心说：“没想到，小姐的性子也如此刚烈！”

张浦为何会如此强硬，是因为他早有耳闻，说梁博泥跟尹宪关系甚好，最近又去过夏州，好在他并不知道梁博泥还去府州见了折御卿，否则这会儿怕已经兵戎相见了。去见尹宪，对张浦而言是犯忌的大事，他绝不能容忍党项各部与任何一位朝廷官员私下往来。这样十分危险，万一有人走露了李继迁的行踪，暴露了他们在地斤泽的老巢，后果将不堪设想。他不信任梁博泥，总觉得他隐藏了什么，可又说不出，找不到证据。在来落泥部族前，他已经知道梁博泥还有个女儿没有出阁，便跟李继迁商议决定，利用联姻来判断梁博泥的诚意。现在他不但不从，态度还十分强硬，怕是事有蹊跷，需要小心防范。

梁博泥被张浦的嚣张气焰给激怒了，他原想好好应对，不管说甚他都答应，一心只想着尽快将他们打发走。可事情突然发生了变化，没想到李继迁非要强娶他的玉儿。

安顿好李继迁、张浦后，梁博泥出来，梁雷紧随其后安慰说：“族长不必担心！李继迁想要强娶小姐，你就先应了他。只要我们在婚事的礼仪上不让步，等订完亲再到迎娶，还需要一些时间。到那时，咱们该办的事也已经办妥了。”

“现在也只有这种办法了！如果我们不从，李继迁定会派兵前来强压。”梁博泥突然有了想法说：“我倒是有个主意，马上差人去府州通知折御卿，我们想办法留住李继迁。”

“他未必肯待在这里。”

“那就大摆宴席，给他和玉儿订婚。”梁博泥突然又否决了自己的想法说“不行不行，怎么能给玉儿订两次婚呢！”

“现在已经是非常时期了，李继迁行事诡秘，加之张浦又疑心过重。”梁雷分析说：“上次我们没有马上答应他们一同造反，怕是张浦已经起了疑心。联姻的事也许只是借口，不知他们后面还打着甚主意呢！”

“好了，不用想得太多！”梁博泥吩咐说：“你回去陪在李继迁、张浦身边一步都不要离开，就说我去劝说小姐一会就来。”

梁雷应声走了，梁博泥来到梁玉儿的屋外，并没有马上进去，只是在外面转着圈儿，有些犹豫了。他不知是否应该向女儿说明事情的原委，希望她能够配合一下，先把李继迁哄骗走了再说。可是这女女从小在京城她姨娘家长大，对山高皇帝远的塞外了解甚少，根本不知道其中的凶险。许多部族不愿跟随李继迁反叛朝廷，均被他带兵强压，有的毁族灭寨，有的四分五裂，背井离乡，居无定所。因落泥部是一个拥有数千人的大族，李继迁还不敢轻易发兵。但就落泥部族的现况来看，除去老弱妇幼，能组成的有效战斗力也不过千十号人，就算倾尽全力，也无法对抗李继迁的万余大军。梁博泥没有野心，知道造反这条路行不通，他只想让自己的族人有口饭吃，有衣穿能过得平稳安定就好。可眼下，竟连这点小小的奢望怕都难以达成。李继迁不除，党项各部族的百姓就会被带入战争的灾难，就不再有安宁平和的日子。梁博泥突然动了联合折御卿消灭李继迁的念头，即刻叫来亲信，让他马上去府州，告知折御卿这里发生的一切。

亲信走了，梁博泥直接进了梁玉儿的房间，没料想她并没在屋内，不知去了哪里。梁博泥急了，忙命令家人四处寻找，他便坐在屋内等待消息。

第二十七章
张浦强压梁博泥　芬儿春艳闯山寨

梁玉儿带着岚儿，骑马离开了山寨。她自己也不知该去往何方，府州，府州还是府州，她满脑子的折御卿。没想到，她爹突然要将她改嫁给李继迁，这是为甚？可她现在能去府州吗？如果真的走了，那她爹该如何向李继迁交待，会不会给他带来麻烦？梁玉儿的脑子很乱，一时半会儿理不出个头绪，无法静下心来思考。

“小姐，你到底想要去哪里？”岚儿问道：“我们总不能到处乱跑吧？”

“那又怎么办，难道要我坐在家里等死吗？”梁玉儿有些烦躁。

“那就去府州找姑爷吧？现在走还来得及。”

“怎么走？”梁玉儿回头看眼身后说：“你看看那几个家伙一直跟着咱们，我们怕是哪儿也去不了！”

原来她俩一出寨门，漠北五魁就紧紧跟随，他们并不上前阻拦，只是尾随跟跑。你快他们快，你慢他们慢，始终保持着一定的距离。两人被跟得有些烦了，便停下来，想等他们过来。漠北五魁也停在了不远处，静静地看着她俩。

“小姐，我去把他们赶走！”岚儿说着就要掉转马头，被梁玉儿喊住：“岚儿！他们怎会听你的话。”

“那你先走，我在这里拦住他们。”

“尽说些傻话，你拦得住吗？”

“小姐，那你也总该想个办法呀！难道你真的就要嫁给那个李继迁吗？他可是朝廷捉拿的要犯，是咱们家姑爷的敌人。”

“既然是敌人，我爹为甚还要将我嫁给他？”

“那不是被他们给逼的嘛，你不是也在门外听见了吗？”岚儿愤愤地说：“老爷怕也是没有办法，要不我们干脆就……”

“走！”梁玉儿打断她的话说：“咱们回去！”

“啊！”岚儿尖叫一声说：“你疯了吗小姐？现在回去，怕咱们就再也出不来了。”

“反正也走不了，倒不如回去找我爹问个明白。”梁玉儿说着正欲掉转马头，突然发现迎面奔来一队人马，两人勒住马缰原地观望。

不一会儿，大队便来到她们身前。带队的正是李继迁的亲兄弟李继冲，此人年不过二十，体魄强健，方脸箭眉，一身英气。

“见过二少爷！”漠北五魁见着李继冲，忙快马迎上来。

“她们是谁？”李继冲指着梁玉儿问。

“回二少爷，这位姑娘是落泥部族族长的女儿，叫梁玉儿！”五魁忙回话。

“我叫李继冲，玉儿姑娘，幸会！”李继冲抱拳行礼说“落泥部还真有这样一位姑娘，看来传说不虚呀！以后还望玉儿嫂嫂……”

“住嘴！”梁玉儿打断他的话说：“谁是你的嫂嫂？不许乱叫！”

“好好，等我哥娶你过门后再叫不迟！”李继冲笑笑打马走了。

“小姐，事情不对呀！”看着奔向山寨的大队人马，岚儿说：“他们不过是前来提亲的，怎会带有如此众多的人马？”

“岚儿，咱们上次遇见漠北五魁时，是不是说过我是折御卿未过门的婆姨？”

“是呀，当时我们不就拿这话吓他们的吗？”岚儿尖叫一声说：“这漠北五魁会不会，会不会跟……”不等她把话说完，梁玉儿已策马向漠北五魁奔去。来到几人面前，她看着五魁问道：“你们还认识我吗？”

“梁小姐，当时，当时我们真的不知……”五魁忙回话说：“请小姐原谅，我们……”

“不用再说了。”梁玉儿打断他的话说：“你们已经知道了吧，李继迁才是我的姑爷。”

“知道知道！”

“你们都是聪明人，既然已经跟了我家姑爷，那就该知道轻重。”梁玉儿盯住几人，直接威胁道：“我希望你们最好别来招惹本小姐，否则就别怪我在李继迁面前说出些对你们不利的话来。”

“不敢，不敢！”五魁紧着回话说：“我们漠北五魁一定忠心追随大少爷，忠心孝敬小姐，绝不敢有二心。”

见五魁服软，梁玉儿也不再多说什么。她不知道拿这些话来吓唬漠北五魁是否有用，但不吓吓他们，自己又心有不安。跟折御卿的事，现在决不能让李继迁、张浦知道，否则后果不堪设想。

等酒菜摆上几案，梁博泥差去府州的亲信也返了回来，当他得知山寨的所有出口均已被李继迁给封堵时，觉得事情有些严重了。

“族长，看来李继迁是早有防备。”亲信说“他带来的人马不多，倒不如就此捉了他，我们直接投奔府州算了！”

“不可，张浦向来做事缜密小心，李继迁也绝不可能只带这点人马前来找事。”梁博泥思量着说：“也许李继冲的大队人马就在附近，随时都有可能对我们发起进攻。”

“我现在就叫弟兄们去准备，严防不测！”

“千万要小心！严密监视外面的情况，马上通知梁诺派人守住寨中的豁口，无论发生甚事，一定要先守住那里。”梁博泥吩咐说：“再派几个人从山梁上翻过去，尽快把消息送往府州。”

“放心吧！我这就去安排。”

亲信走了，梁博泥竟然有些犹豫了，他不知道是不是该继续等女儿回来，但又不能让李继迁他们等得太久。最终只好放弃见梁玉儿，起身返回大厅。

“梁族长，事情办好没有？”不等梁博泥落座，张浦便问了句。

“小女，刚才不知去了甚地方。”梁博泥忙解释说：“请先生和大少爷先喝酒，待会小女回来，我马上去问。”

“若你女儿不同意呢？”

“不会，我只是知会她一声就是了……”没等梁博泥把话说完，便被张浦打断道：“既然只是知会她知道，那问不问又有甚关系呢？”

“这算是甚话。”梁博泥有些愠怒地说：“她是我的女儿，现在突然要把她改嫁给大少爷，我这个当爹的也得让她有个心理准备不是。”

“那就是说，你已经同意了这门亲事？”

梁博泥愣了下，没想到张浦竟会如此无礼，但又不能发火只好应付说：“就算我同意了，那也得去告诉她一声吧？之前已经将她许配给人，现在又是我来悔约要她另做他嫁，万一小女一时想不通，做出些不理智的事来，怎么是好？”

“也罢,就请梁族长慢慢去说。”李继迁圆场说:“先生不必着急,我们只管喝酒吃肉，一切事情待梁族长办妥后再说不迟。”

“既然大少爷这样说，那我们就坐在这里等。”张浦接着又改变了语气说“梁族长，能将你的女儿嫁给我家大少爷，本是喜事一桩，你可千万不要生出别的甚事端来呀！”

这显然是话中有话，在梁博泥听来就是一种威胁，可此时又不能翻脸发怒，只好强忍着说：“不知先生此话又是何意？难道先生到现在还是信不过我梁博泥？”

“此话差矣！正是因为我家大少爷器重你，我们才能坐在这里慢慢商谈。难道你还看不出我们的一片诚意吗？”张浦紧盯着他说：“梁族长，还是那句话，这门亲事你是答不答应？”

“我可以答应你，但还须……”

“好,我就当你答应了！”张浦再一次打断他的话说:“儿女婚姻自古都由父母作主，既然梁族长已经答应联姻，那就没必要再去问小姐了。”他说着一摆手，门外进来十几名军士，抬着几十坛子酒和十来个被大红花布绑着的大箱小箱进来，放在大厅中央。

“梁族长，这是我家大少爷特意为你准备的定亲礼物，还请笑纳！”

“你这是？”梁博泥没想到，张浦会来这一手，正欲张嘴又被他打断道：“梁族长，收下这些礼物，我们就是一家人了。”张浦要来硬的了，他不管梁博泥怎么想，先把彩礼送上，这门亲事就算是定了，接下来便是何时迎娶进洞房的事了。

没想到事情竟会来得如此之快，看来李继迁是一刻都不想等了，他想要强压。梁博泥心里清楚，眼下未到硬碰的时候，等等，再等等！事到此刻还是先妥协为好。订婚就订婚，反正离结婚还有些日子。梁博泥想简单了，根本就不知道张浦和李继迁的用意。

“好，今天就是我落泥部族和大少爷的联姻之日，摆喜酒！”梁博泥大声喊道：“张灯结彩，杀鸡宰羊，举寨欢庆！今日大家喝个痛快，不醉不归！”

“梁族长果然是爽快之人。”李继迁笑着说：“岳丈大人，请先受小婿一拜！”说着便起身行礼。

“大少爷不必这样。”梁博泥忙阻拦说：“等行过正式礼仪之后再拜不迟。”

“来呀，给大少爷更衣佩戴红花。”张浦不理梁博泥，只管指挥着众军士给李继迁更衣戴花。待一切打扮妥当，张浦说：“梁族长，我家大少爷已经准备好了，还是请小姐出来吧！”

梁博泥回头看着亲信问道：“小姐在哪儿？”

“已经回来了，正在屋内。”

“去把小姐叫来。”梁博泥刚一说完，梁玉儿便匆匆跑了进来喊：“爹，您这是干甚？为甚非要将我许配给他。爹，我可把话说……”

“不得无礼！”梁博泥忙打断她的话说：“大少爷身份显赫，能嫁给他是你的福分。听爹的话，现在只是举行个订婚……”

“不，我绝不嫁给他！”梁玉儿激动地大喊。

“玉儿，不要这样！”梁博泥劝道：“你就听爹一句话，相信爹！爹绝不会做出对不起你的事！”

“那好，你让他们走，让他们马上离开山寨！”

“住嘴！”梁博泥火了，喊道：“你怎会如此的不听话，不要再闹了，回去好好收拾下，过来订婚。”

“不！我绝不，要嫁我也只能嫁给……”梁玉儿话没说完，梁博泥一巴掌扇过去，打在她的脸上喊：“来呀，把小姐拉出去。”

“爹！”梁玉儿惊愕地看着他说：“如果你非要把我嫁给他，那女儿就死给你看。”她嘴里说着人已向几案冲去，当她脑袋正要撞上几案之时，李继迁飞身上前，一把将她的身体抱住倒向一旁。两人在地上翻滚个圈站起身，梁玉儿回手就是一掌，重重地打在李继迁的脸上。

“找打，谁要你来管闲事！”梁玉儿怒斥一声，转身向门外跑去。

这一掌竟把李继迁给打懵了，没想到梁玉儿会对他动手。梁博泥忙来到他身边说：“对不住了大少爷，您看这女女……”

“无妨无妨！”李继迁倒是不恼，他长这么大还从没被女人打过，虽说自己已有一大堆婆姨，但也未见那个有梁玉儿这般个性，反觉心中喜欢。

“族长，还是让我去劝劝小姐吧！”梁雷过来说，梁博泥忙拦住他说：“还是我去吧。”

梁玉儿一闹，搞得梁博泥心中难受，他能理解女儿的心情，也不怪她！可在这关系到整个部族的生死存亡时刻，他又无法向女儿说明一切，刚好可借用这个机会追出去，告知详情。

“大少爷可千万不要往心里去，我这就去劝她回来。”梁博泥说着就要往外走，张浦忙上前拉住他说："哎哎哎，梁族长，你就随她去吧，女孩子家，打闹完了一会就没事了。"他不能让梁博泥走，现在一刻也不能让他脱离自己的视线。

"先生，这小女不在，亲还怎么订？"梁博泥坚持说："还是让我去把她叫回来。"

"不碍事不碍事！"张浦硬将他拉回来说："大少爷不是还在这里嘛，玉儿姑娘也算是来过了，叫她一个人好好想想，你就不用再去为难她了。"

听张浦这样说，梁博泥不好再坚持，他扭头看眼梁雷说："还是你去劝劝小姐吧。"

"是，我这就去把小姐带过来。"梁雷答应着正要走，又被张浦喊住说"都不用去了，小姐正在气头上，倒不如叫她一个人待一会的好。"

"也罢，那就听先生的。"梁博泥说着回头看眼李继迁道："还望大少爷多多包涵，小女不懂礼数，回头我再去教训教训她。"此时，梁博泥才知道，大门早已经被李继迁带来的人给控制了，除了传菜上酒的下人外，落泥部族的人一个也出不去。

张浦确实是控制了大厅，他命令军士把守在大厅门外，落泥部族的男人只许进不准出。李继迁做事非常小心，除了自己的亲信，谁也不信，甚至连跟随他一块出来打拼的亲兄弟李继冲，都不能完全信任。接管寨门，守住通道，他是要给自己先留出一条方便逃生的路。

山寨的通道是被李继冲接管了，他一进来便命令军士把守寨门，将落泥部族的人全部堵进寨子里不得随意出入。这是张浦夺取落泥山寨的一个重要步骤，在他看来，跟这些党项各部族没什么好谈的，一切只能服从，若敢不从就直接剿灭。李继迁信任张浦，就是因他做事老辣毫不拖泥带水，尤其是在收编党项各部的事情上，张浦表现得异常强硬，从不给对方留出任何喘息的余地。站在李继迁的立场看，这种蛮横不讲理的手段是必要的，要是采用苦口婆心的去劝说，这反怕是造不成了！可这一切，又大大出乎梁博泥的意料之外，对于李继迁收编党项各部族的方法，虽说已早有耳闻，但他还是没有想到竟会来得如此强硬。落泥部族已经到了生死存亡的紧要时刻，他将如何应对？

梁玉儿回到屋内依然哭成个泪人，岚儿在边上怎么劝也没用，她感到失望，现在没人能帮她，自己也救不了自己，那倒不如死了的干净。梁玉儿想起了自己的娘，她此时并没在山寨，而是几日前去唐谷镇看望她的外婆，怕一时半会儿也回不来。

"小姐，你就不要再哭了，哭有个甚用！"岚儿安慰说："我们还有时间，反正离出嫁还有些日子，到时准会有办法的。"

"要是我娘在就好了。"梁玉儿有些后悔地说："当时我们要是跟着她一起去唐谷镇，不就没这事了。"

"小姐呀，怎么尽说些没用的，要不这样，叫我先到外面去看看，等一会回来再说。"岚儿转身出了门，不一会儿又返回身来说："小姐，出不去了，外面有漠北五魁守着，不准我们离开院子。"

“那可怎么是好！怕是李继迁想要来硬的了。不行，不能这样等死！”梁玉儿说着跑到柜子前，拉开抽屉从里面翻出一把匕首藏入怀中。

“小姐，你想干甚？”

“如果李继迁敢来，我就跟他拼了。”

“小姐呀，李继迁是个甚人，你打得过吗？”

“打不过，那我就杀了自己！”梁玉儿实在是没了主意，可又想不出更好的办法。她在这里纠结闹心，但并不知道他的爹爹梁博泥，为了她已经在大厅里跟李继迁、张浦干上了。

订婚宴在没有梁玉儿参加的情况下开始了，梁博泥坐在上首，张浦、李继迁分坐两旁。虽说是喜宴，但气氛却显得异常紧张。

“来，梁族长，喝了这杯喜酒，咱们就是一家人了。”张浦端起酒杯说。

“好，干！”梁博泥抓起酒杯，一仰头倒入口中。

“大少爷，现在该给你的岳父行礼了。”张浦喝干酒，看着李继迁说：“只可惜你的岳母不在，这个礼回头再给她补上。”他当仁不让地把自己当成了司仪。

李继迁听话地起身，嘴里喊了声“岳父！”便躬身行礼。梁博泥跟他客套了句，两人入座。

“好，礼成！”张浦说：“梁亲家，现在我家大少爷已经是你的乘龙快婿了，你觉得该何时拜堂成亲？”

“不急，我们可另择吉日！”

“这倒也是！不过现在已是非常时期，我们随时都有可能受到宋军的攻击。加之落泥部族与我今日结盟反宋，消息很快就会传扬出去。怕过不了几日尹宪、折御卿的大军就会到来。梁亲家，这可拖不得啊，还是尽快确定个日子吧？”

“先生怎会如此着急，婚都已经订了，还在乎这几天吗？”梁博泥推辞说：“就算是要结婚，怕也得等我那婆姨，玉儿的娘回来后才能办呀！哪里有女儿出嫁，亲娘不在身边的道理？”

“亲家呀，不是我要逼你，而是时局不好啊！这里距府州的唐谷镇不远，万一我们来这里的消息被走漏，事情可就大了。你要知道，府州折家军并不好对付，搞不好会给你的部族带来灭顶之灾。”

“那依照先生的意思？”

“择日不如撞日，赶巧今天也正是我家大少爷的生日，何不来个喜上加喜，今夜就将一对新人送入洞房。”

“先生是在说笑吧，哪有定亲和结婚一块办的道理？”梁博泥说“小女虽然出身卑微，但也不能如此的没有规矩吧！”

“亲家呀，并非是我要强娶，既然婚都订了，入洞房不也是迟早的事，早一天晚一天又有甚不同？加之，我家大少爷也不能在你落泥部久留。所以，还请亲家多多体谅才是！”

张浦一再坚持，梁博泥这次是断不能忍了，怒斥道：“张浦，你是否太过分了，老夫再三忍让于你，你竟还要得寸进尺。真把我落泥部不放在眼中，今天咱们把话说到前头，定亲结盟可以，但你要强娶硬来不行！”

“好好！梁亲家，那你想怎样？”

“八抬大轿上门迎娶，祖先定下的规矩一样都不能少！”梁博泥强硬地说：“今日定亲已属破例，那是给大少爷一个面子，以示我梁博泥的诚心。如果这样还无法获得先生和大少爷的信任，那这婚不订也罢！”

“梁博泥，你想悔婚？”

“不是我要悔婚，而这一切都是被你们所逼。”梁博泥说：“如果照祖先的规矩来办，一切都还好说。若要无理取闹，强取豪夺，怕这事就不好办了。”

又僵住了！张浦本想翻脸，又怕埋下隐患以后不好跟落泥部族相处。他知道自己的要求是有些过分，可这也是没有办法呀！他不能不为李继迁的安全着想。前不久，刚跟折御卿在李氏山寨厮杀了一回，招惹上了折家军，竟然对他们紧追不放。若是换成别的宋军，张浦倒还真是不怕。可这府州的折氏不同，他们虽属党项与夏州的李氏同为一族，但两家均视对方为仇敌。从五代十国到北宋的数十年间，要不是同在一个朝廷下共事，怕早已撕破了脸面。加之折家军擅于马战，彪悍之极，以李继迁现有的人马根本就无法招架。他们此次来落泥部，除了联姻外还有另外一重大计划，就是想迅速整编落泥部族的牙兵牙将，将能征战的青壮年全部编入到自己的队伍中，至于剩下的老弱妇幼回头再慢慢迁移到地斤泽去。

“先生！婚姻的事可否暂放一下。”李继迁见僵住了，忙出面说：“现在我们已经跟落泥部族达成了联姻反宋的盟约，都是一家人了，接下来先生是不是也该跟梁族长商议商议往后的安排。”

“这倒也是。”张浦说：“梁亲家，我们既然是一家人，那就该听从大少爷的统一安排才是。”

“先生请讲！”

“落泥部离唐谷镇太近，这里怕已无法居住。很快尹宪、折御卿就会发兵前来讨伐，依我们现有的防御能力，实难抵抗。”

“那依先生之意？”

“迁徙！落泥部族必须马上迁往他处。我们跟折御卿在李氏山寨一战后，他就一直尾追不放。据斥候来报，身后已经发现了折家军斥候，怕他们很快就会追到这里来了。”

“我落泥部族大大小小有数千人口，先生要让我们迁往何处？”

“具体迁往何处亲家暂时不必多问，只管遵照大少爷的安排做就是了。”张浦不能说出地斤泽，怕走漏了消息老巢不保。但不说出迁往何地，梁博泥当然不干。

“先生在怕甚，难道先生到现在还是信不过我梁博泥？”梁博泥站起身直盯着张浦。

张浦见梁博泥动了气，忙解释说“亲家误会了，我怎能信不过你！只是要迁往的地方，是我们生存的大本营。亲家不必多心，到时一定会告知你的。”

“好，既然先生不说，那我也就不问。”梁博泥坐下说：“不知先生打算何时让我们部族迁徙？”

“越快越好！不过，在部族迁徙之前还有件事要办。”

“甚事？”

“把你部族内现有的牙兵和青壮组织起来，统一归大少爷指挥。”

“先生要把他们都收编了去，那由谁来保护我们的族人，我这个族长又算个甚？”

“族人自然是由大少爷来保护，亲家就负责处理族内事务，管理好自己的族人就是了。”

“这算是个甚安排，依照先生的说法，分明是强占了我落泥部族。”梁博泥有些激动，不再理会张浦，而是看着李继迁说：“大少爷，您是不是该容我们一些时间，待把族人全部安排好后，再另行打算可好！”

“岳父大人不必多虑，先生也是在为您的族人着想，还是听从先生的安排吧！”李继迁并不买这个新岳父的账。

“亲家不必激动，我们并无强占你落泥部族的意思，你梁博泥还是族长，落泥部族还是落泥部族。为了我们拓跋氏祖先创建的数百年基业，为了保卫我们拓跋氏的祖业不被赵光义侵吞，在军队和人员的调派上，你必须服从于大少爷。因为，只有他才是拓跋氏的希望，只有他才能统领我们抵抗宋廷，捍卫我们自己的尊严！”张浦情绪激昂地说：“造反！我们为甚要造反？就是因为那个李继捧，我们大少爷的那位族兄，是他！是他出卖了拓跋氏祖先数百来年创建的基业，拱手向赵光义送出了定难五州，若失去了夏、绥、银、宥、静五州，拓跋氏就没了生存的根基，成了被宋廷肆意宰割的羔羊。梁族长，如果我们党项各部族不能统一起来，不能团结一致去抗击宋廷，难道你真想看着你们自己的党项拓跋氏亡族吗？”身为一个汉人，虽说身上并没有流淌一滴拓跋氏的血液，但张浦早已从骨子里把自己融入进了拓跋氏的命脉。

这时，李继冲走了进来，在向各位行过礼后，便跟张浦耳语了几句。

“来，继冲！先敬族长一杯酒，有甚事一会再说。”李继迁说。

“好，那就恭贺族长，恭喜大哥了！”李继冲端起酒碗仰头倒进嘴里，“好酒！”他道声痛快，接着又连干两碗，扔下酒碗便转身出了大厅。

“亲家呀！大少爷为了保护你落泥部族的安全，特意派二少爷带来了五千人马，现就守卫在寨子里了。”

“那就多谢大少爷了！”梁博泥泄了气，心中已是无奈。他清楚，这那里是为了保护山寨，分明是用兵强占。事到如今他已经无招可用了，就算是拼了这条老命去也没个鸟用。现在唯一能做的就是拖，看能不能多拖延一些时间，哪怕是多拖延一天也好。

“这里不能久留，最多也只能待一天，明日一早必须出发。”张浦发出了最后通牒，真是连一点喘息的余地都不给他。

“好吧，那就听从先生的安排，我这就去召集族人开始准备。”梁博泥正欲起身告辞，被张浦拦住说：“亲家不必前往，叫他们来这里商议便是。”还是不肯放梁博泥离开，在这紧要的关头，他不想节外生枝。

“先生，您这是要做甚？”梁博泥火道：“大少爷的军队已经接管了整个山寨，老夫把能给的都给了你们，你竟还要将老夫困在这里。难道老夫就不能去跟自己的家人说一声，安排一下吗？”

“岳父大人请息怒！”李继迁圆场说：“先生并不是这个意思，等我们商议完大事后，您尽管回去安排家人，还请岳父大人再忍耐一会儿。”

“好吧，那就不用跟老夫商议了。”梁博泥喊来梁雷说：“现在部族就交给你了，一切都听从大少爷的安排。他们想咋办你就照着办！老夫现在就去趟茅厕！”说完怒气冲冲地走出大厅。这次张浦、李继迁并没阻拦，只是示意身边的随从跟了出去。

“先生，我们是不是过分了？”李继迁有些不忍地说：“他毕竟是我的岳父，这样下去，怕以后就很难相处了。”

张浦看眼他笑而不语，他对这些个儿女情长的事并不关心，要想成就大业，就必须抛开一切。他不但这样要求自己，同时也希望李继迁能够做到。

梁博泥离开大厅后，直接向梁玉儿居住的院落走去。他觉得愧对自己的女儿，身为父亲没能保护好她，此事虽属无奈，但还是心中难受！当他来到院子门口时，被身后紧着追赶过来的亲信喊住。

“去府州报信的人怎么样？”梁博泥急切地悄声问了句。亲信看眼不远处跟过来的几人，小声说：“出去了，按时辰推算，折家军最快明日才能赶来。不过……”亲信有些犹豫。

“出了甚事？”

“派出去的三个人，只出去了一个，另外两人被李继冲抓住正在严刑逼问。”

“招了吗？”梁博泥内心一紧。

“没有，族长放心！他们就算是死也不会招认的。”亲信宽慰了句，又担心地说：“族长，李继冲控制了整个山寨，让所有族人都待在家里不准出来。他还要将寨子里的牙兵和青壮人马集中进山谷。梁诺不从，带着人马与李继冲对峙了起来。您看这事该咋办？”

事情发展的越来越严重了，梁博泥已经没有选择，硬拼风险太大，搞不好李继迁、张浦会屠了整个山寨。若是听命于他，将部族迁往他处，落泥部从此就算是完了。梁博泥不死心，不想束手就擒，难呀！他必须尽快找出一个应对之策，既要能稳住李继迁、张浦，还得保住部族中现有的战斗力。

“族长，您还是过去看一下吧，搞不好梁诺真的会跟李继冲干起来的。”

“走！”梁博泥放弃了看望女儿，转身向山谷奔去。

梁博泥刚一离开，便有几人匆匆向梁玉儿的院子走来，被漠北五魁拦在门外。

“站住，你们不许进去！”五魁喝道。

“大胆！我是梁玉儿的娘，难道连我也不能去看望我的女儿吗？”

“不敢！”五魁愣了下，忙让在一边，梁夫人带着几人进入院子。梁玉儿没想到，她娘会此时回来，两人见面便抱头痛哭起来。

“玉儿，发生的事娘都知道了。”梁夫人安慰说：“不要怪你爹，你爹他也是没有办法呀！”

“可是娘！”

“好了，现在不是说话的时候，你看娘带谁来了！”

“你，你，怎么会是你……”梁玉儿看着几人，惊得一时说不出话来。

“玉儿妹妹，怎就不认识姐姐了？”芬儿笑笑说。

“芬儿姐！真的是你呀！”梁玉儿激动地说：“你们怎么会来这里？”

“小姨，我们可是来救你的呀！”折春艳说。

“真是太好了，我们部族终于有救了！”梁玉儿看着两人喜极而泣。

第二十八章
梁诺抗命斗继冲　困陷绝境见曙光

话说芬儿怎么会突然出现在这里？原来她是奉路夫人之命，前来落泥部族商议折御卿和梁玉儿的婚事。自从路夫人与梁博泥定下两人的婚约后，她就一刻也放不下了，不知为甚心里总是着急，要不是因为李子慧出事，早就打发芬儿去了落泥部族。要说路夫人的担心并不多余，近日，她发现折御卿的身体不是太好，时常会咳嗽几声，看过不少郎中也没见有所好转。担心呀，她实在是为自己儿子的身体担忧！加之他还要时不时去争战沙场，难免不会付出生命的代价。路夫人还从未这样的心疼着急过，她不能等，得抓紧时间为折御卿多添几房，也好为折氏延续香火。

听说芬儿要去落泥部族商议迎娶梁玉儿，杨美慧坐不住了，知道这事她没办法阻止，也只能在屋子里烦躁闹心。

“小姐，你不能总是这样烦躁，小心肚子里的孩子。”秋儿劝着说：“干脆现在就去告诉夫人，说你已经有了三少爷的孩子。”

“那又怎样？有了孩子他就不娶梁玉儿了？”

“娶不娶都是夫人说了算，咱家姑爷也没办法呀！”秋儿宽慰说：“小姐，还是不要再想这事了，只管养好自己的身体，到时生出一个大胖小子来，夫人就会对你另眼相看了。”

“我倒是有个主意。”杨美慧突然来了劲头说：“不如我们跟着芬儿姐去落泥部族玩几天可好？”

“这怎么行，夫人是一定不会答应的。”

“那咱们就偷着跑出去。”

“疯了吗？小姐！这样偷着跑了，咱们还怎么回来呀。”秋儿忙阻止说：“你可是折家的媳妇，怎能随便乱跑呢！再说了，咱们家姑爷最近身体不好，你还得管他吃药的事，趁着他现在呆在家里，你应该管好你自己，照顾好姑爷的身体才是最重要的呀！”

杨美慧觉得秋儿的话在理，便打消了出去的念头。她真该为折御卿的身体多操点心了，既然婆婆叫她守着折御卿，那她就安心守着。

路思达接到跟随芬儿去落泥部族的指令后，告诉了折春艳，她一听急了，忙跑到路夫人处请求奶奶让她跟着一块去。路夫人知道这孩子是想要出去玩，也就答应了。

折府很快就备好了彩礼，第二天一大早，芬儿带着折春艳、路思达及百十名折家军轻骑出发了。众人刚离开府州不远，就碰见马山林派回府州的斥候，说发现了李继迁的行踪，他们即刻去唐谷镇面见马山林。

听说芬儿是要去落泥部商议折御卿的婚事，马山林说："落泥部族怕是去不成了，李继迁就在附近，他很有可能去找梁博泥。这样吧，你们就暂时住在唐谷镇，等少将军来了后再做决定。"

"也只能这样了。"事情发生了变化，芬儿也是无奈地说："马将军，落泥部族会有危险吗？"

"应该没有，他们同属党项，是一家人。李继迁一直在拉拢收买党项各部，恐怕他会去游说梁博泥结盟反宋。"

"落泥部刚与我们府州联姻，梁族长自不会听李继迁的。"两人正说着马怀绪匆匆进来，见着芬儿、折春艳、路思达打声招呼，便对马山林说："爹爹！外面有人求见。"

"甚人？"

"说是落泥部族梁族长的婆姨。"

马山林、芬儿感到吃惊，即刻迎了出去，见梁博泥的婆姨带着亲信正站在外面，几人见面，做了自我介绍后便进入大厅。

梁夫人的娘家就在唐谷镇，几日前她回来看望自己的母亲，没想到，梁博泥派出的亲信找到了她。当得知落泥部族的情况后，惊吓的有些不知所措。正在她惶恐的没了主意之时，突然听说折家军将领马山林也在镇上，便直接前来面见。

"不知梁夫人前来，有甚要事？"几人落座后，马山林问。

"李继迁已带兵强占了落泥部族。"梁夫人也不拐弯，直截了当地说："今日一大早，他突然闯入山寨，要强娶我的女儿梁玉儿，并逼迫梁族长与他联姻结盟，一同反宋。"

"果真会是这样！不知李继迁带有多少人马？"马山林问。

"李继迁来时，只带有三百来人。"亲信说："不知后面还有没有。"

"据斥候探查，李继冲的五千人马就在后面跟随。"马山林说："这下事情难办了，我们现有的人马也不过千余骑，在少将军到来之前，怕是无法拦堵李继迁了。"

"马将军，我必须马上回去与我的女儿家人呆在一起。"梁夫人站起身说："我这就先告辞了！"

"等等，请夫人留步！"马山林忙拦住她问道："要想进入你们山寨，可否还有别的小道可走？"

"这……"梁夫人回头看眼身边的亲信，他忙说："有，不过只能从山脊梁上爬过去。"

"好，夫人不用着急，请稍事休息，容我想想再说。"

梁夫人听他这样说，便转身坐回凳子上。她原本就没有什么主意，只是把一切都寄托在了折家军身上。打仗的事她不懂，着急上火也只是为家人担心。

事情来得急了点，马山林开动脑筋，想破了脑袋，整出几个连自己都觉得不可行的方案，这事交给他，还真是有些难为他了。带兵打仗，冲锋陷阵他是一把好手，若论谋略定计策，竟显弱智。

“马将军！”芬儿看出了他的难处，过来说：“你看这样可好，在少将军到来之前，我们可否先派人潜入山寨，摸清李继迁的情况，然后与大军里应外合夹击李继迁。”

“好，就照你说的办。”马山林马上答应了她的方案，芬儿接着说：“梁夫人，我随你一同去山寨，想办法跟梁族长取得联系，尽量拖住李继迁，想法让他在寨中多停留一些时间，等待少将军的到来。”

“芬儿姑娘，你随我去怕是太危险了。”

“无妨，就说我是你的妹妹一块回来看望族长。”

“那我呢？”折春艳问。

“那里危险，你就跟马将军呆在一起。”芬儿不答应。

“姑姑您就让我去嘛。”折春艳力争道：“我就当你们的丫环，万一有事，不是还可以帮上忙吗！”

芬儿没有接话，扭头看着亲信问道：“我们的人进去了，将藏身何处？”

“只能躲在山坡上的梢林中。”亲信回答。

“你能不能画出一张简单的山寨图来？”芬儿问，亲信答：“小人不会画，但能说出来。”

要来纸墨，芬儿在亲信的口述下，很快便画出了一张山寨草图，接着又复制了几张，一张交给马怀绪，一张留给马山林说：“这张图交给三少爷，将军！可否让路思达、马怀绪带三百弓弩手潜进山寨，一切听从我的号令行事。”

“行！就照姑娘说的办。”马山林痛快的应了声，即刻下令分头去准备，很快就安排好一切，众人便匆匆出发了。

芬儿、折春艳跟着梁夫人从正门进了落泥部族；马怀绪、路思达及三百弓弩手跟随亲信绕往山寨后面。

控制了落泥部族，张浦、李继迁觉得大事已成，两人便敞开了胸怀在大厅里喝酒。拓跋氏好酒是出了名的，不但能喝，还更会酿造。他们每次出来都带有大量精心酿造的美酒，顺便赏赐给那些“嗜酒”如命的游牧民族，好让他们听从号令忠心卖命。

梁雷见两人喝上了想趁机溜出去，没想被张浦喊了回来说：“来来，你也别看着，一块喝！”

“还是二位大人慢慢喝吧，让我去看看大人吩咐的事情办得如何！”

“无妨无妨！既然梁族长已经去了，你就该安心坐在这里陪着大少爷吧！”张浦将他强留在身边，梁雷只好坐下陪二人喝酒。

“说来你们族长还真是死心眼儿，既然已经同意把女儿嫁我家大少爷了，何时进洞房有那么重要吗？”张浦端着酒碗说：“来，先干了这碗，回头你去劝劝你们族长，今晚就把事情给办了吧！”

“先生又何必这样着急呢？”梁雷喝干酒说：“反正她已经是大少爷的人了，也不急在这一时吧！”

“说得也是呀！”正说着外面匆匆跑进来一名军士说“大人，梁族长的婆姨回来了。”

“人在哪里？”

“去了梁玉儿的院子。”

“好呀！”张浦突然笑了起来道：“大少爷，你的好事成了。”

“先生说甚哩？”

“你的丈母娘回来，这婚事我们可以继续办下去了！”张浦说着大声喊道：“来呀，去请梁族长和梁夫人！准备给大少爷拜堂成亲！”

“先生还有一事。”军士忙说：“落泥部族的牙兵不服管理，与二少爷的人马对峙了起来。”

“什么，他们竟敢不从！”张浦站起身说：“大少爷，我们过去看看，婚事回来再办。”说着几人匆匆出了大厅。

梁雷也跟着出来，他没有跟随张浦、李继迁走，而是躲进了边上的茅厕。待几人走后，才出来直奔梁玉儿的住处，没想到在院外被漠北五魁拦住不准他进去。

“我是奉你家张先生之命，有要事来见夫人。”梁雷说：“如果误了大少爷的事，怕你们担待不起？”

一听此话，漠北五魁不再阻拦，只好放他进去。见着梁夫人、芬儿，知道府州折家的人也来了，梁雷便把发生的事情一五一十地说清楚后，梁夫人看着芬儿问道：“姑娘，你看接下来咋办？”

“李继迁想要拜堂成亲，就照他说的办。”

“啊！”梁玉儿惊叫一声说：“不行啊，姐姐，我怎么可以跟他拜堂呢，不行不行！”

“姐姐只是要你去做个样子，不是真的成亲。”

“那也不成，拜堂就是拜堂，这还假得了。如果当着父母面跟他拜了堂，那不真成了夫妻，姐姐还是另想别的办法吧！”梁玉儿任起性子，执拗不干。

“姐姐只想着能利用入洞房之机，擒住李继迁。”芬儿歉意地说：“看来还是姐姐想的不周，忘了玉儿妹妹的感受。”

“姑姑，那就叫我代替小姨去拜堂。”折春艳说：“到时我把头裹得紧紧的，反正谁也看不见，等把李继迁骗进洞房后，我就亲手宰了他。”

“胡说！好了，这事回头再议。”芬儿看着几人说：“必须尽快把消息告知梁族长，在折家军到来之前，还是要想办法稳住李继迁。”

“好，我这就去见族长。”梁雷正要走，被芬儿喊住问：“寨子里有多少人马可用？”

“不到一千人。李继冲已把他们集中到了山谷口，正在整编。”

芬儿拿出绘制的草图铺开问道：“你看看，寨子里的什么地方可以进行防守？”

“这里有一个豁口，就在寨子中间，两边是崖壁道路狭窄，这是族长为防万一，在寨子里设置的一道防线。”

“李继迁的人马都在何处？”

“主要集中在山寨大门内外，其余的人马也在豁口以外。”

“好，你去把能调用的人马全部集中在这里，听到三声炮响，便死守豁口。切记！在行动没有开始之前，千万不可妄动。”

“知道了！”梁雷答应声走了，芬儿的大脑开始飞快运转，她想着如何把李继迁骗过来。入洞房，也只有入洞房才是最好的办法。可梁玉儿不干，她也不能强求，但她更不能让折春艳去冒这个险！现在也只能从她自己的身上打主意了。

落泥部族的牙兵在副族长梁诺的带领下，正与李继冲的人马对峙着，双方站在谷口冷眼相待。李继冲命令他们重新整编，要将落泥部族的牙兵全部打乱分成数队，混编入自己的军队当中。

“将军，不能这样，我们本就是一个整体，如果打乱重组将会失去现有的战斗力。”梁诺不干，他知道李继冲怕他们抱团不好指挥，是想将他们的兵力分散，无法自成一体。

“梁诺，难道你想抗命不成？”

“将军，并非属下抗命，我们本就是一支完整的队伍，完全可以听从将军的指挥。如果将军非要将我们的人马拆散，那也得先问过我们的族长再说。”

梁诺不从，李继冲心中恼怒，但此时又不能发作。整编落泥部族的牙兵是张浦的主意，他不允许被收编过来的党项各部继续保有自己的武装，必须剥夺。他要让这些部族完全依赖在李继迁的庇护之下，失去了武装的部族自然也就没有了反叛的风险。

“梁诺，你若再敢不听从指挥，可别怪我动用军法！”李继冲威胁说。

“将军，我落泥部还未被你收编，你的军法怕是对我们无用！”梁诺并不买账。

“大胆！”李继冲不忍了，挥手大喊一声：“来呀，把梁诺拿下！”

几名军士应声冲了出去，梁诺身边的众人迅速拔出兵刃护在他的周围。

“反了，你们还真敢造反？”李继冲拔出佩刀大吼，“来来来，梁诺，我现在就跟你过上几招，你若胜得了本将军手中的刀，随你怎样都行。”他动了杀机，知道直接弹压定会引起反抗。杀鸡儆猴，他要借用独打单斗的方式杀了梁诺，镇住这些不知道天高地厚的牙兵。

梁诺也是个有血性的汉子，在这种时刻怎会服软。他喝退左右，抓过一把“双手带”说：“将军既然如此说，那我就陪你过上几招。”

“梁诺！刀剑无眼，你可要想清楚了，现在听从命令还来得及。”

梁诺知道李继冲没安好心，也知道他武艺超群。可在这紧要关头，绝不能退缩。拼杀开始了，两人接手过了几招，李继冲便知自己低估了梁诺的本事。他手中的一把双手带，使得是滴水不漏，且诡异多变。

双手带，又名朴刀；是一种近身搏战的短兵器。刀身长而窄，约三尺有余，在刀柄护手处再接上一根长约二尺左右的木把，整刀长约五尺有余。该刀形似大刀，用法相同，可劈、砍、刺、撩、挑，且比大刀灵活轻便。由于此刀必须用双手握持使用，故名“双手带”。武曰：“单刀看手，双刀看走，大刀看定手。”何为定手？就是握持在刀把前部，护柄之下的那只手。使用时，手腕翻转，刀脊、刀刃分明，切、划、拦截挡犹如猛虎。

李继冲本就是一员悍将，征战多年少遇对手。今日在这山野之中，竟碰见了名不见经传的梁诺，着实令他吃惊。说话之间，两人又拆解了数十招去，李继冲自知一时半会儿拿他不下，可这僵局又无法破解。正在此时，突听梁诺大吼一声，收刀退向一旁。

“将军承让了！”

“好刀法！”李继冲赞了句，收刀驻足。他知道这是梁诺给自己一个台阶，论武艺，两人比肩不分高下，可这台阶能下吗？

梁诺不再与他缠斗，只因不能再跟他继续斗下去了，真怕一失手挑翻了李继冲，会给部族带来灾难。他的忍让并未换来李继冲的认可，而是直接下令众军士，搭弓引箭对准了他们。

“梁诺，命令你的人，马上放下手里的兵器，服从军令！”

面对眼前一片待发的弓箭，梁诺犹豫了，真能拿自己弟兄们的生命开玩笑吗？李继冲真敢下令放箭？那将是屠杀的开始，落泥部族的数千老弱妇幼，也许就会在这场拼杀中消亡。

“住手！”这时梁博泥跑了过来，冲着李继冲喊，“叫你的人都把弓箭放下。”

李继冲见来了梁博泥，一抬手，众军士收起弓箭，他对梁博泥说：“梁族长，梁诺抗命不从，该依军法处置！”

“二少爷，大少爷并没有告知我，说要将我们的牙兵拆散划归到你的部队中去，怎就犯了军法？还望二少爷多多担待，不要因为这事伤了自家人的和气。”梁博泥不软不硬地说：“二少爷，你就不要再为难我们了。”

“梁族长，本将军是在奉命行事，如若不从，那就别怪我不客气了！”李继冲并不示弱，口气强硬地说：“你现在就下令，让他们听从指挥，开始整编。”

“二少爷，这令怕老夫下不得。”梁博泥当然不会从命，部族中的牙兵牙将已是他的最后一道防线，若被解除了武装，落泥部族从此将不复存在。

“梁族长，你竟敢带头抗命！”李继冲怒吼一声道：“走，我们一块去面见大少爷！”

梁博泥自不会听命于他，现在即使是拼了命去，他也绝不会答应交出部族的武装。李继冲看着梁博泥还真不敢对他下手，可不来硬的又该怎么办？正在他为难之时，身后传来李继迁的喊声。

“继冲，不得无礼！”随着话音，李继迁、张浦走了过来。

“大哥，他们……”

“我都知道了。”李继迁打断他的话说：“梁族长是我的岳丈，咱们是一家人，你怎能对长辈如此无礼！”

“可是……”

“退下！”李继迁再一次打断他的话，面对梁博泥说：“我的这位兄弟不懂事，还望岳父大人海涵！”

未等梁博泥说话，张浦便接道：“既然亲家不愿将你的这些牙兵编入大少爷的军队，那就暂时不编。你现在就叫他们散了吧，让他们都回家去，好为明天的搬迁做准备。”他突然改变了主意，不再强求拆散落泥部族的牙兵牙将。是因为他发现若再继续强硬下去，怕会生出事端，反而坏了大事。张浦的用意十分明显，这些人马集中在一起，就形成了战斗力，得尽快将他们遣散也好减轻压力。

“族长，您看？”梁诺问。

“就听先生的安排，叫那些有家室的人都回去准备吧。”梁博泥说：“你带着其余的人去帮助族里的老人和孩子。”

“是！”梁诺明白他的用意，忙应了声。这时梁雷跑过来说：“族长，不好了。”

“出了甚事？”

“小姐，小姐她在屋子里上吊自尽了。”

“甚？！”梁博泥大吃一惊，问：“小姐自杀了？”

“幸亏下人发现得早，要不，要不这会儿怕已经……”

“真是胡闹！”梁博泥一转身匆匆走了。李继迁、张浦先是愣了下，转而跟了过去，但没走几步又觉得不对，便停了下来。

“大少爷，你觉得梁玉儿会自杀吗？”

“有可能，看那女女性子刚烈得很哩！”

“你不用过去，还是叫二少爷去看看。”张浦说着把李继冲叫过来，吩咐道：“不管梁玉儿是否真的自杀，你只管看住梁博泥就是了。”李继冲答应一声走了。

梁雷迅速来到梁诺身边，快速交待说“折家军就要到了，把队伍带到寨子里的豁口处，叫族人尽量隐藏起来。”

“明白！”梁诺听罢，冲着众人大声喊道：“散了，都回家准备去吧！”

梁博泥匆匆往梁玉儿住的院子走去，他不知道这是梁雷有意传的假消息，目的是想让他跟芬儿见面。来到院子门外，发现身后跟来了李继冲，梁博泥站住说：“这是我女儿的闺房，你不准进去！”说完转身进了院子，反手关上大门。

李继冲被堵在了大门外，他本想往里闯，但想想不对，这毕竟是他未来嫂嫂的闺房，最终还是留在了原地。

“玉儿，玉儿！”梁博泥大声喊着冲进房间，见梁玉儿好端端地站在屋里看着他，忙问：“玉儿，你没事吧？”

“爹，女儿没事！”梁玉儿拉着芬儿说：“爹，您看谁来了！”

“芬儿见过梁族长！”芬儿向他行礼。

“芬儿姑娘，怎么是你？！”梁博泥激动地看着她说：“有救了，我们的部族有救了！”

“老爷！”梁夫人见他情绪激动，忙倒杯茶过来说：“您先喝口茶，坐下听芬儿姑娘慢慢说给你听。”

“芬儿姑娘，少将军现在何处？”梁博泥并不理她，只是急切地问了句。

“少将军这会儿也许正在来这里的路上。”芬儿让他坐在凳子上说：“马山林将军的一千轻骑就在附近，另外还有路思达、马怀绪两位小将军带的三百弓弩手，去了后面的山脊梁，按时辰推算，现在已经进了山寨。”

“那接下来咋办？”

“在少将军的人马到来之前不可妄动，一切照李继迁说的去做，不要叫他们起疑心。”

“李继迁暂时不会离开这里，他已下令，叫整个部族明日一早开始迁徙。我们的时间也不多了，无论如何落泥部族都不能跟着李继迁走。”

“李继迁有多少人马进了山寨？”

“一共来了五千多人，寨子里也不过千把人，大多都待在正面的寨门一带。”

“如果我们硬守寨中的豁口，能抵得住李继迁的进攻吗？”

“这倒是可以一试。”梁博泥明白了芬儿的用意说：“现在人马无法集结，只能等到天黑后方可行动。”

“好！那就等天黑，在这之前要尽量拖住李继迁，如果能把他引到这里那就更好了。”

“就依芬儿姑娘说的办！”梁博泥站起身说“我得过去陪着李继迁，不能在这里久留。”

梁博泥走了，芬儿谋划起如何将梁玉儿几人，安全送进山寨的豁口内。因为她们现在所处的位置在豁口以外，而且距离寨门不远。一旦打起来，她们就在李继冲的眼皮子底下，连个跑的地方都没有。现在门外还有漠北五魁守着，要想离开就必须先解决掉这几个人。芬儿正思量着应对的办法，就听折春艳说：“姑姑，还是让我去把外面那几个家伙给收拾了。”

“不能蛮干！他们有四个人，你如何应对？”芬儿说：“让我再想想。如果能把他们分开，诱骗进来就好办了。”

“我有办法。”折春艳说：“先把那个女的骗进来，然后咱们再一个一个收拾。”

“你如何哄她进来，万一四个人都跟进来怎么办？”

“不会的，最多也就能进来两个，他们总得有人在外面守着吧。等他们进来后咱们关上大门，把女的让进屋内，姑姑便出手干掉外面那个男的，女的就交给我了。”

“然后呢？”

“然后，然后咱们就叫那个女的把外面的两人都喊进来，全部歼灭！”

“想法挺好，可他们未必听你的。”芬儿笑笑说：“还是再等等吧！”

“姑姑是在怀疑春艳的武艺吗？”折春艳争取说：“我虽没上过战场，但对付几个小蟊贼还是有把握的。”

“他们可不是什么小蟊贼，而是恶名在外的漠北五魁。”

“姐姐不必再犹豫了。”梁玉儿说：“我和岚儿虽说武艺不及你俩，但还是可以给你们搭把手的。”

芬儿看着屋内的几人，实在是下不了决心。她担心的并不是自己的安危，是怕一旦失手，会殃及整个落泥部族，打乱原定的全盘计划。现在还不是出手的时候，必须等，最好能拖到天黑后再动手。她突然想起了路思达和马怀绪，不知道他们是否已经安全翻过了山梁。

折家军三百弓弩手跟着落泥部族的亲信来到后山，站在山崖下，路思达、马怀绪望着高耸的山梁有些傻眼。这儿压根没路，刀劈斧削般的石崖，陡峭的向上延伸了十来米去。

“怎么上去？”路思达看眼亲信问。

“将军请跟我来。”亲信领着他们顺着石崖向前走了几十米后，突然显出一条不宽的石缝，他双手撑住两面石壁，用双脚依次向上攀登，不一会儿，便登到了上面的一处缓坡。

“喝，原来这里还有暗道机关。”路思达乐了，下令众军士下马，自己迅速跟着爬了上去。上了缓坡，便是一片灌木丛林，沿着陡坡一直伸展到了山梁的顶端。因石缝狭窄，折家军三百军士一个个往上爬，耗费了很多时间。

路思达、马怀绪先跟着亲信往山顶上走，一路上惊起了一群群山鸡、呱拉鸡，扑腾着翅膀“呱呱”乱叫着飞向另一侧。到了山顶，几人站在高处往下看，山寨就在脚下，竟然一览无余。这是座不大的山谷，形似一个巨型葫芦，一条小溪从山边穿过。葫芦的肚子里住人，脑袋就是山门。

“哎，怀绪！你看这山寨是不是像个葫芦，前后怎么只留有一个出口。”

“那是为了好防守！”

“万一守不住呢！到时连个跑的去处都没有。”

“跑甚哩？不留退路，就是要让大家死守，守不住就一块死在这里。”

“瞎说甚哩！”路思达不理马怀绪，扭头看着亲信问道：“大叔，寨子里真的只有一个出口？”

“原来有两个，现在只剩下一个了。”

“这是甚意思，那还有一个跑哪里去了？”

“有一年发大水，洪水把山上的大石头推了下来，把整条路都给堵死了。”亲信指着山寨说：“原来山寨的大门就在葫芦的底下，后来只好把后门改成现在的前门了。”

“我说的没错吧，是不是真有两个山门？”路思达看眼马怀绪有点儿小得意。

“一个，现在就一个。”

“原来是有两个！”

“那是原来，现在就一个！”

“哎哎，两位小将军！”亲信见两个孩子般的将军争了起来，忙劝阻说“人都到齐了，是不是该下山了？”

两人一听便不再抬杠，这俩后生从小拌嘴惯了，从不往心里去。

“大叔，我们该从何处下山？”路思达看着陡峭的山坡问。

“看见下面的那个小山包没有，我们到了那，就有条小路可以下山了。”亲信叮咛说：“叫弟兄们注意脚下的山石，千万不要惊动了山鸡。”

“传令下去，注意脚下的山石。”马怀绪对身边的军士下令道，军士迅速传令下去，众人开始跟随亲信沿着山梁向下慢慢走去。这么多人在稍林中行走，怎能不惊动山鸡。

突然，一只色彩斑斓的山鸡似箭一般的射向天空，它飞不高也飞不远，刚冲上去十来米，便脖子回拧一脑袋扎入丛林；一群山鸡跟着飞窜起来，还没等落下，又飞起一群。就这样一群未落，又冲起一群，一波接着一波，一浪紧过一浪。整座山峦，顷刻间被山鸡的叫声，翅膀的扑腾声给搅动了……动静也实在是太大了，可没过一会儿功夫，突地又安静了下来！

山寨里的人当然也听到了鸡飞乱叫的响动声，知道只有人才能惊起这么多的山鸡。

“会是甚人在山上呢？”李继迁望着远处的山峦说：“真会有人从那里翻过来吗？”

“还是派人过去看一下。”张浦喊来身边的军士，吩咐说：“不管有没有人过来，都要留一些人守在那里。”

“先生，还是让我带他们去吧？”站在边上的梁雷请命说。

“也好，那就有劳族长了。”张浦竟然答应了他的请求，梁雷带着众拓跋军士骑马走了。

“先生，你不觉得有些蹊跷吗？”李继迁突然心感不安地说：“我们抓来的那两人不知招供了没有！”

“走，咱们去看看。”两人说着便向关押亲信的房间走去。

梁诺带着人马来到豁口处，突然听到山上传出的响动，猜测是折家军的人过来了，正想着该如何去接应，就见梁雷带着几十名拓跋军士骑马奔了过来，忙下令牙兵分散开来。

“梁族长，发生了甚事？”梁诺问。

“刚才有人惊动了山上的野鸡，先生要差这些军士过去看看。”

“知道了！”梁诺应了声，看着众人从面前驰过，迅速下令封锁豁口。他担心折家军真的会被发现，一旦暴露，便抢先将这些拓跋军士兵堵在里面全部消灭掉。

第二十九章
折家女儿展身手　漠北五魁终命绝

再说折御卿，当接到斥候传来的情报后，一刻也没有停留，命令折御仁留守府州，自己带上索斌、路彦、索龙云、小壮子及八千轻骑迅速向唐谷镇奔去。这些日子他心中始终憋着一股劲，就是想找到李继迁，为先生报仇雪恨。

经过几个时辰的急行军，折家军轻骑终于在天黑前赶到了唐谷镇。折御卿命令全体将士休整待命，补充给养，自己跟众将领开始商议围歼李继迁的具体方案。同时让伙房将肉干、干粮、水酒等送过来，大家边吃边议。

“落泥部有新的消息吗？”折御卿问。

“没有！”马山林将芬儿绘制的山寨草图递给他说：“这是芬儿姑娘绘制的山寨草图。”

折御卿接过打开铺在几案上看着说：“先生，您看我军是不是该……”

“少将军！”索斌忙打断他的话问：“少将军，你没事吧？”

折御卿愣了下，少顷有些伤感地说：“离开了先生，还真有些不习惯了。”众人没有吭声，只是静静地咬着肉干，折御卿接着说：“索将军，你来看看这张图，好像哪里有些不对。”

“应该是门。”索斌盯着草图说“似乎少了一座寨门，落泥部族的山寨不会只有一个出口吧？”

“哪有山寨只留一个出口的，万一有事，跑都没个跑处。”路彦插了句。

“也许是芬儿姑娘搞错了！”索斌说。

“马上查清楚，否则会影响我军的行动！”折御卿说。

“是！我马上差斥候去探查。”索斌说着转身出去。折御卿看着马山林问道：“我们离落泥山寨有多远？”

“大约需要一个时辰。”马山林刚说完，索斌已转身回来道：“少将军，斥候一去一回，需要几个时辰。你想过没有，万一山寨真的只有一个出口呢？”

折御卿没有回话，双眼紧盯着地图，索斌接着说：“这张山寨草图应该没错，芬儿姑娘也是熟读过兵书的人，懂得绘制地图的基本法则。”

“好，那我们就赌上一回。”折御卿叫人把自带的地形图铺在地上说：“首先要将李继迁诱出山寨，然后围歼！”

“少将军，何不将他堵在山寨内。”路彦说：“这样李继迁就成了瓮中之鳖，怕连个跑的去处都没有了。”

“山寨里的百姓怎么办？”折御卿看眼他说：“如果把李继迁逼上了绝路，他定会用山寨中的百姓来威胁我军，若真成了这样，那该怎么办？”

“真是个驴脑子，一点儿爱民之心都没有。”索斌在边上调侃了句说：“少将军是要给他一个逃脱的机会，一来可以保护山寨中百姓的性命，二可让我军放开手脚去消灭李继迁。”

“嗨嗨，那可是少将军的……”路彦争辩说。

“都住嘴吧！”折御卿打断两人的话，继续盯着地图说：“先派出一队人马接近山寨，要让李继迁知道我军到来的消息。你们说，他一旦出来最有可能去往甚方向？”

“西北方向。”索斌指着地图说：“碛塄沟，这里既可以进入大漠，也可以逃往契丹。”

“好，我们就让他往西北方向跑，”折御卿命令道，“马山林、索斌听令！”

“末将在！”两人应道。

“索斌，你带三千轻骑迅速前往碛塄沟设伏，若发现李继迁过来立刻发起攻击，不得有误！”

“得令！”

“马山林，你带三千轻骑前往岔路口，如果李继迁的人马出来，便退守东面的路口，逼迫他前往西北方向。”

“得令！”两人答应着向外走去，路彦看着出门的两人，回头盯着折御卿问道：“哎，少将军，我干甚？”

“在碛塄沟的侧面有一座山谷，可以通往山后。”折御卿指着地图说：“李继迁若中了索斌的埋伏，一定会从这里逃往后山，你带二千轻骑设伏在谷内，要多带弩箭。切记！谷内有两条道，外面的是条死路，没有出口，李继迁自不会走这条道。”

“少将军是要末将封锁道路，逼李继迁进入那条死路？”

“李继迁可没那么傻！我是要你在那里设伏，待他过来时直接用弓弩发起攻击。”

“明白，末将一定将他李继迁堵住，决不放走一个人。”

“到时怕你很难拦得住他们，如果李继迁想要硬闯，你便迅速退入到那条死路中放他们过去。

“甚？少将军在说甚哩？”路彦惊讶地看着他问：“你是要放他过去吗？”

“是！他若真敢走这条路，你就尾随追击阻断李继迁的退路。”

“那他要是不过去呢？”

“继续尾随追击！”

“少将军，末将不明白！”路彦一头雾水。

“只管执行命令就是了！”折御卿不想再跟他过多解释，下令道：“即刻出发！”

“得令！”路彦转身走了，折御卿下令让剩下的一千轻骑，放下所有与作战无关的东西，只准携带弓弩兵器，带着小壮子轻装出发了。

梁博泥返回大厅，刚一进门，身后便涌出一群军士封堵在门口。他看看厅内还在喝酒的张浦、李继迁，坦然地走了过去。

“梁族长，你回来得正好。”张浦见着他，忙招手说“来来，这喜酒喝得也真是不顺呀，怎就喝着喝着全都没人了。”

“大家都心急火燎的准备搬迁，谁还有心思坐在这里喝酒。”梁博泥来到两人身边坐下说：“还是我来陪着二位大人喝酒吧。”

“这么说，梁族长的家事都已经安排妥当了！”张浦说。

“刚巧，我那婆姨也回来了，一切都交给她去办就是了。”

“既然嫂夫人回来了，我家大少爷的婚事，是不是就可以继续办下去了？”

“有必要这么急吗？”梁博泥扭头看着李继迁问道：“大少爷也是这样想的吗？”

“我倒是没甚想法，只是先生……”李继迁突然把后面的话给打住，意识到有些话是不能说的。

“这倒也是，现在人心惶惶的谁还有心思办婚事。”张浦改变了语气说：“婚事可以暂时放一下，可是我听人说，你曾差人前往府州，难道梁族长是想去找折御卿吗？”

“此话怎讲？”梁博泥心下一惊，马上猜出是差往府州的亲信出了事。

“当然，这些话我也不信，为了证明亲家的清白，可否让他过来问一下？”张浦有意把事情推到梁博泥的身上。

“不知先生说的是甚事！如果此时先生还在怀疑我梁博泥的话，就完全可以下令将我抓起来。”梁博泥语气平静，略带有几分强硬地说：“我梁博泥活了大半辈子，还从未被人如此羞辱。没想到啊！老夫今日百般忍让于你们，竟还是会遭到新女婿和他先生的污辱。也罢！现在大少爷的军队不是已经控制了整个山寨吗？你们完全也可以动用你的军队来强压我的族人。”

“岳父大人误会了！”李继迁解释说：“先生绝没有要羞辱您的意思，他只是有些小心罢了。”

“不必解释了！”梁博泥站起身说：“我也要回去看望我的婆姨和女儿了！”

“亲家请留步！”张浦忙起身拦住他说：“刚接斥候来报说，发现折家军数千轻骑正向这里奔来，大少爷必须马上离开这里。可我们又不能将未过门的婆姨留给折御卿，你看是否可让我们将小姐一块带走？”

“不行，她还没有过门，怎么能跟你们走？”梁博泥一口回绝。

“她可是大少爷的婆姨，折御卿一定不会放过她。亲家呀，既然是大少爷的婆姨，那我们就一定得带她走。”

“也罢！”梁博泥不再坚持，无奈地说：“既然你们一定要将她带走，那就请大少爷跟我一块去小姐房间吧！”他想起了芬儿交待的话，刚好可以利用这个机会把李继迁骗过去。若真能擒住他，一切困扰都解决了。

“我就知道亲家是个明事理之人，大少爷这下该放心了吧！”张浦笑笑说：“你们俩都不用去了，我已经差人去请小姐了。”

“甚！你说甚？”梁博泥心中一惊，道：“哪有女儿出嫁，父亲不在的理？”他没想到张浦会如此奸诈，既然已经知道折家军就要到了，那就更要想办法摆脱他们。

“亲家亲家！”张浦忙解释说：“大少爷自然不能丢下他的岳父母不管，带上家人和你寨中的牙兵一块走。”

“也好，那我这就去安排！”梁博泥说着人已经匆匆出门。张浦命令几名军士跟了出去，叫他们无论发生何事都不准离开半步，若发现有异常立即擒拿梁博泥。

正在芬儿等待动手时机之时，院门外传来猛烈的敲门声，门外守候的漠北五魁大声喊着说：“李继迁大人命令他们请梁玉儿过去。”

事情突变，看来不动手怕是不行了，众人瞬间紧张起来。

“不要紧张，让我出去看看。”芬儿忙安慰大家。

“姑姑还是让我去吧！”折春艳说着就要往外走，被芬儿拦住说：“你就待在屋内做好防备，我去引他们进来。”

“还是姑姑待在屋内，我去引他们进来。”折春艳说着一人跑了出去，来到大门口，她并没打开门，而是隔着门喊：“我家小姐病了，根本就无法起床，需要马上去找郎中来。”

“病了？”五魁将信将疑地说：“先打开门，让我们看看再说。”

“好吧！”折春艳打开大门，五魁就要往里走，被她拦住说：“你们不能都进去，这是我家小姐的闺房，要进也只能叫那个，那个……”她不知长绣叫什么，便指着她说：“可以让她跟我一块进去，你们这些男人只能待在外面。”

“不行，我们必须进去看看。”

“你敢，这里可是你家大少爷婆姨的闺房，你要敢胡来，怕以后有你们好看的。”

五魁被镇住了，听她这样说觉得还是不要多事的好，别给自己找不自在。反正里面也就是几个女人，万一有个甚事，长绣也应付得了。正在五魁有些犹豫之时，长绣说：“大哥，还是我进去看看吧！”

“也好，就叫老二跟你一块进去。”

“不行！”折春艳回绝道：“男人不能进去。”

“他就站在门外，还不行吗？”

“好吧，那你就只准待在外面！”折春艳不再坚持，拉开门放长绣和六子手进来，随手将大门关上。

“哎，你为什么关门，快把门打开！”五魁在门外喊，进入院内的六子手和长绣也警觉地看着她。

“还是把门打开吧，反正他们也不进来。”六子手说。

“那你就自己去开，可不准他们进来呀！”折春艳说着带长绣往里面走去，心里盘算着一会儿该如何动手。她想先放长绣进屋交给芬儿姑姑，自己挡在门外，只要房门一关，她就出手干掉六子手。来到房门口，折春艳拉开屋门大喊："小姐，我带那个女的进来了。"

这消息也传递的太过明显了点儿，长绣一听便站在开着的房门口看着她问道："里面都有什么人？"

"噢噢，没谁！"折春艳忙掩饰说："只有她娘、姑姑和丫环！姑娘请吧！"

"她娘？！"长绣警惕地向屋内看了眼说："你是谁？一个小小的丫环竟敢称族长的婆姨……"没等她把话说完，折春艳疾抬腿将她猛然踹入屋内，顺手带上房门，立即回转过身来。还好，后面跟过来的六子手正巧被一块大山石挡着还没过来。悬呀！要是再慢一点怕就要出大事了。

长绣被折春艳猛然踹进门去，整个人是平着飞进去的，直撞向芬儿的腰身，芬儿迅速挪动身形，出手擒拿她的手腕。坏了！长绣人在空中飞翔，但头脑清醒，见芬儿企图擒住她，猛然抛打出袖口上的铜环直击她的头颅。这一招还真是吓人，芬儿没想到，她人在空中竟也能做出此种还击。

一切的一切均在呼吸之间发生了，铜环没有击中芬儿，长绣却挨了重重的一腿，身体在空中逆向回转翻个圈儿砸落在地，她晕了。找死！芬儿本没想伤她，只因来得太过突然，让她下意识地仰身起腿迎击。好在仅用了七成之力，否则还未等长绣身体落地怕早已魂飞魄散了。芬儿迅速上前，伸手在长绣的鼻子前试试说："还好，没死！"

"姐姐真是好身手！"梁玉儿被她的武艺所震惊，过来问："姐姐，我们接下来怎么办？"

"把她绑了，你们就待在屋内，让我出去看看。"芬儿说着便向外走去。拉开房门，见折春艳正蹲在地上发呆，问道："春艳，出了甚事？"

"他，他……"折春艳指着面前躺着的尸体说："姑姑，我……"

芬儿明白忙上前抱住她说："春艳不用怕，这个家伙该死！"

"可是我，我还从未……"折春艳紧张地喘着气，还没缓过神来。

"你很勇敢，做得对！"芬儿安慰说："好了，已经没事了！打起精神，我们一块去消灭剩下的两人。"她说着便将六子手的尸体拖进屋内。

原来当折春艳把长绣踹入屋内后，转身发现六子手从山石后过来，忙喊："你不准过来。"

六子手并不理会，只是来到面前盯着她说："落泥部怎会有你这么漂亮的丫环！"说着就要伸手去摸她的脸，折春艳迅速跳向一边喊："你想干甚？"

"当丫环委屈你了，还是跟大爷我走吧！"六子手说着又伸出手来，这一次折春艳没有退让，手中的匕首直接插进他的腋窝。六子手瞬间被定在了原地，暴出狰狞的双眼盯着她，折春艳被吓到了，还从未见过将死之人的恐怖面孔！她疾速拔出匕首一脚把六子手踢翻，自己竟然瘫坐在了地上。这是她第一次杀人，也是第一次目睹到这种悚惧的场面……要不是芬儿姑姑的及时安慰，折春艳怕一时半会儿无法平息她惊悚的心。

“春艳，你怎么样？”芬儿出来看着她问。“要不你就进屋去。”

“没事了姑姑，现在没事了。”折春艳深深吸口气站起身。

“你还是进屋里去吧。”

“不行，我怎么能让姑姑一个人去对付他们俩。”折春艳十分坚定地说“放心吧，姑姑！我已经不害怕了。”

“真的没事了？”芬儿担心地看着她，折春艳点点头，她接着说：“我现在就去把剩下的两人叫进来，然后关上院门，咱们就在院内解决。”

“还是让我去吧姑姑！”折春艳说着便向外跑去，来到大门口，就见梁搏泥正匆匆赶来，她正欲张嘴忙又把到嘴边的“梁爷爷！”三个字咽了回去，一时不知该如何称呼了。

“春艳，小姐怎么样了？”梁博泥问。

“小姐病得很厉害，您快进去看看吧！”折春艳忙回话，梁博泥也不理门外的几人，直接进了院子。折春艳看眼五魁和铁拐子说：“你们俩还不跟着进去帮忙。”

五魁犹豫了下，还是带着铁拐子跟进院内。身后跟来监视梁博泥的几人被折春艳拦在门外说：“你们几个就留在外面，不准进去！”她说完转身进门反手锁扣住大门，听到上门栓的声音，五魁警觉地回头看眼她问：“为甚要关大门？”

“噢噢，这是我家小姐的闺房，男人不能随便进来。”

“把门打开！”五魁严厉地说。

“干甚那么凶，人家打开就是了嘛！”折春艳说着转身，这门当然不能打开，否则一会儿动起手来，惊动了外面的人那可就麻烦了。她心里盘算着下手的时机。正在这时身后传来芬儿的喊声：“春艳，你在干甚哩？还不赶快过来帮忙！”

“哎，来了！”折春艳嘴里应了声，猛然转身抬臂，手腕上的手弩直向着五魁喷射出三只箭矢。

事发突然，来得又太快！五魁见她转身抬臂，顿感不妙，随手将身边的铁拐子抓过来，挡在自己身前。眨眼间三只弩箭破身而入，铁拐子哼都没来得及哼一声，便替自己的老大先进了阴曹。

五魁的举动，倒是把从未真刀真枪厮杀过的折春艳给惊呆了，她没想到这家伙竟会如此敏捷狠毒。正在她发愣的一瞬间，五魁出手了，猛然将铁拐子的尸身砸向她，紧跟着挥舞浑铁棍扑了上来。

折春艳的动作慢了，她被砸过来的尸体冲撞着靠上了大门，五魁手中的浑铁棍劈头抡下……霎时，一只利剑从背后刺入五魁的身躯，剑尖透胸而过，五魁高举在空中的铁棍脱手掉落，身体前倾，慢慢跪倒在折春艳面前。

“姑姑！”折春艳看着面前出现的芬儿，惊叫一声！芬儿收剑在手，来到她面前问道：“没事吧春艳？”

“好险呀！”折春艳惊魂未定地说：“要不是姑姑来得及时，怕，怕就……”

“不要想这些！”芬儿打断她的话，迅速将尸体拖向一边隐藏起来说：“快跟我来！”两人迅速向屋子奔去。

解决了漠北五魁，接下来就是如何安全进入山寨后面的豁口内。

“梁族长，这里离豁口有多远？”芬儿看着梁博泥说：“我们必须马上离开这里。”

“离豁口倒是不远，只是外面还有李继迁的人在把守。”梁博泥担心地说：“我们未必能闯得过去！”

“那就再等等，大家准备好，我现在就去外面看看。”芬儿说着便向门外走去，折春艳紧跟上前说：“姑姑，我和你一块去。”

“芬儿姑娘！”梁博泥忙喊住她说：“李继迁已经知道了折家军到来的消息，他要带着玉儿一块走。”

“这怎么行！”

“姑姑，那我们刚好借此时机，一块过去杀了李继迁。”折春艳说。

“这样怕是不行。”梁博泥劝阻说：“李继迁身边有数百人，我们根本无法应对。”

“梁族长说的对，现在不能蛮干！”芬儿思索着说：“我们只有设法进入豁口，才是最安全的。大家都别动，我去看看就回。”她说着向门外走去，折春艳也跟了过去。两人来到大门口，折春艳说：“姑姑，还是让我先出去，您就在这里等着。”

芬儿点头示意她开门出去。折春艳拉开大门向外一看，吓得忙又缩回头来，迅速将门关上。原来外面过来了一队人马，正向这里奔来。

“姑姑，不好了！”折春艳紧张地关上大门说：“外面来了五六十人，怎么办？”

“不用怕，先关好院门。”芬儿看着她问道：“你一个人守在这里行吗？”折春艳点点头，她接着说：“想办法拖住他们，我一会就回来。”

芬儿说完匆匆向屋内跑去，折春艳紧张地背靠在大门上。突然，传来一阵猛烈的敲门声。

“开门！我家将军有令，叫你们小姐立刻出来。”折春艳紧靠着大门没有回话，紧接着外面又传来更加严厉的喊声：“听到没有？若再不开门，我们就闯进来了！”

“你敢！这可是我家小姐的闺房。”折春艳回了一声，外面停顿了下，接着便听到一声令下：“砸门！”

外面的军士开始撞门，折春艳用身体顶住大门喊：“你们不想活了吗？竟敢砸你们将军未来婆姨家的门！”

她的喊声没起到任何作用，外面的军士越发猛烈地撞击着大门。折春艳有些顶不住了，眼看着大门将要被撞开……

待在大厅里的李继迁、张浦不见梁博泥回来，知道事情可能有变，迅速差派一校尉带五六十名军士前往，定要将梁玉儿强行带走。

李继冲匆匆进来说：“刚接斥候来报，发现折家军数千轻骑正向山寨奔来，大约需要半个时辰就可抵达。”

“不好,我们必须马上离开。”李继迁说“要让折家军封堵住道路,我们就出不去了。”

“不急！”张浦扭头看着李继冲问：“山寨里的情况如何？”

“落泥部族的人还算老实，只是梁诺带人守住了里面的豁口，似乎想要与我军对抗。”

“看来梁博泥是早有预谋。”张浦即刻下令道：“继冲，你带人殿后，掩护大军迅速撤离，严防梁博泥的人马尾随偷袭。”

“得令！”李继冲走了，张浦看着李继迁说：“大少爷，看来梁博泥是成心要与我们做对了。好在梁玉儿住的院落离我们不远，你带人先走，守住山寨外面的岔路口，我去去就来。”他说着便向外走去。

“先生，您这是要去干甚？”李继迁不知何意，可张浦并未回头，他只好带着众人匆匆离开大厅。

张浦是动了剿灭梁博泥的心思，是对李继迁办事优柔寡断不满，他们原本可以直接控制住梁博泥接管整个山寨，可没想到事情会成这种结果。他要在临走之前拿梁博泥开刀，就算你不能为我所用，但也绝不能留下后患。

折家军三百弓弩手在路思达、马怀绪的带领下，已经顺利进入山寨。李继迁派去的几十名拓跋军，也被梁诺、梁雷堵住给绞杀了，众人见面后迅速封锁豁口，等待攻击的炮号声。

“春艳她们会有危险吗？”路思达对折春艳放心不下，看眼马怀绪说：“我们不能这样傻等着，该有人过去看看才对。”

“还是我去吧！”梁雷说：“族长还在李继迁身边，她们不会有事的。”

“思达，你待在这里，我跟族长一块过去看看。”马怀绪带着十几名弓弩手跟着梁雷走了。

“哎，你……”路思达忙喊，被梁诺拦住说：“小将军，过去的人不能太多，还是安心等着吧！”

院门算是顶不住了，折春艳干脆拉开大门横在门口喝道：“大胆！你们这些军士，竟敢冲撞我家小姐的大门。”

校尉不理她，直接向院内冲去。这时，梁博泥走过来说：“放他们进来，看他们谁敢硬闯小姐的闺房。”

“梁族长，我们是奉我家先生之命，前来接小姐过去。”校尉见着梁博泥，便不敢太过强硬了。

“小姐还需要收拾打扮一下，马上就出来。”

校尉看着梁博泥，不敢蛮横只好站在门口等待。突然，院内传出震天的三声炮响，众人一惊，就见芬儿跑过来说："不好了，不好了！"

"出了甚事？"梁博泥问。

"小姐她，她……你还是快去看看吧！"芬儿有意把话说一半，说着一把拉过折春艳，推着向里面走，"你赶快给我进里面去！"

梁博泥转身跟随芬儿向里面走去，校尉犹豫了下还是带着几人跟进了院子。进入院内还没走多远，只听得院外传来一片惨叫声，外面的众军士被弩箭射翻一片，是梁雷、马怀绪带人冲杀了过来。

芬儿见状迅速拔剑砍翻校尉，折春艳也挥剑上阵，几名军士早已被吓破了胆，迅速扔下手中的兵刃缴械投降了。

梁雷、马怀绪冲了进来，几人见面也顾不上说话，护着梁博泥、梁玉儿、梁夫人等人迅速向院外奔去。刚出院门，便与张浦带来的百十名军士碰上。

"大胆梁博泥！竟敢勾结府州折家背叛大少爷！"张浦指着他大喊："放下兵器，否则我下令屠了你整个落泥山寨。"

"张浦，你已死到临头还不快快去逃命，竟也敢来这里送死！"梁博泥用手中的刀指着他说："折家军早已从后山进来了，现在怕你是想走也走不了了。"

站在边上的芬儿对梁雷悄声说："听我号令，你带大家退入院内防守。"

"还跟他啰嗦个甚哩，让末将去擒了他。"马怀绪嘴里喊着挥动手中偃月刀，纵身窜出直扑向张浦，张浦身边的百十名军士瞬间合围上来。

折春艳见马怀绪只身冲入敌群，尖叫一声也挥剑闯入，两人并肩在人群中砍杀起来……

真是要命！这一切都来得过快！两个不知天高地厚的后生，打乱了芬儿的安排。敌众我寡，不可蛮拼！她原想利用院门作为御敌的第一道防线，因为院门狭窄敌人无法一齐涌入，再用弓弩封门，便可有效的拦截阻击，等待援军的到来。可没想到，这俩后生不听从指令竟然擅自出击了。

面对百十名敌军，就算你有再好的武艺，怕也架不住群狼的围攻。好在近身搏杀中，一个人同时应对众人的数量有限，在同一个时间点上，一个人的防守范围基本上是前、后、左、右四个面。也就是说，单人在与多人对抗时，能够直接攻击到单人身体的人数，一般不会超过四人。只有等到前面的人让开后，后面的人方能继续跟进。这是基本技能，习武之人大都谙熟此法。马怀绪、折春艳在敌群中游走，两人背靠背相互保护支援。马怀绪的偃月刀使得是迅猛彪悍，折春艳手中的剑且犀利疾速，一长一短两样兵器在人群中上下翻飞，左击右挡默契配合，厮杀的众人无法近身……

芬儿叫梁博泥、梁雷护着梁玉儿几人退进院内防守，自己带着十几名折家军弓弩手上前增援。梁玉儿并没走，而是手举弹弓频频发射，打翻了折春艳身边正在围攻的一名名军士，岚儿站在她身边，不停地给她递送着弹丸。

“冲进去，杀了梁博泥！”

张浦见众军士拿他们不下，急得大喊，话音未落，一颗弹丸便击中了肩头，差点一个筋斗栽倒。这弹丸是梁玉儿射出的，她本想击他的脑袋，却在弹丸射出的一刹那，突然有名军士在她眼前一晃，干扰了视线，结果偏了！可这一弹丸竟把张浦给打醒了，好在身披铠甲没被伤着。他看看眼前的混战场面，意识到自己有些冲动，即刻转身走了。

“快退回到院内去。”芬儿冲杀到马怀绪、折春艳身边喊：“快走！”

一片乱战中，芬儿掩护着众人向院内退去。这时，敌军突然乱了阵脚，一阵箭雨飞来，射倒了一堆军士。是路思达、梁诺带着牙兵和折家军从侧面冲杀过来，围攻的敌军开始四处逃散……

芬儿在人群中寻找张浦，他早已不见了踪影。

“姑姑！”路思达来到芬儿跟前说：“您没事吧？”

“李继迁的人都去了哪里？”芬儿问。

“跑了，都已经跑出了山寨！”

芬儿看见过来的马怀绪，见他身边没有折春艳，忙问：“春艳呢？”

“春艳，她刚才，刚才不是……”马怀绪左右看看，猛然想了起来，急道：“坏了，她是不是去追赶那个，那个……”

“你个混小子！”芬儿一巴掌打过去说：“竟敢不听从号令，擅自出击！”

“姑姑，我……”

“快去找！”芬儿大吼一声，马怀绪、路思达迅速窜了出去。

芬儿真是急了，折春艳会跑到哪里去呢？她心中暗暗祈祷，春艳啊春艳！你可千万千万不能有事呀，否则让我如何面对你的奶奶！

第三十章
春艳被擒落虎口　御卿重演弓弩阵

原来折春艳发现张浦要跑，便大喊一声："怀绪，我去追他。"

马怀绪并未跟过去，他不知道折春艳在喊什么，只顾着应对眼前的人了。不知深浅的折春艳，只身一人从混战的人群侧面绕了过去，这也太过胆大了点儿！谁知，当时她满脑子想着要去抓住张浦，竟然忘了这是生死搏杀的战场。当她看见被众军士围护着的张浦时，猛然意识到，自己已经孤身闯进了敌群。不好，快跑！折春艳马上转身想跑，来不及！李继迁的副将拓跋尉德带着众人，已经拦堵了她的去路。

"你是甚人？"拓跋尉德问。

"我是丫环！"折春艳扔下手里的剑，平静地说："放我过去！"

"丫环？"拓跋尉德只是盯着她说："这么漂亮的丫环死了可惜，倒不如给本将军做婆姨的好。"说着命令军士将她带走。折春艳并没反抗，知道此时做什么都没用了，倒不如先跟着他们走，回头再想办法逃脱。

当路思达和马怀绪赶来时，发现折春艳已被拓跋尉德押上马背带走了，两人紧着在后面追赶，无奈两条腿跑不过战马，最终还是没有追上。

"怎么办，我们得救她出来。"路思达喘着气说："你回去告诉姑姑，我这就去追。"

"为甚？"马怀绪不干，"还是你回去吧。"他嘴里说着，人又向前奔去。

"回来！"路思达忙喊道："真是头蠢驴！"

"说甚哩？"马怀绪回头看着他问道："再不快点就追不上了。"

"人家都是骑兵，你打算用两条腿跑呀，真笨！"路思达说："好了，咱们得去搞匹马来。"

正说着突然看见骑马过来的梁诺，忙跑上前说："梁族长，快给我们找两匹马！"

梁诺不知何事，忙命令身边的人下马，两人匆匆上马也不解释，快速向山寨外奔去。

"哎，你们这是要去哪里？"梁诺在后面紧着喊，两人早已窜出了寨门。

李继迁带着数千人马来到岔路口时，天色已渐渐黑了下来，他命令大军停止前进，等待张浦和李继冲的到来。这时，一斥候过来说："将军，东北方向发现折家军，正向这里赶来。"

"多少人马？"

"天黑看不清楚，大约有数千人。"

"先生到了哪里？"正说着，张浦、李继冲带着人马奔了过来。

“先生，折御卿已经从东北方向过来了。”见着张浦，李继迁忙问“我军该去往何方？”

“只能往西北方向了。”张浦下令道：“继冲，你带三千人马先行，注意折家军的埋伏。”

“得令！”李继冲带人走了，张浦接着喊道：“拓跋尉德！”

“末将在！”拓跋尉德过来，张浦下令道：“你带一千轻骑断后，严防折家军背后追袭！”

“得令！”

“大少爷，先往这个方向走，等到了碛塄沟，如果没有发现折家军的伏兵，咱们再绕出来直接回地斤泽！”

“好，就按先生说的办。”李继迁带着大队出发了。

封堵东北方向道路的马山林接到斥候来报说，李继迁已经向西北方向去了，便即刻下令出击。三千轻骑手举火把，山呼海啸般地向前冲去……

断后的拓跋尉德听到身后传来的喊杀声，知道是折家军追了过来，迅速下令布防，自己带着几十名亲信，押着折春艳退身到防线后面。

追上来的折家军轻骑并未与他们直接交战，而是紧跟其后保持住一定的距离，利用手中的弓弩轮番射击。弩箭一片片飞起，疾速坠落进拓跋尉德的军阵中，这一阵阵箭雨竟放倒了一群军士，瞬间便打乱了阵脚。要说李继迁的这支军队，大都是从各游牧蕃部招募来的牙兵牙将，没经过什么军事训练，面对府州折家军这样强悍的军队，怕也只有挨打的份儿。

马山林不让轻骑立刻前冲，是想先消耗一下他们的战斗力，好为接下来的冲杀减轻一些负担。

待箭雨过后，拓跋尉德发现自己的军队早已散乱成一团，怎就如此不堪一击！只见众军士开始抱头躲避，有人干脆跳下马背直向边上的梢林中窜去。他顿感事情不妙，想要重新调整队伍迎战，但看到这些胆怯的士兵，立刻打消了这种念头。走吧！横竖都抗不住折家军的冲击，倒不如先保住自己的性命要紧。拓跋尉德放弃了抵抗，下令身边的副将前去组织防守，自己却带着几十名亲信和折春艳，在折家军还没有发起进攻之前，跳下马背脱离了战场，快速消失在梢林之中。

前面的李继迁接报说，折家军已经从后面冲了过来，忙问：“拓跋将军在哪里？”

“跑了！”

“跑了？”李继迁大吃一惊，实在不敢相信自己的耳朵，“他竟然跑了？”

“大少爷！”张浦突然意识到事态的严重，立即改变了原定的行动方案说：“我军不能继续前往碛塄沟，那里定会有折家军的伏兵。”

“那该前往何处？”

“碛塄沟侧面另有一座山谷，我军可以过去。”

“你确定折御卿不会在那里设伏？”

“无妨！就算有伏兵，我们只管冲杀过去就是了。”张浦很坚决。其实他也吃不准那里是否真有伏兵，可眼下这种局面又着实令他担忧。如果大军继续往碛塄沟前行，万一遭遇到折家军的众兵阻击，将会腹背受敌，到时他们真就无路可逃了。在这生死攸关的紧要时刻，他必须保持镇定。

“好！”李继迁打起精神，看眼张浦说：“那我们就跟折御卿硬拼上一回。”

张浦立刻调整队伍，叫斥候迅速告知李继冲，命令严守碛塄沟侧面山谷的路口。他已猜到了折御卿的用兵意图，折御卿有意留出西北方向的道路，提前把兵布置在碛塄沟，是料定他们一定会从这里通过。因为这条路可以直接进入沙漠的边沿，到达大宋与契丹的交界处，折御卿就是想将他们挤压进碛塄沟，全部歼灭！另外，折御卿判断李继迁、张浦不会走侧面的小路进入山谷，只因这条路一直都在大宋境内盘绕，出口则是大宋的一座边镇，对李继迁的奔逃十分不利。折御卿的谋略安排本无错，只是在关键时刻被张浦给识破了。

李继迁的大队开始进入侧面的山谷，可没走多远，突然传出数声炮响，一队手持火炬的折家军轻骑冲出拦住了他们的去路。

“不好！我军中了埋伏。”李继迁大吃一惊。

“大少爷，闯过去，我们已经没有选择！”张浦冷静地说。

“果然不出我家少将军所料！”路彦手持青龙戟大声喊道：“李继迁！本将军已恭候你多时，还不速速下马投降。”

“原来是路将军！”李继迁借着火光认出了他，大喊道：“还是速速闪开，你未必拦得住本将军。”

“也罢！”路彦大笑一声说：“我家少将军有令，说李继迁若真敢从这里走，那就放他过去。”

一听此话，李继迁有点儿泛傻，他不知这是何意，忙扭头看着张浦道：“先生，这里面怕是有诈！”

“你好好看看，他们也不过三五百人，怕他做甚！”张浦指着前面的火把说：“闯！”

李继迁正要下令攻击，突然眼前一黑，折家军的火把全部熄灭，山谷顿时一片漆黑，在马蹄零乱的奔跑声中传来路彦的大喊声。

“李继迁，有胆你就过去吧！”

这可怎么办？这条路真的能走吗？折家军突然让出了道路，还真把张浦给搞糊涂了。是计？一定是折御卿提前布好的陷阱，可这又是什么陷阱呢？他忽然心中感到不安！战场上最怕的就是这种摸不着头脑，毫无章法的出招。目前折家军已经占据上风，后面的大军马上就会赶到，完全可以封锁道路与他们来场实打实的硬拼，可为什么路彦还要放他们过去呢？难不成他是在虚张声势，摆出一个架势暗示里面有伏兵，有意阻吓我军不敢向前？

“先生，后面的折家军已经杀了过来。”李继迁见张浦还在犹豫，急喊：“先生！”

“闯！”

张浦下了决心，其实是无路可走，后退必死！前方兴许还有生还的希望，就算这是条直入阎罗殿的通道，也要给它撞出个窟窿。于是，那场曾经发生在狐突山下的凄惨一幕重现了！折御卿又在这座山谷之中，上演了一出利用弓弩猎杀李继迁的残酷行动！

拓跋军的数千人马奔腾了起来，开始硬闯这条生死之路！

路彦带领五百轻骑，骑坐在马背上防护督战，其余一千五百人全部下马，分别列为前中后三排，跪坐在道路的一侧，铺设出百十米的生命禁区，仅留出正面道路供李继迁的骑兵通过。待敌军马队进入射程后，第一排射击，第二排准备射击，第三排预备；一层层的发射、上箭、准备、射击，箭矢轮番不断，再威猛强悍的骑兵怕也很难全身通过。

这场围剿李继迁的伏击战毫无悬念！他的四千多名骑兵被逼上了绝路，在折家军箭矢的猛烈攻击下，整座山谷顷刻间传出瘆人的嚎啕；马蹄的奔跑声，弓弦的弹射声，夹杂着撕心裂肺的惨叫，撼天动地，震彻夜空；这条不长的山道，顿时变成了通向地狱的大门，真是血流成河，尸堆如山了。残酷！血腥！实在是惨不忍睹……

最终李继迁的人马还是冲过去了八九百人，当这些惊魂未定的骑兵，狂奔着绕过一座山峁时，突然又听得几声炮响，眼前火光通明，被数千折家军轻骑拦住了去路。

“李继迁，你已无路可逃！”折御卿手持大枪，横挡在道路中央大喊：“还不速速下马投降！”

“你是谁？”李继迁的副将问。

“府州折御卿在此！速速下马投降！”

副将策马向前，借着火把的亮光看清了折御卿的脸，忙翻身下马，摘去头盔拜倒在地。后面的八九百骑兵见自己的主将投降了，赶忙扔下手里的兵器，集体下马跪倒一片。

“李继迁可在？”折御卿大声问道。

“回将军，李继迁并没有跟我们在一起！”副将答。

“他人在哪里？”

“回将军！末将不知。”

“那么李继冲、张浦可在？”

“回将军！末将不知。”

一听此话，折御卿顿感失望，难道他们在前面的混战中，被路彦的弓弩手给射死了？

“将军！”小壮子过来问道：“现在怎么办？”

“去找！”折御卿下令众轻骑在山中搜寻，打扫战场，并排查道路上的尸体仔细辨认，他就不信李继迁能逃了出去。

折御卿回想下此战的用兵安排，觉得并无大的纰漏，李继迁要想逃脱几乎不太可能。那他会藏身在哪里呢？死了！真的会被乱箭射死吗？折御卿憋着一肚子的仇恨，真想把李继迁押在李子慧的灵位前给活祭了。

清扫战场，排查尸体，搜寻李继迁的行动一直持续几个时辰还没有结束。折御卿放弃了等待，留下小壮子的一千轻骑继续寻找，自己带着大军向落泥山寨奔去。

折春艳被拓跋尉德带走了，他们逃进梢林后便顺着山坡向山顶爬去。折春艳被反剪着双手实在无法上山，便大喊起来：“哎，快给我松绑！”

“想跑！”拓跋尉德看眼她说：“还是本将军背你上去吧。”说着上前一把将她扛起放在肩膀上。

“混蛋，快给我松绑！”折春艳挣扎着喊。

“闭嘴！再喊就把你扔山下去。”拓跋尉德凶狠地吼了声。

折春艳立即闭上嘴，不喊了！在这种非常时刻，还真怕这家伙把她给扔下山去。眼看趁乱逃跑的计划不能实现，她只好忍耐着等待下一个时机。拓跋尉德还真能跑，在这漆黑一团的梢林中，竟也攀爬迅捷。不一会儿的功夫，便登上了山顶。

“好了，现在你可以自己走了。”拓跋尉德放下她说：“老实跟着，别想偷跑！”

“那你把人家的腿也绑上。”折春艳强硬地回了句。

“还敢嘴硬！”拓跋尉德烦躁地拔出刀来，折春艳突然放声大哭起来说：“你就杀了我吧，人家不过是一个奴婢丫环，你把人家抓来干甚嘛！反正现在也是……”

“住嘴！快把嘴闭上！”

折春艳突然停止了哭喊，抬头看着他。拓跋尉德看见她可怜的目光，心竟然有些软了。这时一侍从过来说：“将军，我们已经脱离了危险，现在怎么办？”

“下山，先找个地方休息，等天亮后再说。”拓跋尉德说完回头看眼折春艳，上前又将她扛起来向山下走去。

完了！折春艳心道一声不好，看来这家伙横竖都不会给她松绑了。刚才装着哭闹害怕，怎么就没起一点作用呢？下了山，拓跋尉德把她放在一处山洼旁说：“老实呆着！”

“哎哎！”折春艳见他要走，忙喊：“人家，人家要，要……”

拓跋尉德转身看着她，突然明白了，对着身边的军士说“都到一边去！”众军士走了，折春艳说：“你把人家的手绑着，叫人家怎么，怎么……”

“好，我来帮你。”

“不准过来！”折春艳紧张地看着他喊：“你，你要干甚？”

拓跋尉德来到跟前，给她解开了绑绳，自觉地转过身去说：“我不看你，快点吧！”

意外，太意外了！实在是没想到这家伙真敢给她松绑，忙叮咛说：“你不许转身啊，不准偷看啊！”折春艳嘴里说着，迅速从靴子里拔出匕首，直向拓跋尉德的后背心刺去。

这一刀来得疾速有力，但并没有刺中他的身体，而是在刀尖将要近身的一刹那，拓跋尉德鬼使神差般地转过身来，匕首贴身划过，竟然让他在无意间躲过了致命的一击。折春艳扑得太急，用力过猛，人也紧跟着擦身滑过。

“你要干甚？”拓跋尉德一惊，但还未意识到折春艳是想要他的命。

坏了坏了！这下该怎么办？折春艳只能转身，看着他强笑笑说：“你站在这，人家，人家……”

拓跋尉德突然发现她手中拿着的匕首，幡然省悟，即刻拔刀纵身向她扑去。来得太快了！折春艳疾速后撤，举刀应对，没想到她的身体被挤靠在一棵树上，动弹不得，眼看着刀将要挨近身体，折春艳已无处躲避。就在刀尖刚刚触碰上她的外衣时，竟猛地停了下来，拓跋尉德的身体直接栽倒在她的面前。紧接着，梢林中窜出两条身影来到她跟前。

“春艳，你没事吧？”

“思达、怀绪！”折春艳看见两人又惊又喜，原来是马怀绪和路思达，她正要开口说话，被马怀绪拦住说：“快走，现在不是说话的时候。”

“什么人？”突然身边传来军士的喊声。

“是我！”折春艳应了声，迅速捡起拓跋尉德的刀，五六名军士围上来，马怀绪、路思达毫不迟疑地出手放倒几人，三人快速钻入梢林，借着月光沿着山坡向远处奔去……

再说这两人是何时跟到了这里？说来也实在是巧了点儿！当时，两人骑马追着拓跋尉德奔出了山寨，远远就见李继迁的大队人马停留在岔路口，便停了下来。两个心急如焚的愣后生，竟然商议起硬闯敌军的方案。

“怀绪，敢不敢杀进去？”路思达问。

“你怕吗？”马怀绪反问。

“甚话？不杀进去怎么救出春艳？”

“好，我用偃月刀前去开路，你就跟在我的身后。”马怀绪说着就要催马向前，路思达疾上前拽住他的马缰，硬将战马掉过头来说：“等等！你也不先用你那驴脑袋想想，这样瞎往里闯，是去送死呀！”

“来来，我倒要看你这头聪明的驴，能想出个甚办法来！”

“还是让我用丈八蛇矛去挑开前面的军士，你在后面掩护，待我杀入敌阵直取李继迁时，你就去对付边上的张浦可好？”

“真是头蠢驴！”马怀绪咧咧嘴说：“李继迁、张浦在哪？”

“不就在军中吗？”

“跑了，早跑了！快扭过你那驴头看看。”

路思达扭头向岔路口看去，见李继迁的人马已经离开了路口，马怀绪埋怨道：“你哪来那么多废话，还非要把自己装成个军师，现在怎么办？”

“追呀！”两人掉转过马头，向着岔路口奔去。刚到路口，便遇见马山林带来的折家军轻骑，两人即刻请命要去打先锋。

马山林听说折春艳被李继迁的人抓走，也感心急！但见两个孩子救她心切，便答应了。当对拓跋尉德发起了第一轮的箭雨攻击后，马怀绪、路思达一路冲杀在最前面，没想到敌军竟然放弃了抵抗。马怀绪抓住副将一问，得知拓跋尉德带着折春艳向山上跑了，两人便扔下战马向山上追去。

救出折春艳，三人无法顺着原路返回，在梢林中跑了近半个时辰后，便停在了一处土崖边。

“不跑了！”马怀绪坐在地上喘着气说：“跑不动了！”

“累死我了！”路思达也一屁股坐下。

“哎，思达！我们完全可以杀了那些人的，为甚要跑？”马怀绪问。

“不是你先跑的吗？我见你跑，也就跟着跑了。”

“甚是我先跑了，明明是你跑在前头！”马怀绪扭头看眼他说：“我还以为你没胆，不敢跟他们打了。”

“你有胆？那你为甚还要跟着跑？”路思达回了句。

“你们俩能不能把嘴巴闭上！”折春艳见两人又斗上了嘴，忙打住说“现在怎么办？我们是往回走呢，还是等到天亮？”

“这黑漆漆的甚也看不见，还是等天亮吧！”马怀绪直接躺倒在地上说：“还是让咱们的路军师给谋划谋划吧！”路思达没回话，也放倒身子贴在地上。

“说甚哩，说谁是军师？”折春艳见他俩不说话，便喊道：“你们两头笨驴，给我马上起来。”两人还是没动，她接着说：“还军师呢，连一点军事常识都不懂，快起来！先去四周寻查一下再回来睡觉。”

两人噌的一下跳起来，马怀绪看眼路思达说：“我看还是春艳当军师行！你就当头笨驴挺好。”

“蠢驴、笨驴、驴脑袋！”路思达也不搭理他，自语着向一边走着说：“除了驴，你还知道点甚？”

三人说闹着四处查看，竟然发现不远处有一个土洞，几人钻进去看看，原来是山里放羊人掏的用来临时躲避风雨的洞。

“好了，今晚咱们就睡在这里。”折春艳说着自己先钻进去躺下。

“洞这么小，我们三人怎么睡得下？”马怀绪说。

“你们两个后生自己想办法吧！”折春艳便不再搭理他们二人。

折御卿带着大队人马连夜赶到了落泥山寨，下令众将士休整待命。在见到梁博泥、芬儿等人后，得知折春艳不见了，马上派人去寻找。索龙云听说马怀绪、路思达也没回来，便带着二百名轻骑一刻也没停留的出发了。

“三少爷，都怪我。”芬儿有些自责地说：“当时我真不该……”

“芬儿姐不必自责，这事也怪不得任何人。”折御卿安慰她说：“春艳不会有事，你就放心吧！”

“少将军，你也该好好歇歇了。”索斌过来说：“这里的一切都交给末将来办吧。”

“也好！”折御卿回头看着梁博泥说：“梁族长，如果李继迁没死，一定还会回来。你是否安排一下，两天后，叫落泥部族的人跟我们一块去唐谷镇？”

“就听少将军的！”梁博泥说：“酒菜都已经备好，还是请少将军先喝杯水酒吧！”

“好，喝酒！”折御卿痛快地答应了，原本疲惫的身体叫这一个“酒”字给唤醒了。他现在还不能睡，心里一直惦记着李继迁的下落，想等着小壮子搜查回来后的最终结果。

李继迁真能逃过此劫吗？他们能跑去哪里，难道真被折家军的弓弩给射死了，还是混进了被俘的拓跋军中？折御卿心里始终缠绕着这事，因为太想抓住他，所以放不下！

梁玉儿听说折御卿来到山寨，早早就坐在酒桌前等候。不知怎的，此时此刻她太想见到这位姑爷了！

“小姐，你也该矜持一下呀。”岚儿提醒说“就算是再想见姑爷，怕也不能这样急啊！到时会让人家笑话的。”

“谁会笑话？本小姐才不管呢！”梁玉儿不以为然。

“咱们寨子里的人当然不会，只是怕小姐将来嫁过去，府州的那些个将军们会拿这事来说笑。”

“说就叫他们说去，我才不怕呢！”

“小姐，要不这样！”岚儿出主意说：“你先回屋去，等一会姑爷来了，我再去喊你过来。”

“有这个必要吗？来都来了，还装个甚哩！”梁玉儿说着，双眼盯住几案上的酒杯道：“岚儿，去叫人把这些酒杯换成碗。”

“小姐，这都是夫人吩咐的，换成了碗多不文雅！”

“叫你换你就换，他们都是行军打仗的将军，自然要大块吃肉，大碗喝酒才对！”

岚儿叫来下人，刚把酒碗换好，外面就走来折御卿、梁博泥，后面跟着索斌、路彦、马山林等将领。一进门梁玉儿迎上前行礼说：“玉儿见过御卿哥！见过各位将军！”

“玉儿妹妹！”折御卿忙还礼说：“叫你受惊了！”

“妹妹还好，是御卿哥和众位将军受累了！”

“无妨，只要妹妹没事就好！”

“托御卿哥和众位将军的福，妹妹没事！”

两人这一客套，边上的路彦竟忍不住了，笑着说“三少爷，你跟你玉儿妹妹的客套话，一会再拉行吗？”

“路彦，你又为大不尊了。”索斌说：“三少爷跟自己未过门的婆姨说几句话，你也想管呀！”

“不敢，只是……”

“你们这几个老哥哥呀！”折御卿打断他的话说：“就不能把嘴巴闭上一会儿！”

“御卿哥这边请！”梁玉儿把折御卿往首座让去，接着招呼众人道：“各位将军请！”

折御卿自然不敢坐在上首，忙请梁博泥上坐。论年龄辈分当然不能坐在那里，这点礼数他还是懂得。梁博泥谦让了下便坐了进去，待众人落座后，他端起酒碗说：“众位将军辛苦了，先干了这杯！”

众人干杯，梁博泥放下酒碗，看着折御卿让出了座位说：“来，少将军！现在你得坐在这里了。”

“使不得！您是长辈，又是族长，使不得！”折御卿忙推辞，梁博泥上前硬将他压坐入上首说：“先坐下，听我把话说完。”

折御卿只好坐下，梁博泥向外一招手说：“都进来吧！”

门外进来了梁夫人、梁雷、梁诺等落泥部族的重要人物，梁博泥来到众人面前，发现梁玉儿没过来，便说：“玉儿，你也过来！”

梁玉儿过去，站在他身边。折御卿看着众人不知要干什么，这时就听梁博泥喊道：“感谢少将军的大恩！”说着众人便跪下行礼。

“不可不可！”折御卿忙上前去扶他说：“您这是在折煞后生晚辈了！”

“老夫不是代表自己，而是代我整个落泥部族的全体族人，感谢少将军的再造大德！”梁博泥跪地不起说：“还请少将军受我们一拜！”说着领众人跪拜。

“好了好了，都快起来吧！”折御卿扶起梁博泥，又将他让回首坐说：“落泥部族的数千百姓，也是我大宋的子民，陛下的臣子。御卿所做的一切，都是为陛下尽责而已，咱们是一家人，不必言谢！”

“少将军真是大义凛然，令老夫敬佩！”梁博泥端起酒碗说：“来，为我落泥部族的重生，干！”

众人喝酒，这时小壮子进来，看见里面的众人犹豫了下。

“你过来。”折御卿叫他进来，急问：“找到没有？”

“没有，我们搜遍了整座山谷，军士们把能辨认的尸体也查看了好几遍，均未发现李继迁他们几人。”小壮子说。

“有没有查看那些战俘？”

“查过了，将士们已挨个辨认了几遍。”

“真是天不助我呀！”折御卿叹口气说：“看来李继迁命不该绝！”

“怎么会呢？”索斌说：“少将军此次用兵堪称神奇，李继迁根本就无路可逃。”

“还是少将军分派给末将的人马太少，要是把索斌的三千轻骑也给了末将。”路彦说：“那五千人的弓弩阵，定叫他连只鸟儿都飞不过去。”

“真是头蠢驴！你怎么知道李继迁会从哪里走？”

“可你那三千轻骑不是都闲在了碛塄沟吗？你不也是头笨驴，当时你为甚……”

“好了，喝酒！”折御卿喝住两人，叫小壮子也坐下来，伸手抓起酒碗一仰头倒入口中说：“要是先生还在的话，此仗……”他突然顿了下，不再往下说。此时，竟又勾起了对李子慧的思念，先生在他的心目中始终割舍不去。

“三少爷！”索斌忙劝慰说：“你此次用兵堪称经典，如若先生的在天之灵有知，一定会为三少爷高兴的。”

“是啊，三少爷！”路彦端起酒碗说：“你知道哥哥这人嘴粗，不过要论行军打仗，三少爷的才能还真不在先生之下。现在先生已经走了，哥哥知道你心里不好受，还始终惦念着他。可我们这老哥几个，也是跟随了先生几十年的呀！三少爷，我们定将那李继迁给剁了，为先生报仇！”说完，猛地将酒倒进嘴里。

话越说越伤感了，梁博泥端起酒碗说：“各位将军，可否听老夫说句话？”

“梁族长请讲！”折御卿说。

“今夜有幸，各位将军能来到我落泥部族，不谈别的，大家只管放开了喝酒可好？”

“喝！”众人把酒碗高举，喝了！

酒喝到了天亮才算结束。这一夜，梁玉儿压根就没捞着与折御卿说话的机会，但眼看着他狂放喝酒的样儿，早已是心满意足了。

天亮了，钻在土洞里的折春艳，被外面黑白两色的乌鸦叫声给吵醒。她抬头看看还在洞口酣睡的马怀绪和路思达，起身悄悄出去。走到一土坡前，爬上去看看，这一看不要紧，还真是把她给吓了一跳。原来这里已经到了沙漠的边沿，远远的就见一队数百人的马队，慢慢向着沙漠深处行进，看样像是李继迁败逃出来的拓跋军，折春艳迅速返回。

第三十一章
三姐弟误入睡泥　雪娥钟情续马哥

话说折春艳发现了败逃过来的拓跋军，迅速跑到坡下，见两人还睡着急了，上去便用脚踢他们。

“懒驴懒驴，都快给我起来！”

“干甚呀，春艳？”路思达连眼皮也没睁。

“快起来！”

“急甚哩，再睡一会，就一会儿！”马怀绪说。

“李继迁过来了。”折春艳喊：“快起来！”

两人一听“噌”的一下站起身，抓起兵器问：“在哪里？”

“快跟我来！”

三人迅速爬到坡上去看，只见李继迁的人马已经渐渐走远。

“好像就是李继迁！”马怀绪说。

“没错，就是他！”路思达说：“这家伙命可真大，怎么就逃了出来！”

“他们这是要去甚地方？”马怀绪问。

“不知道！”路思达答。

“谁问你了！”马怀绪回头看眼他说：“不知道就把嘴巴闭上！”

“哎，你知道？”路思达笑着说：“看你那驴脑袋能知道个甚？！”

“就知道拌嘴，真是两头笨驴！”折春艳打断两人说：“李继迁也许是要回自己的老巢。”

“有道理，刚打了败仗，他不回老窝还能去哪儿？”路思达说。

“那他的老窝在甚地方？”马怀绪问。

“我怎么知道！”路思达答。

“别争了，我们现在该怎么办？”折春艳看着两人问：“是跟着李继迁，还是回去？”

“叫怀绪送你回去，我去跟着李继迁。”路思达说：“我还真想知道这家伙的老窝藏在甚地方。”

“你为甚不回去？”马怀绪问。

“就你那驴脑子，可别把自己给丢在沙漠里了。”

“哎哎哎，我问你们。”折春艳打断两人的话问道：“我们现在在甚地方，李继迁他们又是朝哪个方向走？”

两人看着她摇摇头，折春艳接着问：“谁带地图了？”两人依然摇摇头。

“都算个甚将军，出来打仗竟然不带地图！”

“没人给我们地图。”两人答。

“好了！”折春艳说：“我们必须搞清楚李继迁要去哪儿。”

“这容易，只要跟着他就知道了。”路思达说。

“废话！”马怀绪说：“我们连自己在甚地方都不知道，就算是找到了李继迁的老窝，又如何回去报信？”

“有了。”折春艳抬头看着天上的太阳说：“太阳是从东面升起，西面落下。李继迁大概是在往西北方向走，可是咱们府州应该在哪个方向呢？”

“西面！”马怀绪说。

“不对，应该是南面！”路思达说。

“有办法了，来，怀绪！”折春艳站在一块平地上说：“把你的偃月刀插在地上。”

“为甚？”马怀绪问。

“啰嗦甚哩！叫你插你就插。”

马怀绪把兵器杆直插进沙土里问：“好了，现在干甚？”

“看见前面那个影子了吗？”折春艳指着偃月刀被太阳照射出的影子顶端说：“去找块石头放在影子顶部。”

马怀绪四处查找，但没见到石块，问：“春艳，这里没石头！”

“真是个驴脑子，随便找个甚都行。”折春艳说：“要不你就站在那里别动。”

“多少时辰？”

“半个时辰！”

“那可不行！”马怀绪说着把头盔摘下来放在影子上，走过来问：“现在干甚？”

“吃饭！”折春艳看着两人问：“谁有干粮？”

“哎，等我们吃完饭，那李继迁怕早就跑得没个踪影了。”

“春艳，咱们不打算追查李继迁了？”路思达也过来问。

“追查，可我们现在连个方向都不知道，怎么追？”折春艳说。

“我们就在后面跟着他，总比待在这里死等强吧？”路思达说。

“先搞清楚了方向，自然就知道怎么办了。”折春艳说“都过来坐下，吃点东西再说。”两人过来坐下，摸出肉干、水囊递给她。

“春艳，你搞的这是个甚？”路思达指着立在地上的偃月刀问：“它能让我们知道方向。”

“难道你们不知道指南针吗？”折春艳看着两人问道：“没听说过指南针？”

“听说过！”

“怎么用？”折春艳问，两人摇摇头，她接着说：“还想当将军呢，看你们两个笨的，出门不带地图，又不懂辨别方向，将来怎么带兵？”

“不是有军师和大将军吗！只要听他们的就行了。再说，也没谁让我们带地图呀！”

“狡辩！”折春艳打断他的话说：“你看看咱们折家军里的将领，哪个不懂得看地图辨方向。你们俩竟连这点基本常识都不知道，我看你们这将军，怕是当不成了！”

“这倒也是啊！”路思达说：“我爹为甚就没教我看地图辨方向呢？”

“我爹也没教过我呀！”马怀绪说：“春艳，你是从哪里学的？”

“是奶奶教我的。”折春艳有些感慨地说：“当时都没往心里去，想着谁会在山野大漠里瞎跑呀！这下倒好，还真是派上了用场。如果我们不知道方向，别说去追李继迁了，怕是连回家的路都找不到了。”

“春艳，那你就说说，这玩意该怎么用？”

“就照我刚才的办法，一会你们就知道了。”折春艳说。

“要是阴天没有太阳怎么办？”马怀绪问。

“那就看树，叶子绿的一面向阳，就是南面。”折春艳答，“冬天，山坡上有雪的一面向北，没雪的向南。”

“那要是像现在这样，没有太阳，又没有树木，身边全都是沙漠呢？”

“这……”折春艳被问住了，看眼他说：“那你就回去问奶奶！”

“可我们在沙漠里回不去呀！”

“那你就像头野驴，在沙漠里四处乱跑吧！”折春艳笑了笑说：“大人教的时候不好好学，现在用上了才知道要学了。好在本小姐睿智，要是碰上你们这两头笨驴，怕咱们真就要被困在这沙漠里回不去了。”她站起身走到刀杆前看看说：“时辰已经差不多了。怀绪，你去把头盔拿起来，面对偃月刀，站在那个点上。”

马怀绪上前拿起头盔，站在上面。折春艳接着说：“把另一只脚踩在刀尖现在的影子顶端。”马怀绪照做，放上了另只脚。

“现在你正对的方向就是北面，背后就是南面；你的左边为西，右边为东。”折春艳说“好了，我们已经知道方向了。”

“就这么简单？”路思达问。

“是呀！”折春艳指着李继迁人马走去的方向说：“李继迁刚刚应该是往西北方向去了，咱们府州就在东南方向。”

“春艳，既然已经知道了方向，咱们是不是也该出发了？”路思达问。

“等一下。”折春艳盯着两人身上的军服说：“咱们怕就要到契丹人的边上了，把你们身上的头盔和铠甲都扔了。”

“都扔了？”两人不愿意，折艳春喊道：“穿上这身军服，一看就知道你们俩是大宋的兵……”

“是将军！”路思达回了句，“他是兵！”

“就知道贫嘴，真是两头笨驴。”折春艳笑着说：“你们要是不扔掉，万一碰上契丹人或李继迁的人怎么办？”

“跟他们打！”马怀绪说。

“笨驴笨驴！”折春艳不再搭理两人。

“这东西好像挺沉的啊！”马怀绪把头盔扔在地上，脱去铠甲说：“思达，我的铠甲给你穿上，这样安全！”说着把铠甲扔过去。

“最好把衣服也给我。”路思达也将头盔铠甲扔地上说“还有你那条裤子，沙漠里热，光着屁股凉快！”

见两人又开始拌嘴，折春艳笑笑转身走了。

李继迁没死，还真是逃过了此劫！当时，他们被路彦突然让出道路的举动给搞糊涂了，并不知路边还有两千弓弩手正等着他们。只因后面跟过来的折家军轻骑已阻断了他们的退路，李继迁、张浦被逼上了绝路。

“先生，就算前面的条阎罗道，怕我们也只能硬闯了！”李继迁说着高举大刀，大声喊道：“弟兄们，要想活命就跟着我李继迁冲杀过去！杀！”

众军士在他的命令声中开始向前奔去，张浦忙将李继迁、李继冲喊住道：“大少爷，等一下。”

“先生！”李继迁回头看着他问道：“为甚不走？”

“再等等！”张浦觉得不能这样冒失前行，折家军怎会轻易放他们过去。他想知道前方道路上的情况，确定路彦是用何种方式来对他们进行阻击。不一会儿，前方就传来了惊天动地的瘆人惨叫，看来折家军是用弩箭封锁了整条道路，此路不通了。

“继冲！”张浦把李继冲叫过来，吩咐道：“速去查看路边的崖畔。”

原来，张浦早已发现在他们身旁的路边有座崖畔，只因被齐人多高的荒草遮挡了视线，加之天黑看不清楚，不知下面的情况。这崖畔大约有四五米深，崖壁下是条不宽的小溪，荒草茂密灌木丛生。待李继冲回来告知情况后，张浦迅速命令军士放绳索搭人梯下去，同时叫李继冲去鼓动众骑兵继续前冲。没想到，下去的军士竟然发现了一条可以牵马下去的羊肠小道。张浦心道一声：“天不亡我，天不亡我呀！”

就这样，李继迁、张浦丢弃了自己的四千多名士兵，牵着战马绕下溪谷。待李继冲和百十名军士跟下来后，众人便贴着崖壁，潜身埋没在蒿草丛中，沿着小溪快速逃离了战场。

李继迁真是命不该绝，在如此险恶的环境下，却有如神助般的逃脱了。可这一仗又确实令他感到了恐惧，没想到死神竟然会离得这么近！自从起事造反以来，这也是他所经历过的最为惊心动魄的一幕。仅仅一夜之间，竟然损失了四千多人马，折御卿呀折御卿，我还真是怕了你了！李继迁是真怕了！如若当时也硬闯进了那个弓弩阵……他不敢往下想，瞬间便打消了去找折御卿报仇的念头，因为同样的事情决不能再发生第二回。折御卿实在是太能打了！现在就连契丹人都惧怕他三分，狐突山一役，这家伙排出弓弩阵一次就消灭了契丹一万余骑，恐怖，太恐怖了！自己又何必去找事呢。李继迁觉得，以后还是远离府州，最好这一辈子都别再碰上折御卿。

逃出山谷，大队绕行不敢走大道。好在他们熟知地形，在奔逃了一夜后，直到天亮才走到了沙漠的边沿。进入了自己的地盘，李继迁、张浦总算松了口气。

“先生，我们是否该歇歇了？”李继迁问，他已身心疲惫。

“大少爷，再坚持一下，前面就是睡泥族人的驻地。”张浦说：“到了那里咱们就安全了！”

“继冲，你先去前面看看。”李继迁命令道，李继冲答应一声，带着几十名军士催马走了，他扭头看着张浦说：“先生，我们还能回地斤泽吗？”

“怕了？”张浦笑笑说：“大少爷不必担心，折御卿根本找不到地斤泽。”

看着李继迁有些丧气的样儿，张浦觉得必须给他鼓鼓气，于是说：“大少爷，胜败本不足虑，这些年我们跟宋军打得还少吗？虽说少有胜仗，但我们不是还好好的活着，我们的人马队伍不还是在逐渐的壮大吗？大少爷，你是要成就大事的人，你的肩膀上担负着拓跋氏列祖列宗的希望。现在拓跋氏的族人都在睁眼看着你，因为你是拓跋氏的未来，是他们心目中的皇帝！你没有退路，也不能对不起自己的祖先！打起精神来，大少爷！一切都可以从头来过，别因为一场战斗的失利而丢失了恢复祖业的勇气！”

李继迁知道张浦是在激励他，怕他没了抗争的胆量。道理他懂，当时造反不也正是为了这个吗！看来他还真得好好筹划一下，好给自己的宏图大业谋划出一条光明大道。

睡泥部族的驻地就在湖泊边上，几十顶游牧帐篷安扎在湖边。部族酋长得知李继迁来了，忙命人杀鸡宰羊，酒肉侍候。待酒足饭饱之后，疲惫不堪的李继迁等人便倒头睡下了。

折春艳、路思达和马怀绪来了，三个头顶着烈日在沙漠中行走了大半天的人，又饥又渴，实在难熬。突然，他们发现前面出现了一片绿洲还有一汪湖水，便狂奔了过去。喝饱了，凉爽了！三人就势躺倒在了草地上。

“真是救了我们一命，要没这水，咱们怕是走不出沙漠了。”路思达说。

“春艳，你说这水怎么这么好喝！平时觉得酒好，可是现在……”马怀绪叹口气说:“现在要再有口酒喝就更好了！”

“那是你们喝饱了，说你们是笨驴吧，还不信。”折春艳说“叫你们在路上省着点水喝，偏不听，要不是咱们命好碰到这湖水，现在怕就要渴死了。”

“都是思达，他一口就喝干了我水囊里的水。”马怀绪说：“记住了，下次不准像灌驴似的喝水。”

“怀绪，我水囊里的水都灌进了那头驴肚子里了？”路思达回了句。

“好了，你们俩听好了。”折春艳叮嘱道：“咱们怕是已经进了李继迁的地盘，往后不管是遇到什么人还是事，你们俩都先把嘴闭上，让我来应对，可好？”

“为甚要你去应对？”路思达说：“我们两个男人，怎能让一个女女冲在前面！”

“春艳是说你嘴笨，怕人家还没问，你就把咱们来干甚都给……”

马怀绪正说着，湖面上突然传来水鸭子的尖叫声。一群水鸟扑腾着翅膀向天空冲去，还在半空中的水鸭子被一支利箭穿入，直接坠落在他们身边的不远处。紧接着就听到一匹快马的奔跑声，三人抓过兵器迅速起身。

策马奔过来的骑手，见着三人疾速带住马缰。原来是位十六七岁的姑娘，手持弓箭警惕地看着他们问道：“你们是什么人？”

“这位姐姐！”见是一位姑娘，折春艳便大胆走上前说：“我们迷路了，不知怎么就到了这里。”

“你们从哪里来？”

“我们……”折春艳不知该如何回答，吃不准这里是不是李继迁的地盘，万一说错了地方，怕会引来不必要的麻烦，只好张嘴胡编道：“我们原来跟着驮队在沙漠边上走，没想到后来就走丢了。”

“你们是要去地斤泽送东西吗？一大早有一个驮队已经从这里过去了，你们没有马，天黑前怕是赶不上了。”姑娘很单纯，一听是跟着驮队过来的，似乎就相信了她的话。

“地斤泽？”折春艳信口答应声，问道：“地斤泽在哪里？”

“就在这个方向。”姑娘指着身后的沙漠说：“穿过前面的沙漠，再走过一片沙泽就到了。”

“还有那么远呀！”

“要不你们先去我们部落住一晚上，明日再走。”

“你们部落？”

“就在湖的对面。”姑娘指着他们身后。

三人扭头看去。这湖面不宽，也就二三百米，一片帐篷清晰可见。在帐篷的背后竟有座被梢林覆盖的绿色山包，沙丘三面环绕延伸，黄沙滚滚竟也望不到头去，真可谓是沙漠中的绿洲。

“真好看！”折春艳不由地赞了句，问道：“不知姐姐那是什么部落？”

“睡泥部落。”

“可是党项的睡泥族？”

“正是，难道姐姐也是……”

“啊，我们是党项落泥部族的人。”折春艳随口就说出了落泥部族，她想套个近乎。

“呀，原来姐姐跟我们是一家人。”姑娘跳下马背，来到折春艳面前说：“睡泥部落的酋长是我爹，我叫番雪娥。”

“原来姐姐是酋长的女儿！”

这时后面又奔过来几匹马，四五个男人和一个丫环来到他们面前。

“小姐，我们可……”丫环突然把嘴闭住，看着面前的几人问：“小姐，他们是甚人？”她叫沙儿，十五六岁。

“番伯！”番雪娥并没理她，只是对着一位四十来岁的中年人说：“他们是落泥部族的人。”

“你们族长叫甚？”番伯警惕地看着折艳春问道。

“梁博泥，我是他的女儿梁玉儿。”折春艳想都没想，随口便冒充了梁玉儿。

“好好，还真是稀客呀！”番伯笑着说：“那就请梁小姐去我们部族坐坐，也好让我们尽尽地主之谊，请！”

“我们真的要去吗？”马怀绪近前悄悄问。

“无妨！”折春艳抬头看着番伯说：“那就有劳番伯了。”

“玉儿姐姐，请跟我来！”番雪娥上前，亲切地拉起她的手转身走去。

折春艳万万没有想到，她机灵睿智的冒充，竟让他们三人进入到了危险之中！

真是聪明反被聪明误！折春艳以为冒充梁玉儿可以跟睡泥部拉近距离，对他们寻找李继迁的行踪有帮助。但她不知，在这沙漠周边游牧的部族，都是李继迁的党项拓跋氏族人。加之，李继迁刚才在落泥部吃了亏，如果他们几个是落泥部族的人也还就罢了，若要是梁玉儿那可就麻烦大了。

番伯见到他们三人时并没在意，后听折春艳说自己是梁博泥的女儿梁玉儿，即刻产生了怀疑，因为他已经听说了李继迁要强娶梁玉儿的事。看着眼前这个俊美的姑娘，番伯打起了自己的算盘，不管你是不是梁玉儿，现在我就全当你是。实在是难得，这可是讨好李继迁的最佳礼物，等进了睡泥部落，便将他们直接拿下就是了。

折春艳、路思达和马怀绪默默地跟着番雪娥走，番雪娥却时不时地转头去看两人。其实，她是看上了身边的两位英俊后生。这一路走着，虽然几人没怎么说话，但她的眼睛却始终没有离开过路思达和马怀绪。

番雪娥毫不掩饰的举动，早已被折春艳看在了眼里，心道：“这死女女，还真是没见过俊后生哩！这样盯着人家看，竟然没有一点女儿家的羞涩！”

折春艳再扭头看眼路思达和马怀绪，见两人只管闷头跟着走。突然觉得有些奇怪，这俩家伙平日里话多得跟甚似的，怎就一路上都没听见他们俩说一句话，这么老实？老实个甚哩！两人实在是怕了番雪娥的眼神，长这么大还从没被陌生女子这样盯着看过，心里直发毛。

要说番雪娥长得倒也蛮俊俏，鹅蛋脸，大眼睛，黑眉毛。其实这里的姑娘大都长成这样，她只是鼻子稍稍的大了点儿，也只是大了那么一丁点儿，看起来并不太显突出。番雪娥见着俊后生就有些痴迷，还真不能怪她。因为睡泥部族太小，老老少少的加在一起也凑不齐千百号人，而且还居住在沙漠腹地，很少与外界往来，自然见到路思达、马怀绪这样的英俊后生会多看上几眼了。

番雪娥拉起折春艳的手，看眼身边跟着路思达、马怀绪有些报怨地说：“玉儿姐姐也真是小气，自己身边带着两位哥哥，也不说介绍给妹妹认识！”

“噢噢，是妹妹不对！”折春艳笑笑，指着路思达说：“这位姓达，名路，叫达路！”

“妹妹见过达路哥！”

“妹妹不必多礼！”路思达文气了句。

“达路？”马怀绪偷偷笑了，心说：“你该不会把我说成绪马吧！”

“这位姓续，是那个延续香火的‘续’，名马，叫续马！”

“续马？”番雪娥扑哧一下笑了，看着马怀绪说：“对不起啊续马哥哥，妹妹只是觉得……”

“妹妹不必介意，只因哥哥家里缺马，我爹就给我取了这个名字。”马怀绪调侃了句，心道：“春艳呀春艳，你也太能编了吧，竟然还把个‘绪’字改成了‘续’。”

“哥哥家里养马？”番雪娥好奇地问。

“不是，是哥哥本姓马，叫续马。因家里都是独根，我爹怕没了后，就叫我续马续马的，意思是给我们马家延续后代。”马怀绪瞎说的本能一下子表现了出来，众人开怀大笑起来。

“那续马哥哥，是否已有了婆姨？”番雪娥问。

“我爹急着要孙子，能没有吗？”马怀绪板着脸说。

“哎哎，续马，什麻！”路思达叫了声，感觉这名字还真是拗口，便调侃道：“虽说你有了几个婆姨，可到现在也没生出个一男半女来，你爹就没想着再给你添一房？”

“我说达路呀，我的个达达！你爹不也给你讨过好几房婆姨，你自己看看，到现在你不也没生出个一丁半点来吗？”

两人瞎说斗嘴，听得折春艳直抿嘴笑，番雪娥却很认真地参与了进来问：“你们为甚没生个娃娃呢？”

“是……”马怀绪语塞，没法回答，路思达接道：“怕是续马的婆姨不会生养！”

“真的吗？”番雪娥问。

“哎哎，达路，你这个驴头达达，当着姑娘的面不准瞎说！”马怀绪回头看眼番雪娥说：“番小姐，你可别跟这种粗人一般见识。”

“粗人？我倒觉得你们说话挺好听的。”番雪娥扭头看着路思达问：“难道达路哥的婆姨也不会生养吗？”

我的个妈呀！两个后生被问住了。折春艳忙圆场说：“姐姐不要往心里去，这两人就是喜欢瞎说。”

“我续马，什麻的可从不瞎说。”马怀绪上前对着番雪娥说：“番小姐，我告诉你……”他跟番雪娥套起了近乎，两人还真说到了一搭里，番雪娥听他满嘴的乱编瞎扯，竟乐得合不拢嘴了。折春艳、路思达看着两人说起话来的热乎劲儿，这一路竟也无语了。

几人围绕湖泊转了大半个圈子，走了近半个时辰后终于来到睡泥部落。进了部族的居住地，折春艳发现，原来湖边的帐篷是提供给往来驮队临时用的，山包下的梢林才是睡泥族人的住处。一座座木屋散落在丛林之中，令人惬意！一条道路从湖泊与山包间穿过，直通向沙漠深处。部落的大门就设在道路两端，但并没有能开关的大门，只有一堆简易的木质路障摆放在路的中央，用来阻拦马匹、骆驼和车队。

“姐姐，这就是我们住的地方。”番雪娥说：“姐姐还是去妹妹的屋里坐坐，我叫人给你们准备吃的。”

“小姐！”番伯拦住说：“有贵客上门，应该先去见过酋长。”

“我爹可以一会去见，我要先带姐姐和两位哥哥去我那儿。”番雪娥不从。

番伯拗不过她，只好答应。几人说着话已进入了部落，番伯四处张望，竟不见了李继迁的大队人马。他原本想直接把折春艳送入李继迁的帐内，同时擒了另外这俩小子。现在事情有变，也就不必太着急了。番伯并没把这三人放在眼中，感觉拿下他们实不在话下。

“小姐，你带他们先去你那里吧！”番伯说：“我去面见酋长。”

“姐姐，请随我来！”番雪娥说着领三人向她的木屋走去。

见几人走了，番伯迅速吩咐随从说“马上派人守在小姐的木屋外，不准放走这几人。”随从答应着去安排布置，他把守门的牙兵喊来问道：“李继迁去了哪里？”

“走了！”

“何时走的？”

“大约半个时辰前。”

“酋长现在何处？”

“送他们还没回来。”

“酋长回来后，马上告知我。”番伯开始盘算起动手方案，他下令封锁部落的所有出口，等酋长回来后便可行动。

番雪娥的木屋挺大，分里外两间；外面是厅，里面是睡房。进了木屋，三人席地而坐。番雪娥叫人拿来马奶子酒、奶酪、奶皮子等物，一一送到三人面前。

“姐姐，你们先坐着，妹妹去去就来。”番雪娥说罢便转身出去。

“春艳，你这是要做甚？”路思达问：“我们跑到这里来干甚？”

“讨点饭吃，不来这里，咱们去甚地方找饭吃？”折春艳说：“看这番小姐也不是个坏人，一会多留点儿神就是了。”

“她倒是不坏，可那个番伯是不是有点怪？”路思达说。

“坏了！”马怀绪突然惊叫一声说：“这睡泥部跟李继迁是不是一伙的？春艳，你冒充落泥部族的梁玉儿怕是要出事了。”

“不好不好！”折春艳猛然省悟，觉得事情是有点儿不妙，一下便失了主意，有些着急地说：“当时我怎么就没想到呢？都怪我都怪我……”

“不要紧的春艳！”路思达安慰说：“来都来了，咱们就安稳地坐在这里，看他们能把咱们怎样。”

“春艳，有我们俩在，你不必担心！”马怀绪说：“如果发现不对，咱就先擒了番雪娥再说，没必……”

正说着番雪娥带着几人进来，三人忙闭上嘴。

“姐姐，我叫人拿来了酒肉，咱们一块儿喝一杯。”番雪娥说着叫人把酒肉摆放在地上，自己也就地而坐，伸手端起酒碗说：“来姐姐，两位哥哥，干！”

“姐姐真是爽快！”折春艳放下酒碗说：“多谢姐姐款待！”

“姐姐不必客气！”番雪娥说着扭头看着马怀绪问：“续马哥，你真有很多婆姨？”她还惦记着此事。

“我……”真要命，马怀绪这时反倒是嘴笨了起来。

坏了坏了！折春艳见番雪娥很认真的样儿，觉得要坏事，忙打圆场说“姐姐不必认真，他们是在说笑呢！”

“姐姐是说，他还没有婆姨？”番雪娥回过头来又看着她问道：“玉儿姐姐不会是在哄骗妹妹吧？”

“噢噢！妹妹怎敢欺瞒姐姐！”折春艳忙答，接着心道一声：“要出事了！八成是这位大小姐看上了马怀绪。”

“听说姐姐已跟李继迁大少爷订了婚，可有其事？”番雪娥话锋一转，看着她问。

“噢噢，是有这事！”折春艳硬着头皮答。

“姐姐，你是要去追赶大少爷吗？”番雪娥紧盯着她说：“他已经去了地斤泽。”

“地斤泽？”

“是呀，他们前脚刚走，你们后脚就到了。”

“小姐！”这时，丫环沙儿进来说：“酋长回来了，叫你过去。”

“知道了！”番雪娥看看三人说：“你们先喝酒，妹妹去去就回。”说着起身出去。

“地斤泽！原来李继迁的老窝就在地斤泽。”折春艳说：“得想办法告知府州。”

“出不去了。”路思达说“番雪娥未必会放我们走，怕她想要送‘梁玉儿’去地斤泽了。”

“这怎么行，让我想想！”折春艳在屋内转起圈来。

第三十二章
绿绮流情又留义　怀绪技穷终认输

番雪娥随便一句话，倒叫折春艳三人紧张了起来。地斤泽，她真的会送他们去地斤泽吗？

“不行不行！”折春艳说：“这里不能久留，我们得想办法离开。”

“那就来个假戏真做，咱们一块去地斤泽。”马怀绪说。

“就咱们仨？”路思达说：“真要进了地斤泽，那还不是去送死！”

“有了！”折春艳看眼马怀绪说：“我们是不是可以利用一下番雪娥？”

“怎么用？”马怀绪问。

“怀绪，看你跟她拉得那个欢实劲儿，都快成人家的上门女婿了，当然是你啦！”路思达说。

“闭上你的驴嘴！”马怀绪有些烦躁地说：“思达，我倒觉得你与这番家小姐挺般配的……”

“笨驴笨驴！都甚时候了还在拌嘴。”折春艳打断他的话说：“我们怕是已入了虎口，看看有甚办法能离开这里。”

“打！”马怀绪说。

“那是最后的办法！”折艳春说。

“我觉得也只有打！”路思达看看两人说：“如果不打，怕也只好与睡泥部族联姻了。”

“瞎说甚哩？”马怀绪回了句。

“思达说得对，番小姐怕是看上了你，怀绪你可以试试！”折春艳说：“这已经是没办法的办法了。”

“怎么试，你们是想让我娶她呀？”马怀绪不干，看眼路思达说：“叫思达去！”三人争执了起来。

睡泥部族的酋长已年过五旬，番雪娥是他的独女，而且还是老年得子，自然是宠得要命，一切均由着她的性子来。

番雪娥进了酋长的临时大帐，见着她爹问道：“爹，您叫我？”

“来，雪娥！”番酋长把她叫到自己身边说：“听说来了三个人，其中有一个叫梁玉儿？”

“是，是女儿亲自接来的。”

“那你可知，李继迁在落泥部族遇到了甚事？”番酋长问，番雪娥摇摇头，他接着说：“被那梁博泥勾结府州折御卿，将他的四千多人马全部消灭在了山谷中，只有李继迁、李继冲和张浦带着百十人逃了出来，是全军覆灭呀，女儿！”

“折御卿这么厉害！”番雪娥并不惊奇，只是淡淡地说：“谁让李继迁没本事，当然打不过府州折家军了。”

“不许胡说，他可是咱们党项拓跋氏的首领！

“看看他那狂妄的样儿，被打败是迟早的事。”番雪娥抱怨道：“这家伙没事总从咱们部落过，害得女儿没完没了地躲着他。”

“还是再忍忍吧！等你有了如意郎君，嫁出去就没事了！”

“咱们就呆在这沙漠中，跟外面又不来往，连个鬼影子都见不着，你让女儿去哪里找呀？”番雪娥坐在他身边说：“爹，咱们搬地方吧？女儿不想再住在这里了。”

“哪儿也去不了呀！”番酋长叹口气说：“这里原来是个多好的地方，自从来了个李继迁……唉！跟你说这些干甚。”

“爹，女儿不想再躲了！”

“现在不躲怎么行？当初李继迁让各部族酋长，报上年满十四岁以上的女子，说是要联姻结盟。爹告诉他说，咱们家没有女儿，要是你被他们发现了，那还了得！”

“这家伙在地斤泽里，大大小小的婆姨怕都快有八九个了，还要搞什么联姻，我看他早晚会死在……”

“住嘴，快住嘴！”番酋长忙打断她的话。

“那您还想让女儿躲到甚时候呀？”番雪娥扭过身去说：“我知道您害怕李继迁，可女儿不怕……”

“住嘴！李继迁咱们惹得起吗？搞不好是会亡族的，你看他才来了多长时间，几乎把周边不听他话的部族都给打遍了。浪才族、波牙族竟然被他给灭了族，你以后万万不敢再说这种话了。”

“好吧，那女儿走了！”番雪娥站起身，又被他叫住说“你带来的那个梁玉儿是假的！他们八成是府州派来的细作，怕是前来寻找李继迁的下落。”番酋长不再跟她啰嗦，直接告诉她说：“好了，你番伯已经带人去抓他们了。”

“不行，他们是女儿的朋友，不准你们这样待他们。”番雪娥说着转身就走。

“回来！”番酋长喊住她说“雪娥啊，李继迁咱们是真的惹不起呀！他就住在地斤泽，随时都有可能派兵过来。你知道吗？咱们的族人里还有不少李继迁的追随者，这里不管发生甚事他都会知道的。”

“女儿知道！可现在不是机会来了吗？如果那三个人真是府州派来的细作，倒是更好。爹呀！您好好想想，原来咱们住在这里生活得多好！现在被李继迁给搅扰得人心惶惶，不得安宁。他每次来，您都得对他毕恭屈膝，前迎后送的。咱们部落里的牛羊都快被他带来的兵给吃光了，就连您让人藏在沙蒿蒿里，准备留着过冬的羊也没有放过。东西都被他们拿走，吃光了，咱们还怎么活？若是哪天一个不如意，李继迁怕还是会派兵来打咱们呀！”

“罢了，罢了！迟早这睡泥部族都得交给你，爹老了，以后你就自己看着办吧！”番酋长转过身去不再理她。

“爹爹生气了？”番雪娥走上前，坐在他身边说：“您不管就对了，女儿已经想好了，一定要找一个能让咱们睡泥族人好好生活的地方。到时爹爹就颐养天年，甚心都不用操，只管陪着孙子、孙女儿玩就是了。”

“雪娥呀，爹爹不是非要操心，只是对你放心不下。”番酋长看着她说：“既然你已经长大了，有了自己的主意，又知道该为族人做什么，那爹爹就把部族交给你。从现在起，你就按着自己想法去做吧！”

“知道了，爹！”番雪娥站起身向外走去，刚出帐篷就被一个十二三岁的小姑娘喊住说：“姐姐，我知道来的那个姐姐是谁。”

“你怎么知道？”番雪娥惊奇地看着她问，小姑娘拿出一个磨喝乐说：“这个就是那个姐姐送给我的。”

“是吗？快给姐姐说说。”

折春艳、路思达、马怀绪三人正争论着脱身方法，就听屋外传来喊声：“屋里的人听着，放下手里的兵器，一个个慢慢走出来。”

三人一惊，迅速跳起身抓过兵刃来到门口。折艳春轻挑门帘向外看去，只见番伯带着几十名牙兵站在外面。

“看来他们是要动手了！”折春艳说。

“春艳，你就呆在屋内，叫我和怀绪出去挑了他们。”路思达说着就要出去，被折春艳一把拦住说：“再等等！”

“里面的人听到没有？你们是逃不脱的，还是快出来吧！”

折春艳快速跑进里屋，顺着一个不大的小窗口向外看看，见外面也已被牙兵围住。

“看来他们是把我们围在这里了。”

“别啰嗦了！”马怀绪说：“春艳，我跟思达先杀出去，你就跟在后面。”

“别急，先让我出去看看再说。”折春艳说着便揭开门帘出去，她看着番伯问道：“番伯，你为甚要抓我们？”

“另外两个为甚还不出来？”番伯见只出来了折春艳大喊：“都出来！”

路思达、马怀绪手持兵器出来，站在折春艳身边。

“放下手里的兵器！”番伯喊：“不要逼我们动手！”

“嘿，你个老小儿！”马怀绪用偃月刀指着他说：“你当我们怕你不成！”

“弓箭准备！”番伯一抬手，众人举起弓箭对着三人。这下麻烦了，这么近的距离，在毫无遮挡的情况下，要想应对箭支射出的速度几乎不太可能。

“等等！”折春艳扔下手里的刀问：“番伯，你家小姐在哪？你又为甚要抓我们？”

“你不是梁玉儿，你到底是谁？”番伯厉声喝问道。

“大胆，你竟敢怀疑本小姐的身份？”折春艳十分镇定，眼下也只能黑着头大喊：“去叫你家小姐过来。”

“你真是落泥部族的梁玉儿？”番伯紧盯住折春艳，被她的冷静给震慑了。他还真吃不准她是谁！如果判断错误，开罪了李继迁怕就要引火上身了。

“速去叫你家小姐，我梁玉儿就在这里等着她。”折春艳说完转身向屋内走去。

“姐姐请留步！”突然身后传来喊声，折春艳站住扭回头去，见番雪娥已经走了过来。

“姐姐这是去了哪里，怎么才来？”折春艳问。

“都给我退下！”番雪娥冲着牙兵大喊一声，众牙兵看眼番伯，收起了弓箭。她来到折春艳跟前说：“妹妹迟来一步，让姐姐受惊了！”

“无妨，只是……”折春艳正说着，突然感到自己的一只手腕已经被她给锁扣住了，这动作来得奇快，竟让她没有丝毫察觉。接着就听番雪娥在她耳边轻声说：“姐姐不要动，可否借一步说话？”

“姐姐这是？”折春艳根本无法反抗，实不敢相信番雪娥的武艺竟会如此之高。要说她也算是折家拳法的正宗传人，在她面前竟然不堪一击。番雪娥的轻巧一扣，令站在边上的路思达和马怀绪也没有察觉。

“姐姐，叫两位哥哥先进去。”番雪娥说。

“你们俩先进去呆着，我跟姐姐有话要说。”折春艳只好照做，她没反抗，是因感觉到番雪娥并没有恶意。路思达、马怀绪倒觉得有点儿怪，只是看看两人，也没多想便转身进了屋内。

“姐姐请跟妹妹来。”番雪娥放开她，两人向边上的另一座木屋走去。

路思达、马怀绪进屋坐下，端起酒碗继续往嘴里倒。

“思达，好像有点不对。”马怀绪说：“你没觉得春艳刚才有点儿怪？”

“没有！”路思达喝口酒说：“我倒是觉得你那婆姨有点儿怪。”

“你个驴嘴！谁家的婆姨？”

“你的！”路思达跟了句，紧接着说：“哎哎怀绪，都甚时候了，咱俩还在这里拌嘴？”

“都是你在挑事！”马怀绪喝口酒说：“外面的牙兵对付得了吗？”

“别急，等我吃饱喝足了再去。”路思达倒碗酒进肚，紧着再往嘴里塞块肉。

“怪不得春艳叫你笨驴呢！”

“好像你不是笨驴！”路思达回了句。这两家伙呆在一起，竟连三句正经话都说不到一块。

番伯见番雪娥领着折春艳进了木屋，只好下令众牙兵守在外面，严防路思达和马怀绪。

“姐姐可是府州折家的人？”一进屋内，番雪娥便直接问道。折春艳心中一紧并没马上回答。

“我的堂妹在府州城见过你。”番雪娥从怀里摸出一个磨喝乐娃娃说“这是乞巧节时，姐姐在府州街上送给她的，所以她就再也忘不掉姐姐了！”

“好吧！”折春艳只能承认说：“我叫折春艳，是折家的小姐。”

“果然不错！”番雪娥看着她，突然跪在地上说：“姐姐帮我！”

“姐姐，姐姐！”实在是太意外了，折艳春有些不知所措，看着她说：“姐姐这是要……要干甚呀？”

“妹妹有一事相求！”

“快起来！”折春艳忙扶她起来，说：“不知姐姐有何事需要妹妹帮助？”

“说了，姐姐可不许笑话妹妹！”

“说吧，只要是妹妹能做到的。”

“叫续马哥哥娶我！”

“啊？”又是一个意外，折春艳竟惊讶地张大了嘴。

“姐姐不肯？”

“不不，不是这样的。”折春艳忙解释说:“他不叫续马，是府州的小将军，叫马怀绪，是妹妹骗了姐姐。”

“妹妹才不管他叫甚哩，以后就管叫他续马哥哥。”番雪娥很执拗。

“好好，就随姐姐叫！”折春艳无奈地笑笑说：“只要他愿意，妹妹当然愿意帮这个忙了。”

“那好，姐姐现在就去问他。”番雪娥也真是太性急了。

“姐姐不急，这种事还需要慢慢来。”

“不能等，因为这关系到我们部族的存亡。”

“有这么严重？”

“妹妹知道，姐姐来这里是要寻找李继迁。”番雪娥严肃地说：“如果姐姐帮我，妹妹就帮姐姐去找他。若是这样，我们睡泥族就成了李继迁的敌人。”

“姐姐竟会如此深明大义，实在是令妹妹敬佩！”折春艳忙向她行礼说：“若能找到李继迁并抄了他的老窝，姐姐便是为我大宋立下了奇功一件，妹妹定会去给姐姐请功！”

“甚功不功的，妹妹才不要呢！”番雪娥看着她说：“妹妹只想要那续马哥哥！”

折春艳笑了，心中明白，这番雪娥竟然是个“花痴”，会因为了一个马怀绪而背叛李继迁，真是令人难以置信！

事情突变，又来得太快，让折春艳有些措手不及。番雪娥说的都是真话吗？她心中反复掂量，看看她那单纯的双眸，感觉不会有错。既然事情已经是这样了，不论真假都得当真事来办。现在的关键是马怀绪，折春艳知道他的脾性，断然不会答应。若是不答应又该如何？为国，他必须答应！为了消灭李继迁，他也不能推辞！但就私人情感而言，她倒是蛮同情马怀绪的。有没有一个两全其美的办法，既要让番雪娥来帮他们，还不用马怀绪来娶她。比武！折春艳突然想起，刚才番雪娥出手擒她时的武艺表现实在不俗，那要是让她跟马怀绪比，谁会更厉害一些呢？折春艳心里有了主意。

“姐姐，妹妹这样去说，他是一定不会答应的。”

“姐姐不肯帮我吗？”

“不是，只是这事还需要姐姐亲自去办才行。”

“请姐姐明示！”

“他是将军，最敬佩武艺高强之人，妹妹知道姐姐的武艺不俗，如果姐姐能赢了他……”

“知道了，妹妹这就去找他。”番雪娥打断她的话，转身便向屋外走去。

看着番雪娥走出房门，折春艳还真是有些傻眼了。虽说她的小伎俩得逞，但没想到，这憨女女还当真了。本想用比武来把这事往后推一推，再说了，就算真的要比，她怎会是马怀绪的敌手？！

“续马哥哥，请出来！”来到木屋外，番雪娥冲着里面喊。

正坐在木屋内喝酒的两人，突然听到外面有人喊，马怀绪看眼路思达问：

“喊甚哩？”

“叫你哩，是你婆姨叫她续马哥哥出去呢！”路思达喝口酒笑了。

“这个憨女女！”马怀绪灌碗酒起身向外走去。一出房门，就见番雪娥和折春艳正站在外面等他。

“姐姐，还是先叫妹妹去问他一问。”折春艳说着来到马怀绪面前悄声道：“番家小姐看上了你，要你娶她。”

“甚？甚？”马怀绪一愣，正欲张嘴，被折春艳打住说：“别喊，先听我把话说完。我让她跟你比武，说是如果她赢了，你就娶她！”

“不行，输了也不娶！”马怀绪不干。

“真是头笨驴！”折春艳火了，盯着他问：“难道你连她都打不过？”

“能！”

“那还啰嗦个甚哩！”折春艳转回身到番雪娥面前说：“他说，姐姐若真能赢了他，他就答应！”

“好，就这样说定了！”番雪娥应了声，走到马怀绪跟前问：“姐姐说的可是真话？”

“哎呦，我的好妹妹哩！”马怀绪实在是无奈了，只能硬着头皮说：“你就饶了哥哥我吧！”

“怀绪，你个大男人竟连个女儿家都不如！”折春艳喊道：“若是不敢跟姐姐比试，那就快答应了！”

“怀绪，就答应了吧！”路思达过来说：“这叫为国献身！”

“闭上你的驴嘴！”马怀绪已经没有选择，心想干脆把她撂倒算了。

身心疲惫的折御卿，喝了一肚子酒，美美地睡了一觉。当他睁开双眼后猛地坐了起来。看看左右发现榻上铺的竟然全是女儿家的被褥，绣花枕头、雕花榻沿，且帐内香气袭人。

“小壮子！”折御卿喊，芬儿应声进来说：“三少爷醒了？”

“芬儿姐！小壮子呢？”

“是我叫他去办事了。”

“这是哪儿？”

“是玉儿小姐的闺房。”

折御卿“噌”的跳下来问：“怎么让我睡在这里？”

“你昨晚喝了太多的酒，玉儿怕你着凉，就把你放在了这里。”芬儿拿过长衫帮他穿好，丫环将水盆放下，她又去把汗巾浸湿递给折御卿说：“现在已是中午，饿了吧？”

“是有点儿。”折御卿擦把脸问：“其他人都去了哪里？”

“马山林在军中，索斌、路彦正跟梁族长商议部族迁徙的事，你就不用操心了，一切都有索斌在安排。”

“春艳有下落吗？”

“还没有。好了，不说这些了。”芬儿给他整整长衫说：“三少爷，请跟我来！”说着便向门外走去。

折御卿跟着芬儿出门，直向后院走去，前方隐约传来了古琴声。

“谁在抚琴？”折御卿问。

芬儿没有回答，只是继续往前走。待他们出了院门，琴声渐渐清晰起来，越发的悦耳动听。这琴声，令折御卿身心愉悦，顿感清爽了许多。两人绕过一块巨大的山石，眼前突然放亮。一条小溪竟在这里汇聚成了一潭湖水，石砌的小径延伸进湖面，一座花亭就坐落在水的中央；再看那花亭之中，端坐着位翠衣女子，正手抚古琴，十指翻动，弹拨跳动的音符洒落在整个湖面之上。

折御卿被眼前的景色给惊呆了，真没想到，在这山野之中也会别有洞天。

“芬儿姐！”他轻轻叫了声，没听到回答，转头看去，竟不知她已何时离去。折御卿知道，亭中弹琴之人一定是梁玉儿，真是美景配佳人。回府州后，是不是该修一座这样的花园，好让玉儿陪着他娘路夫人也有个弹琴作画、饮茶赋诗的地方！他心里想着慢慢步入花亭。

琴声停了，梁玉儿站起身向他行礼道：“御卿哥！”

“玉儿妹妹，不必多礼！”折御卿称赞说：“妹妹琴弹得真好听！”

“那就请御卿哥坐下喝酒，妹妹给你接着弹。”

“那可消受不起呀！”折御卿坐在石凳上说：“哥哥是个带兵打仗的粗人，此等风雅之事，已经学不来了。”

“听先生讲，哥哥从小也读过圣贤书。”

“读倒是读过，可除了兵书外，其余的都不知读进了谁的肚子！”折御卿感慨地说：“我娘曾说，折家人只知道习武打仗，就是不懂得读书。她想让先生把我培养成一个能文善武之人，看来我还是叫她老人家失望了。”

“乱世之道，习武尚可保家卫国，读不读书并不重要。”梁玉儿给他斟碗酒说：“哥哥难得清闲，妹妹就陪你喝碗水酒吧！”

“多谢玉儿妹妹！”折御卿端起酒碗，两人干了。放下酒碗，梁玉儿斟满酒说：“哥哥往后不许这般客套，自家人在一起，礼数太多，怕就不能自由说话了。”

“就听妹妹的，来，喝！”折御卿又端起碗酒倒入口中，放下碗说：“听我娘说，妹妹琴棋书画、诗词歌赋样样精通。”

“那哥哥不也是布兵排阵，十八般武艺样样精通吗！”

“哥哥是怕，妹妹跟着我这样一个粗莽之人，日后会寡味得很呀！”

“寡味！粗莽的哥哥倒也能用词风雅。”梁玉儿笑了，盯着他说：“咱们竟会自我吹捧了起来。”

“吹捧？哥哥可不会吹捧！”折御卿也笑了，看了眼她说：“你可知，哥哥最敬佩谁？”梁玉儿摇摇头，他接着说：“是我娘！她才算得上是个能文善武之人。”

折御卿在梁玉儿面前彻底放松了自己，竟然滔滔不绝，讲述起自己儿时习武读书的趣事。当然也没有忘记那征战沙场，曾亲身经历过的一幕幕惊心动魄的生死场面……

马怀绪被逼无奈，只好面对番雪娥。他不明白自己怎么就招惹上了她，仅仅拉了会儿话，就讹上了，怕也太过霸道了点吧！

番雪娥可不这样想，眼前的这位“续马”哥，人长得英俊洒脱，讲起话来还有趣好听。正愁自己的终身没个依托，上天就给她送来个“续马”哥哥，当然不能放手。如若今日放走了他，怕这一辈子也不可能再见到他，所以必须留下来！

“嗨！”马怀绪竟连番雪娥的名字都懒得叫了，直问道：“你打算跟本将军怎么比？”

“随你，续马哥哥想怎么比都行！”番雪娥倒不在乎。

“刀枪无眼，咱们就比拳脚吧！”

“好，就听续马哥哥的。”番雪娥顺从地答应了声。

续马续马，甚个鬼续马！马怀绪现在也听不得这个“续马”二字了，番雪娥叫的续马哥哥越多，他的心情就越发的烦躁，恨不得上前一脚将她踹飞，飞到天的尽头再也不要回来。马怀绪的这种情绪，自然会影响到接下来的比武。他只想尽快放倒番雪娥，拳脚就紧着出，三拳二腿过后，番雪娥仅是身形变动，挪移躲闪，并未还手。

坏了！边上的折春艳、路思达看出了端倪。番雪娥的武艺不凡，像马怀绪这等技击高手，竟然也无法近身。虽说他的拳脚使得急了些，但还不至于这样。

“春艳，怕是要坏事了！”路思达惊讶地看着拳来脚往的两人说：“怀绪怕是真要当人家的女婿了！”

“谁让他技不如人！”折春艳也感吃惊，这荒漠里的女女，竟会有如此超凡的武艺！

“不用比了！”番雪娥突然跳向一边说：“续马哥哥，你已是我的郎君了！”

“嗨嗨！”马怀绪喊了起来，因为番雪娥直到现在也没出手还击，他怎么就会输了呢？真是被烦躁冲晕了头，刚才他对着番雪娥又是飞腿、片马腿、踹、踢、绊的，还外加上连环擒拿手等等，用了一大堆能用的技击之法，却也没沾着人家姑娘的半点衣襟，还比个甚呀！

“怀绪，你就认了吧！”折春艳有些沮丧地说。

“不认！”马怀绪还是不甘，喊了声：“除非她真能把本将军撂倒。”

“笨驴！雪娥姐姐是怕你在众人面前丢脸，所以才没有出手。”折春艳喊道：“还逞甚强哩！”

“怀绪，别说你打不过她，就算咱俩都上，怕也够呛！”路思达劝说道“这么好的武艺，怕是今世难找，没想到你竟会有如此好的造化，快认了吧！”

“那你娶她！”马怀绪蛮横起来。

“可惜呀，人家姑娘是看上了她的续马哥哥！”路思达调侃了句。

一直站在边上听着的番雪娥并不恼怒，倒是性子温和得多。她走上前，看着马怀绪问道：“续马哥哥，你要怎样？”

“打倒为赢！”马怀绪很强硬。

“打倒，打倒了你就娶我？”番雪娥笑着问：“大丈夫说话……”

“一言九鼎，说话算话！”马怀绪紧接上她的话。他当然不信番雪娥会比他强，刚才是急了点儿，拳脚有些失了章法。再来，他定不会给番雪娥任何躲避的机会。

这次番雪娥毫不避让，直迎马怀绪击来的拳脚而上。一接手，马怀绪就使出了自己的绝招“断石腿”，想速速放倒番雪娥完事！第一腿，是用右脚尖踢向她小腿的迎面骨。这迎面骨要是被击中，没有受过训练的人，会疼痛难忍瘫倒在地。番雪娥若躲闪，就迅速抬腿向上直击她的前胸；再闪，便疾速跳转左脚，用“断石腿”击打她的肩膀。这一招怕她是万万无法躲避，就算是敢用手臂去拦截，怕整个人都会被击飞出去，因为根本挡不住！

结果真的飞了出去，是马怀绪自己的身体腾飞了起来。是在他那第三招“断石腿”还没使用之前，番雪娥已经抢先进了身。她用右手反掏勾挂住马怀绪踢向胸膛的腿，顺势向怀中一拉，紧着将自己的肩膀抵靠住他的前胸，腰身一挺，双手一送，嘴里跟着道出一个“走”字。一股巨大的力量把马怀绪送向空中……正当他将要落地之时，番雪娥又疾速上前，接住他的身体轻放于地上说：“妹妹让续马哥受惊了！”

“不算！”马怀绪恼羞成怒，他百试百灵的绝招“断石腿”，在番雪娥面前竟然成了摆设？他原来还想着，在腿击中她的刹那间，就收回四成之力以免伤着她。真是自作多情了！没曾想，自己竟连她的一招都没能接住。

“续马哥哥！”番雪娥没想到，他还是不认账。

“没有倒地不算！”马怀绪想懒着再打上一回，可没等话说完，身体竟又腾空飞了出去，这次可没人去接他了，被重重地摔倒在地。番雪娥上前依然笑着问道：“续马哥，这回可算？”

“算，算我倒霉！”马怀绪坐在地上喊：“你还不如杀了我！”

“你是我的郎君！妹妹就喜欢续马哥哥这样的性子，大丈夫，一言九鼎！”

“甚个大丈夫，我现在连个小男人都不如，我……”

“怀绪！”折春艳跑过来，看眼番雪娥说：“姐姐不要往心里去，他就是这种驴脾气，让妹妹劝劝他。”

“姐姐不必再劝，他已经答应妹妹了。”

“真的？”折艳春拍拍马怀绪说：“真是一言九鼎的大丈夫！”

马怀绪站起身跑进木屋，路思达跟了进去。这时，沙儿匆匆跑过来说：“小姐，李继迁那边过来一名副将，还带来了五十名轻骑，马上就要到了！”

“怎么又回来了？”

“听说是番伯派人去叫来的。”

“番伯！”番雪娥回头看着折春艳说：“姐姐先进屋里呆着，我去去就来。”

“姐姐当心！”

“无妨！”番雪娥快速离去，折春艳转身进屋，见马怀绪抱头蹲在地上，路思达却在喝酒，两人一言不发。

“一会就有事干了，来，先喝碗酒，提提精神！”折春艳坐下，端起酒碗说：“怀绪，我敬你！”说着把酒干掉，接着端起第二碗说：“你是为大宋，为咱们府州作出了牺牲。如果这次，我们能把李继迁这个反贼的老窝给挖出来，你就是头功一件。干！”

“春艳呀，你看这事闹得！”马怀绪过来也端起酒碗说：“我这心里，心里怎就不舒服呢，我……”

“技不如人呀！”路思达笑着说：“还玩什么‘断石腿’哩！要不是你婆姨手下留情，怕你那条驴腿就……”

“闭上你的驴嘴！”马怀绪烦闷地喝碗酒说：“你能行，去去，你去跟她试试！”

“哎，你婆姨是要跟你比武定终身，关我甚事？再说了……”

“行了！”折春艳打断他的话说：“我看人家雪娥姐姐挺好的！人长得漂亮，还武艺高强，为了怀绪人家还敢背叛李继迁……”她猛然顿住了，惊叫一声：“不好！”

路思达、马怀绪一愣看着她，折春艳说："她刚才说，李继迁那边来人了。这里面会不会有诈？她有意稳住我们，是在等李继迁的人马到来，然后把我们一块押送到地斤泽去？"

"是呀！"马怀绪应和说："这里面一定有诈！"

"瞎说甚哩！我看她倒没有……"

"不能在这里等，我们必须马上离开！"折春艳打断他的话，紧张地站起身说："快！"

马怀绪、路思达迅速跳起抓过兵刃。

第三十三章
明大义雪娥起事　接急报御卿布兵

番雪娥来到酋长的帐篷外，被身后追来的沙儿拉住说："小姐，你不能进去。"

"为甚？"

"你怎么就忘了，李继迁的人都不知道有小姐你这个人存在。现在进去，不就暴露了身份？"

"好，你进去听他们在说些甚，我就在外面等着。"番雪娥说完，绕去帐篷的侧面。

沙儿进了帐篷，见番伯和李继迁的副将正站在里面。

"拓跋将军，是我们搞错了，那女子并不是梁玉儿！"番酋长看眼番伯说："这事番伯后来也去证实过了，误会误会！"

"番伯！你刚才还说她就是梁玉儿？"拓跋副将看着他问："转眼怎又不是了？"

"大概是我们酋长搞错了。"番伯解释说。

"本将军不管她是不是梁玉儿，只要是姑娘，先让本将军看过了再说。去把她带来！"

"番伯，这事你去办吧！"番酋长给他使个眼色，转而对着拓跋副将说："拓跋将军一路辛苦，我这就叫人把酒肉取来。"

"酋长！"番伯没动，只是为难地看着他。

"为甚还不去？"番酋长看着他问，番伯走到跟前悄声说"是小姐，小姐在那里挡着。"

"快去！"番酋长小声说："就说他们跑了，随便说甚都行！"

"你们俩说甚哩？"拓跋副将问："谁跑了？"

"没有没有！酋长是怕他们跑了。"番伯说着向帐外走去。

站在帐篷外面的番雪娥听说他们要去找折春艳，带着沙儿转身跑了。来到木屋迅速钻进去，里面没人。

"小姐，他们跑了！"

"不会吧，他们为甚要跑？"番雪娥不信，跑出屋外围着木屋转个圈，也没发现三人的踪迹。问外面的站着的牙兵，牙兵说没看见有人出来。还真是怪了，在这么多人的眼皮底下，他们能去哪里呢？

两人又进入屋内，沙儿说："小姐，我去里面查看一下，也许他们就……"

"不用找了！"番雪娥打断她的话说："看来春艳姐姐并不相信我！既然已经答

应姐姐要一块去攻打地斤泽，那就得一诺千金，我番雪娥绝不会失言。现在李继迁的人又回来了，那咱们就去证明给她看。”说完便转身出门。

这时，番伯带着几十人过来，见着番雪娥说:“小姐，酋长叫我把他们几个人带过去。”

番雪娥并没拦他们，只是看着几人进了木屋，紧接着又转身出来说：“里面没人。”

“小姐！”番伯看着她问：“人在哪里？”

“不知道！”

“小姐，现在可不是开玩笑的时候。”番伯严肃地说“拓跋副将就在酋长的帐里等着，如果交不出人怕就没法交待了。”

“番伯，我来时他们已经不见了。”

“别闹了，还是快点说出他们的下落。”番伯根本不信。

“我真的不知道！”番雪娥解释说：“我来时，他们真的真的就……”

“真是疯了！”没听她把话说完，番伯已经带着人走了。

“小姐，怎么办？”沙儿过来问。

“沙儿，去把咱们的亲兵都叫来，先看住李继迁的人。”番雪娥思索下说：“马上派人把所有能走的路都封堵了，我去见我爹！”

“不行呀小姐，你真是疯了吗？”

疯了？番雪娥是被逼疯了！本来想救折春艳几人，可他们竟不知跑去了哪里，必须找到这三人，否则她的未来也将成为一场梦。

番伯进了酋长的帐篷，正坐在几案前喝酒的拓跋副将，看看他身后问:“人带了吗？”

“跑了！”

“胡说！”拓跋副将扔下酒碗说：“你这分明是在搪塞本将军！”

“是跑了！”番伯解释说：“等我赶到时，他们几人已不知了去向。”

“不知了去向？好，好！”拓跋副将扭头看着番酋长说“既然人是在你们部落走失的，那就烦劳番酋长随我一块去地斤泽向大少爷交待吧。”

“这怎么行！”番伯忙劝阻说：“人跑了我们可以去找，你怎么能让我们酋长去地斤泽呢？”

“他不去，让本将军如何交待？”拓跋副将看着番伯说：“番伯，这消息可是你传给我家大少爷的，他的脾气你也是知道的。你就说一句‘跑了’，你说他能信吗？”

“也罢，那老夫就随你去见大少爷！”番酋长话音一落，番雪娥便走入帐内说:“爹，您不能去！”

“快出去！”番酋长见着她，急喊：“这没你的事，快出去！”

“等等。”拓跋副将盯着番雪娥问：“你刚才是在喊他爹？”

“没错！”番雪娥毫不掩饰地说:“我是他的女儿番雪娥，有什么话你就冲我说吧。”

“雪娥！这没你甚事，快出去！”番酋长急了上前推着她往外走。

“慢着！”拓跋副将站起身，来到番雪娥面前说：“番酋长，你何时有这样一个女儿，为甚我家大少爷不知道？”

“是这样，小女打小就送给了她姨娘。”番酋长忙解释说：“只是最近才回来看看我，这一二天就要回去了……”

“番酋长，你不用再骗本将军了！”拓跋副将打断他的话，盯着番雪娥说：“有你在，这事就好办了。”说完又坐回到几案前，端起酒碗盯住番雪娥看。

“拓跋将军，你可不能……”番酋长感觉事情有些不对，忙上前说：“拓跋将军，小女的事，老夫是没有告诉大少爷，可她确实不在这里呀！还请拓跋将军多多担待！你想要甚？只要是这里有的，老夫都给你，都给你！”

“番酋长，你这里有甚？”拓跋副将不屑地看眼他说：“除了牛、羊、骆驼和马匹，你还有甚？”

“老夫只有这些！”

“爹，您不必求他，看他能把女儿怎样！”

“番酋长，其实这事也好办！”拓跋副将喝口酒说：“你女儿的事，现在也只有本将军知道，若想大少爷不知……”他有意把话说一半。

“请将军明示！”番酋长看着他问。

“爹！还问他做甚？”没等拓跋副将说话，番雪娥插道：“他是想打女儿的主意！”

“聪明！小姐真是聪慧！”拓跋副将说：“番酋长，你现在有两条路可选。一是交出梁玉儿，二是把你女儿交给大少爷。”

“爹，他是在讹诈您！”

“雪娥，你先把嘴闭上。”番酋长止住她，看着拓跋副将说：“那梁玉儿真的是跑了，老夫怎敢哄骗将军，还请……”

“算了！”拓跋副将打断他的话说：“现在还是有两条路可走，一是带走你女儿交给大少爷；二是你做本将军的老丈人，把女儿许配给我。”

“拓跋将军！”番雪娥笑了，走到他跟前问道：“如果本小姐不从呢？”

“好办！本将军先把你交给大少爷，然后再治你睡泥部一个欺瞒之罪。”拓跋副将威胁说：“到时怕你们还得赔上所有的牛羊了。”

“有这么严重？”番雪娥依然静静地看着他问：“照拓跋将军所说，本小姐若不嫁给李继迁，就得嫁给你？否则，我们睡泥部族就永远也逃不过此劫了？”

“聪明！其实大少爷早就想把睡泥部族的地盘收归已有了，刚好你们就给了他一个借口，你说睡泥部族还能逃过此劫吗？”拓跋副将见几人没吭声，接着说：“现如今，能救你们部族的人，也只有小姐你了。”

“如果你不说，这事是不是就没人知道了？”番雪娥笑着问。

“那是自然！”拓跋副将并不知她所指什么，只是盯着她说：“看来还是小姐聪明，你若真嫁给本将军，你们睡泥部族……”

突然说不出话了，一只纤纤玉手已紧紧钳住了他的咽喉，拓跋副将惊讶地喘不上气来。番雪娥出手了，动作奇快，以至于他连反应的时间都没有。

“拓跋将军，现在你若是死了，是不是一切都不曾发生过？”

“小姐，快松手快松手呀！”番伯吓了一跳，见拓跋副将已经倒不上气来，忙上前喊：“要出人命了！”

番雪娥一松手，拓跋副将瘫坐在地上，捂着脖子疾速倒气。

“来呀，把他绑了！”番雪娥冲帐外大喊一声，冲进来几名亲信把拓跋副将捆绑起来。

“你们，你们……造反……”拓跋副将已顺过来半口气，冲着番酋长大喊：“番，番酋长，你，你就不怕大少爷灭了你，你睡泥族？”

“小姐，快放开拓跋将军！”看着被擒的拓跋副将，番伯惊恐地说：“你不能，不能这样啊！你这是要叫咱们亡族呀，小姐！”

“押下去！”

“你们不想活了吗？番酋长，你，你竟敢背叛……”拓跋副将挣扎着被押出帐篷。

“爹，您也听到了，李继迁早就想对我们下手了，现在已是走投无路了！”番雪娥十分镇定地看着他说：“爹！女儿已派人围住了李继迁的人马。”

“罢了罢了！”番酋长转身抓过大刀说：“走，雪娥！要杀要砍，爹爹就陪着你。”

老酋长还真有血性！其实是被逼无奈，他见女儿出了手，这一绑竟也斩断了他对李继迁的所有恐惧！有李继迁、张浦这样的强人伴在身边，睡泥族人怕迟早都得做出选择，只是没想到会来得如此之快！

番酋长手提大刀，领着众人来到被围困的拓跋军跟前，告诉他们拓跋副将已被他给抓了，若敢反抗就一个不留。众军士一听，迅速放下手里兵刃缴械投降了。

番雪娥带着沙儿回到自己的木屋，看着地上摆放的酒肉，心中不安起来。她是不是有些鲁莽，真的疯了吗？难道她真敢拿睡泥族人的性命开玩笑？

番雪娥没疯！只是简单了点。她一心想着能找到一个远离李继迁的地方，可又不知该向往何方！因为她原本简单，所以在确定折春艳就是府州折家小姐后，便感觉找到了方向。府州折家，这可是打着灯笼也找不到的靠山。如果真能进入府州地界，有了折家军的保护，那睡泥部族的族人，往后的生活也就有了保障。

本来两个单纯的人遇在一起，手掌一击事情说定，简单快捷！但中间要是有一个复杂点的人，那可就要变味了。要说折春艳也不谙世事，多个心眼实属无奈，因为他们已身处险境，自然不敢轻信番雪娥。只为一个马怀绪，她就可以轻易地背弃李继迁！

“小姐，他们都跑了，我们该怎么办？”沙儿看着一筹莫展的番雪娥，埋怨地说：“这下祸算是闯大了！刚才你也太性急了点，怎就没想着给自己留条后路呢！”

“我是相信了春艳姐姐的话，可是她不信我！”番雪娥呆呆地坐在地上说：“擒了李继迁的人，自断退路，我本是想证明给姐姐看，咱们睡泥人说话是算数的，不论发生什么，睡泥部族从今往后就跟定了府州折家。谁知……唉！不说这些了，反正迟早都会跟李继迁翻脸的。”

“小姐，可现在怎么办？”

“你去通知我爹，让他马上召集部族长老准备迁徙。”

“迁徙？”沙儿紧着问：“我们要去哪儿？”

“府州的唐谷镇！”

“他们能接收我们吗？”

“能！”番雪娥十分肯定地说：“我这就带人去地斤泽，抄了李继迁的老巢。”

“我看这回小姐你是真疯了！”沙儿劝说道：“我们就这点人，怎能打得过李继迁？”

“等到了地斤泽，天便已黑，我们连夜偷袭，打他个措手不及。李继迁怕是做梦也想不到，我们睡泥部族敢去打他。”番雪娥有意放大嗓门说：“看来府州的折家小将们没胆去地斤泽了，既然本小姐已经答应了人家，那就得去做。不管别人怎样想，我番雪娥决不会失信于人。”

“姐姐这些话，可是在说给妹妹听的？”

突然身后传来折春艳的声音，番雪娥并未回头只是会心一笑。

“小姐！”沙儿回头一看，惊得张大了嘴。

“我就知道姐姐没有走！”番雪娥转过身去，折春艳、马怀绪、路思达三人从里屋走出来，她说：“姐姐是不会丢下妹妹不管的。”

“难道姐姐早就断定了我们不会走？”折春艳看着她有些惊奇，心想：这怎么可能！

“姐姐当然不会走。”番雪娥笑笑，说：“妹妹去后面看过了，那沙丘上并没有留下任何脚印，姐姐怕是躲藏在里面的搁层上了吧！”

这话倒是被她给说中了！折春艳笑了。原来番雪娥早就知道他们的藏身之处，有意不去揭穿，又故意前前后后说了一大堆话，竟然全是说给他们听的。这个番雪娥呀，还真是了不得！年龄不大，却是足智多谋！

折春艳他们三人本来是想从后面的小窗口钻出去，但见外面还有守候着的几名牙兵，又是一眼看不到头去的沙丘。从这里跑怕是不行，一来要与牙兵发生冲突，二来真要鲁莽地闯进沙漠也许会迷失方向，于是改变了主意。最后决定直接冲杀出去，抢夺马匹？突然，路思达发现头顶上有一个堆放着皮货被褥的置物搁层。搁层有木屋的一多半宽，但屋顶很高，离地足有三四米，上面的搁层却很低，几人看看左右，并没有可以利用的梯子等物。正在犹豫之时，门外传来了急促的脚步声，三人已来不及多想。

“快，怀绪你先上去。”路思达站在搁层下，双手环扣紧抱身前，马怀绪跑上前用单脚踩踏在他的双手上，路思达顺势向上一送，马怀绪单手勾住层板，侧身钻了进去。紧接着他从上面伸出手将折春艳拉上，路思达把兵器扔上去后，纵身一跃，马怀绪伸出手拉住他摇摆着一扔，路思达的另一只手便勾挂住了层板，身体在空中飘荡了下翻入搁层。那后来他们又为甚没走，是因为听到了番雪娥有意说给他们听的话，三人决定冒险一试。

“姐姐真是足智多谋呀，实在是令妹妹钦佩。”折春艳向她行礼说：“是妹妹错怪了姐姐！”

“姐姐不可！”番雪娥“咚”的一下，跪倒在她的面前说：“姐姐救我！”

“姐姐,你这是……”折春艳一惊忙去扶她,番雪娥跪着不起,说“抓了李继迁的人,我们已无处可去，现在也只有姐姐可以救我们睡泥部落的族人了。”

“姐姐快起来说话！”折春艳硬将她拉起，问道：“姐姐需要妹妹怎么帮你？”

“带我们的族人走，去府州的唐谷镇。”

“那可是要府州知州同意的呀！妹妹怎能做得了主？”

“妹妹知道，府州知州折御卿是姐姐的亲叔伯，只要姐姐愿意帮忙，这事就一定能成。”番雪娥恳切地看着她说：“妹妹也不让姐姐为难，我们睡泥族人会全力协助折家军去攻打地斤泽，这也算是给府州送上一份见面礼。”

“春艳，你就答应了吧！”路思达被番雪娥给感动了，帮腔道：“雪娥妹妹帮我们去打下地斤泽，消灭了李继迁，那便是头功一件！”

“答应了吧，春艳！”马怀绪也不忍心，跟着说：“现在睡泥部落已经没有了退路，咱们不帮她谁帮她？”

“好吧，等消灭了李继迁，妹妹定会如实禀报叔伯，叫睡泥族人迁往唐谷镇。”

“多谢姐姐！”番雪娥又要下跪，被折春艳一把拦住说：“姐姐不必多礼，现在咱们是一家人了！”

“对呀，妹妹已是我们府州的婆姨，还那么多……”路思达话没说完，便被马怀绪打住说：“你个驴头达路，快闭上你那张驴嘴！”

众人笑了，番雪娥看眼沙儿说：“沙儿，快去告知我爹，叫他马上准备酒肉，我们要举族欢庆！”

沙儿走了，折艳春看着番雪娥说：“姐姐，我们何时去地斤泽？”

“不急！”番雪娥沉稳地说：“先喝酒！”

“姐姐不是说要夜袭地斤泽吗？”折春艳问，番雪娥只是笑笑并不回答。

“噢，明白了，原来姐姐又是故意说给我们听的。”

“还请姐姐鉴谅！没有折家军，睡泥部落实在无法应对李继迁。”

“姐姐可……”折春艳笑了，看着她说：“妹妹以后被姐姐给卖了怕都不知道了！”

“哎哎哎！你们俩姐姐妹妹的叫个不停，到底你们谁大？”路思达说：“春艳就不用说了，雪娥妹妹你多大了？”

“这个可不能告诉你。”番雪娥笑着跟折春艳耳语了句，说：“以后，妹妹就叫你春艳姐姐。”

“妹妹也叫你雪娥姐姐！”折春艳说。

“这算个甚？”路思达问：“你们俩到底谁大？”

“她是姐姐！”两人同时指着对方说，几人笑了。

“罢了罢了！”路思达嬉笑着说：“我知道这些干甚哩，只是续马哥哥不要变成了续马弟弟就好啊！”

“你那驴嘴里能吐出几句好听的吗？”马怀绪并不生气。

说笑归说笑，正事还需要抓紧时间安排。番雪娥得知折家军就在落泥部族，叫折春艳写封书信，并绘制张草图，命令亲信快马不停，即刻出发前往落泥部交给折御卿。

回到地斤泽的李继迁，自然没想到睡泥族人会背叛他，这一变节对他而言是致命的。李继迁在地斤泽内还屯有数千兵马，他的亲娘和众多的婆姨们也都居住在这里。跟折御卿这一仗打得令他心有余悸，虽说人已经回到了自己的老巢，但还是坐不安稳。

“先生，我们该想点别的办法，不要老在府州边上转了，最好远离折御卿。”李继迁坐进张浦的屋内说。

“怕折御卿了？”张浦看着他笑笑，叫下人去把酒肉摆上来。

“不是怕他啊先生！只是这家伙太能打了，那个弓弩阵，现在想想还是让人心惊肉跳！没想到呀，这次交锋竟然会损失如此多的兵马，实在是叫我心疼啊！”

“打仗，当然是要死人的！这些将士们的血是为拓跋氏所流，也是为大少爷你流的呀！振作起来吧大少爷，我们还没有输！想想当初起事之时，也不过百十来号人，现在不也逐渐的壮大了起来吗！”张浦倒碗酒递给他说：“干！”

喝了酒，放下酒碗，李继迁说：“召集这些人马多不容易，眼下各蕃部酋长开始有意躲着我们，今后怕是不能再这样蛮干了，咱们得重新调整下方略才是。”

“大少爷说的没错，此次落泥族的梁博泥勾结官府突然反叛，实在不是一个好的兆头。假若今后，党项各蕃部都争相效仿那可就麻烦了。”

“先生，仅咱们现有的实力，实难与宋廷抗衡，你看是不是可以考虑去联合契丹人，来助我们一臂之力？”

“契丹人怕是不会答应！”

“契丹的北院枢密使韩德威与我们素有往来，完全可以请他出面帮助。”

“还不是时候呀大少爷！契丹人很现实，在他们眼里我们什么都不是？眼下还真是要甚没甚了，若此时去求他们，契丹人怕是连正眼都不会瞧咱们一眼。”

“先生所言极是！”

“是该调整下方略了。”张浦安慰说：“好在我们要取的是定难五州，只因错杀了折御卿的军师李子慧，才与府州结此仇怨。大少爷不必担心，我军也需要休养调整，今后就在地斤泽周边活动，暂时远离折御卿就是了。”

“就照先生说的办！”李继迁站起身说“我要去看看我娘，还有那些烦人的婆姨们。”说完疲惫地走了。

李继迁倒是个孝子，几年前在银州起事之时，也没丢下自己的亲娘。初到地斤泽一切都得从头开始，是张浦帮他设计了联络蕃部豪酋，联姻结盟的策略，才使得他们很快在地斤泽站住了脚。随着实力的逐渐增强，李继迁的胆正了，心也跟着大了。要说能在地斤泽里如此安稳的生存壮大，还真要感谢太宗皇帝赵光义。

当初，李继迁带着百十人从银州逃跑后，宋廷并没把他当回事，认为跑了一条小鱼，也掀不起什么大浪。可没曾想到，待他养足了精气神后，开始不老实了，时不时带兵从地斤泽出来侵扰银、夏两州，搞得当地百姓人心惶惶。太宗接报，实在是忍不住了，便派重兵巡护银、夏两地，打得李继迁连吃败仗，丢盔卸甲地逃回地斤泽。李继迁确实不经打，连续几仗下来，损兵折将压根就不是宋军的敌手。太宗皇帝认为，小打小闹的李继迁终成不了什么气候，便又开始对他放松了警惕，暂时就由着他去折腾了。正是这样的轻敌，又给了李继迁一次喘息强大的机会。公元 984 年 5 月，屡战屡败的李继迁再一次走出了地斤泽。此次，他是带兵偷袭了夏州西北的王庭镇，该镇蕃部众多，是宋军防御的薄弱地带。还没等夏州知州尹宪反应过来，李继迁的骑兵已闪电般地将王庭镇洗劫一空。据说杀人无数，掳走牛羊近万，把能拿的几乎全都拿走，带不走的便一把火烧之。这一仗的胜利，终于让李继迁又一次看到了光复拓跋祖业的希望。

王庭镇被袭后，尹宪、曹光实对周边闹事的蕃部加大了镇压力度，派人四处搜寻李继迁的下落，但终无果！要不是李继迁、张浦的野心膨胀，去招惹了府州折家军，怕他还真能在地斤泽这块福地里多呆些时日。

当天夜里，折御卿接到急报，心中大喜。折春艳不但无事，竟然还找到了李继迁的老巢，这“碎女女”可真行，不愧为我们折家的女女！

折御卿立刻召集众将领前来议事。他命侍卫挂起地图，参照着折艳春送来的草图，找到了地斤泽的位置所在。

“要想把李继迁控制在地斤泽全歼，就必须切断他的逃路。鄂尔沙在地斤泽的西北面，是惟一可以进入契丹的道路；再向北是沙漠，向南是夏州，李继迁自会逃去鄂尔沙，我军必须抢先堵住这条路。”

“少将军。鄂尔沙离我军过远，就算是现在出发，怕也要到明日早晨了。”索斌说。

“索将军，你马上派人去夏州通知尹宪和曹光实二位大人，就说我军明日一早，要对地斤泽发起进攻，请他速派兵拦阻李继迁逃往契丹的道路。”

“少将军，时间怕是来不及吧？”索斌说：“夏州虽说离地斤泽近点，但斥候快马也需要几个时辰，你看我军是否将行动的时间往后推推，等各路兵马到位后再发起进攻？”

“没有时间了！春艳信上说，睡泥族反叛了李继迁，难免会走漏些许风声。如果我军动作慢了，李继迁怕早就跑得没了踪影。”折御卿解释说：“你尽管派人去就是了，不要让尹宪、曹光实觉得我们府州把手伸得太长，管到了他们的地盘里去。如果尹宪接到快报，连夜出兵，也许还能够赶到。”

“末将明白，我这就去办！”索斌应了声出去。

折御卿命令马山林带三千轻骑即刻出发，赶往鄂尔沙拦截李继迁。自己带着路彦、索斌等将领及五千人马随后奔向睡泥部族，与折春艳会合。

睡泥族酋长听番雪娥说了折春艳他们的事情后，便在帐内酒肉款待三人。说了一些客气感激的话后，自己便退了出去，他不想让几个后生晚辈因有他在而放不开。

酒还没喝几碗，折春艳就不准路思达、马怀绪喝太多的酒，怕影响后面的行动。这时进来一个亲信告诉番雪娥说，外面过来一个驮队，说是要前往地斤泽，被他们给拦了下来。

“会不会是李继迁的人？”折春艳问。

“姐姐不必担心！驮队里大多是商人，冒险去地斤泽也只是为了换取一些皮毛山货。”番雪娥解释完，告诉亲信说：“叫他们今夜就住在帐篷里，明日一早再放他们过去。”

“小姐，那个带头的人不干，说是若敢阻拦，他们便要冲杀过去。”

“知道了！”番雪娥看着折春艳几人说：“姐姐和两位哥哥稍候，妹妹去去就回。”说完转身出了帐篷。

“来的是些甚人？如果真是驮队，又为甚会如此着急呢？”折春艳说着站起身，被路思达拦住说：“春艳你就别去了，还是让怀绪去看看他婆姨在干甚哩。”

“闭上你那臭驴嘴！”马怀绪还是听不得“他婆姨”这三个字。

“好好，你婆姨的事你不管，那就让我去看看你婆姨……”

“闭嘴，两头笨驴！”折春艳喝住两人，自己转身出去了。马怀绪、路思达坐着没动。

“思达，以后能不能不拿，‘你婆姨，你婆姨’的跟我说话？”

“不能！”路思达一口回绝说：“我以后有了婆姨，你也可以这样说。”

“那就把她给你！”马怀绪烦躁地喝口酒说：“一会‘你婆姨’回来了，我就告诉她，说你要娶她。”

“哎哎，你还真要当头蠢驴呀！婆姨是可以送人的吗？”路思达端起碗酒说：“怀绪，人家雪娥姑娘可是看上了你，那是你前世修来的福气，快乖乖认了吧！别给脸不要脸！”

“思达、怀绪！”突然帐外传来一嗓子，两人一愣，忙扭头看去，见帐外走进来了一个人，惊得二人跳将起来。

第三十四章
雪娥舍身救怀绪　继迁弃母投契丹

听到喊声，路思达、马怀绪向帐外看去，两人同时惊讶地大喊：“龙云！”

原来帐外走进来的正是索龙云，他来到两人面前。三人站在一起，用拳头相互抵着胸膛。

“哈哈，你们这俩家伙，真是把我给吓坏了！”索龙云说。

“龙云，你这家伙！”路思达捶打下他的胸脯说：“连这里你也能找得到？”

“那是赶巧了。”索龙云说：“听说你们俩去找春艳没有回来，我连夜带着二百名弟兄，顺着你们走去的方向一路追赶，结果就迷了路。”

“来，龙云，坐下喝口酒再说。”折春艳忙让他坐下，正要伸手端酒，番雪娥已经端起酒碗递了上去说：“妹妹不知是龙云哥到了，还望哥哥不要怪罪妹妹！”

“哎，这也怪不得妹妹！”索龙云一口将酒喝干，放下酒碗看着她说：“妹妹的武艺惊人呀！哥哥差点儿就被你给擒了去。”

“那是龙云哥太不小心了！”番雪娥笑笑说：“我已叫人给折家军的弟兄们送去了酒肉，大家就放心地喝吧！”

“好了，咱们还是快点说正事！”折春艳急着想知道下文，看着索龙云问：“后来，你是怎样找到了这里？”

“等天亮后，我们碰上了一支驮队，说是要往沙漠里面送东西。我问沙漠里有甚？他们不说，我干脆下令把货物给劫持了。后来领头的说，他们是习武练拳的把式，是有人托他们将这些货物送往地斤泽，其余的就甚也不知道了。”

“你就这样黑着头跟了过来？”折春艳说：“你也不问问清楚，万一走错了方向可怎么是好！”

“错了吗？你们不是都在这里嘛！”索龙云笑着说：“要说当时我也吃不准，只是感觉方向没错。如果找不到你们这几个家伙，那我就去找李继迁拼命，谁让咱们是同年同月生的好兄弟！以后若是没有了你们这几个家伙，我一个人活着还有甚意思！”这话说得随便，却听得几人心里有些泛酸。

“来，喝酒！”番雪娥见有些伤感，端起酒碗说：“妹妹敬姐姐和三位哥哥！”

这时，沙儿匆匆进来说：“小姐，拓跋副将带着人跑了。”

“什么？”番雪娥吃惊不小，忙问：“谁干的？”

“是，是……”

“说！”

“是番伯！”

“他人在哪里？”番雪娥大喊一声：“速速派人去追他们回来。”

“不用找了！我就在这。”番伯跟着番酋长走了进来，他看着番雪娥说“追赶不上了，他们已经走了近半个时辰。”

“番伯，你这是要干甚？”番雪娥激动地看着他问道：“难道你是想让李继迁来灭咱们的族人吗？”

“小姐，李继迁不能死，他是拓跋氏的希望，如果他死了，拓跋氏就完了。”番伯很是强硬。

“番伯，你真是糊涂呀！”

“是小姐糊涂！也是大哥糊涂！你们不该联合府州折家来反叛大少爷！”番伯毫无惧色地说：“赵光义吞并了定难五州，抢夺了拓跋氏祖先留给我们的基业，我们睡泥族也是党项拓跋氏的族人，我们不能坐视不管，也绝不能背叛李继迁。”

“番伯，你……”番雪娥怒视着他，慢慢冷静了下来，扭头看着番酋长问道：“爹，您看？”

“雪娥，你现在是酋长，爹听你的！”番酋长十分干脆地回了句。番伯是他的同父异母兄弟，他能怎么办？难道真要对自己的兄弟下手吗？番酋长只好把这事交由女儿来处理了，随她怎么办，他都认账！番雪娥听她爹这样说，只是直直地盯着番伯，还真是有些为难啊！她爹不忍心杀自己的兄弟，那她又怎能去杀自己的叔伯呢？

“番伯！你是我的叔伯，是长辈！雪娥今天不难为你。”番雪娥知道这事她爹根本就没法办，只能由她来了断了。于是平静地说：“既然你是李继迁的忠实追随者，现在你就可以去地斤泽找他了。”

“姐姐，你不能放他走！”折春艳急喊。

“叫他走！”番雪娥很坚决。

番伯看眼几人，冲着番酋长抱拳行礼说：“大哥，兄弟我对不住了！”说完转身出了帐篷。

“姐姐，你这是干甚？”折春艳问。

“他毕竟是我的长辈，我不能杀他！”番雪娥痛心地说：“今天放他条生路，明日他就是我们的敌人！”

“可这样放他去了地斤泽，那不就……”

“来不及了，姐姐！睡泥部族里恐怕早已有人，偷着去向李继迁通风报信了。”番雪娥有些愧疚地说：“都是妹妹想得不周全，是妹妹无能，还请姐姐恕罪！”

折春艳知道，这事不能怪番雪娥。可这个番伯，还真不该如此轻易地放过他。

索龙云、路思达出去了，他们借口去看折家军的兄弟们，折春艳明白他俩要去干什么。其实番雪娥心里也很清楚，她不能杀番伯，并不代表别人不可以。番伯不可活，是死有余辜！好在，马怀绪并没有跟着出去，这让她的内心好受了许多！不一会儿，两人返了回来，大家知道外面发生了什么，也没有人去问。

拓跋副将跑了，打乱了原定偷袭地斤泽的计划。番雪娥与折春艳几人开始商议补救的方案。番雪娥叫人拿出地图铺在地上说：“你们看，这里是地斤泽。北面是沙漠，西北面是契丹。我们就在他们的东南面，距离地斤泽大约六十余里，你们说李继迁会往哪里跑？”

“契丹！他只能往这里跑。”索龙云指着地图说：“我们折家军会从东北方向过来，而南面是夏州，他不敢去。”

“龙云哥说得对！李继迁离开地斤泽后，只能去鄂尔沙，因为那里有条通往契丹的路。”番雪娥指着地图上的位置说：“地斤泽距离鄂尔沙不过五十里，我们却有近百十里的路程要走，现在出发，天亮前也许就能赶到。”

“这样行吗？”折春艳看着她问：“你们确定，李继迁会从这里跑？”

“李继迁没有选择！”番雪娥说：“面对折家军他根本不可能赢，如果敢往北，进入沙漠怕就出不来了，他只能去契丹，鄂尔沙是他惟一的出路。”

“可是我们人马兵力不足，凭什么能拦得住李继迁？”折春艳问。

“有龙云哥带来的二百名折家军轻骑，加上睡泥族的五百名牙兵，我们不必强拦硬打，只是寻找时机偷袭李继迁，尽量延缓他逃往契丹的时间。”番雪娥十分坚定地说：“如果不去，怕我们以后就没脸面见崇仪使折大人了！”

“姐姐扛硬！”折春艳钦佩地看眼她，大喊道：“为我大宋，为我府州，杀了李继迁！扛硬！”

“扛硬！扛硬！”众人齐喊。

几个不怕死的折家小将，跟随番雪娥出发了，借着月光他们快马直奔鄂尔沙而去……

事情的发展果然不出折御卿所料，当马山林带着三千轻骑来到睡泥部族时，已经是后半夜了。听番酋长告知这里发生的事情后，马山林一刻也没敢停留，立即向鄂尔沙驰去。

紧接着折御卿也赶到了，他得知情况有变，迅速下令索斌、路彦各带一千人马向地斤泽两个侧翼包抄，自己带着小壮子和三千轻骑在睡泥族人的引领下，快速奔向地斤泽。

睡在榻上的李继迁被惊醒，猛地一下坐起身。他扭头看看窗外，是一片皎洁的月光。原来是场恶梦，他梦见了折御卿，梦见了房屋四周围着一群手持弓弩的折家军……

“老爷，您在做甚哩？”身边睡眼惺忪的小妾扭动下身子问。

“没事，睡你的。”李继迁翻身下榻，这时外面传来了喊声：“大少爷！”

李继迁迅速上前打开房门，见张浦正站在门外。

“先生！出了甚事？”

“咱们的人刚从睡泥部落回来，说是番酋长投靠了折御卿！”张浦轻声说。

“甚？”李继迁惊讶地看着他问：“先生是说，睡泥族投靠了折御卿？”

“快回过去穿好衣服，跟我来！”张浦并没回答他的话，转身走了。李继迁迅速进屋，抓起衣服匆忙穿着追了出去。

“咱们派去睡泥部族的人，被番酋长的女儿番雪娥给抓住了。”

“他还有个女儿？”李继迁感到吃惊，问道：“我们怎么不知道？”

“是他欺骗了我们。”张浦接着说：“那个梁玉儿是假的，是折御卿的侄女叫折春艳。看来地斤泽是保不住了！睡泥部族已经勾结了折御卿，这会儿折家军怕正在向地斤泽而来。”

两人说着话进入议事大厅，众将领早已经等候在里面了。张浦走到地图前看着说：“大少爷，斥候发现有支千余人的轻骑正向鄂尔沙奔去，看来是企图封堵我军进入契丹的道路。”

“这条路绝不能丢。”李继迁说：“先生，我们必须马上离开地斤泽。”

“不急，折家军天亮前还赶不到这里。”张浦看着众人下令道：“李继冲，你带二千轻骑火速赶往鄂尔沙，一定要死守道路。”

“得令！”李继冲转身走了，张浦看着李继迁说：“大少爷，眼下我们已无去路，折家军从东面过来，夏州的尹宪、曹光实也会从南面围堵上来。我军只能通过鄂尔沙去契丹了。”

“好吧，就听先生的。”李继迁有些沮丧，实在是舍不得地斤泽这块宝地。张浦对众将领下令道：“众将听令！除了粮草物资外，其余的东西统统扔掉，去吧！”

众将领答应声走了。张浦看着李继迁说：“大少爷，你去告知老夫人，让她们尽量少拿些东西，一会就跟随辎重队伍出发。”

顷刻间，黑灯瞎火的地斤泽沸腾了，燃起一堆堆火烛，点燃的火把在四处游动；人的喊叫声，马匹的嘶鸣声乱成一团。一个时辰后，人们开始撤离，地斤泽内顿时火光四起。

张浦下令把带不走了东西、房舍、帐篷等物统统烧掉。同时留下一千轻骑，命令拓跋副将断后，负责保护老夫人和众多的家眷婆姨们，自己跟随李继迁带领二千人马先行前往鄂尔沙。

再说折春艳几人，跟着番雪娥带领六七百轻骑在沙漠中奔驰了近两个时辰，突然前方返回来一名斥候报说，发现李继冲的二千人马已经占领了鄂尔沙，众人便停了下来。

“晚了一步，看来我们已经无法阻拦李继迁了。”番雪娥看着几人说：“春艳姐姐，三位哥哥，你们看接下来该怎么办？”

索龙云叫人举起火把，打开地图看着说：“我们现在已经上了通往鄂尔沙的道路，李继迁的大队人马很快就会从后面跟过来，搞不好我们会腹背受敌，必须尽快离开。”

“不阻截李继迁了？”路思达说：“干脆我们从这里往回，杀向地斤泽。”

“对呀，我们是来干甚的？”马怀绪说：“不能眼看着他跑了。”

“真是两头笨驴！”折春艳看着两人说：“我们若被前后夹击，怕是自身难保。得先保住自己的命，再想着去打李继迁。”

“雪娥妹妹，还有别的路吗？”索龙云问。

“没有！”番雪娥说。

这时后面快马奔来一名斥候报说：“将军，后面发现李继迁二千轻骑，正向这里奔来。”

“还有多远？”索龙云问。

“大约十余里。”

“坏了，看来李继迁的人马整个撤离了地斤泽。”索龙云思索着说：“如果我们无法拦阻，他们就会全部逃脱。怎么办？”

“打！”马怀绪说：“我们就跟他来个死拼。”

“不行，这样不但拦不住李继迁，搞不好我们都得完蛋！”索龙云否定了他的想法。

“怕甚哩！”路思达说：“李继迁想要干掉咱们，怕也没那么容易。”

“胡说！”折春艳喊道：“现在是打仗，不是去玩命！”

“打仗就是玩命！”路思达说：“我去打先锋，你们就在后面跟着，本将军就不信……”

“还是我去。”马怀绪打断的他的话说：“我先冲乱他们的阵容，你们随后跟着……”

“行了行了，有你们这样打仗吗？简直就是个武夫。”索龙云打断他们俩的话说：“你们还是听我说。”可他还没说上两句，几人又争执了起来，还真是缺了个领头的人。因几人从小儿一块玩着长大，还从未遇到过像现在这样的正经事，一个比一个能，大家的想法自然不能统一。其实他们一开始的行动就十分鲁莽，一心只想着去拦截李继迁，却忽视了自身的实力。现在不要说是去阻拦，再这样继续争下去，怕连保命都很困难了。因为，后面过来的李继迁也已得到消息，他跟张浦果断决定歼灭前面这支挡道的队伍，下令大队加速前进……

索龙云、马怀绪、路思达三人还在争执着表达各自的想法，站在边上的折春艳急了，大吼一声：“都给我闭嘴！”

三人愣了下，闭上了嘴。折春艳还真是急了，看着几人说：“这都甚时候了，你们还瞎争个甚哩！眼看着李继迁的人马就要到了，如不尽快做出决定，怕一会连跑的机会都没有了！”她看着一直没有说话的番雪娥问道：“姐姐可有办法？”

“龙云哥说得对！硬拼只能是死路一条。”番雪娥看着几人说：“必须先保全自身方能去杀敌。”

“姐姐可有办法？”折春艳又追问了句，番雪娥只是看着她没有答话，折春艳明白，即刻大声说道："大家都听好了，现在一切都听从雪娥姐姐的安排。"

大家默许了，番雪娥喊来亲信，叫他迅速去前面查看地形，然后说："天就要亮了，我们趁着天黑，马上离开道路进入边上的沙漠。"

数百轻骑在她的指挥安排下，迅速离开道路奔向沙漠……

等折御卿赶到地斤泽时，天空开始放亮，出现在他们眼前的地斤泽已是一片火海，他知道李继迁早已跑了，便下令折家军轻骑前去灭火。

不一会儿，路彦、索斌的两路人马也赶了过来。

"少将军，李继迁跑了？"路彦问。

"我们的动作还是慢了。这次跑了李继迁，怕以后就很难再找到他了。"折御卿心中懊恼，实在是心有不甘，只能把希望寄托在马山林的身上了。

"看来这小子还是命不该绝呀！"索斌安慰说："少将军放心，李继迁没了老窝，怕他也没甚地方可去了，我们终有一天会抓住他的。"

"马山林到了哪里？"折御卿问。

"已经过了地斤泽，正在赶往鄂尔沙的路上。"索斌问："少将军，要不要末将也跟过去？"

"不用了，马山林应付得了！"

"大人！"小壮子搬来一树墩放在折御卿身边，他坐下说："我们就在这里等着尹宪、曹光实二位大人吧！"

"是！我马上命人搭建帐篷。"索斌说完走了。

天亮了，东方泛起了鱼肚白，太阳直射在沙丘上泛出晃眼的光。

番雪娥、折春艳等人正爬在不远处的一座沙丘上，紧盯着路面，他们身后的沙坡下隐藏着六七百人马。从小生长在沙漠中的番雪娥对沙漠十分了解，知道什么样的沙丘可以走马，什么样的沙质闯进去了便是死路。她选择的这座沙丘，距离道路不远可利用弓箭直接射杀路上的敌军，而且正面的沙质看似坚硬却底下松软，马匹踩踏上去便会陷入其中，对他们防守敌军反击非常有利。缺点是，要想进攻只能从沙丘下面绕过去。

道路上，李继迁、张浦出现了，他们带着二千轻骑远远奔来。

"姐姐，打还是不打？"折春艳问。

"打！"番雪娥说。

"让我先冲杀进去，打乱他们的马队。"路思达说着站起身，番雪娥忙将他拦住说："不能这样打，叫大家准备好弓箭！待敌军靠近后，听我的号令行事！"

"好办法！"折春艳赞了句说："一会就专找李继迁，把所有的箭支都对着他射，不信射不死他。"

“弓箭准备！”索龙云冲着身后的众人高喊，二百名折家军军士和牙兵拿起弓箭看着他，索龙云下令道：“折家军的将士们听令，用你们手中的弩箭对准李继迁发射！”

“得令！”折家军齐应，索龙云一招手，众人向沙丘上冲去。

不一会儿李继迁的人马过来了，先头部队已经从他们面前快速通过。

“姐姐，为甚还不攻击？”折春艳问。

“再等等！”番雪娥说：“李继迁、张浦还在后面，等他们过来。”

“姐姐，中间的人好像是李继迁。”

番雪娥手举弓箭站起身，弓开满月“嗖”的一声，一支雕翎箭疾速飞出直奔着李继迁的胸膛而去……

要说李继迁真是命大，当箭矢将要进身的一刹那，一名斥候快马插在了两人中间，箭尖“嗞”的一下破甲而入，没等斥候说话便一头栽下马去。张浦一惊，大声喊道：“保护大少爷！”

张浦的话音一落，李继迁便跃身将他扑下马背，两人刚一着地，数百支弩箭紧跟着飞了过来，射翻了他们身边的一片军士。李继迁用手压护住张浦，迅速观察，发现不远处沙丘上的众人。

“是睡泥族人！”李继迁下令道：“去消灭他们！保护先生从这里通过。”身边副将带着数百轻骑直向沙丘冲去。

李继迁迅速扶起张浦跳上马背，两人夹在马队中间疾速向前奔跑，跟着又是一阵弩箭射来，又撂翻了他们身边一堆人。就在弩箭的发射间隙，大队已冲了过去。

原来，睡泥族牙兵所用弓箭的射程，根本就够不着道路，只能依靠折家军的弓弩了。但是弓弩每射出一箭后，需要再次拉弓弦，填箭，端起射击，这种更换箭支连续发射的速度，要比弓箭慢出了好几倍。

副将带领的数百轻骑接近了沙丘，可没想到沙丘正面的沙土松散，马匹根本就上不去。说来也实在是不走运，正当他们的马匹在沙窝陷滑挣扎时，遭遇到数百支箭矢的齐射，瞬间便被放翻一片。正面上不去，只能绕道。副将回头见李继迁、张浦已经冲了过去，也不再向前，立即掉转马头命令大队回撤，直接尾随追去。

眼看着李继迁、张浦跑了，路思达、马怀绪等人急了，转身向沙丘下面的马匹跑去……

当李继迁与守候在鄂尔沙的李继冲会合后，才发现后面的辎重物资和家眷没有跟过来。

“报将军！”一斥候快马来到他跟前说“老夫人和夫人们都被挡住了，没有跟过来。”

“什么什么，我娘被他们给拦住了？”李继迁急问。

“是的！他们在路上遇到了袭击。”

“不行，我得回去救我娘。”李继迁嘴里说着便掉转了马头，张浦一把拉住他说：

"你不能回去！"

"我得去救我娘，再晚怕就来不及了！"李继迁大喊。

"你不能去！她们不会有危险。"张浦劝慰说："拦阻他们的一定是那些睡泥人，咱们后面还有一千人马，大少爷不必担心。"

"先生，我不能丢下我娘不管呀！"李继迁又欲打马向前，被张浦一把拽住缰绳，李继迁真是急了，大喊道："婆姨丢了可以再娶，可娘只有一个呀先生！"

"那就叫继冲去。"张浦紧拉马缰不松手。

"大哥，你跟先生快走，我去救娘。"李继冲说着，带领三千人马走了。李继迁依然心急如焚，"先生呀，我真的不能丢下我娘不管呀！"

"好了，大少爷！继冲已经去了，老夫人是不会有事的。"张浦安慰了句，给身边的副将留下一千人马，命令他等候接应李继冲，自己便和李继迁带着其余的人向契丹境内奔去。

拦截拓跋副将的自然是番雪娥和折春艳他们。当时，众人骑马绕过沙丘出来后，李继迁已经跑得没了踪影。正当大家犹豫是否该去追赶之时，接斥候来报说，后面过来了李继迁的辎重部队，大约有一千余人。

"直接冲杀上去！"番雪娥毫不犹豫地说："动作要快，不能给他们留有任何喘息的机会。"说着便挥动手中长矛，率先向前奔去。

索龙云、路思达、马怀绪、折春艳紧紧跟上，他们身后跟着折家军二百轻骑，排出一组"锋矢"攻击队形。"锋矢"是将骑兵马队排成似箭尖状的队形，前面由三名将领打头，后面的轻骑一条线紧跟，无论发生何种情况，即使前面的人倒了下去，后面跟进的人也必须保持队形，绝不准改变。这是折家军轻骑惯用的几种攻击队形之一，加之他们所使用的兵器，是被改良过的长柄眉尖刀，冲击敌军的马队阵形十分有效。路思达是箭尖，折春艳紧随其后，两侧是索龙云和马怀绪，折家军轻骑的后面是睡泥族的五百牙兵。

番雪娥一马当先，手中一条长矛挑开前面挡道的兵士，直奔拓跋副将而去；拓跋副将毫不畏惧，手持一柄月牙大铲催马迎面直对，两人很快冲撞在一起，只见战马一错而过，拓跋副将被长矛破胸刺入翻落马下……

折家军轻骑在几位小将的引领下势不可挡，直接从拓跋军的马队中间闯入，他们不能停，必须一冲到底方可回头。后面没有受过训练的睡泥族五百骑兵被挡住了，霎时兵刃相磕，刀枪见血，双方人马交织在一起，残酷的肉搏乱战开始了。杀器漫天狂舞，马蹄的奔跑声，兵刃的碰撞声，瘆人的惨叫声，顷刻间震响在沙漠上空……

从马队中间冲杀过去后，折家小将看见了辎重大车和几乘轿子，众人疾扑而上，将守候在边上的拓跋军士一一砍翻。折春艳从轿中拉出一个婆姨，用刀架在她的脖子上一问方知，轿里坐的均是拓跋氏各位将领的家眷，大都是李继迁的婆姨，还有他的老娘。

折春艳心中大喜，跑了李继迁，却抓住了他的老娘和婆姨。她叫来索龙云几人说：“我在这里守着，你们快去支援番雪娥。”

索龙云给她留给下几十骑，自己和路思达、马怀绪带着其余的轻骑，重排“锋矢”阵形，迅速反身冲杀入敌军马队。又是一路的狂奔砍杀，只见眉尖刀上下翻动，左右划切。失去将领的拓跋军崩溃了，他们扔下辎重物资和护送的家眷，开始四处逃窜……

番雪娥下令睡泥牙兵不得追击，自己跑到后面去见折春艳。

“姐姐，听说抓住了李继迁的老娘？”番雪娥见着折艳春，便迫不及待地问。

“没错！还有七八个婆姨呢。”折春艳坐在轿车辕上笑着说。

“走，我还真想看看他娘长得是个甚样！”番雪娥说着就走。

“姐姐，还是不要去了。”折春艳忙拦住她说“老夫人只是闭目念佛，妹妹看着她那样，倒是觉得有些可怜。”

“她可是李继迁的娘呀，姐姐还有心去同情她。”番雪娥笑笑说：“那咱们就去见见他的婆姨们。”

“还是姐姐自己去吧，妹妹可不想看那一张张哭丧的脸，多叫人心烦！”

“这倒也是！”番雪娥放弃了，转身坐在她的身边说：“李继迁扔下她们跑了，现在又都成了咱们的俘虏，心里自然高兴不起来！

“姐姐刚才好生勇猛，怎就一枪挑翻了那拓跋副将。”折春艳看着她称赞道：“不知姐姐是从哪里学到这样的武艺，真叫人羡慕。”番雪娥笑而不答，她接着说：“姐姐不说就算了，妹妹只不过是好奇罢了。”

“姐姐生气了？”番雪娥看眼她说：“妹妹不说，是因为不知道该怎么说。”

“这倒是奇了，姐姐竟然会不知道自己的武艺是跟谁所学？”

“妹妹确实不知！他教了妹妹整整两年武艺，就是不准问他的姓名和从哪儿来。”

“世上还真有这样的怪人！”折春艳越发的好奇起来，问道：“他住哪儿？难不成他是半夜在沙漠中偷着教姐姐习武？”

“那倒不是！”番雪娥正要往下说，一斥候疾速奔来说：“李继冲带着三千人马杀了回来。”

“什么？”两人一惊迅速跳下车辕，番雪娥抓起长矛快速跨上马背，回头看眼折春艳说：“姐姐赶快带着辎重物资赶往地斤泽，我去前面看看。”

“姐姐当心！”折春艳高声大喊，番雪娥早已疾驰而去，她冲着身边的折家军大喊：“看好李继迁的老娘，马上前往地斤泽。”

众人应了声，迅速行动。

当番雪娥冲上道路时，李继冲的人马已经压了上来，他们人多势众，直逼得睡泥部牙兵向道路两边退去。正在这时，她的身后传来震天的喊杀之声，一彪人马向李继冲的马队直接杀去。原来是马山林的三千轻骑到了，由于道路不宽，折家军组成二排“锋矢”阵形，意图将李继冲的人马冲下道路，逼入沙漠。

“快让开道路！”索龙云高声大喊，叫睡泥族牙兵向道路两边跑，以免被折家军轻骑误伤。

势不可挡的折家军，在马山林的率领下，竟让李继冲的人马无法应对，一下便被挤压的向两侧的沙地退去。前面的向两边分散，后面的又不知发生了何事，待折家军“锋矢”突前的两支箭头杀到时，才迅速散开。拓跋军马队在折家军两条直线的强力冲压下，好似那折叠的扇面，被一层层的撕裂开来，顿时阵脚大乱。

番雪娥紧紧跟随来到阵前，勒住战马四处查看，她要找到马怀绪，现在最为担心的就是她“续马哥哥”的安全。看到了！此时马怀绪正快马追赶李继冲向着沙丘奔去，

“回来！”番雪娥高声大喊着打马跟上。

马怀绪紧追着李继冲进入沙丘，他不了解沙地，根本就不懂如何去选择路线，一心只想着抄近路截住他。李继冲自然不同，他也算是半个沙漠中人，奔跑的线路看似曲里拐弯，却步步都能踩踏到点上。马怀绪没想到，他的战马突然前蹄跌宕陷进了沙窝，整个人被腾空抛了出去摔落在沙地上。后面跟过来的番雪娥见状，迅速催马赶到，跳下马背直往他跟前跑。

突然，她发现沙丘上面的李继冲已经带住了战马，正手持弓箭，弓弦张开瞄准了马怀绪。在这千钧一发之际，番雪娥想都没想，身体疾速向前一跃，飞扑向了马怀绪……这一箭，怕是万万躲不过去了！

第三十五章
有情人终成眷属　太宗下旨剿继迁

番雪娥眼见着箭支飞向马怀绪，奋不顾身地扑了上去，她的身体还在空中时，便被箭矢破甲穿入，整个人重重地砸落在了马怀绪的身上。

“雪娥妹妹，雪娥！”马怀绪抱着她大喊。

李继冲抽出第二支箭，正准备再次发射，见索龙云、路思达追了过来，忙匆匆向索龙云射出，索龙云疾侧滚藏身在马鞍一侧，箭支擦着马头划过。李继冲掉拨马头，迅速向着沙丘后面奔去。索龙云、路思达催马追赶，因也不了解沙漠，战马根本就无法冲上沙丘……

“雪娥妹妹，坚持住！”马怀绪迅速查看她的伤处，那支箭是从她的身体侧面射入腰身。

“续马哥哥不要着急，妹妹，妹妹……”番雪娥温柔地看着他，强忍着笑笑说：“哥哥不要怪妹妹，妹妹不是要续马哥，现在就娶妹妹过门，是要等你愿意，愿意娶我时……”

“妹妹，你坚持住，一定要坚持住呀！”马怀绪痛苦地抱着她说：“哥哥我愿意，我现在就娶你过门。”

“续马哥哥！”番雪娥深情地望着他，嘴角上还挂着甜甜的微笑，晕了过去！

“妹妹，你不能死，不能死呀！”马怀绪竟然嚎啕大哭起来，他抱着番雪娥站起身狂吼：“快，快找郎中！”

站在边上的索龙云和路思达，忍不住擦把眼睛……

战事结束了，这一仗虽说没能抓住李继迁，却也让他元气大伤。既端了他的老巢地斤泽，又消灭了他的一半人马，并缴获牛马骆驼万余。更为重要的是抓住了李继迁的母亲罔氏和他众多的婆姨。此仗，可谓是大捷！当然，建此功勋的是那几个折家军小将和番雪娥。

听说番雪娥受伤，折御卿马上带着郎中前去看望。来到临时搭起的帐篷前，路思达、索龙云就守候在帐外，见着折御卿两人忙行礼，折御卿只是摆摆手便走了进去。帐内马山林、折春艳也在里面，躺在地铺上的番雪娥还昏迷不醒，马怀绪就跪护在她的身边。折御卿叫郎中上前去救治，并留下折春艳协助郎中，其余的男人均退了出去。

“怀绪，你过来。”出了营帐，折御卿看眼沮丧的马怀绪说：“挺起胸膛，我们折家军的男儿，不准这样垂头丧气！”

“是，三叔！”马怀绪应了句，折御卿说：“三叔知道你现在心里不好受，可你知道，打仗是要付出代价的！”

“知道！可她是因为我才成了这样。”马怀绪有些自责地说：“她是为我挡了那一箭，看她现在伤得这么重，我心里，心里……”他说不下去了，折御卿上前拍拍他的肩头安慰说：“你们俩的事我已经听说了。怀绪呀，你要学会坚强！番雪娥是个好姑娘，她一定能闯过这场生死关！好了，打起精神来！从现在开始，你就守护在她的身边，待她伤愈之时，三叔就为你们俩主婚！记住了，扛硬！”

“扛硬！扛硬！”站在边上的众人齐喊。

“少将军！都怪末将迟来了一步，竟让李继冲给跑了。”马山林过来说：“我们只俘获了他二千多名降兵。”

“将军不必自责，你已经尽力了！”折御卿安慰说：“你们也跑了一整夜的路，叫将士们休整待命，补充给养。”

“是！”马山林应了声走了。这时，索斌过来说：“少将军，尹宪和曹光实两位大人到了。”

“知道了！”折御卿看着他吩咐说：“你去查看一下缴获来的马匹物资。”

索斌答应声走了，折御卿迅速带着小壮子返回自己的营帐，来到帐外，见尹宪，曹光实已经等在那里。三人见面客套了几句，尹宪看着一片狼藉的地斤泽说：“老夫和曹大人紧赶慢赶，这头功最终还是被少将军给抢了去！”

“大人在说笑了，都是为官家效命之人，李继迁这逆贼不除，怕是陛下就一天也不能安心呀！”

“少将军对陛下的忠心可见一斑啊！老夫只是开个玩笑罢了，可千万不要往心里去呀！”尹宪忙解释说。

“大人真是见外了，我们也算是一块出生入死的人了，还有甚话说不得！”

“那是那是！”尹宪笑笑说：“老夫这一路走来，还真是没想到，在这沙漠之中，竟也会有一处善水草便畜牧的绿洲，怪不得李继迁会打而不死，反倒越来越壮大了。”

“二位大人，里面请！”折御卿让两人进入营帐，吩咐身边的小壮子说“去把酒拿来。”

“怎么，行军打仗少将军也没忘记带酒？”一听有酒喝，尹宪有些兴奋起来说：“还是少将军会享受呀！”

“两位大人一路辛苦，喝碗水酒，也好给大人们去去乏，提提神。”折御卿说着，小壮子已将酒坛和酒碗拿了进来，摆放在地上，拿出一包肉干说：“大人，你看。”

折御卿示意他放在地上说：“二位大人将就将就吧，也没甚下酒菜，只有些肉干。”

“折大人客气了！有酒喝就行，还要什么下酒菜。”曹光实说。

“‘府州白’！”尹宪看着地上的酒坛，眼睛一亮说：“好酒！离开府州后，老夫就再也没有喝到过这‘府州白’了。曹大人，这酒你一定得多喝几碗呀！”

“是吗？”曹光实将信将疑地看着他问：“难道比夏州拓跋氏酿的酒还要好？”

“不一样，不一样！这完全是府州折氏自家的味道，老夫也说不清楚，大人一尝便知。”

“那倒是要好好尝尝！”曹光实说。

“好，今天咱们就喝个痛快！”

三人席地而坐，折御卿揭开酒封，斟满酒说：“来，干！”

“干！”三人端起酒碗干了。

“痛快！”曹光实放下酒碗回味道：“还真是有股子清香，入口回甘，好酒！”

“大人喝着好，等下官回到府州后，便马上派人给二位大人送几十坛子过去。”折御卿说。

“那就有劳折大人了！”尹宪并不推辞。

“崇仪使大人！”曹光实把话锋一转，问道：“听说抓住了李继迁的老娘罔氏？”

“没错，还有他的七八个婆姨。”折御卿说。

“真是赔了夫人又折兵啊！”尹宪放声大笑着说：“这回李继迁可算是赔大了。记得那年在银州，他竟然能在朝廷特使的眼皮子底下带着老娘跑了。好啊好啊！李继迁怕是做梦也想不到，在这地斤泽里会被少将军给一窝端了。”

“这样吧！”折御卿端起酒碗，看着两人说：“李继迁的娘和他的婆姨们，下官这就交给二位大人。”

“使不得使不得！”尹宪忙推辞说：“这仗是你打的，老夫和曹大人怎能居功！”

“大人就不要推辞了。”折御卿解释说：“李继迁本就是两位大人缉拿的要犯，他也是在您夏州地界里犯的事，与我府州何干！这事，当然还得由二位大人去向朝廷交待了！”

“少将军真是明事理呀！”尹宪赞叹了句说：“好！老夫就收下了，不过老夫还是会如实向陛下呈报的。至于那些缴获来的牛马辎重等物，曹大人你看……”说着看眼身边的曹光实，他即刻会意，忙接道：“就依大人所言行事！”

“那就多谢两位大人了！”折御卿爽快地收下了，放下酒碗说：“下官还有一事要与大人商议。”

“请讲！”

“落泥族人，下官已经按照大人的意思迁往唐谷镇，可是睡泥族还有近千十号人，怕也不能继续呆在这里了。大人您看……”

“那就一块迁去唐谷镇。”尹宪端起酒碗说：“你给朝廷先上个折子，剩下的事就交由老夫来办。”

“多谢大人！”折御卿也端起酒碗说：“来，二位大人，干！”

折御卿为何要与尹宪商议迁徙人口之事。一来，他是皇帝身边的近臣；二来，宋廷一向对各蕃镇节制管控得十分严格，尤其对人口的变化最为敏感。因为有人就有了兵源，有兵就有了造反的基础。自唐末乱世以来，起兵造反的几乎都是自立一方的蕃镇节度。折御卿不想让朝廷猜忌，更不想给府州找麻烦。再说了，他对功不功的也不十分在意，可这些牛马辎重物资就不一样了，用李继迁的老娘和婆姨们换，他觉得值。

待全体将士吃过饭后，折御卿便将地斤泽交给了尹宪和曹光实，自己带着折家军轻骑前往落泥部族，同时下令睡泥族人全体跟随搬迁。

番雪娥还昏迷不醒，马怀绪寸步不离地守候在她的身边。

拿下地斤泽，消息很快进了汴梁。太宗皇帝接到尹宪捷报说：折御卿抄了李继迁的老巢地斤泽，并抓获了他的老娘罔氏和众多的婆姨，心中大喜。

“这个李继迁，看来实在是不中用！”赵光义看着众臣笑着说：“朕早就说过，李继迁是条无用的小鱼，看来他不但是无能，而且还是很无能！”

“陛下圣明！”众臣齐喊。

“传朕口谕！”赵光义即刻下诏说：“崇仪使折御卿，剿灭地斤泽有功，升任折御卿为观察使知府州！”

李继迁的一次次惨败，竟让太宗皇帝越发的不把他放在眼中。最终酿成都巡检使曹光实，于第二年二月被李继迁给诱杀在葭芦川，结果丢失了银州。这些是后话暂且不提。

失去了地斤泽，李继迁已无处可去，只能带着残兵败将进了大辽国。当韩德威得知情况后，觉得自己不能擅自收留李继迁，还是带他去见了萧后。

此时的萧绰，已经是契丹国的太后了。这位萧太后，就是后来叱咤风云的萧燕燕。公元 982 年，辽景宗耶律贤驾崩。临终前留下遗诏“梁王隆绪嗣位，军国大事听皇后命”，将辽国的军政大权交到了二十九岁的萧绰手中。其子十二岁的梁王耶律隆绪继位，是为辽圣宗（辽朝第六位皇帝）。第二年，将国号大辽恢复为大契丹。“契丹”原是辽太祖耶律阿保机于公元 916 年建国时所用的国号。直到公元 947 年，被辽太宗耶律德光改国号为大辽。“母以子贵”，公元 983 年萧绰被册封为“承天皇太后”，并以太后身份临朝称制，总摄国家大事。

萧太后见着李继迁时，他竟然像只丧家之犬，已经是要甚没甚！仅剩下一个拓跋氏后裔的身份。要这等人有何用？太后心中实在是不想待见他。

韩德威看出了她的心思，于是站出来说：“太后！自从丢失了北汉后，我契丹与宋之间就没了缓冲地带，导致我们要直接面对大宋。而河西是契丹与中原之间的又一道屏障，如今由府州折氏和夏州李家掌控。现在李继迁既然来降，也正好可以在河西插上一把刀子。”

“李继迁！”萧太后看着他问道：“如果本后收留了你，你又能为我契丹做些什么？”

“回太后！李继迁愿做那把插在赵光义身上的刀子。只要能重整人马，夺回定难五州。”李继迁卑躬地说：“到时便一并归属契丹，孝敬太后！”

“说得好！看来你还是有点儿用！”萧太后笑了，心道：想拿些空话来讨好本后。

“李继迁愿为太后效犬马之劳。”

“李继迁，既然你想要定难五州，本后就给你，不过那得由你自己去取。”萧太后即刻还给他个空愿。

“谢太后，李继迁定为太后尽力！”

“李继迁听封！”萧太后即刻下诏，李继迁忙跪倒在地。

“本后敕封你为定难军节度使、银夏五州观察使。”

“谢太后封赏！”李继迁叩首拜谢。

“起来吧！”李继迁跪拜不起，萧太后看着他问：“你还有什么事？”

“回太后！微臣还有一事斗胆相求。”

“说吧！”

“微臣在地斤泽被折御卿抢走了亲娘和婆姨，可否恳请太后赐一位契丹贵族女子为妻？”李继迁跪着说：“这样，我拓跋氏李家就与契丹永结同盟，忠心效命太后！”

萧太后笑了，心说：“看你那破落相，还想与我契丹联姻。”她心里虽然这样想，但最终还是答应了他的请求。

后来，选择了节度使耶律襄的女儿，加封为义成公主，赐婚给了李继迁。萧太后真是聪明，嘴一张，空口白牙的便把拓跋氏李家，自己祖先世代承袭的地盘封给了他。既不用给土地，也不用费一兵一卒，一切皆空！但李继迁可不这样想，他这个丧家之犬有了契丹人当靠山，摇身一变成了驸马爷，竟将他这把眼看着就要熄灭的火炬给重新点燃了！

百年之后的萧绰，怕是万万没有想到，正是她对李继迁的相助，才有了李继迁的亲孙子李元昊创建的西夏王朝；才有了西夏协助金人，导致契丹亡国的悲惨命运！

回到府州后，折御卿深感疲乏，身体显得十分虚弱。正在此时，杨美慧给他生出个大胖小子来。看着又一个孙儿的诞生，路夫人抱在怀里是喜上眉梢，实在难掩心中的喜悦！高兴的劲儿还没过去，尹宪又来了，他宣读了太宗皇帝的圣旨，敕封折御卿为“观察使”知府州，同时还带来了太宗指派的御医前来给折御卿诊治，府州真可谓是喜事连连。

太宗皇帝算是关心体恤臣子，每当得知朝中要员有个三长两短，他都会指派御医前往，并须回报诊治的结果。

路夫人挽留尹宪在府州多住几日，想借着这股子热乎劲儿，把折御卿与梁玉儿的婚事给办了。于是，派人前往唐谷镇请来梁博泥及家人，在尹宪的主婚下把一对新人送入洞房。婚事自是办的节俭，不敢太过干扰百姓。几年下来，路夫人最终给折御卿张罗了四房婆姨，共生有四子。既：惟正、惟昌、惟信和惟忠。

自平灭北汉后，府州已无过多的战事，除了打击一下时有来犯的契丹人外，就是偶尔对付对付擅长打游击战的李继迁。

李继迁还真是打而不死，但也不知太宗皇帝为何会如此“厚爱”他，总是想用和平的方式去解决定难五州。后来他竟然放归了已经折服在京城里的李继捧重返夏州，继续当起了定难军节度使。这位族兄的到来，对李继迁而言又是一个天赐良机。太宗没有想到，李继捧一到夏州就跟李继迁玩起了打仗的把戏，今天你赢我一仗，明日我胜你一场。两个同样流淌着拓跋氏血液的李氏兄弟，在夏州大地上，开始给太宗皇帝上演左右逢源的戏码。

没出半年，李继捧上奏朝廷谎报说李继迁投降了。太宗一听心中大喜，即刻下诏，加封李继迁为银州观察使，赐名：“赵保吉”，并赐劲弓三副；此时李继捧早已被赐名“赵保忠”了，李继冲成了“赵保宁”，竟然连李继迁的老娘罔氏也被册封为“河西郡太夫人”。太宗皇帝压根就没想到，李继迁的所谓降服，只不过是给他玩了一个缓兵之计。朝廷对夏州李氏的政策起伏不定，李继迁又是反叛无常，他要起兵造反，朝廷就出兵去打，打不过他就归降和谈，结果宋廷就给予赐封。这些年来，不知李继迁跟朝廷反反复复的搞了多少个来回，实在是令人费解，这算个甚？这仗自然没法打，李继迁当然会越作越大，给大宋添的乱子也就越来越多。后来，大契丹国萧太后发现李继迁还有些用，即刻加封他为“夏国王”，从此便奠定了李继迁的“国王”地位。

戴上了“夏国王”的封号，李继迁又轻易得到了银州。有了自己的地盘，他开始不老实了，看着满目疮痍，破烂不堪的银州，便有了迁徙人口，壮大自身实力的想法。淳化四年(公元993年)，在张浦的精心谋划下，李继迁预将绥州和宥州两地的人口迁入银州。没曾想，世居绥州的牙将高文岯不从，带领诸多蕃部奋起抗争，结果李继迁兵败绥州。

李继迁的这一举动，搅扰的定难五州不得安宁。这次，太宗皇帝实在忍不住了，便派出自己的大舅哥，河西行营都部署李继隆，前往征讨李继迁。

身在府州的折御卿很快接到了圣命，要他出兵相助李继隆，平定银、夏两州，消灭李继迁。折御卿不敢怠慢，迅速召集府州众将领进入虎节堂。

“少将军，此次路途遥远，你就不要去了。”索斌关心地说：“你就好好在家调养身体，叫我们去就行了。”

“不可，身为陛下的观察使，现在国家有难，我怎可置身事外。”折御卿说：“我的身体并无大碍，自从李继迁受降进了银州后，我们就再也没有机会找他算账了，此次是他自己要找死，我们怎能放过。”

“少将军，还是听哥哥一句劝吧，有我和索斌、御仁在，你就放心吧。”路彦也在边上插道：“不就是个李继迁嘛，我们这次定不会叫他跑了。”

“三弟，有朝廷重兵压境，兴许还没等李继隆的大军到达夏州，怕李继迁早就跑得没个踪影了。”折御仁说：“这仗本也没甚可打的，你还是别去了。”

“好了，大家不必再说。”折御卿并不吃劝，他心里始终装着李子慧，这口气自是咽不下去。他看着众将领说："此次行动，索将军和路将军就不必去了，两位老将军负责镇守府州，严防契丹的韩德威。"

"哎，怎么就不让我们俩去了。"路彦急道："少将军，这行军打仗的事，怎么能少了我们老哥俩！"

"是呀少将军，你把路彦留家里就行了，还是让我跟你去吧，这样也好……"

"索斌，我留下，你去了又能干个甚？看你那两条驴腿，现在连走路都不太利落了，还想去打仗，我说还是……"

"两位老哥哥就不必再争了，这点事还是让晚生后辈们去干吧。"折御卿打断他的话说："就这样定了！"

两人不再说话，相互瞪了眼退到一边。折御卿看着众人问道："朝廷重兵压境，李继迁自是不敢跟李继隆的大军对抗，那他会往哪里跑呢？"

"沙漠，这是他惟一的去处。"折御仁说。

"你们过来。"折御卿走到地图前说："银州离沙漠不远，李继迁只需放马跑上几个时辰，很快就会进入到契丹境内。要想消灭李继迁，就必须先堵住他逃往沙漠的道路，然后才能将其围歼。"

"爹爹！"折御卿十八岁的大儿子折惟正问道："从银州进入沙漠的道路很多，李继迁会从哪里走呢？"

"波罗堡，只有从这个方向进入沙漠，才能跑进契丹韩德威的境内。"折御卿指着地图说："我军兵分两路，一路去波罗堡，先阻断李继迁的逃路。另一路直奔银州，配合李继隆清剿胆敢抵抗的各蕃部族的牙兵。小壮子！"

"在！"小壮子应声道。

"你马上带领斥候前往银州，查找李继迁的下落。"

"得令！"

"折御仁，你带着马怀绪、路思达及三千轻骑前往波罗堡，阻断李继迁的退路。"

"得令！"折御仁答应一声。

"索斌、路彦听令！"两人应声出来，折御卿命令道："命你两人镇守府州城，严防契丹人袭扰，不得有误！"

"知道了！"两人有气无力地应了声。

"折惟正、索龙云！"两人应声出列，折御卿说："你们俩跟随我去银州。"

"爹爹！那我呢？"折御卿不到十六岁的二儿子折惟昌问道："那我干甚？"

"你就陪着两位伯父留在府州。"

"爹爹！还是带我一块去银州吧！"折惟昌争取说："孩儿已经可以上阵杀敌了，你就带我去吧，爹爹！"

"不行，你还得照顾奶奶。"折御卿一口回绝，扭头看着众人道："大家都回去准备吧！"

众人退出虎节堂，折御卿突然忍不住咳嗽起来，折惟正忙上前问道：“爹爹！您怎么了？”

“没，没事，一会就好。”折御卿摆摆手，折惟正上前将他扶坐在凳子上，折惟昌倒碗水给他端过去说：“爹爹！您先喝口水。”

“好了，爹爹没事了！”折御卿喝口水说：“这事不准对别人说，记住了！”

“知道了！”两人应了声，折惟正还是担心地看着他问道：“可是爹爹，您的身体，身体真的不要紧吗？”他本想说，您现在这身体还是不要出征了，但后面的话没敢说，他知道折御卿的脾气，搞不好会被臭骂一顿。

“爹爹，您不让孩儿去，看看您现在这身体，还……”折惟昌话没说完，便被折御卿喝住道：“闭嘴！你个臭小子，以后再敢说此事，看老子……”他说着，又紧着咳了几声。

“爹爹，爹爹！”折惟昌忙回话说：“孩儿以后不敢了。”

“惟昌，快去找郎中来，我扶爹爹回府。”

“回来！”折惟昌正要走，被折御卿喊了回来说：“爹爹已经没事了，你们俩给老子记住了，这事不准告诉你奶奶。”

“是！”两人应了声，折御卿站起身说：“好了，咱们回府！”

折御卿要奉命出征，听到消息后路夫人实在是放心不下，即刻让芬儿去把梁玉儿叫来，想跟她商量商量，看有什么办法能留住他。

“娘，就御卿那脾气，儿媳可是没甚办法留住她。”梁玉儿一听路夫人是想阻止折御卿带队出征，便觉得此事难办。

“你看看他现在这身体，还经得起长途跋涉打仗吗？”路夫人说：“那你就干脆装病。”

“娘呀！”梁玉儿笑着说：“只要说是去打仗，他才不会管儿媳病不病呢。”

“那你们几个媳妇就给我一块病，看他管还是不管。”

“娘又在说笑了，就算是他的婆姨们都病倒了，他也不会管的。御卿只听娘的话，除非是娘病了，他才会往心里去的。”

“那好，芬儿，你去把他叫来，就说娘病了。”路夫人说着自己也笑了，“这算是干甚哩！”

“娘！现在装病怕也没用。”芬儿说：“听说这次是去银州清剿李继迁，三少爷又一心想着为先生报仇，他怎肯放过这个机会。”

“这倒也是呀，李继迁不除朝廷不得安宁，御卿的心病怕也难治。”路夫人还是担心地说：“可现在他的身体实在是让人担心，你们说，我们有甚办法能留住他？”两人看着她摇摇头，路夫人接着说：“罢了，那就随他去吧。”

“娘，要不您就让儿媳跟着他一块出征。”梁玉儿说：“这样也好照顾御卿的生活，叮嘱他按时吃药。”

“玉儿妹妹还是呆在娘的身边，三少爷是不会让你去的。”芬儿说：“娘，还是我去陪着三少爷好一些，行军打仗的事我经过，兴许还能给他搭把手帮衬一下。”

“你们都不用去了。”路夫人说：“芬儿，你去把郎中请来，先给他好好诊治一下再说吧。”

“娘，谁病了？”伴着话音折御卿带着折惟正、折惟昌走了进来，几人行过礼后，折御卿看着路夫人问道：“娘，是您哪里不舒服吗？”

“御卿，你来得正好。”路夫人看着他问道：“你实话告诉娘，你的身体怎么样？”

“孩儿很好。”折御卿笑笑说：“原来娘是在担心孩儿的身体，娘，您就放心吧！孩儿还年轻着呢，就算是有个小病小灾的也不碍事。”

“你这孩子啊，不是娘要说你。”路夫人抱怨地说：“怎么就把自己的身体不当回事呢，你若是有个甚三长两短的，你叫娘和你那些个婆姨们怎么办？”

“孩儿就知道娘不放心。”折御卿说着向门外一招手，郎中匆匆进来，冲路夫人行礼道：“见过诰命夫人！”

“既然你都把郎中请来了，那就赶快看看吧。”路夫人没想到他会带着郎中来。折御卿早就料到，路夫人和婆姨们对他的身体放心不下。为了不让家人操心，他特意吩咐郎中，不论诊断出甚来，只能说好，不准说别的，郎中怎敢不从。

站在边上的折惟正、折惟昌知道他爹在给奶奶玩把戏，也不敢揭穿。不一会，郎中把完脉后说：“大人的身体并无大碍，只是今后不要太过操劳。”

郎中走了，路夫人把折惟正、折惟昌留下，折御卿便和梁玉儿告辞离开。一出门，梁玉儿便盯着他问：“老爷呀，你搞的这是个甚把戏？”

折御卿只是看着她笑而不语，梁玉儿说：“你叫郎中跟娘说假话，这样对你的身体有甚好处？有病咱们就看病，你没必要这样做。”

“连这事你都知道！”折御卿狡辩说：“我只是怕你们担心，所以才出此下下之策。”

“老爷就不用再狡辩了，你的身体我还能不清楚。”梁玉儿关爱地说：“我知道你为先生报仇心切，可这一路上的鞍马劳顿，你的身体怕是吃不消呀。老爷！您不为别人着想，是不是也该想想自己，想想这个家。您是咱们折家的天呀，老爷！您必须爱护自己的身体，不能有事！我说老爷，您就听……”

“好了好了，知道了，你就不必再劝我了。”折御卿显然有些烦躁起来，打断她的话说：“银州我一定要去，不剿灭了李继迁，我这心病就难除。”

“知道了老爷！那就让我同你一起去吧？”

“不行！你就呆在家里陪着娘，管好这个家。郎中的事，也不准告诉娘知道！”说完折御卿转身走了，梁玉儿看着他的背影，只是苦笑笑。她真的没有办法劝阻折御卿。

第三十六章
张浦设计银州城　折氏小将露锋芒

李继迁企图迁徙绥、宥两州人口的计划失败后，竟招惹来了朝廷的清剿。他接到族兄定难军节度使李继捧的密函说，李继隆的大军很快就会到达夏州，叫他赶快离开银州逃往大漠。

“这算个甚？”李继迁看着张浦说：“李继捧算个甚东西，他叫我跑我就得跑，不行，我们不能这样离开银州。”

“不想跑？”张浦问：“那你打算怎么办？”

“不知道！可是先生，就这样丢了银州，我是心有不甘呀。”李继迁看着他问道：“先生你说，我们还有甚办法不离开银州？”

“没有！”张浦回答得很干脆，反问道：“大少爷，你是只想要银州，还是整个定难五州？”

“明白了！那就叫李继捧去对付宋军，我们还是暂避沙漠吧。”

“不急，等李继隆到了夏州再走不迟。”张浦出主意说：“先把周边的蕃部都召集起来，叫他们在银州边上设防。”

“我们不走了？”李继迁一头雾水。

“走，李继捧不是叫我们快跑吗。那好，现在我们就去夏州找他。”

“先生这是何意？”

“早听说李继捧差人去了汴梁，找那赵二皇帝说情。看来赵光义并不买他的账，现在宋军来了，你说他会怎么办？”

“只要找不到我李继迁，他就会继续安稳地当他的定难节度使，真是想的太美了。”李继迁幡然醒悟道：“先生是说，在我们离开之前，也该去‘感谢感谢’这位族兄了！”

“不错，是他出卖了拓跋氏的祖先，是他拱手把定难五州送给了赵光义，临走之前我们还不该去找他要点什么！”

“对呀！”李继迁有些兴奋地说：“我们是该去找这位族兄算算账了。”

李继捧很不走运，他一心只想着保全自己的地位，却又觉得有些对不起拓跋氏的列祖列宗。所以在被太宗皇帝派回夏州重任定难节度使后，就一直与李继迁暗中勾结，想出各种招数劝他归顺朝廷。但李继迁并不买账，他要的是定难五州，李继捧当然不能给，他也做不了这个主。既然你李继捧给不了我，怕是赵光义也不愿意交出定难五州，那咱哥俩就在这夏州打着玩好了，看谁能耗过谁！

李继迁没想到这种好事没过多久，自己便被尹宪、折御卿打得四处逃窜，老巢被端，老娘婆姨被掳，最终迫于无奈只好通过李继捧上奏朝廷，假意“乞降”归宋。可令人万万没有想到的是，李继迁降了，李继捧却又通过他暗地里投靠了大契丹国，同样被萧太后敕封为“西平王”。这兄弟俩还真有能耐，竟然一块当起了契丹和大宋两个朝廷的臣子。按说事情发展到了这一步，兄弟俩本该好好相处了。但最让李继捧头痛的是，李继迁并不满足当一个“银州观察使”，他要当“夏国王”，要当“西北王”，要拥有整个定难五州。这下李继捧没招了，眼看着李继迁越闹越凶，乱子越整越大，搅扰得定难五州不得安宁。

要说这事还真怪不得李继捧，原本他与李继迁可以好好的在定难五州，把打仗的戏码继续玩下去的，只因一次小小的失误，不知军中哪个王八羔子一箭射中了李继迁的屁股，令事态发生了逆转。忍痛爬在榻上半个月的李继迁认为，李继捧是想要他的命，这口气自然咽不下去。

面对着李继迁，李继捧还真是没辙，劝也劝了，打也打了，闹着玩的戏码终于还是给演砸了。他没想到，自从那一箭后，李继迁竟然开始跟他动起了真的。这倒也没甚，他们哥俩之间的事，只要不惊动朝廷一切都还好说。后来得知太宗皇帝准备发兵征讨时，李继捧慌了，便匆匆派人赶往汴梁，借送贡马的名誉去见赵光义，想劝说皇帝能再多给些时间，他一定能摆平李继迁。结果朝廷还是发兵了，李继捧已彻底失望，要是李继隆真的抓住了李继迁，也就等于宣判了自己的死期。可眼下他又不得不去设法保住李继迁，如果保不住，那剩下的惟一出路只能是跑！

在宋军还没有到达夏州之前，李继捧一面差人去通知李继迁叫他快跑，一面将家中的妻儿老小，值钱的东西都统统搬离夏州城，要是预感到事情不妙，也好方便带着全家老小逃脱。

谁知，悲催的一幕终于发生了！在一个黑漆漆的夜晚，李继捧在城外熟睡的营帐中被猛然惊醒，他听到了营地内传出的喊杀之声。

“大人！是李继迁，是他带兵前来偷袭。”侍从匆匆进来告诉他。

“什么什么什么？”李继捧实在不敢相信自己的耳朵，急问：“你说是谁？”

“是李继迁，大人！”

“妈的，怎么会是他？老子把所有的心思都用在了保护他的身上，现在反倒是他先从背后来捅了老子一刀。打！去给本大人把李继迁抓过来。”

李继捧大骂着李继迁，侍从急说“李继迁来势凶猛，我军挡不住呀，大人！还是快走吧，再晚怕就来不及了。”

“那我的老娘和婆姨们怎么办？”

“大人！快走吧。”侍从说着将他往帐外推去道：“末将这就保护大人离开。”

最终，李继捧还是扔下了所有的家眷和财产，跑了！

这一仗，李继迁收获颇丰，心中爽快得无法形容。这是他反叛宋廷以来，最为轻松痛快的一次大捷。

“先生，李继捧逃往了夏州。”李继冲进来说：“现在怎么办？”

“留下李继捧的老娘和婆姨，带上所有物资，迅速离开。”张浦说。

“哎，先生！”李继迁刚一张嘴，便被张浦打断说：“大少爷是想为李继捧赡养老娘吗？”

“这……”李继迁语塞，张浦接着说：“如果杀了她们，很快大少爷就会在拓跋氏族人中，落下一个杀害姨娘，强霸嫂嫂的美名。”

“好了好了先生，听你的就是了。”

李继迁十分无奈，这几个嫂嫂他没见过，现在是带不走也杀不得，不知里面是否还有令人神往的美娇娘。他的心思张浦自然知道，但他不能让李继迁因小失大，在拓跋氏族人中留下恶劣影响。李继迁只好下令大军原地休整待命补充给养，让奔袭了一天的将士们喘口气，吃口热饭，待养足了精神头后再走不迟。

可张浦告诉他此地不能久留，叫军士们吃饱了肚子就必须马上离开，同时又派出一队人马押送抢来的物资先行，速速前往波罗堡。

再说李继捧也实在是倒霉到了家，当他借着夜色逃进夏州城时，便被自己的部将给活捉了，后又转交给赶来的李继隆，被关进囚车押送汴梁。

太宗皇帝没有杀他，而是封他为“宥罪候”，留住京城。从此，李继捧就再也没有回过夏州，于公元 1004 年，病死他乡。

折御卿来了！

当李继迁正要带领大队人马离开夏州时，突然接斥候来报说，发现了府州折家军五千轻骑，正向银州方向奔去。李继迁一听有些傻眼，心里发怵！他没想到折御卿竟会远道而来。

但张浦却心中暗喜！他以为，此时正是围歼折御卿的最佳时机。因为他们远离府州，带的人马不多，刚好可以借此机会剔除李继迁惧怕折御卿的心病，提升拓跋军士气，以解心头之恨！张浦真算是有胆有识有远见的人，可李继迁敢这样干吗？

“先生啊，以我们现有的实力还能再去招惹折御卿吗？”

听了张浦的谋划后，李继迁苦笑笑说：“李继隆的大军马上就要到了，如果再让折御卿把我们封堵在这里，那可怎么是好。虽说咱们现在还有些人马，但要是跟折家军硬干，怕还是要吃亏的。”李继迁有些沮丧，看眼张浦说：“我们倒不如早早去波罗堡的好。”

一听此话，张浦笑了，他知道李继迁的心病。这些年来，只要说到折御卿，他都会有种莫名的恐惧。怕了，真的是被打怕了！

“那就照大少爷的意思去办吧，我军马上前往波罗堡，现在再差人去通知韩德威，看他敢不敢趁机去消灭了折御卿。”

“先生是在笑我吗？”李继迁问道：“难道先生是在说我胆小怕事，不再敢与那折御卿较量？”

张浦笑而不语，李继迁接着说：“这些年，我们也算跟折御卿打了个平手，虽说损失略微多了一些，可那又能怎样？现在就连赵二皇帝都奈我不得，我还真会怕了他折御卿不成？！等，只要我李继迁还活着，终有一天，我拓跋氏定会打败府州折氏，挖了他折家的祖坟！”

“好好好！”张浦称赞说：“大少爷有如此雄心壮志，何愁拓跋氏的祖业不能光复。大少爷，噢噢，不对，现在应该称呼你‘夏国王’才对！”

“先生又在笑我了。”李继迁自嘲地说：“那不过是萧太后为了安抚我们，好为她去卖命，随口给的一个封号罢了。”

“此言差矣，封号可不是随便给的，这足以说明契丹人是器重你的。只要国王不忘初心，倾尽全力地去拼争，那小小的府州折氏又算什么。终将有一天，这天下也许就成了你拓跋氏的天下。”

“借先生吉言，我李继迁决不会辜负祖先的期望，定会完成收复定难五州的大业。”

“好，听你这样说，我就可以放心了。”张浦叫人将地图铺在地上说：“来，夏国王！你好好看看这地图。”

李继迁过来看着地图问道：“先生这是何意？”

“折御卿不过区区五千轻骑，而我们却有上万人马，如果再加上各蕃部族的牙兵，足足有两万多人。难道我们真的就怕了他折御卿不成！”张浦是想打消李继迁的恐惧心理。要想雄霸天下，就必须去消灭一个个强劲的敌手。府州就在定难五州的边上，往后少不了会与他们相遇，如果现在连一个小小的府州折氏都摆不平，还谈何称霸天下！

“先生的意思是？”

“围歼折御卿！”张浦十分肯定地说：“折御卿最快还需要一日方能抵达银州，而我军只需几个时辰。到时我们将折御卿诱骗进银州城内，将其歼灭。”

“也许这还真是个消灭折御卿的大好时机。”李继迁有些心动了。

“夏国王带两千人马先去波罗堡，把其余的人马交由我和继冲，让我们去银州城消灭折御卿。”

“不可！”李继迁反对说：“我怎能丢下先生独自前往！”

“波罗堡是我军撤入沙漠的重要通道，只有确保那里的安全，我军方能全身而退。”

“无妨，波罗堡有我们的牙兵镇守，折御卿一时半会儿也到不了那里。先生不必多虑。”

“那好，夏国王！”张浦看着李继迁，坚定地说：“我们就一同回银州，消灭折御卿！”

“消灭折御卿！”李继迁应了声。

折家军日夜兼行马不停蹄，当大军快要接近银州时，碰见赶回来的小壮子。他告诉折御卿，李继迁去夏州偷袭了李继捧，现正往银州而去。

“李继迁要去银州？”折御卿感到惊奇！他觉得此时的李继迁应该是尽快逃命，而不是回银州，难道他是不想活了。

“李继迁是在前往银州方向，我是一路尾随跟过来的。”小壮子说。

“爹爹，好像不对。”折惟正说：“李继迁若真的敢回银州，那他不怕我军将他堵在银州城内无法脱身。”

“也许李继迁并不知道我军的到来。”小壮子说。

“就算不知道，可李继隆带领的数万大军很快就要抵达夏州了，李继迁现在不跑，难道是想要跟宋军抗衡不成？”折御卿说着叫人把地图铺在地上看着问道：“我军离银州还有多远？”

“回大人，不足五十里。”小壮子答。

“惟正，叫大家原地休整，补充给养。”折御卿下令大军原地休整。李继迁没有逃往沙漠，而是要回银州，这倒是让折御卿感到意外。银州，在这要命的时刻李继迁竟敢返回银州，他到底想干甚？

“爹爹！”折惟正拿着酒肉过来，递给他说：“您先吃点东西。”

折御卿接过酒壶，揭开酒封往嘴里灌了口问道：“惟正，李继迁为甚还敢回银州？”

“孩儿以为，李继迁认为李继隆的大军还需几日方能到达夏州，他还有逃跑的时间。”

“难道他真不知我折家军的到来？”

“也许真不知道。”折惟正分析说：“若是知道，怕他李继迁一刻也不敢停留了，怎还敢回银州。”

“那你觉得，此刻我军该如何行事？”折御卿有意这样问。

“去银州。”折惟正十分肯定地说：“如果李继迁真的回到了银州，那我们就来个关门打狗，将他围堵在银州城内歼灭。”

“假若李继迁只是想引诱我军前往银州，而自己却择路逃往波罗堡呢？”

“爹爹，孩儿觉得不大可能，李继迁本可直接从夏州奔入沙漠，何必还要冒死回银州呢？”

“这也正是为父感到疑惑的一点。”折御卿思索着说：“此时他跑回银州是为甚，难道银州城里还有他放不下的东西？”

“照常理不该是这样，李继隆的数万大军马上就要到达夏州，李继迁此时不跑想干甚？难道他真敢在银州城与我军一战？”折惟正说。

“为父还真希望是这样！”

“爹爹不如这样，叫孩儿带两千轻骑去银州，您去波罗堡阻截李继迁。”折惟正说：

“如果李继迁真的在银州，那孩儿就想办法拦住他。”

“李继迁有上万人马，你用两千轻骑怎么能拦得住他。”折御卿否定了他的方案说：“你二伯父正在赶往波罗堡的路上，我们必须盯住李继迁，不能让他脱离我军的视线。”

“孩儿明白，只要我军能紧紧咬住李继迁，他就很难逃脱。”

“小壮子，速去银州打探李继迁的行踪。”

小壮子应了声上马奔去，折家军五千轻骑随后直奔向银州城。当大军驰过一座山谷，距离银州城还有十里时，突然被道边冲出的六千余吐蕃军挡住了去路。

“爹爹，像是吐蕃部族的人。”折惟正请战说：“叫孩儿去与他一战。”

“不急！”折御卿拦住他，策马向前，看着吐蕃军首领喊道：“我府州折家军奉命前往银州，清剿反贼李继迁，尔等速速让开。”

“原来是府州的折家军，来得好！”吐蕃军首领并不惧怕，看着他大声喊道：“你就是折御卿？”

“正是！你是谁？报上名来！”

“折御卿，听说你能打，今天碰到我李军八手中，怕你是占不到半点便宜。”李军八挥动着的手中的狼牙棒说：“回去吧，免得在此丢了性命。”

“大胆李军八！”折惟正怒吼道：“你竟敢在府州观察使面前如此放肆，还不速速闪开！否则，本将军便要了你的命。”

“好大的口气，你个黄口小儿，也敢在此逞强。”

“李军八，本大人警告你。”折御卿举起大枪指着他说：“你若胆敢阻拦我折家军，就是与李继迁同谋造反，会给你的部族带来灭顶之灾。”

“甚是造反？你那狗皇帝强占了拓跋氏的祖业，我家大少爷只是想要回我们自家的地盘，怎么就……”

“住口！你竟敢诬陷我主，看来你是不想活了。”折御卿厉声喝住他的话。

“爹爹让孩儿去会他一会。”不等折御卿回话，折惟正已经策马冲了出去。

李军八见折惟正冲出阵来，正欲打马迎击，身边一牙将已挥刀窜出。两匹奔腾的战马迎面对冲，瞬间交错而过，只见牙将的身体向后一挫，翻落马下，脚却被马镫挂住拖离战场。

折惟正带住马缰，扭回头来看着李军八大喊：“李军八，还不放马过来受死！”

眼见着折惟正一枪挑翻了自己的牙将，竟让李军八倒吸了一口冷气，他没想到折家军真会如此彪悍！

这一枪也让边上观战的折御卿感到意外，折惟正用枪竟也不在他之下。突然李军八阵中又冲出两员牙将，直奔折惟正而去。折御卿见状正欲打马杀出，身后竟然冒出一员小将快马窜了出去，他便勒马观战。

两牙将见折家军中又杀出一人，即刻分头迎击。紧接着李军八阵中又跟着冲出两名牙将，看来他们是想以多打少来击溃折家军。此时，索龙云也冲出阵去，折御卿迅速带领大军全线压上。

冲在前面的折家小将腋下挟持一杆大枪，直接迎击第一个碰到了牙将，两匹战马一错而过，牙将便被挑翻落马。只见他马不停蹄，继续催马迎击紧跟上来的又一名牙将。太快了，两匹战马瞬间划过，大枪透胸扎入牙将的前胸护镜，毙落马下。那小将还是没停，竟直奔着李军八而去……

李军八见折家军全线压上，将士勇武异常，瞬间就没了抵抗的念头，还没等折家小将冲杀过来，便下意识地掉转了马头。

李军八败了，吐蕃部族的牙兵牙将见自己的首领跑了，哪里还敢反抗，只能下马受降了。

这一仗折家军降服了吐蕃部族的五千多名牙兵牙将。折御卿对刚才冲阵的小将十分好奇，即刻叫索龙云把人叫来。不一会儿，索龙云带着折惟正和那名小将过来。小将见着折御卿不敢抬头，只是往折惟正的身后躲。

"惟昌，你给老子过来。"折御卿已经认出了他。

"爹爹！"折惟昌小心地过来，不敢看折御卿，只是低着头说："孩儿只是，只是……"

"你出来时奶奶知道吗？"折惟昌摇摇头，折御卿接着问："偷跑出来的？"

"爹爹，您不让孩儿来，那孩儿，孩儿只好……"折惟昌有点发怵地说。

"爹！"折惟正忙帮腔道："您看惟昌都已经来了，而且战场上的表现……"

"你不必帮他说话。"折御卿打住他的话，看着折惟昌说："你个臭小子，下次再敢违抗军令，看老子怎样收拾你。"

"是，孩儿不敢了，孩儿一切都听从爹爹的命令。"折惟昌高兴地说："爹爹，您看刚才孩儿的枪法……"

"真是个愣后生！你小子也太过憨直了点吧。刚才若是前面的那名吐蕃牙将放慢了速度，稍等一下后面的人上来，你这臭小子怕是要被人给包饺子了。"

"不会的爹爹，您不是告诫过孩儿，在战场上遇到这种情况的应对办法吗！"折惟昌来了劲，比划着说："孩儿会侧拉马缰只找左面过来的那个，断不会从他们两人中间穿过。"

看见两个儿子在战场的表现，折御卿感到欣慰，看来折氏是后继有人了。

"爹爹，这些吐蕃牙兵怎么办？"折惟正问道。

"让他们回自己的部落待命，去告诉他们的首领，回去好好待着，等待朝廷的收复。"

折惟正领命走了，不一会儿便带着吐蕃首领转了回来。首领见着折御卿忙行礼说："哈叶巴见过观察使大人！我吐蕃族人愿为大人效力，一同去消灭李继迁。"

"哈叶巴，你的心意本大人领了。"折御卿一口回绝说："还是带着你的人先回部族，等着朝廷收复吧！"

"大人，李继迁在银州城有近两万人马，我们的牙兵虽说不及折家军勇猛，但也可助大人一臂之力。"哈叶巴坚持说："我们叛逆反宋是被李继迁胁迫不敢不从，若李继迁不除，我们吐蕃族人今后还是没有好日子过。恳请大人允许我们去打这个先锋。”

听他这样说，折御卿心里有些犹豫，眼下正缺人马，如有这五千牙兵的加入，围歼李继迁的胜算就会大了许多，可这些吐蕃人能信吗？就在他拿不定主意之时，折惟正说：“爹爹，孩儿以为……”折御卿抬手打断他话，看着哈叶巴说：“哈叶首领，叫你的人马整装待命！”

“是，大人！我吐蕃人随时听候大人的号令！”哈叶巴兴奋地向他行礼，转身走了。

折御卿叫来索龙云，命令他去监视吐蕃军。索龙云应声离开，他看着折惟正问道：“惟正！你觉得该如何使用这些牙兵？”

“爹爹，孩儿以为不能使用这些牙兵。”折惟正说。

“为甚？”

“这些牙兵与我军人数相当，万一出现意外会给我军带来危险。”折惟正分析说：“再说他们的战力有限，搞不好会提前溃败影响我军士气，孩儿觉得还是不用他们的好。”

“怕甚哩！”站在边上的折惟昌插道：“爹爹不用担心，让孩儿去跟着那哈叶巴，一旦发现不对，孩儿就先宰了他。”

“这样还是不行，战场上一旦有突发事件，再补救怕就来不及了。”折惟正说。

“说得不错，战场上是得万分小心才对。”折御卿下令大军原地休整待命。

“爹爹，为甚不走了？”折惟正问道：“我们离银州城已经不远了。”

“惟正，眼下这种局势对李继迁而言，逃命才是最好的选择，可他为甚还要回银州！”折御卿并不回答他的话，有意问道：“明知回银州有危险，可他偏要回去，假若换成是你，会怎么办？”

“他大概觉得自己的人马多出我军数倍，是想要引诱我军前往银州围歼。”折惟正想想说：“可他这样干风险还是很大，万一我军……”他猛然明白了折御卿的意图，兴奋地说：“爹爹，孩儿明白了，我军不用去银州，就在这里等，就不信他李继迁不出来。”

“如果继续拖下去，他不但等不到我折家军，怕最后等来的是李继隆的数万大军。”折御卿满意地看着折惟正笑笑说：“到时怕李继迁是想跑也跑不了了。”

“还是爹爹英明！”折惟正紧着赞了句。

“少拍你老子的马屁。”折御卿骂了句，可心里竟是美滋滋的。

银州城依山面水，半山半川，沿河傍沟而筑。东濒无定河，有河沟周护、群山拱卫，地势险峻；西靠北庄沟、南临党岔沟、北有炎火沟且都是沟深谷险。城墙是用夯土板筑，分成上下两城，上城为小山岗，下城是一片平地。西门和北门两座城门内均设有瓮城。

李继迁在张浦的鼓动下，真的是豁了出去。他让李继冲带着五千人马提前进入银州城，将人马全部布防在上城的小山岗，准备利用弓箭阻击折家军。自己带着万余人马隐藏在城外，等折御卿的大军来到城下后，迅速突袭并封堵折家军的退路，将其逼入城内。在会同上城的李继冲把折家军轻骑挤压在下城的平地上，利用弓箭将他们全部射杀。

埋伏在城外五里处山梁后面的李继迁，接斥候来报说："李军八被折御卿打败，只带着数百人跑了回来。"

"真是个没用的东西。"李继迁有点恼怒，大声问道："李军八在哪里？"

"在后面不敢过来见您。"

"他没进银州城？"李继迁一听火了，喊道："谁让他跑到这里来的，去！把他绑了拉过来。"

李继迁原本是叫李军八诈败，诱骗折御卿到银州城下，可没想到这家伙不但没按命令行事，还折掉了五千轻骑。李继迁怒火冲头，这是要坏了他全歼折御卿的计划呀，真恨不得立马斩了他。

"夏国王不必恼怒，现在就算是杀了他也没用。"张浦见他有些着急上火，怕影响后面的战事，忙过来说："刚接斥候来报，说折御卿带着五千人马过来了。"

"真的来了？"

"离银州城已不足十里。"

"好，我们就等着他。"李继迁又兴奋起来，这一天他不知等待了多久。折御卿呀折御卿，今天你只要敢踏入银州城半步，便是你的死期。

可接下来发生的事，让李继迁始料不及。他在这里苦苦地等了半个时辰，居然还没见到折家军的影子。

"先生不对吧。"李继迁心感不安，看着张浦问道："我怎么觉得事有蹊跷，折御卿真的过来了吗？我们的斥候在哪里，为什么到现在连一点儿消息都没有？"

张浦也感到不对，是啊，斥候都跑去了哪里，怎么没见一个回来？难不成折家军封堵了我军退路？若真是这样，我军怕是已经陷入到了危险之中。他突然心中冒出了这种可怕的想法，但也不敢表露，怕会影响到李继迁的决策。

张浦本是个谋士，并不擅长带兵打仗，只是这些年陪着李继迁与朝廷的军队打游击战打得多了，竟在不知不觉中把自己当成了军师。平日里与宋军对抗，只因宋军多为步兵，机动性差，难以对他们的骑兵构成太大的威胁。加之李继迁又是游击战法的高手，从不与宋军正面对抗，打得过就打，打不过就跑，只要能保全自身，败又如何！李继迁一直遵循着这一法则，无论你是谁，打不过你我跑还不成吗！跑是他的法宝，可这次怕是有些难了，他竟然忽略了自己的对手。张浦想歼灭折御卿是一时兴起，觉得机会难得，如果真能在银州城内围歼了折家军，不但可以提高李继迁的斗志，同时也能为今后争夺定难五州扫除障碍。

面对着可能到来的折御卿，李继迁、张浦确实是高估了自己。折御卿不但没来银州城，而且还在他们逃跑的道路上设下了埋伏。他早已命令小壮子封锁了通道，只要是拓跋军的斥候，过来一个捕杀一个，最终没能让一个回去。

第三十七章
惟昌孤胆挑敌首　御仁兵困波罗堡

折御卿站在谷口，看着眼前宽阔的川道问：“如果李继迁现在从银州出来，他会选择哪条路进入沙漠？”

“这里也只有两条路，一条通往波罗堡，另一条直接进入沙漠。”折惟正说“孩儿以为，既然是逃命，还是直接进入沙漠的好。”

“那他的辎重给养会放在何地？”

“这……”折惟正犹豫了下说：“怕是只能提前存放在波罗堡了。”

“这就对了，从波罗堡进入大漠，他可以直接到达契丹韩德威的地界，怕他只能往这个方向跑。”折御卿指着面前的川道说：“前面不远就是通往波罗堡的道路，直通沙漠的路，就是我军所在的这个谷口。”

这时小壮子快马奔了回来，到折御卿跟前迅速翻身下马说：“大人！”

“别急，喝口水慢慢说！”折御卿见他心急火燎的样子，忙安慰了句。

“大人！”小壮子喝口水说：“李继迁大约有近二万人马，有一半进了银州城，另一半不知去向，我派人四处搜寻都没找到。”

“没有找到？”

“是的，大人！李继迁封锁了银州城外五里处的所有道路，我们的斥候过不去。”

“好啊！”折御卿突然笑了。

“爹爹，出了甚事？”折惟正不知他在笑甚。

“李继迁果然是想引诱我军进城。”

“可我们只有五千轻骑，将如何应对得了？”折惟正问。

“小壮子，你马上带二百轻骑出去，在川道里设伏，注意李继迁的动向。”

小壮子应了声带人走了，折惟正问：“爹爹，接下来怎么办？”

“去叫哈叶巴过来。”

不一会儿，折惟正领着哈叶巴跑了过来，折御卿问：“哈叶巴，李继迁如果出了银州城会走哪条道？”

“这里。”哈叶巴说：“就是咱们现在的这条路，可以直接进入沙漠。”

“他不会去波罗堡？”

“应该不会。”

“那好，带上你的人马去守住通往波罗堡的道路，如果李继迁过来，就设法拦阻他们。”

“是！”哈叶巴答应声走了。

“爹爹，您这是？”折惟正不解地问：“您明知李继迁会去波罗堡，为甚还要叫……”

折御卿打断他的话说：“我们就是要放李继迁过去。”

“明白了，爹爹的意思是，由我军来封锁这条直接进入沙漠的道路，以防万一。”折惟正说。

“不错，必须逼迫李继迁去波罗堡，这样我们才有机会消灭他。”折御卿回头看眼边上的折惟昌说：“去把索龙云叫过来。”

等候在银州城外的李继迁，实在是耐不住了，折家军没有过来，打乱了他围歼折御卿的原定计划。望着空旷起伏的山峦，心中突感一阵惶恐。一阵北风吹过，李继迁竟然打了个冷战，他猛然觉察到事态有些严重了。跑！必须马上离开这里。他脑子里第一时间闪现出的念头就是“跑”！即刻命人进城通知李继冲，让他赶快出城，自己和张浦商议起前往沙漠的方案。

“夏国王不必担心，折御卿不过五千轻骑，根本就无法拦阻我军。”张浦谋划说：“让继冲带五千人马打先锋，如遇到折家军阻拦尽管硬闯便是。”

“硬闯！硬闯！难道我们现在只有逃跑这一条路？”李继迁急躁地踱了几步，猛地站住盯着张浦说：“先生，我怎么还是有点不甘心呢！他折御卿真的就那么厉害？”

“折御卿并不可怕，你强他就弱，只要夏国王敢去面对，天底下就没有夏国王做不成的事儿。”张浦看出了他的心思，知道李继迁还心有余悸，面对折御卿他是既怕又恨，可眼下是多么好的战机，敌寡我众！在兵力上他们占据有绝对的优势。即便是这样，却还是令李继迁左右为难，犹豫不决！他想跟折御卿斗，但又怕打不过。张浦觉得此刻必须给他鼓足勇气，一定要让这位夏国王壮起胆子，打消心中的恐惧，勇敢地去面对一切敌人。

“先生，我军是该去波罗堡，还是直接进入沙漠？”

“不知夏国王是怎么想的？如果只是为了逃命，那自然应该直接进入沙漠才对！可是……”张浦看着他有意停顿了下。

“波罗堡虽然有我军的辎重给养，但那里并不利于撤进沙漠，如果折御卿提前埋伏了重兵，将使我军进退两难。”

“夏国王怎么只想着跑，为甚不想点别的？”张浦笑笑说：“既然折御卿已经到了银州，为甚不敢过来？那是因为他觊觎我军的实力，要想用区区五千轻骑来拦截我两万大军的铁骑，怕是有点不自量力了！”

“可是先生，目前我军所处的位置也十分危险，前面有折家军的五千轻骑挡道，后面还有李继隆的数万大军跟进，如果我们再优柔寡断怕就会失去了先机。”

“夏国王不必担心，李继隆最少还需要一天时间才能赶到这里，我们决不能错过眼下这种大好时机！”张浦继续鼓动着，说出自己的谋略，最终李继迁还是采纳了他的方案。待与李继冲过来的人马集结后，两万大军一刻也没有停留，便迅速出发了。

折御卿在川道中设伏，并没打算拦阻拓跋军的道路，只要他们是前往波罗堡的方向就行。他知道在这平坦的川道中，若敢用五千轻骑去对抗李继迁的两万骑兵，怕是要付出惨重的代价，他不能冒这个险，也没有这个必要。眼下折御卿只是想分割击散他的人马，让李继迁带往波罗堡的兵马越少越好，这样就能给后面的围歼减轻压力。折御卿将轻骑分成三组潜伏在山坡后，第一组两千轻骑由索龙云带领；第二组两千人马交给折惟正，但由他来亲自指挥；剩余的一千轻骑交给小壮子，让他带着折惟昌去守住通往沙漠的道路。待一切安排就绪后，川道中便出现了拓跋军的骑兵前哨，紧接着李继冲的五千人马跟了上来，李继迁、张浦紧随其后。

守候在路口的哈叶巴，见奔驰过来的拓跋军前哨，根本就没有阻拦，而是迅速让开了道路放他们通过。

“爹爹，您看！”折惟正指着哈叶巴说：“这家伙，这家伙竟敢诈降……”

折御卿抬手打断他的话，只是专注地盯着道路上过来的拓跋军。吐蕃军没有出手拦截，本就在他的意料之中，不管拦也不拦，他的目的都是要逼迫李继迁前往波罗堡。

可李继迁还真没那么傻，折御卿也低估了他的能耐！这一次，折御卿的判断出现了失误。

当李继迁来到通往波罗堡的路口时，见到哈叶巴便明白了折御卿的意图。

“果然不出先生所料！”李继迁说：“折御卿怕是早有预谋，就是想要逼迫我军前往波罗堡。”

“好，那就趁机消灭他！”张浦冷静地说：“让继冲正面拦住折御卿，叫李军八抢占通往沙漠的道路，命令我军全体压上合围折家军。”

埋伏在山坡后的折御卿，见李继迁的人马停在了路口，正欲发出攻击号令。突然，发现李继迁改变了行动的方向，拓跋军迅速分成三路人马，一路由李继冲带领着五千骑兵直接向他这里扑来；另一路五千人马的蕃部牙兵紧随其后奔向了索龙云；李军八的五千吐蕃军快速冲向了小壮子、折惟昌守候的道路；李继迁、张浦指挥着其余的数千人马组成了第二梯队殿后，企图包抄合围折家军。

坏了！折御卿发现了战场上的变化，心道一声：“不好！”迅速下令折家军将士用弓弩封锁拓跋军的马队，等第一波箭矢过后。他命令索龙云的两千轻骑出击应对李继冲，同时下令折惟正带领一千五百人马冲击蕃部的牙兵，自己留下五百骑殿后准备增援。

顷刻间，在这片宽阔的川道中，李继迁的两万骑兵山呼海啸般的扑了过来。冲在最前面的是李继冲的五千拓跋军，结果被折家军数千羽箭矢射倒了一片，紧接着索龙云带领着两千轻骑冲杀而出。他们排列出数十组“锋矢”阵形，拉出一条百十米宽的横面，好似那巨浪击岸般的汹涌，瞬间便杀进了拓跋军的马队。两千把长柄眉尖刀，在折家军轻骑的手中上下拨动，挑翻了一个个碰上的敌人。这一冲，来的实在是彪悍强硬，拓跋军何曾见过此种阵势，又何时领教过这种硬碰硬的玩命战法。李继冲的人马被冲垮了，可索龙云他们并没有停下来，而是调转马头返身杀向了李继迁……

折惟正带领的一千轻骑，迎头直对五千蕃部骑兵的马队。训练有素的折家军，依然组成数十队攻击阵型，似那箭矢破竹，硬生生地扎入了敌军。蕃部的牙兵被这强力的一冲竟然瞬间崩溃了，实在是不堪一击啊！冲过去的折惟正调转马头，看见李军八的五千吐蕃军，正奔向守在道口的折惟昌，便迅速前往增援。此时他们已经无法从正面拦截了，只能带着一千轻骑从吐蕃军的腰身处插入，想要截断一部分人马，尽量给折惟昌减轻压力。

吐蕃军在折家军的强势冲击下，很快便被斩成了两段首尾不能相接，可折惟正的一千轻骑也被夹在了中央。怎么办？是继续追击李军八，还是去拦截后面的吐蕃军？正在此时，他突然发现哈叶巴带着的五千吐蕃军奔了过来，折惟正放弃了增援折惟昌的想法，直接冲向了哈叶巴。吐蕃军的战斗力实在是太有限了，根本就挡不住折家军的强力冲击，结果哈叶巴被折惟正一枪挑于马下，吐蕃军也溃败了。

折御卿站在原地观察着战场上的局势，他并不担心那些个蕃兵牙将，只要能盯住李继迁就行。不管跑了谁他都不在乎，但就是不能跑了李继迁。

守在道路口的折惟昌，见折惟正没能拦住吐蕃军，心下着急，擅自提枪催马孤身冲了出去，直接杀向李军八的马队。

边上的小壮子急地大声喊道："惟昌，回来！"

此时的折惟昌哪里还听得到，只管打马前冲。小壮子见状，迅速命令身边的副将守候道路，自己带领五百轻骑疾速追了上去。

真是个憨后生！从未经历过大战的折惟昌，一心只想着去干掉那吐蕃首领，他认为必须先斩杀李军八，方能打败吐蕃军守住道口。擒贼先擒王，还是那句老话，折惟昌的想法并没有错，可这样孤身闯入怕是太过冒险，搞不好就会丢了小命。他要在数千敌军当中强取上将人头，实在是疯狂到了极点。

但，折惟昌做到了！初生的牛犊不畏虎，那是因为不知道老虎的厉害。李军八不是虎，充其量是个二流的蕃部牙将。此刻，面对冲杀过来的折家小将，李军八还真心没当回事，直到眼瞅着折惟昌挑翻了一个个挡道的军士后，才知事情不妙，迅速命人上前围堵。

折惟昌手中一杆夺命的梨花大枪所向披靡，只见大枪在吐蕃军的马队中上下翻飞，左挑右刺，犀利而快捷的挥舞，霎时便冲杀开一条血路，直奔着李军八而去。李军八也是位亲历过沙场征战的将军，眼瞅着折惟昌直向自己扑来，迅速摘下马鞍上的弓箭引弓发射，"嗖"的一声箭支疾速窜出，奔着折惟昌的脑门飞去。

杀急了眼的折惟昌，突然发现李军八举弓搭箭，便紧着将身子前倾伏于马头之侧。眨眼间，箭矢已到，紧贴着他头盔擦飞而过。好悬啊！若是再慢那么一丁点儿，箭尖将会击穿面门。再看那折惟昌，依然快马未停，手中的一杆梨花大枪直刺向李军八的胸膛。太快了！还没等他换手抓过狼牙棒，大枪闪电般的破胸而入，李军八的身体被从马鞍上挑飞了起来，毙落在数十米开外……

李军八死了，吐蕃军在折家军轻骑的强力冲击下溃败而逃。小壮子来到折惟昌面前，上下打量着他问道："伤着没有？"

折惟昌看着他只是憨憨地一笑，小壮子严厉地说："不听军令，胆敢擅自出击……"

"末将知罪！"折惟昌没等他把话说完，接着道："那就将功补过，反正我爹也不知道！"

"什么末将？你现在还不是军人，只是一个不知死活的憨后生！"小壮子笑了，大声命令道："回去！马上跟本将军回去守住道口。"

"得令！"折惟昌答应声，小壮子看眼他心里甚是喜欢。这个折惟昌啊，小小年龄怎就会如此的胆量过人！

拓跋军的人实在是太多了，折御卿面对着数倍于己的敌军毫不畏惧，他冷静地观察着战场上的局势变化。要想拦住李继迁，就必须先击垮他的拓跋军。至于那些蕃部的牙兵牙将和吐蕃军，不过是一些被纠集起来的乌合之众！让他们充充数可以，但打仗不行！这些人本就是反叛无常，而且还各怀鬼胎，有利可图就跟着你去玩命，一旦势头不对会即刻反目。话说回来，生活在这一带的各蕃部落族人也是被逼无奈，战乱让他们失去了生活的来源，可他们也得活命不是！

折御卿清楚地知道这一点，所以他把攻击的重点全部放在了李继迁和他的拓跋军身上。由于川道十分宽阔，战马可以任意的奔跑驰骋，这就给折家军轻骑提供了有利的作战环境。折家军将士尤为擅长快马攻击的作战方式，再加上铁一样的军纪及有效的攻击阵形，很快就显示出强大的战斗力，大有无坚不摧之势。

面对这种快速机动的攻击战法，拓跋军根本就无法形成合围之势，他们群起蜂拥而上的马队，被折家军轻骑的数十路"锋矢"队形冲撞得七零八落。

"不要跟他们纠缠！"李继迁看着自己的人马被冲撞的散了开来，还有那些瞬间被击溃的蕃部牙兵牙将和吐蕃军，心下着急大声喊道："冲杀过去，抢占道口！"

他的喊声被淹没在了几万人马的喊杀声中。看来这些蕃部族的牙兵蕃将是用不上了，他们被折家军的强悍给吓破了胆，竟然全部脱离了战场。

"这些个王八羔子！"李继迁愤怒地骂了句，但他心里明白，这些家伙还在观望，如果是他占据了上风，各蕃部族的牙兵牙将还会回来参战。否则，他们会比谁都跑得快！现在必须尽快组织起有效的进攻，虽说失去了近一半的兵力，好在他还有自己的嫡系部队拓跋军，眼下也只能靠他们自己了。

折家军的战术打法，让李继迁的拓跋军一时无法应对。他原本想着自己人马众多，可以用饿狼扑食般的群殴战法来冲垮折家军。没想到，这些个蕃兵牙将竟会如此的没用！虽说他早就领教过折御卿的厉害，但真不知道会是这般厉害！只因，这是他第一次在战场上与折家军正面交锋。若早知这样，恐怕早就跑得没了踪影，哪里还有胆量跟折御卿拼命！

李继迁看着那些停留在远处，还在观望的蕃部牙兵和吐蕃军，已不再奢望能消灭折家军了，而是想着趁自己还占有兵力上的优势尽快逃脱！

“夏国王，我军必须集中兵力打开道路！”张浦在边上说。

“先生，你看我军是不是应该这样？”李继迁迅速向他说出了自己的想法，张浦听罢点头称赞说：“还是夏国王英明，请陛下立即下旨！”

李继迁真是游击战高手，首先他知道怎么跑，在任何困难的情况下他都有自己的逃命绝招。只是这一次，李继迁似乎并不太走运！

击溃了吐蕃军和各蕃部的牙兵后，折御卿迅速命令折家军轻骑全部回撤，在通往沙漠的道路前组成三道防线。第一道防线的两千军士下马排成前后数排，手持弓弩由索龙云负责指挥，拦出一道数十米宽的弓弩阵。后面跟着两千轻骑骑坐在马背上待命，由折惟正、小壮子统领随时准备出击；第三道由折御卿亲自指挥，他带着折惟昌和不足千把人的轻骑组成最后一道防线。这种阵型的战法是，当敌军接近第一道防线大约八十米时，两千弓弩手交替平射箭矢专射敌军的战马。当敌军快要接近防线四十米处，后面等待的两千轻骑迅速出击杀入敌军，两千弓弩手持弩准备第二次发射。这种战术打法似乎过于大胆，看似有点儿玩命！可折御卿并不担心，因为此次面对的不是擅长马战的契丹铁骑，而是军事素质不高，战力并不强悍的拓跋军，加之这两千轻骑都是折家军中的精锐，具有超强的战斗力。一旦他们穿过了拓跋军，将会造成敌军马队的混乱，李继迁必定要分兵去严防他们返身杀回。现在折御卿必须死守这里，就算是把李继迁打回银州城去，也决不能让他从这里通过。

拓跋军的马队过来，他们并没有蜂拥而上，而是由李继冲带领着五千骑兵打先锋，李继迁、张浦殿后观阵。折家军两千弓弩手严阵以待，随时准备发射手中的弩箭。可是，当拓跋军快要接近到百十米的距离时，突然停了下来，不再往前。

“他们要干甚？”折惟正看着停下来的拓跋军，心中犯疑。

“难道它们真的不敢过来？”小壮子说。

拓跋军的这一举动，竟令折家军摸不着头脑，两军都没有任何举动，只是静静地对峙着。

“爹爹快看！”折惟昌突然喊了一声，“李继迁要跑！”

折御卿抬头向拓跋军骑兵的身后看去，只见尘土渐渐飞起，奔跑的马蹄声也逐渐传了过来。折御卿迅速站上马鞍向远处眺望，他必须确定李继迁是想往哪里跑，波罗堡还是银州？是银州方向！李继迁、张浦叫李继冲带着五千人马前去拦阻折家军，一是虚张声势，二是怕撤离时被折家军尾随追击，好让这五千人马替他们断后。看来李继迁已经放弃了从这里进入沙漠的想法，但他绝不可能再回银州。那是要去哪儿，绥州还是宥州？不管他去哪儿，这一次绝不能让李继迁轻易逃脱。折御卿下令全体折家军轻骑上马，命令折惟正、小壮子的两千轻骑迅速出击。

李继冲见折家军冲了过来，毫不犹豫地发出了撤退的号令，拓跋军掉转了马头疯狂地往回奔跑，折家军随后紧追不舍。可还没追出多远，战场上的情况又发生了变化。折御卿突然发现，已经跑远的李继迁、张浦竟然掉回头来向着波罗堡的方向玩命狂奔。

不一会儿，拓跋军身后出现了一支数千人的马队，飘扬的战旗上打出一个大大的“高”字，折御卿知道来的一定是绥州牙将高文岯。他命令索龙云去堵截拓跋军逃往波罗堡的道路，自己停留在了原地观察战场上的情况。拓跋军的败局已定，惟一能去的也只剩波罗堡了，不管折家军能否拦得住，李继迁还是在劫难逃。

折御卿发现，绥州过来的骑兵也不过三四千人，怎么就杀的李继迁跑了回来。他注意到战场上奋力追杀拓跋军的骑兵中，有两个最为显眼的人，一个身披白色战袍，另一个身着赤红铠甲。两人冲杀在马队的最前面，挥舞着手中的长矛大刀，砍翻了一个个前来阻挡的拓跋军将领，在混战的马队中独树一帜，势不可挡。

川道中各路厮杀的人马交织在了一起，混沌的战场，漫天狂舞的杀器；逃命的在拼死逃命，追杀的在奋勇追杀。现在这里已经不再是两军对垒的战场，而是残酷血腥的杀戮！最终还是让李继迁和张浦跑了，他们在李继冲的拼死掩护下，带着三四千人马逃向了前往波罗堡的道路。

战事结束了，放下兵器投降的各蕃部族人数，竟然有万人之多。折御卿顾不上管这些牙兵牙将，让折惟正把他们全部交给过来的绥州军，同时命令小壮子带领二百斥候去跟踪李继迁，随时查看他们的行踪。随后下令全体折家军轻骑休整待命，他并没有打算马上去追击李继迁，而是想要叫自己的将士们喘口气，补充补充给养歇息一下，好为接下来的厮杀积蓄能量。李继迁虽然跑了，但他还是钻进了折御卿布下的陷阱，还是无处可逃！

一身赤红铠甲的绥州牙将骑马奔了过来，到折御卿面前翻身下马抱拳行礼说：“绥州高立梅，拜见观察使大人！”

“高将军不必多礼！”折御卿客套了句，称赞道：“姑娘真是英姿飒爽，令人敬佩！”

“大人谬赞了！折家军威名远扬，今日有幸与大人相见，实在是三生有幸。”高立梅也回赞了句。

“不知高文岯将军……”

“哦，他是我的兄长。”高立梅忙回答说：“他去迎接朝廷特使，也许一会儿就到了。”

两人正客套着，一身白色铠甲的牙将也奔了过来，来到两人面前翻身下马大声喊着：“为甚不去追赶李继迁，你们就这样眼睁睁地看着他跑了？你们这是……”

“白姐姐！”高立梅忙打断她的话说：“这是府州观察使折大人！”

“见过折大人！”白姑娘抱拳行礼，抬头看了眼他。两人目光一对，惊得折御卿张大了嘴，急切地喊出了她的名字。

“李小怜！小怜姑娘！”

“折大人！您这是……”白姑娘静静地看着他。

“小怜，小怜姑娘！我是折御卿啊！难道，难道你……”

“大人一定是认错了人！”白姑娘冷冷地回了句。

折御卿还是不敢相信自己的眼睛，眼前这位姑娘分明就是活脱脱的李小怜啊！除了她的右面脸颊上被一块不大的银色花片遮挡外，均与那李小怜无异。她没有死，她还活着！折御卿显然有些激动，他强压住自己内心的情绪，紧紧地盯着白姑娘说：“姑娘好生面熟，我们是不是在什么地方见过？”

“大人认错人了，我们根本就没见过。”白姑娘依然静静地回了句说：“如果折家军不打算去追击李继迁，那我们就先告辞了！”说完便向自己的战马走去。

“姑娘请留步！”折御卿忙喊，白姑娘并没有回头，只是站在战马前顿了下，转而翻身上马走了。

“哎，白姐姐……”高立梅紧着在后面喊了声，见她并没回头，只好扭身看着折御卿歉意道：“白姐姐就是这种人，请折大人不要往心里去。”

“无妨！”折御卿自嘲地笑笑说：“你们绥州军是跟着我一块去清剿李继迁，还是就此回去？”

“当然是要跟着大人了！我哥也是奉陛下之命，协助李继隆大将军前来清剿李继迁的，你是观察使，比我哥官大，自然得跟着大人您走了！”高立梅一点也不认生，看见折御卿就像遇见了老熟人般的亲切，她性格单纯，美丽大方，年不过十七八岁，说起话来倒是讨人喜欢。

“那好，现在就去召集你的人马，准备出发！”

“绥州军有白姐姐管着，用不着我，我还是跟在大人的身边吧。”

折御卿笑了，心说“你个憨女女，跟着我做甚？”其实，他还真想留高立梅在自己身边，只是不便开口，现在好了，有这样一位热情俊俏的姑娘陪着，刚好可以多了解一些白姑娘的情况。折御卿认定这位白姑娘就是李小怜，可她又为甚不承认呢？眼下已没功夫想这些了，还是抓紧时间去追赶李继迁要紧。

绥州军被白姑娘带走了，他们已迫不及待地奔向了波罗堡。稍事休息后的折家军，在折御卿的率领下也随后出发了。

再说折御仁带着三千轻骑，马不停蹄，日夜兼程地赶到了波罗堡附近．突然接斥候来报说，发现拓跋军一千骑兵押送着大批的粮草辎重过来了。折御仁即刻命令马怀绪，带领一千人马去封锁通往波罗堡的道路，自己带着路思达和两千轻骑直接扑向拓跋军。

押送粮草的拓跋军，瞬间被突然冲杀过来的折家军给击溃，他们丢下了辎重物资，逃命去了。折御仁下令清理路面，查点物资并让路思达去搜寻拓跋军的服装，他是想利用这些服装来蒙骗波罗堡守军打开大门。不一会儿，路思达过来告诉他说，只找到了三百来套军服。

“够了！叫军士们换上服装，动作要快。”折御仁迅速下令道：“带上所有的辎重物资马上出发。”

折御仁觉得时间紧迫，他必须赶在李继迁到来之前拿下波罗堡。

波罗堡位于毛乌素沙漠南缘，及黄土高原丘陵沟壑交界之处，置于无定河南岸的黄石头山上。说是石头山，其实还是座被覆盖了一层厚厚黄土的山原。只因城堡西侧石壁上，自生巨大石佛而闻名。据传，释迦牟尼东土游历返回时，路经此处，脚踩石崖留下了真迹足印，人们便在此处修建寺庙，取名“波罗堡”。“波罗”，出自梵文，意即“抵达彼岸”。波罗堡经过数十年的战乱纷争，现已是一座不大的兵营。

折御仁没有来过这里，并不知道波罗堡原本就在山上。当他带着三千轻骑到达时，望着山上的城堡开始泛傻，实在是太意外了！

“将军，这波罗堡怎么会是这样？”路思达问：“怎么办？”

折御仁只是紧盯着城堡，心想李继迁真的会进入城堡吗？这里虽说地势险要，但山原下也仅有一条通往大漠的道路。一面环绕着无定河，一面是沟壑山崖，如果封锁住这条通道，李继迁也只能进入城堡，那么他将插翅难逃了。折御仁放弃了原定攻取波罗堡的方案，下令封锁通往沙漠的道路，意图把李继迁逼进城堡。他叫来马怀绪，命令他带五百轻骑堵住上山的道路，不准放城堡内的一个人出来。如果遇见李继迁的人马过来，不得交战，迅速撤回！

眼下封锁道路成了最为紧迫的事，大军没有时间休息。折御仁命令路思达去指挥军士寻找石块、树杆等物在通往沙漠的道路上设置路障，同时挖掘陷马坑并安置绊马索。折家军必须在李继迁到达之前，做好一切防御准备。

第三十八章
陷城堡惟昌神勇 放继迁太宗失策

待一切布防就绪后，折御仁才算松了口气。路思达抱着坛酒来到他跟前，倒碗酒递过去说：“二叔，您也该歇歇了。”

折御仁接过碗一口喝干，就地坐下说：“这波罗堡还真是个不错的地方，李继迁能死在这里也算是他的福分。”

“二叔,您觉得他真的会来这里？”路思达给他倒满酒说:“万一这家伙改变了……”

“你个臭小子！”折御仁瞪眼他说：“竟敢怀疑起观察使大人……”

“不敢不敢！”路思达忙回话说：“我只是觉得，咱们跑了这么远的路，万一李继迁不来……”

“真是头蠢驴！”马怀绪提着个陶罐过来说：“就你那驴脑子，也能猜得出咱们家大人的谋略。”

“嗨，怀绪！”路思达回头看见他手中的陶罐伸手去抢，马怀绪闪过放在折御仁面前说：“这可是我家婆姨专门给二叔准备的沙漠羊肉，你就啃干馍吧。”他说着打开盖子从里面拿出块羊肉递给折御仁。

“还是人家‘绪马哥哥’有口福呀！”路思达喝碗酒调侃说：“二叔，您可知为甚要叫他‘绪马哥’？”

折御仁咬着羊肉并没吭声，路思达接着说：“有一年，我们和春艳一起去找……”

“你个死‘达路’，快闭上你那张臭驴嘴！”马怀绪抓块羊肉塞进他的嘴里说：“还是快去找一个能叫你‘达路哥哥’的小妾吧，省得没事闹心！”

“现在能叫我‘达路哥哥’的小妾，怕是没地方找喽！”路思达扭头看着他问：“怀绪，你说春艳怎么会给你起这么好听的名字？当时雪娥能看上你，也许就是因为这个名字吧。”

“真是张驴嘴。”马怀绪笑笑说：“二叔，您知道不，‘达路’这名字也是春艳……”

正说着就见一斥候飞奔过来，几人迅速站起身。斥候说，李继迁过来了。

折御仁迅速下令弓弩手准备，由于道路不宽，只能把弓弩手分成百十人一组，前后共排列出五组队形，每组间隔三十米；第一组射完后直接回撤到路障后面，第二组等待射击，就这样一组接着一组轮番发射箭矢，直到最后一组撤回。他要求军士将弩箭平射，专门射杀拓跋军的战马，假若拓跋军的人马硬闯，那些被射杀倒地的战马，就自然形成了一道道屏障，阻碍马队的行进速度。

李继迁带着三四千人狂奔而来，路上遇见押送辎重逃出来的数百人马，得知折家军已经封锁了前面的道路。

“怎么办？”李继迁回头看眼张浦说：“现在我们已无路可走。”

“闯！”张浦狠狠地说：“我们已经没有选择，闯过去！”

拓跋军的马队开始前冲，跑在最前面的被第一波箭矢撂倒，后面的战马踩踏上去，倒地的马匹紧着绊翻了跟进的战马，快速前冲的马队顷刻间拥挤在一起，只能等前面的马匹躲让开后，方能继续前行。

李继冲见状，迅速下令马队拉开距离，一队跟着一队往前冲。这种方法有了效果，但还是损失了数百匹战马。折家军后撤了，拓跋军很快冲上了进入沙漠的道路，结果被设置的路障给阻拦。李继冲命令军士下马去清理路障，还没等他们走到跟前，便被折家军密集的弩箭给射翻，两军僵持在了路口。

眼看着无法突破折家军防线，李继迁急了，下令大军猛攻，只要能打开通道，管他死多少人呢！李继迁算是豁了出去，波罗堡绝不能进入，如果进去了，怕他就再也无法脱身。可眼下已是腹背受敌，被折家军挟持夹击在了中间，不进波罗堡又该咋办？

这时，城堡里的守军打开城门迎了出来，看着过来的将领李继迁怒了，直接挥鞭抽了过去，喊道：“你是怎么守的道路，竟敢缩在城里看着折家军布防！”

“末将有罪，末将只是……”没等守城将领说完，李继迁大喊一声，“来呀，给我砍了！”

“夏国王息怒！”张浦忙过来劝说：“我们还是进城堡吧！”

“进去，进去了还能出来吗？”李继迁暴躁起来，大声吼道：“冲！一定要杀出条路来。”

“夏国王！将士们现已疲惫饥渴难耐，再这样打下去会不战自败的。”张浦也急了，大声喊道：“马上下令进入波罗堡，里面有足够的粮草，叫将士们养足了精神，还可以和折御卿一战。”

李继迁冷静了下来，看着狼狈不堪，已失去了斗志的拓跋军，再看看山原上的波罗堡。他知道，一旦进入波罗堡也许就成了他最后的归宿。最终李继迁还是放弃了抢占道路，下令全军进入城堡。

拓跋军退进了波罗堡，折御仁留下马怀绪带五百轻骑继续严守道路，命令折家军包围城堡，封锁所有可能行走攀爬的山路。折御仁并没打算攻取城堡，只是下令严密监守，严防李继迁突围。他叫后面预备的军士搭起数座军帐，埋锅造饭，给跟过来的折家军将士准备饭菜，同时也能给折御卿提供一个临时歇脚指挥的场所。

待一切安排就绪，小壮子带着二百斥候到了，折御仁叫他们休整待命。不一会儿绥州军也赶到，白姑娘骑马来到他面前，还没等她开口说话，折御仁已经惊讶地喊了起来。

“李小怜，原来是小怜姑娘。”

“折将军，你大概是认错了人！”白姑娘翻身下马来到他跟前说：“我姓白，不是李小怜。”

“噢，白将军！”折御仁看着她，依然不信地问道：“你怎会跟小怜姑娘长得如此相像？”

“折将军，李继迁在哪儿？”白姑娘并不回答他的话。

“已被我军围在城堡中。”

“那你为甚还不攻取城堡？”

折御仁被问得愣了下，打量着白姑娘笑了，问道：“依照白将军的意思是？”

“马上攻取城堡，杀了李继迁！”白姑娘似乎一刻也等不得了，不知她跟李继迁有多么大的血海深仇。

“白将军还是再等等吧，你们绥州军怕也需要休整补充补充给养了。”折御仁劝说道：“等观察使大人到了后再作决断不迟！”

白姑娘见折御仁不肯发兵，看眼他转身走了。

“哎，小……白将军！”折御仁忙在她身后喊：“叫你们的军士养足了精神，等折御卿来了，咱们再去拿下李继迁可好？”

白姑娘并没回头，折御仁认定她就是李小怜，虽说脸上多了个银色花片，怕也只是为了遮盖伤疤而已。他觉得，天底下不可能有长得一模一样的人！

进了波罗堡，李继迁命令李继冲去守护城池，把那些能用的守城器具全部搬上城头，准备跟折御卿拼命。他带着张浦迅速把城堡内四周的城墙视察了一遍，发现城堡早已被折家军围成了铁桶，所有可能出去的地方均被严密封锁了。

回到大殿，李继迁有些沮丧，这是自他造反以来所遭遇到的最为凶险的一次，他不知道自己是否还能活着走出城堡。

“夏国王不必沮丧，我们还有机会。”张浦过来说：“折御卿要想攻下这城堡，怕也没那么容易，我军有足够的粮草物资，定能坚守个数月半年。”

“守住了又如何？没有援军我们还是出不去。”

“夏国王放心，这里离契丹韩德威不远，当他得到消息后一定会发兵前来救援。只要夏国王不忘初心，成就大业的信念不倒，我们定能保卫城池不失，到时一定会有转机。”

侍从端来羊肉和酒菜摆放在条案上，李继迁哪里还有心思吃饭，烦躁地在大殿中踱了几步问：“先生，我们当真没路可走了吗？”

“有！”张浦坐在几案前，向他招招手说：“夏国王不必烦躁，还是过来喝口酒吧！”说着倒碗酒放在对面，李继迁过来说：“我知道先生是在有意安慰我，可眼下这种局势……”

张浦端起酒碗示意他坐下，李继迁抓过酒碗倒进嘴里说：“我知道越是在危险的时刻，越需要冷静。可是先生……”

“坐下吧，夏国王！”张浦并不看他，只是静静地说：“当年我们起事时，从银州城里带出来了多少人马？”

“百十来号人。”

“现在还有多少？”

“四五千！”李继迁坐下说。

“从一百多人到现在的四五千人，夏国王你可记得我们人马最多的时候是多少人？”

“大概有五六万之众。”李继迁渐渐地冷静了下来，张浦接着说：“何止是五六万啊！夏国王是党项拓跋氏里的翘楚，是他们的国王。眼下只是受到了一点小小的挫折，怎就会没了斗志！打起精神来，夏国王还有大任在身，绝不会翻倒在这小小的波罗堡内。来！先吃饱喝足了，好去完成拓跋氏祖先托付给你的重任。”

听张浦这样说，李继迁还真就安静了下来。不想了！他已不再去想那些没用的事。现在必须勇敢地去面对，无论最终的结果是什么！他李继迁也绝不会放弃生的希望！

折家军到了波罗堡，折御卿命令大军休整待命，回头发现高立梅还跟在自己身边，便叫她回绥州军去。高立梅不肯非要跟着他，折御卿无奈也不去管她，带着折御仁，折惟正和小壮子等迅速来到城下观察地形。

波罗堡周边的地形并不复杂，城墙外缓坡沟壑交错，反倒有利于部队接近，除了城门以外，四周的城墙并不算高大，可以选择利用的攻击点很多。

“这城堡看似易守难攻，但也确实是不利于防守。”折御仁说。

折御卿也看出了波罗堡的城防弱点。城墙外的土坡山沟过多，而且多与墙体相连，这本就是修筑城墙的大忌。防御的城墙下，应该有几十米平坦宽阔，毫无遮拦的缓冲区，有的还挖有壕沟或护城河，目的就是防止敌军接近城墙。可波罗堡不同，它原本是一座寺院，不是军事碉堡，只是后来被人当作了屯驻军队的兵营，也没谁想着去改造城墙。

“惟正，小壮子，看见城墙下的那些山沟了吗？”折御卿指着说：“过去查看一下，看看这些沟都有多深。”

两人答应声，带着斥候分头摸向城墙。

“三弟是想利用强弩，来封锁城墙上的拓跋军。”折御仁猜出他的想法。

“我军没有大型的攻城器具，如果硬攻怕会损伤惨重。我想利用强弓硬弩来压制敌军，掩护将士们登上城墙。”

“用一千蹶张弩，外加一千臂张弩，定会让城墙上的拓跋军不敢露头，现在就看有没有可以利用的地形。”

“无妨，拓跋军使用的弓箭射距不足，最多也不到百十米，而我军的蹶张弩，最少也能射出一百五十米远，他们根本就够不着我军的弓弩手，怕也只有挨打的份儿。”

两人正说着，就见城墙上的拓跋军向折惟正、小壮子发射出了一阵箭雨，众人被压制在山洼中，不敢抬头。

“拿蹶张弩来。”折御卿大喊一声，边上的侍卫给他递张弩，折御卿接过向着城墙靠近。折御仁也叫人给他拿来张臂张弩，众人跟了上去。

折御卿在一座小山丘上停了下来，侍卫跑上前，接过弩放在地上，脚踩弩柄手拉弩玄扣于机括之上，装好箭矢递给他。

“这里离城墙有多远？”折御卿端弩问道。

“大约有一百七十多米。”折御仁答。

“这么远够得着吗？”高立梅看着远远的城墙，上面的人显得很小。

弩箭飞出，直冲着城墙上正在指挥的拓跋军校尉奔去，箭矢拖着细长的尖叫声冲上城墙，校尉顿时消失了。正在用弓箭射击的拓跋军一下乱了起来，折御仁紧接着又用手中的臂张弩射出一箭，又一名军士倒下。

“神了！这弩会这样厉害！”高立梅惊奇地看着折御卿，她没见过这种弩，真是让她开了眼。这两种强弩本是大宋的独门兵器，李继迁自然没有。

不一会儿，城墙上突然飞来一片箭雨，箭支在空中划着弧急坠落下，大都落在了百十米处，最远的也没到达折御卿他们所在的位置。两拨箭雨过后，拓跋军不再放箭，折惟正和小壮子等人借机退了回来，还没等他们说话，只听折御卿大喊一声：“城墙上有床弩，快走！”众人迅速向后撤去。

城墙上确实有两座中型床弩，只是还没有安装布置完成。中型床弩不算大，却也足有一间房子的大小，一次可同时发射似枪杆般粗细的弩箭三到六支。该床弩是用木制搅轮拉动牛筋弓玄，需要五六人方能操作。当弓玄勾挂在机括之上，摆放箭支，调整好射击的角度后，由一名军士手持木制大锤砸向机括发射。此床弩的射程可达三四百米远，实在是威力巨大的重型武器。

返回军营的路上，高立梅没有跟随，而是去了绥州军。折御卿与折御仁走进临时营帐，侍卫送来了酒菜，两人坐下边吃边策划攻取波罗堡的方案。

不一会儿，白姑娘和高立梅走了进来，折御卿忙招呼说：“二位将军来得正好，我正要差人去请你们。”

“折大人准备何时攻打波罗堡？”白姑娘直直地问了句。

“我们正在研究方案。”折御卿看眼她说：“如果两位将军还没吃饭，不妨坐下与我们一块吃可好？”

“姐姐！”高立梅听他这样说，看着眼前热腾腾的饭菜动了心，忙说：“咱们就在这里凑合着吃一点吧。”她实在不想回去啃那些干硬的军粮，这里有肉有酒的为甚不吃！

“那就请两位将军过来坐下吧！”折御卿命人加些饭菜，再取来两双筷子说：“仗要打，饭也得吃。先把肚子填饱了，再去收拾李继迁不迟。”

折御仁把酒碗摆放在两人面前，倒满酒说：“咱们边吃边拉，观察使大人已经有了攻取波罗堡的方案。”

几人端起酒碗喝了口，白姑娘问道：“折大人能说说你的具体方法吗？”

“办法很简单，先利用强弩封锁城墙上的拓跋军，掩护我军登上城去。”折御卿干碗酒，轻描淡写地说。

“用弩弓去压制城墙上的拓跋军？”白姑娘并不相信他的话，紧盯住他问道：“谁来攻城？”

“这种高风险的事，还是让我们折家军去干吧！”

“那绥州军干甚？”

“你们负责观阵，随时准备增援。”

“折大人还真看得起绥州军。”白姑娘说：“我军也是奉旨前来清剿李继迁，为甚只能你们折家军去攻城？”

“那白姑娘想怎样？”折御卿问。

“咱们各管一面！我军负责攻取南面，你们负责东面城墙。”

“好吧，那就听你的。”

“还有，等攻下了城池，你得把李继迁交给我来处置。”

“不行！”折御卿一口回绝说：“李继迁只能由我来处置，任何人都不准插手。”

“那好！咱们谁捉住他，就由谁来处置。”白姑娘态度十分坚决。

“不管是谁抓住了李继迁，都得由本将军来处置。”折御卿的口气也十分强硬，在这件事上他绝不会让步。先生死不瞑目，他要叫李继迁偿命！

“折大人！那就看我们谁先攻下波罗堡了。”白姑娘站起身向帐外走去。

“哎，姐姐！”高立梅看眼折御卿，忙起身追了出去。

“三弟，这小怜，噢是白姑娘，性子怕也太急了点吧！”折御仁说。

折御卿没答话，端起酒碗喝干说：“二哥也认为她就是李小怜？”

“应该不错，只是脾气有些古怪了。”折御仁的感觉有些怪怪地说：“按常理，若她是李小怜，还来与三弟见面就应该承认自己是李小怜才对。可她不承认！如果她真是李小怜，又不承认自己是李小怜，还能这样平静地面对着你和我，是不是有些怪！”他觉得这话说得有些绕口，忙又解释道：“我的意思是说，如果是真的李小怜，她怎么会对你像陌生人一样呢？”

“事情已经过去多年，也许真的发生了什么事，才让她变成了这样。”折御卿苦笑笑说“走吧二哥，我们该去收拾李继迁了。”

高立梅追出营帐，赶到白姑娘面前问道：“白姐姐有事瞒着我，姐姐是不是原来就叫李小怜？”

白姑娘听她这样问，并未答话，只是行走的脚步稍微顿了下。高立梅接着问：“那个李小伶，跟折御卿是甚关系？”

“姐姐不知道！以后妹妹不要再问这些无聊的事。至于那个李小伶是谁，有空你还是自己去问折御卿吧。”

“可是，可是折御卿好像对姐姐很关心，这一路上都在打问姐姐的事呢。”

“你都说了些甚？该不会把姐姐的家世都告诉给他了吧！”

“我才没那么笨呢，人家本来就对姐姐的事情知道的不多，就算想说也没个说上的。”

“好了，不说这些了，看样折御卿会马上行动攻打波罗堡，不知你哥现在到了哪里。”

“姐姐真想跟折御卿去争抢？”高立梅并不回答她的话。

“不能让折家军抢占了先机，李继迁就在城堡内已无法逃脱，我一定要亲手宰了他。”说着两人来到战马前，白姑娘拉过马缰正欲翻身上马，就听高立梅说：“可是姐姐，折家军有威力巨大的蹶张弩，我军仅靠自己的弓箭怕是不行。”

“蹶张弩！”白姑娘猛然停住，转身看着她问：“他带来了蹶张弩？”

“是啊，我跟他一块去了城墙下，他还用那张弩射杀了守城的校尉呢。”高立梅有些兴奋地说：“那弩可厉害了，那么远的距离……”

白姑娘没听她把话说完，转身向回走去。没走多远就见折御卿、折御仁出了营帐，迎上前问道：“折大人，你带来了蹶张弩？”

“没错！”

“能借我一些吗？”

“不行，但可以派人去支援你军。”

“看来我是自讨没趣了。”白姑娘说着转身就走，折御卿喊住她说：“不是不借给你，而是此弩需要经受过训练的军士方能掌握，我可以派人去支援你。”

“不用，没有折家军，我军一样可以拿下波罗堡。”白姑娘并不领情，说完转身就走，高立梅犹豫了下，看眼折御卿还是追了过去。

“姐姐为甚不要折家军的支援？”高立梅上前说：”这样我军不就有了必胜的把握。”

“那不就成了他折御卿的功劳。”

“姐姐，现在不是赌气，是在打仗。管他是谁得功劳呢，只要能把李继迁抓住就行。”

“不必再说，咱们还是回去准备攻城吧！”两人说着翻身上马，向绥州军营地而去。

“三弟你看！”折御仁看着远去的两人笑笑说：“还真是不领情呀！”

“二哥，咱们就按原定计划行事吧！叫马怀绪、索龙云各带五百蹶张弩和臂张弩去支援绥州军攻城。”

“这样怕白姑娘不会高兴。”

“不用理她，抓住李继迁才是最重要的。”

折御卿已经顾不上那么多了，现在得抓紧时间攻取城池，不能给李继迁过多的喘息机会。他即刻下令折家军全体出动，命令马怀绪、索龙云带上一千弓弩手去南面的城墙，寻找有利的攻击位置支援绥州军攻城；命令折御仁、路思达带两千弓弩手封锁城头上的拓跋军；命令折惟正、小壮子带领三千军士准备登城，自己坐镇中军指挥。此仗登城最为危险，他不能让别的将士去，只能叫自己的儿子冲在最前沿。

待大军全部到位后，攻城战开始了。第一波攻击就让拓跋军无法还击，折家军用蹶张弩和臂张弩压得守军不敢在城墙上露头。因折家军离得太远了，拓跋军手中的弓箭竟然派不上用场，只能把身体躲藏在垛口后。借着这个时机，折惟正、小壮子已经带人冲到了城墙下，随时准备登城。

守在城墙上的李继冲没有想到，折家军竟会有如此可怕的强弩，仗要照此法打下去，城是守不住的。他只能下令众军士持刀蹲在垛口下等待，遇到上来的折家军就跟他们血拼。只要有折家军的人登上城墙，他们的强弩就不可能继续发射。

城外指挥的折御卿也没想到，战事进展得会如此顺利。他下令所有的弓弩手向前推进，继续压制拓跋军。命令折家军全力压上登城，向波罗堡发起了最猛烈的进攻……

第一个登上城墙的人竟然是小将折惟昌，他双手紧握数十米长的树杆顶端，由几名军士推送上城墙。只见他双脚轮番踩踏墙体，身轻似燕，敏捷迅速地登了上去。当他身体快要接近墙的顶端之时，猛然一跃腾空飞落而下。这一跃，竟让里面蹲守的拓跋军感觉人是从空中飞进来一般。还没等他们反应过来，折惟昌手中的一把利剑早已飞舞起来，瞬间挑翻了一片拓跋军士兵。紧跟着折惟正、小壮子也带着百十名折家军飞落下来。霎时，两军将士在城墙上交织在了一起，一阵阵混乱的厮杀，一片片刀光剑影，一群群残缺的肉身。顷刻之间，波罗堡被血洗了，城墙已被鲜血染红，哀嚎声四起！

罪过呀罪过！在这圣洁之地，竟也上演了一出人与人之间的残酷搏杀。折家军上来的人越来越多，拓跋军终于抵挡不住，开始溃败。李继冲只好放弃城墙向院内的大殿退去……

波罗堡内的喊杀声惊天动地，可坐在大殿中的李继迁、张浦依然淡定。两人丝毫不为外面的厮杀所动，竟然还能静静地把酒闲聊。

此时的李继迁，什么也不想了，想也没用！他不再打算有任何反抗的举动，只是把一切都交给了上苍！天若亡我，则必亡！天要佑我，则必强！烦闷的等死，倒不如淡定的喝酒。

“先生，我怎么现在才品出这酒的味道。”李继迁喝碗酒放下碗正欲说话，匆匆进来一名侍卫说：“折家军攻上了城墙。”

两人似乎没有听见，继续着自己的话题，侍卫转身出去。李继迁又端起碗酒说：“平日里只知狂喝乱饮，竟似那灌牛一般，今日饮来却有些不同了。这酒突然变得平和了许多，竟也有股子香气袭人了。”

侍卫又跑了进来说："折家军占领了城墙，我军已顶不住了！"两人还是不去理他，依旧安然地喝着酒。

"狂饮是饮，细品也是饮。酒还是那酒，情绪好时酒提神，心情差时酒害人！"张浦喝口酒说："此时此刻，夏国王已入佳境，既入佳境何不再饮它一碗！"

"痛快！"李继迁喊一声，又端起酒碗，这时，李继冲跑了进来说："折家军已攻破了城门，我们的人全都被挤压在院内，大少爷快走吧，让我掩护你……"他看看两人把后面的话咽了回去。

突然，外面的喊杀声停了，两人顿了下，相互看一眼。侍卫跑进来说："折家军停止了进攻。"

李继冲一听，忙跑出去查看。张浦看着李继迁笑笑说："怕是有贵人前来相助夏国王了！"

张浦的话还真没说错！原来，正当折御卿指挥大军攻上城墙，夺取了城门之时，高立梅跑了过来说："折大人！我哥来了。"

折御卿回头见高文岯快速跑来，到他面前行礼说："绥州高文岯，参见观察使大人！"

"高将军不必多礼！"折御卿抱拳还礼说："波罗堡很快就会被我军攻下，不知将军此时前来所为何事？"

"折大人，陛下的特使张崇贵大人到了，他要见你。"

"现在不行！"折御卿一口回绝说："等我抓住了李继迁后再去见他。"

"特使说必须马上见到你，他带来了皇帝陛下的口谕。"高文岯解释说："末将知道，现在已到了攻取城池的关键时刻，我只是前来传个口信，见与不见还需折大人自己定夺。"

"那就有劳将军去给张大人带个话，等我攻下了波罗堡再去与他相见！"

"可是大人，这张大人是陛下派来的特使，你要是不见，怕……"

"高将军不必担心。一切后果均由我折御卿一人承担。"

折御卿预感事情不对，陛下此时派来特使，定跟李继迁有关，但他又不想失去这个消灭李继迁的大好时机。可是皇帝陛下的特使具有至高无上的权力，若硬抗着不见，怕会有不可预知的后果。但此时的折御卿早已铁了心，不管将来后果如何，他一定要先剿灭了李继迁。

高文岯见折御卿不吃劝，只好告辞走了。可不一会儿，他带着张崇贵又匆匆赶到阵前。两人见过面后，折御卿不等张崇贵说话，便急切地说道："大人，现已到了消灭李继迁的关键时刻，不能停，否则将会给大宋带来无穷后患。"

"折大人，本特使是奉皇帝陛下之命前来收复李继迁，你必须马上停止攻城。"

"大人，李继迁反叛无常，骨子里就是要与朝廷对抗。"折御卿力争道："如果我们现在放弃这个机会，怕以后就很难消灭他了。大人啊！李继迁不除，终将会给我大宋带来灾难！"

“折大人，本特使只是奉旨行事，你还是赶快下命令吧！”张崇贵冷冷地说：“李继迁除与不除，那是皇帝陛下和朝廷的事，希望折大人还是不要抗旨的好。”

“张大人张大人！”折御卿争取说：“你看这样行不行，叫我先抓了李继迁，然后再交给你押送汴梁，叫陛下亲自去处理可好？”

“折大人！还是快下命令吧。”张崇贵铁青着脸说。

“张大人张大人！”折御卿看着他心中着急，还是继续恳请说：“如果我们抓住了李继迁，他就成了陛下的俘虏。若要是放了他，那他可就……”

“折御卿！”张崇贵厉声说道：“你敢抗旨吗？”

“不敢！”折御卿一震，看眼张崇贵，见他依旧铁青着脸只好屈从道：“属下遵命就是了！”

折御卿在皇帝特使的强压下，只能下令停止攻城。圣命他不能抗，也不敢抗。

“怎么不打了？那李继迁已成了瓮中之鳖，为甚停了下来？”折御仁急匆匆地跑过来问道：“三弟！现在可不能停呀，我们马上就抓住李继迁了！”

“二哥！”折御卿万般无奈地指指张崇贵说“这位是陛下派来的特使，张崇贵大人！”

“末将折御仁见过特使大人！”折御仁冲张崇贵抱拳行礼，然后看着折御卿说：“三弟，不管有甚事，先杀了李继迁再说。”

“折御仁！”张崇贵听他这样说，大声喝道：“你敢抗旨吗？”

“末将不敢！”折御仁只能屈服，折御卿说：“二哥，你叫弟兄们先围住李继迁，一会听从特使大人的发落。”

折御仁憋着一肚子气走了，折御卿请张崇贵随他一块去临时营帐。

第三十九章
太宗笑谈子河汉　御卿领命再出征

李继迁、张浦万万没有想到，前来救他们的竟然会是大宋的皇帝。

太宗派张崇贵来银州，授权他可以见机劝降收复李继迁，谁知这位特使忠诚憨厚的过了头。皇帝叫他劝降收复，他就只知道劝降收复，也不敢想着活捉了李继迁，押往京城交由太宗皇帝来亲自处置。

被困大殿的李继迁、张浦接到折家军命令，叫他们马上派人出来谈判。真是千古奇闻，天下真有打了胜仗还要主动去与败军和谈的事？可眼下这种怪事就在波罗堡发生了。

“夏国王，你已经安全了。”

折家军要与李继迁谈判，张浦敏锐地察觉到事情有了转机，他知道这不是折御卿的性格，一定是有什么人迫使他这样做。

“先生，事有蹊跷，折御卿怎会在此时与我军和谈？！”李继迁突然又烦躁了起来说:“一定有诈！他完全可以派兵冲杀进来。可他,可他折御卿竟在这个关键时刻……”

“夏国王放心！”张浦安慰他说：“我们本就没有选择，他要谈那就谈吧。”

“可是先生，折御卿会不会，把我们骗出去后……”

“仗都打成了这样，还有那个必要吗？”张浦淡定地说：“也许，这是天赐良机。虽然我们暂时躲过此劫，但夏国王定不可忘记初心，必须倾尽全力的去拼争，决不可辜负祖先的期望。”

“先生放心吧！”李继迁听他这样，也只好应道：“只要我李继迁不死，就决不会辜负列祖列宗，定会完成收复定难五州的大业。”

“好，听夏国王这样说，我就可以放心地走了。此次，我也许会去汴梁面见赵光义，尽力为我们争取更多的时间。”

“先生为甚非要去汴梁？”李继迁不知他是何意。

“外面的人怕是作不了主，我只能去汴梁与赵光义见面方可摆脱危机。夏国王放心！我会想办法让折御卿撤兵。”张浦叮嘱说：“等我走后，你可千万不要轻举妄动，好生保存实力，招兵买马，养精蓄锐。若遇事就去找韩德威，实在不行就去找你的丈母娘萧太后，叫契丹人来帮你解决。一定要等我回来，咱们还要一起共谋大业！”

“知道了先生，你就放心地去吧！我等着先生回来就是了。”李继迁很是无奈，眼下这境况他又能做什么呢?

“夏国王多保重！”张浦向他行礼，转身走了出去。

李继迁看着他走去的身影有些木然，可他还是没有想到，这竟然是他与张浦的最后绝别。

当张浦代表李继迁向宋廷提出了乞降后，太宗皇帝在汴梁召见了他。太宗恩威并重，逼迫李继迁归宋，并把张浦扣留在京城，绝不准他离开汴梁半步。

太宗皇帝认为，李继迁能有今天，完全是像张浦这样的一群汉人帮助的结果，如果将他身边的高参、智囊全都剔除掉。李继迁今后也就没了造反的根基，就算他不服帖，怕再也翻不出什么浪来了。英明的太宗皇帝，竟也能做出此等令人无语的决策！

话说回来，折御卿在特使张崇贵的威逼下，只能下令撤军，放了眼看就要抓到手的李继迁。实在是无奈呀！他心中纵有万千不甘，但还是不敢违抗皇命。

折御仁知道他的心思，几次想私自带人去解决掉李继迁，都被折御卿给拦了回来。现在已经不是个人的恩怨，而是关系到整个府州折氏，不能这样干，他必须得为府州想。李继迁放了可以找机会再抓，可一旦失去了皇帝陛下对府州折氏的信任，后果将不堪设想。

真是命运弄人啊！折御卿终究没有想到，这是他生命中，最后一次跟李继迁交手。

协助清剿李继迁的战事告一段落，折家军把波罗堡的守卫交给了绥州军，准备返回府州。临行前，折御卿想去见一见白姑娘，便骑马来到绥州军营地，刚巧碰见高立梅。

“折大人，听说你们就要回府州了。”高立梅热情地上前问道：“府州好不好玩，我可以跟你去府州吗？”

“好不好玩我不知道。”折御卿翻身下马，看着她说：“但你现在不能跟我去府州。”

“为甚？”高立梅睁着明亮的双眸看着他。

“你得先去问问你哥行不行。”折御卿没心思跟她闲聊，直接问道：“不知白姑娘可在营中？”

“噢，你是在问我白姐姐，她不在！”

“算了！”折御卿自觉无趣，转身欲走，被高立梅喊住说：“白姐姐没在营地，好像是去了无定河那里。”

“多谢！”折御卿翻身上马，直向无定河岸奔去。

“哎，折大人！”高立梅在后面喊，折御卿已经走远了。

“立梅，哪是谁？”高文岯来到她身后问。

“是折大人，他是来找白姐姐的。”高立梅回头看眼他说：“哥，我想跟折大人去府州玩几天。”

“不行！你一个姑娘家，怎么能跟着陌生人走。”

“他是府州观察使折御卿，不是甚陌生人。”

“别胡闹！你看他都多大年龄了，哪有空陪你玩。”高文岯转身走向马匹，解开马缰翻身上马走了。高立梅冲着他身后大喊。

“折御卿是大英雄，我就喜欢大英雄！”

折御卿骑马来到无定河边，远远看见一身雪白戎装的姑娘站在岸边，他翻身下马，慢慢走到她的身后。

“姑娘！”折御卿轻轻地叫了声。姑娘没有回头，只是静静地凝视着远方。

“我不管你是不是李小怜，但我还是想对你说。”折御卿也不去看她，眼盯着涌动的无定河说：“小怜姑娘一直无法在我心中抹去，她的离去让我很伤心！我不怪她，也从来没有怪罪过她。先生的死，并不是她的错，她也不必为此而负罪！”

姑娘依然没动，只是肩膀轻轻地耸动了下，折御卿接着说：“我就要回府州了，如果今生有幸还能再与小怜姑娘相见，就决不会再让她受半点委屈。”他说完，便转身上马奔驰而去。

姑娘还是没有回头，眼泪却似串珠般地掉落下来，渐渐地融入进了奔腾汹涌的无定河中……

据《资治通鉴长篇》记载，在此次助阵清剿李继迁的行动中，府州观察使折御卿还吸收了银、夏两州八千多帐（户），大约有四万余人的吐蕃部族，投靠了大宋。其中牛、马、羊万余。太宗皇帝闻报大喜，升任折御卿为永安军节度使；麟州兵马都总管，夏、银、府、绥都巡检使。此时，折御卿年仅三十七岁。

没想到时隔一个月，太宗皇帝又接到府州派往京城的特使奏捷，闻报说，折御卿在子河汉，又大败契丹大将韩德威。

欣喜之余，太宗即刻在殿中召见府州使臣，并命人挂起地图叫来人指给他看。使臣详述了杀虏得胜的情况，并画地指出其山川险隘之处，太宗皇帝听后开怀大笑。

“陛下！”府州使臣恭敬地说：“节度使折御卿，还有句话要微臣转告给陛下。”

“讲！”

“折御卿说，此役大捷，皆圣灵所及，非臣之功。”

“好一个折御卿！”龙颜大悦，“折御卿忠孝勇武，将士勇敢，实乃我大宋之忠臣也！”

“陛下圣明！”众臣齐呼。

“契丹小丑，轻进易退。”赵光义看着下面的众臣说“朕常诫边将勿与争锋，待其深入，则分奇兵以断其归路，从而击之，必无遗类也，今果如吾言。”

“陛下圣明！”众臣又是一片齐呼。

太宗随即下诏。赐折御卿大旗三十杆，以壮军威。赏赐使者锦袄子、涂金银束带、绢五十匹，并皆赏赐有功将士锦袄子、银带及绢十匹。

要说子河汊之战，规模不大。当时折御卿接到密报得知，契丹大将西南面招讨使韩德威，带领收编过来的党项部族、勒浪部族及万余契丹大军前来侵袭，便迅速安排布防。

子河汊位居浑河与黄河的交汇之处（今内蒙古东胜县与府谷县之间），地理位置特殊，水草茂盛，畜牧发达，且盛产良马，是兵家必争之地。

韩德威带兵从山谷间偷偷而入，想在子河汊内大肆剽掠一回。他判断折御卿此时，定不会出现在子河汊，即便是得到了消息怕也已经来不及了。韩德威实在是怕了折御卿，不仅仅是他怕，而是整个契丹军几乎都视折御卿为虎。狐突山一役，令契丹人刻骨铭心，无法忘怀。等大军进入子河汊后，韩德威突觉上当，因为整个子河汊早已是空空如也，他疾速下令大军回撤。走不了了！退路早已被折御卿封堵。当韩德威带着大军进入山间小路，便遭遇到折家军的伏击。这突来的猛烈攻击，打得契丹人措手不及，无力还手。

勒浪族见势头不妙，即刻倒戈，竟然反身截击杀向契丹人。顿时，在这条狭长的山间小路上，万余人马拥挤踩踏，坠入山崖，死者不计其数，仅韩德威一人趁乱逃脱。

据《宋史》记载，折家军斩获契丹军首级五千，缴获马匹一千，杀死敌将号突厥太尉，司徒、舍利二十余人，擒获吐浑首领一人。折御卿出奇兵，仅用数千轻骑击败了韩德威的万余人马，这在几十年的宋辽战争中实不多见。

自太宗登基以来，数次北征均败在了契丹太后萧绰的手下。雍熙三年（即公元986年）春天，赵光义又一次御驾亲征，三十万大军兵分三路向辽发起进攻，决心收复被石敬瑭割让给契丹人的“燕云十六州”。结果宋军又是先胜后败，曹彬带领的东路军被耶律休哥击溃；田重进率领的中路军被耶律斜轸击败，只剩下以藩美为主帅，杨业为副帅的西路军。虽说西路军一路大捷，但整个北伐战事已宣告失败。西路军为掩护二十万百姓撤离，杨业和其子杨延玉所带领的五千宋军被困陈家谷，因监军王侁未按照提前安排好的军事布置接应，提前放弃了增援计划，导致杨延玉战死，杨业被俘后身亡。太宗得报，心中疼惜，下旨把主帅藩美削官连降三级，并将监军王侁、刘文裕革职处罚。

多年来宋军对辽胜少败多，军中士气低迷。子河汊一战能被太宗皇帝看重，是因为此役杀灭了契丹人的威风，大长了宋军的志气。另外，折御卿此次打伏击的方式，正是太宗皇帝心中所想的用兵之道，所以才会让他津津乐道。

“折御卿果于克敌，能以少敌众，此亦天赞其勇！”

太宗皇帝大尝，下诏准许府州折氏“自后世袭其爵，子孙继为府州总管，治其郡。”

可这一仗对折御卿而言，只不过是府州折家军在数十年间，与契丹人交手打过的众多战事之一，不足挂齿！

时间过得很快，转眼已到了雍熙元年十二月，契丹国太后萧绰，带着儿子辽圣宗耶律隆绪亲率大军南下，又一次对大宋发起了进攻。此次契丹军兵分三路，第一路二十万大军，由都统耶律休哥统领，从幽州出发直奔中原，吸引宋军主力；第二路十万大军，由北院大王耶律斜轸率领直取太原；第三路五万大军，由右金吾卫大将军，西南面招讨使韩德威带领，过黄河直奔岚州，试图取道河东，侧援中路大军，给宋军形成多方位压制。

面对来势汹汹的契丹大军，太宗皇帝迅速召集大臣商议如何应战。命令李继隆率二十万大军，迎对耶律休哥；命令田重进、杨延昭（即杨延郎）领军十万拦截耶律斜轸。但岚州方面该派谁去？重臣们大眼瞪着小眼，没了对策。太宗思前想后，遍检朝中朝外大将，真正熟知契丹战事的将领寥寥。

“陛下，何不叫折御卿出征岚州？”李继隆提醒说。

“对呀！”赵光义猛然省悟，怎么会把折御卿给忘了，便随即下诏：命令府州永安军节度使折御卿，即刻出兵前往岚州御敌。

仗实在是打得太多了，一仗接着一仗的打，折御卿已感身心疲惫。可在这国家有难之时，他又不能退缩，必须义无反顾地去报效朝廷，为国征战！身患重病的折御卿，在接到圣旨后，便紧急召集府州要员进入虎节堂。来的均是年轻将领，除了折御仁外，其余都算是晚生后辈了。

“韩德威五万大军已过黄河，直向岚州而去，怕是岚州城不保呀！”折御卿看着众将领说：“我军必须马上驰援岚州。”

“岚州兵力薄弱，折令图怕是支撑不了几日。”折御仁说：“少将军，支援不如断后。韩德威孤军深入，后方没有援军必定虚弱。”

“好，二哥、惟正、惟昌随我先去岚州支援御敌。”折御卿下令道：“路思达、索龙云、马怀绪负责攻击韩德威背后，断其粮道，烧毁辎重物资。”

“爹爹，您有病在身，还是不要出征了，就让孩儿们去吧。”折惟正关心地说：“有我二伯父在，您就放心吧！”

“爹爹，就听大哥的话在家养病吧，孩儿定将来犯之敌赶出我大宋地界。”折惟昌也跟着劝了句。

“我身为陛下的永安军节度使，现在有敌来犯，你爹我怎能不去迎敌？”折御卿有些怒了，两人不再敢劝。

“三弟，就听孩子的话吧，在家里安心养病。”折御仁也劝说道：“往后战事还多着呢，只要契丹人不灭，西面的李继迁还活着，这仗怕会没完没了地打下去，等你养好了身体再出战不迟。”

“二哥不必再劝，身为人臣，我们在为陛下戍边卫国，保护百姓的平安。现有契丹人入侵犯我疆土，岂能坐视！”折御卿十分坚决地说：“就算舍身战死疆场，为国尽忠，我折御卿也要拼尽全力，保卫国家寸土不失！”

“三弟呀，你怎就如此顽固！”折御仁实在是无奈，只好妥协说：“好吧，你只准坐镇指挥，不得上阵御敌！”

“也罢，那就听二哥的！”折御卿也妥协了。这时，路彦、索斌走了进来。

“三少爷！”路彦一进门便喊道：“听说有要事商议，怎么不知会我们两个老哥哥？”

“来来，二位老将军请坐下说话。”折御卿忙让两人入座，说：“韩德威兵犯岚州，打仗的事就交由这些个后生晚辈们去干，两位老哥哥还有更重要的事情去做。”

“说来听听！”路彦说。

“府州也需要设防啊！你们二位，就留守府州城负责指挥防御，保我府州安全。”

“那你呢？”索斌问。

“我带兵去岚州。”

“知道了，那就让路彦呆在府州吧，有他一个人就够了。”索斌说：“反正现在这老家伙的腿脚也不是十分利落了，虽说人笨了点，但守个府州城还是可以的。”

“哎，我说索斌，看看你现在走路的样儿，从后面看还以为是一个半死的老头。”路彦跟着挖苦了句说：“你就别给少将军添乱了，到时他是照顾你呀，还是领兵打仗！”

“二位哥哥，二位哥哥！”折御卿见两人又拌上了嘴，忙打住说：“你们俩都快拌了一辈子的嘴，老了老了倒还不能好好说话。”

“好，少将军！府州城有朝廷驻军把守，我们老哥俩，必须跟随少将军一同前往岚州。”路彦说：“哥哥虽说有把子年纪，但这行军打仗还是跟得上趟的。”

“路彦说得对，不管说甚，我们俩都要跟在少将军身边。”索斌应了句。

“二位哥哥！”折御卿真心不忍他们去，自从马山林几年前病逝后，他实在不想再让这几位老哥哥争战沙场了。不管怎么说，他们毕竟是有把子年龄的人了，也到了该脱离战场颐养天年的时候。

折御卿的好心两人心里明白，但他们只想在折御卿身边多呆一些时日，只要还能动就必须倾心辅佐下去，直到打不动的那一天为止。折御卿还真拗不过二人，只好勉强答应，带着众将领去校场点兵。

折御卿不听劝阻坚持要带兵出征，折惟正、折惟昌不敢再招惹他，只好去求他们的奶奶出面，来劝说自己的父亲。

路夫人听到此事，心一下子就悬在了半空中。待折御卿前来请安时，便迫不及待地说：

“御卿啊！你是朝廷命官有使命在身，国家有难当然要义不容辞地去打击外来侵略者，这些个大道理娘都懂！”路夫人担心地看着他说：“可是你现在身染重疾，不便出征，就算是陛下知道了，也是不会怪罪你的。”

“孩儿知道自己的身体，娘不必操心。”折御卿安慰说：“此次出征孩儿只是坐镇指挥，并不上阵与敌厮杀。您只要保重好自己的身体，待孩儿凯旋后，还要好好孝敬您老人家呢。”

“娘老了，再也经不起打击了。儿啊！你若是有个三长两短的，娘怕也就随你去了。”

“娘，您怎么也说出这种丧气的话来！”

“娘是不该说这种话，可是娘实在是为你担心呀！”路夫人拉过他的手说：“娘这些日子没顾上管你，只陪着那些个孙儿们玩了。实话告诉娘，你的身体到底如何？”

“没事，娘！”折御卿敷衍了句。

“真的没事？”路夫人紧盯着他，折御卿打起精神说：“放心吧娘！孩儿还能再争战几十年。”

“娘就信你！但你必须答应娘，此次出征只能坐镇指挥，决不可上阵杀敌！”

“孩儿答应您就是了。”

“御卿啊！现在惟正、惟昌已经长大了，你就把他们俩带在身边，别总是自己去逞强。”路夫人看着他，语重心长地说：“还有啊，你不用操心娘，家里有这几个孝顺媳妇侍候着，你就安心去打仗吧！把那些侵略者都打出去了再回来，娘就在家里等着你。”

“知道了，娘！孩儿这就去了。”折御卿站起身向门外走去，路夫人喊了声：“我儿扛硬！”

“扛硬！”折御卿回头看眼她，直接出了门。刚到院中，见杨美慧一身铠甲，手持偃月刀站在那里。

“你这是干甚哩？”折御卿看眼她，直接向外走。杨美慧也不说话，静静地跟在他的身后。

“回去！为夫是要去打仗，怎能带着婆姨？”

“我现在是折家军的战士，不是你的婆姨。”

“为夫知道你是在担心为夫的身体，可是娘的身体更重要，你必须照顾好她。”折御卿严肃地说：“既然你是折家军的战士，那就得服从命令。杨美慧听令！”

杨美慧愣了下，马上应道：“在！”

“命令你照顾好娘，不得有误！”折御卿说完偷偷笑笑走了，杨美慧扫兴地摘下头盔说：“你这算个甚嘛，人家是怕你……”

“算了，小姐！”秋儿跑过来说：“姑爷肯定不会让你去的，你就呆在家里管好老夫人和孩子，也就算给姑爷立了功。”

杨美慧也还吃劝，性子变得不再蛮横。听秋儿这样说，她也不再坚持，干脆去了路夫人的房间。

岚州守军，由宋军主将王进超和副将折令图率领，在接到契丹人来袭的消息后即刻布防。岚州城墙全城包砖，十分厚实，周围7里，城高3丈8尺，城形如舟。城楼12座，上有旗杆、垛口。城门高大的出奇，四门都建有瓮城。

王进超按照太宗皇帝所授阵形图，迅速将军队在城下排布出了“本朝八阵”。该阵形是由方阵、圆阵、牝阵、牡阵、冲方阵、罘置阵、车轮阵、雁形阵共八种阵形组合而成。每种阵形均用马步军一万四千人排列。其中，步军编为二百队，每队五十人，计一万人；马军八十队，每队五十人，计四千人。每种阵，都是按唐代军队的安排，分为中军、左右虞候、左右前后共七军。各阵阵中“每十人为列，皆面面相向，背背相承”要“一卒占地二步，一马纵广二步”。

因岚州守军人马有限，加上前来增援的宪州军，也不足一万五千人。所以只能排出一个缩编阵形，以圆阵和方阵为主阵。每阵距离约三到五十步，阵与阵之间的距离过大，使得士卒恐惧丧失了斗志。等阵形布好后，王进超登城观望，这个变了形的“本朝八阵”阵形，在城前分布拉得过长，显得稀疏分散。

“将军！”折令图看不下去，进言说：“我军人少，是不是回城固守更为稳妥！”

“不行！”监军张涛说：“这是陛下亲授阵形，不得变动。”

“大人！您看能不能这样。”折令图继续进言道：“契丹来得都是骑兵，如果猛攻，我军很难应对。不如将兵合一处集聚力量，这样方可与契丹人一决高下。”

“折将军，你敢怀疑陛下的阵形图吗？”张涛看着他问。

“末将不敢！末将不敢！”折令图忙回话，张涛见他服软接着说：“你放心！这都是陛下与朝中重臣们精研的御敌阵形，陛下是何等的英明！不用怀疑，照做就是了。”

“是，末将遵命！”折令图不敢再说，只能遵从。

其实王进超早也看出了此阵的毛病，但他不敢说。仗打赢打输先不用管，只要是按照皇帝陛下授予的阵形图排的阵，就算是败了也没多大责任。你若敢改，败了就得砍头。折令图是降将，又是守城副将，他哪里知道朝廷里竟会有这么多的奇葩规定。岚州城用这种战法是守不住的，王进超早就盘算好了逃跑的方案，一旦“本朝八阵”被击溃，他马上从后面的南城门开溜。主将未战先败，这仗还能打吗！

契丹人来了，五万大军首尾相连，一眼望不到头去。韩德威带领一万铁骑突前，一字拉开面对宋军。

“将军，您看宋军这阵形！”监军耶律汗说，韩德威笑笑道：“他们是在找死，见过蠢的，没见过这样蠢的！”

站在城墙垛口前的折令图，见契丹人拉开了阵式，立感形势不妙，忙大声喊道：“将军，必须马上撤回下面的人马，让末将带人出去掩护！”

“不能撤！”张涛说。

“再不撤就来不及了，大人！”折令图真是急了，大喊道：“晚了，下面这一万将士的性命不保！”

“住嘴！大战在即，休得蛊惑军心！”张涛大声喝道。

“将军呀！”折令图恳求地看着王进超说：“快下令吧，这可是一万多条将士的生命呀！”

王进超没动，面无表情地看着城下的宋军。他不能下令撤回，这是皇帝陛下的旨意，他不敢抗旨！也不敢开罪监军，因为他是皇帝派来监督作战的亲信。

眼看着契丹人就要发起进攻，王进超又听不进劝言，执意要把岚州守军摆放在城下，折令图实在无法，急得在城墙上转圈。

契丹人发起了进攻，五千先锋铁骑开始闯阵，还没等契丹人冲到阵前，宋军却先自乱阵脚。站在最前方的士兵，看见气势汹汹冲杀而来的契丹铁骑，吓破了胆，竟然一个个掉头往回跑。契丹人顺势追杀，宋军未战先败，溃不成军。后面掉头跑得快的进了城门，前面离得远的全部被契丹人砍翻。折令图即刻下令用弓箭支援，密集的箭雨阻止了契丹铁骑的疯狂追杀。待宋军全部退进城后，紧闭城门死守不出。

仗未开打，宋军先损失了数千人马。这哪里是打仗，分明就是一场屠杀。折令图看着王进超和监军张涛恨得牙根痒痒的，可又不敢动怒，太憋屈了！憋屈得直把脑袋往城墙垛口上撞。

“折将军，现在已如你所愿，我军只能守城待援了。”王进超过来拍拍他的肩膀说：“这里就先交给你了。”说完转身下了城楼。

折令图傻了！心中骂道：“这他妈算个甚！难道宋军就是这样打仗的？”接过了指挥权，他即刻组织布防，将各种防守器具排满在城墙上，单等契丹人前来攻城。

城墙下，韩德威下令围城。契丹数万大军迅速封堵了东、西、北三面城门，仅留出南门，这叫“围城必缺”也就是围三放一。一般进攻方都会给守方留出一条逃生的通道，目的是消减守方将士的意志，叫他们知道还有一条可以逃跑保命的路。如若把所有的城门都封死，守方便失去了生的希望，只能死拼硬守顽强抵抗。

攻城战开始了，契丹人先用抛石器，飞打出大大小小的石块，大的有几十斤重，小的也有二三斤重。石块飞落向城墙，墙体被砸得尘土飞扬，岚州城顿时笼罩在一片尘烟之中。一阵乱砸过后，韩德威定眼看那城池，只有城角被砸塌了一些外，其余的城墙损伤并不大。任由契丹军疯狂抛石，但城墙上却始终一片寂静，竟连一个宋军的人影都看不到。原来，折令图见契丹人推来了抛石器，下令全体将士紧贴垛口蹲下，不得随意起身。

远程攻击武器用完了，该轮到登城步兵上场了。轒辒车、尖头木驴车、搭天车、云梯、行女墙等悉数上场。后面的还有大型床弩，喷射出手腕粗细的弩箭，一层层的钉上城墙缝隙，给登城士兵搭出一排排向上的阶梯。待契丹人接近城墙时，突然一声炮响，折令图指挥宋军开始反击，大石头小石头、木檑、泥檑、砖檑拼命往下砸，契丹兵顿时死伤一片。

韩德威怒了，命令大军压上，用弓箭密集发射，顷刻间数万羽箭矢齐数飞出，遮天蔽日般的箭雨划着长长的弧线急坠向城墙。折令图的守军被压制住了，不敢抬头。

韩德威又下令所有抛石器推进，集中火力冲着城墙一角狂砸。他要砸塌一处城墙，撕开一个口子，好用人海战术挤进城去。这一招立刻见了效果，被集中猛砸的城角上出现了裂缝，开始一层层削落……

藏身在垛口下面的折令图已无招应对了，契丹人密集的箭雨令他们无法抬头，眼看着城墙一层层被砸垮，真是心急如焚而又束手无策。完了，岚州城完了！折令图大脑一片空白，他已经无力抵抗，绝望了！瞬间感觉到死神的降临！

第四十章

萧拔里大军围城　梁玉儿为夫助威

突然，箭雨停了，石块也不再冲砸城墙，就在那静止的一刹那间，折令图听到了山呼海啸般的呐喊声。援军，是援军，我们有救了！折令图迅速站起身向城下看去，只见契丹人一片混乱。折家军来了，是折家军！他看见了轻骑中飘扬的折字战旗，一激动竟也潸然泪下。

折御卿来了，他带领一万折家军轻骑直冲韩德威的契丹军侧翼，“锋矢”阵来得太过突然，竟打了契丹人一个措手不及。韩德威快速调动军队迎战，可折家军并没闯入敌阵，而是兵分两路，分别由折御仁、折惟正和折惟昌各带五千轻骑从契丹人的两个侧翼划过，目的是压制契丹军两翼，打乱阵脚吸引其注意力，好给路思达、索龙云、马怀绪攻击敌军的后路创造条件。

正在攻城的契丹人，见突然杀来的折家军，军中竟然骚动起来。匆忙之中的韩德威上当了，当他把兵力向两翼集中之时，身后又传来三声炮响。副将匆匆过来说：“将军，折家军数万轻骑阻断了我军退路，并烧毁了粮草辎重。”

坏了！韩德威立感事态的严重，眼下敌情不明，必须集中兵力先击溃后方的折家军轻骑，掩护大军撤离战场。

“将军，你带大军先走，末将断后！”副将说。

“快走！”韩德威急了。契丹军开始后撤，监军耶律汗带领大军直向后面的折家军冲去，韩德威殿后掩护大军撤出。

折御卿并没下令追赶，只是在契丹人的两侧冲杀。后面包抄过来的折家军一万人马，在三员小将的带领下也没从中路硬碰契丹军，而是给他们让出一条逃生的通道，大军快速从两侧杀过。

契丹军败了！这一仗折家军杀得是酣畅淋漓，他们利用手中长长的眉尖刀，从契丹人的两个边上划过，一路刀光闪动，竟然掀翻了数千契丹铁骑。

折令图打开城门，带队出城恭迎折家军。见着折御卿，忙下马跪拜：“末将折令图，恭迎节度使大人。”折御卿跳下马背说：“折将军，不必拘礼。”

“大人的救命之恩，如同来世再造！末将代表岚州城里的百姓，再次谢过大人！”

“快起来！”折御卿上前扶起他说：“将军守城勇武，值得嘉奖！”

“真是令末将汗颜，没有折家军，这岚州城怕早就守不住了。”众人客套了几句便进了城。

韩德威败了，败得十分窝囊！几乎损失了所有的攻城器械，另外还搭上了两三千人马。这是他与折御卿第三次交手，狐突山本就让他憋了一肚子气，后来又在子河汊遭遇到伏击，这次竟然还是糊里糊涂地败下阵来，怎能让他吞下这口恶气。韩德威回想下战事发生的经过，觉得自己也太过大意。当时只专注去攻打城池，竟然忽略了可能到来的援军。更令他没有想到的是，前来增援的会是府州的折家军，真是冤家对头呀！如果他不撤兵与折家军硬拼会是怎样的结果？不行，折家军全是骑兵，机动性强，作风强悍。当时他们正在急于攻城，数千人围在抛石器前，还有数千名脱离了战马随时准备登城的步兵。折家军前后两路人马的突袭，首先打乱了他们的阵脚，如若仓促应战很难组织起有效的攻击，怕死伤的就不止这些人马了。眼下虽然损失了粮草辎重，但并没有伤了元气，就现有的人马数量还是多于折家军几倍，他当然不惧与折御卿再战。韩德威叫来军中要员，商讨接下来与折家军的决战方案。

打退了韩德威的契丹军后，天色渐黑。折御卿下令，折家军全体将士留在城外休整待命，不得入城。他不想让这两万人马进城去惊吓百姓，只是带着折御仁、折惟正、折惟昌和几位老将军随折令图进城。

“折将军，可有小怜姑娘的下落？”走在路上，折御卿急切地问了句，折令图惊讶地看着他说：“小怜不是一直都跟大人在一起吗？”他显然不知道，他们俩之间发生了何事。折令图接着骂了句：“这个死女子！这么多年也从没回来看过我。大人，末将这就差人去找。”

“不必了！”折御卿有些失望，他原想李小怜一定会跟他有联系，既然不在……折御卿不愿往下想，但也不能告诉折令图曾经发生过的事。众人刚进入府衙，王进超和监军张涛带着亲信跑了进来。折家军侍卫拦下他们的亲信，只放两人入内。

“末将王进超见过节度使大人！”王进超向折御卿行礼，折御卿没正眼看他，只是抱拳抬抬手说：“王将军，不必多礼！”

“见过折大人，末将是岚州监军张涛。”张涛向他行礼，折御卿还是给了句“不必多礼！”

众人落座，折御卿盯着王进超和张涛问：“王将军、张监军！你们刚才去了哪里？”

两人愣了下，王进超说：“就在城里准备后援部队。”

“那么，张监军也在那里了？”没等张涛回答，折御卿接着问：“契丹人在攻打城池，一个是岚州军主帅，一个是陛下的监军，二位大人！此时此刻你们该身在何处？”

两人一下被问住了，但他们马上预感到不妙，张涛用略带威胁地口吻说：“折大人，本监军可是受皇命来到岚州，李将军是岚州军主帅。在这岚州城里，怕你折家军也只是个客人吧！”

“说得好！”折御卿笑了笑说：“敢问，契丹攻打我岚州城，岚州军的将士们力保陛下的城池不失，与敌军浴血奋战。你们身为军中统帅，陛下的监军，在这关键时刻该呆在甚地方？”他突然厉喝一声道：“说！”

无语了！两人被折御卿的气势给镇住，但他们也不想束手就擒。王进超说：“折大人，你这是何意？”

“王将军，因你指挥失误，竟白白葬送了我岚州守军几千条生命，你该当何罪？”

“那并不是本将军的错，是那张阵图……”王进超不敢往下说，折御卿紧逼了一句，“说！”

“是那阵形不合时宜。”

“张监军，你也是这个意思？”折御卿扭头看着他。

“王将军所言不差，我军是按照陛下所授的阵形图来布阵，可没曾想竟被契丹人一攻就破。”张涛解释说：“我们并未更改陛下的任何旨意。”

“这么说，打了败仗全怪陛下所赐的阵形图了？”折御卿大喝一声道：“大胆王进超，陛下是何等的英明，陛下所授的阵形图何曾失败过？你们俩竟敢将自己的责任推诿到陛下身上。身为陛下的将军、监军，战败本不何惧？此役分明是你们指挥不当，又临阵脱逃，才失去了岚州守军数千条将士的性命！你们该当何罪？”

“折御卿，你无权治我们的罪！”张涛突然强硬了起来，王进超跟着说：“折御卿，这里是岚州，不是你府州，怕还轮不着你发号施令。本将军才是这里的最高……”

“来呀！”不等他说完，折御卿大喊一声，应声冲进几名侍卫，折御卿一指二人喊道：“拿下！”

侍卫上前将两人押住，张涛大喊：“折御卿，你好大的胆子，竟敢连陛下的监军也不放在眼里。”

“住口！身为岚州军主帅，陛下的监军，大敌当前，你们俩胆敢临阵脱逃，畏敌如虎，辱没皇恩！按我朝军律，罪当斩首！拉出去，斩！”

折御卿一声令下，侍卫将两人拖了出去。张涛大声：“折御卿，你不能，你不能……”

“大人！”折御仁看眼被拖出去的两人问道：“你还真要杀了他们二人？”

“这种没用的东西，留着何用？今日若不杀他，明日定会给陛下，给我大宋带来后患！”折御卿很坚决，他无法忍受临阵脱逃之人。

“传令下去！”折御仁明白了他的用意，马上下令道：“岚州军主帅王进超、监军张涛，畏敌不战，临阵脱逃。按我大宋军法应即刻斩首，以儆效尤！”说完回头看眼折御卿说：“回头你给陛下上个奏折，说明一下情况。”

“知道了！”折御卿说：“契丹人会马上回来，虽说他们失去了所有的攻城器械，但并未受到重创，韩德威定不会死心！”

“爹爹放心，没有攻城器械韩德威跑来干甚？”折惟正分析说：“我军有两万轻骑在城外，还有岚州城这个防守屏障，他暂时是不会回来的。”

“爹爹，您先喝口水。”折惟昌端杯茶递给他，折御卿接过呷了口说“惟正说的有道理，韩德威想急于拿下岚州城，他急我不急。”

“死守怕不是办法，他若不来，我军就这样等下去？”折御仁说。

“二哥，你怎也会如此着急？”折御卿放下茶杯说：“我军不动，韩德威就越发着急，因为他必须突破我军防线，才能侧应萧太后的中路大军，起到牵制我中原守军的目的。”折御卿命人挂起地图，众人来到地图前。

“目前，韩德威只有两条路可走，一是强攻岚州城与我军决战，但没有攻城器械这条路暂时走不通；二是设法绕过岚州，择道前往太原方向。”

“爹爹！有我军在他面前挡着，韩德威怕还不敢绕行。”折惟正说：“契丹人现已没了粮草辎重，大军无法久留，也只能选择与我军尽快决战。”

“那我们就跟他耗下去，避其锋芒，固守不战。”折御卿说：“韩德威有数倍于我军的兵力，当然想尽快与我军正面交锋。”

“还是爹爹想的周全！”

“惟正、惟昌听令！”折御卿下令道：“命令大军在城外扎营，搭起所有带来的营帐，注意防范辽军偷袭！”两人领命出去，他又对折御仁说：“二哥，你即刻带五千轻骑进城，接守岚州城防。”

折御仁走了，折御卿看着路思达、索龙云和马怀绪说：“你们三个过来。”

三人来到地图前，折御卿指着地图吩咐着，三人明白齐声道：“末将一定完成任务！”

“去吧！”

三人应了声转身出去，折令图看着折御卿问：“大人，末将干甚？”

“你就留在这里陪着我。”折御卿笑笑说：“先去搞些吃的来。”

折令图一脸的不高兴走了。路彦、索斌看着他出去的背影说：“三少爷，你这是在干甚？”

“来来二位老哥哥，咱们坐下说话。”折御卿招手让他俩坐在身边说：“这折令图啊，是员猛将，你得激激他，到了关键时刻就能派上用场。”

“原来三少爷也学会了先生的手段。”路彦说。

“哎，这可不是甚手段，这叫施才因用。比方说吧，你路大将军彪悍善战，适合冲锋陷阵；二哥御仁是智勇双全，适合领军；至于折令图嘛，猛将一员。”

索斌笑了，正欲张嘴被折御卿打住说：“不要问我你是个甚人，你就是你！”

“三少爷，你该不会叫我们俩来是专为观战的吧？”路彦问。

“是你们自己说要陪在我身边的，怎么现在就不想陪了？”

“真是头笨驴！”索斌看眼路彦说：“想打仗，就直接告诉三少爷说，你想上阵去打仗，甚时候也学会拐弯说话了。”

“哎，索斌，来时咱哥俩可是说好的，要看住三少爷不准他上战场，你怎么倒鼓动起我来了？”

“蠢驴！”索斌无奈地笑笑说：“这会儿你倒真把实话给说了出来。”

折御卿挺享受两人这种无聊的拌嘴，每听到他们抬杠都会感到心身放松。他早知道两位老哥哥非要跟随出征的目的，一切都是担心他的身体。

这时，门外传来喊声，三人扭头一看，吓了一跳。原来是梁玉儿带着丫环，端着食盒走了进来。

“弟妹呀，你怎么也会跑到这里？”路彦问。

“老爷！中药已经煎好，先趁热喝了。”梁玉儿并没接他的话，只是将药碗递到折御卿面前说：“甚都不要问，等吃了药再说。”

折御卿看着她，接过药碗一口喝干，放下碗说：“玉儿，你怎么也如此不听话！你跑到这里来做甚？”

“老爷不必动怒，怒气伤肝。”梁玉儿并不惧他，只是直直地看着他说：“你现在需要人照顾，等病好了，我自不会再来烦你。”说着再给他递上一碗蜂蜜水，命令道：“把这也喝了！”

折御卿顺从地接过倒入口中，在她面前还真没了脾气，因为梁玉儿了解他，知道他的脾性。此次折御卿带病出征，她实在是放心不下，便去折惟正那里要来一副铠甲，跟随大军一块到了岚州。

“不要想着撵我走，节度使大人！因为你的命令对你婆姨无效。”梁玉儿看着他说：“刚才娘又从府州差人过来，我叫他们先去吃饭了。娘是对你放心不下，她想接你回府州养病……”

“不行！”折御卿一口回绝道：“现在契丹人就在外面，我怎能丢下自己的将士不顾，而独自离开。就算是要走，也得等消灭了韩德威，把契丹人从我国的疆土上赶出去才行！”

“三少爷……”路彦刚一张嘴，便被折御卿打住，他激动地看着几人说：“两位老哥哥不必劝我，不打败契丹人，不把入侵之敌赶出国境，我折御卿决不会离开半步！”

“老爷！玉儿知道你报效国家的决心。”梁玉儿被感动了，她深情地看着折御卿说：“是生是死，玉儿陪着你！不打败契丹人，我们就绝不家还！”

“好！拿笔来。”

索斌叫人拿来笔墨纸砚，放在条案上，梁玉儿过来研着墨说：“老爷口述，还是由玉儿为你捉笔吧！”

“家世受国恩，北寇未灭，御卿之罪也。今临敌，安可弃士卒？死于军中，乃其分也。为白太夫人，无念我，忠孝岂得两全！”

说到这，折御卿再也说不下去了。他言词激情悲壮，充满着万丈豪情，众人默不作声。梁玉儿抬头盯着他，折御卿已是泪满眼眶了，她激动地放下笔说：“北寇不灭，安可家还！老爷真乃忠君报国的英雄！拿酒来，为节度使大人的爱国忠君之心干杯！”

侍卫抱着酒坛进来，把酒碗摆放在条案上斟满，众人端起酒碗大呼：“忠君报国，誓灭北寇！”

众人干了酒放下酒碗，折御卿看着梁玉儿说：“多谢夫人，谢夫人能体谅为夫的一片丹心！"

"那本就是老爷自己的情怀，妾身不过是替老爷说出来罢了！"梁玉儿说着把信折好封装，递给身边的侍卫，吩咐送回府州交给路夫人。然后让丫环拿过饭菜摆放在条案上说："两位老哥哥，你们也一块吃饭吧！"

"好好！"路彦抓起筷子说"弟妹一到，我们老哥俩就放心了！索斌，你说是不是？"

"是是！"索斌给他使个眼色，站起身向门外走去，见路彦没跟过来，转回头喊了声："蠢驴，还不快出来陪本将军去外面走走。"

路彦愣了下，忽然明白，放下筷子迅速起身跑了出去，嘴里还在不停地说："索斌，我说你也真是头……"

两人走了，梁玉儿会心地笑笑，她坐在折御卿身边说："老爷莫怪！我只是担心你才这样做。"

"你出来时，娘知道吗？"

"我给她老人家留了张纸条，娘要是知道了，不但不会怪罪，怕心里还会高兴呢。"梁玉儿给他夹着菜说："有我在你身边照顾你，咱们全家人都放心了！老爷，你说是吧！"

梁玉儿的到来，令折御卿感到意外，同时也心中感动。他的几房婆姨中，也只有她最为聪慧，善解人意！竟让路夫人喜欢得不得了。

"玉儿呀！不是为夫要责怪你，而是你真的不该来。"折御卿关爱地看着她说："你已有孕在身，这鞍马劳顿，怕是会影响到咱们的孩子。"

"夫君不必担心！"梁玉儿甜甜地笑笑说："让咱们的儿子也提前感受一下，他那勇猛英武的爹爹，是如何为国争战沙场，骑马打仗的！"

"说不定还是个女儿家呢。"

"那就让她学她的两个姑妈，也去当个巾帼大英雄！将来跟她的爹爹一样去保家卫国！"折御卿开心地笑了！

"玉儿！"折御卿放下手里的筷子说："为夫觉得有些累了。"

"再吃一点，你一天都没吃甚东西，这样不行，哪怕再多吃一口也好。"梁玉儿说着把他扶到榻上，伸手拽过被子垫在他的身后说："就坐这，我陪你一块吃。"

"来碗酒！"

梁玉儿看眼他，转身抱过酒坛放在榻案上说："你现在这身体，酒还是少喝点好。"

"无妨，有酒为夫就有了精神。"

梁玉儿斟满酒，递给他说："现在也是难得的清闲，在契丹人攻城之前，你就好好的歇一会儿，有了精神头才好去指挥作战。"

"还是玉儿知我！"

"来，喝酒！"梁玉儿端起酒碗说："喝了这碗酒，你先歇息，我就坐你身边守着你。"

折御卿笑了，将酒倒进口中，放下酒碗，疲惫地倒头枕在梁玉儿的腿上说："还是有婆姨好！"

“都这么大了，还贫嘴！”梁玉儿笑了，她看着折御卿心痛地说：“不要说话，就这样好好地睡一会儿！”

契丹军驻扎在岚州城外二十里处，按兵不动。韩德威正为如何攻取岚州城犯难，他也想绕过岚州直击太原，可折家军确实给他带来了困扰。就算是绕了过去，若折家军一路尾随跟进，怕还没等到达宪州，就会对他形成两面夹击之势，搞不好连退路都没有了，自不能冒险！

“将军怕是想的太多了。”耶律汗看着左右为难的韩德威说：“我军奉太后之命，是要攻取岚州，破宪州，下太原与我中路大军会合，直捣宋廷汴梁拿下中原。如果我军现在就畏缩不前，不能尽快拿下岚州，怕是会误了太后的大计。”

“怎么拿？折家军就在前面挡着，如果他们凭城固守不出，我军又将如何？”韩德威有些沮丧地说：“我军现有的粮草也支撑不了几日，又失去了攻城器械，若真要去强攻硬打，叫将士们如何登上那城墙？”

“将军，正因为我军粮草不足，才要尽快攻取岚州城。没有攻城器械，我们可以叫军士上山伐木，赶制云梯。”耶律汗急道：“我军有数倍于折御卿的兵力，现在折家军就驻扎在城外，先消灭了城外的折家军，再想办法攻取城池。如果将军还不肯出战的话，那就由本监军去打这个先锋。”

“你给我回来。”韩德威瞪眼他说：“那有监军去打先锋的，你容本将军再想一想，咱们得找出一个有效的办法。”

“大将军！”这时副将跑进来说：“萧拔里来了。”

“什么？”韩德威不敢相信自己的耳朵，追问了句：“是驸马爷到了，他来干什么？”

“大概是太后对咱们不放心吧！”副将说。

“闭嘴！”韩德威打住他的话，迅速向帐外迎去。

此时，一身金甲的萧拔里走了进来，几人忙行礼：“见过驸马爷！”

“各位将军不必多礼！”萧拔里坐在凳子上说：“太后担心右金吾卫大将军的人马不足，怕路途受阻贻误了战机，特命本将军带三万铁骑前来驰援。”

“谢太后！”众人齐呼。

“真是来得及时啊。”耶律汗激动地说：“我军刚与折家军交手受阻，驸马爷的三万大军就到了，神佑我军！”

“你说什么？”萧拔里看着他问：“难道是折御卿！”

“对，就是折御卿！”韩德威说：“我军刚被折家军打了个偷袭，还好损失并不算重。”

听到折御卿的名字，年轻气盛的萧拔里便恨得咬牙切齿。狐突山一役，在他心中始终无法抹去，他陷入了折御卿设下的弓弩阵，损失了一万铁骑不说，自己还差点儿命殇黄泉。就是这一仗，让他成了契丹人的笑柄，丢尽了颜面，这仇不能不报！

“驸马爷，既然您来了，我们一切都听从您的安排。”韩德威不得不主动交出指挥权，虽说自己并不情愿，可人家是皇亲，是驸马！

“好，那本将军就不客气了！”萧拔里顺势接过指挥权，看着韩德威说：“不过，临行时太后一再嘱咐，遇事要多与大将军商议，还望大将军多多……”

“驸马爷客气了！”韩德威打断他的话说：“末将一定鼎力相助，听从驸马爷的指挥。”

“好，各位将军请过来。”萧拔里向地图走去，众人跟着来到地图前，萧拔里布置道:“明日，由我带五万人马继续攻城。折御卿一定会前来偷袭我军两个侧翼，这里。”他指着地图上的一个点说：“岚州城东面依山，无法设伏，而西面是一缓坡有梢林作掩护，利于埋伏骑兵。韩将军带二万人马，从后面偷袭，迅速切断折家军伏兵的退路，将他们逼向岚州城，与我攻城的铁骑围歼这个方向过来的折家军。”

“遵命！”韩德威应了声，萧拔里看眼耶律汗命令道：“耶律监军，你带一万铁骑殿后，保护我军的粮草辎重。”

“遵命！”耶律汗问:“要是折御卿把全部人马都集中在了城内，固守不出怎么办？”

“本将军倒真希望他是这样。”萧拔里自信地说:“假若他真敢把全部人马缩进城内，便失去了战斗力。你们看，这城墙上最多也只能容得下二三千人，一旦城池被我军围困，那他不就成了瓮中之鳖，待宰的羔羊！所以，折御卿不会这样用兵，他一定会把其余的人马调出城外，来干扰偷袭我军。他知道我军失去了粮草辎重，坚持不了多久，惟一的出路是尽快拿下岚州城。怕他还不知道我军已来了援军。好呀！那我军就去佯攻城池，围歼他在城外的所有人马。”

“驸马爷，末将倒是有个想法。”韩德威说：“不知我军可否连夜出击，先剿灭了折御卿布防在城外的轻骑。”

“大将军真以为折御卿会把全部人马放在城外！”萧拔里笑笑说：“不必着急，我军已行进了数日，也需要补充给养休整休整了，待明日再与折御卿一战不迟！”

萧拔里真是自信满满，压在他心头多年的怒火，今日终于有了喷发的机会。这一天，他已经等待得太久！

时局突然发生了变化，身在岚州城内的折御卿并不知道韩德威来了援军。他依照原先的作战部署，命令折惟正、折惟昌和索龙云带领一万轻骑连夜出发，悄悄潜入城外的梢林中埋伏，随时突袭契丹军。命令折御仁、马怀绪、路思达带着七千轻骑绕道去包抄契丹军后路。留下三千轻骑及岚州守军，由他和折令图负责守城。同时还在城外留下了数千顶空帐篷，就是想引诱韩德威来袭。

天刚亮不久，折御卿接报说契丹人来了，他迅速起身登上城墙，站在垛口前观察。只见远远的契丹铁骑黑压压一片，一眼望不到头去。

“韩德威真会把全部人马都带来？！不对呀，好像不是韩德威。”折令图紧盯着后面高举的帅旗说：“是萧，是契丹驸马萧拔里。”

折御卿也看清了渐渐挺进的契丹帅旗。萧拔里派头十足地骑在高头大马上，一身黄金甲胄，在左右铁甲卫士的簇拥下，旌旗招展的过来。是萧拔里，真是冤家啊！折御卿突然又发现了契丹军中，出现有大型抛石器、搭天车、云梯、床弩、尖头木驴车等攻城器械。心道一声不好，“韩德威果真是来了援军！”

“三少爷！”路彦指着敌军的帅旗说：“契丹来的援军，怕是我们的老对手萧拔里了。”

“有点不对，三少爷！”索斌说：“韩德威去了哪里，难道他会用佯攻来围堵我军？”

“也是啊，三少爷！”路彦急切地说“叫末将现在出去，通知惟正、惟昌和御仁他们。”

“出不去了。”折御卿看着挺进的大军说：“萧拔里已经封锁了所有道路，怕是已经猜到了我军的用兵意图。”

“惟正、惟昌他们危险。”索斌说：“这样，我和路彦从南门出去，绕道去找他们，然后把大军集中起来，伺机从侧翼攻击契丹军。”

“两位老哥哥就不要去了，还是叫斥候去。”折御卿吩咐身边的小壮子说：“多派几个人出去，若能找到他们，不必回援，只须在外侵扰突袭就行。”

“得令！”小壮子答应声迅速向城楼下跑去。这时，就见一身翠绿戎装的梁玉儿走了过来。

“快下去！”折御卿见着她厉声喝道：“马上回去！”

“老爷不必管我，尽管指挥打仗就是了。”梁玉儿平静地说：“我现在是一名自愿守城的百姓，但不是你的兵，请节度使大人不要对我发号施令！”

“你……”折御卿正欲叫人把她拖下去，折令图过来说：“大人，契丹人就要攻城了。”

“命令弓弩手准备！”折御卿顾不上梁玉儿了，忙转身站在垛口前下令道：“待契丹骑兵进入下面的营帐后，用弩箭射杀。”

“大人，您也下去吧，这里就交给末将了。”折令图想劝他离开，折御卿说：“本大人必须呆在这里！你去指挥作战，不用管我。”

折御卿现在并不担心城池的安危，而是出去的那一万七千折家军轻骑。如果契丹人围困岚州城，定会加强身后及两个侧翼的防守，给攻城步兵提供保障。目前契丹的兵马众多，萧拔里、韩德威必会设置圈套，引诱折家军从后方进攻。到时他们会立刻掉转方向，与攻城人马一起合围攻击折家军轻骑。一旦出现这种情况，城外的一万七千轻骑就危险了。折御卿想到这，浑身猛然颤动了下。晚了！一切都来不及了。

第四十一章
壮志未酬身先死　赫赫战神折御卿

契丹人前来攻城，埋伏在梢林中的折惟正、折惟昌和索龙云已得到消息。三人迅速带领斥候前去侦探，观察敌军动向。几人奔上前面的一处坡顶，定立观望。见数万大军已经封堵在岚州城下，并未发起进攻。

“大哥，契丹人怕是没想到，我们会在这等着他们。”折惟昌说。

“惟昌，你仔细看看，他们军中似乎多了点什么。”折惟正紧盯着在契丹人的阵形问道：“里面是不是有大型抛石器和搭天车？”

“有！”折惟昌看清楚了，说：“还有大型床弩和行女墙。”

“韩德威从哪里搞来的这些大型器械？”折惟正预感不对，看眼两人说：“我们偷袭韩德威的后路时，已经烧毁了他的粮草辎重。而且所有攻城器械都已经被我军缴获，难道契丹人会有后勤保障，还是援军？”

“定是来了援军。”索龙云说：“你看，他们的主帅已经不是韩德威了，帅旗已经变成了姓‘萧’的。”他不知道萧拔里。

“索将军说的对，契丹人打仗，甚时候有过后勤保障？！”折惟昌赞同道：“大哥，不如这样，我军先不动，静观其变，看看他契丹人到底要干甚！”

“怕是不行。”索龙云分析说：“两位公子，我们必须先严防契丹人来抄我军的后路。”

“说得对，我爹不是叫我们偷袭敌军吗！”折惟正突然有了主意说：“我军的任务是侵扰敌军，反正契丹人一时半会儿也拿不下岚州城，在这里等着倒不如再去契丹人身后捅他一下。如果真有辎重物资，就给他毁了。”

“对，我们就去他们身后，打他个措手不及。”折惟昌赞同说。

“索将军，你看这样行吗？”折惟正看眼索龙云问道。

“此法可行！”索龙云赞同说：“干等着倒不如主动出击来得痛快，这样也许能打乱了契丹人围攻我军的计划。”

“惟昌，你带人迅速向北探查，命令在那里监视的斥候再向前推进五里，注意隐蔽。”折惟正叮嘱道：“若跑出五里还没有发现情况，就速速撤回。”

“得令！”折惟昌带着几十名斥候沿着梢林向北奔去。折惟正留下一千轻骑迷惑契丹人，严防他们的斥候侦探，并监视准备攻城的契丹人动向。

几个年轻小将，没有死死等待，而是擅自改变了行动的方向。他们的这一举动，正好打乱了萧拔里围堵折家军的全盘计划。

话说折惟正、折惟昌改变了原定的行动方案，带着一万轻骑向契丹大军的身后奔去。另一路的折御仁、马怀绪、路思达所带的七千轻骑，也已从北面的梢林快速穿过。

岚州城东面靠山无法通行，边上虽有一座山谷，但那是条死谷里面根本没有出口。为防辽军斥候，折家军一路向西北直奔，等跑出十多里地后，折御仁才命令大军掉头，向着东北方向前行，并派出斥候向东寻找契丹人的下落。没过多久斥候返回说，发现二万契丹铁骑正向着岚州城西而去。

“何人领军？”折御仁问，斥候答：“打的是‘韩’字战旗，大概是韩德威。”

“韩德威？！”折御仁感觉不对说：“他身为主帅，不去指挥攻城，怎会跑到这里？”

“将军！”路思达担心地说：“惟正、惟昌他们有危险。”

“无妨！”折御仁笑笑说：“韩德威是想围歼我军外围，他早已料定我军不会呆在城内死守。”说着命人打开地图铺在地上道：“如果契丹人要想合围惟正、惟昌，就必须先断了他们的退路，只有等韩德威的大军到位后，才能会同攻城的骑兵形成两面夹击之势。若要不被惟正他们发现，躲过我军斥候的侦探范围，也只能在五里之外埋伏。”

“要是他直接从背后发起进攻呢？”马怀绪插了句，折御仁说：“我军就跟在他的身后，也许正是消灭韩德威的好机会。”

这时，斥候过来说：“将军，契丹人已经全部过去了。”

“好，跟上他。”折御仁也改变了原定偷袭契丹军身后的方案，决心去消灭韩德威。

要说韩德威还真是不走运。本来萧拔里的计划已是天衣无缝了，只因一个小小的失误，竟导致城外的折家军轻骑改变了原定方案。是那些大型的攻城器械，契丹人忘了，原先带来的攻城家伙什，早已落入了折家军之手，现在怎就又突地冒了出来。这一疏忽自然暴露了援军到来的消息。韩德威糊里糊涂地被夹在折家军两路人马的中间，他却浑然不知。

岚州城上，竖立着三十杆太宗皇帝御赐的威武大旗，迎着风猎猎飘扬！城墙下，契丹五万大军严阵以待，随时准备攻城。

此时，萧拔里已探知到，城外的梢林中有折家军伏兵的存在，心中暗喜。他看看天色，推算着韩德威到达攻击区域的时辰，再看看城外扎起的数千顶帐篷，心感纳闷。折御卿放这些营帐在城外的目的是什么？若损失了这些营帐，他就不怕自己的将士们晚上没地方睡觉？萧拔里仔细观察着帐篷的摆放，这些营帐的安放大都是攻城时抛石器、大型床弩所需要的最佳位置。他忽然明白了折御卿的企图，原来他是想利用这些帐篷来阻挠我军攻城。可是，攻城器具想要放置在最有效的范围之内，就必须拆除这些帐篷。那么，帐篷里会不会设有伏兵？

“驸马爷，这些营帐十分蹊跷。”副将说：“里面会不会有伏兵？”

“伏兵！”萧拔里笑道：“你会这样用兵吗？”

“末将不会，也许折御卿会！”

“休得胡言！”萧拔里瞪眼他说：“里面若真有伏兵，怕是一个也活不了！”他即刻下令五千先锋军冲击，不管帐篷里面有人没人，有人杀人，无人就清除所有碍事的帐篷。

五千铁骑出发了，大队快速向前冲去，同时数千支箭矢射向经过的每一顶帐篷，里面若要有人，怕是一个也活不了。战马快速驰入帐篷与帐篷之间的通道，前面的帐篷被抛出的飞爪钩住拖倒一片，结果帐篷内显露出的是一个个小土堆。突然，冲在最前面的马队闯入了陷马坑，有的马蹄踩踏上了地涩。

陷马坑长五尺，阔一尺，深三尺，坑中埋鹿角枪、竹签。其坑似亚字相连，状如钩鏁，以草及细尘覆其上。地涩，是在一块木板上，安装有密密麻麻的铁钉，专门用来扎伤马蹄。冲上来的辽军掉入了陷马坑，踩上了地涩，一个跟着一个摔下马去。后面紧跟着的马匹快速从侧面绕行，结果又掉进另一个坑中，踏上了另一个地涩，几千匹战马就这样绕行，陷入、绊倒，继续前冲，又继续陷入、绊倒，前赴后继的乱成了一片。未等契丹人缓过神来，靠近城墙边上的数百顶帐篷中，突然冲出数千手持弓弩的折家军将士，弓弦弹响，数千羽箭矢飞出。同一时刻守候在城墙上的弓弩手，也向城下的契丹人发射出了箭支，疾簇的箭矢铺天盖地地扎入乱成一团的契丹马队……

萧拔里被眼前出现的这一幕给惊呆了，眼看着自己的五千铁骑，转眼间便成了待宰的羔羊。

“驸马爷，快下令撤军！”副将忙提醒说。萧拔里省悟，迅速下令鸣金，先锋军扔下一地尸身撤了回来。

站在城墙上观战的折令图，放声大笑起来说：“痛快呀，大人！末将还从未见过如此酣畅淋漓的战法！”

“鸣金！”折御卿下令道：“马上叫城外的将士撤回城内。”

“得令！”折令图迅速命人敲响金锣，接应城外的折家军回城。

原来这些陷马坑，地涩是折御卿命令路思达、索龙云和马怀绪带人连夜挖的。他们利用帐篷掩盖住挖出的新土，同时把契丹人可能摆放抛石器的地方，都给挖成了大坑，并在四处安放了地涩。

不一会儿，折令图返回到城墙上，依然兴奋地说：“末将还一直担心萧拔里会识破我军意图，没想到呀没想到。过瘾，真是过瘾！”他还意犹未尽。

“萧拔里自信狂傲。”折御卿说：“在他眼里这种用兵方式太过愚蠢，城外罢放了这么多营帐，一眼就能看出你的用心。”

“所以，节度使大人就利用了他的这一弱点。”梁玉儿在边上插道：“因为萧拔里、韩德威不会这样用兵，也不敢这样用兵。他们早已判定，大人只不过是搞了个障眼法，目的是恫吓他们不敢大胆向前攻城。”

“夫人也懂兵法？”折令图惊奇地看着她。

“不是我懂兵法，而是大人出奇兵，巧用兵，给那聪明过头的驸马爷教了个乖。”

“若换作是你，会怎么想？”折御卿饶有兴趣地看着梁玉儿问。

“你婆姨我可是站在你的立场上说话，因为我了解大人，所以大人排出何样阵法，都不足为怪。”梁玉儿笑笑说：“可是萧拔里就不同了，明知这是一个陷阱，可他偏不信，因为这陷阱是折御卿摆给他的。大战将临，城外摆放如此多营帐的目的是什么？一为藏兵，二为掩盖秘密。照常理，应先试探性进攻，待探明情况后再发起攻击。但是这种缺乏谋略的设置，凡是上过战场的将领一看便知，更何况这是折御卿的布防呢。”

“哈哈，精彩！”路彦笑着说：“三少爷，以后你可得把玉儿弟妹带着，她倒是能帮你出谋划策。”

“看你个驴嘴！”索斌说：“应该说是必须……”

“嗨嗨，你个老东西！”路彦打断他的话问：“我说错话了吗？”

“你倒是没说错，可你甚也没……”

两人拌起了嘴，梁玉儿说：“两位老哥哥，还是省点劲下去喝口茶吧！”

“你去！”索斌瞪眼路彦说：“我得呆在这。”

“你呆这？那我也不去。”路彦回了句，两人不再吭声。

萧拔里吃了亏，心中怒火上冲，即刻下令攻城。契丹人先把轒辒车、木牛车、尖头木驴等攻城车辆摆放在折家军攻击的范围之外。然后开始把床弩、抛石器向前推进。抛石器，必须摆放在距离城墙大约五六十步的位置方能投射。他们的小型抛石器可放二斤重的石块，由一人负责固定石块，再由三四十人向前拉动抛出，大约能掷出百十米远的距离。另外还有大型抛石机具，有双梢砲、五梢砲，最大的是七梢砲，威力强大，最重的可抛打出八九十斤重的巨大石块，但需要二百多人同时操作。其实，萧拔里并没把心思全部放在攻城上，投入的兵力不多，他一直等待着城外围攻折家军轻骑的讯号。这个韩德威跑到了哪里，为什么还不发起攻击！

折御卿见契丹人推出了大型攻城器具，下令折家军用蹶张弩、臂张弩集中射击，阻止重型器具前进。折家军居高临下，雨点般的箭矢飞出，辽军霎间被射倒放翻一片，抛石器具被阻拦在了一百米开外。

萧拔里急了，没想到折家军会有这种要命的强弩。重型器具一时上不去，只能用步兵战车向城墙靠近，他下令床弩发射，并命令一万铁骑跟进用弓箭掩护步兵接近城墙。一时间，轒辒车、木牛车、尖头木驴等同时出击，后面还跟着行女墙、搭天车，竹梯、竹飞梯等各种云梯。行女墙、搭天车是重型云梯，里面藏着准备登城的士兵，外面都罩有一层厚厚的生牛皮。此梯还可以折叠伸展并在顶端设有铁钩，当抵达城墙后，伸展云梯钩挂住城墙，里面的士兵便可稳固攀爬。

攻守城池依然是那铁定不变的老套路，攻城的要上来，守城的利用弓箭、石块、木檑、泥檑、热油等往下一通狂砸猛泼阻止登城。一波接着一波往上攻，一个紧着一个往下掉，拉锯式的攻城战就这样开始了。

折御卿护着梁玉儿站在垛口旁，观察着契丹军攻城的动向。他发现城下的抛石器已经开始向前推进了，立刻吩咐小壮子组织蹶张弩和臂张弩，分布在城墙各处，重点射击抛石器。折御卿知道，这种大型器具十分可怕，一旦让契丹人使用起来，漫天乱飞的石块对守城的将士威胁巨大。登城的士兵不可惧，守城的将士有足够多的手段把敌人一个个扔下城去。折御卿也在等待，等待一个可以利用的最佳时机，他不想跟契丹人这样死缠烂打下去，必须找准时机一举将萧拔里击溃。

城墙上，索斌、路彦也没闲着，两人手持臂张弩躲在垛口后，专射契丹军中指挥登城的校尉。当路彦装好弩箭再一次探出头去，猛地一支利箭窜上直接射穿了他的头盔。索斌惊叫一声扑了上去，见路彦没事，箭支只是贴着头皮擦过，他便骂道："真是头蠢驴，怎就知在一个垛口处射，为甚不换个位置。"

"奶奶的，差点就要了爷的老命！"路彦摸着头骂了句。

"走走走，咱们换个地方。"索斌拉着他向另一处垛口跑去。

再说折惟正、索龙云带着一万轻骑没走多远，便碰见快速回来的折惟昌，告诉他们前方发现了辽军。

"怕是来包抄我军后路的。"索龙云说："大少爷，我军是否可以在这里设伏，等待他们的到来？"

"这里全是梢林，不利于骑兵作战。"折惟正思索下说："我军现已腹背受敌，动作慢了会被契丹人夹击围攻。干脆直接冲杀过去，给他来个硬碰硬。"

"好！"索龙云赞同道，折惟正接着说："你和惟昌带五千轻骑从原上通过，契丹人定会出来阻截，我便从他的中路杀入冲乱敌阵。切记，不得恋战！"

"得令！"索龙云、折惟昌带着五千轻骑走了，他们排列出了行军用的"牵线"阵形，快速向着山原奔去。刚冲上山原，就被契丹五千铁骑挡住了去路。

"索将军！叫我先闯进去再说。"折惟昌有些激动，他策动战马跃跃欲试。

"再等等！"索龙云按兵不动，契丹人也没动，两军对峙起来。索龙云说："不能恋战，看样他们是想拖住我军。"

两人正说着，契丹军中出来一员大将，高声大喊道："折家军听着，有谁敢出来与本将军一战？"

折惟昌说："将军，叫我去会会他！"

索龙云说："还是我去！"

还没等他发话，折惟昌已经打马冲了出去。

"来将何人？"契丹大将见着折惟昌大喝一声说："速速报上姓名！"

"不用问小爷我叫甚，你只管放马过来。"折惟昌用手中的大枪指着他说："小爷我现在还是一个小兵。"

"那就回去吧，省得在此丢了性命。"

"那可不行！"折惟昌大声说："等把你挑下马去，兴许我家大人就会给我一个军职了。"

两人不再啰嗦，便打马对冲起来。契丹大将手里是口大刀，折惟昌手中一杆梨花大枪，两将都是硬碰硬的主儿，谁也不想先输了气势。很快两匹战马便冲撞在一起，大刀碰大枪，"嘣"的一声闷响，战马疾速交错而过，只见折惟昌手持大枪勒住战马回转过身来。

再看那契丹大将，身体瘫爬在马背上被战马驮着奔向自己的军阵。折惟昌的大枪使得太过霸道，当大刀砍向他的腰身之时，他手中的大枪压根就没动，不格不挡也不防守，只是向前猛然一送大枪直线穿入，就在大刀斜着劈砍下来的刹那间，枪尖闪电般地捅破了他的胸膛。本来契丹大将的斜劈刀法已经来得飞快了，无奈碰上个只走直线进攻的愣后生，他挥刀下砍的动作过程，还是稍稍慢了那么一丁点儿。

契丹大将被挑下战马，索龙云迅速下令全体进攻，折家军轻骑排出"车悬"阵形快速向敌军杀去，两军瞬间混战在一起。

后面跟过的韩德威接到斥候急报，说发现五千折家军已被拦在了原上。韩德威脑子里出现的第一反应是折家军想跑，他本可以使用突袭战术，从侧面攻击折家军，但他不想这样干，觉得还是正面拦截有效，这样可以把折家军全部逼向岚州城。他的胃口大了点，想彻底击溃这支折家军轻骑。

"大将军，得拦住他！决不能让折家军从我们面前逃脱。"牙将说。

"他们不会只有五千人，后面一定还有。"韩德威说："你带五千人马过去，先消灭他们。"

牙将带着五千人马迅速向原上奔去，韩德威下令大军继续向前行进。他在想，如果后面还有跟过的折家军，就直接拦截。若是没有，就从侧面包抄原上的折家军一举歼之。

突然韩德威发现，迎面有一队人马疾速向他们奔袭而来。是折惟正来了，他带着五千轻骑竟毫不迟疑地快速冲向契丹军。

韩德威忙下令迎击，两军瞬间冲撞地一起，还没等契丹人的战马奔跑起来，就被折惟正狂奔的五千轻骑闯入。折家军排出了数十队"车悬"阵形，强悍地杀入契丹万余铁骑之中，这一闯竟硬生生地把契丹铁骑冲散开来。还没等韩德威组织起有效的反击，原上冲破了契丹防线的索龙云、折惟昌的数十队"车悬"阵又从侧面杀了进来，给契丹人来了个第二波次的攻击。

契丹铁骑乱了，可主将韩德威还在拼命应对着一个紧接着一个，冲杀向自己的折家军轻骑，他必须正面接招拼杀，很难摆脱。折家军轻骑的"车悬"阵形，是由百十人到数百人不等组成的一条条直线马队，一个紧跟着一个，前面的人被砍下马去，后面跟着人也绝不会改变攻击的方向。韩德威被缠住了，他是第一次亲身领教这种阵形。在狐突山时，他只是坐镇指挥并没有亲临参战，不知道此阵的威力。眼下韩德威已无暇顾及自己的军队，只能挥刀硬拼一把接着一把砍杀过来的眉尖刀。

这仗打得，不是契丹人的铁骑不行，而是折家军轻骑利用简单的阵形，发挥出了自身的优势。契丹人的刀太短，多为弯刀；折家军的刀太长，清一色的长柄眉尖刀；契丹人喜欢蜂拥群斗，折家军擅长于阵型，且有铁的军律。纵观整个大宋，像府州折家军这种骁勇彪悍的军队怕也仅此一家，而且还人数不多。这也正是数百年间府州折氏镇守边关，能力保国土不失的主因。

话说回来，契丹铁骑在折家军的强烈冲击下，虽然被冲撞得有些零乱，但还是人马众多。当韩德威摆脱了正面的折家军后，正要组织反击之时，突然身后又传来了三声巨大的炮声。

折御仁到了，他带着七千轻骑从契丹军的身后杀来。他有意放响号炮，就是要吸引契丹人的注意，告诉韩德威你已经受到了前后夹击，好给折惟正减轻压力。契丹人不知道后面来了多少折家军轻骑，只见数十组“车悬”阵形的马队强悍地闯入。霎时，契丹军被夹在了中央腹背受敌，在激烈的碰撞中，契丹人一时抵挡不住两面攻击的折家军，终于败了，数万铁骑开始四散溃逃。

韩德威跑了，他带着几千人马向着岚州城的方向奔逃，折惟正、折惟昌随后紧追不舍。

岚州城下，契丹人的第一次攻城结束了。一直等待消息的萧拔里有些按捺不住，他不知道韩德威跑去了哪里。猛然，听到了远处传来三声炮响，心中一震，迅速下令三万铁骑出击，合围可能溃败过来的折家军轻骑。

站在城楼上的折御卿，发现契丹军突然分出三万铁骑，向着城外的西北方向奔去，知道是折惟正他们过来了，便迅速命令小壮子去城下集结折家军轻骑待命，自己站在垛口前向远处眺望。看见了，他看见了正在追击韩德威的万余折家军轻骑，再看看契丹的中军大阵。此时，契丹中军已不足二万人马，而且多数是准备攻城待命的步兵。机会来了！折御卿心头一震，抓起大枪便向城楼下冲去。

“大人，你……”梁玉儿紧着在后面喊，折御卿早已奔下了城楼。她回头看着索斌、路彦忙喊：“两位将军，你们快去！”

索斌、路彦也跟着跑了下去，梁玉儿转回身站在垛口前观望。

韩德威逃了回来，窜入迎接的三万契丹铁骑之中。身后追赶的折惟正、折惟昌并没有停，而是排出了数十组“车悬”阵迎面扑向敌军。紧跟着折御仁也到了，他们同样排列出第二个“车悬”阵形，随后跟进。

顷刻间，两军数万人马交织在了一起，震天的喊杀连成一片，在中军指挥的萧拔里，迅速调动着身边剩下的一万骑兵，企图两路包抄折惟正和折惟昌，中军突显空虚。正在此时，猛听得岚州城中传出数声炮响，城门大开，一彪人马突然杀出，高举的帅旗上打着一个大大的“折”字。

“折御卿！”萧拔里一阵狂喜，心道此时你也敢出来送死。他迅速调派铁甲护卫拦截。

折御卿一马当先，他的两侧是小壮子、折令图、索斌和路颜，身后紧跟着三千折家军轻骑，同样排出了锐不可当的“车悬”阵，直接向萧拔里的中军杀去。

契丹人抵当不住折家军轻骑的强势攻击，眼见着折御卿杀到了中军，萧拔里竟然淡定地盯着他一动不动。身边保卫的铁甲卫士急了，纷纷冲出阻拦，便一个个被折御卿挑翻落马。萧拔里见他如此彪悍，并不惧怕，只等折御卿冲杀过来时，方提刀催马直迎上前，他要亲手挑翻折御卿，为狐突山一战雪耻！

萧拔里武艺精湛，生性勇猛，且胆量过人。他手中一口片状大刀，窄长锋利，锐不可当。眼见着折御卿的战马疾驰冲来，萧拔里腋下夹持着大片刀直面迎对。突然，斜刺里冲杀出了折令图，他手中一柄大刀快速劈向萧拔里的腰身。萧拔里手中的大片刀并没有回搬拦截，而是疾速上挑，根本就没理将要破身而入的大刀。他的这一挑极度凶悍，胆大得实在令人悚惧。就在折令图的刀尖刚刚碰住到他的胸膛之时，只听“噗嗞”一声，大片刀竟快于大刀扎进了折令图的胸膛，折令图翻身落马……

挑翻了折令图，萧拔里没有停，依然挺刀打马直迎折御卿。刹那间，刀枪相向，两员猛将强烈地对撞在一起，两匹战马闪电般地交错划过……

凝固了，战场瞬间被凝固了！

萧拔里死了，是被那梨花大枪穿透了咽喉！

折御卿却稳稳地骑坐在战马上，静静地定立在沙场中央。他已耗尽了身体上的最后一点力气，吐出了胸中最后一口恶气。折御卿，停止了呼吸！可他还是双目圆睁，怒视着北方，手中的那杆梨花大枪依然保持着进攻时的姿态。

北寇未灭，何以家还！他是死不瞑目啊！这一年，折御卿刚满三十八岁。

双方的将士停止了厮杀。

梁玉儿站在折御卿身旁，仰望凝视着他，早已哭成了泪人；索斌、路彦双手抱头跪倒在地，放声嚎啕大哭，他们真是痛到了心里呀！

韩德威只身骑马奔了过来，看着依然伫立在战马上的折御卿，翻身下马。他抬头仰视着折御卿，深深地行礼致敬！然后转身上马，带着数万契丹铁骑默默地撤离了战场。

崇尚英雄，是中华民族的美德！契丹人，也是我华夏民族的一部分，他们曾经在中国大地上叱咤风云了数百年，同样是一个令人尊重和骄傲的民族！

公元995年12月，折御卿战死沙场的消息传进了京城汴梁。太宗皇帝听闻十分悲痛，下诏追赠折御卿为侍中、太师燕国公称号，封其长子折惟正为洛苑使知府州，以表朝廷的恩泽。

一代英豪走了，他是倒在了打击侵略者，保家卫国的疆场之上。

真可谓是：

壮志未酬情难尽，忠君报国铸此身；
煌煌功勋彪青史，赫赫战神折御卿！